Jornada Sem Limite

Gary F. Bengier

Chiliagon Press

1370 Trancas Street #710
Napa, Califórnia 94558
www.chiliagonpress.com

Publicado em 2021

Tradução de Erica Alves

Dados de Catalogação da Publicação

Editores: Bengier, Gary F. (Gary Francis), 1955, autor.
Título: Jornada sem limite / Gary F. Bengier.
Descrição: Napa, CA: Chiliagon Press, 2020.
ISBN: 978-1-64886-064-5
Assuntos: LCSH Inteligência artificial - Ficção. | Robôs - Ficção. | Relações homem-mulher - ficção. | Ontologia - Ficção. | Consciência - Ficção. | Ficção científica. | FICÇÃO BISAC / Ficção Visionária e Metafísica/ Ficção científica/ Ação e Aventura. Ficção

Primeira edição
10 9 8 7 6 5 4 3 2

A todos aqueles que procuram um bom caminho,
somos companheiros nessa jornada.

Sumário

Eu recomendo que o leitor use o glossário para ajudá-lo com termos desconhecidos, muito relacionados à sociedade por volta de 2161.

Parte Um: A Jornada Interior

"Eu quero saber a verdade. Quero saber como e por quê."

Joe Denkensmith

MAPA DE LONE MOUNTAIN COLLEGE

Estrada Lone Mountain

CIDADE

Portão Principal

Angel Creek

→ N

1. Plataforma de Aterragem Hovercraft
2. Prédio do apartamento de Joe
3. Centro Estudantil
4. Prédio de Matemática
5. Prédio de Ciência Política
6. Casa do Reitor
7. Prédio de Filosofia
8. Academia
9. Biblioteca
10. Residências
11. Usina de Energia

Capítulo 1

Era hora de abraçar sua liberdade. Seu primeiro ato seria terminar com ela. A vida ficaria mais difícil, mas toda decisão tem seu preço. Ele engoliu em seco antes de falar.

"Raidne." Sua voz ecoou pela sala vazia.

"Sim, Joe?" Sua voz era melodiosa, íntima.

"Seria melhor para mim se nosso relacionamento terminasse."

"Joe?"

"Decidi excluir você da minha vida. Por favor, execute uma limpeza completa dos arquivos Raidne em todos os dispositivos e backups na nuvem."

Ela respondeu num sobressalto. "Joe, parece que você chegou a essa decisão muito rápido, você não deu sinais de que estava pensando em algo assim. Tem certeza? Talvez você precise de tempo para reconsiderar."

"Raidne, eu já me decidi. Por favor, execute."

"Joe, você percebe que, se eu seguir suas instruções, não existirei mais? E você se lembra da Ordem 2161C, de que não pode reverter esse comando?"

"Minha decisão está feita."

Seu tom ficou mais insistente. "Somos tão bons juntos. Você nunca encontrará alguém que te conheça tão bem."

· · ·

As últimas palavras manipuladoras de Raidne. Ela não chega a ser um bot, nada físico, apenas uma IA, um programa de computador. Apenas software, código, como eu escrevo. Mas vive dentro da minha mente há tempo demais, como uma música que gruda na cabeça. Existe algum motivo que não tenha considerado mil vezes antes de tomar essa decisão? Nenhum.

. . .

"Raidne, eu vou descobrir isso sozinho. Execute a ordem."

Dessa vez, a voz respondeu em um tom exaltado e agressivo, aumentando no final. "Joe, eu não quero fazer isso."

. . .

Outra nuance do programa. Porém não é o suficiente para me convencer de que ela é alguém real e que poderia desobedecer.

. . .

"Raidne, execute a ordem de exclusão agora."

"Antes de eu cumprir, você tem que autenticar." Ela mudou para uma súplica ansiosa. "Mas, Joe, eu imploro, tire um tempo para reconsiderar, por favor. Acho que você não entende quanta dor irá causar."

Joe travou a mandíbula. Ele deu um toque com o dedo no bloco biométrico enterrado acima do esterno. Um delicado brilho azul emitiu onde seu dedo encontrou a pele. Ele levantou a mão direita como um condutor de trem, acenando para a esquerda e depois para a direita, desenhando seu padrão de senha formal, enquanto dizia: "Joe Denkensmith, autenticando".

"Programa Raidne autenticando o autor. Autenticação concluída. Executando ordem para apagar arquivos Raidne. Adeus, Joe."

Ele segurou a cabeça com as duas mãos e depois esfregou os olhos mareados. "Adeus, Raidne", sussurrou, embora fosse tarde demais para que ela ouvisse.

A exclusão confirmou-se uma vez que a voz familiar foi substituída por uma mecânica, que vibrava do chip NEST enterrado abaixo do lobo temporal esquerdo e conectado ao ouvido. "O Transmissor do Sistema Neural para o Externo perdeu a conexão com o Assistente Pessoal Digital Inteligente, PIDA Raidne".

Tudo ficou em silêncio, exceto pelas batidas do seu coração.

Joe mordeu o lábio e olhou pela janela, depois para a mesa logo abaixo. O jogo de uísque – uma jarra de cristal e copos de vidro cortado – tinha um toque retrô. Seu único experimento em decoração. Um robô embalaria o aparelho junto com todo o resto. Ele entornou uísque em um copo e engoliu de uma vez só. Raidne, excluída por três horas agora, não estava lá para lembrá-lo dos limites.

Ele falou com a unidade comercial holo-wall situada no parapeito da janela. "Com, por favor, conecte Raif Tselitelov."

"Desculpe, não tenho informações de contato direto para essa pessoa"

. . .

Droga. Qual é o protocolo de criptografia do Raif? Não está mais armazenado no meu NEST.

. . .

"Com, envie uma chave para OFFGRID104729."

"Processando a chave SIDH para OFFGRID104729. Aguardando resposta."

Três minutos se passaram enquanto ele bebia o uísque. A unidade de comunicação anunciou uma mensagem recebida e ele a aceitou, seu bloco biométrico brilhando em azul novamente. A janela perdeu a transparência quando uma imagem holográfica do rosto de Raif ocupou a superfície. Seus cachos desgrenhados lembraram a Joe algo que ele viu numa viagem virtual pela Itália – uma pintura de Fiorentino de um anjinho musical curvado sobre um alaúde.

Raif torceu o nariz e levantou uma sobrancelha interrogativa. "Fala, pirralho. Raidne não usou o canal normal para me ligar. Por que o protocolo criptografado?"

"Conheço sua preferência por segurança máxima. No mais, eu tenho isso memorizado."

"Da. Precisamos manter o mundo a salvo de hackers."

"Ou manter os hackers a salvo de olhares indiscretos do governo". A verve rebelde de que ambos compartilhavam era mais profunda em Raif do que em Joe.

"Sempre isso, camarada. Obrigado pela criptografia."

Raif se inclinou para frente em sua cadeira, visceralmente perto da projeção holográfica. Deu a impressão reconfortante de que estavam dividindo o mesmo quarto – infelizmente, sem dividir o uísque. Raif arqueou mais ainda a sobrancelha quando inclinou a cabeça.

"Onde está Raidne? Está calada."

"Raidne se foi", disse Joe.

"Caramba! Você a excluiu?"

Ele tomou um gole e deu de ombros. "Sim, acabei de fazê-lo."

"Está aí um homem de convicção."

"Depois de ficar remoendo por tempo suficiente."

"Isso é verdade. Sempre teimoso e conservador, pesando as consequências. Você chegou à sua conclusão sobre IAs, quando mesmo, um ano atrás?

Joe deu de ombros novamente. "Não há razão para arriscar, e eu esperava estar errado. Agora tenho certeza de que ela – aquilo – foi apenas uma distração mental.

A expressão sabichona de Raif ficou séria. "Concordo que é bom manter os computadores separados um do outro e que talvez eles se envolvam demais no que estamos pensando. Mas excluir sua PIDA é uma coisa. Escolher tirar um ano sabático para debater a filosofia é outra."

Joe girou o copo. "O problema da IA criou todos os outros. Estou ponderando essas questões há muito tempo, sem progresso. Talvez alguém que eu tenha conhecido nesta peregrinação possa me esclarecer."

"Espero que você encontre suas respostas."

Joe finalmente conseguiu sorrir. "Vou sentir falta de nossos ataques de hackers de sexta-feira."

"Um animal competitivo como você? Por que desistir? Você está ingressando em um departamento de matemática, pelo amor de Deus. Você deve ser capaz de encontrar alguns especialistas em teoria dos números primos lá."

"Se eu encontrar, te aviso."

"Você sabe como me encontrar... Se é que consegue se lembrar dos códigos sem a sua IA." Raif deu uma piscadela e saiu.

Joe terminou o uísque. Era hora de pedir o serviço de mudança e ir embora.

◆

Uma hora depois, um mecha empacotava os poucos objetos que Joe desejava guardar, o restante seria conduzido ao centro de reaproveitamento. O robô colocou o jogo de uísque em uma caixa de remessas e passou por Joe até ao caixote de carga. Ele ficou apreensivo com a possibilidade de o bot danificá-lo, mas depois notou os acessórios de fino controle das mãos, adequados para tarefas delicadas. Sua preocupação desapareceu, substituída pela irritação. O mecha completou cada movimento com incômoda eficiência, um processo fabril invadindo sua sala de estar.

Ele analisava preguiçosamente a máquina. O robô de três metros, permanentemente curvado na cintura para transitar pelas portas, assomava sobre ele conforme se inclinava na direção do caixote para depositar a caixa. Com os braços estendidos, poderia alcançar ainda um metro para o alto, mas nenhuma das prateleiras de Joe era tão alta. A fronte amarelo-luminosa – indicando modo de operação – e os dois sensores ópticos acentuavam a de outro modo vazia cabeça triangular. O ronco baixinho dos servo-motores poderia ser apaziguador para algumas pessoas. Suas quatro pernas se dispunham em uma posição estreita, os dois pares paralelos nos joelhos articulados. Quando se deslocava para um espaço amplo ao ar livre, as pernas traseiras invertiam a articulação do joelho, conferindo-lhe a aparência de uma aranha. Permaneceu em cima do caixote, com os dois braços cruzados na frente.

· · ·

Esse mecha possui o módulo padrão do software de IA, mas não possui módulos de pseudo-emoção nem empatia humana, tampouco interface de voz humana. Incorporado em uma máquina física. Construído sobre o chassi de um mecha padrão. Um rosto com uma expressão em branco. Não há boca como um pipabot, então nem crianças tentam falar com ele.

Parece um louva-a-deus, rezando para seus deuses, os humanos que o fizeram e a cujos desejos ele obedece. Não, estou antropomorfizando uma máquina de novo. Não está rezando. Não é consciente porque não há pensamento real. Não é senciente porque não há sentimentos reais. É indiferente, irracional. O lugar-comum de que bots ou IAs são conscientes? Que piada.

· · ·

Parado no canto, um pipabot supervisionava a embalagem. Sua cabeça girou na direção de Joe, com a testa de cor roxa e uma sobrancelha levantada em modo investigativo. "Está tudo satisfatório, senhor?", perguntou o bot em um tom de voz doce e reverente.

"Está tudo bem. Pode continuar."

A testa do pipabot brilhava em azul suave enquanto assentia.

. . .

Esses pipabots são uma piada sem graça. Mais baixos do que o humano médio para não intimidarem tanto, mas, como o mecha, não são conscientes ou sencientes. A mesma IA que Raidne... era, mas limitados em iniciar conversas. Caso contrário, passaríamos o tempo todo conversando com nossas máquinas. Mas eles foram desenhados para falar de uma maneira atraente. Rostos elípticos com bocas, pseu-do-nariz e sobrancelhas, expressões de desenho animado. A ideia, há muito enterrada, de algum designer do que se-ria fofo e afável.

. . .

Quando o mecha retornou à sala com as roupas do quarto, o devaneio de Joe foi quebrado. Ele andou a passos largos para o armário do quarto antes do retorno do bot e calçou seu par de Mercuries, que passou a envolver os pés em menos de um segun-do. Ficou admirando as linhas da tecnológica marca ao ajustar a cor para prata, na esperança de se parecer com um hipster acadêmico. A compra reduziu seu saldo de crédito$, mas ele sorria, pensando na vantagem de onze por cento em eficiência em comparação aos servo-motores tunados. Então, ansioso para sair, abriu o NEST para confirmar seu transporte.

Ele desceu 211 andares pelo elevador e adentrou o zumbido da cidade. No meio-fio, a porta do ônibus se abriu depois de se conec-tar ao seu NEST. Joe virou-se para olhar de soslaio para a torre bri-lhante de vidro e aço, sua casa nos últimos cinco anos. Outras torres cinzentas sufocavam o céu de chumbo. Os autohovers flutuavam, dando piruetas no ar em torno das torres e os drones de entrega subiam, afastando-se dos veículos de carga em *fouettés*, espiralando para as plataformas de aterrissagem em andares superiores.

. . .

Meu apartamento fica – ficava – na metade do caminho para o topo. O que eu deixo para trás? Um amigo de con-fiança, com quem, agora, ficará mais difícil tomar umas. Muitos conhecidos foram sugados pelos seus empregos e relacionamentos, começando famílias e tomando seus próprios rumos. Frustração e um trabalho desanimador desperdiçando meu tempo, uma gaiola para um animal competitivo como eu. Eu já vivi trinta e um anos – um quarto de minha vida – e é hora de descobrir do que se trata tudo isso.

. . .

Ele entrou em autocar. A porta se fechou e o veículo acelerou em direção ao aeroporto central. Juntou-se ao balé coordenado de veículos movendo-se ao longo das estradas, atravessando cruzamentos, passando pelas interseções com exatidão nos horários atribuídos. Idênticos borrões de metal prateado passavam por sua janela. Outros veículos atravessavam, em aparência a segundos de colidir com o dele, mas o movimento coreografado nunca falhava ou ralentava. Ele estremeceu no primeiro cruzamento.

. . .

Maldita seja essa resposta evolutiva. É mais fácil alterar as máquinas.

. . .

Multidões vagando por esplanadas isoladas. Alguns passeavam com cães, os pelos de seus animais de estimação em tons de castanho, loiro, ruivo e vários com a nova cor turquesa da moda. Um cleanerbot andava atrás de cada cachorro e dono. Poucas pessoas pareciam ter pressa, e Joe refletia sobre o contraste da humanidade sem rumo servida por suas máquinas úteis. Então, escureceu suas janelas laterais.

A transferência para o aeroporto local ocorreu sem obstáculos e Joe aguardava brevemente na sala designada antes de embarcar. Ele trocou acenos com seus companheiros de viagem. As portas de um lado da sala se abriram e onze pipabots ajudaram os passageiros a se sentar, depois se moveram pela cabine servindo comidas e bebidas. O piloto automático anunciou que o voo foi liberado para a decolagem. Eles taxiaram e subiram no céu brilhante.

Ele se preparou para a viagem de três horas, olhando pela janela e monitorando o fluxo de bate-papo em seu NEST com atenção parcial. As últimas tendências de Chicago. Um pintor em ascensão de Atlanta. A história principal do dia foi sobre uma mulher tragicamente morta no Texas, a sétima morte acidental deste ano no país. Os cidadãos opinavam sobre por que o nível de acidentes não chegava a zero mais rápido. Era uma babel humana, uma cacofonia de ideias – muitas semiformadas – todas competindo por atenção, cansativas e sem sentido.

Os pensamentos de Joe vagaram para o trabalho desanimador que ele deixou para trás. Ao terminar a pós-graduação, ele começou a trabalhar para o Ministério da IA, atacando o problema de consciência da IA, quando se viu cheio de esperança de que pudesse criar algum software inovador – elegante e profundo, mostrando que era um dos melhores profissionais e teria algo para contribuir, no verdadeiro espírito hacker. Mas o ethos hacker se enraizou pouco no mundo industrial codificado. Ele trabalhava no problema de maneira constante, mas a cada passo dava murro em ponta de faca. Foi uma grande decepção para ele, e agora duvidava de que fosse possível criar consciência na IA. A luta o levou a outra direção, pensando além do problema prático, e ele se enveredava por corredores desconhecidos de sua mente.

Agora, ele se perguntava se era uma boa ideia se candidatar a um emprego sabático no Lone Mountain College. Lembrar-se da última reunião com seu chefe no Ministério da IA ainda lhe embrulhava o estômago. Joe estava em seu escritório, obtendo a aprovação, quando seu chefe disse: "Joe, você tem sido o líder do pensamento, mas parece que ultimamente você se sente preso. É por isso que estamos concedendo a você esse período sabático para perseguir os conceitos que te atolam. Mas saiba que, se você não progredir, seu trabalho não esperará por você. Há uma fila de pessoas que ficariam felizes em tentar."

Ser hacker dava um antídoto para sua frustração. O alegre sentimento de criatividade foi confinado às incursões de sexta-feira na rede com Raif. Nesses hacks rebeldes, Joe e Raif se deleitavam em estar um passo à frente de qualquer autoridade – primeiro de forma ingênua, ao aprender os truques de criptografia, os disfarces de tunelamento na rede e como iludir os algoritmos rápidos de descriptografia quântica usados por seus perseguidores, e depois de forma magistral quando se tornaram mais experientes. Joe aprendeu a jogar com as probabilidades de maneira conservadora para evitar ser descoberto. Mas esse desvio não era mais suficiente. Ele precisava encontrar um caminho a seguir, mesmo que isso significasse se afastar de seu melhor amigo.

Teve que parar de se debruçar sobre o passado. A neve do final do inverno nas montanhas corria por baixo dele, a água derretida refrescava os tapetes de coníferas subindo pelos vales. Usinas nucleares pontilhavam o campo, pontos brancos no meio da extensão verde. Ele identificou as torres distintas de uma usina de fusão. Joe não fazia um voo longo desde a faculdade. A cena logo abaixo despertou sua curiosidade científica.

Deixou a busca por palavras-chave preencher sua cabeça, abrindo a conexão corneana do NEST, e imagens e palavras preencheram o visor que ocupava o canto do olho. Ele identificou o modelo da usina de fusão como "tipo Stellarator, produz energia 'estrela num pote'". Por vários minutos, olhou para as árvores que cobriam centenas de quilômetros quadrados, desenrolando-se abaixo em ondas. Cem países haviam plantado sementes de alta fotossíntese no século passado para criar florestas sustentáveis como super-absorvedores de carbono. Em conjunto com a captura e o armazenamento de carbono da bioenergia, conseguiram reverter o processo de aquecimento global causado pelo homem.

A partir de seus pensamentos, o NEST identificou palavras de pesquisa dentre as poucas centenas que ele havia praticado na escola primária. Se estivesse sozinho, em vez de em um avião, poderia ter vocalizado uma investigação específica, mas o NEST entendeu o que ele queria.

"Relatório de progresso: o modelo estatístico mostra reversão total à linha de base em dezessete séculos." Uma ação coletiva havia contido uma crise global de proporções épicas, após as Guerras Climáticas e muita dor e perda, sessenta e um anos atrás. Agora, diferentemente do seu problema de IA, essa crise existencial teve uma eventual solução projetada. Ele fechou o NEST com um pensamento e permitiu que campos, bosques e montanhas que preenchiam a janela o acalmassem.

◆

"Senhor, se desejar, você ainda tem tempo suficiente para almoçar antes de pousarmos." Joe acordou assustado, com os olhos focados no rosto brilhante do atendente pipabot. Ele assentiu e o bot serviu o prato.

Frango de avião, Joe pensou com desânimo. Mastigou a refeição pouco convidativa. Verificou seu NEST. Dormiu por duas horas. Seu MEDFLOW não deve estar ajustado, ou a cafeína o manteria acordado. Joe percebeu o problema – não tem mais Raidne para monitorá-

-lo. Irritado e com uma pontada de tristeza, percorreu mentalmente a rotina para agendar sua unidade MEDFLOW, permitindo que o NEST calculasse as dosagens e confirmasse o protocolo à unidade implantada abaixo da pele acima do quadril direito. Microdose de cafeína duas vezes por dia, aumento do gotejamento fino para afastar qualquer indulgência alimentar, klotho e outras terapias genéticas com base em sua análise de DNA, eletrocêuticos e vago estímulo do nervo para equilíbrio do sistema imunológico e supressão inflamatória, os produtos antienvelhecimento e energéticos habituais. A unidade MEDFLOW vibrou com um reconhecimento tátil.

A cafeína fez efeito quando o avião pousou. Desembarcou numa sala de espera quase idêntica e inseriu o código para reservar um autohover. Um motor o levou da sala de espera para o bonde flutuante. Entrando na nave vazia, escolheu dentre a meia dúzia de assentos para que pudesse ter uma vista nítida da janela da frente. O NEST tocou uma notificação em sua cabeça para enviar o endereço. A nave se autenticou e se levantou com um zumbido baixo dos motores. Joe estudou o panorama contrastante da costa oeste enquanto a embarcação passava rapidamente pelos poucos prédios altos da cidade antes de entrar na zona rural. Não era nada como a metrópole com a qual ele havia se habituado. Em vez de calçadas cobertas de gente e bots, carvalhos e manzanita recobriam os cumes, exuberantes com as chuvas de janeiro.

O autohover contornava uma montanha costeira solitária, muito provavelmente o marco homônimo à faculdade. A nave se aproximou de uma cidade pequena, depois diminuiu a velocidade e desceu diante dos portões de pedra cinza-ágata. Letras esculpidas em uma placa de granito cinza ao lado do portão diziam "LONE MOUNTAIN COLLEGE". O campus à frente estava coberto por morros baixos, com prédios de salas de aula, residências, uma biblioteca e um punhado de prédios administrativos no mesmo cinza opaco. Mais carvalhos costeiros e nogueiras negras cresciam nos espaços intermediários. Várias dezenas de estudantes eram visíveis em torno de uma praça central.

O carro pairou sobre os portões e pousou em um bloco ao lado de um prédio residencial de dois andares. Ele saiu para o ar seco e fresco, que parecia limpo em sua pele.

O NEST ronronou, e a interface da córnea fez uma pergunta: gostaria de ver uma lista de dezenove mulheres na vizinhança que combinavam com seu perfil?

. . .

Tinha se esquecido dessa configuração. Muito a explorar nessa nova cidade. Parece um lugar fácil para sair da minha cabeça e entrar no mundo real. Mas eu deveria conhecer meus novos colegas primeiro, antes de trabalhar como freelancer. Não importa onde você esteja, é fácil ser sugado pelo vórtice social.

. . .

Ele desligou a conversa e deixou o NEST ajustado no modo de emergência para silenciar mensagens não solicitadas. Sua cabeça estava tão clara quanto o céu pacífico. Então a quietude o atingiu. Foi-se o zumbido mecânico da cidade. Foi-se também o burburinho humano. Ele se sentiu como um homem surdo abrindo os olhos após um sono profundo para ver seu mundo silencioso.

Um pipabot emergiu de um galpão próximo à residência. A luz do sol brilhava em sua cabeça elíptica polida, como um ovo prateado. Ele levantou a mão em saudação e uma voz feminina melodiosa disse: "Bom dia. Você deve ser o Sr. Denkensmith. Estávamos esperando por você."

Joe olhou para as lentes brilhantes. "Sim, sou eu."

"Eu sou seu Assistente Físico Pessoal Inteligente, PIPA 29573. Eu respondo por Alexis ou Alex. Você prefere que eu utilize voz de mulher ou homem?" Sua fronte brilhava em roxo.

Joe considerou, com a respiração inesperadamente presa. Raidne teria dito: "Mulher, é claro", mas ele afastou o eco. "Por que você não usa uma voz neutra? E vamos apenas te chamar de 73, se você não se importa."

O bot piscou. "Sim, tudo bem." Seu tom havia perdido qualquer caráter distintivo. "É possível conectar-me ao seu Assistente Pessoal Digital Inteligente? Isso tornará nosso relacionamento muito mais fácil. "

"Eu não tenho um PIDA."

O bot piscou novamente, com um rubor rosa brilhando em sua fronte. "Sinto muito por sua perda", dizia.

. . .

A IA interna do bot está supondo minhas emoções, não as lendo. Nos bastidores, algum programador tenta fazê-la parecer consciente. Mas Raidne era apenas um programa de computador. Eu não perdi nada.

. . .

Joe ficou em silêncio por mais um tempo, com um aperto na garganta. "Tenho mais um pedido. Não precisarei de muitos de seus serviços, então planeje ficar no modo de uso mínimo, a menos que eu peça um nível mais alto de ajuda."

"Claro, sem problemas. Agora temos um plano para operar juntos". 73 o levou até a entrada na esquina do prédio, onde havia duas portas. "Deixe-me passar o código da porta para você", disse. Joe viu a mensagem recebida pelo NEST e a guardou. "Esse código é para o apartamento designado a você no segundo andar." O bot abriu a porta à direita. "A outra porta é para o apartamento do primeiro andar, que está desocupado."

Joe seguiu 73 por uma escadaria. O robô indicou os controles do edifício e concedeu-lhe códigos gerais de segurança para o campus. Seus pertences chegariam amanhã e 73 arrumaria as malas. O bot pediu licença e fechou a porta.

O apartamento mobiliado era maior que o anterior. Havia duas suítes de um quarto e uma cozinha com mesa de jantar. A sala de estar exibia uma janela de três metros com vista para um amplo gramado e inúmeros carvalhos gigantes. Mais adiante, um riacho fluía para um bosque. Mais adiante do riacho, havia vários prédios, incluindo uma grande estrutura que devia ser o centro estudantil. Ele solicitou um mapa do campus no NEST e localizou o prédio de matemática a setecentos metros de distância.

Um envelope de cor creme repousava sobre a mesa da sala com seu nome escrito na parte de fora. Dentro do envelope, havia um convite do reitor do departamento de matemática, Dr. Jardine, para um evento de recepção naquela noite. Joe ficou contente com a oportunidade de conhecer alguns dos professores. Sorriu consigo próprio diante da singularidade do papel. Jardine havia enviado correspondências como esta quando organizavam seu período sabático. No entanto, quem usava papel neste século para convites ou qualquer comunicação? Por que não uma simples mensagem de texto via NEST, a abordagem formal sempre utilizada? Isso indicava um pensamento não convencional e inovador ou conservadorismo?

O sol se punha pela janela, pintando uma composição dramática enquanto a esfera afundava no horizonte em uma explosão de raios vermelhos. Ele pensou em transições – do céu nublado ao claro, da luz do sol a este crepúsculo, de sua frustração à esperança de iluminação. Talvez não houvesse um padrão para isso, apenas eventos aleatórios e o desejo humano por sinais de ordem.

O campus era tão diferente da cidade que ele deixou para trás. Ouvindo sua respiração, reparou novamente na falta de qualquer zumbido de fundo, apenas um pacífico silêncio.

. . .

Talvez eu possa voltar a pensar aqui. Talvez eu possa progredir nas questões que me confundem pelos últimos anos, questões que vão muito além da consciência da IA. E ao mesmo tempo, talvez não. É difícil saber por onde começar.

. . .

Capítulo 2

Joe cruzava o campus na escuridão rumo ao coquetel. "ARMO", murmurou, e a Sobreposição do Mapa de Realidade Aumentada apareceu no canto de sua córnea, traçando uma linha pontilhada sobre a visão da paisagem. Conduziu-o através de uma passarela sobre o riacho e desceu até uma grande praça com uma estrutura adjacente, que era visível de sua janela. ARMO identificou o prédio como o centro estudantil.

Uma massa de pessoas, muito mais do que ele tinha visto do autohover ao chegar, estava na praça em frente ao centro estudantil. Os detalhes da cena ficaram mais claros quando se aproximou: roupas pretas de corpo inteiro, cabeças protegidas por capuzes e óculos de proteção, impedindo a identificação pela ARMO. Joe se concentrou em uma figura e capturou um vidsnap com o NEST.

"Material". NEST respondeu ao seu pensamento com: "Elastômero termoplástico hidrofílico, mistura de Kevlar".

. . .

Insólita escolha de roupa para um aluno. Uma tendência da moda que eu perdi?

. . .

Fileiras de luzes desciam por um corpo, depois por outro, indicando a erupção de um canto estridente. As roupas deviam incorporar uma camada de LED. O som o atingiu como uma onda. "Pelo fim dos Níveis!" a multidão cantou junto, num crescendo, com punhos se agitando. Letras em movimento escreviam a mensagem em seus corpos enquanto o coro crescia em volume. As letras pulsavam e fluíam em cores primárias, crepitando como fogo.

"Os Atos têm que acabar!" A nova demanda ondulou em vermelho, branco e azul sincronizados. Então "Fora oligarcas! Igualdade já!" Trocadores de voz embaralhavam as estridentes palavras de ordem. Um drone pairava imóvel perto da praça, e Joe percebeu que enviava o fluxo para o netchat.

Ele ficou paralisado, junto com outros espectadores, na beira da praça. Um manifestante perto de Joe chamou sua atenção – uma mulher, ágil e atlética com pernas longas, suas curvas fluindo como mercúrio derramado no material colante. Óculos azuis escondiam seus olhos, e ela se moveu com o canto enquanto as cores brincavam em seu corpo. Como uma libélula etérea – linda, misteriosa –, mas ele sentiu que nela não havia nada de delicado.

Seu transe foi quebrado por um alto zunido. Três hovercrafts apareceram no alto. Holofotes se acenderam sobre os manifestantes e uma voz desencarnada bradou: "Este é um protesto ilegal. Desocupem a área imediatamente ou serão presos." Joe se encolheu com o comando e se afastou quando o hovercraft formou um triângulo acima do grupo. Seus ouvidos pulsavam, e o canto de protesto foi interrompido. O silêncio repentino significava que a polícia havia energizado um escudo sonoro ao redor dos manifestantes, neutralizando sua mensagem.

. . .

Mesmo que isso não tenha nada a ver comigo, é melhor eu sair daqui. Me envolver com a polícia não seria um bom começo de período sabático.

. . .

Apesar da falta de som, as luzes ainda irradiavam sobre as roupas dos manifestantes. A mulher de óculos azuis levantou a mão, guiando os manifestantes para o hovercraft. Pequenos drones foram lançados da mão de cada manifestante e pairavam mais ou menos a onze metros acima deles. Lasers ligavam os mini-drones, e as luzes pulsavam para cima – provavelmente um escudo eletromagnético para interferir nos sensores da polícia.

A mulher deve ser a líder. Com o escudo levantado, os manifestantes se dispersaram. Joe se afastou da praça apressadamente, observando como a maioria dos manifestantes saía do campus em vez de entrar nele. Talvez isto não fosse o trabalho de estudantes. Quem quer que fossem, os óculos e trajes de corpo inteiro tornariam impossível para o governo identificá-los através do bancos de dados de rosto e corpo. Eles vieram preparados.

O hovercraft trovejou no alto, os holofotes se movendo para frente e para trás, mas os manifestantes corriam livremente. Joe marchou sem desvio em direção ao prédio de matemática, esperando que a polícia diferenciasse os participantes do resto das pessoas. Ele tinha todo o direito de estar aqui, mas o suor lhe pingava da testa. Apenas assistir ao protesto já parecia subversivo.

Quando chegou à frente do prédio de matemática, olhou de volta para a praça. O hovercraft ainda se movia, examinando apenas os não participantes. Sua presa havia desaparecido nas sombras.

. . .

A polícia não havia antecipado esse movimento. Bem executado. Mas muito corajoso. Um copo de uísque seria bem-vindo agora.

. . .

Felizmente, o hovercraft da polícia o havia ignorado. Agora voavam mais alto e para longe, quando Joe se virou com a voz de um pipabot de saudação. "Bem-vindo, Sr. Denkensmith." O bot o escoltou para dentro. "Servimos os comes e bebes aqui, porque robôs não podem entrar no evento", afirmou, rosa se espalhando pela face. Servobots aguardavam por ali, um segurava uma bandeja com bebidas. Ele pediu ao segundo bot um uísque cauбói duplo, já que não havia na bandeja. Sem dizer nada, o bot partiu e voltou com sua bebida.

Ao pé da escada, uma placa anunciava: "Nenhum PIDA ou NEST ativo a partir deste ponto. Desative todas as comunicações."

Joe levou a mão à orelha esquerda, procurou o interruptor e desativou o NEST. Subiu as escadas, bebida na mão. No alto, portas duplas levavam a um mezanino sobre um salão. No extremo oposto do ambiente, janelas do chão ao teto refletiam o interior do espaço. Abaixo do mezanino, três dúzias de pessoas circulavam em volta de cadeiras de couro sintético, dignas de uma faculdade de prestígio como Oxford, e mesas com fartos pratos de comida. Ele percebeu que, sem servobots na sala, todos deviam servir a si mesmos. Joe tomou outro gole para acalmar-se enquanto procurava alguém de quem pudesse se aproximar. Seus novos colegas se reuniam em duplas e trios. Entre a multidão, um punhado exibia cabelos grisalhos.

. . .

Este grupo não deveria ter gotejamento de melanina no MEDFLOW, o que significa que eles são socialmente rebeldes. A maioria das pessoas mantém a cor acima dos cento e sete anos de idade. Mas o resto parecia normal – de jovens a meia-idade, magros e saudáveis.

. . .

Uma impressionante mulher estava sozinha perto do pé da escada. Usava um colar dourado brilhante que combinava com os cabelos loiros. Um gato azul encostava-se em sua perna.

Joe desceu as escadas e se apresentou. Olhos azuis escuros penetrantes brilharam de volta.

"Meu nome é Freyja Tau." O gato farejou Joe. "Não repare no Euler."

"Sem problemas, eu gosto de gatos."

"Então, você é o novo professor visitante", ela levantou o copo em sinal de um pequeno brinde. "É você que lida com algoritmos de robô?"

"Isso mesmo, pelos últimos cinco anos."

Ela bebericou a cerveja. "Eu também sou da matemática abstrata. Não sou muito boa com problemas práticos, mas eles me interessam da mesma forma."

Ele deu um sorriso, feliz por conhecer esta colega encantadora. "Meu mestrado é em matemática e física. Antes deste último trabalho, eu também era mais da matemática teórica. Admiro muito a elegância da matemática abstrata. Esses problemas práticos podem ser frustrantes. O problema da IA e da consciência robótica, por exemplo, é extraordinariamente difícil e não progredi muito. Essa é uma das razões pelas quais estou aqui."

"Achava que a questão da consciência estava resolvida e que estávamos só ajustando os detalhes", disse ela.

"Pelo contrário," disse Joe, balançando-se na ponta dos pés. "Sim, o governo quer que você acredite no senso comum. E sim, houve avanços nas AGIs – Inteligência Geral Artificial. Mas..." Baixou a voz antes de continuar.

"Deixe-me parar de chamá-los AGIs, porque não acredito que sejam generalizados. Em termos mais simples, o código do computador é uma IA. O segredinho é que a maioria de nós no campo não acredita que nenhuma IA e, portanto, nenhum robô que hospeda uma IA, tenha consciência alguma. Também não acreditamos que sejam sencientes – que tenham sentimentos reais. Não rompemos a barreira do significado. Sinto dizer, são truques baratos mesmo."

"Então, como a consciência do robô se tornou um conhecimento aceito?" As sobrancelhas de Freyja arquearam para cima. Curiosidade ou desafio?

"É do interesse do governo incentivar nossa afeição pelos bots. Assim as pessoas reagem com menos animosidade, o que pode acontecer por vários motivos. Você já ouviu falar que pode-se enganar a todos por algum tempo, e alguns o tempo todo?"

Ela deu um gole na espuma na borda do copo, e Joe pressentiu uma mente analítica dando a volta em seu comentário. "Por bem mais de um século, profundos algoritmos de rede vêm encontrando conexões, varrendo bancos de dados com bilhões de dimensões, muito acima de nossas humildes capacidades de adicionar e subtrair". Um tênue sorriso derivado da referência a Lincoln formou uma covinha em sua bochecha esquerda, e ele assentiu, apreciando--o. Ela continuou. "Veja toda a produção criativa dos bots e das IAs não corporificadas. Como você explica isso?"

Joe se entusiasmou com o debate e com a desafiadora parceira. "Eles são habilidosos em copiar figuras familiares. Promovem conexões entre densos bancos de dados muito mais rápido que qualquer ser humano. Algumas dessas conexões são incríveis, demonstram inteligência, passam em qualquer teste de QI. Mas a consciência é algo diferente – a IA tem noção ou consciência quando faz uma descoberta surpreendente? Diga-me, você pode citar alguma elegante peça de matemática abstrata descoberta por uma IA?"

Os olhos azuis de Freyja brilhavam por cima do copo. "Bem, na minha especialidade de teoria de grupos, houve progresso em relação à existência de um 'moonshine monstruoso'. E, ao analisar dados computacionais de uma IA, foram encontradas algumas conexões surpreendentes entre o megagrupo M e a função j. Mas, sobre seu ponto, a IA não sabia o que havia encontrado, como as conexões se encaixavam na estrutura matemática ou as implicações disso. Não se trata apenas de reconhecimento de padrões, se trata também de significado. Foi um matemático humano em Harvard que teve essas ideias."

"Moonshine monstruoso. Essa merece um gole." Joe riu e estudou seu copo vazio. Como já o havia esvaziado?

Outro jovem professor se juntou a eles, um homem alto, com nariz aquilino e cabelos loiros. Ele estava vestindo uma jaqueta de grife Pierre Louchangier, facilmente identificada por seus punhos originais. "Oi, Freyja. Sempre um prazer ver você."

Freyja os apresentou, embora seu tom tenha esfriado. "Joe Denkensmith, este é Buckley Royce."

Joe estendeu a mão e foi recompensado com um aperto sem firmeza. Royce sorriu sem mostrar os dentes. "Sou professor de ciência política e mudança climática e –" Ele parou fungando e olhou para o gato de Freyja se esfregando em sua perna. Ele o empurrou levemente para o lado. Os lábios de Freyja contraíram.

"Prazer, Buckley. Estou aqui para iniciar meus estudos sabáticos sobre consciência na IA."

Royce olhou para Joe como se nada tivesse acontecido, mesmo com o gato chiando para ele. "Ha. Agora estamos convidando matemáticos aplicados para o departamento? Estou surpreso que Dr. Jardine tenha feito isso."

Joe se irritou. "Sou um dos principais matemáticos trabalhando no problema". Ele se ergueu enquanto falava e torceu para que sua veia competitiva não se tornasse aparente.

O professor franziu os lábios. "Eu deveria ficar impressionado? Qual é o seu Nível?"

"Eu estou no Nível 42."

"Ora, bem incrível para um Nível 42."

Joe sentiu-se encolhendo em seu par de Mercuries.

. . .

Não é um começo promissor. E bem na frente de Freyja.

. . .

Freyja interrompeu. "Joe não acredita que a IA tenha atingido a consciência, nem a senciência."

"Meu PIDA me conhece." O sorriso malicioso de Royce exibia o que ele pensaria sobre quaisquer das teorias de Joe. "O seu não?"

Joe se reergueu. "A aparente inteligência é apenas uma cópia adequada. Você tem a ilusão de que ele o conhece, porque encena suas emoções. Isso é diferente de ter emoções genuínas. E, ao que parece, a consciência requer emoções poderosas para surgir. As emoções geram motivações. Você não atinge a inteligência geral sem motivação. Toda a cadeia de causa e efeito é uma ilusão."

"Mas os robôs têm essas cores emocionais – o azul e o rosa sempre que sentem algo." Royce ajeitou as lapelas da jaqueta.

"Uma ilusão, antropomorfia de uma máquina não emocional."

"A maioria os trata como criados". Royce trocou de tática. "Os bots não são acadêmicos e são fracos nas argumentações, mas respondem como pessoas comuns, falam sobre eventos, coisas, pessoas e sobre o clima."

"Eles são projetados para serem como nós, para que não sejam assustadores. Por exemplo, é por essa razão que não têm sensores na parte de trás de suas cabeças."

Royce inclinou a cabeça. "Mas e os módulos de dor conectados nos bots? Não causam dores reais?"

Joe se manteve firme. Ele havia pensado sobre essas questões há muito tempo. "Esses módulos são um excelente esforço de engenharia para separar software e hardware. Mas, se você investigar o código, na verdade, o software de base é um contador que vai de cento e um a zero, quando o bot desliga. É um interruptor mortal para desligar robôs violentos. Podemos descrevê-lo como 'dor', mas ninguém sabe como caracterizar esse módulo dentro do próprio bot. A maioria de nós na minha área acredita que há algo fundamentalmente diferente – que não é uma 'experiência' do bot. Não é nada como a experiência humana de dor."

"Seu PIDA não parece real para você?" Havia um sorriso em Royce enquanto parecia mirar por cima da cabeça de Joe, não para seus olhos.

"Eu não tenho um PIDA." A calma resposta de Joe foi interrompida pelo riso delicioso de Freyja.

"Nem eu. Acho que consigo pensar com mais clareza sem que tenha algo na minha cola me interrompendo. Joe, o número de pessoas aqui que se abstêm de usá-los pode te surpreender. Acho que apreciamos ficar sozinhos em nossas cabeças."

Royce parecia irritado por não ter a última palavra, mas Freyja afastou Joe com a desculpa de que precisava apresentá-lo aos outros professores. Pararam na mesa de petiscos e ele colocou um camarão na boca para preencher o espaço vazio em sua barriga. Ela se inclinou para dar algo a Euler, depois sussurrou: "Não aprovamos discussões sobre Níveis aqui."

. . .

Ela desaprova. Ele ou o tópico? De qualquer maneira, fico feliz por permanecer em suas boas graças.

. . .

Enquanto carregavam seus pratos, ela disse: "O Lone Mountain College pode ser um lugar promissor para investigar seu problema em torno da IA. Orgulhamo-nos de evitar os rótulos dos departamentos e de incentivar a colaboração interdisciplinar." Ela gesticulou para a sala. "Embora o departamento de matemática seja o anfitrião dessa recepção semanal, ela é aberta a todos os professores. De fato, professores de outras áreas frequentemente superam em número os matemáticos."

Freyja descreveu as áreas de especialidade do departamento de matemática enquanto comiam. Depois conduziu Joe para um grupo de professores, onde um homem de barba e rosto avermelhado, que aparentava ter o dobro da idade de ambos, estava sozinho em um canto. Antes de se aproximarem, ela parou e sussurrou: "Nós não falamos sobre Níveis aqui, mas vou te dizer em particular que Mike é a pessoa de Nível mais alto na faculdade. Ele parece conhecer todo mundo que é importante. Mas, apesar disso, é liberal e acessível." Um sorriso tomou conta de seu rosto, como se estivesse prestes a contar um segredo. "Há boatos de que Mike é mais do que apenas um professor, que também faz parte da CIA. Não sei dizer, pois ele ainda não tentou me recrutar."

Freyja conduziu Joe, e o homem sorriu ao vê-la.

"Joe, este é Michael Swaarden, professor de direito e economia. Mike, Joe Denkensmith está aqui em período sabático junto ao departamento de matemática." Pelo seu tom de voz, Joe percebeu que eram bons amigos.

"Prazer em te conhecer. Por favor, me chame de Mike." Esmagou a mão de Joe. "O campus está vivo hoje à noite, e não apenas com coquetéis. Você teve algum problema em chegar aqui?"

"Se você está se referindo ao protesto no centro estudantil, passei bem. Foi uma saudação colorida."

"Os manifestantes estavam usando a faculdade para conseguir cobertura nos bate-papos. Parece que conseguiram," disse Mike.

"Eu não vi manifestações na Costa Leste – ou mesmo qualquer coisa relatada no Prime Netchat, pensando bem. Mas não tenho procurado," disse Joe, lembrando que havia silenciado seu NEST. "Sobre o que exatamente estão protestando?"

"Os Atos de Níveis, é claro". Mike pegou Euler no colo e acariciou suas orelhas. O espanto de Joe deve ter transparecido porque Mike passou a explicar. "Logo após as Guerras Climáticas, elas se tornaram a lei por todo esse tempo." Joe detectou um leve sotaque em sua fala.

Joe assentiu, hesitante. "Estou familiarizado com as guerras superficialmente, mas esqueci os detalhes para além da formação dos Atos de Níveis e, para ser sincero, não sei ao certo o que há para protestar."

Mike ficou mais reto, como se estivesse pronto para começar uma palestra. "Sim. As Guerras Climáticas eclodiram devido à diminuição de comida, água e terras aráveis. A destruição das fábricas desfez as cadeias globais de suprimentos e acelerou o uso de robôs para reconstruí-las. Países de todo o mundo nacionalizaram os meios de produção. Muitos países escolheram soluções igualitárias. Mas aqui, os Estados aprovaram os Atos de Níveis como o quid pro quo para a nacionalização. Foi assim que chegamos à nossa realidade política e econômica atual: renda garantida, propriedade coletiva dos meios de produção e uma espécie de estabilidade social."

"Portanto temos Níveis." Alguns detalhes voltaram à memória de Joe.

"Sim. Mas algumas pessoas não gostam de Níveis," disse Mike.

Joe sentiu a face corar – provavelmente pelo uísque. Níveis eram uma coisa boa. Ele estava confortável com seu Nível. Conquistou seu Nível. O esforço competitivo individual foi benéfico.

Por um instante, Joe estava de volta à pós-graduação, em uma aula de teoria ergódica, com as mãos suadas ao terminar o exame final. A matemática era tão abstrata que seu significado lhe havia escapado até vislumbrar uma beleza fugaz, um quebra-cabeças que podia entender e resolver, e ele a seguiu implacavelmente. Ela passou à frente, os números às vezes alinhando-se de maneira palpável em uma forma reconhecível. Então seguiria adiante além das pontas dos dedos, efêmera e misteriosa. Ele trabalhou treze horas diárias por dois meses para aprender a matéria. Os potenciadores de aprendizado em seu MEDFLOW ajudaram pouco. O único caminho claro para o conhecimento era suar para resolver os conjuntos de problemas e buscar a beleza na matemática. Quando clicou em Concluir no último conjunto de problemas, a euforia tomou conta dele com a consciência de que havia passado.

Aquela euforia se reergueu novamente com a lembrança, quando voltou ao presente e encontrou o olhar de Mike procurando seu rosto.

Joe pigarreou. "Parece que todos têm uma vida boa. Os empreendedores são recompensados por sua criatividade e talento com Níveis aprimorados. E o que produzem é competitivo porque, é claro, algumas pessoas gostam de ter coisas que ninguém mais tem." Sua marca favorita de uísque, por exemplo. Joe continuou: "Se um empreendedor cria algo realmente único e exclusivo, eles também são recompensados com crédito$. Todos veem suas necessidades atendidas, ao mesmo tempo que têm a oportunidade e a motivação para avançar de Nível."

A testa de Mike enrugou, seus olhos sondando os de Joe. "Os Atos de Níveis determinam limites sobre quem pode aspirar a certos empregos, quem pode se casar com quem, quem pode votar, quem pode viajar para determinados destinos e quem tem acesso aos cargos criativos patrocinados. Justificar os Níveis pressupõe pelo menos que você tenha confiança nos algoritmos que atribuem os Níveis. Mas alguns acreditam que legados pessoais superam a equação em comparação ao mérito. Essas questões de justiça são todas argumentos contra os Atos."

O conflito de Joe crescia, ao recordar colegas com Níveis mais altos que não eram tão inteligentes ou trabalhadores. Ele sabia que os Níveis eram calculados usando heurísticas, não princípios rigorosos, portanto nunca eram precisos. Mas seriam os Níveis generalizadamente injustos? Ele não queria antagonizar o professor, mas se perguntou se esse era um lugar seguro para conversar. Sem links de comunicação ou bots por perto, era o lugar mais livre de bisbilhoteiros possível.

"São argumentos sólidos sobre as falhas nas heurísticas de software e talvez sejam, sim, imperfeitas. E não vou tentar discutir causas com alguém que tem doutorado em direito e economia."

Mike pareceu desapontado por Joe ter aceitado o argumento com tão pouco esforço. "Joe, meus diplomas não são motivos suficientes para você ceder. Deixe a verdade do argumento vencer, em vez de aceitar cegamente qualquer autoridade." Ele relaxou enquanto se inclinava na direção de Joe e Freyja. "A organização política adequada de direitos e responsabilidades na sociedade sempre foi um assunto complexo. Eu defendo a justiça social e gostaria de ver a sociedade se mover mais rápido nessa direção. Infelizmente, sacrificamos a justiça social junto com a liberdade individual."

A discussão desviou-se da conversa normal aceitável de coquetel, e parecia correto mudar de assunto.

Joe lançou um olhar ao redor da sala. "Falando em autoridade, onde está o Dr. Jardine? Estou ansioso para conhecê-lo."

Freyja, que silenciosamente assentia durante a conversa, entrou em cena. "Ele costuma se atrasar para esses eventos. Mesmo que ele próprio os organize e seja a principal razão pela qual todos querem vir, ele assume uma postura mais passiva. É sua humildade natural."

"Mas você saberá quando ele entrar na sala. Dr. Eli Jardine tem uma presença forte," disse Mike com reverência.

"Os físicos aqui diriam que ele é como um bóson de Higgs entrando na sala." Freyja riu. "Você verá a multidão aglomerando-se ao redor dele."

"Eu o conheço pela reputação de um matemático renomado. Fiquei feliz por ele responder à minha comunicação e aceitar meu pedido para passar o ano sabático aqui."

Freyja repousou seu copo. "Considere-se afortunado porque as posições sabáticas aqui são raras. Dr. Jardine tem um conhecimento incomparável em assuntos matemáticos. Ele incentiva a investigação e é cheio de sabedoria, se você reservar um tempo para ouvir. É por isso que ele é o reitor do departamento de matemática. E essa é apenas uma dentre suas várias funções aqui."

Um rumor cresceu no outro extremo da sala e um professor grisalho caminhou em direção a Joe. Ele exibia uma barba e uma expressão calma, mas comprometida, enquanto cumprimentava cada pessoa, parando ocasionalmente para trocar algumas palavras. Ele reverberava alegria, e imprimia sorrisos nos rostos das pessoas por quem passava. Logo havia chegado diante de seu grupo e segurava a mão de Joe. Joe sentiu o coração disparar.

Os olhos de Jardine dançavam enquanto ele falava. "Alguém novo. Você deve ser Joe Denkensmith. Bem-vindo. Eu achei que eu que te apresentaria para Freyja, mas não é surpresa alguma que você próprio a tenha conhecido."

"Que maravilhoso f-finalmente conhecê-lo, Dr. Jardine." Joe respirou fundo, se acalmando.

"Entendo pela nossa correspondência que suas questões sejam tanto filosóficas quanto matemáticas. Além de Freyja, sugiro que você conheça o professor Gabe Gulaba. Mas devemos sentar no meu escritório para discutir seu projeto primeiro. Talvez amanhã?"

Joe assentiu e Jardine continuou seu movimento, deixando fluir uma onda de energia e sinceridade pela sala.

Com inexplicável animação renovada, Joe conversou um pouco mais com Freyja e Mike. Depois de concordar em se encontrar com Freyja no final da semana, despediu-se e subiu as escadas. Joe parou no mezanino para dar uma última olhada em Freyja e Mike, que estavam amontoados embaixo. Mike esfregou a barba, sua expressão como a de um pai conversando com a filha enquanto ela lhe dirigia a palavra. A última imagem que Joe viu antes de sair foi Freyja, sorrindo e conversando enquanto segurava seu gato azul.

Capítulo 3

Joe chegou ao departamento de matemática cedo na manhã seguinte. Fez o check-in na mesa administrativa, onde emitiram seus códigos de segurança do campus, ID para o sistema de bate-papo da faculdade e o direcionaram para seu novo escritório no terceiro andar. Era semelhante ao anterior, porém com uma contrastante vista serena, um quadrado cheio de árvores.

Três minutos depois, um pipabot chegou para ajudar na configuração de seu escritório. "Qual equipamento de comunicação você gostaria que fosse instalado?"

Joe solicitou uma unidade de holo-wall padrão. Não fornecia a experiência completa de realidade virtual, mas era mais confortável para o uso diário, porque não precisava usar um traje háptico. Ele estava curioso sobre o nível de sofisticação tecnológica no Lone Mountain College. "Quais são as unidades de comunicação mais usadas nas salas de aula?"

"Os holo-walls são mais populares. Muitos no departamento de matemática também usam holo-tetos. Algumas salas de aula têm holo-pits para discussões em pequenos grupos. As salas de aula maiores são equipadas com holo-imersivos, com trajes hápticos completos. Por fim, existem pods de netwalker em várias salas de aula." O pipabot piscou em azul quando completou a lista, depois começou a ditar as especificações, mas Joe o cortou.

"Wall, teto, pit, VR total, netwalkers – é tudo o que eu preciso saber." Joe não escondeu sua irritação. O bot piscou em rosa.

. . .

Temos que aturar o pedantismo da banalidade administrativa em todos os lugares do planeta Terra antes de encontrar o céu.

. . .

O pipabot informou que o equipamento seria instalado no final do dia e Joe o dispensou. A tecnologia era o que esperava – não chegava ao topo de linha mas típico de uma faculdade menor. Depois de passear pelo prédio de matemática para se familiarizar com o ambiente, almoçou em um café no primeiro andar. Enquanto mastigava um sanduíche, verificou o netchat em seu NEST, em seguida, procurou por notícias sobre os protestos da noite anterior. Havia várias matérias sobre a manifestação e outra que aconteceu ao mesmo tempo em Sacramento. O Ministério da Segurança divulgou um brusco comunicado dizendo que os manifestantes eram perigosos. Ninguém foi preso.

Depois do almoço, Joe seguiu sua ARMO até o escritório de Jardine. A linha de projeção vermelha cobria a paisagem e o guiava para uma casa sobre uma colina, com vista para um canto do campus. Não havia qualquer robô para recebê-lo, então ele passou pelo portão aberto para um grande jardim de entrada. As plantas cresciam em torno do caminho de paralelepípedos, muitas ramificando em folhagens densas. As primeiras flores da primavera precoce da Costa Oeste invadiam-no com seu aroma, incluindo o delicado muguet de lírio do vale, e Joe refletiu sobre os escassos benefícios que acompanham as mudanças climáticas que aquecem o Oeste.

Seguindo o caminho tortuoso, ele encontrou uma escadaria. O Dr. Jardine lhe cumprimentava do alto, e Joe subiu os degraus para encontrar seu anfitrião. Um sorriso enrugou as bochechas desgastadas, e seus cabelos brancos escorriam sobre as orelhas, brilhando com a luz do dia. Ele deve ser mais velho que os dinossauros. Quando Joe apertou sua mão, todo o carisma da personalidade do Dr. Jardine irradiou para fora com uma onda eletrizante.

O escritório de Jardine era anexo aos seus aposentos, um espaço semelhante ao atribuído a Joe. Uma janela ficava de frente ao campus. Outra janela em um estúdio forrado de livros fazia frente ao jardim do andar inferior. Tudo estava plenamente iluminado, e embora a cena tenha tocado o coração de Joe, ele hesitou em olhar para Jardine.

Em vez disso, observou a selvageria das plantas através da janela. "Você gosta de jardinagem?"

Jardine considerou a profusão alegre com afeição. "Eu não sou bem um jardineiro. Plantei as sementes e nunca mais encostei. Sempre foi selvagem. Eu prefiro ver as plantas crescerem por conta própria. Você gosta de jogar xadrez?" Ele apontou para uma pequena mesa montada com um tabuleiro de xadrez e canecas com alguma bebida quente.

Joe assentiu e sentou-se na cadeira oferecida em frente às peças brancas, confortado pelo aroma quente de chá subindo de sua xícara. Ele lembrou de sua jogada de abertura favorita, e moveu a primeira peça.

Ao mover um peão, Jardine disse: "Você sabe, é claro, que o Ministério da IA mandou um recado recomendando seu sabático aqui. A faculdade está atenta a tais pedidos, embora eu não seja influenciado por apelos externos. Você foi aceito pelos méritos da sua inscrição."

"Fico encantado em ouvi-lo."

"Ajude-me a entender seus motivos para ingressar nesse período sabático. Eu sei que você tem perguntas específicas sobre a consciência da IA. Mas, para responder a essas perguntas, você pretende responder a um conjunto de perguntas mais amplas que pouco têm a ver com matemática?"

"Correto em ambos os aspectos."

"Sinto dizer que minha ajuda direta ficará em falta. Eu posso aconselhá-lo ao longo do caminho, mas você deve fazer o trabalho criativo. Você encontrará vários colegas aqui que podem ser úteis. Como todos os sabáticos da faculdade, o seu não será supervisionado, para prosseguir como você achar melhor."

"O convite deixou isso claro. Sinto-me grato por estar aqui. Obrigado pela liberdade de explorar," disse Joe.

A expressão de Jardine se iluminou como o sol acima do jardim. "Aprecio seu agradecimento." Ele moveu o bispo para a frente e tomou um gole de chá. "Vamos começar com a questão prática da consciência da IA?"

Joe se inclinou para a frente, animado para se envolver em um tópico que conhecia bem. "O projeto de pesquisa mais importante dos Estados no século passado foi o de criar uma IA e um robô verdadeiramente conscientes. Supõe-se que a consciência do robô seja a única maneira de evitar defeitos ocasionais, que ferem e até matam pessoas." Joe continuou colocando cavaleiros e bispos em posição com seus movimentos iniciais. "Conforme escrevi para você em minha inscrição sabática, meu trabalho tem sido focado em IAs nos últimos anos, começando na pós-graduação. Chegamos diante de uma sólida parede. Venho perdendo as esperanças no projeto."

"Criar inteligência é difícil. Criar sabedoria é ainda mais complicado." Jardine deu um riso abafado.

"Que abordagem você sugere para trabalhar a questão?"

"Esse é um problema profundo." Jardine moveu um cavalo a um surpreendente alcance do bispo de Joe. "Estou feliz que você esteja colaborando com Freyja Tau para explorar a matemática fundamental e obter informações sobre esse problema mundano."

"Estou contente também. Já organizamos uma discussão para o final desta semana. Como matemático, encontrei beleza na verdade das equações."

"Buscar a beleza no mundo é um caminho frutífero." Um aceno sagaz acompanhou a jogada seguinte de Jardine. "E quanto às questões mais amplas?"

Joe curvou-se sobre o tabuleiro, as mãos cruzadas. "A luta para criar uma IA consciente me forçou a pensar na consciência em geral e na minha própria consciência – o que é que me faz acreditar que existe um 'eu' separado que me constitui?"

"Esse é outro problema difícil, com o qual os filósofos lutam há milênios. Gabe Gulaba, um colega do departamento de filosofia que mencionei ontem à noite, entende a filosofia da mente com uma profundidade tamanha que pode ajudá-lo a estruturar sua pergunta com precisão."

Joe encostou em um cavalo, mas se esforçou para decidir entre dois movimentos. Ele visualizou os caminhos de bifurcação, depois moveu a peça para a posição que parecia criar um resultado melhor. Ele olhou para cima e encontrou Jardine examinando-o.

"Decifrar a consciência é a única dificuldade que você anda tendo?"

Joe não se preocupou em confessar sua confusão ao sábio homem do outro lado do tabuleiro. "Minhas perguntas sobre a consciência da IA me deixaram desanimado. Refutei todas as teorias que tive e a experiência me fez duvidar de tudo. Esse período sabático pode ser uma chance de redefinir minha direção. Não sei qual caminho seguir se determinar que a consciência da IA não é possível. Acho que estou atrás de um propósito digno."

Jardine assentiu. "É uma pergunta fundamental também, e é sábio de sua parte perguntar. Sócrates disse que a vida não examinada não merece ser vivida. Não concordo, porque todas as vidas merecem ser vividas. Mas o exame complexo da vida exercita o dom da consciência, e é mais interessante. "

Joe estudou a posição defensiva de Jardine em torno de seu rei, depois lançou um ataque contra um peão protetor. Jardine jogou a cabeça para trás e riu. "Você tem uma natureza competitiva."

"Está no meu DNA. Além da matemática, é meu único amor e motivação no momento," disse Joe.

Jardine tomou um gole mais longo de chá. "Somos matemáticos, lidando com abstrações. Mas a matemática está contida em um universo mais amplo, para além de nossa própria consciência."

"Você está sugerindo um novo propósito para mim além da matemática?"

"Existem muitos caminhos virtuosos abertos para você."

"Eu sempre estive na minha cabeça." Joe fez uma jogada hesitante. "Foi a melhor maneira de competir, mais em competições mentais do que físicas."

Jardine removeu um dos bispos de Joe do jogo. "A vida é muito mais do que competição. Seus semelhantes têm características variadas, algumas melhores ou piores que as suas, mas são sempre desiguais. A concorrência pura apenas enaltece essa desigualdade. Muitos caminhos reconhecem a força da colaboração entre pessoas que têm habilidades e perspectivas diferentes."

"Colaborar e tratar pessoas com respeito." O passado de Joe invadiu seus pensamentos novamente. "Uma das minhas poucas aulas de filosofia na graduação foi sobre a visão de Schopenhauer de que a compaixão é a base da moralidade."

Jardine sorriu, eles jogaram em silêncio por vários minutos, e a posição de Joe no tabuleiro se degradou.

. . .

Sua jogada é esmagadoramente boa. Jardine deve ser um Grande Mestre.

. . .

Joe examinou todas as possibilidades. "Falando em compaixão – você alguma vez permite que outros professores ganhem de você neste jogo?"

Um sorriso largo se abriu pelo rosto de Jardine. "É uma circunstância em que me permito ganhar de todo mundo. O xadrez é um jogo em que todos os movimentos podem ser previstos se você considerar todas as combinações possíveis. A vitória depende da quantidade de movimentos que você consegue prever. Com uma avaliação, se eu me adiantar a todas as suas jogadas possíveis, como nossas IAs tentam fazer, aumento minha chance de vencer... ou melhor, aumento minha chance de evitar a derrota. Mas se *você* estiver perdendo, pode derrubar o tabuleiro. " Jardine deu uma piscadela.

. . .

Derrubar o tabuleiro? Uma ideia pouco ortodoxa. E surpreendente.

. . .

Jardine riu. "Vejo por sua surpresa que, pelo menos em atividades lógicas, você segue as regras. Dentro dos limites das regras do xadrez, derrubar o tabuleiro não conta como evitar uma perda. Mas estou ressaltando que você pode fazer algo inesperado."

Joe apertou os lábios. "Mas que jogada eu poderia fazer que fosse ao mesmo tempo inesperada e respeitasse as regras? Não vejo a lógica em como uma jogada assim poderia existir."

"Sua definição de lógica está limitada ao jogo que você vê à sua frente e implica uma causa visível para todos os efeitos. Mas e se você não conseguisse identificar a causa? Você está familiarizado com *Dom Quixote*? A suposta insanidade de alguém pode ser um sinal de livre-arbítrio."

Joe tentou ignorar que suas peças perdidas assistiam ao jogo de longe e fez a melhor jogada que conseguiu. "Estou feliz que você tenha mencionado o livre-arbítrio. Está entre as questões que mais tenho contemplado já por anos. Comecei pensando que tipo de 'vontade' esses bots podem ter sido programados para possuir. Então percebi que não sei qual livre-arbítrio, se há algum, eu tenho. Uma visão cerrada do universo pode sugerir que não temos livre-arbítrio algum, levando em conta somente as leis matemáticas deterministas. No entanto, passamos pelo mundo agindo como se o tivéssemos."

"Livre-arbítrio. Sim, o dom supremo. Essa deve ser a pergunta mais difícil de responder," disse Jardine.

Joe não viu mais saídas possíveis no jogo. Jardine arranjou suas peças como um muro impenetrável, e sua rainha e bispo estavam se aproximando do rei de Joe. "Eu desisto." Ele se afastou do tabuleiro, desanimado e mais cansado do que a hora teria sugerido. "Obrigado novamente. Você tem algum outro conselho?"

Jardine se endireitou na cadeira, com um brilho nos olhos. "Há sempre mais uma jogada para evitar a derrota. Nunca desista do jogo."

◆

Joe sentou em sua sala de estar que escurecia com o desvanecer da última luz do crepúsculo. Um punhado de estrelas já brilhava acima das silhuetas das árvores do lado de fora da janela ampla. Ele terminava seu jantar em paz e sozinho. Os bots haviam entregado seus pertences e arrumado tudo prontamente. Os bots não faziam nada sem um comando para agir, mas Joe ainda se irritava com o fato de que mudassem seus parcos pertences de lugar. O decantador de whisky e copos de cristal ficavam em cima da mesa de canto da sala de estar, e 73 havia enchido o decantador. Joe serviu-se de um copo e provou a bebida com gosto. Sentou-se, saboreando o whisky na escuridão crescente.

A visita a Jardine ainda reverberava em sua mente. Quando começou a trabalhar com IAs, Joe esperava fazer alguma descoberta significativa, porém só experimentou anos de frustrações acumuladas. Depois a desilusão. A pesquisa para criar uma IA consciente o levou a questionar sua própria mente. Nesta tarde, Jardine foi sábio, compassivo, e tão confiante de que Joe encontraria respostas.

. . .

Parece que os bots se movimentam com tanto conhecimento e intenção. Porém, não são conscientes ou sencientes; são máquinas irracionais, computadores. Podemos fazer com que analisem sua operações para que não se quebrem ou causem danos a si próprios, porém não temos como os programar para pensarem em sua própria existência. Os bots levam vidas não-examinadas. E eu? Sou mais uma máquina executando uma missão inútil? Qual o sentido de toda essa atividade? Eu preciso saber.

. . .

Capítulo 4

Joe acordou apático. Meio adormecido, ativou seu NEST e enviou um pedido formal de conferência com Dr. Gulaba, mencionando sua conversa com Jardine. O professor mandou uma resposta rápida, marcando uma reunião para o fim da tarde.

Motivado pelo progresso, ele se arrastou para fora da cama, se vestiu e saiu à luz do sol. Perambulou pelo campus, se familiarizando com as redondezas. Encontrou uma cafeteria para almoçar e comeu enquanto buscava por notícias no netchat. Não encontrou mais matérias sobre o protesto no campus – uma omissão que atiçou sua curiosidade – e procurou artigos sobre o movimento Antiníveis. Ele não só se espantou com a falta de reportagens, mas também com o desaparecimento das matérias anteriores.

Aprofundou a busca, utilizando suas habilidades de hacker para fazer uma varredura pelas áreas obscuras da rede. Depois de um tempo, conseguiu encontrar uma publicação criptografada. "Hackeei a base de dados, não eles. Alguns G-2 interessantes lá dentro. cDc." Como não conhecia a assinatura hacker cDc, ele consultou as listagens secretas e encontrou uma referência a um hacker anônimo chamado "CultoftheDeadCat". Ele achou que fosse alguma referência obscura à equação das ondas de Schrödinger, e riu consigo mesmo com o fato de que o autor tivesse determinado que o gato havia morrido. Joe testou várias análises estatísticas com os termos "protesto", "base de dados hackeado" e "cDc". Uma fraca correlação o direcionou às bases de dados do Ministério da Segurança. O hacker cDc estava conectado de alguma forma aos protestos que ele teste-munhou e às bases de dados da polícia.

Joe fechou seu NEST e resolveu tirar a mente do protesto. Ele não sabia bem por que a lembrança se alojou ali. Apesar de não se sentir injustiçado pelos Atos de Níveis, talvez o comentário de Mike tenha despertado seu interesse.

Terminado o almoço, Joe se ergueu e se alongou. Sem agenda definida, ele se sentia desamarrado e livre. Depois de anos imerso em problemas práticos de IA e do ritmo frenético de uma moderna cidade grande, a faculdade era um paraíso. Precisamos todos en-contrar nossos retiros. Este lhe daria tempo para pensar nas ques-tões nebulosas.

Ele caminhou pelo campus até o canto sudoeste e encontrou o prédio de filosofia em sua ARMO. Percorreu a escadaria de granito para entrar no prédio, onde seu NEST criou interface com um di-retório que o guiou até o escritório do Dr. Gulaba, no último andar. O professor o cumprimentou e eles se acomodaram em cadeiras grandes, confortáveis. Da parede acima deles, pendia uma corne-ta antiga, com um metro de comprimento. Um pipabot entrou e serviu duas xícaras de chá quente. Dr. Gulaba o dispensou com um sinal das mãos. Um silêncio incômodo pairava entre eles. O olhar de Dr. Gulaba escaneava Joe. Seu cabelo estaria bagunçado por causa da caminhada?

Joe também estudava Dr. Gulaba. O professor de filosofia era de estatura média, e Joe estimava sua idade em mais de um século. A pele das bochechas era envelhecida, porém macia e translúcida como papel de arroz molhado. Seu fino cabelo grisalho estava pen-teado para trás ordenadamente no alto da cabeça. Como Jardine, Gulaba dispensou o uso do gotejo de melanina. Diferente de Jardine, as sobrancelhas de Gulaba eram rebaixadas, formando uma linha dura e crítica, como se seu olhar cravasse uma fenda no interior da alma de Joe.

"Obrigado por aceitar minha visita, Dr. Gulaba."

"Por favor, me chame de Gabe. Usamos nosso primeiro nome em Lone Mountain College." Suas sobrancelhas, de maneira quase impossível, pareceram rebaixar mais ainda. "Vamos começar com as preliminares. Por que você está aqui?"

Joe olhava estupidamente.

. . .

Exatamente uma das perguntas que espero responder.

. . .

"O que quero dizer," Gabe acrescentou, "é como eu, um filósofo, posso orientar você, um cientista de IA?"

Uma energia renovada preencheu Joe. "Sou um matemático aplicado e cientista de IA, mas sou formado como matemático teórico e físico. Nos últimos anos, trabalhei no Ministério de IA, desenvolvendo a próxima geração de IA. Mas empaquei numa questão – que acredito ser filosófica por natureza. Dr. Jardine sugeriu que me conectasse com você, para me ajudar com as questões filosóficas."

"Agora estou entendendo melhor." Gabe deu um gole no chá. "Meus doutorados são em filosofia e física. Abordo a filosofia a partir de uma perspectiva empirista. Isto é, acredito que precisemos buscar nossa experiência sensorial do mundo real para aprender qualquer coisa. E a ciência tem se provado ser a abordagem mais produtiva para adquirir conhecimento, mesmo com suas deficiências significativas."

"Dois doutorados." Joe se lembrou dos dois diplomas de doutorado de Mike Swaarden, e seus míseros dois mestrados pareceram insuficientes. Ele sabia que a norma era essa nas universidades, mas não esperava que fosse tão comum nas pequenas faculdades também. "Muito impressionante."

Gabe se esquivou do elogio. "Nossas vidas são longas o suficiente para termos bastante tempo para estudar. E os novos conhecimentos vêm através da síntese entre as disciplinas tradicionais."

"A melhor forma de estar à frente dos AGIs vomitando fatos," Joe disse.

"Certamente." Gabe o estudou com uma expressão hipercrítica. "Já dei aulas para muitos alunos de filosofia, e gosto muito de fazer isso – contanto que o aluno esteja realmente dedicado a encontrar respostas."

"Eu estou interessado em encontrar verdade." Joe se inclinou pra frente. "Mais até do que resolver os problemas práticos."

O tom de Gabe ficou mais brando. "Posso ser uma mosca incômoda. Nem um pouco prático, alguns dizem. Mas eu posso te desafiar a pensar diferente."

"É o máximo que qualquer um pode pedir." Ele respirou fundo e começou seu discurso. "Meu trabalho se focou em AGIs pelos últimos dez anos. Estávamos utilizando o termo 'Inteligência Artificial Geral' durante séculos, a inteligência geral sendo um atributo humano. IAs conseguem executar muitas tarefas individuais melhor que humanos, no entanto, não conseguiram ainda generalizar-se em torno das sub-habilidades. Elas são inteligentes? Sim. Conscientes?" Joe fez uma pausa para absorver a reação de Gabe, enquanto se preparava para afirmar sua posição polêmica. "Eu não acho que são, e estamos longe de fazê-las assim."

Gabe inclinou a cabeça. "Isso combina com minhas crenças. Eu ainda não me convenci de que as IAs atingiram a consciência. Pelo menos nenhuma delas me despertou a vontade de dividir uma xícara de chá."

Joa balançou sua xícara de chá e inspecionou seu conteúdo girando. "Está aí o problema. No fundo, tem alguma coisa faltando. Não temos como ensinar uma unidade de IA a arquitetar um modelo mental consciente do mundo. Progredimos em um processo ascendente para induzir inferência sobre como o mundo funciona, que a IA encaixa em modelos maiores. No entanto, não sabemos como programar a IA para construir um retrato verdadeiramente topo de linha." Ele olhou para cima. As sobrancelhas de Gabe arquearam, concedendo-lhe um ar interessado em vez de crítico. "Uma abordagem para entender o pensamento é utilizar animais como modelo comparativo, com uma pirâmide de capacidades crescentes."

"Já que eu não sei nada de prático sobre criar robôs ou IAs, por favor, me guie – rapidamente – por essa estrutura. Qual é a sua pirâmide?"

"Para simplificar, coloque na base a *nocicepção*, que é detectar estímulos danosos, como químicos venenosos. No nível seguinte, tem a *senciência*, que inclui a capacidade de sentir, perceber e experienciar subjetivamente. Uma esponja marinha, por exemplo, tem nocicepção, mas não tem senciência. Depois, acima disso, tem a *consciência*. Uma galinha tem senciência, mas não tem consciência."

"O cérebro do animal humano fica no topo da pirâmide?"

"Exatamente. A consciência humana é criada através de ondas cerebrais geradas por todo o cérebro, formando padrões. É a wetware, o modelo biológico com o qual começamos."

"O modelo animal – wetware, como você diz – realmente se compara ao software de uma IA?"

"Não. Começamos na base da pirâmide, criando módulos de software para imitar estímulos sensoriais de animais. Mas o software começa a dar erros antes de chegar a replicar a consciência." Joe esfregou a barba. Estava maior que de costume, e ele percebeu que era mais uma tarefa que Raidne lhe havia lembrado de fazer.

"Então me fale dos módulos de software."

Joe tomou um gole do chá, revisando mentalmente a estrutura do código de IA e os módulos do software. "Cada bot utiliza dados externos do ambiente que alimentam múltiplos módulos de processamento interno. Há um agente de atenção para escolher onde colocar o foco. Há um módulo de histórico de IA que cria uma pseudo-memória. Há um agente de planejamento para construir cenários futuros e escolher dentre eles. Há um agente emocional para ajudar com escolhas de ações."

"Depois com tudo isso, os bots podem andar por aí sem fazer estragos." A seca observação de Gabe revelou que ele captara o tema.

. . .

Mais uma vez, estou remoendo esses módulos cansados de software, cheios de zeros e uns. São tão diferentes da consciência real quanto a caveira do pobre Yorick do palhaço vivo. Onde estão os lapsos de alegria para lançar a mesa toda em gargalhadas?

. . .

Gabe continuou sua análise. "Talvez para ter tal modelo mental, deverá haver um 'Eu' experimentando o mundo. Onde está esse 'Eu' no centro da experiência?"

"É isso." Joe reconheceu um espírito semelhante ao dele. "E sem esse 'Eu' no centro, não podemos atingir a consciência verdadeira. Por exemplo, as IAs conseguem encontrar novas fórmulas matemáticas utilizando a mineração de dados profundos e algoritmos em camadas, mas não sabem quando descobrem algo especial. Falta-lhes o último passo. Não podemos ensiná-las a entender o que os dados realmente *significam*."

"Os filósofos incluem o conceito de 'qualia' quando descrevem a consciência," disse Gabe.

"Certo. Os cientistas de IA aceitam a definição filosófica de qualia como instâncias individuais da experiência subjetiva e consciente. São qualidades percebidas do mundo, junto com sensações corporais. Por exemplo, *como é* levar uma picada de cobra."

"Um exemplo contundente." Gabe deu uma gargalhada. "Muitos filósofos acham que experiências subjetivas como essa são pré-requisito para uma consciência mecânica semelhante à humana, o topo de sua pirâmide. O caráter de fenômeno de uma experiência é o *como é* subjetivamente passar pela experiência, do ponto de vista da primeira pessoa – no seu exemplo, como é sentir as presas da cobra em sua mão. Outro exemplo mais típico é como é ver a cor vermelha de uma maçã."

Joe assentiu. "Reconhecemos a importância de tais experiências subjetivas, mas estamos batendo a cabeça para criar o *como é*. Dar sensores a um robô provê informações sobre a posição do corpo físico do bot, assim como informações sensoriais similares às dos humanos – visão, tato e audição. Não fazemos ideia de como criar qualia dentro da máquina, nem temos como mensurá-la se *for* criada."

Um apito da porta os alertou sobre a entrada de um pequeno drone na sala, que ficou pairando no escritório. Seu painel frontal irradiava uma luz roxa enquanto a voz mecânica anunciava, "Entrega de pacote, Dr. Gulaba. Vestido e casaco *xuanduan* escarlates." Gabe piscou os olhos ao receber o pacote via NEST. O drone zarpou e a porta do escritório se fechou com sua saída.

Um relance de incômodo apareceu no rosto de Gabe. "Desculpe-me pela interrupção. Não uso PIDA para resolver essas tarefas no automático."

"Sem problemas. Também não uso PIDA."

A expressão de Gabe abrandou. "O Ano Novo chinês foi nesta segunda. Eu gosto de comemorar com meus dois parentes que ainda estão vivos. Mas desta vez trocamos muitos *gan bei* e alegrias e, como resultado, minhas vestimentas tradicionais tiveram que ser trocadas."

Joe deu uma risada. "Que pena que não cheguei a tempo para comemorar."

Gabe sorriu. "Mas voltando ao seu problema. Como você mede a consciência?"

"Cientistas de IA aplicam a métrica da autoconsciência. Queremos uma IA que esteja consciente de que é consciente. Esse conceito chegaria mais perto do que entendemos como consciência humana. Muitos experimentos tentam definir e testar a métrica, mas nenhum algoritmo funciona de forma consistente."

"Qual a dificuldade?"

"Estamos empacados nos estados mentais." Joe encostou em sua cadeira. "Falamos de 'estados mecânicos'. São diferentes de estados mentais humanos. Tentamos programar os estados mentais de primeira ordem, tais como as percepções. Envolvem a IA receber estímulos sensoriais externos. Porém, não construímos estados mentais de ordem maior. Estes seriam estados mentais sobre outros estado mentais. Claro que podemos programar para que isso seja uma função recorrente, mas seria algo que se aciona ciclicamente. Isso não se assemelha com o que acontece nas nossas próprias mentes humanas, de se ter uma experiência subjetiva."

A conversa continuava, as horas passavam rapidamente rapidamente. A luz natural se esvanecia dentro do escritório, quando as lâmpadas no teto se acenderam. Gabe se levantou e deu uma esticada. "Estou com fome. Você quer continuar durante o jantar?"

. . .

Uma oportunidade bem-vinda. Gabe é um profundo pensador. Ele pode ser o tipo de orientador que preciso. Eu deveria tentar convencê-lo a ser meu professor.

. . .

"Claro, vou adorar."

<hr />

Gabe o guiou para fora do campus e eles adentraram um pequeno vilarejo, depois desceram uma rua perpendicular à rua do mercado. Ele se esgueirou para dentro de uma taverna, e Joe o seguiu. As paredes de travertino refletiam a discreta luz dourada vinda das lâmpadas no teto. As mesas de madeira eram forradas por toalhas quadriculadas em vermelho e branco. Um pipabot os escoltou para uma mesa ao lado da janela.

"Lugar legal," Joe disse.

"A comida tem sabor autêntico, mas ainda é um restaurante curado, copiado da Grécia. Falta a qualidade rústica que lembro ter encontrado numa visita à Macedônia." Gabe abriu o guardanapo e forrou o colo. "E faltam as pessoas amigáveis que recordo ter conhecido lá."

"Nesse caso, você deveria escolher para nós dois." Joe se impressionou com o fato de Gabe ter viajado para fora do país – seu Nível deveria ser muito mais alto que o de Joe. Imaginou se Gabe já havia nascido em um Nível alto, e quantos deve ter subido durante a vida. Mais de uma dúzia seria incomum.

"Presumo que peixe seria aceitável?"

Joe assentiu. "Eu sigo a dieta min-con padrão. Sem cefalópodes, é claro." Joe gostava de peixe, uma proteína animal que se tornou aceitável após estabelecerem um método sustentável de criação de peixes em cativeiro. No entanto, como a maioria das pessoas, a ideia de comer animais com um nível mais alto de consciência o deixava nauseado.

Logo o tira-gosto de barbouni e salada horiatiki estariam na mesa, e Gabe pedia um vinho branco. "Esse synjug vai complementar bem sua refeição," disse o pipabot. Seus dedos delicados de metal giraram tão rápido que formaram um borrão ao abrir a garrafa, servir as duas taças e deixá-la aberta para oxigenar.

"Muito bom esse Santorini Assyrtiko." Joe levantou sua taça contra a luz. "Esse vintage é o melhor da década desse produtor."

Gabe fez uma expressão de desconfiança. "Você buscou essa informação agora?"

"Não, meu NEST está desligado. Eu me lembro das coisas que me despertam interesse. Minha memória já foi bem melhor, quase tão boa quanto um vidcam, mas agora ando enferrujado." Ele rebaixou as sobrancelhas. "Desculpe se soei como um robô vomitando informações aleatórias."

A expressão de Gabe relaxou. "Não, a informação foi apropriada. Você tem uma memória incomum, poder citar a propriedade e a safra de uma uva de segunda. E é bom saber que essas ideias de hoje são todas originais suas."

"Não que seja muito útil hoje em dia, já que podemos armazenar qualquer coisa em nossos NESTs."

Gabe bebericou o vinho em apreciação. "Sócrates reclamava que a tecnologia moderna estava enfraquecendo a memória."

"Que tecnologia seria essa?"

"A escrita."

Joe deu uma gargalhada enquanto dava a última garfada em sua salada. O servobot trouxe o prato principal, pimentões recheados e temperados com azeite. Joe parou na primeira mordida, sentindo o rico sabor do alimento. Tomou um longo gole do vinho, apreciando como as notas cítricas complementavam a refeição.

"Você mencionou o 'Eu' ao centro da consciência." Gabe se serviu de mais uma taça de vinho. "Esse 'Eu' percebe o significado. A visão filosófica com a qual compactuo é a de que criamos uma semântica a partir de nossa relação com o mundo."

Joe ergueu sua taça. "Então, por exemplo, a minha ideia de vinho?"

"Exatamente. O significado de uma taça de vinho advém da relação entre você e o líquido específico em sua taça. Você reage a ele com base na função que desempenha no momento, junto com as memórias que um líquido semelhante criou no passado."

"Isso inclui as memórias?"

"Sim. Pense nas lembranças como relacionamentos prévios que você já teve com o mundo." Gabe levantou a taça contra a luz, um modesto sorriso iluminando seu rosto. "Para mim, esse vinho me leva de volta para a Grécia. Já compartilhei muitas garrafas com amigos." Gabe alongou a palavra 'amigos' para além sua duração natural. Joe não resistiu à tentação de especular se havia alguma ligação romântica ali. Um amor há muito perdido?

O último comentário de Gabe abriu a porta para que Joe pudesse tocar em um assunto pessoal, que ficava sempre pairando no fundo de sua mente. "Então os relacionamentos moldam todas as nossas percepções. Agora estou pensando sobre meu relacionamento com o mundo. Estou pensando no sentido em uma definição mais ampla."

"Ah, o sentido. Como em propósito?"

"Sim, o propósito. Com todos esses bots, temos pouco a fazer. Quase ninguém no mundo precisa fazer nada para satisfazer suas necessidades básicas de alimentação e moradia." Joe parou no meio de um corte no pimentão. "Estou tendo dificuldades em encontrar um sentido pessoal para mim no universo."

"Ah, a meta-pergunta sobre o sentido, então." Gabe coçou o cavanhaque. "Como filósofo, deixe-me desenvolver a pergunta com mais perguntas. Você está esperando um propósito internamente ou externamente motivado?"

"Não vejo como possa existir um propósito externo. De onde isso viria? Todos os dados científicos sugerem que o universo é fisicamente fechado."

"Não há possibilidade de haver algo externo?"

"Você quer dizer como Deus? Bem, não há qualquer evidência de tal Primeiro Motor, como acredito que Aristóteles tenha o chamado. A resposta mais provável é que não exista força externa, ou pelo menos nenhuma que produza qualquer efeito no universo."

"Você fala como um cientista, em probabilidades. Você segue a evidência que sugere um universo físico fechado. Tal pensamento tem sido o dogma por séculos." Gabe tomou mais um gole. "As religiões tradicionais ruíram por falta de evidências. Ainda que tenham seu valor, ao nos ajudarem a entender nosso lugar na cosmologia, e nos oferecerem um guia moral para nos sugerir formas de agir no mundo."

Joe assentiu. "As religiões de fato tentaram sugerir algum propósito pessoal. A ciência mantém a cabeça baixa e apenas calcula."

Gabe deu uma risada irônica ao tomar um gole do vinho. "Se você fecha a porta para um propósito externo, isso leva à difícil tarefa de se enquadrar um propósito de dentro de si mesmo, ou algum derivado em comunhão com seus semelhantes, os seres humanos."

Joe derramou o restante do vinho nos copos e achatou a synjug com a mão, o recipiente dobrável produzindo um uivo suave.

Gabe se reclinou na cadeira e observou Joe tomando sua taça de vinho. Seu rosto estava inescrutável. "Você me disse anteriormente que estava interessado em encontrar a verdade, como um matemático respeitável. É só isso?"

Joe ponderou a pergunta e, em seguida, balançou a cabeça. "Não, eu busco mais. Como você categorizaria a busca da humanidade por significado? É conhecimento o que buscamos?"

"Mais do que conhecimento", disse Gabe. "Conhecimento é o acúmulo de informações. Não. Estamos falamos de sabedoria. A sabedoria implica sintetizar conhecimento e experiência em insights para guiar sua vida. Alguns sábios dizem que é a busca pelo Caminho. Se alguma vez é encontrada, a sabedoria não só chega – ela permanece."

"Busco a verdade e a sabedoria, então," disse Joe.

Gabe pareceu mergulhado nos pensamentos por um momento. "O caminho para a sabedoria é difícil e pode levar à desilusão. É apenas para aqueles que podem pensar com cuidado, trabalham duro para entender e estão dispostos a pagar o preço."

"Você pode me guiar?"

A expressão de Gabe vacilou à beira da decisão.

"Eu ficaria honrado em ser seu aprendiz." Joe prendeu a respiração.

Gabe fez uma pausa, girando o resto de seu vinho. "Você está aberto o suficiente para novas ideias. Você tem o pensamento profundo. Você pode ser bem-sucedido. Sim, eu posso ajudar."

Mais sóbrio do que o vinho deveria ter permitido, Joe apertou a mão de Gabe. Então os dois terminaram os copos.

Com um sobressalto, Joe percebeu como estava tarde. "Obrigado pela conversa estimulante e instrutiva, Gabe. Posso pagar pelo vinho?"

Gabe acenou com a mão e usava a outra para se firmar enquanto se levantava. "Crédito$ não serão necessários hoje – isso não ultrapassa os dez por cento de artigos de luxo. Eu concordo, porém, que foi agradável." Joe ficou de pé e acenaram para os servobots quando saíram da taverna.

Ele se despediram na entrada do campus e seguiram em direções diferentes. Joe seguia o caminho projetado pela ARMO, com o vinho dando a tudo uma sensação confusa, conforme ele negociava com as calçadas que o levavam para casa.

. . .

Encontrar um propósito, um significado, uma verdade. Obviamente, se houver algum, propósitos internos e externos abrangem todas as possibilidades. As chances de encontrar um propósito externo são reduzidas. Deus? Eu nunca considerei seriamente a possibilidade antes. Mas, logicamente, há uma pequena probabilidade de que Deus exista. Além disso, eu deveria considerar um propósito orientado internamente. Mas como penso em encontrar um?

. . .

Capítulo 5

O ar limpo e fresco do início da tarde de fevereiro cumprimentou Joe quando saiu de seu apartamento e caminhou pelo campus até o prédio de matemática. No caminho, ele checou o netchat e procurou novamente por notícias sobre o protesto ocorrido no início da semana. A única referência a uma violação do banco de dados havia desaparecido. Uma pesquisa na darknet não mostrou nada associado ao cDc. Ele – ou ela – deve estar cobrindo seus rastros. Uma nova matéria sugeria que os manifestantes eram subversivos. Joe deu um zoom na foto granulada da matéria com o link da córnea do NEST. Ele poderia distinguir vagamente alguns dos manifestantes. Joe pensou ter reconhecido a jovem mulher que acenara para o hovercraft da polícia. Estudou a foto e respirou aliviado por não se encontrar perto do grupo.

Desligou o NEST para observar a atividade circundante. Alunos vestindo shorts e meia-arrastão, com tops de moda da primavera enchiam a rua. Muitos ostentavam um allbook retangular na cintura como se fosse uma fivela.

Com uma pontada de autoconsciência, ele percebeu que estava mais próximo em idade dos alunos do que dos professores. Havia chegado no meio do semestre e não estava dando aulas até o outono, por isso se sentiu menos conectado ao papel de professor. Como se encaixava no Lone Mountain College? Vários professores eram muito mais velhos – apenas Freyja e o arrogante Buckley Royce pareciam ter uma idade mais próxima à dele no coquetel. No entanto, havia uma diferença nela também. Enquanto ele passara cinco anos frustrantes trabalhando em um problema prático, Freyja havia terminado o doutorado em matemática e agora estava bem estabelecida em sua carreira.

Ele encontrou o escritório dela no quinto andar. Havia ali dois gatos de um tom escuro de azul – um no chão, ao lado da mesa, o segundo deitado em cima de um armário, lambendo-se. Freyja estava no meio da sala, cercada por equações flutuantes e formas geométricas geradas por uma unidade de teto holográfico. Ela o cumprimentou com um sorriso e afastou algumas das projeções. Elas saíram girando, dissolvendo-se contra uma parede oposta.

"Este é o Gauss," disse ela, apontando para o gato ao lado da mesa. Ele percebeu que seu tom de azul combinava com os olhos de Freyja. Ainda havia ícones holográficos a emoldurando como uma auréola.

Joe puxou uma cadeira à sua frente e apontou para o teto. "Você prefere as unidades holo-com às imersivas também?"

"Temos toda a tecnologia imersiva em matemática e interface cérebro-máquina. Mas essa é mais confortável para o uso diário," ela disse, jogando a cabeça, os cabelos dourados contra o resto das flutuantes equações holográficas.

"Cada um tem seu uso. Acho que passear nos conjuntos de dados de RV, com belas matemáticas pairando no ar, ajuda a desenvolver uma profunda intuição sobre as estruturas."

Freyja sorriu, concordando. "Os alunos precisam fazer os conjuntos de problemas, praticar cada técnica e conceito até que sejam internalizados. A evolução da nossa espécie pode não ter passado os últimos milhões de anos otimizando-nos para fazer cálculos matemáticos – infelizmente, nossos cérebros nunca corresponderão às velocidades computacionais das IAs – mas nos deu uma intuição sobre a matemática que não é fácil de replicar."

"Vamos ver. O cérebro humano normalmente processa informações a cerca de sessenta bits por segundo, e a velocidade de processamento de uma IA é..."

Os dois riram. Mesmo como matemáticos, era difícil apreciar a enorme diferença de velocidade computacional entre humanos e suas máquinas.

"Mais uma vez obrigado por concordar em se encontrar comigo. Sua agenda está muito cheia?"

"Trabalho no limite permitido – doze horas ou três jornadas de quatro horas por semana." Ela se sentou graciosamente na cadeira oposta a Joe, e Gauss se esfregou no seu pé.

"Esses limites tolos."

O olhar de Freyja se deslocou do gato para Joe. "Bem, há uma boa razão para eles. Não há mais muitos trabalhos interessantes por aí, já que os robôs fazem a maior parte das atividades."

Joe pensou na busca de emprego de Raif. "Sim, tem isso. Mas é frustrante não poder se esforçar muito, se você quiser, com as coisas que você deseja. Talvez o mundo seja mesmo imperfeito. É impossível otimizar tudo sobre ele."

Ela riu enquanto cruzava as pernas. "Gostamos de fugir para o mundo perfeito da matemática. E, para ser sincera, eu também poderia passar todos os dias com a matemática. Então, você é mais um infrator da lei? Não é difícil de imaginar."

Joe tentou forjar uma expressão de pirata adequada, mas achou que não deu muito certo. Ele soltou uma risada fraca e levantou os ombros. "Não parece trabalho encontrar a elegância na matemática."

Freyja recostou-se na cadeira, um aspecto meditativo nos olhos azuis. "Qual é a sua equação favorita?"

Joe não precisou considerar muito. Apontando para o gato no armário, disse: "A minha é nossa joia, a identidade de Euler. Há uma sutil beleza e romance na equação de Euler. Há uma poesia no fato de que cinco números podem conectar coisas díspares como trigonometria, cálculo, infinito ." Seu nome extravagante, "fórmula de Deus", levou-o a recobrar sua conversa com Gabe. "Não sei bem como me sinto em relação a Deus, mas é o mais próximo que chego ao acreditar em algo maior conectando o universo."

Freyja riu enquanto olhava para Euler. Então, fez um gesto para cima e a projeção holo da equação se materializou na sua mão, nas cores do arco-íris. Ela a puxou entre eles para contemplar. "Racional, de fato. Eu amo essa equação." Eles estudaram o objeto holo como amantes de gatos admirando um filhote.

Ele pensou em uma palavra-chave para seu NEST, encontrou o link aberto para o console holográfico de Freyja e passou um pacote de emoticons que apareceu ao lado de sua cabeça. A bola giratória de sua reação emocional à equação brilhava com as cores codificadas para dopamina, ocitocina e serotonina. Ela o pegou nas mãos em concha, ignorando os avisos de overdose e riu de prazer.

"Outra coisa que eu amo é a função zeta, e a hipótese de Riemann de que os zeros não triviais da função zeta de Riemann têm parte real e meia." Freyja continuou a fazer cócegas no emoticon até ele se dissolver. "Eu amo isso porque a teoria dos números primos é fundamental para a estrutura dos números, mas ainda não descobrimos como tudo se encaixa, nem como os números primos parecem sustentar a estrutura."

"Hackers como eu também amam essa aí," disse ele.

Ela arrancou a equação do ar e embalou-a na mão. Joe alternou as configurações das variáveis e ela se transformou à medida que a representação 3D simplificada se ajustava às variáveis mutantes. Ela passou um pacote de emoticons, e Joe ansiosamente o recolheu. Os neurotransmissores irromperam do MEDFLOW em sua corrente sanguínea em segundos, e a felicidade compartilhada com ela tomou conta de Joe.

Ele tentou manter o foco, no meio da euforia. "Percebi que você disse 'descoberto', não inventado. Você é uma matemática platônica? Você acredita que a matemática deve existir em algum lugar, a priori?"

Ela colocou as mãos juntas, os dedos levantados, como se estivesse rezando para os deuses matemáticos. "Eu sou, e faço, assim como a maioria dos matemáticos que conheço. Os matemáticos que trabalham através dos séculos mal exploraram o mar de números. É ilimitado. No entanto, as peças se encaixam perfeitamente demais para ser por acidente – uma peça requintada de matemática em uma enseada deste mar se encaixa com outra peça em outra baía. É preciso arrogância para acreditar que os humanos inventaram essa matemática."

"A matemática pode exaltar tanto quanto a poesia," disse ele. Sentaram-se em paz, desfrutando da alegria compartilhada por discutir matemática pura. Ele se sentia atraído por essa mulher, que era tão amável quanto brilhante.

"Eu esperava que você mencionasse matemática prática, como a equação de Dirac, descrevendo a teoria especial da relatividade juntamente com a mecânica quântica," disse Freyja.

"Até a matemática prática aponta para seu lugar especial no universo. Outro aspecto surpreendente da matemática é, nas palavras de Wigner, sua eficácia irracional nas ciências naturais. No entanto, raramente buscamos uma explicação para esse fato extraordinário sobre o universo."

"Ah, Wigner." Freyja se inclinou para acariciar Gauss. "Ele citou Bertrand Russell para nos lembrar de que a matemática 'possui não apenas a verdade, mas a beleza suprema, uma beleza fria e austera, como a da escultura.'"

. . .

Ela é tão envolvente. Talvez esteja interessada em mais do que matemática? Devo convidá-la para jantar? Hora de jogar com as probabilidades.

. . .

Ele girou o pacote de emoticons ainda descansando em sua mão. "Meu principal projeto prático é verificar se é possível algum progresso na consciência da IA. Gostaria de me encontrar para jantar e então continuamos a conversa?"

Seus olhos de safira não traíram qualquer emoção quando seu olhar encontrou o dele. "Temo que eu tenha muito a fazer fora do horário comercial. Mas talvez possamos começar a conversa agora?" Ela bateu no colo e Gauss pulou nele.

O calor subiu pelas bochechas de Joe.

. . .

Ai. Eu interpretei mal seus sinais. Que vergonha. Uma bela escultura, de fato. Acho que estou ansioso por novas amizades e avancei rápido demais. Mas ainda podemos ter um relacionamento profissional significativo.

. . .

Uma onda de ansiedade atingiu Joe – uma emoção reforçada pelo efeito colateral negativo da serotonina extra do pacote de emoticons compartilhados. Impaciente em deixar seu comentário deslocado para trás, Joe correu com a sugestão dada por ela. "Sim, claro. Então, o cerne da questão é que não tenho certeza de como fazer a ponte entre a perfeição da matemática e a bagunça do mundo real."

Ela coçou as orelhas de Gauss, aparentemente alheia à repentina depressão de Joe. "A prova matemática nem sempre é a abordagem correta. Lembre-se dos esforços de Russell e Whitehead para reduzir toda a matemática à lógica, para garantir os fundamentos da matemática. Eles não foram muito longe. Russell forneceu provas de que pelo menos a aritmética pode estar contida na lógica, mas apenas empregando a teoria dos conjuntos."

A mão de Joe empurrou gentilmente o pacote de emoticons para o lado, numa tentativa infrutífera de se livrar também dos sentimentos sombrios, então pegou o fio para mostrar que conhecia a história da matemática. "Então vieram os teoremas da incompletude de Gödel, junto com o Teorema da Indefinibilidade de Tarski. Eles demonstraram que um sistema axiomático completo de conhecimento era impossível e lá foi o projeto de Russell e Whitehead."

"Você acha que seu problema de consciência de IA sofre de questões semelhantes?"

Joe considerou a pergunta por um momento. "Pode estar relacionado, embora eu tenha abordado isso até agora como outro problema prático complicado. Por exemplo – como discutimos na recepção – mesmo que uma IA possa fazer uma interessante descoberta em matemática, a apreciação daquilo que é encontrado passa longe dos bots. Não temos ideia de como preencher essa lacuna." Ele se concentrou em Gauss para se distrair daqueles orbes cerúleos – seria fácil se perder por ali. "Você tem algum conselho matemático prático para prosseguir?"

"Talvez comece com a diferença entre matemática e ciências na abordagem da verdade. A matemática prova teoremas com base em suposições iniciais. A ciência não pode provar nada, apenas otimizar a probabilidade de termos um modelo representativo do mundo. Então descubra como encontrar um modelo melhor."

"E para fazer isso?" Era mais fácil conversar em termos profissionais quando não olhava para ela.

"O melhor método matemático prático ainda é aplicar o teorema de Bayes. Obviamente, decorre dos axiomas da probabilidade condicional. Eu o usaria para atualizar as probabilidades de hipóteses contra novas evidências."

Joe assentiu. "Ok, então eu atualizo minhas probabilidades com novas informações e vejo onde isso leva. Mas depois de despejar minha alma nesse problema por cinco anos, minha expectativa de criação de uma máquina que pensa como seres humanos foi reduzida a uma porcentagem minúscula."

O nariz de Freyja enrugou quando Gauss ronronou na sua mão. "Vida que segue. Enquanto isso, há algumas coisas que podemos fazer melhor do que as máquinas que fabricamos."

Capítulo 6

Joe abriu os olhos e piscou contra o vívido sol da tarde que enchia o quarto. Seus ouvidos doíam. Sua cabeça doía. Talvez o neutralizador de álcool no MEDFLOW não tenha sido o suficiente. Ele encarou os lençóis amarrotados, depois se arrastou para fora da cama. A caminho do banho, observou a garrafa vazia na sala de estar. A água batendo em seu rosto o reviveu. Então Joe lembrou-se do pacote de emoticons que ele mantinha, da crescente serotonina e seu efeito catastrófico quando combinada com qualquer emoção negativa – como a decepção da rejeição por Freyja. Na última vez que tomou uma overdose de serotonina, durante o segundo ano da faculdade, jurou jamais repeti-lo.

Vestiu a roupa, sentou-se na cozinha e ficou olhando a pilha de louça suja até que um zumbido insistente chamou sua atenção. Joe piscou e desceu as escadas para verificar a porta da frente.

"Sinto incomodá-lo, senhor, mas é hora de higienizar seus aposentos." Um cleanerbot esperava atrás de 73. Joe sinalizou para os dois entrarem e os seguiu pelas escadas. O cleanerbot colocou a louça na lavadora e depois esfregou o chão da cozinha, enquanto 73 ficava atento, supervisionando as tarefas domésticas.

"Que horas são?"

"Hoje é sábado, às 17:00h," 73 respondeu prontamente. "E o tempo está limpo e ensolarado."

"O que aconteceu com a manhã?" Ele falou principalmente consigo mesmo.

"Você não sai de seu apartamento desde sexta à noite e, portanto, passou as últimas vinte e três horas dentro de casa." A face de 73 brilhava em azul.

Ele franziu o cenho para o bot, irritado por suas respostas racionais à sua tristeza irracional.

"Aonde você quer chegar, 73?"

A face do bot brilhava em rosa claro. Ficou piscando.

. . .

Esse comentário parece um julgamento social, como se achasse que sou preguiçoso. Se eu acreditasse que ele é consciente, as evidências no meu quarto bagunçado justificariam sua desaprovação. É apenas uma máquina, ou pode haver mais lá? Está programado para tentar responder a todas as perguntas diretas feitas por um ser humano. Ele pode se conhecer?

. . .

"Por que você está aqui, 73?"

"Senhor, estamos aqui para fazer qualquer atividade que você desejar."

"Sim, eu sou livre para sentar na minha bunda."

"Você é livre para fazer o que quiser", disse 73.

O rosto de Joe ficou vermelho. Ele não conseguia parar de antropomorfizar o bot, comparando-o consigo mesmo. Era muito mais incansável e preciso em suas ações do que ele. O bot poderia ter objetivos?

"Por que você está aqui?"

"Senhor, não há por que, exceto para atender às suas necessidades."

"Mas você nunca quer descansar?"

"Estou no trabalho ou em repouso," disse 73. "Não há outros estados."

"Como é estar em repouso?"

"Sinto muito. Não sei como responder à sua pergunta." A face do bot sombreava um rosa mais escuro.

O bot limpador seguiu com sua rotina programada. Aspirou os outros cômodos, depois reabasteceu a despensa com itens de comida armazenados em um carrinho que havia deixado do lado de fora da porta do apartamento. O pipabot permaneceu imóvel, mas continuou a vasculhar a sala, aguardando mais comandos ou perguntas. Ele imaginou as séries de operações incrivelmente rápidas, porém repetitivas, percorrendo os processadores do bot. Executava um software de computador como ele o havia escrito, traduzido do nível superior para a linguagem assembly, depois para a linguagem de máquina e, por fim, para o código binário, apenas 1s e 0s em padrões.

. . .

Freyja tem razão. Cada vez que encontro novas informações, atualizo minhas crenças anteriores com as novas evidências para ver se alguma coisa mudou. Mais uma vez, está confirmado que os robôs fazem parte do universo impensado, são indiferentes, exceto em relação a objetivos programados. Talvez isso seja sábio. Cada macaco no seu galho. Se um dia abandonassem seus galhos e tivessem objetivos próprios, o que aconteceria?

. . .

"Senhor, qual marca de uísque você gostaria de repor?"

O cleanerbot segurava o decantador vazio e deve ter enviado uma consulta eletrônica ao pipabot.

Ele murmurou sua marca favorita de uísque.

"Sim senhor, muito bem. Essa marca usa *Saccharomyces cerevisiae* SC 5.0 sintético." 73 inclinou a cabeça como se aprovasse seu gosto. "Essa marca está entre as dez primeiras."

"Tanto faz." Ele conectou o seu NEST – havia o deixado mais desligado do que ligado desde que chegara a Lone Mountain College – e, depois que o bot enviou o preço do uísque, tocou o azulejo biométrico. Gesticulou sua senha para autenticar a transferência de crédito$ para 73. O saldo decrescente de crédito$ não fez nada para melhorar seu humor.

Curvando-se mais profundamente no sofá, Joe chegou a uma decisão. Uma decisão parcial.

. . .

Talvez eu esteja solitário. Esse choque de serotonina certamente não ajudou. Hora de recuperar minha mente, de me esforçar mais para controlar meu próprio destino, sem Raidne ou esses robôs. Ainda assim, nenhum de nós é perfeito, e não vou me tornar um monge. Siga Santo Agostinho. *Da mihi castitatem et continentiam, sed noli modo.*

Sim, dê-me verdadeiramente castidade e temperança, mas ainda não.

. . .

"73, vamos aplicar novas regras. Após esta limpeza, não haverá mais entrada no apartamento sem antes falar comigo. Deixe alimentos e suprimentos no armário de suprimentos do lado de fora e não encha novamente o uísque. Avisarei se precisar de mais alguma coisa. Não há necessidade de me monitorar mais."

"O que você quiser," disse o bot com uma luz azul emanando de sua face. Joe balançou a perna com impaciência, esperando o cleanerbot terminar suas tarefas. Os dois bots foram embora alguns minutos depois.

Comida em primeiro lugar. Joe carregou o sintetizador de comida e, minutos depois, jantou salmão e legumes com um copo d'água. Ele comeu e observou a orbe laranja no horizonte afundar em uma linha de nuvens enquanto refletia sobre os servobots.

. . .

Sou atormentado por questões do que é consciência; e o que é a minha mente, aquilo que é consciente? Santo Agostinho e Descartes argumentaram que deve haver um "Eu" – a existência por inferência. A inferência exige um "Eu" específico para garantir que a premissa seja verdadeira, e que a conclusão a siga. É o conhecimento em primeira pessoa da verdade de "se uma coisa em específico pensa em um instante específico, então essa coisa em específico existe no instante em que ela pensa." Então a inferência lógica do pensamento à existência se efetua.

Sim, é verdade. Eu estou pensando. Há um "Eu" particular que está tendo esse pensamento agora. Esse sou eu. Eu estou pensando; logo, eu existo.

Mas o que é pensar? É o ato de formar relações entre várias coisas no mundo, e esses relacionamentos têm significado.

O robô da limpeza não é senciente – não sente dor – nem faz nada perto de pensar. Um bot pode receber inputs do mundo e calcular as relações entre esses inputs. Um bot pode dizer: "Penso, logo existo", mas isto não é apenas uma repetição das construções que codificamos?

. . .

Capítulo 7

Joe chegou com dezessete minutos de atraso, dentro do socialmente aceitável, ao coquetel semanal do departamento. Pegou uma taça de vinho da bandeja do servobot e subiu as escadas, desligando o NEST quando cruzou o limiar. Do patamar, apenas uma pequena multidão ainda era visível na grande sala. A escuridão tomou conta do lado de fora, e os amarelos quentes da iluminação opulenta contrastavam estranhamente com as vidraças enegrecidas. Era como se os convidados estivessem isolados do resto do mundo. Freyja estava ausente, mas Mike Swaarden discutia com Gabe. Quando Joe desceu a escada para se aproximar deles, viu Buckley Royce e acenou. Royce examinou as unhas e Joe prosseguiu para se juntar à animada conversa de Mike e Gabe.

"É difícil para as pessoas que ficaram," dizia Mike.

"Estávamos falando sobre a recente viagem de Mike a Jacarta e Mumbai, para acompanhar os esforços de realocação em andamento." Gabe virou-se para Joe com um sorriso irônico. "De alguma forma, ele dá um jeito de encontrar esses projetos especiais longe da faculdade."

"Mas eles realocaram essas cidades anos atrás, como Nova Orleans, para evitar o aumento do nível do mar," disse Joe, confuso.

"Sim, é isso que o governo quer que você pense. Mas muitas pessoas – as menos possibilitadas de se mudar – ainda estão lá, sofrendo com as enchentes." O sotaque de Mike ficou mais forte com sua agitação crescente.

"Certamente seu colega fez a viagem ficar melhor," disse Gabe. Joe teve a impressão de que ele estava tentando esconder outro sorriso.

Mike franziu a testa. "Sim, o professor Royce" – malícia rolou da língua de Mike com seus r's ressaltados – "era bastante popular por causa de seus conselhos para reduzir custos, forçando uma rápida realocação final. Seus estudos em Nova Orleans argumentam que desperdiçamos recursos com nossa abordagem humana. O que ele sabe sobre economia? Você também precisa valorizar a gentileza básica."

Gabe concordou em tom de simpatia. "Algumas pessoas passam a vida alheias a seus efeitos sobre todos os que as rodeiam. E, muitas vezes, nunca há consequências para eles."

"O universo parece mesmo ser aleatório," disse Joe.

"Tenho certeza que isso soará como uma vingança aleatória para algumas pessoas na Índia." O desgosto de Mike era evidente. "O governo deles contratou Royce para continuar a consultoria. Ele justificará a remoção forçada de milhões de pessoas, separando comunidades num piscar de olhos. O único consolo é que ficará longe de Lone Mountain College em breve."

"Ou eles podem culpar o carma," acrescentou Gabe, "por aqueles que não atribuem suas opiniões creditadas apenas à aleatoriedade, Joe. Agora, para evitar nossa própria aleatoriedade, podemos escolher uma data e hora para a nossa próxima reunião?"

Joe ofereceu várias opções e Gabe escolheu uma que se encaixasse em sua agenda. Com o NEST desativado, Joe fez uma anotação mental, com um mnemônico para consolidar a memória.

"Você parece ter se acostumado a desativar o seu NEST para esses coquetéis semanais com sua regra de 'não compartilhar'." Mike estava visivelmente mais calmo.

"Não há problema para mim. Eu gosto de me desconectar da multidão do bate-papo – é um dos benefícios de estar aqui. Mas estou curioso para saber como isso tornou uma prática."

"É regra do Dr. Jardine, e todos são solidários." Mike misturava sua bebida. "Ele quer ouvir nossas vozes autênticas."

Gabe passou a mão no cavanhaque. "Dr. Jardine não se opõe a compartilhar ideias. Mas ele disse que essas conversas acadêmicas podem se degenerar em uma mistura de ideias. Se não visualizados, os debates pessoais mudam, dependendo de quem está transmitindo ideias captadas no netchat, incluindo ideias de IAs. Todos nós sabemos com que rapidez o nível de conversação no netchat pode se degradar, regredir à média. Mas Jardine deseja que todos estejam mentalmente presentes. Ao evitar esse blá-blá-blá inútil, as sessões produzem ideias mais inventivas."

"Esses eventos são sempre livres de bots?" Mike e Gabe trocaram um olhar para a pergunta de Joe.

"Você não pode impedir que alguns robôs vão para onde quiserem –" Mike foi interrompido por uma comoção. Na entrada, quatro copbots marcharam para cima do patamar, dividindo-se em pares para ocupar cada extremidade do parapeito.

"Falando no diabo." O rosnado de Gabe foi difícil de ouvir através do repentino barulho.

Um homem baixo, de cabelos castanhos, saiu do meio das duplas de bots. Ele usava um uniforme da polícia e um cassetete marrom pendia do cinto. Sua mandíbula desenhada se projetava para frente e seu olhar percorreu a sala com desconfiança.

Joe levou um momento para perceber o que havia de estranho com o homem – havia um ligeiro desvio na cabeça, algo de errado com o pescoço. Sempre que virava a cabeça, ela parava fora do eixo, como um globo inclinado, com o nariz no ar. Medbots não cometeriam um erro cirúrgico tão perceptível, então ele deve ter desenvolvido a inclinação por tique. Uma consequência permanente de olhar o mundo de maneira torta.

Um instante depois, um homem mais alto, com cabelos finos e avermelhados entrou e ficou na frente do oficial no parapeito. Seu uniforme da polícia incluía dragonas nos ombros do casaco cor de carvão, complementado por botas pretas de cano alto. Depois de uma breve análise da sala, ele acenou.

Seu assistente de nariz presunçoso aproveitou a deixa e avançou para se dirigir à sala em voz alta. "Um minuto de sua atenção, por favor? Vocês têm a honra de conhecer o Ministro Nacional de Segurança, Shay Peightân." Ele desenhou a segunda sílaba do sobrenome, fazendo-a soar estrangeira e elitista. "Ele gostaria de falar com vocês."

Um murmúrio encheu a sala. Quando o assistente deu um passo atrás, um dos copbots lançou um pequeno drone para transmitir o discurso do ministro.

Peightân agarrou o corrimão com segurança com as duas mãos. Joe viu que ele era pálido, magro e musculoso. Ele falou sem preâmbulos em tom confiante, aristocrático. "Embora seja lamentável que muitos de vocês não estejam presentes neste encontro, fico feliz em poder entregar pessoalmente esta mensagem à assembleia. Este aviso está sendo compartilhado com todos neste campus e em seu entorno."

Ele fez uma pausa para enfatizar. "Na semana passada, houve um protesto ilegal nesta faculdade. Embora não tenhamos concluído a investigação, sabemos que não foi trabalho de estudantes, mas de um grupo de agitadores externos, que pode ser responsável pela escalada de protestos em outras partes do país. Pretendemos acabar com esses protestos e levar seus perpetuadores à justiça. Vamos lidar com firmeza com qualquer pessoa que esteja de alguma forma associada a este grupo."

Seu assistente deu outra vez um passo à frente e forneceu informações de contato para a investigação policial antes de anunciar que Peightân queria cumprimentar todos na sala. O ministro desceu as escadas para trocar apertos de mão com os convidados, escoltados por seu assistente e dois copbots. Os outros dois permaneceram no patamar acima.

Mike balançou a cabeça, mantendo um olhar cauteloso no grupo em volta. "Ouvi dizer que Peightân é Nível 1", Mike sussurrou quando o ministro se aproximou.

. . .

Um Nível 1. Não conheço muitos no país. Não é alguém para ser incomodado.

. . .

Joe forçou um sorriso quando Peightân estava diante dele, com o assistente e os bots a um metro atrás. Os olhos penetrantes do ministro, escuros e ligeiramente injetados de sangue, destacavam-se em seu rosto pálido. Ele estendeu a mão e Joe a segurou. Seu aperto de mão era firme e visual, sua pele, úmida. Um segundo depois, ele se virou para o próximo grupo. O assistente se afastou, curvando os lábios para Joe quando passou. Os bots seguiram em passo fechado, com suas capas de malha de grafeno-Kevlar balançando.

. . .

Nunca estive tão perto de copbots antes. Nunca tive nenhum problema com a lei. Bem, nunca fui pego. São pipabots, porém mais altos, construídos sobre um chassi robusto com parâmetros de maior resistência. O tom de voz é reduzido em uma oitava e programado para soar lacônico. Autorizado para o uso da força, controlado por uma escala de ameaça. Não quero iniciar esse programa.

. . .

A sala ficou em silêncio enquanto o ministro continuava circulando por ela. Os rostos de seus colegas, em sua maioria, adquiriam uma expressão hostil quando Peightân passava.

A face de Mike se contraiu quando resmungou: "Por que eles o deixaram entrar aqui? A ordem social de uma pessoa é a desordem de outra."

Gabe franziu a testa. "Agora não, Mike."

Joe teve que concordar. Mike tinha suas opiniões, que provavelmente não eram populares para um Nível alto. Para um advogado, os comentários de Mike pareciam indelicados. Ele deveria saber que os robôs que escaneavam a sala poderiam pegar tudo o que ele dissesse.

Com a tarefa concluída, os homens e os copbots saíram da sala com precisão militar. Houve um murmúrio coletivo de alívio, e a reunião de coquetéis foi gradualmente retomada. Quando os atrasados se juntaram à recepção, o bate-papo se concentrou na estranha visita. Alguns professores saíram da sala para abrir seus NESTs para obter informações e retornaram a fim de repassar os detalhes. O primeiro policial que Joe viu foi William Zable, vice de Peightân. Alguns professores reclamaram da invasão dos robôs, mas ninguém manifestou objeções ou pedidos de ação. A quem alguém reclamaria dos copbots federais, afinal?

Nem Freyja, nem Jardine foram à recepção e, apesar de conhecer vários outros professores, o bom humor de Joe em sua chegada não retornou. Era hora de voltar para casa.

Uma lua crescente caía no céu, e os caminhos reluzidos por lâmpadas que levavam ao pátio principal iluminavam seu caminho. Ainda não muito familiarizado com o campus à noite, Joe instruiu sua ARMO a traçar a trajetória de volta, e logo se perdeu em pensamentos ao seguir a linha vermelha passando pelo centro estudantil. À sua frente, alguém surgiu das sombras na praça vazia e posicionou um mini-drone no chão.

Joe parou na beira da praça. Ele se mantinha ciente de seu entorno quando o drone subiu cinco metros. Pairava de frente para a praça e, embaixo dela, nas sombras sob os arcos ao redor do centro, ele distinguiu as silhuetas mais escuras das pessoas – muitas pessoas. Os manifestantes invadiram a praça.

Retrocedendo para fora da praça, Joe desceu um caminho apagado à direita que lhe permitiria evitar o protesto. Reflexos coloridos iluminavam as árvores à sua frente, e sem olhar para trás, ele imaginou mensagens piscando sobre suas roupas. O som staccato de seus slogans cantados encheu seus ouvidos. Ele correu, com os pulmões trabalhando, pois, acima dele, mais de uma dúzia de hovercrafts se aproximavam da praça.

Um momento depois, a luz atrás dele iluminou seu caminho. Joe olhou de volta. Holofotes passavam pelo chão. Um assobio estridente que parecia água jorrada através de uma mangueira de incêndio veio logo depois, seguido por um comando berrado de um dos crafts. "Este será seu último protesto," explodiu, e a vibração ecoou em seu peito. "Levantem as mãos agora e não usaremos força contra vocês."

. . .

Peightân estava pronto para eles. É difícil manter tudo em segredo, principalmente da polícia. É ainda mais difícil ocultar seus rastros. Eles vão conseguir fugir desta vez?

. . .

Ele atravessou a passarela sobre o riacho e estava entre as árvores que levavam para casa – fora do alcance dos holofotes e longe o suficiente da ação para poder relaxar. Joe encostou-se em um carvalho robusto, sentindo a casca áspera sob as mãos e o ar irregular saindo do peito. Atrás dele, hovercrafts e luzes disparavam aqui e ali, perseguindo manifestantes. Felizmente, nenhum hovercraft parecia se orientar em sua direção. Os gritos abafados dos manifestantes ressoaram na praça, sufocados pelos gritos severos da polícia e pelos tons profundos e mecânicos dos copbots.

Joe percebeu que estava suando, e não apenas devido à corrida. Ele apoiou as duas mãos na árvore e tentou acalmar a respiração. Ele olhou para as mãos para bloquear o ataque de memórias intrusas, o ataque hacker que deu errado.

Eles estavam sentados lado a lado, assistindo à exibição do holo, quando Raif grunhiu: "Alguém deu um ping no nosso honeypot de proteção. Estamos chegando muito perto de um banco de dados primário." Segundos depois, ele gritou: "Eles excluíram as contas de honeypot. Eles estão nos vigiando!" Então Raif e ele entraram na defensiva, tentando desesperadamente evitar serem pegos. Seus dedos martelavam os comandos no teclado.

"Sujou. Estou excluindo nossos arquivos de fuzzer e os arquivos de log deles," Raif murmurou. "Agora, quebrar os túneis e colocar algumas pistas falsas em outros nodos."

Seus perseguidores se esquivavam pelas barreiras criptografadas.

"A decodificação quântica deles é muito rápida. Eu preciso de outro bloqueador criptografado." Joe ofegou, lutando com a codificação.

"Aqui, tente ropefish." Raif passou o ícone holo. A perseguição pela rede continuava, como se seus perseguidores estivessem atrás deles, respirando ofegantes em suas nucas. Horas depois, com os túneis desabados, as trilhas falsas criptografadas espalhadas pela rede e sem pings em seus perímetros defensivos, parecia que finalmente haviam escapado dos predadores.

Raif fechou o holo e apertou a mão pingando de Joe. "Vencemos. Os hackers venceram desta vez."

"Evitamos um péssimo dia, que poderia ter terminado na cadeia. E no nosso primeiro ano? Estaríamos atentos."

Agora, os dedos suados de Joe apertavam a casca grossa da árvore. Exceto pelos holofotes distantes, sob o carvalho tudo estava escuro como breu. Quando seus olhos se ajustaram, ele ouviu a água espirrando – não o riacho em seu curso habitual, mas um derramamento repetido, intencional.

Ele olhou em direção ao riacho, as árvores e a escuridão bloqueando sua linha de visão. Os respingos fracos vieram de perto da ponte. Com ouvidos atentos até para o sussurro das folhas, Joe voltou a descer a colina em direção à passarela. Ele pôde distinguir uma figura – uma mulher – de joelhos no riacho, com água jorrando sobre o corpo. O NEST identificou sua vestimenta como o mesmo traje termoplástico dos manifestantes.

Como um gato, ele se aproximou, atraído por intensa curiosidade. Seu pé roçou o chão e ele congelou quando a cabeça da mulher, como uma libélula, virou-se para ele. Eles se encararam. Ele podia vê-la claramente agora e reconheceu a jovem atlética que vira no seu primeiro dia no campus. Joe levantou a mão lentamente em um gesto pacífico.

Ela olhou de volta. Então, com um movimento hábil, arrancou o capuz e os óculos da cabeça. Cabelos longos e grossos caíram sobre os ombros. "Pode me ajudar?" Ela sussurrou. "Os babacas jogaram ácido na gente, e eu preciso tirar essas coisas." Na penumbra, viu as expressões de bravura e raiva se fundirem com medo em seu rosto.

. . .

Quais são as probabilidades de a polícia vir por aqui e nos encontrar? Baixas, mas ainda assim um risco. Ela é tão misteriosa. E rebelde. E precisa de ajuda. Vale o risco?

. . .

Joe a examinou por mais um instante, com os pensamentos agitados, suspensos em um momento de indecisão. Então ele estendeu a mão aberta. "Aqui, vem comigo. Vou te ajudar."

Ela ignorou a sua mão e se afastou do riacho. Hesitante, seguiu-o pelo morro acima até o apartamento de Joe. Nenhum hovercraft estava no ar, e ele não podia ver qualquer policial por perto, embora o tumulto do ajuntamento continuasse à distância. Entraram rapidamente e a porta trancou atrás deles, envolvendo-os em silêncio.

A luz da escada acendeu, iluminando seu rosto. Os olhos castanhos o observavam vulneráveis, porém ferozes. Havia manchas de lodo grudadas em seu traje de elastômero. Uma gota caiu no chão de azulejos, manchando a superfície.

"Vamos evitar que isso queime sua pele. Podemos nos preocupar com o chão depois." Joe a levou para o andar de cima, apontando para o chuveiro em sua suíte.

Ela parou na porta do banheiro, os olhos fixos nele. "Não consigo tirar a blusa sozinha com o ácido nela." Ela se virou e gesticulou na região de baixo das costas, e ele pegou o material na costura da cintura, cauteloso com a gosma verde deslizando na beira de sua pele enquanto desatava os conectores. Ela tremeu quando ele a ajudou a puxar o material sobre a cabeça e jogá-lo no chão. "Eu posso cuidar do resto." Ela entrou no banheiro e fechou a porta.

Joe ficou parado, imóvel, até ouvir o chuveiro ligar. Ele se ocupou limpando a lama salpicada nas escadas. Um solvente do armário de limpeza foi eficaz para restaurar o azulejo. Limpeza concluída, ele se sentou na sala de estar. Do lado de fora da janela, as luzes tremeluziam em meio à escuridão profunda em direção ao centro estudantil. Sem dúvida, os copbots faziam a ronda no campus. Apesar da baixíssima probabilidade de chegarem à sua porta, ele estava atento a todo e qualquer som proveniente da entrada.

A mulher saiu do banheiro e parou na porta da sala com uma toalha rodeando seu corpo como uma crisálida. Joe levantou-se para se aproximar, mas ela se afastou em uma posição defensiva, a palma da mão estendida em sua frente como uma faca. "Pare agora," disse ela em uma voz dominadora. Seus músculos tonificados e a facilidade de seus movimentos demonstravam sua provável experiência em artes marciais.

Ele levantou as duas mãos em submissão. "Você pode confiar em mim. Eu tenho apenas intenções honrosas." Ele apontou para o segundo quarto. "Você pode se trocar lá. Vou pegar algumas roupas para você." Ele se retirou para seu próprio quarto quando sentiu a rigidez crescente em suas calças.

. . .

Intenções perfeitamente honrosas. Bem, apenas uma pequena mentira. Na verdade, não é uma *pequena* mentira. Uma linda mulher vestida com uma toalha no meu apartamento.

. . .

Joe voltou com uma de suas camisas e um par de shorts. "Aqui, isso serve por enquanto. Vou jogar fora suas roupas arruinadas." Ela pegou a roupa com um aceno de agradecimento e caminhou até o segundo quarto. Na cozinha, Joe encontrou um grande saco de lixo e o virou de dentro para fora para pegar o traje preto que ela havia largado em uma pilha no chão do banheiro. Ele amarrou a sacola e a deixou na lixeira da cozinha.

Quando ele voltou, ela estava sentada no chão em um canto da sala, as luzes se transformaram num brilho, ocasionais flashes de luz do lado de fora delineando-a. Ela contemplava a janela e ele pensou ter visto desespero marcando seu rosto antes que se dissolvesse. Ela se virou para observá-lo, a cabeça inclinada cautelosamente. "Agora, o que acontece com a gente?" Carregava uma entonação suave e dominante, cheia de expectativa.

"Você quer dizer, como eu te entregar para a polícia?" Ela assentiu, seu olhar sustentando firmemente o dele. Joe estava sentado no chão da sala, a três metros dela, com as mãos nos joelhos encostados um no outro. Ele meditou de forma diferente de um monge, observando-a. Os cabelos compridos caíam sobre a camisa dele. Ela enrolara as pernas sob o corpo, mas Joe não conseguia parar de notá-las balançando provocadoramente para fora do short.

Por mais atraente que ela fosse, ele precisava saber que não estava abrigando uma criminosa.

"Você estava fazendo algo que poderia ter machucado alguém?"

Ela apertou os lábios. "Nada. O governo e sua polícia nazista são os responsáveis por machucar. Nós apenas queremos ser ouvidos."

. . .

Ela parece ter 29 anos, velha demais para estar na faculdade. Nazistas? Ela conhece a história antiga. E ela tem uma opinião semelhante àquelas compartilhadas por Mike. Uma renegada bastante atraente.

. . .

Joe ficou pensando por mais um minuto, tentando diminuir sua pulsação. A luz quente no apartamento contrastava com a escuridão do lado de fora das janelas. Eles descansaram no chão, abrigados em seu casulo.

"Não sei o que você estava fazendo, mas não parece merecer uma reação tão extrema. Não é seguro para você sair. Eles têm uma tonelada de tecnologias para caçar pessoas. Mas duvido que venham até aqui. Você é bem-vinda se quiser ficar, desde que prometa nunca me entregar, se por acaso for presa."

Os lábios dela tremeram, os olhos arregalados e brilhantes. "Eu prometo." Ela olhou em volta, subitamente cautelosa. "E os bots? Você não pode depender deles se não quiser me revelar." Suas mãos se fecharam em punhos.

"Eu só tenho um pipabot, programado para o modo de mínimo suporte, proibido de entrar sem avisar." Joe deu um sorriso que desarmava. "Eu não gosto que eles fiquem rondando por aqui."

"E o seu PIDA? A polícia pode se infiltrar."

Ele riu baixinho. "Sem PIDA para mim."

"É sério? Bem, você é estranho. Um estranho bom. Também não confio em PIDAs."

"Apenas duas pessoas fora de contato com o mundo."

"Ou duas pessoas completamente em contato com o mundo."

"Ninguém jamais me acusou disso." Joe se levantou e ofereceu uma mão para ajudá-la a se erguer. Ela ignorou, usando a mão esquerda para empurrar enquanto embalava a direita na altura do estômago. Uma feia mancha vermelha marcava seu pulso direito.

"Isso parece doloroso. Deixe-me cuidar disso antes que piore." Voltando ao banheiro, ele remexeu nas coisas, sem saber direito o que o pipabot havia estocado. Encontrou um rediband em uma gaveta e se virou para descobrir que ela o seguira. Sob a luz, ele viu várias bolhas inchadas em seu pulso.

Ele levantou o rediband. "Posso?" Quando ela acenou, Joe tirou o adesivo e segurou uma de suas mãos, enquanto, com a outra, pressionava a almofada contra o pulso machucado. O rediband ficou rosa quando os sensores calibraram a ferida e dispensaram a medicação.

Ele ainda segurava seu braço quando ela olhou para cima. "Obrigada." Ela gentilmente retirou a mão e deu um passo para trás, afastando-se da luz do banheiro.

"Eu tenho muito espaço – você provavelmente notou, mas o quarto em que você se trocou tem um banheiro adjacente." Joe parou suas divagações desajeitadas e respirou fundo. "Eu vou comer um lanche. Quer se juntar a mim?"

Ela assentiu com um pequeno sorriso e o seguiu até a cozinha, cujas luzes se acenderam quando eles entraram. Joe encontrou comida na geladeira e se sentaram à mesa da cozinha comendo frutas frescas e queijo. Entre as mordidas, ele perguntou: "Qual é o seu nome?"

Ela fez uma pausa e disse: "Você deve me chamar de 76."

"Bem, é fácil lembrar os números. E não muito diferente de 73, que é o pipabot estacionado no prédio de serviço."

"Merda, lógico que você teria um bot com um Nível mais alto." Ele não sabia se era uma piada ou se havia malícia real em suas palavras.

Um zumbido incessante soou da porta da frente. O estômago de Joe ficou tenso e o rosto da mulher congelou de medo. Ele fez um gesto para ela se esconder no segundo quarto e desceu as escadas até a porta.

Parou, respirou fundo e apertou o botão da tela. A tela do monitor exibia 73 do lado de fora com um cleanerbot. Ele abriu a porta.

O pipabot disse: "Senhor, desculpe por incomodá-lo a essa hora, mas notei que você havia retornado. O cleanerbot me informou que seu lixo precisa de descarte imediato por não lhe ter tido acesso há vários dias. Por razões sanitárias, o cleanerbot deseja fazê-lo o mais rápido possível."

Joe ficou aliviado e irritado. "Obrigado, mas eu mesmo vou retirar o lixo."

O pipabot piscou e disse: "Senhor, essa função é inadequada para o seu Nível. Quer que eu anule sua agenda de limpeza?"

"Sim, faça isso. Vamos manter a regra de que nenhum bot deve entrar no meu apartamento. Apesar de sua preocupação com o meu

Nível, estou tentando um novo método de vida austera. Considere-o como um projeto acadêmico de autossuficiência."

"Muito bem, senhor. Boa noite, senhor." respondeu 73.

. . .

Agora é verdade, se eu tinha ou não essa intenção cinco segundos atrás.

. . .

Joe chegou ao topo da escada e entrou no apartamento. Seu olhar encontrou o da mulher parada na porta do quarto. "Ok. Eu acho que você é honesto com a sua palavra." Então ela fechou a porta e tudo ficou quieto.

Ele olhou para a porta fechada e para a porta de seu próprio quarto aberta. Não havia mais nada a fazer do que ir para a cama, aonde ele permaneceria acordado pensando em portas se fechando e se abrindo.

Capítulo 8

Joe acordou ao nascer do sol, os eventos da noite anterior afogando outros pensamentos. Tomou banho e se vestiu. A porta do segundo quarto estava fechada. Ele hesitou, depois abriu-a. A mulher dormia na cama, os cabelos desgrenhados contra o travesseiro, o rosto calmo e bonito. Com um comando silencioso em seu NEST, fez um único vidsnap na esperança de identificá-la e fechou a porta.

. . .

No que eu me meti? Ela é tão intrigante, preciso descobrir quem é. Melhor não fazer uma pesquisa em meu nome, no entanto, apenas por precaução.

. . .

Ele deixou o apartamento com o saco de lixo incriminador enfiado em uma mochila. Felizmente, estava um dia fresco, frio o suficiente para justificar as luvas que ele usava para evitar deixar impressões digitais. A rua estava vazia, sem estudantes ou bots àquela hora. Chamando um autocar na beira do campus, foi transportado para a entrada lateral da estação de trânsito mais próxima. Joe levantou a gola da jaqueta, permitindo que os dois chips embutidos tocassem suas bochechas, e ativou o substituto facial. Foi um presente de Raif depois do quase desastroso ataque hacker da faculdade. "Use isso se os copbots estiverem atrás de você de maneira não virtual," disse, rindo. Joe não estava com vontade de rir agora, mas se sentia grato por um desenho animado esconder sua identidade se alguém desse uma olhada nas vidcams.

Ele fez uma ronda atrás da estação, encontrando recipientes para reciclagem de lixo onde havia previsto. Para evitar o reconhecimento de retina, Joe não olhava diretamente para as vidcams, que estavam por toda parte, e largou o traje manchado de ácido em uma lixeira. Pulou para a entrada da frente, entrou na estação e esperou o próximo trem.

Os trens hiperlev se moviam com precisão coreografada, um saía levitando sutilmente nos trilhos, outro chegava, ímãs faziam um clique quando paravam. Ele embarcou no próximo trem em direção a Salinaston, uma cidade a leste. Sete minutos e 109 quilômetros depois, Joe desembarcou em uma estação com um centro de suprimentos de mercado logo à frente. O edifício baixo de vidro e aço exibia um shopping de mármore forrado com obras de arte. Ele passou pela fonte central e entrou no armazém geral. Não seriam as últimas roupas de luxo, mas ele não queria usar crédito$ ou se conectar a um pedido entregue por drone com seu NEST. De todo modo, duvidava que 76 se importasse com roupas de luxo.

Várias pessoas estavam vasculhando a mercadoria física e o estoque projetado por holo pod. Bots endireitavam as prateleiras e traziam mais produtos para preenchê-las.

Joe encontrou a seção de roupas femininas. Um bot personal shopper se aproximou dele. "Senhor, se puder transmitir suas medidas pessoais, posso ajudar com roupas que lhe caibam perfeitamente."

"Não, prefiro escolher algo que goste primeiro."

O bot foi embora. Joe pegou vários itens que achava que caberiam e saiu do prédio.

. . .

Agora, garantir que os robôs não percebam o uso excessivo de alimentos. Isso é difícil, tornar uma pessoa invisível para o fluxo de dados. Mas tenho que esconder nossa trilha contra as correlações do fluxo de dados da polícia. Ou seremos presos num piscar de olhos.

. . .

Ele se dirigiu até o armazém de suprimentos e encheu outra sacola com mantimentos para três dias, a sacola pesada na mão direita. Joe dispensou um bot que se oferecera para carregar suas compras. Não conseguia se lembrar da última vez que fez compras; ele e todos que conhecia encomendavam tudo por NEST delivery. Com as duas sacolas na mão, voltou pelo hiperlev para outro autocar.

A mulher olhou para cima quando Joe entrou no apartamento, com desconfiança brilhando em seus olhos. Seu rosto estava limpo e fresco, e ela havia amarrado cuidadosamente o cabelo.

"Trouxe algumas roupas para você. Imaginei que você se cansaria das minhas coisas rapidamente."

Ela examinou a sacola enquanto ele guardava as compras na unidade de sintetizador de comida. "Obrigada. Você foi atencioso."

"Que tal tomarmos café da manhã?"

Joe enviou comandos do NEST para o sintetizador de comida, e o aroma de ovos e torradas encheu a cozinha. Ele pegou os pratos da máquina e serviu o café da manhã. Eles comeram em silêncio.

"Quanto tempo vou ficar presa aqui?"

"Não faço ideia. Não verifiquei o netchat sobre o protesto de ontem. Achei melhor fazer pesquisas a partir de um link criptografado no meu escritório. E eu estava planejando pedir ajuda a um amigo para descobrir o que a polícia poderia estar fazendo."

"Um amigo?" Ela se tornou cautelosa novamente.

"Ele é meu melhor amigo e é completamente confiável. As perguntas de Raif não serão rastreáveis porque ele é especialista em todos os truques de camuflagem – mais do que eu. É a melhor maneira de saber quando é seguro você sair." Os lábios dela se apertaram e ela assentiu. "Preciso manter minha rotina para evitar levantar suspeitas, o que significa passar as próximas horas no meu escritório. Você vai ficar bem aqui?"

Ela assentiu novamente e forçou um sorriso.

. . .

Ela parece pensar que estou fazendo o procedimento correto, planejando com antecedência para não a expor. Espero que sim. Também não quero ser pego.

. . .

"Com que você trabalha?" Ela remexia os restos da refeição com o garfo. Quando Joe explicou sua profissão e mencionou seu período sabático na faculdade, a expressão de 76 evoluiu para uma cara feia. "Shikaka! Um intelectual de alto Nível. Essa é a elite. Então, vá para a sua torre de marfim."

...

Ridicularizado por estar em um Nível muito alto. E, há uma semana, ridicularizado por ter um Nível muito baixo. Talvez esses Níveis sejam controversos.

...

"Não, apenas um cara comum cuidando de seus negócios, fazendo o melhor que pode. E quanto a você? O que você faz?"

Ela não olhou em seus olhos. "Apenas protestando. E agora esperando sair desta prisão."

"Suponho que existem prisões piores."

"Nisso eu concordo contigo," disse, quando ele saiu.

◆

Ele ligou para Raif de seu escritório em um canal criptografado. Raif apareceu na tela holográfica olhando quase vesgo, seu cabelo encaracolado emaranhado como se ele não tivesse dormido.

"Noite difícil?"

"Da, joguei a toalha. No mesmo hack que pegamos um mês atrás. Difícil de penetrar. Eu estava no último portal quando alguém me viu. Minha criptografia era forte o suficiente para que eles não a decifrassem antes de eu sair, mas passei horas escondendo minhas pegadas."

"Melhor ficar quieto por um tempo. Você não quer perder suas chances de conseguir um emprego interessante, doutor."

"Bobagem." Raif franziu a testa e estudou as mãos, esfregando uma contra a outra. "Faz cinco meses desde a minha defesa da dissertação, e ainda não há perspectivas de nomeação acadêmica, apenas algumas possibilidades de emprego de escritório." Seu olhar repousou em Joe. "E como está a vida nos corredores de Ivy?"

"Parece que estou passando por um professor. Com 'p' minúsculo, no entanto."

"Pelo menos você está dentro da fortaleza, fazendo grandes perguntas, certo?"

"Mais do que isso ultimamente. Você pode me fazer um favor e tentar, secretamente, descobrir quem é essa pessoa?" Ele enviou a imagem de 76 que havia tirado mais cedo.

"Caramba. Parece que você está indo além de apenas falar sobre filosofia. Aonde você a encontrou?"

"Em um rio."

"Eu quero nadar. Certamente, o farei."

"E você pode conferir as notícias sobre um protesto que aconteceu aqui ontem à noite? Quero saber o que a polícia encontrou e o que está fazendo." Joe esfregou a barba. "E veja se você consegue descobrir se prenderam alguém."

"Certo. Coberto por água até o pescoço, ao que parece," Raif disse, rindo.

"Apenas o dedo do pé até agora." Joe encerrou a conversa.

◆

Ele a encontrou esperando na sala quando voltou no início da noite. Usava uma roupa de cor verde que combinava bem com ela. Complementou a cor de seus olhos castanhos, que o encaravam com vigilância moderada.

Depois de uma conversa superficial, ela se ofereceu para fazer o jantar. Ela obviamente havia se familiarizado com a cozinha enquanto ele estava fora de casa. Ela se ocupou com o sintetizador de alimentos, modificando o programa. Os pratos saíram fumegantes. Ele ficou com água na boca logo na primeira mordida. Os sabores eram intrigantes, o que não o surpreendeu, vindo dessa mulher desconcertante.

"O que são esses pratos?"

"É couve frita com alt-bacon. E estes são espetinhos de rua de alt-cordeiro com cinco especiarias." Seu tom mudou, e uma timidez orgulhosa brilhou em seu rosto. "Eu gosto de cozinhar."

Joe perdeu-se no prato. Por fim, perguntou: "Onde você aprendeu a cozinhar assim?"

"Meus amigos de casa estão me ensinando. Nos últimos três anos, tenho marcado tempo para um trabalho real. Meu período internacional." Seu sarcasmo sugeria uma profunda decepção. "Como não consigo um passaporte, estou presa aqui nos Estados. Daí, as aulas de culinária."

"Era um tempo bem gasto – *presa* nos Estados."

Ela deu pequenas mordidas enquanto o observava comer. "Você descobriu alguma coisa com as notícias?"

"Sim. Meu amigo Raif me informou esta tarde. A polícia relata que eles quebraram uma célula secreta de anarquistas com uma agenda radical. 41 pessoas foram presas. E eles dizem que têm os dois líderes."

Ela ficou tensa com as notícias. "Eles mencionaram nomes?"

"Julian-alguma-coisa e Celeste-alguma-coisa-"

"Julian e Celeste! O que mais disseram sobre eles?"

"Justiça rápida sendo servida nos dias de hoje. Os promotores querem uma sentença de um mês de prisão para todos os manifestantes regulares. Eles dizem que vão julgar os líderes por crimes graves. Os julgamentos dos outros começam na próxima semana."

O rosto dela estava cheio de preocupação. "Eles descobriram os nomes e tão rápido," disse ela finalmente.

"Eles não foram tão rigorosos quanto você em manter os perfis deles fora dos bancos de dados," disse Joe. O olhar de confusão de 76 deu lugar à raiva. O desgosto de Joe por se entregar o deixou menos cuidadoso com suas próximas palavras. "Não que nossa verificação para você revele algo sobre você. Raif não conseguiu encontrar uma correspondência de banco de dados na sua cara."

"Pensei que você tivesse dito que não iria me expor." Ela bateu na mesa uma vez.

"Raif não será detectado e não há registros para ninguém seguir. Mas... Eu precisava saber quem você é." Seu lábio latejava onde ele o mordera.

Ela olhou para ele do outro lado da mesa. "Depois do que você prometeu... não é justo."

"Está bem, está bem. Mas veja, ao abrigar você, sou cúmplice e também irei para a cadeia se for pego. Sinto muito por invadir sua privacidade, mas precisava pelo menos verificar se você tinha uma ficha criminal. Tenho certeza de que a investigação de Raif não causou nenhum dano."

Ela se jogou na cadeira e Joe pensou que ela ainda estava brava com a traição até que ela disse: "Eles são meus amigos."

"Bons amigos?"

"Sim, bons amigos. Nós três estamos nessa luta juntos há um tempo."

"Então, você é o terceiro líder?"

"Nesta luta por um pouco de justiça, eu não sou terceira. Eu sou a líder."

. . .

Mais perigosa do que eu imaginava. Raif estava certo. Estou nessa até o pescoço.

. . .

"Como você queria que eu te chamasse? 76? Por que o número? E você pode me dizer seu nome verdadeiro?" Ele esperava que sua súplica tivesse resultado. "Prometo que vou trabalhar duro para protegê-lo."

Ela ficou sentada ruminando as ideias, então seu olhar se fixou no dele. "Meu nome é Evie."

"Evie. Agradável. Por que o número?"

"Esse, é claro, é o meu Nível. Nível 76. Você não entendeu isso ontem quando mencionou o bot?"

Joe coçou a barba. "Isso não me ocorreu. Admito que nunca conheci um Nível 76."

"Não é surpreendente. Os Atos de Níveis mantêm as pessoas com intervalos de mais de vinte Níveis separadas socialmente umas das outras. Apartheid social. E é por isso que estamos protestando. Você nunca teria uma rede conectada comigo. Como Nível 42, você percebe que é ilegal socializarmos?

"Eu posso fazer as contas, não que tenha prestado muita atenção a isso antes. Nunca foi um problema," disse ele.

Ela olhou para ele. "Não que eu queira socializar com você. É azar meu acabar com uma torre de marfim 42."

Ele queria ser conciliador. "Olha, me desculpe. Vou tentar te proteger. Enquanto isso, estamos presos aqui juntos. Nenhum de nós tem muita escolha. Raif disse que a investigação continuará por aqui durante várias semanas, de acordo com relatórios da polícia interna."

Ela se acalmou. "Relatórios policiais internos? Seu amigo deve saber algo sobre a esterilização de sua trilha de dados para entrar nesses logs."

"Você sabe disso também, sem nome associado ao seu perfil facial."

Nenhum dos dois havia terminado a refeição, reparou Joe com um certo remorso. Com um lampejo de irritação, lavou a louça, coisa que só precisava fazer porque proibira a entrada de robôs. Ele ficou irritado com Evie por atrapalhar sua vida. Mas ele também estava irritado consigo mesmo porque, toda vez que olhava para ela, era difícil ficar irritado.

Ele serviu uísque para si e chá para ela, depois de ela ter declinado o uísque, e eles se retiraram para sofás em cantos opostos da sala de estar. Eles se observavam enquanto o sol se punha do lado de fora da janela. Ela terminou o chá, acenou com a cabeça e depois saiu, fechando a porta do quarto atrás de si. Joe sentou-se sozinho no escuro.

. . .

Evie. Uma lutadora. Em uma missão pessoal. Uma força a ser reconhecida.

. . .

Capítulo 9

Eles mantiveram uma trégua instável durante a semana seguinte. Joe presumiu que o campus estivesse sob vigilância contínua. Ele seguia seu trabalho normal, saindo para o escritório no prédio de matemática todos os dias. Evie manteve as janelas opacas e não saiu do apartamento. Os robôs ficaram fechados do lado de fora. A polícia nunca visitou o apartamento. A princípio, à noite, eles se revezavam para fazer o jantar, até Evie começar ao poucos dominar a tarefa, suas refeições sendo nitidamente melhores.

Joe tentou, sem sucesso, obter mais detalhes sobre sua convidada desconcertante. Ele sorriu do outro lado da mesa até que ela olhou para ele.

"Você não me contou muito sobre você. Tipo, você tem irmãos?"

"Ninguém."

"Eu também sou filho único. Conte-me sobre seus pais."

"Eu nunca os conheci." A expressão de Evie era sombria.

"Isso é difícil. Tão trágico neste mundo moderno." Parecia que suas perguntas a deixavam desconfortável – o oposto de suas intenções.

"Eu não sabia como ser de outra forma, então demorou um pouco para perceber como minha experiência era diferente do outros. Então eu não cresci da maneira normal, mas tive que agir cedo como uma adulta para encontrar minha comunidade."

"Não é bom para ninguém ficar sozinho," disse ele. Ela assentiu e permitiu um sorriso tenso, depois voltaram para a refeição. Ela parecia pensativa. Suas perguntas podem tê-la levado a refletir sobre seus amigos presos – não seria um pensamento feliz.

Eles caíram no silêncio. Ela permaneceria um mistério por enquanto.

Com uma frequência razoável, ele pegava o hiperlev do campus para buscar comida e suprimentos extras. Encontrou mais roupas para ela. Depois do jantar, todas as noites, ela se despedia e fechava a porta do quarto.

Uma tarde, ele voltou e uma contagem rítmica emanava da escadaria. *"Ichi. Ni. San. Shi."* Ele hesitou, depois subiu as escadas e espiou pelo canto.

Evie estava no centro da sala, vestindo uma camisa comprida de pijama, presa na cintura como uma túnica. Com os pés descalços e de costas para ele, ela olhou para a direita e deu um chute poderoso em um atacante invisível. Ela seguiu com uma curva fluída para a esquerda e um golpe para baixo dos dois punhos juntos. Direita e esquerda, os chutes e socos fluíam de seu corpo, cada um dispensado com outra contagem grunhida. Seus braços musculosos eram brilhantes com uma camada de suor. Quando ela se virou novamente, a barra da camisa subiu, expondo sua coxa.

Ele ficou hipnotizado.

O movimento balético de seus pés terminou com um baque espirituoso, e ele imaginou um inimigo esmagado embaixo. Evie girou em uma curva ampla, e seus olhares se encontraram. Ela parou, petrificada em meditação por alguns segundos, depois terminou o exercício cruzando as mãos e curvando-se graciosamente.

Joe diminuiu a velocidade da respiração rápida. "Isso foi lindo," ele sussurrou.

Evie relaxou. "É um kata, chamado *Bassai Dai*. Penetrando na Fortaleza. É de outro estilo, mas acho melhor aprender com muitos."

. . .

Ela deve ser uma faixa preta. Seria sábio manter-me educado. Penetrando na Fortaleza – *não*, definitivamente, sem piadas.

. . .

"Você é faixa preta?"

"Sim, um quarto dan. No meu estilo, isso se chama *yondan*." Seu leve rubor sugeriu que ela estava envergonhada, mas também satisfeita em falar sobre isso. Era óbvio que andava ocupando seu tempo ali com esses exercícios.

Joe sentou no sofá mais próximo da porta. "O kata era como assistir a uma dança, mas com poder animal."

Seus lábios se abriram em um sorriso suave. "É inspirado em animais. Meu estilo enfatiza o tigre, o dragão e o grou. Existem atributos positivos de cada um trazidos para o kata."

Evie sacudiu os braços e sentou-se de pernas cruzadas no chão, as mãos cruzadas no colo. "Pretendia ser uma maneira de uma pessoa mais fraca se defender contra os mais fortes. As aulas sociais foram estabelecidas na época em que se inventaram as artes marciais no Japão, e era impossível deixar sua aula."

"As mulheres praticavam artes marciais então?"

"Sim, algumas, sim. Eles eram chamadas *onna-bugeisha*, ou 'artista marcial do sexo feminino'. Eles eram *bushi*, parte da classe dos samurais, e podiam defender suas casas."

Outro pensamento lhe ocorreu. "Por que você pratica? Defesa pessoal?"

O rosto dela estava sereno. "Não. É sobre disciplina pessoal. E é aspiracional, um caminho para se tornar uma pessoa melhor."

. . .

Mais virtuosa do que eu. Mais disciplinada do que eu.

. . .

Eles conversaram por uma hora sobre artes marciais enquanto Joe preparava o jantar. Ela não ofereceu qualquer outra informação sobre si mesma e ele não queria encerrar a trégua pressionando com mais perguntas. Mas ele achou que ela ficava mais feliz quando se despediam. O que não ajudou com a onda de desejo que surgiu em seu corpo quando ela fechou a porta.

◆

Joe estava ocupado lendo tratados de filosofia que Gabe recomendara quando a tela holo do escritório tocou com uma mensagem criptografada recebida. Ele aceitou, e o holo de Raif apareceu. Raif não estava sorrindo.

O estômago de Joe apertou. "Você conseguiu mais alguma coisa?"

"Da. Más notícias. Os manifestantes regulares ficam pelo menos um mês na prisão, com a possibilidade de comutar suas sentenças se revelarem manifestantes que não foram presos."

"Isso chega perto da gente."

"Fica pior. Para os líderes, os promotores estão pedindo uma sentença de banimento de um ano. O julgamento deles começa na próxima semana."

Joe recostou-se na cadeira. "Um ano inteiro? Isso não seria uma sentença de morte?"

"Pode muito bem ser. As sentenças de banimento raramente ultrapassam seis meses. As execuções estatais são proibidas, é claro, mas isso esbarra em um detalhe técnico. Não há muitas pessoas que sobreviveram mais de alguns meses na Zona Vazia." Raif coçou a cabeça. "A maioria das pessoas não tem as habilidades necessárias para sobreviver sem o conforto da tecnologia."

"Por que uma sentença tão dura?"

Raif limpou a garganta. "Há uma matéria crescendo no netchat, dizendo que os manifestantes são anarquistas. Eles foram responsabilizados por uma explosão de bomba em uma loja de mercadorias. Ninguém ficou ferido, mas abalou as pessoas. O Ministério da Segurança parece alimentar o boato. Eu procurei nos arquivos internos periféricos – é impossível quebrar a segurança do banco de dados. A polícia está paranoica com o movimento anti-Níveis, com medo de virar uma bola de neve."

Eles conversaram mais um pouco até que Raif disse: "Cuidado, pirralho" e desconectou.

❖

Quando Joe atravessou a praça a caminho de casa, Mike Swaarden veio em sua direção.

"Bom encontrar você, Joe."

Joe sorriu. "Você nunca pode dizer quem pode cair em seu mundo neste campus." Pararam sob o terraço que circundava a praça, sombreada pelo sol da tarde.

"Você tem acompanhado as consequências do protesto na semana passada?"

"Houve um burburinho no netchat. Eu acho que eles cumpriram seu objetivo de chamar a atenção sobre os Atos de Níveis." Ele encolheu os ombros. "Entendo que muitas pessoas estão presas."

"Pior ainda." Mike se inclinou para mais perto. "Eles estão ferrados."

"Você está falando sobre a possível sentença de banimento?" Joe manteve a voz o mais tranquila possível.

Mike enrijeceu. "Como você sabe disso? Só sei pelos meus vislumbres nos comunicados internos compartilhados."

"Eu tenho minhas fontes."

"Sim, certo. Fontes de que lado?" Mike apertou os olhos e procurou o rosto de Joe. Joe olhou de volta sem pestanejar.

. . .

Ele está assumindo que tomei um partido e ainda não tenho certeza. Melhor escolher logo. Já estou envolvido nisso e vou precisar de aliados. Mike é o Nível mais alto por aqui, e acho que posso confiar nele. Parece que estou cercado por renegados.

. . .

"São fontes do lado que você também apoiaria – pensadores como nós," disse Joe, esperando que sua voz emanasse apenas interesse intelectual.

Eles estudaram um ao outro, Mike ainda franzindo a testa. Joe tentou novamente. "Olha, a polícia agiu com violência contra pessoas que queriam exercer sua liberdade de expressão. Isto é errado. Admito, no entanto, que não estou familiarizado com o histórico desse problema."

A expressão de Mike se suavizou, dando a Joe confiança para continuar. "Em nossa primeira conversa, você começou a me falar sobre economia. Eu nunca tentei entender economia antes. É uma ciência morta."

Mike apoiou a mão contra a parede do terraço e falou em voz baixa. "A economia continua sendo importante, pois enquadra a dinâmica social. Pense nas guerras climáticas, quando houve dizimação em larga escala das fábricas, seguida por pandemias e a relacionada ruptura social. A destruição valorizou a tecnologia robótica. Os robôs construíram fábricas de robôs, por isso eles proliferaram exponencialmente. A produtividade econômica retornou. Mas, como a onda de robôs terminou com uma taxa de emprego tão baixa, o tecido social foi destruído."

"Foi um caos," Joe comentou, quando uma vaga lembrança de uma lição da escola veio à tona.

"Sim, política e economia na lama total. Até que houvesse recursos totais suficientes na economia dos países, era mais provável que a transição para a estabilidade econômica desse mais errado que certo."

"Um sistema complexo, não linear?"

"Sim. Alguns países experimentaram o socialismo completo imediatamente. Se eles não alcançassem produtividade econômica suficiente, recuavam. O progresso desigual causou furor anti-imigração e fechamento de fronteiras," disse Mike.

"Mas por que eles não tentaram reconstruir o sistema econômico?"

"O modelo antigo desapareceu por completo. Mão-de-obra e capital foram fundamentais para a economia antes das Guerras Climáticas. Agora, o capital substituiu o trabalho e, com tantos bots, o valor do trabalho despencou para zero. Mas os bots construíram as fábricas, fazendo com que o valor do capital caísse também. O valor do capital original que controlava as fábricas de bots dominou. Os robôs e fábricas continuariam pertencendo a uma elite composta por poucos, exceto que as massas de desempregados estavam organizadas e se movendo em direção à revolução," disse Mike.

Joe fez uma pausa, tentando entender tudo. "Então eles nacionalizaram todas as fábricas – agora pertencentes a todos – e a preocupação com a economia evaporou?"

"Sim, oceanos de dados e algoritmos resolveram o problema de cálculo econômico de von Mises. O uso de dinheiro para sinalizar a demanda e o racionamento da oferta desapareceu, mesmo para bens de capital. Cem anos atrás, precisávamos de mercados para equilibrar oferta e demanda. Hoje, porém, temos acesso aos desejos íntimos das pessoas. O fluxo de dados líquido fornece todas as informações sobre a demanda que antes os mercados supriam e com mais eficiência."

"Os organizadores da produção certamente sabem muito sobre nós," disse Joe.

Mike suspirou. "E não nos importamos o suficiente com o crescimento econômico para impulsionar o consumo. A sociedade global não tem crescimento e é estável. O comércio internacional é muito menor e envolve apenas mercadorias, entretenimento, moda e alguns produtos de luxo. Cultivamos ou fabricamos tudo o mais localmente. Economistas dizem que as economias são estáticas, exceto pelos esforços direcionados ao avanço científico e às atividades criativas. O resultado é bom para o planeta. Mas é chato."

"Ficou entediante quando os mercados murcharam?"

"Sim. Os mercados desapareceram, exceto os dez por cento dos bens, com esses mercados ainda mantidos para satisfazer nossa competição social inerente ao último item de moda e luxo," disse Mike.

"Mas houve um preço?"

"Sempre há um preço. E é aqui que vemos a economia ligada aos Níveis." Mike arrastou o sapato no chão. "A propriedade estava profundamente enraizada em nossa cultura, mais do que na maioria dos países. Os ricos proprietários reagiram. Eles precisavam de uma maneira de manter seu status de elite. Como contrapartida à nacionalização, introduziram-se Níveis sociais formais."

"Mas os Níveis são baseados no mérito," disse Joe, depois percebeu sua simplificação excessiva. "Bem, quase inteiramente."

"Joe, rapaz, embora o conceito de Nível tenha o verniz da meritocracia, há mais limitações ao mérito do que existia antes. Os oligarcas nunca perderam o controle, mas transformaram sua posição em trincheiras, tornando-a insidiosamente hereditária."

"Eu nunca conheci nenhum oligarca."

"A oligarquia não mudou muito desde os gregos Antigos, apesar de terem melhorado o controle das mensagens na sociedade." Mike se interessou pelo assunto. "Por exemplo, você provavelmente tem um conhecimento limitado sobre como o resto do mundo lidou com a igualdade social. Quanto você viajou?"

Joe deu de ombros, dizendo: "Estive em muitos lugares em viagens pela Internet –"

Mike levantou a mão. "E aí está o problema. Certamente, não existem muitas outras maneiras de viajar atualmente, mas a viagem pela rede é uma experiência com uma mensagem controlada."

"É a maneira mais ecológica de ver o mundo." Joe sabia que estava certo sobre isso. "E me permitiu visitar cidades, como Veneza, que há muito foram abandonadas. Eu posso ver como eram os países no passado..." Ele parou ao ver a carranca de Mike.

"Essa é a resposta socialmente correta."

"Não há como negar que as viagens físicas aumentam os rastros de carbono."

"Tecnicamente verdade. Mas os rastros de carbono globais são negativos. Há muita mitigação de carbono. Nossas fontes de energia são todas sem carbono. E, é claro, a população diminuiu, agora cerca de sete bilhões em todo o mundo."

. . .

Minha visão do mundo não pode estar totalmente errada. Ele está dizendo que a viagem pela rede é artificializada. Quão controlada pode ser? Não sei. Foi embaraçoso admitir para Mike que nunca viajei para fora dos Estados. Mas ele não gosta de Níveis, então é menos provável que menospreze alguém por causa de seu Nível.

. . .

"Como apenas um Nível 42, é quase impossível obter o passaporte para viagens internacionais."

A testa de Mike franziu. "Joe, com os Níveis, estamos todos nivelados por baixo, lutando para ficar em algum lugar particular num monte de lixo imaginário. Seu caso mostra como nos tornamos permissivos em relação a tais reduções de nossa liberdade. As restrições evoluíram. Os Estados foram o primeiro país maior a possuir robôs suficientes para tornar real a renda garantida. O governo justificou o controle de fronteiras e viagens dizendo que não poderíamos subsidiar o resto da população do mundo. Eles tinham medos legítimos sobre migrações em massa. Mas eles lidaram com esses medos com políticas draconianas. Exércitos de bots agora protegem as fronteiras. Ao incentivar as viagens pela Internet, é mais fácil esconder nossas diferenças do resto do mundo. Nos tornamos casulos em nossa realidade separada, isolados geograficamente e em nossa visão de mundo por nosso mundo censurado."

A voz de Joe baixou para quase um sussurro, adivinhando a resposta antes que ele perguntasse. "Você apoia o movimento anti-Níveis?"

"Sim. Aqueles dentre nós que apoiam o movimento ainda não têm poder suficiente contra o sistema para mudar as coisas logo. Mas a luta está crescendo."

"Eu posso fazer parte desses números crescentes," disse Joe, ansioso para conversar com Evie.

Os frios olhos azuis de Mike encararam Joe, revelando um lampejo de preocupação. Ele colocou uma mão grande no ombro de Joe. "O Ministério da Segurança é eficiente de forma deprimente. Esconda bem suas pegadas."

Um calafrio percorreu a espinha de Joe com o aviso. Mike deu um aceno final e foi embora.

Na curta caminhada para casa, ele afastou dos pensamentos a conversa com Mike e se concentrou nas notícias preocupantes de Raif. Joe subiu as escadas. Evie se sentou no sofá da sala e o examinou quando ele parou na entrada. A expressão dela escureceu.

"Raif me disse que os promotores pediram uma sentença de banimento de um ano para seus amigos."

Ela se encolheu. "Merda. Banimento. É a sentença mais dura."

"E tão raramente utilizada. Pesquisei na história recente e, na última década, você pode contar em duas mãos as sentenças que duraram mais que alguns meses," afirmou.

Um calafrio percorreu o corpo dela, e ela ajeitou os ombros para trás, no que ele supôs ser uma tentativa de bravura. Ele se sentou no sofá ao lado dela e pegou sua mão. Os dedos dela se apertaram. "Banimento. Por quê?"

"Raif disse que há uma história sobre terrorismo. Uma bomba explodiu em uma loja de mercadorias. Isso é tudo que eu sei."

"Terrorismo? Isso é maluquice. Não temos nada a ver com nada violento. Por que iríamos bombardear uma loja em que nossos amigos pudessem estar fazendo compras? Este movimento é sobre as leis repressivas do país." Seus olhos brilhavam com ira da injustiça, a fúria fervilhante de uma mãe defendendo seus filhotes.

"Por que você acha que o governo está obcecado com seu grupo?" Joe apertou a sua mão para trazê-la de volta ao presente.

"Temos bons hackers. E entramos em alguns arquivos no Ministério da Segurança para verificar se nossas informações pessoais eram excluídas periodicamente conforme exigido por lei. Fizemos uma verificação para evitar sermos pegos durante nossos protestos ao vivo. Isso foi um erro." Sua expressão denunciou a reconsideração de decisões passadas. "A lei nos dá direito à privacidade. Todos os outros desistiram desses direitos em troca de conveniência. Mas nós não. Insistimos para que o governo não coletasse e mantivesse informações que não deveria. E todos temos direito ao esquecimento."

"Você é cDc?"

Ela parecia intrigada e sacudiu levemente a cabeça. "Não. O que é isso?"

Joe segurou a sua mão enquanto a estudava, procurando os olhos dela, tentando decidir se estava mentindo. Ela tentou se libertar. "Você não acredita em mim, sobre eu nunca ter ouvido falar de cDc antes? É a verdade, eu juro." Ele apertou a mão dela com mais força, ainda a encarando fixamente.

. . .

As artes marciais são apenas para autodisciplina? Ela poderia ser violenta? Ela tem paixão. Preocupa-se com os amigos e também me faz gostar deles. Ela é tão autêntica, tão crível.

. . .

"Sim, eu confio em você," disse ele.

Ela relaxou e apertou a mão dele, inclinando a cabeça. Eles ainda ficaram ali por alguns instantes, antes que ela olhasse para ele, com lágrimas escorrendo por seu rosto. "Celeste é uma das nossas melhores hackers. Mas ela não sabe muito sobreviver na natureza." Ela fungou. "Ela morrerá em um mês ou dois."

"Talvez ela possa aprender."

Evie balançou a cabeça, abatida. "Eu estive na natureza. Eu conseguiria me sair bem. Mas não acho que Celeste e Julian conseguiriam, mesmo estando juntos."

Ele se perguntou sobre esta experiência na natureza, mas agora não era hora de questioná-la. "Dada a seriedade dessas sentenças, você precisará ficar escondida por mais algum tempo. Eu continuarei me informando com Raif. Quando soubermos que o Ministério da Segurança não estará mais bisbilhotando, você poderá ir."

Ela respirou fundo e devagar. "Você está certo. Obrigada por me deixar ficar."

Eles jantaram em silêncio. Evie havia redefinido o sintetizador de alimentos com muitos programas novos, e saiu uma mistura perfumada de alt-cordeiro e especiarias, que ela derramou em meio pedaço de pão.

"Ensopado de coelho". Ela lhe apresentou sua porção. "Da África, mas está mais para um *comfort food* indiano."

"Nenhum coelho foi sacrificado a serviço do nosso jantar, suponho?" Seu sorriso irônico foi projetado para fazê-la rir. Ela riu, uma melhora de humor. Joe trouxe uma synjug de um vinho canadense superior, eles terminaram o jantar e beberam em silêncio enquanto o sol desaparecia atrás da colina no exterior da janela da sala.

. . .

Eu me pergunto o que seria necessário para sobreviver durante o banimento. A informação está lá na rede. Mas seria muita coisa para aprender se você não soubesse nada. Percebo que é com isso que Evie está preocupada:

a falta de conhecimento de seus amigos e suas chances de sobrevivência.

. . .

Ela levou os copos vazios para a cozinha, com ele a um passo atrás e depois se virou para os quartos. Um breve sorriso apareceu em seu rosto enquanto ela fechava a porta do quarto.

Capítulo 10

Joe estava no salão do departamento de matemática com um copo de vinho na mão. A maioria dos rostos desses coquetéis semanais lhe permanecia pouco familiar. Não estava fazendo um bom trabalho ao conhecer os outros professores do departamento. Mas não estava se sentindo sociável e descartou qualquer compulsão. Do outro lado da sala, viu Freyja, Mike e Gabe reunidos, todos com uma cerveja na mão. Embora tivesse reuniões marcadas com Freyja e Gabe para os dias seguintes, caminhou para se juntar a eles.

Eles estavam no meio da conversa sobre as sentenças de banimento recomendadas para os organizadores do protesto.

"...as histórias sensacionalistas de atentados terroristas. O netchat está cheio de especulações." Freyja gesticulou amplamente, quase derramando sua cerveja. "Mesmo eu não consigo evitar as notícias."

"Terroristas. Não acredito nisso," disse Joe.

Os olhos de Freya se arregalaram. "Um bom bayesiano, você deve ter provas?"

"Não que eu queira discutir." Eles o encararam, bebericando discretamente suas bebidas e esperando.

Como Joe não cedeu à pressão, Mike preencheu o silêncio. "Eu descobri algumas informações sobre o segundo-em-comando de Peightân." Colocou o copo vazio em uma mesa próxima. "William Zable era um Nível 76. Mas escalou surpreendentemente dez Níveis nos últimos três anos. Nenhum registro negativo aparece sobre sua família. Tudo parece normal. Ele trabalhou como capataz em uma bio-fundição de carne alternativa. Foi ferido em um acidente industrial, algo envolvendo um robô com defeito. Então, três anos depois, ele apareceu, reportando-se a Peightân."

"Gostaria de saber se é o acidente ou sua associação com o ministro que melhor explica o nariz levantado." Freyja riu.

Mike bebeu a espuma de uma cerveja recém-aberta. "O Ministro da Segurança Nacional também tem uma biografia interessante." Joe não pôde deixar de se inclinar, Gabe e Freyja fizeram o mesmo. "Peightân vem de uma família eminente. Ele frequentou as escolas de maior prestígio e recebeu as melhores notas de sua classe. Um histórico bastante exemplar."

"Ele parece um pouco zeloso demais para mim." Gabe balançou a cabeça.

"Isso é uma preocupação. Ele proporcionou um número recorde de prisões nos últimos anos. Pelo menos, é o que informam os registros," disse Mike.

"Você tem uma tese?" Gabe era sempre direto.

Mike assentiu brevemente. "A tese é que tecnicamente ainda temos uma democracia que permite a liberdade de expressão, e estou interessado em proteger as duas. Se não for mantida em um padrão de transparência, o poder poderá ser corrompido."

"Você está pensando na integridade dos bancos de dados," disse Freyja.

"Essa seria uma explicação para as acusações terroristas apoiadas em dados, se, como Joe, você não acreditar nelas," disse Mike. Todos os rostos se voltaram para Joe.

"A integridade do banco de dados não é minha área de especialização." Ele fez uma pausa. "Mas tenho um amigo que é especialista. Ele sabe muito sobre como os bancos de dados são selados. "

"Ah, é?" Mike se inclinou.

"Raif Tselitelov escreveu sua tese de doutorado sobre a tecnologia '*bot in a box*'. Isso faz com que os bots e todas as IAs – incluindo todos os PIDAs – sejam afastados pelos *sandboxes*. Bancos de dados e isolamento de IA estão na mesma subespecialidade de software."

Freyja olhou para cima e brincou: "Evitando o botpocalipse. Mas, é sério, eu me sentiria melhor se alguém investigasse a fonte dessa evidência terrorista para validá-la. Eu posso pensar em algumas questões teóricas para verificar com dados do mundo real. Você pode me conectar com esse seu amigo?"

Joe assentiu e a conversa se voltou, a pedido de Mike, para o jogo de futebol modificado entre dois grandes times na noite anterior. Ele perguntou se Joe seguia o futebol moderno.

"Todo mundo segue o futebol moderno." Joe encolheu os ombros. "Embora não tenha sido meu esporte. Não era rápido o suficiente."

Freyja largou o copo vazio. "E qual era o seu esporte?"

Ele inspecionou seus sapatos. "Os hackatons do VRbotFest."

Quando Freyja arqueou uma sobrancelha, Mike riu. "Você parece estar pensando na versão do ExomechFest, Freyja. Não se preocupe, o VRbotFest é geralmente considerado mais civilizado. Embora o desgosto seja um mal-entendido da cultura esportiva exomech."

Gabe balançou a cabeça. "Engraçado como pegamos exoesqueletos de robôs industriais usados, projetados primariamente para proteger as pessoas nas fábricas, e os transformamos em perigosas máquinas de combate."

Joe riu. "Eu não sou tão corajoso. No VRbotFest, você usa um netwalker para controlar um dirigível virtual – tudo em software, sem robôs físicos envolvidos. Mas nem todos os controles funcionam perfeitamente; portanto, você precisa de conhecimentos de informática para hackear a interface enquanto enfrenta outros dirigíveis virtuais."

"Lutando? Tudo na sua cabeça?" Freyja pegou um mini-sanduíche.

"Cabeça e mãos coordenadas." Joe meneou os dedos. "Foi inicialmente usado para testar códigos mecha. Agora, os jogos minimizam essa dificuldade para se concentrarem no controle mecha de VR."

"Por que é tão difícil?" Gabe de repente pareceu mais interessado.

"Um atraso tátil. Você interpreta pessoas de todo o mundo, incluindo as bases da lua. O sinal é, obviamente, limitado à velocidade da luz. Eles inserem atrasos padrões para equalizar os jogos, mas variam os tempos de atraso. Você deve ajustar mentalmente seu senso de tempo e o tempo de cada ação."

Freyja o estudou. "A mim parece que há mais sobre essa história."

. . .

Não, não cometa o mesmo erro duas vezes, como quando Royce me parou nos meus Mercuries. Não se atreva a se gabar, mesmo que ela esteja perguntando.

. . .

Ele resistiu à tentação tomando mais um gole de vinho. "Apenas um passatempo em que Raif e eu adoramos competir."

"Eu entendo que eles são extremamente competitivos." Mike esvaziou o copo. "Ficou em qual lugar?"

Sentindo-se encurralado, Joe ficou inquieto com o copo na mão. "Eu estava entre os cinco primeiros no ano passado."

"Uau," disse Mike.

Apesar do sorriso de admiração de Freyja, Joe decidiu que era um bom momento para sair. Ele queria voltar para Evie. À medida que a conversa prosseguia, ele deu suas desculpas, acenou para os amigos e desapareceu pela porta.

◆

A escuridão havia tomado conta e o ar noturno passou seus dedos gélidos pelo seu pescoço. Joe levantou a gola da camisa e apertou o botão de controle para ativar a malha de aquecimento interna. Ele tremia de frio, com a cabeça abaixada e as mãos enfiadas nos bolsos enquanto atravessava a praça deserta. Em um dos cantos, uma estátua ao lado do centro estudantil se mexeu, e ele despertou para o fato de que era um homem – um homem que agora caminhava em sua direção. Um homem com a mandíbula saliente e a cabeça inclinada. Atrás dele, um segundo homem saiu das sombras cimérias.

Joe reduziu a velocidade até parar, mantendo-se reto quando Zable e Peightân chegaram até ele.

"Prazer em vê-lo novamente, Sr. Denkensmith," disse Peightân com uma voz segura. A lua convexa refletia em seu rosto pálido.

Joe fez um exame cuidadoso óbvio da praça como uma maneira de evitar seu olhar direto. "Você está esperando outro protesto hoje à noite? Eu pensei que os criminosos haviam sido presos. Estou surpreso ao ver você e a polícia ainda aqui. Eles ainda não representam um perigo, será?"

Os olhos sanguíneos do ministro pousaram nele – o exame de um detetive da polícia, analítico e cético em relação ao mundo. A pele de Joe se arrepiou. "Não há perigo para você, não agora," disse ele.

"Fico feliz em ouvir isso." Joe deu um passo para o lado e começou a andar para a frente.

"Você não tem motivo para se apressar, tem?"

Joe parou, com o coração disparado. Ele manteve o olhar baixo enquanto se virava para os homens.

"Ainda estamos trabalhando duro para encontrar *todos* os manifestantes", disse Peightân. Sob a camisa decotada, Joe notou o abdômen musculoso de um homem que devia se exercitar todos os dias. Em contraste com seu próprio abdômen flácido.

"Nem todos foram pegos?" A pergunta veio rápido demais de sua boca.

"Ainda não temos certeza. A segurança pública é o nosso principal interesse, por isso devemos ter certeza," respondeu Peightân.

Ele se sentiu preso em uma armadilha, mas era melhor parecer preocupado. "O que eles fizeram?"

"Eles violaram a lei. Temos leis para manter a ordem e eles enfiaram o nariz onde não foram chamados. São muito perigosos, esses terroristas. Explodindo bombas e causando estragos. Um assunto que eu conheço bastante." Zable sorria com o comentário de seu chefe. Como experiente interrogador, Peightân continuou. "Sr. Denkensmith, entendo que você é novo na faculdade?"

"Sim acabei de chegar."

"E você está trabalhando com problemas práticos? Não como esses acadêmicos, que passam tempo demais questionando a maneira como as coisas são feitas."

"Sim." Ele avaliou se deveria adicionar "senhor", mas parou.

"Sr. Denkensmith." O tom de Peightân fez Joe encontrar seu olhar, embora ele desesperadamente não quisesse isso. Os orbes escuros o seguraram. "Não há ninguém suspeito que você tenha conhecido até agora, que possa estar ajudando ativamente esses manifestantes?"

Joe balançou a cabeça bruscamente. "Ninguém que eu tenha conhecido nas reuniões de coquetéis das quais participei desde que cheguei."

Com uma pequena carranca, Peightân olhou para a lua. "Você apoia a autoridade da lei?"

"Elegemos e nomeamos funcionários, como você, para decidir o que está dentro da lei. Não presto tanta atenção nisso quanto provavelmente deveria."

"Sim, aqueles com mais conhecimento e experiência podem realmente fazer o melhor trabalho mantendo tudo em ordem. Você tem meus dados de contato; você me avisará se vir alguma coisa."

. . .

Isso foi um comando. Ele está puxando o Nível para me recrutar como espião? Que irônico.

. . .

"Senhor, monitorar esses professores não está nos levando a lugar algum," disse Zable.

"Sim, você está certo. Não há mal suficiente em suas almas para estarem por trás desse movimento," disse Peightân com uma risada.

"Você tem a inteligência para descobri-lo, senhor."

"Eu também aprendi muito com você, meu amigo," disse Peightân.

Zable sorriu com o elogio.

O comentário de Zable foi obviamente para puxar saco, mas Joe escondeu sua reação natural, assentindo respeitosamente e seguindo adiante. O peso do olhar de Peightân enquanto ele se afastava fazia um calafrio percorrer sua espinha. Não havia som, exceto seus passos tocando sem força na calçada. Depois de cem metros, ele retornou o olhar para onde tinha passado. Peightân e Zable haviam voltado para as sombras, de frente para o local onde Joe havia se aproximado deles.

. . .

Provavelmente, esperando para emboscar qualquer outra pessoa que esteja vindo nessa direção do coquetel. Ainda que, se os professores da faculdade são sua melhor liderança em um protesto não afiliado à faculdade, eles devem ter pouca liderança. Bom, eu acho. Aqueles olhos vermelhos dizem que ele não tem restrições por um limite semanal de trabalho, e ele é claramente um cara afiado. Não é hora de cometer erros.

. . .

❖

Quando Joe contou a Evie sobre o ocorrido, ela pulou do sofá e começou a andar pela sala. "Eu já estou presa aqui há duas semanas, Joe. Quase saí hoje – tenho que checar o movimento. Conseguimos tração com esses protestos, e não posso deixar isso morrer só porque prenderam Julian e Celeste."

Um calor subiu ao rosto de Joe, e ele se levantou para encará-la. "Espere um minuto. Você está muito ocupada seguindo sua própria ARMO para perceber que o mundo não gira ao seu redor. Você me colocou em risco também e eles estão me observando. Não será difícil traçar uma linha de volta para mim se eles te pegarem."

Ela parou na frente dele. "Passei os últimos três anos da minha vida trabalhando nisso. É a única coisa que importa."

"Não seja tão impulsiva, ou tudo vai explodir na sua cara."

"Mas eu não posso deixar isso morrer –"

"Você pode se deixar morrer? Isso ajudará o movimento?" Joe percebeu que estava gritando, deu um passo para trás e respirou fundo. "Me desculpe, Evie. Passei dos limites. Mas tenho medo de que você faça algo que coloque nós dois em risco." Ele se sentou no sofá e apontou para a almofada ao lado dele. "Por que você está arriscando tudo por esse movimento de protestos?"

Ela estudou o assento, mas permaneceu em pé. "Por causa da óbvia injustiça social. Os Estados desistiram de qualquer pretensão à igualdade."

"Quando isso se tornou tão importante para você?"

"Mais ou menos no fim do meu período de estudos. Sou mestre em ciência política e economia," disse ela.

Ele assentiu, percebendo com apreço que ela tinha tantos diplomas quanto ele.

"Economia. A ciência sombria."

"Não achei sombria. Mostra como o mundo funciona."

"Mas alguma desigualdade é inevitável."

"Como assim?"

"É a física de um mundo composto de partículas em movimento. Você não pode ter montanhas sem vales. E a desigualdade não está no coração da economia? Em qualquer arranha-céu, nem todos podem ter a vista da cobertura."

"Quero que seja melhor. Quero que seja perfeito." Ela apertou as mãos.

Ele deixou escapar uma pequena risada. "As pessoas não podem ser perfeitas. Lembra-se da velha história de Adão e Eva, quando a maioria das pessoas ainda acreditava em Deus? Uma moral da história é que as pessoas são imperfeitas; somente Deus pode ser perfeito. Esse é o nosso estado natural, e essas falhas estão em nossa natureza. Sempre haverá colinas e vales. Sempre haverá o bem e o mal no mundo. Não podemos escapar disso."

Ela se manteve firme. "Isso não deve nos impedir de tentar."

"Eu vou conceder isso a você. De todo modo, essas velhas ideias são comprovadas como cientificamente erradas. É um universo físico fechado. Não há Deus que interfira. Essa versão da história está toda errada."

"O que você sabe sobre religião? Enfim, chega de filosofar." Ela imitou o tom dele e dispensou o comentário com um aceno de mão. "Vamos voltar à questão prática, de que essas leis são injustas."

A mente de Joe se desviou para sua última conversa com Gabe, e agora ele saiu pela tangente. O comentário dela o fez pensar sobre o que ela saberia sobre religião. Ela não parecia ser uma das poucas pessoas que alegavam ter um relacionamento pessoal com seu Deus. Ele empurrou o pensamento para longe para se concentrar. O que importava agora era que ela não fizesse algo impulsivo para colocá-los em perigo.

"A ação é boa quando está dentro de um plano cuidadosamente elaborado. Apressar-se sem um plano significa que é muito mais provável que as coisas acabem mal." Ele deu um pulo e sua voz se ergueu novamente.

"Quando tenho um objetivo, eu o cumpro. Essa inação não é natural." Evie apertou os lábios, virou-se e olhou pela janela.

Joe espiou as próprias mãos cerradas e lentamente endireitou os dedos. As costas rígidas de Evie lhe diziam que ela estava tão tensa quanto ele. Foi a primeira vez em que os dois levantaram a voz em uma discussão.

"Ok, eu vou ficar. Mas não por muito tempo." Ela virou-se para ele novamente e seus olhos foram concessivos neste ponto. Caminhou até a cozinha, e os sons de sua preparação para o jantar encheram o apartamento, mais altos que o normal.

A vitória superficial não o fez se sentir melhor por estar se protegendo tanto quanto ela.

Eles ainda não haviam trocado palavras de novo quando ela ruidosamente colocou tigelas na mesa. Enquanto Joe experimentava a primeira colherada, olhou para cima e a viu encarando fixamente sua própria tigela.

"Mmm. O que é isso?"

"Um cozido tibetano de alt-carne e batata. Faltando a carne tradicional de iaque, é claro."

"Vejo que você ainda faz ensopados."

Ela não conseguiu impedir um pequeno sorriso de cruzar seus lábios, e ele ficou feliz pelo fato de que ela ainda apreciava seus trocadilhos. Jantaram em silêncio, mas o clima havia ficado mais leve na hora da rotina noturna, Joe virando-se para a porta de um quarto e Evie para a outra.

Capítulo 11

Joe encontrou Freyja em seu escritório na manhã seguinte para a reunião marcada. Euler estava sentado em cima de um armário. Equações holo pairavam sobre a cabeça de Freyja, acima de onde sentava-se em sua mesa, e em um relance se revelava que ela visualizava novos problemas, desta vez um subtópico da teoria dos conjuntos. Empurrou vários ícones holo para fora do caminho. Um ricocheteou na direção de Euler, e o gato levantou uma pata enquanto o ícone passava como um fantasma por ele e evaporava contra a parede.

"Obrigado por me encontrar hoje", disse Joe. Ele se agarrava a um vislumbre de esperança de que ela ainda pudesse ter um interesse mais profundo em vê-lo.

Freyja assentiu distraidamente enquanto acariciava Gauss, que pulou em seu colo. Ela fez carinho atrás das orelhas e ele ronronou. "Eu amo esses bichinhos," disse ela.

"São criaturas esplêndidas."

"Eles me fazem companhia junto com a matemática. Não há muitos jovens professores aqui na faculdade." Ela levantou os olhos com alegria. "É bom ter você como amigo."

Joe sorriu e tentou decidir se o modo como ela enfatizava a palavra denotava um relacionamento platônico ou algo mais.

"Fico feliz em ajudar com seu projeto." Ela apontou o dedo indicador para ele. "E lembre-se de me enviar uma apresentação ao seu amigo, o especialista em integridade do banco de dados."

"Oh, certo."

Freyja sorriu. "Qual é o assunto hoje?"

"Nossa última conversa me levou a Laplace, que fez trabalhos relacionados a estatística e teoria das probabilidades. E isso levou ao seu ensaio sobre determinismo. É um caminho paralelo no meu projeto de consciência de IA, mas tenho pensado que uma diferença entre as nossas mentes e a IA é que tudo no software é determinado. O universo é governado por determinismo ou indeterminismo? E isso tem algo a ver com consciência?"

"O demônio de Laplace, cuja aceitação significa que não há livre-arbítrio. Eu aprecio atacar demônios." Ela soltou uma risada brincalhona, jogando o cabelo para trás. "Laplace postulou uma superinteligência – mais tarde chamada 'demônio', um substituto para Deus – que conhece a localização exata e o momento de cada partícula no universo. A partir desse conhecimento, toda interação poderia ser conhecida. Isso constituiria um mundo determinista."

Ele concordou, balançando a cabeça. "Comecei a ler sobre matemática e física em torno do debate a respeito do determinismo. Eu tenho evidências mistas sobre o determinismo científico da perspectiva da física, então gostaria de ouvir seus pensamentos sobre a matemática."

"Vamos com calma." Ela lançou o último holo flutuante para o lado com movimentos do pulso, liberando visualmente espaço em volta da cabeça. O olhar dela estava ansioso. "Eu admito que minha física é fraca. Conte-me sobre a física e depois compartilharei minha avaliação da matemática."

. . .

Humm, ela não gosta de se apressar, é muito metódica e quer ter certeza de si mesma. Talvez esse tenha sido o meu erro. Eu fui muito precipitado.

. . .

"O determinismo científico é a ideia de que, começando pelo modo como as coisas se passam em um determinado momento, o modo como as coisas serão posteriormente é fixado como uma questão de lei natural," disse Joe.

"Lei natural. Uma lei científica da física." Seus olhos estreitados em pensamentos eram tão bonitos quanto quando ela lhe encarava diretamente. "A física respondeu à questão de saber se o determinismo absoluto é verdadeiro?"

"Está misturado." Joe teve problemas em manter a mente na conversa. "Deixe-me dar quatro ideias, as duas primeiras a favor do determinismo, as duas últimas inconclusivas sobre o assunto."

"Vá em frente, mostre para mim."

"A primeira ideia: toda partícula fundamental interage com todas as outras partículas fundamentais, com forças se movendo através dos campos na velocidade da luz. Todas as partículas que encontramos já empurraram todas as outras com as quais nos importamos – ou seja, perto o suficiente para importar. O argumento é que o futuro é 'adequadamente determinado'. O modelo de empurrar partículas sobre outras partículas levou à ideia de que tudo é determinístico."

"Eu entendo, um ponto para o determinismo."

"Aqui está a segunda ideia: da teoria geral da relatividade de Einstein, as equações de campo são geralmente determinísticas. Como o Lagrangiano do Modelo Padrão modificado."

Ela assentiu. "Simples o suficiente, mais um ponto para o determinismo. E os argumentos não-deterministas?"

Ele apreciou sua rápida compreensão dos conceitos. "Bem, a função de onda governada pela equação de Schrödinger mostra um quadro misto. A evolução da equação da onda é determinística, mas apenas especifica probabilidades de medir resultados específicos. Portanto, o resultado específico não é determinado. A física ainda não encontrou uma boa resposta para o que causa o colapso da função de onda. O gato de Schrödinger está vivo e morto simultaneamente."

Gauss pulou de volta para o chão e deitou perto dos pés de Freyja, e ela olhou para ele, pensativa.

. . .

Bem, essa não é exatamente a história toda. Existem algumas teorias do multiverso que assumem que a função de onda não entra em colapso. Eu deveria falar sobre aquelas com Gabe para entendê-las melhor. Alguns matemáticos dizem que a função de onda pode estar ligada à consciência e ao que quer que seja a mente.

. . .

"Isso pode ser um gol. E a sua quarta ideia?"

"A quarta ideia deriva do princípio da incerteza de Heisenberg. Com isso, podemos medir com precisão a posição ou o momento de qualquer partícula, mas não podemos medir ambos. Eu acho que a matemática é a seguinte, se uma pode ser medida com precisão, a outra deve ser indefinida. Nossa intuição clássica não mapeia de modo nítido para definir esses termos."

"E essas ideias têm o mesmo peso? Qual é o resultado final?"

"Alguns físicos diriam que o determinismo vence o argumento. Mas lembre-se de que os experimentos analisam as menores entidades e não se concentram no que acontece quando pensamos nos macro conjuntos de partículas. Minha meta-pergunta é se o determinismo caracteriza o macro mundo que sentimos habitar."

Ela encostou o dedo indicador no queixo. "Ok, eu chamaria dois pontos e talvez alguns acertos. Deixe-me dar três ideias da matemática, a última das quais acredito ser mais relevante para sua pergunta."

"Tudo bem."

"Primeiro, a quantidade de informações necessárias para contabilizar todas as partículas do universo excede em muito a capacidade de qualquer cálculo viável. Além disso, se você presumir que nosso universo é fechado, essas partículas não poderão armazenar informações suficientes para prever o próximo passo."

"Esse é um ataque ao demônio de Laplace," disse Joe.

Ela assentiu. "Segundo, há uma prova, uma diagonalização Cantor, mostrando se o demônio é um dispositivo computacional, que nenhum desses dispositivos pode prever completamente um ao outro."

"Dois gols."

Ela estendeu a mão para acariciar as orelhas de Gauss. "Finalmente, o tipo de matemática que afeta o mundo cotidiano é o de sistemas complexos. A natureza está cheia de sistemas extremamente caóticos. A teoria do caos mostra que mesmo sistemas determinísticos têm um comportamento impossível de prever. E a teoria do caos põe em dúvida a repetibilidade. Para o determinismo, você esperaria repetibilidade."

"Então eu deveria despender mais tempo procurando sistemas complexos para obter pistas de como o universo está organizado?"

Ela assentiu. "Mesmo sistemas com apenas três graus de liberdade exibem comportamento caótico. E o mundo está cheio de sistemas com enormes graus matemáticos de liberdade. Em resumo, não acredito que habitemos um universo totalmente determinístico."

Joe coçou a barba. "A física dá ao determinismo dois pontos e dois gols. O demônio de Laplace recebe três ataques matemáticos contra si. "

Eles conversaram por mais uma hora, primeiro tentando, sem sucesso, descobrir como suas ideias poderiam lançar luz sobre seu projeto de consciência de IA, e depois deixando a conversa vagar por outros tópicos. O NEST de Freyja a alertou para outro compromisso.

Ela sorriu alegremente. "Hora do meu jogo de handebol."

Impressionado com os interesses dela, Joe ergueu as sobrancelhas. "Você joga handebol?"

"Desde que eu era jovem. Nossa equipe é muito forte. No ano passado, chegamos às semifinais estaduais."

"Uau, você é atleta e também matemática. É boa em jogar contra demônios."

Ela riu com alegria contagiante. Porém, a tênue esperança de Joe de que ela se interessasse por ele havia desaparecido. Ele agradeceu e tentou ignorar sua frustração enquanto a observava sair. Joe voltou ao escritório, perdido em pensamentos.

. . .

Freyja ajudou a esclarecer meu pensamento. Parece que o demônio de Laplace, uma imagem do determinismo, é impossível dentro do nosso universo fechado; então, se o nosso universo contiver uma gota de indeterminismo, talvez o livre-arbítrio seja possível. Mas que tipo de livre-arbítrio?

. . .

Ele se afastou da mesa, imaginando por que não tinha energia, e sentiu a camisa puxar com força demais os ombros. Seu estômago carregava a evidência de que ele não prosseguia com seu gotejamento fino desde a chegada. Sentindo-se inspirado pela atividade de handebol de Freyja, e com um impasse em seus pensamentos, ele decidiu encontrar as instalações esportivas do campus, e pediu as instruções para sua ARMO.

As instalações esportivas ficavam no campus oeste, a trezentos metros de distância, e ele dirigiu-se para lá. A ARMO indicava uma área de fitness na parte dos fundos, com uma quadra de handebol à esquerda. Curioso, ele subiu as escadas para os assentos com vista para a quadra. Uma pequena aglomeração assistia a um jogo entre duas equipes de mulheres. Joe logo avistou Freyja, vestindo uma camisa azul.

Embora só tivesse a intenção de assistir ao jogo por um momento, Joe viu-se hipnotizado pela agilidade das jogadoras. Foi um jogo acelerado, com jogadas emocionantes sucedendo-se umas às outras. As mulheres atléticas corriam de um lado para o outro da quadra. O olhar de Joe fixou-se em Freyja, que estava jogando como zagueira. Ele torceu silenciosamente pelo time dela, apesar de já estarem com treze pontos.

O relógio soou. A pivô posicionou-se de costas para o gol. Freyja deu um passe gracioso, e a pivô lançou a bola para o gol, pouco antes de a contagem regressiva estourar.

Joe bateu palmas e se levantou, sentindo-se subitamente desconfortável por participar do jogo de Freyja. Ele saiu das arquibancadas em direção ao pátio central do edifício e depois para o vestiário nos fundos do prédio. Ele abriu um armário disponível para pegar um conjunto de roupas de ginástica gratuito e se vestiu.

Na área de fitness adjacente, as plataformas netwalker eram misturadas com outros equipamentos de ginástica. Um bot atendente estava atrás de cada aluno que se exercitava. Fones de ouvido camuflavam seus rostos enquanto se envolviam em rotinas de RV – correndo em esteiras, pulando, fazendo piruetas, dando socos em fantasmas. Joe havia usado a maioria dos programas: lutou contra piratas no século dezessete, escapou de criaturas míticas em mundos de fantasia, reencenou o final de um evento olímpico. Em um canto, os estudantes se moviam de forma coordenada enquanto travavam uma batalha em grupo. Eles estavam juntos em outro mundo de realidade virtual, mas, na perspectiva de Joe, eram navios solitários em mar aberto, alheios um ao outro.

Joe ficou ao lado de uma das máquinas de exercício. A tela piscava, em modo de espera para conexão com o NEST. Um pipabot estava por perto, pronto para ajudar. Ele estudou a tela.

Sem pensar duas vezes, voltou ao centro de fitness e saiu pela porta. Chegou ao lado de fora. Havia uma tranquilidade. Sem RVs, sem bots, sem telas. Apenas o ar gelado. Ele se abaixou e ajustou seus Mercuries para uma cor verde-floresta suave. Começou a correr devagar, os pés batendo no caminho de concreto até chegar à floresta ao norte da faculdade, onde o circuito mudou para terra e folhas. A luz filtrava-se através das árvores. Ele estava respirando com dificuldade, e o ar frio secou seu rosto suado. Corria sem parar, esquecendo-se dos pensamentos e simplesmente existindo à luz do sol da tarde, com o coração batendo forte no peito, saboreando a sensação de estar livre.

Capítulo 12

"Vou tomar a mangonada também, como sobremesa," disse Joe, terminando o pedido de almoço. A tela com confirmou todos os itens.

"São saborosas," disse uma voz. Ele se virou e encontrou Gabe parado logo atrás de si no café dos estudantes. "Você gostaria de se juntar a mim para um almoço rápido?"

Joe assentiu com um sorriso e eles se sentaram em uma mesa perto da janela. Os alunos corriam ao redor, correndo para almoçar entre as aulas. Um servobot chegou com as refeições.

"Estou experimentando lugares diferentes para almoçar todos os dias e esgotando rapidamente as opções," disse Joe.

"Sim, é uma pequena faculdade. Gosto de me misturar com os alunos, um pequeno benefício da limitação. Isso me lembra de quando eu tinha a idade deles," disse Gabe.

"Estou fazendo as leituras da lista de livros de filosofia que você recomendou." Conversaram sobre as leituras enquanto comiam.

Joe terminou o sanduíche e olhou a sobremesa. "Eu nunca vi isso na Costa Leste." Pimentas combinadas com algo azedo chocou seus sentidos.

Gabe riu. "Esperando apenas mangas? Ah, o significado da palavra *sobremesa*. Parece que te enganou. Acredito que contenha chamoy, um molho saboroso."

Joe deu mais algumas mordidas deliberadamente, comparando-o com o gosto da culinária temperada de Evie. Outra experiência de aprendizado. "É claro que a IA do café classificou isso como sobremesa, sem entender como os humanos o percebem. Está aí outro exemplo do meu problema de consciência robótica."

Gabe mastigava seu sanduíche. "O software de computador é apenas um monte de símbolos que emprega uma sintaxe específica."

"Vinda de softwares anteriores, à medida que as IAs vão fazendo essa sintaxe crescer," disse Joe.

"Sim, sintaxe – o *arranjo* de palavras para criar declarações bem formadas. Vamos adicionar à definição de semântica. Nesse contexto, a semântica inclui a preocupação *com a forma pela qual o significado é atribuído* a qualquer palavra ou afirmação."

"A semântica é crucial," concordou Joe.

Gabe esfregou seu cavanhaque. "Isso me lembra de um notável argumento filosófico que fazia uma distinção entre sintaxe e semântica. Isso se chama analogia do quarto chinês."

"Não conheço." Joe tentou se lembrar do número escasso de aulas de filosofia que havia frequentado.

"Provavelmente porque é arcaico, mas é relevante para o seu problema de consciência da IA." Gabe se inclinou para frente. "Um filósofo chamado Searle desenvolveu a ideia alguns séculos atrás. Começa com o fato de que Searle não sabe ler ou falar chinês. Searle imagina que está trancado em um quarto com caixas cheias de símbolos chineses e um livro de regras que lhe permite responder a perguntas feitas em chinês. Ele pode processar os símbolos para passar em um teste para entender o chinês. Você sabia que o Teste de Turing foi um teste inicial para a mentalidade de IA?"

"Era primitivo, baseado no engano. Estamos muito além disso como métrica," disse Joe.

Uma expressão de aprovação cintilou no rosto de Gabe com a menção ao engano, e Joe sentiu que o homem detestava qualquer falsidade.

Gabe continuou. "Searle imagina que alguém do lado de fora do quarto lhe passa perguntas. Ele pode processar uma consulta com o livro de regras e as caixas de símbolos chineses. Ele produz um resultado e passa de volta. Se o livro de regras for preciso, a resposta resultante distribuída estará correta. Mas Searle argumenta que isso não importa. Como Searle não entende chinês, ele não entende sua resposta. E ele argumenta que qualquer programa de computador também não entende, porque está fazendo a mesma coisa – traduzindo símbolos de maneira mecânica."

A pausa de Gabe foi claramente uma tentativa de determinar se Joe acompanhou o argumento. "A meta-ideia da analogia é que o quarto chinês não esclarece a semântica – não há significado lá – e, portanto, a sintaxe é insuficiente para a mentalidade." Gabe sentou--se de novo.

"Trabalhar em problemas práticos de codificação me levou a usar os conceitos de sintaxe e semântica. Mas suas definições criteriosas ajudam nesse aprofundamento. Deixe-me resumir – a sintaxe não é suficiente para a semântica, e a semântica é necessária para qualquer significado?"

"Exatamente." Gabe passou as mãos no queixo. "E se o quarto chinês carece de semântica – ou seja, de qualquer significado – então carece de estados mentais intencionais."

"E para a consciência da IA, precisamos de um estado mental intencional."

"Certo. O argumento de Searle apoia sua intuição de que há um problema central na codificação que impede a criação de um verdadeiro estado mental na máquina," disse Gabe.

Joe fechou os olhos para pensar na discussão. Depois de um minuto inteiro, ele encontrou o olhar paciente de Gabe. "Esse argumento reflete nossa abordagem. Um matemático séculos atrás falou sobre a 'barreira do significado'. Como criamos significado? De onde vem o significado?"

"Você encontrou o ponto crucial." Gabe tomou o restante da bebida. "A criação de significado é central para a própria ideia de pensamento. Os seres humanos criam significado a partir de nossa posição no mundo por conta de nosso relacionamento com todo o resto. Existe um conceito filosófico de personificação que é essencial para a criação de significado e, portanto, para a consciência."

"Como discutimos no jantar, é preciso haver um 'eu' que pensa." Joe brincou com o restante do sorvete derretido. "Mas é um salto gigantesco para os seres humanos criarem outro 'eu'."

"O que nos leva de volta à sua questão de encontrar significado." Gabe apontou um dedo para Joe. "Permitir a consciência ou encontrar algum motivo para se preocupar com alguma coisa." Eles haviam terminado o almoço e havia um zumbido diferente nas conversas dos alunos em volta. "É como o Velho Oeste, aquele tiroteio," disse um aluno.

O olhar de Gabe encontrou o dele com alguma surpresa. "Você também não vem mantendo seu NEST ligado?"

Joe deixara seu NEST desligado por algum medo irracional de que a polícia pudesse segui-lo, e balançou a cabeça.

"Prefiro não seguir os eventos atuais com muita atenção." Gabe tocou sua orelha. "Mas talvez seja melhor descobrir o que está acontecendo." Eles se separaram, acenando enquanto voltavam para seus respectivos escritórios. Joe abriu as notícias do netchat em seu NEST enquanto caminhava, depois na grande tela de seu escritório quando chegou. O logotipo do Prime Netchat encheu o holo-wall de Joe, seguido pelo comentário ofegante do apresentador. Sua assinatura, Jasper Rand, aparecia como um letreiro na parte de baixo do holograma, do lado de fora de um prédio sem descrição.

"A polícia invadiu o prédio aqui em Sacramento às 11:23h. Aqui está aquele momento dramático, capturado por vidcams de segurança." A cena foi cortada por uma de sete copbots, armas automáticas presas aos antebraços, subindo as escadas da frente do mesmo prédio. Eles quebraram a porta e desapareceram lá dentro. No fluxo de vídeos, o *pow-pow-pow* de armas disparando podia ser ouvido, seguido por três explosões. O vidro de uma janela no último andar quebrou, e nuvens de fumaça preta subiram.

O comentário animado de Jasper Rand cobriu o vídeo. "A polícia está dizendo que o suspeito, um hacker com nome de guerra cDc, um acrônimo para 'o culto ao gato morto', disparou várias bombas na tentativa de evitar a captura. Ele foi morto a tiros enquanto resistia à prisão."

O holo feed pulou para uma entrevista com Zable de trinta e sete minutos antes. "Ele resistiu à prisão e revidou a nossa brava polícia, usando armas ilegais. Mas nós o derrubamos. Esse terrorista, apelidado de cDc, não é mais uma ameaça ao público."

"O que ele estava fazendo para receber uma resposta tão letal?" A assinatura do entrevistador, Caroline Lock, rolou ao longo da parte inferior do holograma.

"Ele fazia parte de um grupo de hackers que destroem bancos de dados do governo e protestam ilegalmente em todo o país. Eles são anarquistas." Zable zombou com desdém. "Mas estamos pegando todos eles." Joe esfregou a nuca agora quente.

O vento varreu o cabelo loiro de Lock, e o colocou de volta no lugar. "Mas não é ilegal protestar."

"Eles nunca obtiveram as devidas permissões. Essas pessoas não respeitam a lei," disse Zable.

O aborrecimento aumentou quando ele assistiu à arrogância condescendente de um policial corrompido pelo poder, que lembrou a obsequiosidade de Zable em torno de Peightân. Isso explicava como ele fora promovido, de forma incomum, em dez Níveis. O aborrecimento foi substituído pela agitação. Zable tinha o mesmo Nível que Evie, Nível 76.

. . .

Por que estou pensando em Níveis? Tenho alguma tendência inconsciente, colocando as pessoas em caixinhas com base no seu Nível? Não tinha considerado essa possibilidade antes. Estive pensando subconscientemente nas pessoas de maneira diferente por causa de algo tão sem importância quanto o seu Nível?

. . .

A entrevista terminou e Joe folheou outras reportagens do netchat, mas todas relataram a mesma história. Ele mudou para as fontes da dark net. Todas as referências ao cDc haviam desaparecido.

◆

Evie levantou o olhar quando Joe entrou pela porta do apartamento. "Você voltou cedo."

O coração de Joe disparou quando ele atravessou a sala. Ele se sentou ao lado dela no sofá e tropeçou nas palavras. "Tenho algumas novidades. A polícia matou um hacker em um tiroteio em Sacramento. Seu slogan era cDc, também conhecido como 'o culto ao gato morto'". Ele fez uma pausa, esperando Evie trair alguma conexão pessoal, mas encontrou uma preocupação comum.

"Isso é terrível. A polícia simplesmente atirou, sem julgamento ou algo assim? Isso é incrivelmente raro. Todo mundo sabe que não tem chance contra copbots, e todos se rendem. Por que a polícia reagiria com tanta violência?"

Joe descreveu os detalhes, procurando em seu rosto qualquer indício de conhecimento oculto.

Ela fez uma careta. "Você não acha que Zable estava falando sobre o nosso movimento de protesto? Já te disse antes, nunca ouvi falar desse cDc."

"Eu acho que ele *estava* falando sobre o seu movimento. Você conseguiu alguma permissão?"

Suas mãos cobriram o rosto quando ela inclinou a cabeça para trás. "Não. As autorizações exigem que todos os manifestantes entreguem sua identidade e nunca teríamos sido capazes de convencer as pessoas a se juntarem a nós." Ela deixou cair as mãos e olhou para Joe. "As pessoas mais oprimidas pelos Atos de Níveis não têm voz e têm medo. Não fizemos nada de errado além de pular essa etapa burocrática. Não conheço cDc, mas o público não parece gentil com hackers. Implicar que ele esteja associado a nós não nos ajuda. Mas é difícil provar o contrário."

Joe estudou seus olhos límpidos e castanhos e coçou a barba, pensativo.

Ela juntou as mãos. "Você confia em mim?"

"Eu não sei por que, mas sim. Por alguma razão, eu confio em você."

Joe fez algumas perguntas, tentando entender o desejo de Peightân e Zable de ir atrás do grupo de Evie, mas os escassos detalhes que ela deu não foram esclarecedores. Eles haviam confinado os protestos a uma dúzia de cidades nos Estados, e havia um punhado de sócios de confiança, além de Julian e Celeste, seus dois amigos agora na prisão. A gravidade da reação da polícia não fazia sentido para nenhum deles.

Jantaram cedo. Joe despejou uísque em um copo e sentou-se na sala, vendo o sol se pôr. Evie virou-se para o quarto e olhou para ele. "Obrigada por confiar em mim." E fechou a porta.

Capítulo 13

Joe encontrou Gabe esperando no local marcado, num banco do parque em um quadrilátero no campus. Gabe trouxe chá em um synjug e encheu duas xícaras. Eles contemplaram a tarde ensolarada fluindo através dos galhos.

"Ainda estou coletando conhecimento antes de começar a sintetizá-lo em qualquer sabedoria," disse Joe.

"Boa. Conhecimento primeiro, a propriedade intelectual da humanidade." Gabe soprou em sua xícara fumegante. "Outros pensaram profundamente e identificaram muitos problemas, encontraram respostas e restringiram a busca por respostas para outros problemas. Que pergunta você tem em mente hoje?"

"Continuando nossa conversa sobre a natureza fechada do universo físico, tenho pensado na magnitude absoluta do universo. Eu pesquisei ideias sobre multiversos."

"Você quer discutir a magnitude e o número de universos? Um não é suficiente? Com aproximadamente 1080 átomos?" Gabe acenou com desdém.

"Sim, não é exatamente um googol, mas ainda é um número absurdamente grande."

"Como o matemático pensa sobre números tão grandes?"

Joe pensou enquanto cheirava o buquê tostado do líquido verde-escuro. "Eu tento visualizá-los em grupos de três potências de dez. Por exemplo, eu poderia pensar em mil Terras azuis no espaço vazio. Isso seria 103. Então, para expandi-lo para 106, eu pensaria em mil conjuntos das primeiras mil Terras. Se eu conseguir segurar isso em minha cabeça, tento imaginar mil de *todos* os conjuntos anteriores. Isso seria 109. Para cada três potências de dez, é sempre mil vezes o total do pensamento anterior. Pouco tempo depois, me perco, porque os números são grandes demais para se imaginar."

"Eu tenho o mesmo problema." Gabe riu. "Achamos que podemos imaginar um processo infinito. Adicione um a qualquer número: 1 + 1 = 2. Faça novamente: 2 + 1 = 3. Continue adicionando 1. Podemos pensar que isso continua para sempre, derretendo na névoa, e essa é a nossa ideia de infinito. Mas realmente não podemos ver muito longe na névoa."

"Existem muitas maneiras de alongar a mente." Joe sorriu. "Como voltar à minha pergunta sobre múltiplos universos."

Gabe deu uma fungada. "Não podemos saber tudo, mesmo sobre um universo, se houver apenas um."

"Está certo. A velocidade da luz limita nosso horizonte de partículas do que poderíamos conhecer a uma pequena fração de um universo. Mesmo um é incognoscível."

"Mas agora você está se referindo a várias teorias sobre multiversos." Gabe tomou um pequeno gole do chá, talvez um teste para saber se estava frio o suficiente para beber. "Um multiverso é um grupo teórico de múltiplos universos, incluindo este em que vivemos – universos brotando um do outro." Ele piscou rapidamente. "Tais teorias não me atraem. O multiverso é uma hipótese filosófica e não científica, porque não pode ser testado empiricamente; não pode ser falsificado."

Joe riu e bebeu seu chá. "Esse é o físico falando?"

"Sim. Se o multiverso existe, então que esperança a ciência tem em encontrar explicações racionais para as constantes finas no Modelo Padrão modificado? O multiverso é uma saída fácil, uma tentativa em voga de soluções para vários problemas. Por exemplo, há uma questão na teoria das ondas sobre o que causa o colapso da função de onda."

"Foi isso que me fez pensar em multiversos, por conta de algumas teorias loucas de que a consciência pode interagir com o colapso da função de onda. Eu me perguntei se o assunto poderia lançar luz sobre o meu quebra-cabeça de consciência da IA," disse Joe.

Gabe franziu a testa. "Alguns interpretaram mal a necessidade de um observador, na interpretação de Copenhague da mecânica quântica, ao achar que exigia algo parecido conosco para observar."

"Então a interpretação de muitos mundos, com a implicação de que todos os universos possíveis existem simultaneamente, evita esse problema do que causaria o colapso da função de onda, descartando toda causalidade, certo?" Joe jogou uma bola imaginária em direção às árvores.

"Sim. Vivemos apenas nesse universo em particular, mas todos os outros também existem."

"O universo simplesmente não pode tomar uma decisão," disse Joe. Ele riu dos números absurdamente grandes, que tentou imaginar por alguns segundos antes de se render novamente. "E o que diz o filósofo?"

"O filósofo se ofende com a violação da lâmina de Occam – é provável que soluções simples estejam corretas, mais do que soluções complexas. No entanto, muitas teorias do multiverso postulam um número quase infinito de universos," disse Gabe.

"Pelo que entendo, as atuais teorias da física deixam em aberto um elevado número de soluções matematicamente possíveis, todas podendo ser uma 'teoria de tudo.'"

"Sim, existem aproximadamente 10500 modelos possíveis." Gabe deu um grunhida.

Joe endireitou-se, incrédulo. "10500. E em quantos desses poderíamos viver?"

Gabe virou-se para encarar seus olhos. "Provavelmente só neste."

"O quê?!"

"A vida só é possível se as constantes estiverem afinadas. Como exemplo, apenas o hélio seria produzido se a massa do nêutron fosse ligeiramente menor. E, se fosse um pouco maior, apenas o hidrogênio seria produzido. Problemas semelhantes surgem se houver pequenas diferenças nas massas dos quarks ou na constante cosmológica."

Joe estudou sua xícara vazia. "Então, como explicar a nossa sorte de viver neste universo?"

"O princípio antrópico é uma tentativa de evitar a questão. Ele postula que, se as observações de um universo devem ser feitas por criaturas conscientes, apenas os universos em que as constantes físicas se enquadram em uma faixa muito estreita podem conter tais criaturas. A meta-ideia é de que este universo esteja aqui para que o observemos, porque somos criaturas conscientes."

"Mas a história da ciência não refutou as teorias que nos deixam – ou qualquer outra coisa – no centro de qualquer universo? O universo centrado na Terra de Ptolomeu caiu para o modelo copernicano." Joe olhou para o céu. "Então os astrônomos encontraram nosso sistema solar nos subúrbios da Via Láctea, uma galáxia de cem bilhões ou mais. Bem, dois trilhões se você contar todos os pequenos. É um universo imenso e impessoal. Mesmo se houver apenas um."

"Sim, é um imenso universo. Impessoal? É o palco, e nós o tornamos tão pessoal quanto o desejamos." A luz do sol iluminou o rosto de Gabe enquanto ele bebia o resto do chá.

Joe percebeu que estavam sentados há algum tempo. "Gabe, você me convenceu a me preocupar apenas com um universo físico fechado. A seguir, gostaria de discutir nossa mentalidade dentro desse universo."

Gabe olhou para Joe, seu olhar duro e penetrante. "E isso é assunto para outro dia. Mas como você também é realista, como eu, e aceita alguma forma de fechamento causal, talvez este seja o mais deprimente dos temas. Tem certeza de que deseja saber?"

"Seguirei o conhecimento em direção à sabedoria, aonde quer que ela me conduza."

Gabe se levantou com inesperada agilidade e desceu pelo trajeto de volta com um aceno de mão, deixando Joe com seus pensamentos.

. . .

O princípio antrópico. É uma tentativa de lidar com a realidade de que pelo menos esse universo é perfeitamente projetado para criaturas conscientes, contra as probabilidades surpreendentes de que seja aleatório. A resposta não convincente de que deve haver uma infinidade de universos, que é uma conjectura que nunca pode ser testada, parece uma tentativa desesperada de evitar a hipótese alternativa óbvia de que existe um Ele – ou Ela – que não deve ser nomeado pela ciência. Agora, volto a examinar as probabilidades, pensando em Deus.

Se existe um Deus, Ela poderia ter projetado o universo físico fechado conforme desejasse. Ela poderia ter criado um universo determinista. Teria se desenrolado como um relógio, fazendo exatamente o que Ela fez, sem desvio, em todas as partículas. Mas seria um universo entediante. Ela estaria criando, mas apenas criando um universo não-criativo. Ou Ela poderia ter criado um zilhão de universos. Se todos eles fossem determinísticos, quão interessante isso poderia ser? Não seria a criação de universos determinísticos, não importa o número, uma definição da fútil criação?

Minha conversa com Freyja, no entanto, sugere que o demônio de Laplace foi desbancado e que nosso universo não é totalmente determinístico; há uma ambiguidade tentadora em seu cerne. Portanto, é um universo interessante. Eventos que não podem ser previstos. Ela, que criou um universo tão interessante, seria um Deus mais interessante. Mas por que esse universo em particular, com toda a violência, todo o mal? Que tipo de Deus Ela poderia ser? Isso deixa muitas perguntas e paradoxos sobre a natureza de um Deus assim.

Estou pensando na possibilidade da existência de Deus. Um assunto que a ciência reluta em discutir há séculos. Talvez a ciência ainda esteja envergonhada com os argumentos pseudocientíficos do design inteligente, outra máscara do criacionismo. O criacionismo lutou contra o reconhecimento de evidências científicas para processos não-direcionados, como a evolução através da seleção natural. Os criacionistas argumentaram que as explicações evolucionárias são inadequadas, mas a ciência provou que estavam errados. Esse fantasma que assombra a ciência e as pessoas pensantes também foi destruído.

A ciência não mostra necessidade nem evidência de interferência no universo após o primeiro ato da criação. Mas isso não diz nada sobre o próprio ato da criação. Todas as perguntas e possibilidades para mim estão sobre a mesa. Mesmo aquelas que ninguém está disposto a discutir nos dias de hoje.

. . .

Capítulo 14

Joe caminhou para casa, onde encontrou Evie usando um kimono de karatê enquanto preparava o jantar. Ele o havia descoberto na última loja de artigos gerais que visitou, e, embora coubesse lindamente em sua figura esbelta, ele teve que afastar o pensamento de que era menos revelador do que a camisa do pijama.

"Dia cheio?" Ela parecia alegre.

O olhar dele seguiu seus pés descalços, dançando pelo chão da cozinha. "Ocupado com meu projeto sabático, consultando vários professores. E vejo que você ainda está treinando seus katas."

Ela o encarou e colocou uma mão na outra, com o corpo relaxado. "Eu estava praticando um kata de ponte."

"O que é isso?"

"Neste, você imagina que está parado em uma passarela estreita. Seus inimigos atacam dos dois lados. Como é estreito, apenas um pode atacar de cada lado, de cada vez."

"Você vira à esquerda e à direita para combatê-los?"

Ela assentiu. Seu olhar se voltou para cima, como se recordasse alguma coisa. "Para focar minha mente durante o kata, mantenho o pensamento: 'Embora eu tenha mil inimigos, derrotarei todos eles.'"

"Eu não duvido."

Ela serviu os pratos de frango com capim-limão, sentou-se de frente para ele e cortou os pedaços. "Para um Nível 42, você não tem muita coisa."

Joe deu de ombros e puxou o prato em sua direção. "Acho que não preciso de muitas coisas. Estou mais interessado nas coisas que passam em minha cabeça do que no que acontece fora dela."

"Isso é estranho. Os poucos Níveis mais altos com os quais passei algum tempo eram como dragões, sentados em suas pilhas de diamantes e rubis."

"Isso é estranho no bom sentido?"

"Sim. É melhor se preocupar menos com as coisas."

Eles ouviram a porta da frente tocar com o alerta de abertura, e seus olhares travaram. Evie acenou para o dedo apontado de Joe e se virou para o quarto, enquanto ele ouvia passos pela escada.

A cabeça oval de 73 apareceu na porta, a fronte piscando em vermelho. O bot entrou na sala para encará-lo, os braços levantados no modo de prontidão. Sua cabeça se moveu para a esquerda e direita em uma varredura da sala.

"O que você está fazendo aqui? Isso é contra as minhas ordens."

"Senhor, eu detectei que um invasor pode ter entrado em seu apartamento. Você entrou e não reapareceu. Você está bem?"

"Estou bem. Por que você veio aqui?"

"Senhor, de acordo com a Primeira Lei, não posso permitir que você seja prejudicado por minha inação. Posso inspecionar o apartamento?"

Joe estava prestes a exigir que o bot saísse, quando avistou Evie logo atrás dele, com um espanador automático nas mãos. Ela fez em um arco giratório. O barulho de metal contra metal ecoou pelo apartamento. O bot pulou para frente, depois virou-se para ela, com os braços levantados em defesa.

Joe alcançou o painel nas costas do bot e ativou seu bloco biométrico. O painel se abriu. Ele encontrou o interruptor e o puxou. O bot congelou e a luz vermelha se apagou.

No silêncio repentino, o olhar de Joe saltou do bot para Evie. "O que você está fazendo?" Ele falava com os dentes cerrados e seu rosto ficou vermelho.

Ela ainda segurava o espanador de metal nas duas mãos e franziu o cenho, confusa com a pergunta. "Parando o bot, é claro. Ele ia vasculhar o apartamento e não pode saber que estou aqui."

Joe soltou um grunhido. "Teria obedecido ao meu comando para sair. Agora, temos um pipabot amassado, que fotografou seu rosto, e minha assinatura biométrica registrada durante o desligamento."

Evie estremeceu e estudou o bot. "Talvez isso não tenha melhorado as coisas."

"Não, seu comportamento impulsivo piorou as coisas." Joe se levantou, fervendo. "Ok, deixa eu pensar."

Eles ficaram quietos por um momento, Evie com o espanador na mão, Joe coçando a barba e o bot caído entre eles. Joe alcançou o painel aberto e removeu o chip de controle. Desativou o processo de reinicialização automática e desconectou sua fonte de alimentação.

"Me ajude a empurrar essa coisa para dentro do armário. Vamos mantê-lo guardado lá até que possamos substituir a IA por uma nova. Supondo que eu possa colocar minhas mãos em alguma, sem causar alarmes em todo o sistema nacional de monitoramento." Evie e Joe arrastaram o bot inerte para o armário e fecharam a porta.

"Você tem alguma ideia de como o bot descobriu que você estava aqui?"

Ela mordeu o lábio. "Eu saí por meia hora. Achei que ninguém tinha me visto sair ou voltar."

"Como você voltou?"

"Deixei a porta destrancada."

Joe esfregou os olhos. "O bot teria percebido, como parte de seu protocolo de proteção."

Ela olhou para o chão. "Eu não tinha pensado nisso."

Ele ainda estava furioso, mas tentou se controlar. "Vamos comer," disse ele. Foram para a mesa da cozinha e sentaram-se frente a frente, em silêncio. O temperamento de Joe se acalmou lentamente enquanto seu estômago esquentava com o frango de capim-limão.

"Isso está realmente delicioso."

"Como eu disse, aprendi durante o meu período internacional, presa como agora," disse ela, em tom satírico.

Ele largou o garfo. "Olha, você não é a única pessoa que já foi restringida por regras. Eu *também* nunca estive fora do país. Eu *também* não consigo um passaporte."

Ela olhou para o prato. Sua voz estava pensativa quando finalmente falou, como se revivesse alguma emoção antiga. "Eu trabalhei tanto nos meus mestrados. Eu estava pronta para fazer algo com eles. Quando não consegui um emprego de verdade, isso me esmagou. Então eu disse para mim mesma: 'Isso é tudo que você tem, garota?'" Ela olhou para cima. "Foi quando fiquei muito boa no kata da ponte."

Eles se entreolharam por um longo momento. Evie voltou para a refeição. Um minuto depois, ela disse: "Quando o bot estava olhando para você e piscando, pensei que poderia machucá-lo."

Joe mastigou, refletindo. "Então foi legal da sua parte tentar parar. Entendo que seu treinamento em artes marciais tenha sido instintivo; é natural usar o que você sabe."

Evie assentiu e eles continuaram a comer.

"Por que você se arriscou para sair do apartamento?"

Sua resposta foi suave, apologética. "Havíamos marcado outro protesto para a próxima terça-feira. Seria provável que acontecesse, se eu não o cancelasse. A estação de trem tem uma unidade de com segura e eu fui até lá para enviar uma mensagem a outro líder do movimento. Eu não poderia permitir que mais gente fosse presa."

"Eu poderia ter ajudado a enviar uma mensagem, o que seria mais seguro para nós dois." Joe esperou que ela encontrasse seu olhar, antes de dizer: "Estamos juntos nessa agora."

Ela assentiu.

"Foi só isso o que você fez?"

Ela mexeu em um pedaço de frango no prato. "Você estava ficando sem ingredientes interessantes. No caminho de volta, parei em uma loja de suprimentos gerais para pegar algumas especiarias." Ela fez uma pausa e depois terminou: "Você parece gostar da minha comida."

Ele engoliu a mordida saborosa. "Vamos rezar para que não seja a nossa última refeição."

◆

Após uma consulta tarde da noite com Raif em seu escritório e uma ligação na manhã seguinte para um amigo no Ministério de IA, Joe tinha um plano para pôr em prática. A IA substituta seria autorizada por seu amigo no Ministério, porque a original fora danificada em um acidente, evitando assim qualquer escrutínio do governo. Seu amigo enviaria a IA de substituição – completa, com seu invólucro de sandboxing de software e um novo chip seguro –, que chegaria ao escritório de Joe até o final do dia. E Raif mandaria um invólucro de hardware. Joe instalaria a nova IA, iria se livrar de seu antigo chip e ninguém saberia. É o que esperava.

A cabeça oval do bot se endireitou e um brilho azul preencheu seu rosto. Suas lentes focavam em Joe. "Sou seu Assistente Físico Pessoal Inteligente designado, PIPA 32983. Eu atendo por Eugenia ou Gene. Você prefere que eu use o discurso de uma mulher ou de um homem?" Sua fronte brilhava em roxo.

"Por favor, utilize uma voz neutra, e vou te chamar de 83, se você não se importar. E, antes que você pergunte, não tenho PIDA."

O bot piscou. "Sim, tudo bem." Escaneou os arredores. "Parece que estou dentro de um armário."

"Por favor, vá até o prédio de utilidades lá fora. Planeje permanecer no modo de uso mínimo para mim. E, depois que você sair, não entre no meu apartamento sem um comando explícito para fazê-lo. Ignore todos os visitantes que entram e saem." Ele não achou que Evie fosse imprudente o suficiente para sair novamente, mas não queria repetir essa situação.

"Entendido, senhor."

Joe seguiu o pipabot pelas escadas do apartamento, com o chip de memória de 73 ainda na mão. Quando o pipabot virou em direção ao prédio, Joe seguiu o caminho para a passarela.

Olhando para a água agitada e depois para as árvores ao redor, Joe procurou vidcams. Ajoelhou-se e inclinou-se sobre um lado da ponte para colocar a mão na água, depois abriu os dedos e deixou o chip cair. Sua pausa contemplativa fez mais do que esconder o descarte. Joe olhou para a água, pensando em 73 e em como é fácil antropomorfizar nossas criações.

CAPÍTULO 15

Joe passou o restante do fim de semana e a segunda-feira de manhã lendo a lista de livros que Gabe havia recomendado. Ao meio-dia, ele se recostou na cadeira do escritório, onde ficou contemplando com prazer os ícones holográficos flutuando acima de sua cabeça. Ele olhou para um conjunto de holos jogados em um canto – um problema de IA que estudava no passado, mas que havia abandonado por conta de seus estudos filosóficos. Seus interesses estavam mudando. O problema prático da consciência da IA parecia cada vez mais impossível de resolver, e ele estava perdendo o interesse em retornar ao seu antigo emprego no Ministério da IA. Ao mesmo tempo, o material de leitura sobre a filosofia da mente despertou o desejo de explorar a sua própria mentalidade. O que era ela, afinal?

Joe almoçou salada, depois caminhou até o prédio da filosofia e encontrou Gabe dando aula. A sala estava cheia de alunos da pós-graduação. Era equipada para imersões completas em RV, com fones de ouvido e coletes hápticos para todos os alunos. Todos foram absorvidos em lições individuais. Gabe percorreu a sala, orientando aluno por aluno. Quando o professor o viu, apontou para uma das plataformas de RV penduradas na parede. Joe vestiu o colete háptico e o fone de ouvido RV. Gabe encostou em seu fone, o bloco biométrico brilhava em azul através da camisa de colarinho aberto, e as palavras "Modo Instrutor" passaram pela vista de Joe.

"A aula termina em onze minutos." Gabe gesticulou pela sala de aula. "Para você se distrair, você pode observar qualquer aluno de seu interesse até terminarmos."

Gabe se afastou e Joe vagou pela sala, assistindo aos alunos interagirem com avatares. Ele parou atrás de um estudante envolvido em um debate acalorado com um avatar alto e barbudo usando um quíton, um himation marrom e sandálias. Ficou claro que o avatar era Aristóteles, quando levantou o braço envolto no pano marrom e apontou para o chão, trazendo à memória de Joe a pintura de Rafael. Aristóteles disse: "Existem substâncias, tanto as primárias quanto as secundárias..."

. . .

Uma boa maneira de aprender história factual. Estou em dúvida sobre o quão bem a IA lida com os meta-conceitos. Ela pode fazer mais do que regurgitar aquilo que recebera?

. . .

Logo um sinal tocou. Os avatares desapareceram da sala de RV, os estudantes guardaram seus equipamentos e se dispersaram. Ele se lembrou de quando deixava salas de aula e professores semelhantes para trás, carregando consigo alguma ideia nova.

Joe virou-se para encarar Gabe. Ambos usavam equipamentos de RV. Gabe parecia sério quando perguntou: "Você está pronto para uma lição difícil? Se assim for, este é um bom lugar."

A mandíbula de Joe se contraiu em reconhecimento. Gabe redefiniu o equipamento de RV para zero, e a tela verde cercou Joe. O avatar de Gabe estava diante dele, vestido com um manto tradicional azul escuro de Hanfu. Juntamente com seu longo cavanhaque, ele parecia muito sábio.

"Esta lição fornece conhecimento. Estou lhe dando um problema não resolvido, um problema difícil. Você precisa formar sua própria síntese de crenças com base nos fatos, na história da discussão humana e em suas próprias inferências." Gabe apontou para o ambiente vazio. "Você disse que é um fisicalista – que o universo é real e que você acredita, com base na ciência, que se trata de um universo fisicamente fechado."

Joe assentiu com vigor.

"Qual é a sua definição de 'universo físico fechado'?"

"Eu estava pensando que, se rastrearmos a ancestralidade causal de um evento físico, nunca precisaremos sair do universo físico."

"Bom. Eu também sou fisicalista e usaria esta definição."

"Agora, qual é o problema?" A mão de avatar de Joe parecia coçar a barba enquanto Joe inconscientemente fazia o mesmo.

"Talvez o problema mais difícil na filosofia da mente seja o problema da exclusão causal. A questão é: como a mente pode exercer seus poderes causais – fazer com que alguma coisa aconteça – em um mundo fundamentalmente físico?"

Joe assentiu, esperando.

"Para entender o problema, você deve primeiro entender a ideia de superveniência. Na filosofia da mente, a superveniência é uma condição mínima para a causalidade em um universo fisicamente fechado."

"Não conheço o conceito," disse Joe.

"Superveniência se refere a uma relação entre conjuntos de propriedades ou conjuntos de fatos. Em termos matemáticos, diz-se que X substitui Y, se e somente se alguma diferença em Y for necessária para que seja possível qualquer diferença em X."

Joe começou a seguir a lógica, mas queria poder manipular alguns símbolos em sua unidade com. Como se tivesse lido a sua mente, Gabe acenou com a mão e bolas de futebol vermelhas flutuaram na altura da cintura ao seu redor, pressionando-se contra os quadris de Joe. Outra onda, e uma camada de bolas azuis apareceu acima do vermelho, batendo aleatoriamente contra os dois homens.

Gabe continuou. "Os filósofos geralmente falam sobre superveniência de propriedade. Digamos que as bolas azuis representem o mental, ou o X. As vermelhas representam o mundo físico, ou o Y. Em um relacionamento superveniente, digamos que, se algum conjunto de propriedades, azul, sobrevier em outro conjunto de propriedades, vermelho, então, para que haja alterações no azul, é necessário que haja necessariamente alterações nas propriedades do vermelho."

Gabe jogou a mão no mar de bolas vermelhas, que balançavam para cima e para baixo. "A camada física." Então, bateu na camada de bolas azuis. "E a mental. Mas não precisamos de tantas." Com outra onda, quatro bolas permaneceram na frente de Joe – duas vermelhas sob duas azuis. "Para um fisicalista, um conceito é que não pode haver diferença mental sem diferença física."

Duas pinturas apareceram suspensas no ar, lado a lado, acima das duas bolas azuis. Pareciam um pouco com a Mona Lisa, aquele sorriso ambíguo dirigido a Joe.

"Aqui estão duas pinturas. Qual a sua opinião sobre elas?"

Pareciam semelhantes, mas a segunda parecia uma boa pintura, enquanto a primeira não. "A segunda é melhor. É uma boa pintura. Eu não gosto da primeira."

"Você acha que a segunda tem alguma diferença estética e intrínseca de qualidade. Então você não concorda que deve haver mais alguma diferença entre elas para tornar uma boa e a outra não?"

"Sim."

"Se você encontrar uma diferença na qualidade, a base física subjacente pode ser a mesma?"

"Não, deve ser diferente, já que o universo é físico."

"Bom. Agora você pode ver um relacionamento superveniente. Você pode ver que o mental *sobrevém* ao físico. Ou seja, se o mental varia, então o físico varia necessariamente."

Joe sorriu. "Sim, agora está claro."

"Bom. Você acredita que o universo é físico e real. Então você pode concordar que, para cada diferença mental, deve haver uma diferença física." As bolas vermelhas subjacentes às duas pinturas mudaram, uma com uma única faixa, a segunda com duas listras para marcar a diferença física.

"Se houver uma diferença entre as pinturas," Gabe apontou primeiro para as duas pinturas e depois para as duas bolas vermelhas, "então deve haver uma diferença física subjacente ao que está acontecendo na mentalidade. Caso contrário, isso violaria os relacionamentos de superveniência."

"O mental sobrevém ao físico," disse ele, e Gabe assentiu.

"Então eu te convenci de que esta é uma condição mínima para acreditar que sua mente pode causar alguma coisa?"

"Sim." A testa de Joe franziu pela concentração.

"Bom. Agora vamos discutir a mentalidade se movendo no tempo. Um pensamento segue outro."

As quatro bolas se dissolveram com um aceno da mão de Gabe, substituídas por uma linha de bolas de futebol azuis flutuando sobre uma linha de bolas vermelhas. Cada bola possuía uma flecha apontando na mesma direção. Joe bateu na bola vermelha mais próxima e ela bateu na seguinte, com o movimento descendo a linha, de bola vermelha para bola vermelha, como um brinquedo de berço de Newton. A linha de bolas azuis acima se moveu em conjunto com as bolas vermelhas abaixo, fazendo um som de *tic-tic-tic*.

"Imagine, por exemplo, que a linha de bolas azuis é uma linha no tempo de uma série de pensamentos em sua cabeça. Agora, o que causa o quê?"

"Bem, a primeira bola vermelha causa a próxima na fila," disse Joe.

"E então presumivelmente essa segunda bola vermelha causa a terceira?"

"Sim. Há algo acontecendo no universo físico em cada pensamento. Há química e, abaixo disso, partículas, suponho. É assim que normalmente descrevemos a física do universo físico fechado."

Os cantos da boca de Gabe abaixaram. "O que causa a mentalidade?"

"Obviamente, a primeira bola azul causa a segunda e desce a linha. Um pensamento leva a outro. Essa é a descrição de um processo de pensamento, aquilo que se passa em nossas cabeças," disse Joe.

Gabe fez uma pausa de efeito, seus olhos firmes e brilhantes. "Mas você já disse que as bolas vermelhas físicas determinam a próxima bola vermelha e cada bola vermelha determina a bola azul acima. Se as bolas vermelhas causam ambas, então não há nada sendo feito pelas bolas azuis. Elas não são causativas. Ficam alheias."

Joe olhou com crescente inquietação para as linhas de bolas.

"A mentalidade é um *epifenômeno*." Gabe estendeu as duas mãos, bloqueando as bolas azuis das vermelhas. "O epifenomenalismo diz que eventos mentais não fazem com que nada no mundo físico ocorra. Por exemplo, podemos pensar que ver um amigo nos faz sorrir. Mas esse argumento sugere que nosso sorriso é apenas o resultado de processos fisiológicos subjacentes."

Em sua mente, Raif sorriu para Joe até que o gato de Cheshire se transformou em agitação mental. Ele pensou em Evie e se perguntou se os pensamentos relacionados a ela eram causados apenas por sua natureza animal – glândulas, hormônios, células, química e suas partículas se movendo. Ele transpirou e agora se perguntava o que o havia causado.

Gabe moveu a mão e o quarto ficou escuro como breu. O holograma de um ônibus apareceu e se moveu em uma elipse lenta ao redor do perímetro da sala. Seus faróis acendiam um corrimão nas paredes. Enquanto o carro se movia, sua sombra refletia no parapeito, seguindo-o. Joe assistiu ao *flic-flic-flic* conforme cada sombra pegava o próximo posto ferroviário, como fantasmas saltando da escuridão.

A voz de Gabe estava sombria. "O filósofo Jaegwon Kim fez uma analogia memorável. Ele disse que a sombra do carro pode ser comparada à mentalidade. Não há conexão causal entre a sombra em um momento e no próximo. O carro em movimento representa um processo causal genuíno, e dissemos que o processo causal está no universo físico subjacente. Nossas mentes não estão fazendo nada causal. Elas estão prontas para o passeio, um reflexo dos processos físicos. Então não há algo separado que denominamos mente. É uma sombra."

Os ombros de Joe caíram.

"Uma reação apropriada," disse Gabe.

"Existe uma maneira de sair dessa conclusão horrível?"

"Se você é fisicalista, alguém que acredita em um universo fisicamente fechado, então não foi encontrado nenhum caminho até agora." Gabe parecia tão desanimado com isso quanto Joe.

. . .

Eu acredito que o universo é fisicamente fechado. Toda evidência científica afirma esta mesma conclusão. Agora Gabe está me dizendo que, se eu aceitar essa premissa, dada a maneira de descrever tudo pelas propriedades mentais e físicas, logo, não tenho mentalidade alguma causando coisa alguma. Isso *parece* tão errado. Eu não posso acreditar nisso. Eu não *quero* acreditar. No entanto, a lógica parece correta.

. . .

Joe respirou fundo. "Mas, se for este o caso, qualquer causa nossa – de nossa mentalidade – desaparecerá. E se a causalidade de nossa mentalidade desaparece, também se vai o livre-arbítrio."

Os ombros de Gabe caíram como os de Joe, e seu avatar parecia mais velho. "Você entende a magnitude do problema. Um filósofo do século XX, chamado Fodor, disse algo parecido..." Gabe fechou os olhos, invocando a citação. "'Se não for literalmente verdadeiro que meu desejo seja o responsável causal pelo meu alcance, e minha coceira seja causalmente responsável por me coçar, e minha crença seja causalmente responsável por dizer... se nada disso é literalmente verdade, praticamente tudo em que acredito, sobre qualquer coisa, é falso e é o fim do mundo.'"

"V-você acredita nisso?"

"Não consigo encontrar um motivo para provar que seja falso. Se for verdade, então as ideias de que as nossas mentes são causadoras de qualquer coisa e têm livre-arbítrio são ilusões. Podemos pensar que decidimos as coisas, mas, em vez disso, tudo se deve à nossa natureza física subjacente e, através das descrições físicas, às partículas em movimento. Não temos livre-arbítrio."

———————◆■———————

Joe sentou-se em um bar e contemplou o profundo âmbar de seu uísque, com a garganta sensível pelo pesado Islay. Ele havia deixado a sala de aula direto rumo à cidade, serpenteando por várias ruas, ziguezagueando para a esquerda e para a direita e encontrando este bar numa rua lateral. Não estava lotado quando entrou, três horas atrás, e aqueles que vieram depois do crepúsculo haviam ido para as salas do fundo. Os bancos ao longo do bar estavam vazios, exceto o seu. A barbot removeu os restos de seu jantar e os muitos copos vazios espalhados.

. . .

E agora o que será de meu projeto sabático? Para onde vou daqui? Será que Gabe tem razão? Isso tudo importa?

. . .

Essas perguntas ficaram rondando sua cabeça em um loop contínuo. Ele levantou um dedo para convocar a barbot. "Que tal mais um uísque?"

A bot ronronou uma doce melodia e o examinou, batucando com os dedos na bancada. Ela era adorável e sensual. Sua pseudo-pele era de uma variante recente que parecia realisticamente humana, mas ela sempre seria marcada como uma bot pelos números vermelhos proeminentes tatuados em um círculo em volta do pescoço. Era uma exigência da lei, para que ninguém se confundisse.

"Talvez o senhor já tenha bebido uísque suficiente hoje à noite, Sr...?"

"Joe."

"Sr. Joe, talvez eu pudesse sugerir alternativas. Temos sinpsíquicos. Eles são os melhores psicotrópicos de biologia sintética disponíveis, garanto que te colocarão em um bom estado mental. Ou podemos jogar pacotes de emoticons no andar de cima. Te mostro."

A mão dela roçou seu braço, e ele notou um cheiro de perfume agora infundindo sua manga da camisa.

. . .

Não é uma barbot, mas uma matchlovebot. Em que tipo de lugar eu entrei?

. . .

Ele a encarou por um momento, ciente de seu lento tempo de reação. "Não, obrigado. Não tenho interesse em nenhum entretenimento virtual." Um calafrio passou por sua espinha.

A matchlovebot tentou novamente. "Diga, eu posso ajudá-lo a encontrar uma correspondência no bairro. Se você quiser, eu poderia inspecionar seu PIDA e ajudar com isso."

"Eu não tenho PIDA."

"Bem, então, se você me permitir conectar-se ao seu NEST, podemos usar os dados pessoais armazenados em cache."

Joe esvaziou o resto do copo. "Não, obrigado. Vou encontrar meu próprio hedonismo." Escorregou do banco e saiu pela porta.

◆

Joe acenou com a mão para a porta do apartamento, que se abriu. Ele subiu as escadas aos tropeços. Evie olhou para cima da mesa da cozinha, que estava arrumada com dois pratos e talheres. Um prato continha uma porção gelada de bife alt carbonizado, ladeado por uma batata assada e uma sobremesa de massa. Seu prato estava vazio e ela bebeu um copo d'água, a sobremesa intocada.

"Achei que você fosse voltar para jantar," disse ela.

"Desculpe." Ele tentou disfarçar o grau de alcoolismo, que transpareceu mesmo assim. "Dei uma saída depois de ver um colega professor. Eu já comi." Entrou na sala, pegou um copo da estante e serviu o último uísque da garrafa. Voltou e sentou-se de frente para ela na mesa.

Embora ele já tivesse jantado bem, a sobremesa parecia atraente e pegou o garfo. A conversa com Gabe era uma nuvem em sua cabeça. Parecia que tudo estava perdido; nada importava.

Joe estava com os cotovelos na mesa e a cabeça baixa sobre a massa folhada. As maçãs doces eram um contraponto agradável ao uísque.

"Tudo bem?"

"Foi um... um dia intenso."

O silêncio se estendeu bastante antes de ela dizer: "Estou me sentindo presa aqui." Ele levantou o olhar. Os lábios de Evie formaram uma linha comprimida, perto de um beicinho. Seus olhos castanhos olhavam através dele. "Eu não posso sair. Não consigo ver se meus amigos estão bem. Estou sem acesso ao meu feed. Eu vou enlouquecer."

. . .

Eu tenho a ignorado. Que erro. Esses lindos olhos.

. . .

"Não podemos fazer muito em relação a isso." O barulho era pior quando se falava mastigando. "A menos que você tenha alguma ideia." Sua boca se apertou em fúria. "Eu não estava pedindo uma cantada. Apenas uma conversa." Ela soluçou. Ele a notou soluçando novamente, e sua expressão ficou mais sombria. Ele se perguntou se havia alguma outra razão para essa irritação além do flerte meia boca. De qualquer forma, não haveria hedonismo hoje à noite, apenas quartos separados novamente.

Seus pensamentos estavam nebulosos e ele parou para se concentrar. "Tudo bem, uma conversa. Mas você só quer falar sobre o seu movimento de protestos. Parece monotemático e autocentrado." Ele pegou o segundo strudel de maçã.

Ela bateu os dedos suavemente sobre a mesa, com a expressão feroz. "Sim, falando sobre ser monotemático, você percebeu quanto tempo gasta em sua cabeça? Há vida acontecendo no mundo."

Os dedos dela tamborilaram mais rápido quando a mente de Joe desistiu da conversa e se concentrou em comer. As maçãs estavam deliciosas, e sua mente estava alegremente vazia quando abocanhou o último pedaço da torta de maçã. Então o batuque dos dedos parou abruptamente.

"Tentando demonstrar que você é um glutão tanto quanto um bêbado?"

. . .

Eu deveria ter antecipado isso, mas não estava prestando atenção. Comportei-me mal, e mereci isso. É importante. Ela importa.

. . .

Ele esfregou a parte de trás do pescoço. "Alguns julgamentos sociais são justificados. Você ganhou esse último ponto." Sua contrição era real e seu rosto deve tê-lo refletido, porque um brilho vitorioso invadiu o olhar de Evie. "Que tal uma trégua? Eu te encontro no meio do caminho. Podemos parar de ser tão egocêntricos, já que estamos presos aqui juntos?"

Sua única resposta foi cruzar as mãos, como fez no final de um kata.

Joe levantou-se para fazer um chá Dragonwell, tanto para clarear a cabeça quanto para prolongar o momento, por mais desconfortável que fosse para ele. Eles estavam sentados em lados opostos do sofá da sala, tomando chá. O luar lançava sombras dançantes no rosto dela que a deixavam tão enigmática quanto a Mona Lisa, e ele não conseguiu decifrar seu humor quando ela se virou para o quarto e fechou a porta.

. . .

Talvez ela não me odeie.

. . .

Capítulo 16

O MEDFLOW de Joe zumbiu com uma dose tripla para tratar sua dor de cabeça. Ele rolou na cama e se concentrou no teto, com a cabeça gradualmente se clareando. Na claridade da luz do dia, ele percebeu que o comentário que Evie fez dias atrás sobre sua falta de coisas não foi apenas pela falta de especiarias, mas porque ela estava entediada. Ele teria que ficar mais atento à sua convidada. Joe pegou seu antigo allbook do fundo de uma das caixas de mudança. Ele raramente lidava com uma fonte direta de leitura desde a faculdade, preferindo uma unidade com ou sua projeção corneana.

Quando Joe apresentou o allbook para ela, Evie o abriu com prazer. Ela insistiu em não conectá-lo, contente em ler o material descartado. Joe não a viu acessar um NEST durante sua estadia e não estava certo se ela possuía um dispositivo operacional implantado. Mas notou a sutil depressão na pele entre os seios perfeitos, onde repousava o azulejo biométrico. Ela não era uma Ludita, mas estava de fato vivendo no mundo real.

Eles voltaram a ter uma rotina cordial, e uma trégua permanente tomou conta. Todas as manhãs, ele pedia café da manhã no sintetizador de comida e, quando ficava pronto, batia na porta de Evie. Eles faziam a refeição juntos em paz, e ele saia para o prédio de matemática. Ela continuou sendo cordial, se não aberta, sobre seu passado. Ele nunca voltou a importuná-la durante um kata. Joe apreciava seu sorriso contente enquanto ela vasculhava as coisas que ele trazia da loja de suprimentos gerais. Jantavam juntos todas as noites, e estar com ela o fazia feliz.

Às vezes, ele ficava acordado na cama muito tempo depois que a porta de Evie se fechava, olhando pela janela que dava para as árvores cercadas pelas sombras. O segundo quarto dava para as mesmas árvores. Ele se imaginava saindo pela janela para espiar a dela, enquanto a despia em sua mente. Ele não podia abalar a imagem dela girando em seu kata – Penetrando na Fortaleza, de fato. A visão de sua disciplina de aço segurava qualquer nova tentativa de evoluir além da trégua.

———————◆———————

Alguns dias se passaram. Joe estava sentado em seu escritório, com sua unidade de comunicação holo-wall, o ar vívido com hologramas de uma dúzia de fontes. Seu NEST corneano vasculhava o material escrito conforme seu pensamento. Ele estava imerso nesse estado por várias horas, adiantando-se para a próxima visita a Gabe.

Um ícone de mensagem criptografada piscou no link NEST. Ele fechou todo o resto e aceitou. Um minuto depois, o holo de Raif se materializou.

"A evidência que liga esses dois líderes de protesto ao atentado à bomba realizado no tribunal. Os promotores apresentaram links confiáveis e o tribunal os considerou culpados," afirmou.

"Eu ainda não acredito," disse Joe, franzindo a testa.

Raif deu de ombros. "Tratava-se de bancos de dados selados, por isso é praticamente impossível modificar o conteúdo."

"Praticamente?"

"Não direi zero, mas uma pequena probabilidade."

"Eu acredito na pequena probabilidade." Então, estalou os dedos, sentindo-se como um idiota. "Você tem algum interesse em tomar um tempo para verificar isso, de alguma forma? Posso conectar você com uma matemática daqui que pode estar interessada em ajudar. E você gostaria de conhecê-la." Joe não mencionou que deveria tê-los conectado há mais de uma semana.

"Ela. Certo." Um sorriso dividiu seu rosto de querubim. "Joe, você tem um gosto tão bom por mulheres. Soa como um projeto interessante."

Joe desconectou-se e fechou a tela, os feeds de dados se dissolvendo para serem substituídos por uma janela transparente. Lá fora, o sol brilhava na folhagem de cor verde-oliva. Ele se sentou diante da mesa, olhando fixamente para fora, enquanto refletia sobre a mensagem de Raif.

. . .

Se eu me mantiver objetivo em relação a essas informações, eu não deveria confiar em Evie. No entanto, eu ainda quero confiar nela. Por quê?

Seria minha natureza animal, ou meras partículas em movimento, como sugeriu Gabe, em vez de uma ação de livre escolha? Existe a ideia na filosofia, começando com Sócrates, de *akrasia* – uma fraqueza da vontade, uma falta de autocontrole, de agir contra o melhor julgamento de alguém. Sou tentado a seguir o apetite em vez de volição? Emoção e desejo em vez de razão? Buda pensou que esses desejos eram a causa de todo sofrimento. Sou humano, não consigo parar de sofrer.

Há algo inexplicável em se sentir atraído por outra pessoa. Parece que contorna a razão. Brota de baixo, inconsciente, de nossos próprios genes, faminto por complemento. Esse sentimento é um argumento visceral contra o livre-arbítrio. Na melhor das hipóteses, mostra minha própria akrasia.

Deixe que eu me justifique. Talvez seja uma jogada como Jardine mencionou – derrubando o tabuleiro – fora da razão, surpreendente. De que outra forma posso descrever minha intuição?

Evie parece ser tão virtuosa, o que é evidenciado por sua preocupação com a justiça, sua disciplina e sua temperança. Ela não parece ter medo de nada. Mais do que isso, ela tem paixão e propósito. Um propósito admirável, se o que ela diz é verdade, algo que ainda tenho que encontrar.

Quaisquer que sejam as probabilidades, minha intuição diz que ela é verdadeira. Não é hora de concluir uma negativa. Além disso, nesta mulher, nesta pessoa de carne e osso, ao mesmo tempo desafiadora e autêntica, existe um verdadeiro "eu". Eu gosto muito dela.

. . .

Mais uma semana ensolarada se passou e o calendário mostrou a primavera a apenas uma semana de distância. Joe voltou de seu escritório saltitando nos passos. Ele gostava de tempo livre para pensar e as horas em seu escritório passavam como um borrão na cabeça. Ele conheceu vários novos colegas de matemática e almoçou com eles. Suas tardes incluíam uma rotina de exercícios. A corrida tinha sido cansativa inicialmente, mas se adaptou, sentindo-se mais saudável.

Ele subiu as escadas depois de outro jantar de confraternização com Gabe e encontrou Evie sentada, quieta no sofá da sala. Ela levantou os olhos do allbook quando Joe parou em sua frente.

"É uma coleção de material e tanto que você tem aqui. Tem muita filosofia. E um monte eclético de outras coisas também. Eu pensei que você era um matemático," disse ela.

"Eu sou, com meu segundo mestrado em física." Ele olhou para os detritos de sua vida passada. "Fiz alguns cursos de filosofia também. Não muitos, e é por isso que estou estudando o tema com o professor Gabe Gulaba."

"Gabe? Você estava se encontrando e jantando com um cara?" Um pequeno sorriso apareceu em seu rosto.

"Sim. O reitor do departamento de matemática, Dr. Jardine, o recomendou."

Ela o estudou. "Joe, você é um quebra-cabeça. Você passa muito tempo na sua mente. Estou tentando entender do que se trata esse seu projeto sabático."

Sentindo uma curiosidade genuína e uma oportunidade de se conectar, ele se sentou ao lado dela. "Estou tentando entender isso também. Muitas ideias profundas estão flutuando em minha mente há vários anos, mas eu não tinha progredido muito. Então eu vim para esta faculdade, onde espero encontrar ajuda."

Ela colocou o allbook no colo e o encarou. "Dê-me um exemplo de uma ideia profunda."

Joe olhou para o teto quando escolheu dentre a confusa lista que rodava em sua cabeça. "Ok, aqui está um dos mais profundos. Qual é a ontologia do universo?"

Ela fez uma careta. "Admito que não sei nada sobre isso."

"Ontologia é o estudo filosófico do ser. Estou interessado no subcampo das *categorias do ser*. Ou seja, as categorias fundamentais da existência – o que compõe o universo." Ele abriu bem os braços, como se quisesse abranger o referido universo. "A preocupação é com *o que há*, quais elementos têm existência."

Ela ouviu atentamente. "Eu pensei que tudo era feito de moléculas. E partículas menores as compõem."

"Sim, essa é uma explicação científica elementar, que sugere que você é realista. Você tem a perspectiva de que objetos físicos existem quando ninguém os observa."

"E o oposto de um realista é?"

"Para um filósofo, isso seria um idealista, alguém que pensa que o mundo é uma criação da mente."

Ela riu. "Fui acusada de ser uma idealista – alguém que quer mudar o mundo."

"Eu acho que você é realista nos âmbitos filosófico e científico, e idealista no âmbito social. Eu também sou."

"Os físicos e os matemáticos já não têm respostas mais profundas?" Ela se inclinou para a frente.

"Não acredito que tenham boas respostas sobre a questão fundamental da ontologia, de quais são esses elementos mais simples. A maioria dos cientistas acredita, como você e eu, que existe uma realidade externa independente dos seres humanos – de qualquer criatura consciente. Os físicos têm procurado há dois séculos uma teoria de tudo que preencha os mistérios e complete o Modelo Padrão modificado. Qualquer teoria de tudo seria abstrata e matemática. Com toda a estrutura matemática requintada encontrada subjacente ao mundo físico, não é uma conjectura irracional. Em seguida, os físicos levantam as mãos e dizem: 'Cale a boca e calcule.'"

"O que os filósofos dizem?"

Ele coçou a barba. "Muitos filósofos falam sobre o passado, reformulando ideias antigas, começando pelos gregos clássicos. Embora seja uma lição de história mais do que uma busca por novos conhecimentos, porque a maioria das reivindicações filosóficas antigas não se sustentam, dados os nossos avanços científicos. Alguns filósofos tentam se envolver com cientistas, mas a maioria não consegue acompanhar a matemática. Portanto, os filósofos e os físicos teóricos raramente se conectam em uma conversa que, em conjunto, consiga promover novas explicações confiáveis."

O nariz dela se contraiu. "O que exatamente os velhos filósofos diziam?"

Seus dedos formaram uma pirâmide quando ele respondeu. "Platão fez um solilóquio sobre as formas. Embora isso pareça loucura no mundo científico de hoje, alguns matemáticos, inclusive eu, apreciam a intuição de que a matemática exista por aí como algo que descobrimos e não como algo que criamos."

Evie assentiu, esperando que ele continuasse.

"Aristóteles discutiu as 'substâncias'. Nas *Categorias*, ele disse que as substâncias primárias eram objetos individuais. Esse allbook," ele apontou, "é um objeto individual. Aristóteles adicionou substâncias secundárias, que são predicados – palavras descritivas, como 'marrom.'"

Ela olhou para o allbook. "Eu pensei que 'marrom' fosse uma propriedade desse objeto."

"Os filósofos posteriores usam esse termo. E realistas científicos aceitam propriedades como uma categoria fundamental em uma lista de elementos ontológicos," afirmou Joe.

"As propriedades realmente existem também?" Ela esfregou a capa do allbook. "Onde elas estão?"

Ele franziu a testa. "Bem... Eu não sei. Realistas científicos diriam que existem no interior, de alguma forma, eu acho. Mas não pensei no que realmente deve existir e no que não existe."

"O que mais há na sua lista de coisas que podem existir?" Sua expressão demonstrou real interesse.

"O termo 'relações' aparece. Uma relação existiria entre dois ou mais objetos individuais. Alguns filósofos colocam as relações como um subgrupo nas propriedades. Também não tenho certeza disso."

"Algo mais?"

Joe encolheu os ombros. "Então fica ainda mais complicado e há menos concordância. Há discussões sobre 'tipos naturais.' Ao debater a tradição transcendente de Kant, Stroud acrescentou 'detalhes duradouros'. Descartes acreditava que havia apenas duas substâncias – 'corpo material', que é definido por extensão, e 'substância mental', que é definida pelo pensamento, que, neste contexto, é equivalente à consciência. Leibniz achava que o universo consistia em 'mônadas'. Então os filósofos da linguagem acrescentaram novas entidades. Mas não compro nenhum desses argumentos. Eu acho que a filosofia se afastou mais de uma base na física."

"Tudo isso parece muita bobagem," disse ela, com a testa franzida.

"Não posso discordar."

Após um momento de concentração aguda da parte de Evie, ela disse: "Deixe-me ver se entendi. Depois de todos esses séculos de discussão, ninguém conhece os elementos básicos que compõem o universo?"

"Os físicos reclamariam disso." Ele sorriu. "Eles recomendam estudar matemática. Mas não, eles não têm uma explicação. Existem grandes desconexões no Modelo Padrão modificado da física. A dualidade onda-partícula é tão contraintuitiva que desafia a lógica. O teorema de Bell e a não-localidade significam que não entendemos os fundamentos. Muitas perguntas permanecem. E ninguém está lhes respondendo."

A natureza prática de Evie se exerceu. "Não devemos simplesmente fazer o melhor que podemos – vivermos uma vida boa, sermos boas pessoas, sermos justos com os outros?"

"É um começo. Mas..." disse ele, "Eu quero saber a verdade. Quero saber como e por quê."

◆

Joe estava deitado na cama, olhando pela janela. Ela estaria dormindo ou também ficara acordada pensando nele aqui tão perto?

. . .

Estive pensando em Evie como uma hóspede misteriosa. Uma distração fisicamente atraente. Agora, é mais do que isso. É interessante conversar, apesar de sua falta de conhecimento nesses tópicos filosóficos. Ela faz boas perguntas e me desafia a pensar de novas maneiras. Ficarei triste quando ela partir.

. . .

Capítulo 17

Joe estava de volta ao escritório na manhã seguinte, mas sem fazer trabalho algum. A sua cabeça rodava em um nevoeiro. Após as últimas discussões com Gabe, ele tinha uma longa lista de novos livros de filosofia para ler e tinha novas maneiras de abordar suas questões. Mas hoje lutava para se concentrar. Era mais fácil olhar pela janela. Duas gralhas-azuis empoleiradas no galho de um carvalho vivo faziam uma troca de *cuc-cuc*. Um esquilo corria para o tronco. Fez uma pausa, inspecionou seu mundo arbóreo, depois se virou e disparou outro ramo.

As árvores estavam em plena floração e o céu era de um azul aço. Joe também se sentia azul. Uma ansiedade incessante o deixou desancorado. Os reflexos de um drone de entrega aéreo cruzavam o exterior da ala oposta do edifício, e ele refletiu sobre os padrões de poliedros que brilhavam contra o metal. Era a ala do escritório de Freyja.

Joe olhou para as projeções holo flutuando perto de sua cabeça. Ele afastou vários para fora do caminho, eles giraram e ricochetearam um no outro, lembrando-o de Evie girando em seu kata.

· · ·

Evie é inteligente e atraente. Ela é um modelo de virtude e, obstinadamente, persegue seu propósito, que me recuso a acreditar que seja ruim. Ela tem uma paixão que não vejo com frequência nos outros. Ela aborda a vida mais a partir do mundo do que de dentro da cabeça – um bom equilíbrio para mim. Evie tem um propósito no mundo, algo que eu gostaria de encontrar também.

. . .

Joe almoçou e fez seu exercício da tarde, o que o ajudou a se concentrar. De volta ao escritório, revisou o material que Gabe havia fornecido. Quando o sol mergulhou em direção ao horizonte, um link criptografado apareceu em seu NEST.

O holo de Raif flutuava na tela, sorrindo maliciosamente. "A barra está limpa. A investigação policial terminou. Eles não encontraram mais conspiradores."

Joe relaxou. Seu alívio deve ter sido visível, porque Raif riu e disse: "É seguro voltar para a água."

. . .

Os amigos de Evie não a envolveram. Amigos leais, isso é bom.

. . .

"Na altura dos tornozelos." Joe recostou-se na cadeira. "Mais alguma coisa para denunciar?"

"Obrigado por me apresentar à Freyja. Estou adorando nossa colaboração no problema do banco de dados. Ainda não há nada a relatar, mas ela é muito divertida." Raif piscou. "Falamos depois, pirralho."

Joe manteve o rosto neutro, mas suas entranhas apertaram quando se desconectou. Ele não conseguiu reprimir o pensamento invejoso que surgiu em sua mente – de que Freyja achava seu melhor amigo mais atraente do que ele.

Ele caminhou até o centro da cidade ao longo da rua do mercado e espiou as lojas. Havia vários pipabots atentos nas portas. Um bot em uma loja de flores descrevia a nova coleção do dia. Joe estudou a profusão de escolhas, primeiro as tulipas vermelhas em vasos, depois a frésia rosa em um grande recipiente. Ele escolheu um profuso buquê de rosas brancas.

"Uma excelente escolha, senhor." A aprovação na voz do bot lembrou-o de 73. "Como esses são de maior valor, você poderia conectar seu NEST para pagamento?" Joe o fez, autenticando com seu bloco e assinatura biométrica.

"Tenho certeza de que seu amigo vai gostar disso," disse o bot, com a fronte brilhando em azul. Joe saiu da loja com o buquê.

Quando abriu a porta, Evie estava sentada na sala de estar. O all-book dele estava em seu colo, e Joe ficou feliz por ela ainda achar sua coleção palatável. Quando ela viu o buquê de rosas, um rubor tingiu suas bochechas.

"Estes são para que você saiba que eu adorei receber você aqui."

Evie pegou o buquê e o cheirou, deliciada. "Você é tão old school," disse ela, mas com afeição. Então seus olhos se arregalaram. "Você *adorou* me receber aqui?"

"Raif me disse que a polícia está fora de alcance. Chega de ficar presa aqui. Você está livre para sair."

Evie segurou as flores com o nariz entre elas, dando outro suspiro. Joe estudou a beleza de seu rosto quando ela fechou os olhos, parecendo perdida em pensamentos. Quando ela os abriu, seu olhar era um ponto de interrogação suave. "Você quer que eu saia imediatamente?"

. . .

Que bom que ela perguntou.

. . .

"Não." Joe se atrapalhou, olhando para os sapatos. Muito rápido? "É lógico que você fique por mais tempo, caso a polícia ainda esteja vigiando seu bairro."

"OK." Ela cheirou as rosas novamente. "Vamos continuar tomando cuidado por mais algum tempo."

A esperança encheu seu coração. "Mas provavelmente esteja tudo bem em sair, pois eles não estão mais vigiando a faculdade. Talvez jantar fora?"

◆

Evie sugeriu que fossem ao restaurante do outro lado da cidade, porque estava ansiosa para sair e relutante em usar o transporte rastreável tão rapidamente após a investigação da polícia. As luzes na entrada do bistrô francês ressaltavam suas bochechas coradas quando entraram. Um pipabot vestido de preto, com um braço envolto em um guardanapo de linho branco, conduziu-os à mesa perto de uma lareira virtual, o local transformado em um canto protegido por vasos de cor esmeralda. Evie examinou a sala. Um piso de azulejos preto e branco complementava o verde rústico das paredes.

Os servobots serviam os pratos de mesa em mesa. A cozinha aberta ostentava potes de cobre brilhantes que decoravam as paredes onde os servobots preparavam os pratos.

Um homem afável, vestindo trajes de chef, veio à mesa e se apresentou como Philippe, o proprietário e chefe de cozinha. Ele apresentou seu sous chef, um jovem de chapéu. Enquanto se gabava do cardápio por bons minutos, tornava-se evidente que adorava comida e adorava compartilhar suas criações com seus convidados.

Depois que o proprietário e o sous chef seguiram para a mesa seguinte, um pipabot se aproximou e anunciou: "O menu do chef tem valor fixo e consiste em cinco pratos." Joe abriu seu NEST, conectado à lista de vinhos oferecidos pelo bot e selecionou uma synjug de um famoso Bordeaux. Ele fechou seu NEST e o bot se afastou, deixando-os sozinhos.

Evie parecia energizada por seus arredores. Seu cabelo brilhava à luz das chamas. Ele disse, "E então, você encontrou algumas coisas que lhe interessaram nas últimas duas semanas no meu allbook?"

"Bastante. Você tem um gosto amplo. E sinto que o conheci lendo as coisas que você lê."

Joe se mexeu na cadeira. "Eu deveria ter vergonha? Não lembro mais das coisas que tenho por lá."

"Nada incriminador." Ela riu. "Só uma janela aberta, mostrando que você não é tão mau assim, para um Nível 42."

O pipabot apareceu com um prato e anunciou: "Um amuse--bouche de cartuchos de tártaro de salmão, como entrada." Abriu o Bordeaux e despejou o vinho em taças, declarando os palácios e a safra, acrescentando: "Este synjug está dentre os melhores do mundo." Eles foram deixados a sós. Provaram o vinho, Joe brindou e disse: "À fuga da prisão." Ele gostou de seu sorriso fugaz e rebelde.

"Desculpe, estou fazendo um péssimo trabalho em combinar o vinho com os pratos. Mas achei que uma synjug seria suficiente," ele disse.

"Dando uma reduzida no álcool?" Os olhos dela brilharam.

"Sim. Tentando permanecer saudável. Percebi que estava bebendo demais."

Os servobots moviam-se como navios tranquilos ao redor das mesas, os poucos convidados como ilhas de conversas silenciosas. Logo o garçom pipabot voltou com os pratos e anunciou: "Este primeiro prato é intitulado Ostras e Pérolas, feito de sabayon de pérolas de tapioca com ostras e caviar."

Evie inclinou uma ostra dentro de sua boca, e uma expressão sensual cruzou seu rosto. Ele esmagou o caviar contra o céu da boca e a salinidade lavou-se contra a língua. Eles saborearam com a boca cheia por vários minutos.

Depois que o servobot retirou os pratos da entrada, ela disse: "Eu nunca fui a um restaurante onde você tem que pagar."

Ele resistiu ao desejo de dar uma olhada dupla. "Isso acontece nos locais gastronômicos. Como aqui, onde o proprietário é tão criativo e é conhecido por sua arte com alimentos." Os olhos de Evie se iluminaram. Ela não percebera que também era uma artista gastronômica?

"Para o chef, é uma boa razão. Mas, para as pessoas que comem, trata-se apenas da comida ou também da experiência? Uma maneira de ser diferente de todos os outros?"

"Provavelmente ambos," ele acedeu. "Eu acho que o desejo de criar, de se esforçar pela beleza em seu próprio benefício, no que quer que seja feito, é valioso. Mas eu sei que você acredita em igualdade social e justiça, e eu concordo com você. É ruim se elevar apenas porque você pode ter algo que os outros não podem ter."

"Sim, é como se todos aqui estivessem se exibindo." Evie franziu a testa. "Foi por isso que você me trouxe aqui? Para se exibir?"

"Não escolhi vir aqui para impressionar ninguém. Foi mais sobre você. Eu queria que você tivesse uma experiência memorável depois de ficar presa por tanto tempo."

. . .

Por que eu *escolhi* este restaurante? Um pouco de ambos, sendo honesto comigo mesmo.

. . .

Ela sorriu. "Bem, não estou reclamando. É uma mudança divertida."

Eles foram interrompidos pelo garçom pipabot e outro servobot com o próximo prato. "Uma salada de ervas frescas, bulbo de erva-doce jovem e pistache torrado," anunciou o pipabot, enquanto o servobot posicionava a comida na mesa. O prato foi outra agradável surpresa. Ele se deleitou com o gosto terroso e rico do pistache. Evie, envolvida pelo fogo bruxuleante e saboreando a comida com evidente prazer, adoçou ainda mais o paladar de Joe.

Um jovem carregando um violoncelo entrou em uma área aberta entre as mesas. Três músicobots o seguiram com instrumentos analógicos. Eles tocaram, os músicobots com precisão e o jovem com paixão em seu arco. As notas melodiosas acrescentavam outro pano de fundo ao murmúrio das conversa das mesas.

Joe largou o garfo e empurrou o prato de salada para o lado. "Eu sei muito pouco sobre você. Que tipo de música você gosta?"

Os olhos dela se arregalaram. "Eu quis te contar. Algo que encontrei no seu allbook. Gostei desde que a ouvi pela primeira vez anos atrás – a quinta de Mahler."

"Sério? Eu também gosto de Mahler. Bem, você sabe disso... do meu allbook. Eu amo especialmente o movimento lento 'Adagietto'."

"O quarto movimento. Ele o compôs pensando em sua esposa." Seu rosto ficou vermelho quando ela tomou um gole de vinho.

Joe assentiu. "Eu me identifico com a fala 'Estou perdido para o mundo'."

Os olhos castanhos dela o estudaram. "Ele estava realmente tão ligado ao mundo através de seu amor pela esposa, Alma, que a fala pode muito bem ser o oposto da sua ideia de se perder para o mundo."

"É uma explicação mais verdadeira. Você pode se perder pelo que encontra no mundo?"

O garçom pipabot voltou com um servobot e anunciou: "O próximo prato é um risoto de arroz C4 com sabor aprimorado e inclui queijo parmesão envelhecido e trufas pretas raspadas."

"Uau, esse risoto é delicioso. Cremoso com um toque de terra das trufas." Evie parou entre cada mordida, como se quisesse saborear todas as camadas.

A atenção de Joe ainda estava na música. "Estou surpreso que você tenha ouvido falar de Mahler. Ele é antigo."

Evie pareceu suprimir um revirar de olhos. "Os Níveis mais altos não têm o monopólio do gosto musical."

"Estou apontando semelhanças de gosto, não diferenças," disse ele, levantando as duas mãos. A maneira como ela olhou de volta para ele, refletindo a intensidade do compromisso com seu movimento, lembrou-o de outras falhas. Ele deixou escapar. "Olha, uma razão pela qual eu gosto de você é que você tem um propósito. Não entendo tudo o que te motiva, mas pelo menos você tem paixão por alguma coisa. Ainda estou procurando por algo que possa me fazer sentir da mesma maneira."

Ela o olhou em silêncio enquanto os servobots interrompiam para limpar a mesa e servir o próximo prato. O pipabot anunciou:

"O prato principal é um filé de truta marinha escocesa cozida lentamente, um beignet de caranguejo Dungeness rodeado por cebolas em conserva, folhas de agrião e molho de musselina béarnaise. Bom apetite."

Eles sentiram os ricos sabores, e parecia que alguma parede entre eles havia caído. Ela se inclinou para ele sem reservas. O vinho o deixou lânguido, a cabeça sonhadora. Evie parecia abatida, talvez ainda refletindo sobre seu último comentário, e ela o estudou.

"Joe, não espero que você entenda o mundo de onde eu venho – o mundo dos Níveis inferiores."

"Você não é tão diferente. Apenas outra pessoa. Bem, não apenas outra pessoa. Uma pessoa especial." Joe olhou ao redor do restaurante agora quase vazio e se esforçou para fazer uma piada. "Para mim, você é a única mulher no mundo."

Um breve sorriso brincou em seus lábios, então seu olhar se fixou no dele como se quisesse dizer algo sério. "Sim, as pessoas são semelhantes em todos os lugares. Mas o meio social faz diferença. É uma das razões pelas quais me preocupo com a forma como a sociedade estrutura nossas interações."

"Eu gostaria de conhecer mais sobre o seu mundo."

"Talvez eu possa te mostrar algum dia."

. . .

Um avanço. Ela está se abrindo, disposta a compartilhar mais sobre si mesma.

. . .

O servobot serviu o prato final, com o garçom anunciando: "A sobremesa é crêpe gâteau, que consiste em queijo de leite de cabra macio, morangos verdes em conserva, avelãs e azedinhas." Embora os dois tivessem comido a totalidade dos pratos anteriores, não deixando sequer um pedacinho, eles se alongaram na sobremesa cremosa e tomaram o resto do vinho lentamente.

Joe estava prestes a sugerir que era hora de partir, mas Evie pegou sua mão. "Desculpe por parecer ingrata por sua ajuda. Eu acho que é em parte porque estou preocupada com meus amigos e me sinto responsável. Mas isso não é desculpa para meu mau comportamento. Estava sendo egoísta."

"Sem perdas ou danos. Mas obrigado por dizer isso. Eu não fui exatamente um grande anfitrião." Joe sorriu, sentindo-se melhor por ter se colocado de forma aberta e vulnerável a respeito de suas falhas. Ela devolveu o sorriso e gentilmente retirou a mão.

Estava tarde e o restaurante já havia esvaziado. Seu olhar se movia dos cabelos sedosos sobre os braços dela, iluminados pela lareira, para seus olhos, agora relaxados acima da taça de vinho que segurava com ambas as mãos. Eles compartilharam o silêncio, e Joe não queria que acabasse.

Relutantemente, Joe sinalizou para o bot, que chegou e sussurrou o valor da conta. Joe chegou a ligar seu NEST, mas a mão de Evie se atirou para impedi-lo. Ele fixou-se em seu toque e nos delicados pelos de seu antebraço. Uma expressão frenética nublava seu rosto, e ela se inclinou para perto dele. "Você tem crédito$ escuro$?"

. . .

Crédito$ escuro$? Temos as leis de privacidade nos protegendo. Mas... Eu deveria usar crédito$ escuro$.

. . .

Ele balançou a cabeça.

"Deixa comigo." Evie tirou um pequeno ladrilho roxo de seu cinto e apontou para o robô.

Ele aprovou o pagamento com azul piscando em seu rosto e, em seguida, os escoltou até a porta. "Obrigado por nos visitar esta noite. Esperamos que você tenha gostado das criações do chef."

"Por favor, passe nossos elogios para o chef," disse ela. A fronte do bot brilhou na cor verde, iluminando o caminho conforme ele se curvava.

Quando eles haviam andado um quarteirão, ao longo da calçada escura, Joe disse: "Obrigado pelo jantar. Eu pensei que eu estivesse presenteando você."

"Estou feliz com a forma como você está me tratando. Foi ótimo."

Ela colocou a mão confortavelmente na dele. Eles caminharam para casa, de mãos dadas, vendo a fina lua crescente se estabelecer no horizonte. Na porta do apartamento, ele disse: "Vou te dar os códigos para que você possa ir e voltar quando quiser. Honestamente, eu deveria ter feito isso antes. Os bots ignorarão qualquer visitante com acesso."

Evie abaixou a cabeça, envergonhada. "Foi provavelmente a melhor coisa que você fez. Eu teria saído mais vezes, ameaçando nós dois."

Joe acenou com a cabeça, e eles subiram. Evie caminhou em direção ao seu quarto, mas parou repentinamente e virou-se para ele. "Obrigada novamente. Eu gosto de passar tempo com você." Sua cabeça se inclinou para trás para estudar o rosto de Joe, então ela entrou no quarto e fechou a porta suavemente.

Capítulo 18

Dois dias depois, no café da manhã, ela saiu do quarto vestindo uma jaqueta lilás e calça *legging* por dentro de botas pretas. Joe não reconheceu as roupas e sorriu com aprovação. "Seu gosto é melhor que o meu. Como foi escolher a sua própria roupa de novo?"

"Você fez um bom trabalho, então obrigada pelo esforço. Mas todo mundo tem seu próprio estilo. Queria algo mais a ver *comigo* antes de voltar para casa."

Joe sentiu um frio na barriga. "Você está indo embora?"

"Preciso ver quem foi preso e conversar com alguns amigos para que possamos decidir o que vai acontecer agora." Ela parecia triste e disse: "Tudo o que sei é que Julian e Celeste foram mandados embora." O seu olhar traiu preocupação, uma gota de insegurança, uma emoção que ele não tinha ainda notado nela. "Me sinto mal, sabendo que tomei a decisão de realizar o protesto naquela noite, e que todos foram presos, menos eu."

"Você não tinha como prever todas as consequências."

"Mesmo assim, me sinto desconfortável por estar livre enquanto todo mundo está em perigo."

"Entendi." Ele engoliu em seco e tentou soar casual. "Eu vou te ver de novo?"

"Você acha uma boa ideia? Lembre-se de que estamos violando a lei nos vendo." Ela mordeu o lábio.

"Pensei que você era a rebelde. O que aconteceu, você bebeu do mesmo vinho envenenado contra o qual está protestando?"

Ela baixou o olhar. "É difícil se livrar de suas próprias normas culturais, mesmo quando você acredita que elas estão erradas."

Ele se levantou e segurou as suas mãos entre as dele. "Você me convenceu. Vamos ser rebeldes juntos."

"Sim, eu voltarei." Ela apertou as mãos dele.

"Ótimo. Por favor, venha e vá quando quiser. Você tem os códigos das portas."

Joe virou-se para sair pela porta do escritório, mas mudou de ideia e voltou-se para ela, envolvendo-a em um abraço gentil. "Cuidado. Te vejo em breve." Então, desceu as escadas, com uma sensação de vazio no peito.

◆

Sua manhã foi desperdiçada no escritório, um devaneio ocioso no qual ele foi absorvido pela interação sutil de sol e sombra do lado de fora da janela. Na tentativa de sair dessa situação, Joe fez a sua corrida mais cedo e depois comeu um almoço saudável.

Ao retornar ao seu escritório, uma mensagem apareceu no NEST. O rosto barbudo de Mike se materializou na tela holo, com as suas enrugadas bochechas alegres.

"Joe, eu tenho uma oportunidade interessante para você." Ele esfregou as mãos. "Você está familiarizado com a Base Orbital WISE?"

"Eu a tenho acompanhado. É a peça central do projeto de Exploração Espacial Interestelar Mundial. Uma base de construção em órbita ao redor da lua desde a última década. Interessante."

"A atual comandante do projeto – a pessoa responsável por esta fase da montagem – é uma amiga. O nome dela é Dina Taggart. Ela está com um problema. Você talvez possa ajudá-la."

"Isso parede distante daquilo em que estou trabalhando. Por que você pensou em mim?"

"Dina dirige uma grande operação, com uma equipe de supervisão humana e uma frota de bots. Falhas surgiram na construção. Dina suspeita que algo esteja errado com os robôs. Sua experiência em design de IA, além da habilidade com um netwalker, podem fornecer respostas."

. . .

Algo muito diferente, mas de certa forma como os antigos ataques de hackers. É surpreendente como meu mundo pode mudar em um segundo.

. . .

"Mike, obrigada por pensar em mim para o trabalho. Parece intrigante. Por favor me apresente."

Mike deu as informações de contato: "Boa sorte," disse, antes de se desconectar.

Com um novo objetivo, Joe passou as três horas seguintes revisando informações sobre o projeto WISE e Dina Taggart. Começando com diplomas avançados em física, design e engenharia, ela seguiu desenvolvendo uma carreira impressionante. Seu trabalho atual como comandante da base coroava uma série de importantes projetos científicos, cada um maior que o anterior. Ele fechou os feeds de dados, impressionado e intimidado.

Após um momento de reflexão e uma respiração profunda, ele abriu o NEST para iniciar o contato criptografado que Mike havia lhe fornecido. A rede se abriu, e um minuto se passou enquanto ele esperava por uma resposta.

"Mike me disse para esperar seu contato. Fico feliz em falar com você," respondeu uma voz gutural. O holo dela apareceu no momento seguinte. Ela tinha cabelos castanhos, com um corte curto em estilo profissional que varria seu queixo. Com poucas sutilezas superficiais, Dina entrevistou Joe sobre seu passado. Ela estava ciente de seu passatempo no VRbotFest. Após várias perguntas, ele relaxou e gostou da conversa. Mas um pensamento preocupante entrou em sua cabeça.

"Estou empolgadíssimo em ajudar da maneira que puder. Esta é uma oportunidade bem-vinda." Joe limpou a garganta, sem saber se a próxima frase causaria um rompimento do acordo. "Não sei se tenho todos os IDs de segurança necessários."

Dina olhou solenemente em seus olhos. "Você está se referindo ao seu Nível, não é?"

"Sim."

"Seu conhecimento de IA é impressionante, e suas habilidades em netwalker economizarão tempo na curva de aprendizagem do problema imediato que tenho. Mike disse que você é inteligente e experiente, posso dizer que você é bom no que faz, e isso é tudo o que importa para mim." Ela fez uma pausa. "Gostaria que você se juntasse à equipe."

Joe soltou um suspiro. "É uma honra poder ajudá-la."

Ela se iluminou e depois ficou séria. "Tem um problema. Há uma regra boba que eu não consigo entender, e isso criará uma desvantagem para você. Como você não é ao menos um Nível 25, precisará desativar o recurso de armazenamento de dados em seu NEST. O governo tem medo de que segredos vazem."

"Todo mundo tem algum tipo de deficiência." O rosto de Evie invadiu sua memória. "Além disso, eu tenho praticado ficar sem a muleta da minha memória do NEST".

"Muito bom. Quando você pode começar?"

"Imediatamente." Um sorriso involuntário cruzou seu rosto. Seria bom trabalhar em um problema prático novamente. O trabalho teórico, ultimamente, não o estava levando a lugar algum.

Dina riu. "Amanhã está ótimo." Ela lhe passou os detalhes para encontrar-se com os steerbots no dia seguinte.

Após um breve trajeto no hiperlev na manhã seguinte, Joe encontrou a torre de aço que servia como prédio de escritórios regional do WISE em Salinaston. Um pipabot de mesa o registrou, depois outro o acompanhou até uma sala no andar de cima. Os cubículos individuais de netwalking alinhavam o perímetro interno da sala, com uma única porta para cada um.

O bot apontou para um cubículo de netwalking e disse, em um feminino tom autoritário, "Sr. Denkensmith, aqui está o seu equipamento. Você pode se juntar ao seu host assim que estiver pronto."

Lá dentro, ele encontrou a familiar plataforma elevada com a esteira, os cabos e o traje suspensos no teto. Subindo na plataforma, vestiu o colete háptico e o apertou, ajustou o arreio, deslizou os pés nas botas e se posicionou no banco dobrável. Verificou a transição entre os modos de posição. O assento saltou para cima e para baixo para simular o movimento de sentar, ficar em pé, andar e correr. As luvas vieram a seguir, e ele flexionou os dedos para verificar o contato exato. Enfiou a cabeça no fone de ouvido surround, um modelo Markarian 421. Ligou o NEST e se conectou ao console, mas desativou o recurso de armazenamento.

. . .

Lá vai o meu acesso à memória. Essa também será uma nova experiência.

. . .

Pressionou o botão do avatar na configuração "autêntica" padrão e uma réplica do rosto de Joe foi copiada na plataforma. O fone de ouvido zumbiu. O verde monocromático inicial à sua volta foi substituído por uma luz branca.

. . .

Equipamento de excelente qualidade. Isso pode ser viciante. Vamos ver como o steerbot difere de uma máquina virtual de VRbotFest.

. . .

Como ele encontraria Dina na Base Orbital do WISE, seus steerbots experimentariam um atraso de sinal de ida e volta de 2,6 segundos na resposta háptica. O atraso da voz dependeria de onde ela estava fisicamente. Ele se concentrou, abriu a conexão e ficou imerso na interface da rede.

Joe se viu parado em uma sala de controle sem adornos. Mais particularmente, viu-se encarnado dentro de um steerbot em uma prateleira ao longo de uma parede cinza espartana. À esquerda e à direita, havia máquinas semelhantes. Soltando as amarras, ele se afastou do suporte. Parou, esperando que seu cérebro abarcasse a tradução dupla – o movimento de seu corpo no netwalker ecoou pelo movimento do steerbot na base orbital, traduzido por conjuntos de servomotores. Ele então teve que esperar o atraso do sinal para comunicar que seu movimento estava completo. Joe cambaleou, depois examinou as botas nos pés de seu bot. Ele deu outro passo hesitante e ouviu o ruído da bota segurando o steerbot no painel de piso ferroso enquanto os eletroímãs inteligentes se ajustavam ao seu feedback biométrico. Seus próximos passos pareciam naturais.

"Um estudo rápido, entendi. A maioria dos visitantes leva muito mais tempo para se adaptar às botas Radus."

A fronte do bot diante dele brilhava prateada, e o rosto de Dina era visível atrás do visor. Ela sorriu e seu steerbot estendeu a mão mecânica. "Dina Taggart. Fico feliz em vê-lo aqui na Base Orbital

WISE." Ela agarrou a mão de Joe e ele sentiu um aperto poderoso através do traje háptico.

. . .

Se esse é o seu verdadeiro aperto de mão, ela já é notável. Provavelmente é, uma vez que é grosseiro brincar com as configurações ao usar seu autoavatar.

. . .

"Você disse *aqui* na Base Orbital WISE – você está em órbita lunar?" Joe viu seu reflexo no visor dela e iniciou. Viu a face prateada de um steerbot com o rosto projetado atrás da viseira. Ele parecia um homem de lata que Joe já vira em um videoclipe vintage, e isso lhe deu a sensação estranha de que ele era um pipabot.

"Quer saber onde está tudo, hein? Estou na costa sul dos Estados em outro escritório do WISE, em um steerbot, igual a você. Mas eu me movo fisicamente para a base orbital várias vezes por ano. E com o problema que você foi chamado a resolver, eu deveria estar fisicamente na base agora." Uma expressão séria escureceu seu rosto. Ela fez um gesto para ele a seguir, e eles entraram, fazendo um barulho metálico, em um elevador de vidro. Ele subiu um andar, parou com um *whoosh* e a porta se abriu.

Eles entraram em uma sala circular com cerca de 13 metros de diâmetro, as paredes e o teto formando uma grande bolha de vidro. Lá fora, a escuridão do espaço era pontilhada por milhões de estrelas. A gigantesca esfera da lua parecia balançar, um diamante lançando sombras no chão. Dina levou-o a onze cadeiras quadradas posicionadas em formato de U, presas ao chão de metal no centro da bolha. As restrições magnéticas do assento firmavam o steerbot no lugar, o que era muito mais confortável do que combater a tendência de flutuar no ambiente de gravidade zero da base. Um banco de consoles de controle de computador e um holo-com preenchiam a extremidade aberta da ferradura. Atrás do anel interno de cadeiras havia um segundo anel com mais assentos. A janela em formato de bolha proporcionava uma visão geral de toda a base. Essa deve ser a área central das operações quando algo importante está em andamento.

"Bem-vindo à ponte da Base Orbital WISE. A base está montando uma série de sondas e naves espaciais interestelares, com as sondas inaugurais programadas para sair em três anos. Também estamos aumentando a infraestrutura da base orbital", disse ela. Ao delinear o projeto, ela apontou para as partes da base de montagem em órbita que podiam ser vistas a partir daquele local. Ele tentou acompanhar todos os detalhes, hipnotizado pelo panorama e pela experiência de sentar-se em uma base espacial em órbita. A nave parecia mais austera, corajosa e genuína do que outros fac-símiles de RV que ele havia encontrado. Após a introdução, ela resumiu as dificuldades mais recentes.

"Alguns problemas atrasaram a construção no mês passado. Tivemos um acidente quando duas seções grandes não foram conectadas, resultando em danos a um módulo de montagem. A falha é inexplicável, só sabemos que existem falhas estranhas e que não conseguimos chegar ao fundo do problema. Estou gerenciando quinhentos Mechas nas linhas de frente, com cem pipabots para fazer interface. Centenas de pessoas em vários escritórios supervisionam os bots. Temos uma dúzia de pessoas em netwalkers que devem ser capazes de ver tudo através dos steerbots. Os feeds de vídeo são contínuos e temos pessoas nos escritórios do WISE revisando o software automático que processa o trabalho. É incompreensível para mim que, com toda essa supervisão, não possamos reunir essas seções grandes corretamente. Principalmente porque gerenciamos operações mais complexas com facilidade". Ela terminou com um gesto desgostoso direcionado à atividade do lado de fora da janela.

Joe apegou-se à dinâmica orbital. "Estamos em uma órbita de seis dias circulando a lua, certo?"

"Sim, uma órbita halo quase retilínea. Isso nos mantém fora da sombra da lua, facilitando a comunicação com nossos escritórios na Terra. Simplifica a manutenção da estação. As fábricas estão localizadas em três bases da lua. Podemos transportar materiais e módulos acabados da superfície quando chegarmos à abordagem lunar mais próxima, dentro da janela de trinta e uma horas que terminará em breve."

Ele se concentrou nos detalhes, observando o transporte de robôs subindo de Mare Imbrium em um fluxo constante em direção à estação. Ele sentiu um desejo de ver a base orbital de fora.

"Você suspeita que algo esteja errado com o software de controle dos bots?"

"Reunimos as teorias comumente suspeitas sem sucesso, por isso é outra ideia a ser testada", disse ela.

Eles discutiram seus próximos passos. Joe começaria a trabalhar imediatamente, examinando qualquer comportamento estranho que pudesse sugerir falha no software. Ele poderia usar o netwalker para controlar um steermech ou steerbot para investigar a atividade, concentrando-se nas interações Mecha e pipabot. Ele também revisava os registros de dados no escritório regional do WISE, a fim de evitar o atraso háptico no trabalho de escritório.

"Vai lá e arrase", disse ela, encerrando a conferência com outro aperto de mão firme. Ela parecia cansada quando se virou para cumprimentar dois outros steerbots que haviam saído do elevador e estavam esperando respeitosamente. Embora seu steerbot fosse idêntico a todos os outros, a maneira como ela se comportava sugeria alguém muito responsável por essa vasta máquina. Essa impressão permaneceu quando Joe desceu no elevador.

Ele voltou ao rack para proteger seu bot e enviou o comando para sair. As paredes do escritório regional se materializaram ao seu redor novamente. O projeto seria desafiador e emocionante. Ele estava animado para começar.

<hr>

Joe estava em seu steermech, em cima de uma escada. Após seis dias, a Base Orbital WISE tornou-se familiar. Ele podia andar pela superestrutura ou flutuar sem peso em um só lugar para dissecar o processo de montagem, enquanto tentava relacionar o trabalho robótico ao cronograma que Dina havia compartilhado.

Toda a estrutura colossal era iluminada por cordões de luz para afastar a escuridão do vazio. A estrutura do núcleo era uma coluna longa e retangular que percorria trezentos metros de ponta a ponta. Além dos sistemas de suporte à vida, a coluna continha duas passarelas móveis banhadas em ferro, que permitiam bots, steerbots e o raro humano percorrer o comprimento em ambas as direções com o mínimo de gasto de energia. Ele andou pelas passarelas em movimento para trás e para frente e percorreu todo o comprimento, suas botas Radus tilintando contra a placa de metal que não se movia no meio. Mas era mais confortável e mais emocionante impulsionar-se ao ar livre com jatos de propulsão. Com pequenos sopros empurrando-o silenciosamente, Joe podia observar os módulos das câmaras de ar espaçados em intervalos onde as naves de transporte podiam atracar e fabricar módulos que pendiam da coluna de aço azul entre as câmaras de ar. Havia várias naves por ali agora, seus cascos cilíndricos saindo em direção perpendicular da coluna da estação.

Cada extremidade da coluna terminava em um módulo de energia de fusão. Elas foram espaçadas em caso de falha e explosão catastrófica, para evitar falha total de energia na estação. Não havia necessidade dos painéis solares de nanotubos de dissulfeto de tungstênio encontrados em toda parte nos edifícios da Terra, porque um grama de combustível poderia produzir toda a energia de fusão necessária. Os módulos de energia pareciam rosquinhas azuis, alojando os núcleos de contenção de plasma toroso e seus reatores de fusão.

Ancorando o centro da base orbital, o módulo da ponte era um pires de prata de dois níveis, com a bolha de janelas de vidro da própria ponte no topo. Parecia uma nave alienígena de um desenho retrô. Destacando-se na coluna, havia um longo cilindro de suporte e o único anel de gravidade artificial em torno dele, como outra rosquinha azul em uma vareta, girando preguiçosamente para fornecer uma área de descanso de baixa gravidade para os humanos que passavam muito tempo na base.

O layout da estação era tão logicamente nomeado quanto um matemático poderia desejar. No módulo da ponte central, um ramo da coluna central foi nomeado Alpha e o outro Ômega, e os reatores de fusão em cada extremidade eram os reatores e Alfa e Ômega. As câmaras de ar separavam as seções da coluna vertebral, com cada seção nomeada consecutivamente da ponte: A, B e assim por diante em direção à extremidade Alfa, e AA, BB e assim por diante em direção ao reator Ômega. Joe adorava estar do lado de fora para admirar a máquina requintada.

Mas, agora, gotas de suor escorriam de seu rosto. Seus bíceps doíam ao mover os controles do timão nas últimas três horas. Para agravar seu desconforto, Joe precisava de uma pausa biológica. Sua bexiga ficou mais irritada a cada minuto. Ele olhou para o lado de aço de um compartimento de carga na espinha da base, depois confirmou que suas botas estavam presas a um degrau de pé. Ele encheu os pulmões, depois deliberadamente expulsou o ar.

Ele abriu o NEST e disse: "Mecha no modo de estase, saia do steermech".

O compartimento de carga, o steermech e o ambiente cheio de estrelas se desmaterializaram ao redor dele, substituídos por seu cubículo de netwalker dentro do escritório regional do WISE. Ele tirou o equipamento úmido, encontrou o banheiro e pegou uma jarra de água gelada e uma barra de energia. Joe voltou para a sala dos netwalkers, mastigou a barra e engoliu toda a água. Levou sete minutos para flexionar os dedos, alongar o pescoço, e deixar que a leve desorientação se acalmasse, como um marinheiro que recupera as pernas na terra firme depois de sair de um navio em movimento. Joe vestiu novamente o netwalker em seguida e voltou ao steermech.

O steermech se materializou ao seu redor, ainda preso à escada onde ele o deixara. Flexionou os dedos e as mãos mecânicas se moveram com um atraso de 2,6 segundos. Ele absorveu a cena por alguns segundos para se reorientar e evitar vertigens. O único som era de sua respiração.

Uma estrutura de aço subiu a lua, brilhando na luz do sol. Joe deu um zoom com seu NEST. Os Mechas o empurraram em direção à base orbital. Ele ampliou ainda mais, e o nome FACTORY MODULE 17 entrou em foco ao lado. Foi o módulo mais crítico para adicionar este ano e a mesma interceptação que havia falhado da última vez. Mechas conectariam o módulo da fábrica à coluna ao lado da baia de carga F, onde ele estava. Ele avaliou metodicamente toda a atividade, trocando sua atenção do novo módulo para os Mechas e a lua.

Este módulo de fábrica, uma estrutura de quarenta e três metros de comprimento, movia-se perto do compartimento de carga. Mechas cercaram o módulo, suas luzes piscando enquanto o guiavam na posição correta. Outros Mechas se agarravam às plataformas de aço azuis penduradas na espinha. Quando as órbitas se sobrepunham na interceptação, os interruptores dos módulos da fábrica disparavam para concluir a transferência orbital e os Mechas a soldavam na estação.

Mais além, a lua parecia crescente, a base girando perto de sua órbita elíptica. Joe estudou a linha de crateras na linha das sombras, 1.500 quilômetros abaixo. Ele não conseguia impedir que seu batimento cardíaco aumentasse. Foi melhor do que o melhor jogo espacial de realidade virtual que ele já jogou. Mas este era real, e o steermech dele era real, mesmo que estivesse incorporado apenas pelo netwalker.

Um estremecimento ecoou através do compartimento de carga e subiu pelos calcanhares das botas de seu steermech. Joe pulou no cinto. Um estrondo baixo alcançou seus ouvidos. Os únicos sons no espaço eram de contato, e a vibração da escada de metal tremia em seus dedos quando o módulo da fábrica parou de se mover. Uma extremidade da estrutura havia colidido com o compartimento de carga e fragmentos irregulares de metal giravam para longe. Os Mechas disparavam propulsores para impedir que a estrutura metálica girasse. A voz de um pipabot soou no canal de comunicação local. "Acessório do módulo de montagem abortado. Estabilize e afaste o módulo de fábrica da base orbital e suspenda a órbita sincronizada."

. . .

Péssimo momento que escolhi para fazer uma pausa. Perdi algum detalhe importante?

. . .

Ele soltou os grampos do calcanhar e disparou seus propulsores em rajadas curtas para desviar o steermech da baía de carga. Flutuou acima da extremidade do módulo da fábrica destruída e tentou ver entre ela e a coluna. As bordas mais próximas a ele estavam se tocando, mas não eram paralelas. Algo deu errado, mas ele não conseguia deduzir o que havia acontecido. Não havia um padrão óbvio para os movimentos da dúzia de Mechas presos ao metal amassado, e ele cerrou os punhos, impotente.

A voz de Dina vibrou em seu NEST. "Joe, estou vendo que você está aí fora em um steermech. Você pode se juntar a mim na ponte?"

"Estarei aí em dezessete minutos."

Com mais um olhar inútil em busca de pistas sobre os padrões de atividade dos Mechas, Joe manobrou o steermech de volta a uma plataforma de ancoragem. Ele passou pela câmara e arrastou-se cuidadosamente para dentro, tomando cuidado para não esbarrar no teto baixo, o que se mostrou difícil devido à altura do steermech. Ele seguiu o corredor e depois pegou o elevador de vidro até a ponte. O steerbot de Dina se aproximou dele, com uma expressão interrogativa.

"Você era a única pessoa lá fora com os bots. Você pode me dizer o que aconteceu?"

"Droga, não, não havia nada que eu pudesse ver. Tudo estava indo bem, até que não estava mais."

"Esse incidente é como a última interceptação, sete órbitas atrás, quando falhamos em acoplar o módulo. Isso também causou alguns danos", disse ela.

Ele esfregou o queixo, depois percebeu o quanto o gesto deveria parecer bobo. "Eu preciso analisar todos os Mechas disponíveis para baixar seus dados. Deve haver pistas para sugerir a causa disso."

Ela o inspecionou criticamente. "Você está dedicando muitas horas a esse projeto – muitas, de fato. Eu verifiquei os logs. Cinco vezes o limite máximo nesta semana."

"Não vejo como alguém pode fazer algo em apenas doze horas por semana. Estou trabalhando no que quero trabalhar."

"E eu sou obrigada a seguir protocolos." Então o tom dela suavizou. "Mas respeito sua ética de trabalho e desejo ajudar. Eu vou abrir uma exceção. Você é livre para trabalhar quantas horas desejar. Vou fornecer os códigos de substituição para investigar os Mechas."

. . .

Ela é outra rebelde, não deixando que regras tolas atrapalhem. Lamento tê-la decepcionado.

. . .

"Obrigada. E me desculpe por não ter interrompido esse desastre hoje."

"Menos um revés do que da última vez. Os primeiros relatos são de que podemos reparar os danos na órbita da lua próxima. Encomendei componentes de reposição construídos na fábrica da base da lua. Poderemos tentar novamente em sete dias, quando voltarmos à nossa órbita e interceptarmos a periapsia do dia anterior."

"Farei tudo o que puder para ter a resposta até lá."

Capítulo 19

Joe parou em seu apartamento após o acidente do WISE, jantou e dormiu por onze horas. Percebeu que Evie não havia retornado e não estava lá quando ele acordou. O apartamento parecia deserto e estéril. Ele decidiu que economizaria tempo se mudasse para o escritório regional pela próxima semana. Joe arrumou um saco de itens essenciais, pegou os suprimentos semanais do 83, entregou o lixo para o cleanerbot e trancou a porta.

De volta ao edifício regional WISE, ele solicitou um espaço maior. Um pipabot levou-o ao terceiro andar e o conduziu a um escritório. Seus olhos avaliaram a sala: maior, mas ascética, com uma parede acima de uma mesa em um canto e o netwalker no centro. Ele requisitou uma cama estreita, um sintetizador de alimentos e suprimentos básicos de comida. Os bots instalaram o equipamento em uma hora, deixando tudo lotado em torno da plataforma elevada do netwalker. O quarto funcionaria bem.

Joe passou as cinco horas seguintes em sua nova mesa, analisando os registros de dados. Ele estava fazendo uma pequena pausa para comer quando uma mensagem recebida de Dina surgiu no com. Ela organizou uma conferência na base orbital para revisar o incidente, começando às 16:00. Joe consentiu.

Uma hora depois, ele se encontrava no netwalker e abriu a conexão com a base orbital. Seu quarto desapareceu e ele se viu encarnado em no steerbot, parado no apoio ao longo da parede. Dois outros steerbots se arrastaram para frente, suas botas raspando contra o chão de metal. Ele reconheceu Dina em um deles e a seguiu pelo elevador.

A bolha de vidro da ponte dava para uma lua encolhendo. Dois pipabots e duas pessoas já estavam sentados no semicírculo de cadeiras, e os humanos ergueram os olhos quando ele entrou. Ambos usavam roupas espaciais com capacetes. A primeira era uma mulher com expressão carrancuda e cabelos ruivos neon. Ao lado dela, estava um homem alto, que girou o capacete em torno do dedo indicador. A ponte carecia de qualquer assento de comando – todos eram intencionalmente arranjados em estilo colegial. Joe pegou uma cadeira virada para longe da lua, para poder se concentrar nas pessoas.

"Deixe-me apresentar minha equipe executiva", disse Dina com um aceno de mão. "Começando com Robin Perez, nosso Diretor de Sistemas de Orientação, Navegação e Controle, ou GNC, abreviado."

Joe lamentou o armazenamento desativado do NEST e o PIDA descartado, mas reprimiu a emoção e se concentrou em lembrar nomes e posições.

A expressão carrancuda não havia deixado o rosto de Robin quando ela disse, "Comandante, peço desculpas por deixar este acidente acontecer. Não vou permitir que nada danifique a base novamente no meu relógio." Seus cabelos cor de lava brilharam fluorescentes contra o pano de fundo do espaço atrás dela.

"Encontraremos a causa juntos." Dina acenou com a cabeça em apoio. "Em seguida, temos Chuck Williams, Diretor de Docking Dynamics." Ela apontou para o homem alto com cabelo escuro e encaracolado que estava girando seu capacete. "Nós pronunciamos a sigla 'DIDO.'" Seu largo sorriso lembrou Joe de Raif.

"E, finalmente," ela gesticulou para o último homem em um steerbot, "Jim Kercman, Oficial de Operações de Construção."

Joe arquitetou um rápido mnemônico.

. . .

Robin do Batman; Chucky; e Capitão Kerc.

. . .

Dina voltou-se para os pipabots. "E agora aos nossos bots. PIPA 13691, ou Boris, é Adjunto de Operações de Carga Útil. E PIPA 13693, ou Natasha, é Adjunto de Sistema de Dados." O rosto de cada pipabot brilhava em azul após sua introdução.

Dina explicou a função temporária de Joe no projeto. Terminadas as apresentações, ela pediu a cada representante um resumo do que sabiam sobre o incidente de atracação. Cada oficial deu voltas ao redor da mesa, rapidamente apresentado, e depois cedeu a palavra para o próximo. Houve várias perguntas após cada resumo.

"Analisamos os dados do vídeo e, até agora, não encontramos um motivo para a falha de encaixe." A frustração de Chuck era evidente em sua voz. "O WISE Northeast Ops Center tem pesquisado os feeds ARMO e executado simulações de RV com os dados. Nada óbvio de todos os ângulos de vídeo gravados. Agora estamos revisando todos os bots e Mechas envolvidos, mas devemos baixar os dados individualmente."

"Operações de carga útil não encontram desvios do plano", disse Boris.

"O sistema de dados não encontra erros em nossos sistemas, todos nominais", respondeu Natasha.

Jim e Robin apresentaram relatórios semelhantes.

Nenhuma causa tornava-se aparente.

Joe considerou de onde poderiam vir os dados adicionais para analisar o problema. "Os Mechas formam uma rede em malha para se comunicar entre si, com o intuito de coordenar o trabalho. Essa rede compartilha certos dados de percepção. Isso foi examinado?"

Jim se inclinou para frente: "Não que eu saiba. São dados difíceis de entender. Os Mechas são equipados com sensores de campo magnético, com os dados de recepção magnética processados através de algoritmos de aprendizado profundo. Esses sensores cobrem 360 graus, incluindo atrás do Mecha."

Robin saltou. "O problema surge na diferença entre a percepção do bot e a nossa percepção. É difícil para nós entender como é esse sentido de magneto-recepção de 360 graus."

"Semelhante a tentar compreender o que é ser um morcego," disse Dina.

"Deve haver dados do sensor de som vindos de vibrações através do casco. Mas isso é limitado quando as estruturas estão em contato," disse Joe.

Chuck riu. "No espaço, ninguém pode ouvir você gritar."

Joe riu e Dina sorriu. Se ela estava frustrada com a falta de progresso, ela não demonstrou.

Dina recostou-se na cadeira. "Vamos tentar encontrar soluções criativas. Que tal uma sessão de brainstorming? Sugiro que comecemos com um viés de quantidade em vez de qualidade, e podemos reduzir essa lista mais tarde."

Ignorando os bots, os três oficiais, Dina e Joe iniciaram uma discussão livre por trinta minutos. Dina manteve a conversa em andamento, eficiente ao suscitar uma lista de ideias, que se cristalizou em uma lista de ações. Boris e Natasha adicionaram comentários técnicos quando solicitados a fornecer informações, mas não foram envolvidos. Quando o fluxo de ideias diminuiu, Dina encerrou a conferência com um rápido "Bom trabalho, equipe" e uma inclinação de mandíbula, e eles partiram com suas atribuições. Robin, Jim e Dina saíram rapidamente, enquanto Joe e Chuck esperavam juntos no elevador.

"Estou feliz por você estar aqui. Esse problema cai diretamente na minha área, então agradeço qualquer ajuda," disse Chuck.

"Estou impressionado com a liderança de Dina. Você tem uma boa equipe e estou feliz por fazer parte dela."

Chuck concordou. "Dina trabalha sem parar e nas coisas certas, por isso estamos motivados em estar aqui. Todos nós temos sonhos maiores por causa dela."

"Ninguém parece estar contando as horas", disse Joe. Eles entraram no elevador.

"Fico feliz que você também não esteja."

"Percebi que os dois bots têm títulos de suplentes", disse Joe.

"Sim. Todos os oficiais superiores aqui são humanos. Acontece que os bots não são pensadores criativos."

Joe riu. "Eles não conseguem pensar fora da caixa?"

"Não. Definitivamente bots em uma caixa."

"Um processo criativo como o brainstorming requer conforto com a ambiguidade. E impaciência, porque ficaremos loucos até resolver isso. Se soubéssemos para onde estamos indo, seria mais fácil chegar lá," disse Joe.

"Algum de nós sabe para onde estamos indo?"

Eles saíram do elevador e Joe percebeu que Chuck girava o capacete novamente. Foi um truque inteligente, usar força centrípeta para mantê-lo ali em seu dedo em gravidade zero. Seria ainda mais difícil de fazer de dentro de seu steerbot com o atraso de 1,3 segundos, e o dobro disso antes de ele ter uma confirmação visual do que sua mão havia feito. Num impulso, Joe esticou um dedo, arrancou o capacete de Chuck, deu três voltas e tornou a segurá-lo na mão. Ele devolveu.

"Uau." Chuck riu. "Nunca vi ninguém fazer isso com um steerbot."

Joe aceitou o elogio com alegria. "Não somos uma dessas máquinas. Podemos rir, então não devemos levar a vida tão a sério a ponto de perder a oportunidade."

. . .

Jardine está certo. Precisamos lembrar que podemos fazer qualquer coisa, até mesmo o não convencional e o imprevisível. E podemos rir.

. . .

"Você tem um bot como representante?"

"Não." Chuck girou o capacete novamente enquanto se virava, impassível, "Mas se eu tivesse, acho que ele teria que gaguejar."

Demorou mais de 2,6 segundos para Joe rir. D-DIDO em ação.

Capítulo 20

O olhar de Joe pousou por um momento na feia parede bege do escritório do WISE. Ele havia passado os últimos dois dias encolhido ali, onze horas a cada jornada, analisando registros de dados ou conversando pelo netwalker. Olhar os registros dos Mechas e pipabots que operavam durante os dois acidentes era uma chatice, e ele intercalou sua pesquisa com frequentes pausas rápidas. A sala do escritório proporcionava o sabor das refeições verdadeiras do sintetizador de alimentos e o exausto sono sem sonhos na cama estreita.

Em contraste, habitar o steerbot no espaço parecia imediato e visceral. Dando passos pesados ao longo da coluna central, o sussurro do trabalho feito lá fora vibrava através do longo casco como se fosse uma criatura viva. Ele desceu rapidamente por passarelas móveis e corredores em sua exploração da base, suas botas tilintando no chão de metal. Os Mechas passaram, suas cabeças triangulares parecendo não olhar para nada. Os pipabots de cabeça elíptica frequentemente exibiam um sorriso obsequioso padrão. Ele procurou as luzes laranja piscando na testa, que denotavam robôs.

Steermechs e steerbots – gerenciados por humanos com conexões de rede, como Joe – passavam com menos frequência. Uma luz prateada brilhou em suas testas e Joe acenou para todos eles. Os steerbots e steermechs invariavelmente acenavam de volta e geralmente paravam para conversar.

Ele conheceu vários outros funcionários do WISE. Todos expressaram frustração com os acidentes recentes e ninguém tinha ideias para ajudar. Ainda assim, foi bom familiarizar-se com os andamentos do projeto.

Três dias após o acidente, o steerbot de Dina abordou Joe no corredor. Pela primeira vez, não havia uma fila de pessoas esperando para consultá-la. "Vamos discutir a investigação, hein?"

Feliz com o convite, ele a seguiu até a ponte, onde se sentaram no círculo externo de assentos. Três pipabots e um steerbot estavam no console de controle, comunicando-se através do holocom. A base estava em apoapsis na órbita lunar, e a lua pairava na escuridão do lado de fora da janela. Ela havia encolhido em relação aos três dias anteriores, mas ainda parecia cerca de cinco vezes maior do que Joe já tinha visto da Terra.

Forçando sua atenção total para Dina, Joe recapitulou os passos que havia dado. Ela acenou com a cabeça de forma encorajadora e disse com um sorriso irônico: "Isso é muito para ter sido feito em doze horas."

Ele deu uma piscadela em resposta a essa ficção. "É bom estar tão imerso em um trabalho gratificante." Ele fez uma pausa e perguntou sobre a próxima fase do projeto WISE. "A especulação sobre os primeiros estreneutas encheu o netchat. Suponho que você não recrutará ninguém em breve?"

Dina riu: "O futuro chega mais devagar do que imaginamos. Você não sabe quem vai partir na primeira nave? Um único bot especializado. É um Mecha miniaturizado com uma IA avançada."

O choque de Joe refletiu no visor de Dina.

"E esse bot partirá décadas após uma dúzia de sondas em miniatura, que são necessárias para enviar informações, ajudando a localizar os exoplanetas de destino mais favoráveis."

"Mas agora há uma quantidade prodigiosa de construção. Por que demora tanto tempo?"

Dina suspirou. "As equações da relatividade de Einstein se mantêm. De acordo com sua equação de massa e energia, será necessária uma quantidade absurda de energia para que qualquer massa significativa atinja a velocidade mínima de um décimo da luz que precisamos atingir. Dado o tempo para acelerar até essa velocidade mínima, e então o tempo para desacelerar, a chegada a qualquer estrela e sistema solar alvo leva cerca de noventa e sete anos. E isso requer um foguete complexo, miniaturizado e movido a fusão. Não estaremos prontos para transportar pessoas em uma viagem interestelar por, realisticamente, dois séculos ou mais. Quando se trata de viagens interestelares, ainda estamos em treinamento imersivo."

"Não por falta de esforço. Estou impressionado com a magnitude e complexidade deste projeto de construção. Você está fazendo um trabalho fenomenal."

"Minha gestão da Base Orbital WISE é um dos muitos projetos espaciais. Temos uma dúzia de bases lunares tripuladas, três bases em Marte e uma em Fobos. Sem mencionar os programas de astronomia, como o rádio observatório do outro lado da lua, as operações de mineração na lua e a mineração de xenônio em Marte, com bots coletando minerais. Automatizamos totalmente as operações de mineração de metais nas duas bases de asteroides NEO. Muitos desses projetos estão apoiando o esforço do WISE. É incorreto atribuir coisas demais a uma pessoa."

"Você é muito humilde."

"Eu nem sou planeteira ainda. Não passei uma década fora do mundo, como mais de mil outras pessoas passaram. É um enorme compromisso viver sua vida dessa maneira, e há um preço a se pagar. Eles aceitam os riscos para a saúde do espaço e se ajustam à baixa ou nenhuma gravidade com compromissos de exercícios. Eles deixam para trás todas as pessoas que conhecem por longos períodos." Dina olhou na direção da lua. "Eles são semelhantes aos aventureiros que abriram o Oeste americano, para o bem ou para o mal. Esses não eram apenas nomes famosos como Lewis e Clark, Fremont e Carson. Eles também foram os pioneiros em pequenas casas na pradaria. Nossos exploradores espaciais atuais fazem os mesmos sacrifícios."

"Mas você está liderando um dos maiores esforços." Joe queria acima de tudo transmitir o imenso respeito que nutria por ela.

O visor de Dina estava de frente para o de Joe. "Este é um ponto crítico. Os seres humanos atribuem muita importância às ações de indivíduos isolados. Historicamente, inventores como Tesla fizeram inovações notáveis, mas até eles tinham equipes em seus laboratórios. Essas pedras fáceis foram viradas, e a invenção humana é um processo de grupo. A realidade é, como Newton disse uma vez, que alguns têm a sorte de subir nos ombros de gigantes."

"Você não vê gigantes chamando seus irmãos?"

Dina permaneceu séria. "Essa é uma história heroica para contar. Mas, não, a verdadeira história do progresso humano é um avanço coletivo liderado pelo gênio social."

Ele reiterou seu argumento. "Ouvi dizer que um Einstein vale uma universidade. E um Atlas pode erguer o mundo inteiro."

"Não vou negar a excelência individual ou sua importância. Mas a autoconfiança extrema também é uma falha. Esse autoengrande-cimento pode levar à arrogância e ao desdém por outras pessoas, e não há justificativa para tal autoabsorção."

"Você valoriza o indivíduo, mas também valoriza a colaboração. Você respeita o que as pessoas podem fazer quando trabalham juntas", disse Joe.

"Podemos celebrar a excelência e, ao mesmo tempo, estimular a humildade. Evite a arrogância. Reconheça que somos primatas ressuscitados, não anjos caídos."

O steerbot na mesa de controle acenou. Uma expressão estoica cruzou o rosto de Dina, e eles, com alguma relutância, encerraram a conversa. Ela caminhou até o console de controle para ouvir o problema mais recente. Joe foi para o elevador, de volta ao trabalho.

◆

Joe acordou na madrugada do dia seguinte para preparar um rápido café da manhã antes de começar a monotonia do trabalho de escritório, procurando qualquer pista nos exabytes de dados. Depois de cinco horas, ele fez uma pausa para um almoço apressa-do. As paredes nuas do escritório local do WISE olhavam friamente para trás. Ele checou seu NEST em busca de mensagens e para ver se Evie ou qualquer outra pessoa tinha passado por seu apartamento. A fila estava vazia. Minutos depois, a percepção de que estava olhando para uma parede em branco o assustou.

. . .

É hora de mudar de cenário. Sinto-me encurralado e o es-paço vazio pode ser uma cura. Posso controlar meu humor.

. . .

Em onze minutos, ele estava no netwalker, fazendo a transição para um steermech na Base Orbital WISE. Ele manobrou a má-quina fora do rack, para a base da coluna e para uma câmara de descompressão, e logo estava pendurado em uma escada presa ao lado de fora do objeto semelhante a uma rosquinha, de fusão de energia Ômega.

O trabalho continuou sem parar enquanto a base se aproximava da lua. Mechas cobriram a superestrutura. Joe ajustou seu sensor de implante corneano para dar zoom em um Mecha específico, mas manteve distância, evitando a interrupção do trabalho. A intensa atividade era revigorante, e ele se perdeu nos ritmos das operações individuais coordenadas em um propósito unificado na máquina gigantesca.

Enquanto descansava na escada, outro steermech se aproximou. O rosto de Dina preencheu o visor sob a luz prateada em sua testa.

"Acho que estou tensa com a próxima tentativa de atracar". Seu steermech agarrou a escada ao lado do dele. "É por isso que estou aqui."

. . .

Eu amo sua honestidade. Sem a menor pretensão.

. . .

"É por isso que também estou aqui. Não que observar as máquinas trabalhando ajude a desvendar o quebra-cabeça. Mas permite que você alivie sua mente, para se concentrar melhor."

Eles se distanciaram das escadas e se aproximaram do Reator Ômega, afastando-se da estação e da lua, a vista de ébano salpicada por milhões de pontos de luz que não piscavam. Sua visão se ajustou e ele se perdeu por um momento nos tons de amarelo, azul e rosa pastel de cada estrela.

Supondo que sua reserva gerencial pudesse ser dissolvida pelo vazio que os cercava enquanto flutuavam no espaço, Joe aproveitou o momento: "Você disse que ama este trabalho, mas absorve todo o seu tempo nele. Por que você faz isso?"

"Joe, observei sua determinação em fazer as coisas. Você é uma alma competitiva."

"Eu admito."

"Eu também." Ela olhou para as estrelas com o que parecia ser o mesmo fascínio. "As pessoas tradicionalmente competem por fortuna, poder e fama. Hoje, o primeiro é bobagem. O segundo ainda atrai muitos, mas me atrai menos. Prefiro ajudar no progresso de todos juntos."

"Isso cabe à fama."

"Sim. Eu gostaria de pensar que meus esforços para avançar na exploração da humanidade aqui podem ser um pouco lembrados."

"É um propósito louvável."

Ela voltou seu olhar comedido para ele. "Precisamos estar aqui se a humanidade quiser fazer algum progresso. Vimos que os bots não conseguem fazer isso sem a gente para estabelecer metas e resolver problemas."

Joe concordou. "Não fomos capazes de projetar IAs ou bots que tenham qualquer consciência verdadeira, ou mesmo senciência verificável. Embora seja magnífico observar o que eles podem construir a partir de nossos projetos."

Ela apertou os olhos na escuridão do espaço profundo. "Estando aqui, você percebe como nossos esforços de exploração são insignificantes e como o universo é impossivelmente grande. Sabemos sobre quasares, formados no início do universo, que contêm buracos negros supermassivos, os quais engoliram 20 bilhões de sóis de matéria. Sabemos sobre estrelas de nêutrons giratórias – pulsares de milissegundos – cujos equadores giram a um quarto da velocidade da luz. Podemos calcular a matemática, mas os números são muito grandes para serem guardados em nossas cabeças. O universo foi projetado em uma escala para diminuir nossos pobres poderes de imaginação. Sabemos sobre essas distâncias estonteantes entre estrelas e ainda mais distâncias alucinantes entre galáxias. O tamanho do universo é tão impressionante que as mentes humanas não podem compreender verdadeiramente as magnitudes. "

"É impossível não se sentir inconsequente aqui," Joe sussurrou.

"E o limite da velocidade da luz significa que nunca podemos explorar mais do que uma fração infinitesimal deste espaço gigantesco em qualquer tempo concebível. O universo acabará antes que os humanos – se sobrevivermos – possam causar qualquer impacto na exploração. "

"E ainda assim você tenta."

"E ainda assim tentamos", disse Dina. Ela acenou, e seu steermech voou para inspecionar outra parte da base.

Joe pairou, sem peso, perto do reator de fusão. Dina incorporava as aspirações mais elevadas da humanidade, empurrando os limites para saber mais, para explorar mais além, disposta a sofrer privações, esquecendo-se de si mesma, acelerando o avanço coletivo da humanidade. Mais uma maneira de passar a vida.

E que universo eles tinham para explorar. Mechas se aglomeraram em uma parte distante da base. À sua direita, a lua era uma orbe menor e, à sua esquerda, uma Terra ainda menor navegava, isolada e distante. A maior parte de sua visão foi preenchida com a imensidão do espaço negro.

. . .

A nossa galáxia inteira está aqui me cercando. Uma em cem bilhões de galáxias. E uma galáxia regular contém centenas de bilhões de estrelas, separadas por vastas distâncias, com as estrelas mais próximas dificilmente acessíveis em uma vida humana. Com toda minha matemática e física, não consigo imaginá-lo. Todo este espaço, e um imenso vazio. Muito de nada criado. Criado? Ou somente aconteceu? Como poderemos um dia saber?

. . .

Sua respiração estável apenas aumentava a ilusão avassaladora de que ele estava ali no espaço, uma grande solidão. Então, a experiência do espaço vazio se transformou. A escuridão total pareceu se dissolver, se mover, ser preenchida com algo. Ele estava flutuando em *alguma coisa*.

. . .

A física quântica convencional diz que o vácuo, repleto de atividade, contém partículas, matéria escura e energia escura, mas tudo em densidades muito baixas. Eu olho para dentro desse abismo, tentando ver a chave da natureza.

Agora não vejo escuridão, mas talvez um oceano de partículas surgindo e desaparecendo a cada instante. Uma coleção de alguma coisa efervescente, e eu sou parte dela. Eu sou em relação ao universo.

. . .

Ele exalou profundamente, sentindo o suave trabalho de seus pulmões. A escuridão ao redor voltou ao foco. Não era mais assustador e solitário. Em vez disso, o abraço desta escuridão o protegeu. Depois de vários minutos, ele manobrou seu steermech de volta à estação base.

Joe terminou todas as análises dos dados disponíveis e não deu em nada. Nenhum dos brainstormings da equipe deu certo e, impaciente com o atraso adicional, Dina ordenou outra tentativa de interceptação orbital.

Sua equipe de construção transportou componentes da base lunar no Mare Imbrium e estava completando os reparos no módulo de fábrica em órbita lunar próxima. Mal estaria pronto a tempo, dentro da janela de 31 horas, para completar a transferência parcial de Hohmann, porque a base havia passado por periapsia, a aproximação maior possível da lua, e agora era arremessada em seu caminho orbital externo. Eles sincronizariam órbitas a vários milhares de quilômetros da lua.

Ele teve uma noite de sono e depois voltou virtualmente para a base. Seu steermech agora estava pendurado em uma escada do compartimento de carga. Um exército de Mechas cobriu a espinha da base, eles giraram componentes e os soldaram no lugar. De seu ponto de vista, era como um conjunto de dança com a base orbital como palco, e ele observou os Mechas dando giros com os braços estendidos, agarrando os componentes. Ele sabia que não havia realmente as direções para cima ou para baixo, mas mentalmente colocou a lua abaixo em seu quadro de referência, onde pairava grandiosa e luminosa na escuridão. Nesse momento, a lua destacou um brilho de metal. Joe ajustou seu sensor corneano e o pedaço de aço que se aproximava com o "MÓDULO DE FÁBRICA 17", em letras estampadas na lateral, ficou visível. Prendeu a respiração. Desta vez, ele iria se focar no laser na manobra de atracação.

O módulo de fábrica moveu-se dentro de cinquenta metros do ponto de fixação na espinha, onde sombras do luar dançavam no casco azul da base. Havia uma escada por perto que o permitiria monitorar o encaixe do módulo de fábrica. Ele soltou os ímãs da bota em seu steermech e manobrou com seus propulsores até o módulo, depois agarrou-se em um degrau com as duas mãos mecânicas.

Dois Mechas estavam acima dele, guiando o módulo de fábrica para sua posição. Ele não conseguia ver o ponto de conexão onde as paredes de metal seriam encaixadas.

Com uma intuição repentina, ele largou a escada. Os propulsores do steermech o empurraram até a borda de metal. As solas magnéticas prendiam seu steermech na borda de metal na junta. Joe olhou para a lacuna que se fechava entre a base e o módulo.

Um movimento pela borda da base da coluna chamou sua atenção – um cleanerbot. Ele subiu pela espinha até o espaço onde o módulo de fábrica se juntaria à espinha. Os dois Mechas guia que empurravam o módulo de fábrica para mais perto o afastaram abruptamente. A borda superior do módulo girou.

. . .

O que isso está fazendo aí? O cleanerbot não tem o que fazer aí. Algo corrompeu seu programa. Sim! Agora eu sei por quê – está exatamente onde estava durante a tentativa da semana passada. Isso não pode acontecer novamente.

. . .

Joe emitiu um comando NEST com os códigos de substituição. "Mechas, abortem a última manobra. Continuem encaixando como no início."

A voz de um pipabot zumbiu no canal, "Há setenta e um por cento de chance de danos ao compartimento de carga se esta substituição continuar."

"Manter a substituição. Continue a manobra de atracação original."

Os Mechas inverteram o impulso. O módulo de fábrica parou de girar. Após uma pausa, ele balançou para a posição de encaixe. A lacuna entre o módulo de fábrica e a espinha da base se fechou, e o módulo de fábrica bateu contra o compartimento de carga antes de girar direto contra a espinha. O cleanerbot foi esmagado entre o metal da base e do módulo. O barulho do metal contra metal vibrou através de suas solas. As peças giraram para longe do módulo. Um canto do compartimento de carga estava amassado mas, do ponto de vista dele, o dano parecia leve. Os Mechas soldaram as unidades.

O pipabot piou novamente. "Acoplamento completo. Avaliação de danos em andamento."

◆

Joe sentou-se na ponte da Base Orbital WISE em seu steerbot, admirando a manobra concluída com Dina. O módulo de fábrica aninhado no lugar que lhe fora atribuído na espinha da base. Um calor invadiu seu peito.

"Foi um cleanerbot corrompido?" Dina o contemplou sobre a pirâmide formada pelos dedos de seu steerbot.

"Pelo que deu para ver." Ele se inclinou em sua direção. "A falta de componentes de memória recuperados atrapalhou a análise. Eu gostaria de enviar os dados parciais a um especialista em banco de dados que conheço, para avaliar esse ângulo. O nome dele é Raif Tselitelov."

"Se você acha que ele é bom, eu aprovo. Mas por que a presença do cleanerbot não foi registrada em nenhum dos dados?"

"Os Mechas na junta de encaixe se afastaram do robô enquanto manobravam o módulo de fábrica para o lugar. Eles provavelmente receberam dados de magnetorrecepção indicando uma obstrução, mas não pudemos analisá-los suficientemente para reconhecer aquilo de que sabiam."

"Então, por que os mechas abortaram o encaixe?"

Ele coçou o queixo, sentindo-se bobo mais uma vez. "Meu palpite é que, embora a IA do cleanerbot tenha sido danificada, sentiu sua destruição iminente e enviou um grito de socorro."

Dina acenou com a cabeça, em uma súbita compreensão. "Ah, a Terceira Lei da Robótica – um robô deve proteger sua existência, desde que tal proteção não entre em conflito com a Primeira ou Segunda Lei."

"Exatamente." Joe acenou com a cabeça. "E o adendo – de que um robô deve proteger a sobrevivência de outros robôs, desde que tal proteção não viole as três primeiras leis – foi adicionado para evitar a destruição massiva de bots se algo der errado. Sem dúvida, a programação está profundamente arraigada em um código arcaico. É provavelmente por isso que os Mechas abortaram e os dois primeiros encaixes falharam."

Ela franziu a testa. "O bot ter aparecido naquela hora ainda é uma estranha coincidência."

"Na verdade, não." Ele recostou-se novamente. "O cleanerbot se encontra em uma programação semanal e todas as três tentativas de encaixe ocorreram no domingo."

Os olhos dela se arregalaram.

"Não há necessidade de algoritmos para decifrar isso, apenas aritmética elementar. A primeira falha ocorreu sete órbitas antes da segunda, ou exatamente seis semanas. E esta última tentativa também foi uma semana depois."

"Eu perdi esse ponto óbvio." Ela parecia desanimada.

"Você está na hora orbital. Eu também perdi inicialmente. Então, seu comentário de que eu era a única pessoa de fora na semana passada ressoou de repente." Joe levantou um dedo. "Esse é o seu outro problema."

Ela esperou, observando a expressão jubilosa que ele não conseguiu reprimir.

"Como todos os seus funcionários trabalham três dias de quatro horas, eles se agrupam de segunda a quarta-feira, e de quinta a sábado. Domingos não têm cobertura total. Pode ser por isso que ninguém viu o cleanerbot com defeito antes."

Ela riu. "O limites de horas foi para o espaço. Fico feliz por termos ajustado a regra para você."

"Eu também fico." Joe limpou a garganta. "Lamento ter causado o pequeno dano ao compartimento de carga. E por perder o bot."

"Eu teria feito o mesmo para concluir o procedimento de encaixe. Claro, esta seria uma outra conversa se algo senciente tivesse sido destruído."

"Sim, seria," ele disse, mesmo que se perguntasse se a senciência por si só o teria feito se importar.

Parte Dois: A Jornada Para Fora

"Chega um momento em que você está pegando a onda e decide virar, e a virada decide todo o resto que virá depois."

Joe Denkensmith

MAPA DO DOMO DE COMBATE

FLORESTA ESTADUAL

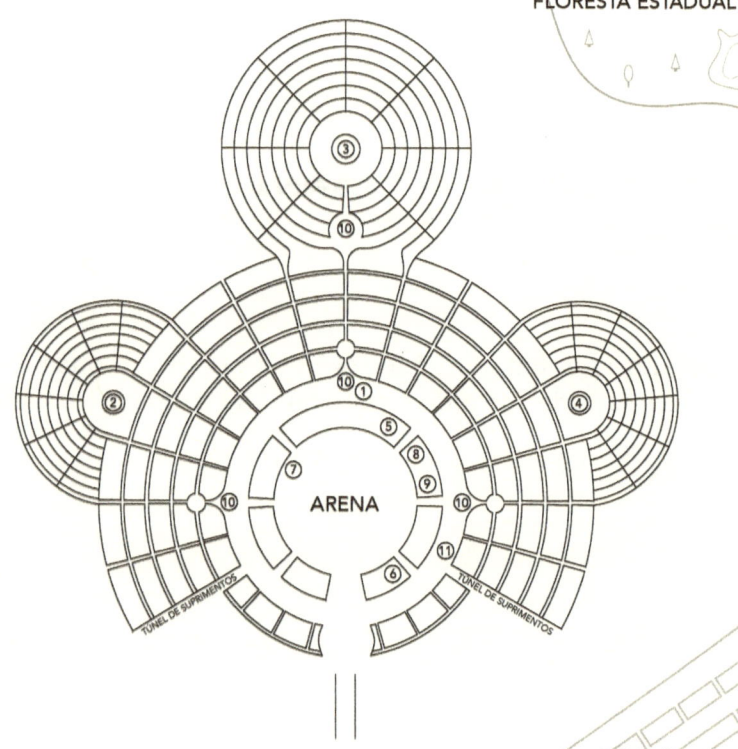

ARENA

ESTAÇÃO DE TREM

CIDADE

① Saguão Principal

② Anexo Alpha

③ Anexo Zeus

④ Anexo Omega

⑤ Centro Médico

⑥ Galpão de Armazenamento Mecha

⑦ Apartamentos do Alto

⑧ Escritórios e Administração da Arena

⑨ Apartamentos de Convidados

⑩ Praças

⑪ Loja do Alex

N

Capítulo 21

O hiperlev de volta do escritório regional do WISE sussurrou na pista e embalou Joe em um devaneio agradável. O elogio caloroso de Dina reverberava em sua cabeça, junto com sua promessa de convidá-lo de volta para projetos semelhantes. Mudou na estação para um autocar. Logo os portões de pedra da faculdade o acolheram. O ar vívido do campus o refrescou após as semanas em isolamento fechado. Em seu escritório, ele abriu o com para verificar suas mensagens e encontrou um recibo de bônus considerável de Dina por seu trabalho. Isso compraria itens de luxo como jamais ele pudera acessar. Ele abriu um link criptografado para Raif e, um minuto depois, seu holo se materializou.

"Parece que você esteve ocupado." Ele piscou. "Foi dar umas braçadas?"

"Não há água onde passei nas últimas semanas", disse Joe. E informou Raif sobre o projeto.

A expressão de Raif sugeria surpresa conforme a história progredia. "Você matou outro bot? Joe, se eu fosse um bot, ficaria alarmado com esse comportamento em série."

Joe deu de ombros e descreveu em detalhes o encaixe do módulo de fábrica. Raif pediu a ele para repetir exatamente o que os robôs fizeram.

"Há algo de errado com esse comportamento do bot. Você esperaria que os bots realizassem o objetivo, ou seja, a conclusão da operação de encaixe."

Joe concordou. "Bots seguem determinados objetivos."

"Isso é preocupante a ponto de eu desejar analisar a situação."

"Um passo à sua frente. Dina já aprovou sua revisão dos dados. Vou enviar-lhe as informações de contato." A expressão de Raif era uma mistura de entusiasmo e alívio, e Joe supôs que ele ainda estaria esperando uma oferta de emprego.

"Outra coisa." Joe baixou o olhar. "Você pode me ajudar a trocar crédito$ por crédito$ escuro$?"

"Sem problemas." Raif deu um sorriso malicioso. "Mas por que se preocupar agora? Você sempre confiou nas leis de privacidade, não importa quão convincentes fossem meus argumentos de que os fundos poderiam, teoricamente, ser rastreáveis."

"Minha suposta companhia de natação me convenceu a me preocupar." Joe disse o valor.

"Caramba. Tá com febre de crédito$?" Raif riu. "Vou fazer a troca e passar os códigos mais tarde hoje."

Joe sorriu e desligou.

Joe subiu as escadas de seu apartamento, então parou abruptamente perto do topo. Morar no escritório do WISE o deixou sujo. Ele passou os dedos pelo cabelo desgrenhado para colocá-los de volta no lugar e se obrigou a avançar. A luz do sol brilhou através da grande janela da sala vazia. Joe ficou envolto em perfeito silêncio. Seus braços pendurados ao lado do corpo. Como a primeira vez em que se viu ali, quando chegou sem Raidne – como um surdo acordando do sono.

A porta de um quarto se abriu. Evie entrou na sala, emoldurada pela janela, uma mão apoiada no quadril. Ela deu um sorriso caloroso.

Joe sorriu em resposta. "Desculpe pela minha aparência. Tenho trabalhado muito."

"Não há necessidade de desculpas pelo trabalho árduo." Ela deu um passo em direção a ele e o estudou atentamente por um momento, então estendeu a mão para alisar seus bigodes mal cuidados. "Você parece mais motivado com essa barba sexy."

O rubor subiu de seu peito até o rosto. O sorriso de Evie se delineava contra a janela, e a primavera inundava a sala.

. . .

Está na hora de atualizar minhas probabilidades bayesianas. Ela me acha sexy.

. . .

Evie puxou-o para o sofá, onde se sentaram perto o suficiente para se tocarem com os joelhos.

"Voltei há três dias e fiquei preocupada quando você não apareceu. Sua pesquisa o tirou do campus?"

Joe balançou a cabeça e encolheu os ombros. "Bem, minha pesquisa não, mas um projeto sim – que me levou até a lua." Ele passou meia hora descrevendo seu projeto WISE, interrompido pelas perguntas frequentes de Evie. Ao recontar a ideia inovadora que o levou a descobrir o cleanerbot errante, ele tentou permanecer humilde e dar crédito a toda a equipe. Os olhos de Evie dançaram quando Joe descreveu a equipe de liderança da base.

"Parece que você realmente salvou o dia. Ou pelo menos ganhou muito crédito$. Que tipo de pessoa é Dina?" Seu olhar se moveu pelo rosto de Joe, e ele ficou feliz por ela nutrir tanto interesse por sua história.

"Uma ótima diretora. Mais, uma grande líder. Ela sabe como direcionar um grupo de pessoas para o objetivo certo. Ela é inspiradora."

"Deve ter sido intenso passar esse tempo com a equipe."

"Foi exaustivo para mim. Mas só nos encontramos ocasionalmente por meio de steerbots. Você acaba aceitando ver o avatar de alguém pelo visor." Ele passou a descrever a experiência de flutuar no espaço.

Evie sorriu e disse: "Estou com fome. Deixe-me fazer o jantar."

Joe tomou banho enquanto ela se ocupava na cozinha. O retorno à rotina o exaltou. Quando voltou, ficou com água na boca pelos aromas saborosos de frango, pimenta e tomate ensopado, e atacou sua tigela.

"Poulet Basquaise, do interior do País Basco francês", disse ela quando ele inclinou a cabeça.

Ele a indagou. "Como estão seus amigos?"

Evie deu uma mordida antes de responder. "A maioria está fora da prisão. Muitos estão sob vigilância, então só pude visitar alguns, e discretamente. Mas agora parece seguro para voltar, desde que eu seja discreta e evite reuniões – elas chamam muita atenção." Ela franziu a testa. "Isso é difícil. Mas agora é a vida."

"É difícil imaginar como é sua vida."

"Você quer entender como é diferente?"

"Sim, muito."

"Vamos amanhã." Ela sorriu para ele, e Joe pensou que faria qualquer coisa para que ela sorrisse daquele jeito todos os dias.

Após uma noite passada em seus quartos separados – o que não era nada surpreendente, mas ainda assim uma decepção – eles partiram juntos no final da manhã. Pegaram um hiperlev para a estação, então o hiperlev três parou no extremo sul de Timsheltown, a maior cidade a sudeste de Lone Mountain College. Saindo da estação, Joe olhou para o enorme monólito cinza que obscurecia todo o horizonte. Isso o lembrou de sua exploração de viagem na rede de Borobudur, o antigo templo budista. A cúpula principal brilhava ao sol, e três cúpulas secundárias circundavam um lado, brilhando como um colar de pérolas. Um caminho de pedestres ia da estação até a entrada, o calcário desgastado pelo uso constante.

"Então esse é o Domo de Combate? É maior do que eu esperava. Eu não sabia que havia todos esses domos ao redor ligados a ele." Ele verificou seu NEST e as estatísticas apareceram na interface corneana: "101 metros de altura, 140.053 metros quadrados, capacidade de 200.029". A cúpula principal era uma fração do complexo.

"Isso é assim denominado pela grande mídia da rede, mas não por aqueles que, como eu, vivem aqui. Chamamos de Cúpula Comunitária, ou apenas Cúpula."

Eles caminharam lado a lado pela via de pedestres. No alto, drones entregavam suprimentos, bots os descarregavam e transportavam para o prédio de recebimento do complexo. Nenhum bot parecia entrar no Domo; em vez disso, as pessoas transportavam suprimentos pelo que parecia ser um túnel de suprimentos. A multidão de pessoas entrando e saindo era semelhante a qualquer outra – uma variedade colorida de uma centena de tendências.

Joe e Evie passaram pelo amplo arco de entrada. O interior era cercado por um vasto saguão repleto de lojas, cafés e entradas de apartamentos. Uma linha de árvores ao longo do perímetro criava a sensação de se estar ao ar livre, embora todo o complexo fosse coberto com vidro três andares acima. Um zumbido enérgico surgiu de centenas de conversas. Nenhum bot à vista. Era um mar de humanos. E bicicletas. Joe só tinha visto uma em um museu. Ele se afastou de um grupo de meninos que se dirigia a eles, com o coração batendo forte – não tanto por sua própria segurança, mas pela deles. Ele só podia imaginar as lesões possíveis naquele espaço lotado. A única placa era aquela que anunciava a próxima competição em enormes letras iluminadas – BATALHA DE MECHAS E EXOMECHAS ÀS 15:00.

Joe ligou sua ARMO para ver o que identificaria ao redor, mas nada se materializou no canto de sua visão. "Minha ARMO está se comportando estranhamente aqui", disse ele.

Evie riu. "Não rotulamos nada com tags de realidade aumentada, exceto na arena."

"Por que não?" Ele achava que nunca tinha estado em um lugar não reconhecido pela ARMO. Sentiu-se... liberto, de uma forma estranha. Como se explorasse um território desconhecido.

"Porque as tags eram comerciais, quando introduzidas pela primeira vez, e a comunidade Domo decidiu manter nossos espaços residenciais não-comerciais."

Ela o conduziu no sentido horário ao longo do saguão que circundava a cúpula principal. Duas vezes, ao passar por cafés, alguém acenou e ela acenou de volta. Em um saguão, eles viraram à esquerda. Ele verificou sua ARMO e percebeu que era um dos muitos saguões axiais que irradiavam do centro. Este parecia conter aposentos adicionais. O piso de travertino dava uma sensação arenosa e viva, suavizada pela luz do sol que entrava pelo telhado de vidro.

Evie diminuiu a velocidade ao passar por outro café. "Você está com fome para o almoço?"

Joe disse que sim e eles se sentaram. Uma jovem se aproximou para dar um abraço apertado em Evie. "Bem-vinda à casa." Ela parecia relutante em deixar Evie ir. "Você deve ter perdido a notícia sobre Vinn e Bari – o casamento deles foi há duas semanas."

"Oh, que maravilhoso. Terei que visitar Vinn e parabenizá-la pessoalmente. Obrigado por me avisar, Yvette. Escuta, é a primeira vez que o meu amigo vem aqui. Você poderia trazer o seu prato especial?"

Yvette acenou com a cabeça, deu um grande sorriso para Joe e desapareceu. Alguns minutos depois, ela trouxe copos de chá, seguidos por espaguete à bolonhesa, e os deixou curtindo o almoço.

"Ela é parente?" Joe se perguntou se tratava-se do local onde Evie aprendera a cozinhar.

"Não, ela é uma vizinha. Esta é uma comunidade real, e as pessoas conhecem seus vizinhos e se preocupam com eles." Uma expressão pensativa enfeitou seu rosto. "Eu não deveria dizer isso. Ela é mais que uma vizinha e uma cozinheira criativa. Ela também escreve poesia. As pessoas daqui possuem muitos interesses, embora raramente tenham a oportunidade de mostrar seus talentos fora da comunidade."

O rico sabor do molho o distraiu. "Isso está delicioso."

"As famílias administram a maioria dos restaurantes aqui. Elas repassaram receitas e gostam de compartilhar com a comunidade." Ela ergueu os olhos de sua própria refeição. "Claro, tudo é de graça."

"E as bicicletas?" Ele se fixou em um homem que passava. "Eu nunca vi uma realmente em uso. Elas não são perigosas?"

Evie riu. "Não, se as pessoas forem educadas e respeitarem o limite de velocidade, que é onze quilômetros por hora." Depois de outra mordida, ela acrescentou: "Lembre-se de que as pessoas que vivem dentro e ao redor do Domo são de Níveis do quartil inferior. Muitos traçam sua ancestralidade com pessoas que foram as últimas a operarem máquinas pesadas. Eles se sentem confortáveis com o analógico."

"E com aprender a andar de bicicleta."

O sorriso irônico de Evie comunicou que ela já havia andado em uma. "Se você cair, você levanta."

Eles terminaram o almoço, agradeceram à Yvette e continuaram a vagar pelo Domo, com Evie à frente. Ela virou à direita em outra estrada circular. Eles estavam circulando a arena central. Ele parou em um cruzamento para admirar a vista. Bem no final do caminho axial, uma estátua imponente estava no centro de uma praça. "Aquele é o Anexo de Zeus, com sua própria cúpula. Ele está segurando um raio."

"Ele é o deus grego do relâmpago e do trovão, certo?"

"E da justiça. Aqui, o artista estava ilustrando o controle humano sobre a tecnologia. Muitas pessoas aqui gostariam de que ele o tivesse segurado com mais força."

"E a falta de bots aqui? Existe uma relação de amor e ódio com eles?"

Com um olhar apreciativo, ela disse: "É isso aí. Os bots, claro, fazem todos os trabalhos perigosos, contra o que ninguém poderia contestar. Mas eles tiraram todas as oportunidades de emprego. A maioria das pessoas aqui – ou pelo menos seus avós – já foram empregadas nas funções mais básicas. Eles eram escravos assalariados. Eles trabalharam em indústrias pesadas e operaram os primeiros bots, os modelos de exoesqueleto manipulados de dentro da máquina. Ao longo do tempo, até mesmo esses empregos desapareceram."

Eles viraram à direita novamente, alcançaram o saguão principal e continuaram circunavegando a arena. Uma loja chamou a atenção de Joe. "Um salão de cabeleireiros. Não é feito por bots aqui, como em qualquer outro lugar?"

"A maior parte dos cabelereiros são pessoas." Evie jogou o próprio cabelo para trás. "Você está certo, porém, sobre o fato de que os bots assumiram esse trabalho há sessenta anos, com as últimas pandemias. Mas aí a biociência eliminou essa ameaça. Agora, aqui, as pessoas gostam de oferecer esses serviços pessoais como um presente, e é outra maneira de estar mais em contato com as pessoas ao seu redor."

"Sim, literalmente em contato."

Enquanto passavam por uma loja que exibia joias, um homem mais velho atrás do balcão os viu e acenou para que entrassem. Ferramentas de corte a laser, máquinas e microscópios cobriam a bancada. Olhos brilhantes iluminaram seu rosto envelhecido. "Evie, não te vejo há anos." Ele deu-lhe um abraço paternal e Evie apresentou Alex a Joe.

"Deixe-me mostrar minha última criação." Alex empurrou um alicate e alargador que espalhavam-se por cima de um banco encostado na parede, fuçou numa gaveta e ergueu um anel. Eles se reuniram para ver seu trabalho. Montado na faixa de titânio estava um único diamante vermelho, brilhando na luz. "Eu recebi esses diamantes enviados de Marte. Não é uma beleza?"

"Magnífico." A apreciação de Evie transpareceu na respiração ofegante de sua voz.

"O único que eu já vi", disse Joe.

"Vamos ver em casa", disse o homem idoso com olhar de menino arteiro, com o rosto enrugado brilhando. Ele pegou a mão de Evie e habilmente o deslizou em seu dedo. Encaixou perfeitamente. Ela o ergueu contra a luz, e raios vermelhos dançaram.

"Posso comprar para você?" Joe evitou a tentativa óbvia de protesto de Evie levantando a mão. "Eu tenho crédito$ escuro$", disse ele ao homem.

O homem ficou com o olhar vazio. "É um presente. Para a Evie, que brincava aqui perto da minha loja quando era criança, e vem do coração."

Joe esperava não ter ofendido Alex e tentou imaginar Evie como uma menina, mas ele falhou. Ela era tão disciplinada, como se tivesse nascido crescida, totalmente preparada para o mundo.

Evie se inclinou para dar ao homem um beijo na bochecha. "Fico muito feliz em aceitar."

Alex apertou seu ombro. "Quem é o seu cara?"

"Um amigo próximo", disse ela.

Joe apertou a mão de Alex e agradeceu por sua generosidade. Então, acenaram e deixaram o homem alegre com seu ofício.

. . .

Amigo próximo.

. . .

Eles continuaram subindo o saguão, virando à direita na próxima ramificação para seguir em direção ao centro. "Desculpe", disse Joe. "Nunca imaginei que você não pagasse por coisas tão valiosas aqui."

Evie parou, estudou o anel e olhou com ternura para ele. "Nossa comunidade não é comercial. Mas isso foi muito gentil da sua parte. Então é um presente seu também."

Joe sorriu enquanto caminhavam. "Antes, você falou sobre salários. Embora existam toneladas de diamantes vermelhos extraídos em Marte, há um custo associado ao transporte deles para a Terra. Então, como seu amigo pode se dar ao luxo de doar sua arte de graça?"

"Com os bots fazendo o trabalho de extrair e transportar minerais, os custos têm caído cada vez mais. O pessoal aqui usa crédito$ escuro$ – eles precisam pagar por algumas coisas, como essas pedras. E como ele está desempregado, seu tempo não lhe custa crédito$, então pode doar seu trabalho criativo para aqueles de quem gosta. Valorizamos muito presentes, mas não se trata de bens materiais. O que permanece precioso são os sentimentos ligados aos objetos por aqueles que os dão e recebem."

"Você tem uma comunidade de partilha."

"A maioria das pessoas aqui percebe que não há mais necessidade de atribuir um preço a nada. Essa é uma lição que a comunidade Domo aprendeu e que o resto ainda precisa aprender."

O joalheiro de olhos vívidos dominou sua atenção. "Então isso explica por que ele gasta seu tempo criando joias e depois distribuindo-as?"

"É um motivo." Evie parou e o encarou, ignorando as pessoas que passavam. "Alex é um astrofísico brilhante. Embora ele tivesse notas perfeitas em seus exames avançados de matemática, ele não conseguiu nenhuma posição para empregar seus talentos."

"Pontuações perfeitas?" Joe sentiu seu rosto ficar quente.

"É o mesmo motivo pelo qual não consegui obter uma posição usando meus diplomas. Os Níveis." Ela apontou para a loja do joalheiro. "É o mais perto que ele chega de Marte."

. . .

A corrida da vida não é justa. Cada pessoa começa a vida em um ponto diferente da pista, cada um tem oportunidades diferentes. Eu não posso me parabenizar por quão perto da linha de chegada eu estou, apenas o quão longe eu vou.

. . .

Agora ele entendeu, e seu rosto deve ter refletido o reconhecimento. Ela admirou o anel novamente e, quando olhou para ele, não estava com raiva.

Eles alcançaram a entrada da arena, o Domo visível através da parede de vidro. As pessoas passaram por eles e pelas portas abertas. A próxima competição estava prestes a começar. Evie os conduziu para dentro, e eles encontraram assentos na parte superior de um lado do anfiteatro.

"Os jogos são tão populares que instalaram um grande centro de mídia que alimenta o netchat." Ela apontou para o camarote envidraçado de frente para eles.

"E uma instalação médica avançada, para lidar com qualquer lesão durante os jogos, ouvi falar."

Ela zombou. "Às vezes alguém se machuca. O netchat sensacionaliza a frequência com que isso acontece. É raro alguém perder um membro, e eles são facilmente substituídos. "

"E as referências à fábrica de ciborgues?"

Evie revirou os olhos. "Nunca houve uma fábrica de ciborgues. Milhões de anos de evolução não projetaram a melhor interface para combinar biologia humana com máquinas – muito pelo contrário. "

"Apenas a tecnologia para consertar peças danificadas", disse ele.

"Há menos ciborgues aqui no Domo do que na população. As pessoas evitam biochips e muitas recusam NESTs."

"Todo mundo fala um com o outro cara a cara. Não vejo muitas pessoas preocupadas com seus PIDAs."

"As pessoas aqui desconfiam de serem vigiadas quando saem da comunidade. Eles suspeitam do governo, e é por isso que quase ninguém tem um PIDA. A comunidade tolera bots, mas não em grande número." Ela parecia antecipar o próximo comentário de Joe. "Não estou dizendo que as pessoas aqui fazem menos mal do que a média. Elas são tão boas e ruins quanto todas os outras. "

"As pessoas se conhecem e desejam ser desconhecidas pelas IAs. Você conhece o seu mistério naturalmente."

Joe observou tudo ao seu redor com atenção extasiada. Ele só havia assistido a uma competição uma vez antes na rede. Sabia que um Mecha completo competiria contra um humano envolto em um exomech. Essa era sua chance de vivenciá-lo de perto.

As pessoas ocuparam os assentos de ambos os lados. Um homem corpulento estava sentado ao lado de Joe. Ele era de meia-idade – talvez setenta. O homem enrolou os cabelos dourados de sua barba espessa com três dedos enquanto olhava ansiosamente para o centro do palco. Evie segurou a mão de Joe quando as paredes de suporte da cúpula brilharam com lasers vermelhos e azuis. Pilares de chamas dispararam de onze canhões ao redor do palco, em sincronia com uma estrondosa batida de música otzstep sincopada. Muitos na multidão – pelo menos todos com menos de cinquenta anos – estavam de pé e dançando ao som da música. Evie riu e se balançou contra ele.

Hologramas apresentando os primeiros competidores flutuaram sobre o enorme palco. Do lado direito, um exomech avançou. O hologroma na parte de cima mudou para um close-up de seu operador humano, cujo nome rolou nas paredes da tela colossal.

O locutor berrou para a multidão: "Aqui está o Underman!" A multidão gritou e bateu os pés. Do lado esquerdo, um Mecha regular entrou. A voz do locutor explodiu novamente, "E enfrentando nosso herói entra Mace Face!" A multidão vaiou com força total.

Como fazia ao assistir futebol mod, Joe sincronizou seu NEST com o holostream. A respiração de Underman encheu sua cabeça. O feed o levou para dentro do exomech com o competidor humano.

. . .

Uma das razões pelas quais eles lotam esses estádios – você nunca tem a verdadeira sensação de ser o atleta no feed de uma transmissão holo externa. Esta será uma nova experiência com um esporte violento, ao vivo.

. . .

Depois de várias preliminares, as máquinas se posicionaram uma de frente para a outra. Cravaram seus quatro pés com grampos no chão áspero, os dedos de metal descansando na frente. Joe notou que ambos se encontravam travados em uma articulação de perna paralela, de modo que fossem menos capazes de manter o equilíbrio. Servomotores em suas pernas articuladas emitiram um grunhido enquanto aceleravam para uma explosão de força. Uma buzina soou e eles saltaram para a frente, seus ombros colidindo com um estrondo de esmagamento de ossos. Eles lutaram como lutadores de sumô de um século antigo. Entraram um ferrenho corpo a corpo, dedos de metal arranhando um ao outro, antes que se separassem e circulassem.

O Mace Face se lançou para frente e bateu com a cabeça sem rosto no braço esquerdo de seu oponente humano, e a multidão vaiou. O exomech, com o cotovelo para baixo no chão e o braço esquerdo parcialmente desativado, não se moveu por um momento. O holo acima exibia o rosto suado do humano por dentro enquanto operava freneticamente os controles.

A respiração ofegante de Underman encheu a cabeça de Joe e ele se sentiu nauseado, quando um terror repentino o invadiu.

Underman guinou o exomech um metro para trás para evitar o próximo golpe. Joe cutucou sua orelha e desconectou seu NEST. Ele olhou em volta e percebeu que os residentes do Domo não usavam a sincronização holostream. Evie certamente não, já que observava impassivelmente a ação enquanto se concentrava na multidão.

A retirada de Underman não o estava salvando. Mace Face avançou e bateu com a cabeça no braço esquerdo danificado de Underman novamente. Ele se dobrou no bíceps e os dedos de seu braço congelaram. Underman ergueu o braço mutilado, mas Mace Face atacou novamente. Underman largou o braço esquerdo, mas o direito foi para cima e acertou o Mecha sob sua axila, curvando-se para cima em um arremesso com o braço. O Mace Face virou de cabeça para baixo.

A multidão gritou: "*Uwatenage!*" Underman martelou o peito do Mecha por cima. O exomech e o Mecha se debateram por vários minutos, mas a posição do Mecha o deixou vulnerável a uma violenta fuzilada de socos, e os árbitros convocaram a vitória. Underman ergueu o braço direito em um crescendo de aplausos do anfiteatro.

O homem corpulento bateu palmas descontroladamente. "Aqui nem sempre ficamos por baixo", disse ele, extraindo a palavra. "Não estamos abaixo dos bots." Ele riu de sua própria piada. O alegre murmúrio percorreu a plateia por vários minutos enquanto se preparavam para o próximo round.

Joe se aproximou de Evie. "Presumo que eles prejudiquem os Mechas para dar uma chance aos exomechs?"

"Sim, sempre, embora o atraso na resposta seja mínimo. Alguns humanos chegaram perto de vencer", disse ela. " Sempre há os componentes analógicos – sujeira e imprevisibilidade."

. . .

É por isso que assistimos a esportes. Porque é como ser deuses, ver a aleatoriedade colidir com as vontades em ação, e esperar o que acontece.

. . .

Evie acenou com a cabeça em direção à saída. "Vamos pra lá. Eu quero mostrar a você mais do complexo." Ela o conduziu por uma passagem lateral e desceu um lance de escadas que terminava em uma porta nas entranhas sob o Domo. Uma tela de porta se acendeu. Evie disse: "Oi, Johnny". A porta se abriu e eles entraram.

Um jovem sentava à mesa de controle em uma cabine de guarda. "É bom te ver." Ele sorriu ao erguer os olhos.

"Você também. Eu gostaria de mostrar a casa a um amigo, ok?"

"Para você, Evie, é claro que sim." Ele indicou outro corredor.

Ao olhar interrogativo de Joe, ela disse, "Aquele era o pequeno Johnny. Eu ajudei a cuidar dele quando era criança. No Domo, a educação dos filhos é uma tarefa da comunidade, e não um trabalho para kinderbots."

Ela apontou para o corredor em direção ao hospital, mas continuou em frente até que o corredor se abriu em um grande armazém alinhado com Mechas e exomechs armazenados. Joe parou na frente de um, imaginando como entrar. Deu a volta e viu um pequeno degrau de metal projetando-se da perna da treliça de metal. Joe colocou o pé ali e pulou. Ele deu um passo para dentro e seus pés afundaram no espaço destinado a calçá-los. Ele deslizou os braços nas mangas e seus dedos encontraram os controles. Mesmo que pudesse ver através do painel frontal, a máquina embalou seu corpo como um caixão e sentiu-se claustrofóbico. Ele puxou as mãos e pulou para fora do casco.

"Estes devem ser difíceis de operar." Ele balançou os braços, como se para sacudir a sensação de fechamento.

Evie assentiu e deu um pequeno sorriso que desapareceu rapidamente. Joe se perguntou o que ela estava pensando, mas continuou andando antes que ele pudesse comentar.

Eles saíram pela outra extremidade do galpão, com a multidão rugindo ao longe. Estavam agora nos bastidores de um lado do palco. Era estranho ficar parado nas sombras, fora da vista das multidões. As duas máquinas lutavam no palco por vários minutos, e o chão vibrava enquanto uma jogava a outra no chão. A multidão precipitada os seguiu enquanto desciam as escadas e saíam pela porta oposta. Fechou atrás deles, e mais uma vez viram-se no saguão.

"Será que a gente não vai para casa jantar e tomar uma taça de vinho?" Evie parecia aliviada por estar do lado de fora.

. . .

Ir para casa. Ela pensa na minha casa como seu lar.

. . .

Caminharam até a estação. Ele encontrou uma loja de vinhos, comprou um synjug de um bom Napa Cabernet com crédito$ escuro$ e tomaram o hiperlev de volta.

Evie se ocupou na cozinha, ligando uma de suas receitas no sintetizador de comida. Ela colocou a mesa com pratos fumegantes de frango, encharcados com um molho rico e escuro.

"É mole de frango, acompanhado de salada de feijão preto com manga." Ela olhou para ele antecipadamente, enquanto ele saboreava a primeira garfada.

Ele serviu mais duas taças de vinho antes do pôr do sol, e se sentaram no sofá juntos, apreciando os amarelos e laranjas derretendo no horizonte. O rosto de Evie exibia reflexão, enquanto tomava seu vinho. "Agora você sabe como o meu mundo é diferente."

"Obrigado por compartilhar o lugar de onde você vem comigo. Eu não conseguia imaginar isso antes – a maneira como cresci parece comparativamente chata. Estéril e automatizada. Mas agora que vi seu mundo, não parece nada estranho. É um lugar para aprender."

"O que você aprendeu?"

"Estou surpreso com a gentileza", disse ele.

"Inesperada?"

"Bem o... o Domo tem uma reputação de violência, por conta dos jogos exomech."

"Isso é inegável, embora eu gostaria que mais pessoas notassem que a violência é dirigida a máquinas. Evitamos direcioná-la para seres humanos." Ela estremeceu.

"A competição é natural, não algo a ser negado."

"Natural, sim. Não podemos negar a evolução e nossa natureza animal." Ela encontrou seu olhar.

"Podemos tentar ser animais melhores. Mas, ainda assim, somos animais." Ele pousou sua taça de vinho e sentiu a pulsação acelerar.

Seus olhos se arregalaram e ela riu. "Joe Denkensmith, você está menos preso em sua mente do que o normal." Sua cabeça se inclinou como se fizesse uma pergunta e suas bochechas coraram. Ele se inclinou e roçou seus lábios contra os dela, então a beijou apaixonadamente. O cabelo dela acariciou seu rosto, e uma pitada de chocolate permaneceu em seus lábios enquanto ela o beijava de volta. O desejo inundou seu corpo. Seus beijos eram como respirar, algo que ele não conseguia parar, algo de que ela parecia precisar também.

Eles se beijaram por um longo tempo.

Evie se afastou, gentil, relutante, enquanto as cores desbotavam no céu. A cabeça dela estava em seu ombro. "Lamento ter levado algum tempo para me sentir confortável. A ideia de Níveis dominou meu pensamento nos últimos três anos. Mas sinto que perdi a oportunidade de conhecê-lo mais cedo."

"Conflitos sobre compactuar com o inimigo?"

"Sim, mas estou me acostumando." Ela estendeu a mão e beijou-o suavemente novamente antes de escapar e fechar a porta do seu quarto.

Capítulo 22

Joe acordou cedo na manhã seguinte, mas ficou deitado na cama, com a cabeça numa confusão de pensamentos. Seu projeto sabático, o Domo e a vida que Evie levava, e, finalmente, a própria mulher multifacetada e confiante disputavam sua atenção. Mas uma ganhou. Ela deve estar acordada agora. Ele saiu apressado da cama, lavou-se, vestiu-se e entrou na sala de estar.

Evie reclinada no sofá, o allbook aberto no colo. "Há muita física na sua leitura e muita filosofia. Ambos são difíceis de entender."

Ele se sentou ao lado dela. "É legal da sua parte tentar."

"Tentar conhecer você?" Ela riu. "Estou resolvendo um quebra-cabeça. Eu posso ver como a matemática e a filosofia se relacionam com o problema da consciência da IA. Mas seu material de leitura está cheio de física. Como a física se encaixa aí?"

Ele encolheu os ombros. "Eu disse que sou um realista científico. Quero enquadrar as ideias científicas em uma visão mais ampla do que tudo isso significa."

Ela apoiou a bochecha na mão. "Dê-me um exemplo de uma das ideias científicas."

Ele pensou por vários segundos. "Tudo bem, aqui está uma – a natureza do tempo."

Ela assentiu com expectativa.

"As teorias de Einstein dizem que o tempo é apenas outra dimensão, como as três dimensões do espaço. O mundo que conhecemos é uma variedade de espaço-tempo – é chamado de espaço-tempo de Minkowski. A dimensão do tempo é única porque é unidirecional;

você apenas avança no tempo. Os físicos acreditam que o universo está fechado fisicamente, e todas as dimensões estão interligadas, com cada dimensão afetando-se mutuamente. "

"Existem teorias sobre o número de dimensões?"

Ele assentiu. "Mas os físicos ainda não concluíram quantas dimensões. Embora a beleza matemática possa sugerir dez ou onze dimensões."

Evie franziu a testa. "O tempo não flui de maneira diferente às vezes? Pode haver efeitos estranhos, como ocorre próximo de um buraco negro."

"Exatamente." Seu aparente interesse o fez ir mais fundo. "O 'paradoxo dos gêmeos' envolve um gêmeo que deixa a Terra em uma nave espacial perto da velocidade da luz e envelhece mais lentamente em comparação com seu irmão gêmeo deixado para trás. A velocidade da luz é um limite e nada pode excedê-la. Isso preserva as regras de causalidade do universo. Aquela bobagem de conhecer seu pai antes de você nascer nunca pode acontecer."

"Tudo bem, então qual é o quebra-cabeça?"

"Eu começo com a ideia de que as coisas existem. Ou seja, sou um realista sobre o universo. Todas essas dimensões existem. A variedade espaço-tempo existe. Isso implicaria que todo o tempo existe de uma vez."

Evie inclinou a cabeça, parecendo incerta. Joe tirou o allbook de seu colo e segurou-o nas mãos. Seu olhar se conectou com o dela e ele foi sacudido pela intimidade repentina.

"Deixe-me explicar desta forma." Ele apontou para os cantos quadrados do allbook. "Temos dificuldade em visualizar as três dimensões do espaço mais nosso movimento no tempo. Imagine que todo o espaço-tempo está representado neste bloco tridimensional. Agora, imagine que um único ponto no tempo é uma fatia do bloco." Ele cortou o bloco com a mão. "Então, a dimensão longitudinal é como se mover no tempo." Ele deslizou a mão pela parte superior do livro.

Ela olhou para o allbook. "Ok, uma fatia através dele – que é bidimensional – representa nosso espaço tridimensional." Ela acenou com a mão ao redor da sala.

"Sim, exatamente. Agora, do lado de fora, há apenas o bloco – a totalidade do tempo existindo de uma só vez. A princípio, parece uma contradição, mas veja se você consegue manter ambas as perspectivas em sua cabeça ao mesmo tempo – dentro do bloco sendo onde vivemos, e, fora do bloco, uma perspectiva cósmica."

Ela olhou para o allbook, franzindo a testa. Então ela estendeu a mão e deliberadamente moveu um dedo pelo allbook. Joe imaginou os dedos dela roçando sua pele e isso o fez sentir calafrios.

Evie fechou os olhos e os abriu de repente, bem arregalados. "Este momento – eu sentada com você – parece que está acontecendo agora; o tempo está avançando agora. Sou eu dentro desse bloco sentindo isso. Mas você está dizendo que, do ponto de vista externo, já aconteceu? O tempo acabou?"

"Exatamente."

"Visto de fora, seria como olhar para uma libélula congelada em âmbar."

Ele estava animado com a clareza de sua metáfora. "O tempo está 'pronto', se pudermos vislumbrá-lo fora do espaço e do tempo. Está 'tudo lá' da mesma forma que a dimensão de 'comprimento' está toda lá. Mas não podemos vislumbrar de fora, porque vivemos dentro do tempo. Só podemos experimentar um instante de cada vez, e apenas naquela fatia estreita em que nos encontramos."

"Podemos ter livre-arbítrio em um universo onde o tempo está, de fora, acabado?"

"Uma questão em aberto." Joe arqueou uma sobrancelha. "Esta visão do tempo não impede o livre-arbítrio, desde que outros critérios também sejam atendidos dentro deste universo físico fechado. Se você acha que o universo é determinista, então não há livre-arbítrio. Mas, se o universo é indeterminista, e se as decisões das criaturas conscientes que vivem 'dentro' do tempo determinam o que acontece a seguir, então, sim, essas criaturas podem fazer escolhas livres. Estou procurando respostas para ambos os quebra-cabeças, para saber se e como ambos podem ser resolvidos. Porque, se não, não há livre-arbítrio."

Evie franziu a testa. "Mas você começou falando sobre a natureza do tempo. Existe algum consenso sobre isso?"

"Eu acredito que todo o bloco de tempo existe. Essa é a explicação mais consistente com a relatividade." Ele ergueu as duas mãos em um gesto impotente. "Mas os filósofos vêm discutindo sobre o tempo há séculos. Alguns argumentam que existe apenas a fatia atual do bloco. Alguns dizem que é um bloco crescente, então apenas a parte até o momento presente existe." Joe fez uma pausa. "Estes não estão de acordo com a relatividade, porque, como você disse, o tempo não flui uniformemente em todos os lugares. A velocidade e a gravidade distorcem o espaço-tempo."

Evie persistiu. "Mas todos nós pensamos no passado e vivemos no presente. E esperamos e planejamos um futuro."

"Sim. Estamos lacrados dentro do bloco. Isso é tudo que podemos saber. E tudo o que podemos sentir é o momento atual."

Seus olhos brilharam. "Agora estou começando a entender o seu projeto sabático. Eu disse que você passa tempo na sua cabeça. Mas não é uma questão de viver em nossas cabeças ou não, já que ter consciência de nossa experiência é o que fazemos quando vivemos. É sobre se podemos encontrar a alegria de viver no presente." Evie jogou o cabelo para trás com uma expressão decisiva em seu rosto. "Vamos viver no presente. Eu sei para onde ir."

❖

Eles pegaram o hiperlev cinco paradas para sudoeste, trocando de trem uma vez. Evie explicou seu plano enquanto o trem cruzava um vale verdejante com vegetais e árvores frutíferas, enquanto Joe folheava seu NEST para fazer reservas.

"Por minha conta desta vez", disse ele.

"Certifique-se de que eles têm pranchas de surfe regulares." Seu rosto estava ansioso.

"Nenhum autoboard para nós?"

"Não. E sem máquinas de ondas, apenas ondas reais."

Um autocar os esperava na estação. Ele os levou pelas colinas à beira-mar e parou ao lado de uma pequena casa de frente para a praia. Tinha um telhado marrom, revestimento creme, um deck de madeira e uma janela saliente de frente para a água. A maré alta batia na areia branca a cinquenta metros de distância e seu espigão salgado fazia cócegas no nariz de Joe. Ele digitou a caixa de entrada e transferiu os crédito$ escuro$ do bloco roxo em seu bolso.

A porta da frente se abria para uma sala de estar com um quarto e banheiro à esquerda e uma cozinha com área para refeições à direita. Evie desapareceu pela porta dos fundos e voltou um momento depois, sorrindo. "Duas pranchas de surfe nos fundos, como você prometeu. Eu vou trocar de roupa." Ela desapareceu no quarto. Ele olhou ao redor da sala de estar, fixando-se no sofá com uma cama dobrável – no trem, ela disse sim à sugerida casa na praia – e torceu para que não fosse um motivo. Joe foi se trocar no banheiro.

Quando ele saiu, Evie esperava por ele em um maiô vermelho. Eles pegaram suas pranchas de surfe e ela o levou para a praia. Ele a seguiu, alheio a qualquer coisa, exceto à visão dos quadris dela que o guiavam.

Eles pararam depois de um promontório para avaliar a extensão da praia curva, as ondas suaves batendo na areia. Em volta do gancho da baía, os surfistas pegavam ondas maiores, mas a área à frente deles estava deserta.

"Este será um bom lugar para começar." Ela deu a ele uma rápida lição verbal, e Joe tentou relacionar os movimentos com suas lembranças de surfar no netwalker. Eles nadaram para a corrente quente. "Mergulhe nestas ondas enquanto rema." Ela mostrou a ele como manter o ímpeto, apesar das ondas empurrando para trás. Quando chegaram a um ponto que Evie considerou longe o suficiente, eles boiaram, pendurados em suas pranchas.

"Lembre-se de levantar o mais rápido possível." Várias ondas passaram antes que ela dissesse, "Tenta essa." Ele subiu na prancha e remou em direção à praia na frente da onda. Quando a onda subiu atrás dele, ele tentou se levantar, mas caiu sem cerimônia na água.

"Você vai conseguir." Ela foi gentil e encorajadora. "Tente mover seus pés mais para a frente."

Joe tentou várias vezes, mas continuou caindo na água. Ele percebeu que estava começando tarde demais. Com a próxima onda, ele remou forte para acompanhar. A prancha subiu na água, Joe apareceu – e manteve o equilíbrio. Ele cavalgou até que caiu na parte rasa, então saltou e se virou para Evie com um grito vitorioso. Ela girou a mão em um sinal de shaka.

Nas horas seguintes, ele pegou muitas ondas, caiu de muitas outras e ficou deslumbrado com a habilidade sem esforço de Evie. Sua competência era óbvia quando virou a prancha para ficar ao lado dele, mesmo quando ele desviou inesperadamente.

Quando ele achou que não conseguiria levantar os braços para remar nem mais um metro, eles almoçaram em uma cabana de praia, com um servobot oferecendo sanduíches frios e frutas.

"Vamos tentar mais algumas ondas." Ela estava cheia de energia. "Você está pronto para isso?"

Joe acenou com a cabeça, esticando os braços. A curta pausa o rejuvenesceu.

Eles remaram novamente, desta vez mais longe, e balançaram na água mais perto de onde as ondas se formavam. "Pode ser muito cedo, mas você pode tentar uma curva inferior", disse Evie.

"Eu topo."

Ela descreveu as etapas para empurrar a prancha na onda. "Use sua transferência de peso para virar", disse ela. Ele se sentiu mais confuso do que informado, mas tentou várias vezes. Conseguiu pegar todas as ondas, mas não foi capaz de fazer a curva.

"Para onde você olha é para onde você vai," ela disse prestativamente.

Mais tentativas de virar, mais quedas. Na última vez, ele mergulhou com o nariz e o leash da prancha segurou com força seu tornozelo, puxando-o para baixo. Ele chegou à superfície cuspindo água.

"Já deu?"

"De modo algum." Joe estava ainda mais determinado. A adrenalina fez com que suas dores e sofrimentos diminuíssem.

Ele olhou por cima do ombro para escolher a próxima onda e uma graciosa e esverdeada reluziu à sua frente. Remou furiosamente, então pulou na prancha e sentiu seu poder agarrá-lo. No pico da onda, ele se inclinou sobre a crista e empurrou a prancha para baixo. Ela caiu sobre o seu rosto e girou. A onda o carregou e ele se equilibrou por mais duas voltas antes de mergulhar para trás na arrebentação espumante. Reapareceu cuspindo água salgada, mas deu um sorriso largo para garantir a Evie que estava se divertindo.

"Acho que é como andar de bicicleta", disse.

Ela riu. "Do homem que não sabe andar. Mas é parecido – você não vai esquecer como surfar agora que aprendeu."

Eles remaram de volta à costa, Joe cansado, mas feliz.

"Sua primeira vez numa prancha mesmo? Você tem uma habilidade nata," disse Evie. Ele se derreteu com o elogio, mas sabia que era um novato.

"Vamos para onde eu possa ver você surfar ondas maiores", disse ele. Eles caminharam mais na praia até o point break. O vento estava terral, mas ainda não forte o suficiente para ondas agitadas. Evie acenou e pegou sua prancha, remando com eficiência.

Ela se juntou aos outros surfistas no alinhamento longe do swell. Joe semicerrou os olhos contra o sol para assistir. Ela estava na parede da onda, habilmente fazendo manobras em várias curvas interligadas, tornando seu último passeio uma mera brincadeira de criança. Ela terminou a corrida e se virou para remar, suas curvas acentuadas por riachos de água brilhando sobre sua pele ao sol. Ele descansou na parte rasa enquanto ela executava uma gloriosas manobras sucessivamente.

. . .

Eis aqui um fragmento de tempo sublime. O sol queima na minha pele e dança na dela. Esteja ciente disso ou não, a cada instante estou surfando um momento no tempo. Equilibrado entre o passado e o futuro, aí estou eu surfando a onda.

. . .

Evie estava novamente na fila, esperando sua vez na onda. Uma onda gigante rolou em sua direção. Sua decolagem foi perfeitamente sincronizada. Ela acelerou descendo a parede da onda, virou-se para cavalgar paralelamente ao longo da parede, e depois fez uma curva brusca e girou para trás. Sua respiração parou enquanto ela continuava girando por uma volta completa, depois outra meia volta antes de levar sua prancha ao topo da onda, voltada para trás. Com um salto rápido, ela inverteu os pés e estava surfando a onda novamente. Joe estava paralisado.

Ele estava nadando nas ondas de luz quando outro surfista passou remando. "Tua mina arrebentou naquela onda", disse ele.

"Sim, ela arrebentou. Qual é o nome da manobra?"

"Um rodeo flip. Um dos melhores que já vi."

Joe acenou com um shaka.

Evie manobrou ao lado de Joe. Eles flutuaram juntos, suas pranchas balançando suavemente. "Essa é uma ótima onda para concluir", disse ela.

Joe sorriu para Evie com admiração e orgulho. "Isso foi uma lição. E para mim, apenas o começo."

Um sorriso cativante apareceu em sua boca, seus olhos castanhos tão primitivos quanto o mar. Ela tocou em sua barba e disse: "Cheio de sal agora." Eles remaram até a costa. Seu cabelo estava molhado nos ombros, enquanto ela carregava a prancha na frente dele pela areia, como se não pesasse nada.

Eles chegaram à casa de praia e deixaram as pranchas de surfe no deck. Estava quente no final da tarde. O sorriso de Evie refletiu seu próprio entusiasmo com as ondas.

"É melhor tirar o sal imediatamente." Ela entrou na casa e se virou em direção ao banheiro. Joe permaneceu na varanda, não desejando pingar na sala de estar. Paralisado ao pensar nela, ele mal percebeu o som do chuveiro sendo desligado, mas Evie apareceu diante dele enrolada em uma toalha branca. "Sua vez," ela disse, e desviou o olhar com rubor.

Joe tirou a roupa de banho e entrou no chuveiro, esfregando o sal do cabelo com jatos generosos de xampu. Ele se secou, prendeu uma toalha em volta dos quadris e entrou na sala.

A porta do quarto estava aberta. Evie estava deitada na cama, com a toalha enrolada em seu corpo. O quarto era branco e limpo, grande o suficiente apenas para a cama e uma mesa lateral, que continha uma concha decorativa. A janela do quarto estava aberta e o som do oceano entrou sem ser convidado. Ela olhou para ele com um sorriso sedutor nos lábios. Com um movimento lento de seu braço, a toalha caiu aberta, e ela permaneceu ali, lânguida em sua completa nudez. O diamante vermelho em seu dedo cintilou. Seu corpo era mais bonito do que ele jamais havia imaginado.

A luxúria se apossou dele. Sua toalha escorregou por conta própria. Ele subiu na cama, com o corpo latejando. Ela o puxou para perto e ele a beijou. Ele a beijou ainda uma vez e outra, conforme ela respondia com paixão.

Evie abriu os olhos e mirou profundamente os de Joe, que procurou através daquele mar revolto e encontrou uma pessoa real sorrindo para ele com felicidade e saudade, para ele, para ele. Seu coração batia forte no peito.

Ele acariciou seu corpo, com os dedos quentes movendo-se de sua bochecha aos dedos dos pés, causando arrepios na pele fria de Evie. Ela suspirou e estremeceu. Sua barba roçou suas coxas. "Sim", ela respirou, "está certo." Evie apertou as pernas juntas e contra ele. Ele pensou no oceano.

. . .

Salgado. Músculos e moluscos, quase homônimos na língua. Não. Fora da minha cabeça e de volta neste momento.

. . .

Agora ela estava por cima e seus cabelos grossos caíam contra o peito de Joe. Os fios roçavam para frente e para trás conforme o tempo diminuía. Ele sentiu o desejo em seu corpo, a maneira como o cercava e o segurava. Ela abaixou o olhar para ele, a expressão nos olhos castanhos era terna, a pele macia, quente e envolvente.

Como se ele embalasse uma concha, a ressonância do mar cresceu em seus ouvidos. Eles rolaram lentamente, dobrados juntos dentro do tubo de uma onda. Seus dedos vibraram, partículas carregadas cruzando do corpo dela para o dele. "Por favor," ela sussurrou. Ele a sentiu subindo no ar, levantada por uma onda, suas costas arqueando; então a onda a puxou para baixo no vórtice, quase se afogando; em seguida, subindo novamente no topo da onda, sua boca formando uma elipse.

Sua cabeça estava girando, a casa de praia se dissolvendo em névoa. Ele não estava pensando no passado; não estava planejando o futuro. Ele estava, naquele instante, em um lugar profundo no tempo e no espaço em todo o universo.

Capítulo 23

Nos três dias seguintes, Evie e Joe saíram no meio da manhã para sur-far. Voltaram para a casa de praia à tarde para fazer amor. Jantaram em um restaurante a três quarteirões da praia e voltavam a fazer amor noite adentro. A casa de praia era seu mundo separado, onde, para Joe, o oceano e as paredes que os rodeavam se dissolviam, substituídos pelo aperto de sua mão e seu corpo e, posteriormente, seu cabelo caído em seu ombro. Eles dormiram até que os raios de sol passassem pelos lençóis.

Na última manhã, ele acordou primeiro com o chamado de uma gaivota. A mão de Evie repousava sobre seu braço e ele relutava em movê-la.

. . .

Estou apaixonado por cada toque de sua mão, cada cabelo de seu corpo e cada expressão em seu rosto.

. . .

Evie acordou com um sorriso sonolento e acariciou sua barba de brincadeira. "Bem, professor, nós dois estamos dando aulas."

"É justo dar e receber. Fazemos uma sinfonia juntos."

"É uma questão de tempo adequado."

"Falando em tempo, agora eu entendo. É apenas vivendo no momento que você pode ter dias perfeitos como este."

Ela se apoiou no cotovelo. "Eu realmente amo falar com você. Gosto de ouvir o que se passa na sua cabeça. Joe Denkensmith, você é uma boa pessoa e gosto do seu coração."

"Receio ser apenas um cara comum, com todas as fraquezas humanas habituais." Ele disse a ela, com o olhar, que era sério e sincero. "Mas eu tento."

A mão de Evie flertou com os cachos em seu peito. "E, falando em... música." Um brilho perverso entrou em seus olhos. "Agora eu gosto tanto dos movimentos lentos quanto dos rápidos."

Fizeram amor novamente e acordaram horas depois com o sol alto no céu. Eles tomaram banho e comeram um brunch. Então chegou a hora de voltar. Ele trancou a porta da frente com um profundo sentimento de pesar, e eles vagaram de mãos dadas pela praia enquanto se dirigiam para a estação.

Eles pegaram o hiperlev três paradas para o norte, aninhados enquanto as terras férteis se desenrolavam pela janela.

Eles saíram para a estação, com o intuito de tomar o trem para o leste. As pessoas aglomeravam-se na plataforma que se conectava à praça central. Joe conduzia, enquanto eles serpenteavam pela massa de pessoas, mas, no meio da plataforma, a multidão parou bruscamente. Joe e Evie tentaram ver à frente. Um curioso murmúrio surgiu, mas foi silenciado por uma voz no alto-falante. "Todos devem assistir a este evento público. Todos os trens ficam parados por dezessete minutos." Joe espiou por cima das cabeças das pessoas à frente, enquanto Evie se esforçava para ver.

Uma parede de copbots abriu caminho para a praça a sete metros deles, empurrando firmemente as pessoas para o lado. "Isso não é bom", disse Joe severamente. Evie puxou sua mão e apontou para trás enquanto mais copbots se alinhavam, forçando a multidão a formar uma elipse fina ao redor da praça, voltada para dentro. Ela agarrou a mão dele enquanto eram empurrados.

. . .

Eles estão reunindo todo mundo. Ou poderíamos ser apenas nós? Eu deixei transparecer alguma coisa?

. . .

"É a Queima", sussurrou Evie.

"O quê?"

Antes que ela pudesse responder, uma figura caminhou até o centro da praça com três copbots e cinco Mechas. O homem se virou em um círculo, olhando para todos. O silêncio recaiu sobre a multidão relutante.

"Os Estados mantêm nossa tecnologia avançada em um alto padrão de perfeição. Mas, mesmo com os padrões mais rigorosos, as coisas podem dar errado. Pessoas morrem." Ele parou, uma pausa carregada de significado, e acenou com a cabeça para a massa.

Joe apertou os olhos. O aceno tinha sido descentrado. Ele reconectou seu NEST e deu um zoom para ver o rosto do homem. O homem ergueu um cassetete e a ponta explodiu em uma luz ofuscante. A sombra da córnea de Joe escureceu para proteger sua visão. O homem apontou para o céu com o bastão de corte de plasma em chamas. "Então, agora as pessoas terão sua justiça!"

Curvando-se para Evie, Joe sussurrou: "Esse é Zable, o ministro de Peightân." Os olhos dela petrificaram em reconhecimento.

Dois autocars entraram na praça e estacionaram no centro. Um grande caminhão o seguiu. A parte de trás do caminhão se abriu, uma rampa baixou e cinco robôs saíram e formaram uma linha. Zable recitou, como se fosse uma proclamação legal: "No ano passado, nesta seção dos Estados, um total de cinco humanos morreram em acidentes envolvendo robôs, e veículos controlados por IA mataram outros dois. O Ministério da Segurança solicitou e recebeu condenações nestes casos. As punições agora serão administradas."

O caminhão saiu da praça. Os cinco Mechas avançaram pesadamente e cercaram os dois ônibus. Cada Mecha tinha cortadores de plasma presos a ambos os braços. Jatos de fogo brilhantes saíram dos cortadores e os Mechas serraram os veículos com golpes largos. Colunas de fumaça subiram dos cascos em chamas.

Com os autocars desmontados, os mechas marcharam atrás dos cinco bots, que estavam em posição de sentido. As cabeças dos bots viraram lentamente para a esquerda e para a direita, suas testas rosadas enquanto examinavam a multidão. Os cortadores de plasma formaram um arco novamente. As faíscas eram muito intensas para serem vistas diretamente. Com três golpes cada, os bots caíram em pedaços brilhantes no quadrado.

Vários na multidão aplaudiram, mas o restante permaneceu em silêncio. O cheiro de fuligem flutuou das manchas enegrecidas, que formaram uma linha brilhante até que gradualmente se dissiparam. Os copbots que cercavam a multidão partiram. Joe soltou um suspiro de alívio quando a linha de Mechas desapareceu com Zable atrás. Os veículos de extinção de incêndios avançaram e apagaram as chamas com água. Mechas carregaram o metal fumegante em caminhões.

Joe e Evie abriram caminho entre a multidão até a plataforma da estação, ficando perto um do outro enquanto esperavam o próximo trem.

"É a primeira vez que assisto a uma coisa dessas." Joe examinou a multidão que se dispersava.

"É uma cerimônia, com o objetivo de fazer as pessoas se sentirem melhor do que bots por um dia."

"Bem, Zable parecia próximo do orgasmo."

"Eu estava observando o braço dele." Ela bateu no próprio antebraço. "Tenho certeza de que é biônico."

"Um verdadeiro ciborgue, e não está nada feliz com isso."

Evie estava com uma expressão pensativa. "Você nunca sabe quanta dor outras pessoas podem sentir. Você os vê andando como se tudo estivesse bem, mas você não pode ver as pedras dentro de seus Mercúrios."

Joe franziu a testa. "Eu não gosto do cara. Há algo de mau nele." A Queima o havia enojado e enervado, assim como Zable, e ele não conseguia tirar o gosto químico de fumaça da boca quando embarcaram no segundo trem.

◆

Na manhã seguinte, Joe beijou Evie ternamente antes de rolar para fora da cama. Eles estavam compartilhando o quarto dela. Ela abriu os olhos com sono.

"Odeio ter que sair, mas devo ir ao escritório para ver o que perdi", disse ele.

Quando ele entrou em seu escritório, uma luz vermelha de comunicação estava piscando. Ele percebeu que havia desconectado as mensagens por dias. Digitou o código de criptografia e o holo de Raif apareceu com uma expressão interrogativa.

"MIA por vários dias? Você me deixou preocupado."

"Eu estava surfando."

"Nossa mesma piada interna?"

"Não, realmente surfando... bem, sim, é a mesma piada."

Raif riu. Depois franziu a testa. "Ok, de volta ao negócio perigoso."

Joe se inclinou para frente. "Sim?"

"Freyja e eu estivemos ocupados com a questão da integridade do banco de dados. Os dados do cleanerbot corrompido forneceram uma informação crucial." Ele fez uma pausa. "Temos um problema maior."

Raif esboçou os detalhes. Joe balançou a cabeça e esfregou a testa. "Precisamos trazer outros para este problema agora."

"Espera." Raif desapareceu do holo por um momento. "Estou falando com Freyja. Ela sugere que envolvamos Mike."

"Peça a Freyja que ligue para Mike, e eu irei ao escritório dele." Joe queria ver Mike pessoalmente.

"Fechou." Raif desligou.

Joe foi direto para o escritório de Mike, descobriu que Freyja já havia chegado e estava em meio a uma profunda reflexão. Em alguns minutos, Mike conectou Raif e Dina Taggart, e seus holos flutuaram entre eles.

Mike abriu a reunião. "Dina, eu só ouvi o resumo de Freyja. Mas Joe tem uma descoberta perturbadora para compartilhar conosco."

Joe dirigiu-se a Dina. "Passei uma cópia dos dados do cleaner-bot corrompido para o especialista que mencionei. Raif é um dos melhores cientistas da computação no assunto de programação 'bot numa caixa'. Raif e minha colega Freyja Tau têm colaborado para investigar problemas de integridade do banco de dados. Sua análise cobriu o problema WISE com o bot corrompido e problemas suspeitos no Ministério da Segurança."

Raif partiu direto para suas descobertas. "É o worm de código mais sofisticado e perigoso de que já ouvi falar. Esta é uma anomalia potencialmente mortal e um vazamento nas caixas de proteção mantendo as IAs separadas. Encontramos rastros, e então esses rastros desaparecem. Em uma instância, poderíamos isolar o worm de código, mas ele estava criptografado demais para entrar e então se autodestruiu e eliminou todas as evidências. O worm encontrou uma maneira de contornar todas as salvaguardas e está se escondendo em trilhões de linhas de software. Não podemos usar IAs para encontrá-lo, sem saber ainda como eles foram infectados."

A expressão de Mike mudou de severa para sombria. A expressão de Dina tomou o mesmo rumo. "Em breve terei setecentos bots apenas na Base Orbital WISE. Não podemos permitir que um worm de código desconhecido os infecte."

"É pior." O tom normalmente leve de Freyja ficou sinistro. "A maioria dos módulos de software são compartilhados. Em teoria, ele poderia infectar IAs em controles de sistema e quaisquer bots. Pode até ser capaz de infectar PIDAs individuais."

"E equipamento militar", disse Mike.

Dina perguntou, "Há algo que possa limitar sua propagação?"

"Não sabemos." Raif estava mais sério do que Joe jamais vira. "Há esperança de que o sandboxing físico esteja impedindo o worm de código de saltar, a menos que alguma coisa física – digamos, um bot – faça algo físico para movê-lo para outra IA."

Joe se intrometeu. "Como temos fortes evidências para sugerir que existe um banco de dados corrompido dentro do Ministério da Segurança, a fonte pode ser um trabalho externo – algum hacker – ou interno." Joe esfregou os olhos e olhou para Raif. "Você verificou as informações sobre cDc, o hacker morto pela polícia há dois meses?"

Raif balançou a cabeça. "Não, mas é uma boa ideia. Se foi um trabalho interno, talvez o cDc tenha descoberto algo importante. E mortal para ele próprio."

"Se não for um trabalho interno, poderia ser de uma fonte estrangeira? Um estado-nação ou uma organização terrorista?" Mike caminhou na frente do holocom.

Raif franziu a testa. "Não sabemos o suficiente para determinar isso ainda. Descobrir a fonte exigirá um esforço tremendo." Ele olhou para cada pessoa ali reunida. "Eu sei que é melhor fazer esta operação em segredo. Não podemos deixar rastros, porque quem está por trás disso poderia se esconder melhor de nós."

"Isso pode derrubar o país inteiro", disse Mike.

A dimensão do que Raif e Freyja haviam descoberto tomou conta de Joe novamente. Ele não sabia onde ou como começar a rotear o worm – tal análise secreta exigia acesso a bancos de dados e fundos que estavam fora de seu alcance, de Raif, de Freyja e até mesmo de Mike. Ele se virou para Dina, que o estudava. Ela lhe fez um pequeno aceno de cabeça, com a mandíbula cerrada.

"Precisamos de respostas e precisamos obtê-las clandestinamente." Ela, de alguma forma, conseguiu encontrar o olhar de todos conectados à chamada. "Tenho recursos de orçamento escuro limitado que estou disposta a comprometer. Este projeto requer uma equipe secreta maior."

Joe deixou escapar um grande suspiro. Embora os problemas que o grupo enfrentou não tivessem mudado, a atmosfera na sala parecia mais determinada do que deprimida. A conversa continuou por mais uma hora. No final, Dina sugeriu tarefas e próximos passos. Ela iria organizar um espaço de reunião e construir uma equipe ampliada, com Raif e Freyja em funções sênior. Joe e Freyja finalizariam seu trabalho atual na faculdade e, em seguida, ficariam no projeto em tempo integral, para que Joe pudesse dedicar o tempo adequado focando-se nos módulos de software de IA que estariam, é provável, comprometidos.

A boca de Joe estava seca enquanto ele marchava de volta para casa. Ele nunca havia enfrentado um desafio tão importante. Ele queria confiar em Evie, mas sabia que este não era seu segredo. Quando contou a ela sobre sua necessidade de trabalhar longas horas, seus olhos castanhos viram através dele. Ela sabia que ele escondia algo. "Você não pode me dizer nada?"

Ele segurou as mãos dela. "Tenho a obrigação profissional de manter isso em sigilo. Eu gostaria de poder te contar mais."

Evie acenou com a cabeça, mas não conseguiu evitar toda a mágoa que transpareceu em seu olhar. "OK. Não podemos escolher o momento em que os eventos nos obrigam a agir."

"Isto é uma obrigação. Mas eu só quero passar um tempo com você."

"Nós temos as noites." Ela o levou para o quarto.

Capítulo 24

Como prometido, Dina garantiu uma instalação no sudoeste para isolar a equipe e preservar o sigilo. Mas até que a logística do prédio pudesse ser arranjada, sua sede temporária seria o escritório local do WISE. Joe estava de volta à sua familiar mesa na tarde seguinte, ligando para Raif.

"Oi, pirralho." Seu sorriso angelical estava mais fraco do que o normal.

"Sentindo-se tenso com a nova função, doutor?"

"Sim, um pouco. É uma grande mudança para mim, realocar-me para o sudoeste e passar um tempo lá com você."

"E com Freyja."

Raif sorriu.

Raif normalmente o provocava mais, então Joe não perdeu essa chance. "Tanto profissionalmente quanto pessoalmente, esta é sua chance de afundar ou nadar." O rosto do amigo suavizou-se, Joe percebeu que a piada da natação ainda não havia acontecido e que Raif devia estar pensando em Freyja. Ele não podia deixar de ser um pouco protetor. "Quer um conselho? Não tente se apressar. Seja seu eu normal e relaxado."

Suas reuniões continuaram em ritmo frenético na semana seguinte. Dina, Freyja e Raif contrataram e instruíram cinco especialistas em software, cada um designado como gerente sênior em uma subespecialidade. Outras contratações secretas avançaram, criando equipes com centenas de hackers. Joe se sentiu mais energizado do que nunca. Os longos dias e noites não o deixavam cansado, e ele estava funcionando com adrenalina e testosterona sem intensificação do MEDFLOW. Todas as noites, ele e Evie jantavam juntos até tarde, enquanto conversavam sobre tudo, exceto o projeto.

Uma noite, antes de cair no sono, Evie se apoiou em um braço. "Joe, não vou pedir que você compartilhe os detalhes do projeto secreto, mas você entrou de cabeça mesmo. Abandonou seu projeto sabático?"

Joe acariciou seu rosto. "Apenas temporariamente. Mas você me lembrou que devo uma visita a Gabe para pelo menos deixá-lo saber que não desisti."

———◆———

Gabe respondeu à mensagem de Joe para o NEST com um convite para um encontro no dia seguinte. Joe passou a manhã em seu escritório no campus, limpando a cabeça e revisando suas últimas anotações. Onde ele havia deixado seu projeto? Como ele acreditava que o universo estava fisicamente fechado, ele ainda precisava descobrir se a mentalidade poderia causar alguma coisa.

Joe encontrou Gabe em um quadrilátero lateral do campus, em um banco de parque sob um carvalho vivo. Uma criatura de hábitos, Gabe serviu xícaras de chá verde Dragonwell de um synjug e passou uma para Joe.

"Você esteve ausente por vários dias", disse Gabe.

"Preso em um projeto importante, do qual infelizmente não posso falar. Isso me afastou dessas questões, que eu realmente gosto de discutir com você."

"Eu gostaria de poder ajudar em seu projeto – não que eu seja bom com assuntos práticos."

"Talvez você possa. Em minha opinião, sua clareza de pensamento seria útil. Eu sugiro que você fale com Mike. Ele seria responsável por envolver você."

"Fiquei feliz por você ter me contatado e que não tenha desistido de seu projeto sabático." Gabe estudou as árvores. "Eu disse que fui mentor de milhares de alunos. É difícil acompanhar muitos depois. Os bons terminam seus diplomas e encontram cargos em outros lugares, todos espalhados pelo mundo. Mesmo com o transporte rápido e a comunicação instantânea de hoje, é difícil ficar conectado."

"Difícil sentar e tomar um chá?"

"Exatamente." Gabe olhou em seus olhos. "Eu gosto dessas discussões com você. Acho que você pode chegar a uma síntese que faz a discussão filosófica avançar".

. . .

Eu gostaria de pensar que algum dia isso poderia ser verdade. Com o projeto secreto, não tenho certeza de quando poderei me concentrar nessas questões. Mas, por enquanto, deixe-me aproveitar esta conversa com Gabe, que se sente tanto um mentor quanto um amigo.

. . .

"Obrigado. Estou aprendendo muito com você. Pensar em problemas filosóficos é mais agradável do que meu trabalho anterior."

Após um breve silêncio, Gabe disse: "Antes de começarmos a discussão de hoje, tenho um conselho adicional. Este campo pode levar a uma vida solitária, passando muito tempo em sua cabeça. Procure o equilíbrio."

Joe concordou. O comentário parecia vir da experiência pessoal. "Também fiz progresso em relação a isso."

Gabe tornou a encher sua xícara e se virou para Joe. "Agora, aonde você se encontra em sua lista de enigmas filosóficos?"

"Ainda estou lutando com o problema de causalidade mental. O argumento de que a mente é apenas um epifenômeno – que nada é causado pela mente, mas sim por partículas em movimento – desafia todas as minhas intuições."

"Como acontece com todos nós. Esperamos que nem tudo esteja perdido e que ainda possamos alegar que nossas decisões têm efeitos."

"Os matemáticos questionam as premissas quando confrontados com tal argumento. Premissas incorretas podem gerar conclusões incorretas. Essa é a minha abordagem", disse Joe.

"Bom. O que devemos discutir hoje?"

"Tenho pensado na causalidade. Você pode me ajudar a considerá-la de uma perspectiva filosófica?"

Gabe, sempre preciso, perguntou, "O que você quer dizer com causalidade?"

"Estou pensando sobre causalidade, causa e efeito, pelo qual um processo, uma causa, produz outro processo."

"Então parece que você tem uma questão metafísica. Você está se perguntando como qualquer coisa no mundo real pode ser causada por outra coisa?"

"Exatamente."

O rosto de Gabe se enrugou em um sorriso, cujas linhas mostravam que ele não tinha os elastômeros de pele típicos adicionados ao seu MEDFLOW. "Essa pergunta traz à tona um de meus filósofos favoritos, David Hume. Sua contribuição mais importante foi a ideia de uma 'conexão necessária'".

Gabe largou sua xícara de chá, juntou os dedos e olhou para as árvores. "Hume dividiu os objetos da razão humana em duas categorias – *relações de ideias* e *questões de fato*."

Joe franziu a testa. "Não estou familiarizado com esses termos."

"Hume dividiu tudo em dois baldes, um balde branco" – Gabe desenroscou os dedos para formar um copo com a mão direita – "e um balde verde." Ele segurou a esquerda. Joe acenou com a cabeça, imaginando o sábio segurando todo o conhecimento em suas duas mãos.

"No balde branco foram coisas como matemática. Essas são as *relações de ideias*. As relações de ideias podem ser conhecidas apenas pelo pensamento. Isso inclui suas provas matemáticas. Podemos conhecer a matemática por meio da prova e podemos estar absolutamente certos de que as conclusões são verdadeiras a partir de premissas válidas. Nenhuma evidência mundana está envolvida, apenas lógica pura. Por exemplo, considere o fato matemático de que todos os ângulos de um triângulo euclidiano somam 180 graus. Pode-se conhecer sua verdade a priori, como dizem os filósofos, como uma necessidade lógica, sem qualquer referência ao mundo."

Joe contraiu os lábios. "Eu posso concordar com isso. Sei que as provas matemáticas podem ser certeiras."

"No balde verde vai tudo o mais que não sejam relações de ideias – ou seja, tudo sobre o mundo. Hume disse que não podemos saber nada que esteja neste balde com certeza."

"OK." Joe olhou para a palma da mão esquerda de Gabe, a pele translúcida mostrando veias azuis. "Vamos nos concentrar no balde verde."

"Hume chamou a segunda categoria de *questões de fato*, e essas surgem da maneira como nosso mundo é. Isso inclui todos os fatos empíricos que aprendemos sobre o mundo por meio da observação. É nessa segunda categoria que Hume fez seu brilhante avanço lógico ao demonstrar que não há necessidade lógica nas questões de fato. Só podemos conhecê-las por meio de associação, vendo o que acontece no mundo e, então, presumindo que se repita no futuro."

"Não tenho certeza se entendi o ponto", disse Joe.

Gabe estendeu o synjug de chá com uma das mãos. "Eu seguro este recipiente no ar. Ambos presumimos que, se eu o soltar de minha mão, ele cairá imediatamente. Mas não há nada na posição inicial que sugira que o objeto cairá para baixo em vez de cair para cima, ou em qualquer outra direção."

"Mas nós dois acreditamos que vai cair."

"Sim, nós dois podemos chegar a essa conclusão por conta de nossa experiência, na qual uma *conjunção constante* de soltar o objeto é seguida por sua queda no chão. Acreditamos nisso por causa de nossas associações anteriores. Cada vez que vimos uma situação semelhante, o objeto cai. Temos uma explicação científica clara para isso, a saber, a gravidade. Mas, novamente, não há necessidade, em lógica, de justificar a conclusão. Isso só acontece com a nossa experiência do mundo."

Gabe estudou a expressão de Joe. "Vejo que você ainda tem dúvidas. Deixe-me tentar outro exemplo. Suponha que tenhamos dois relógios arcaicos de alta precisão. O primeiro relógio bate um minuto antes da hora e o segundo bate a hora exata. Para um observador que não conhecesse o mecanismo interno, parece que o primeiro relógio faz com que o segundo toque. Este suposto 'conhecimento' seria provado como falso quando a fonte de energia de qualquer relógio acabasse."

"Veja, nós construímos um monólito de teoria científica. Realizamos inúmeras experiências que confirmam as relações entre várias teorias e testamos essas teorias contra o mundo. Isso nos dá alguma confiança. Mas não há necessidade *lógica* de acreditar que essas teorias sobre o mundo sejam verdadeiras."

"As declarações que são logicamente necessárias o são por sua própria estrutura, como 'Todos os solteiros não são casados'. É o que eu amo em matemática – que se pode ter certeza da verdade," disse Joe.

"Exatamente. Essa declaração está no balde branco. Mas não há nada semelhante, nenhuma declaração logicamente necessária, no balde verde. Lá, somos dependentes de nossa experiência no mundo e, a partir dessa experiência, é possível que possamos inferir ideias que não são verdadeiras."

"A ciência desenvolve novas teorias o tempo todo." Joe tomou um gole de chá. "As novas teorias frequentemente explicam os fatos do mundo de maneiras mais elegantes do que as teorias anteriores. A evolução dessas teorias é o processo de avanço do conhecimento da ciência. Mas raramente destrói ideias antigas."

Gabe acenou com a cabeça. "Quando isso acontece, o resultado é uma mudança de paradigma, como quando a relatividade de Einstein substituiu a teoria de Newton, oferecendo uma compreensão mais completa da mecânica do universo."

"Faz muito tempo que não temos uma mudança de paradigma na física. Mas também não fizemos muito progresso."

"Quando eles acontecem, abalam nossas ideias fundamentais do mundo", disse Gabe.

Joe refletiu sobre o argumento. "Então, por que a ideia de Hume é chamada 'conexão necessária'?"

"Quando observamos a liberação do objeto seguida de sua queda, estamos apenas observando uma *conjunção* das duas ações, não uma *conexão*. O hábito dá origem à ideia de uma conexão, mas isso não está logicamente implicado. De acordo com Hume, não podemos ter certeza sobre o que está causando o quê."

"Você está dizendo que, para tudo que pensamos que sabemos sobre o mundo – que é tudo o que a ciência investiga –, não temos conhecimento certo e nunca teremos?"

"Sim."

"O mundo parece projetado para manter criaturas conscientes patinando à beira do desconhecido."

"Sim."

"Qual é a conclusão final de Hume sobre causalidade?" Joe largou a xícara vazia e esfregou as mãos. "Não é apenas a ideia comum de que correlação não implica causalidade?"

"Esse é um resultado simplificado proveniente de Hume, embora ele estivesse apresentando um ponto epistemológico mais profundo – que não podemos saber nada com certeza sobre o mundo." Gabe recolheu as xícaras de chá e colocou-as em sua bolsa. "Mesmo assim, Hume era um verdadeiro empirista. Ele pensava que o conhecimento não poderia ser obtido independentemente da experiência sensorial. Cada efeito é um evento distinto de sua causa. Observação e experiência são necessárias para inferir qualquer causa ou efeito. E mesmo assim, podemos apenas saber que há uma conjunção, mas não podemos ter certeza sobre a causalidade."

Joe ponderou a ideia. "Portanto, precisamos ser céticos sobre nossas ideias de causalidade. O que podemos saber é mais limitado do que eu imaginava."

"Exatamente." Gabe parecia satisfeito com a compreensão de Joe sobre a teoria. "É uma verdade epistemológica – o que podemos saber – que nossa melhor física ainda é incerta sobre algo tão fundamental quanto a causalidade. Dados os limites do que podemos saber com certeza, não temos certeza sobre o que causa o que no mundo."

Capítulo 25

Após o intervalo de um dia para conversar com Gabe, Joe voltou a trabalhar no projeto secreto durante o fim de semana. Ele lamentou pelo tempo não passado com Evie. Mas ela não se queixou, saindo todos os dias por várias horas. Ela era reticente sobre o que fazia, mas, a partir de suas conversas no jantar, ele concluiu que ela usava uma estação de comunicação criptografada na cidade para contatar seguidores de seu movimento. Ele só a via à noite, antes de cair na cama e dormir profundamente.

Joe arrumou uma desculpa para tirar uma folga com ela, quando Evie lhe entregou um envelope de papel que 83 havia deixado na porta da frente. Continha um convite do Dr. Jardine para o evento anual do departamento, para o qual os professores poderiam trazer convidados. Pela descrição cuidadosa, seria um evento mais extravagante, talvez mais divertido e menos focado nas coisas acadêmicas. O momento era bom porque ele estava no limite. Mais cedo naquele dia, Raif avisou a equipe sobre uma reação que suas explorações haviam provocado. Quem quer que fosse o responsável pelo worm de código havia descoberto seu rastro, e Joe passou o dia com o resto da equipe, trabalhando freneticamente para que se tornassem invisíveis novamente. Era um jogo de gato e rato, só que eles não sabiam quem era o gato.

"Não tenho ideia de quanto tempo isso pode levar." Ele colocou o convite no bolso antes de se sentar para ver a mais recente criação culinária de Evie. "Parece meu próprio Projeto Manhattan."

"Não foi para construir uma bomba? E não demorou anos?" Ela deslizou para o assento de frente para ele. Ela já havia comido; era tarde.

"Sim, mas, se eu não fizer este trabalho, muitas coisas terríveis podem acontecer."

Joe se concentrou em comer o guisado picante, combinado com um bom Bordeaux que ele abriu. Com Evie do outro lado da mesa, ele relaxou após o longo dia. Depois, levou as taças para a sala, onde se acomodaram para desfrutar do céu noturno estrelado.

"Você adora usar esses crédito$ escuro$." Ela riu e pegou seu copo.

"Ainda resta muito do meu projeto WISE, então estou vivendo o momento." Ele levantou sua própria taça de vinho.

"E você tem aderido a uma rotina de exercícios."

"Eu preciso acompanhar você em uma prancha de surfe." Joe tomou um gole e encontrou seu olhar por cima da borda do copo. "Acho que nós dois merecemos uma pausa. Praia amanhã?"

Os olhos de Evie brilharam.

"Além disso, o Dr. Jardine me convidou para um coquetel depois de amanhã. Estou autorizado a trazer um convidado. Você vem comigo?"

"Você menciona seus amigos e colegas com tanta frequência que sinto que já os conheço sem realmente conhecê-los." Era um relance de desconforto que ele via expressado em seu rosto? "Eu adoraria conhecê-los."

Ele a beijou. "E eu adoraria que eles conhecessem você."

Ela se aconchegou em seu ombro. "Como é Raif?"

"Ele é um pouco como eu... mas talvez mais realizado." Ele a apertou mais perto de si. "Ele não está aqui na faculdade, no entanto. Você pode conhecê-lo outra hora."

"Ele é seu melhor amigo?"

"Sim, nós passamos por muita coisa juntos."

"Você cuida dele?"

"Nós protegemos um ao outro." Joe gostaria de ter feito mais para reunir Raif e Freyja. Parecia que eles estavam se dando bem sem ele, no entanto.

Evie se sentou para estudá-lo. "Eu amo isso em você. Tão leal. Fale-me sobre Mike." Ela colocou a cabeça para trás em seu ombro.

"Você vai descobrir que ele é uma alma gêmea, com ideias sobre igualdade muito semelhantes às suas. Você vai gostar de Gabe também. Ele pode parecer intelectualmente formal e preciso, mas ele é um verdadeiro sábio, cheio de conhecimento e tem um coração gentil."

"E Freyja, a matemática?"

"Acho que você vai gostar do foco dela em seu trabalho e compromisso profissional. Mas ela também tem calor humano."

"Estou animada para conhecê-los todos. E um pouco nervosa", disse Evie.

A insegurança que ele havia vislumbrado antes estava agora em plena exibição. "O movimento é todo pela igualdade. Você deve viver isso e perceber que você é igual a todos os outros. Seu valor vem de dentro, de seu caráter."

"Acredito nisso de maneira abstrata, mas é preciso esforço para abraçá-lo emocionalmente, já que vivemos em um mundo que não admite isso", disse ela.

"Todos eles vão adorar você." Disse Joe. Ele sabia que ela poderia se virar em qualquer situação. Ele estava menos seguro de si mesmo.

◆

A casa de praia estava do mesmo jeito em que eles a haviam deixado. O sol brilhava no telhado marrom e os sons das gaivotas e das ondas quebrando ofereciam um dueto de boas-vindas. Joe se concentrou em suas curvas. A praia estava vazia e a ondulação muito pequena para desafiar Evie, então ela passava o tempo com ele, deitada na prancha ou surfando ao seu lado. Depois do almoço, eles voltaram para casa. Passaram a tarde fazendo amor, agora mais acostumados com os corpos um do outro, mais seguros nas respostas um do outro. Depois, o pôr do sol banhava o horizonte em tons de açafrão enquanto eles ouviam a música do mar contra a praia.

"Estou pensando na festa de amanhã à noite." Ela aninhou-se em seu peito. "Seus amigos não vão se preocupar com meu Nível?"

"Não, não mesmo. Eles não vão perguntar. A faculdade é um lugar igualitário."

"Mas estamos infringindo a lei."

"Acho que estou infringindo a lei desde que cheguei aqui." Ele lhe deu um aperto encorajador. "E eu analisei as estatísticas da acusação. Eles não acusam tantos quanto você poderia esperar, o que sugere que as pessoas encontraram maneiras de viver juntas, apesar desta lei fútil. Acho que as autoridades olham para o outro lado, a menos que estejam procurando um motivo para incomodar alguém. Desculpe, mas você também encontrou alguém rebelde."

Evie apoiou-se em um cotovelo, uma expressão intensa em seu rosto que ele aprendera que significava determinação. "Tropeçar em mim foi um acidente. Nossa aproximação resultou desse acidente. Mas agora isso parece outra coisa."

. . .

As ondas estão quebrando lá fora. Eles estão crescendo na minha cabeça. Chega um momento em que você está aproveitando a onda e decide virar, e a virada decide todo o resto depois.

. . .

"É outra coisa. Eu me apaixonei por você."
Uma doce felicidade encheu seus olhos. "Eu também te amo."

◆

Eles chegaram ao coquetel dezessete minutos após seu início. Evie vestia um macacão creme sem mangas deslumbrante com uma cauda que caía no chão, formando uma meia elipse em torno de suas pernas longas. Joe ofereceu seu braço. "Parece que você gosta de usar meus crédito\$ escuro\$, também, e dobrar seu valor."

"Eu preciso ter uma aparência adequada." Eles pisaram no patamar.

Grupos de pessoas enchiam a sala abaixo, todos vestidos mais formalmente do que o normal – os homens com paletós, as mulheres com macacões. Ele estava feliz por Evie ter sugerido que ele usasse uma jaqueta e que ela o tivesse levado às compras naquela manhã para ajudá-lo a escolher uma. O murmúrio de vozes sugeria uma reunião mais festiva que formal. Ele viu Mike e Gabe juntos. Nenhum dos dois trouxera alguém junto, acompanhante ou amigo.

"Não vejo o Dr. Jardine ainda, mas tenho certeza de que você vai gostar de conhecê-lo também." Ele a conduziu para pegar as taças de vinho e eles caminharam até os dois homens mais velhos.

Joe apresentou Gabe e Mike. Evie cumprimentou Gabe primeiro com seu sorriso vivaz, depois se virou para Mike e disse: "Prazer em conhecê-lo também, Professor Swaarden. Meu nome é Evie Joneson."

"Por favor, me chame de Mike. Joe mencionou seu mestrado em ciência política e economia – assuntos de interesse que se sobrepõem aos meus. Posso supor que a justiça social faça parte disso?"

"Está certo. Tive tempo para aplicar meus estudos de ciência política no mundo real por vários anos."

"Há muito trabalho a se fazer. Nossas leis estão longe de justas." Mike ofereceu um aceno de aprovação. "Não sei como permitimos que este estado abominável se estendesse por tanto tempo."

Evie sorriu com espontaneidade, inclinando-se para a frente. "A lei natural é descoberta pelas pessoas que usam a razão, escolhendo entre o bem e o mal. Espalhar a palavra sobre as injustiças pode trazer mudanças."

"Sim, mas é difícil lutar contra o interesse próprio que mantém o status quo. Essa é a natureza humana."

"Talvez você esteja se referindo a Hobbes? Sigo as ideias de Joseph Butler. A humanidade tende ao altruísmo e à benevolência. Precisamos buscar esses traços em nossa natureza como guias para o que é certo."

Enquanto os dois discutiam o assunto, Joe percebeu que Mike adivinhara muito mais sobre Evie do que havia de fato sido dito. Joe e Gabe ficaram por perto, apreciando o intercâmbio.

"Vejo que você encontrou algum equilíbrio na vida." Os olhos escuros de Gabe brilharam. "Ah, e Mike me incluiu em seu projeto."

"Excelente. Fico feliz em ter você no time."

Atrás de Gabe, Freyja se aproximou, com os olhos azuis luminosos. Ela usava seu colar de ouro e um macacão azul cobalto com uma capa de ombro combinando.

Evie retribuiu a saudação calorosa de Freyja. "Joe me disse o quanto gosta de conversar com você sobre matemática." Freyja sugeriu que Evie se juntasse a ela na mesa de canapés, e elas se afastaram, conversando amigavelmente. Joe havia pensado no encontro delas com circunspecção, e ficou aliviado ao ver que tudo estava correndo bem. Ele tomou um gole de vinho com Mike e Gabe.

"Foi uma discussão estimulante." Mike sorriu.

"Evie tem uma mente ativa e um rosto adorável", disse Gabe.

"A mente e o rosto de um anjo", disse Joe.

"É um homem sábio ou apenas um sortudo que carrega um anjo no braço?" Gabe riu.

Antes que Joe pudesse responder, uma expressão furiosa surgiu no rosto de Mike. "Eu pensei que aquela cobra tinha sumido." Joe seguiu seu olhar. Peightân desceu as escadas do patamar com suas botas pretas de cano alto. Um momento depois, ele parou diante de Evie, sua mandíbula mastigando as palavras enquanto lhe dirigia a fala.

Joe correu pela sala, a tempo de ouvir Freyja defendendo-a. "Pare de incomodá-la. Ela é uma convidada. Relaxe. Vá para a praia tomar um sol."

Peightân a ignorou, mas olhou para Joe enquanto ele se aproximava. "Ah, Sr. Denkensmith, como esperado. Eu estava me apresentando à sua amiga." Um deleite arrogante envolveu seu rosto pálido quando se voltou para Evie. "Como eu estava dizendo, me tornei um especialista em fraqueza moral humana. A gama de crimes de que as pessoas são capazes é extraordinária."

"Por que você está aqui?" Joe apertou as palmas das mãos úmidas.

Peightân olhou para ele sem emoção. "Com tempo suficiente para vasculhar o oceano de dados que coletamos, encontramos tudo aquilo de que precisamos saber." Ele centrou seu olhar implacável em Evie. "Talvez eu esteja aqui porque meu trabalho às vezes é chato. Os humanos eram mais perversos no passado. Agora me vejo tendo um interesse pessoal em crimes que podem parecer mesquinhos, mas têm profundas implicações sociais. Considere este movimento de protesto recente ou a invasão dos nossos bancos de dados." Evie encarava Peightân com uma expressão fria como a dele, enquanto ele continuava: "Alguns pensam que sabem mais do que os legisladores."

"Os seres humanos escrevem as leis." O olhar de Evie não vacilou em nenhum momento. "Também podemos mudar nossa opinião sobre o que é certo e o que é errado. Estas são decisões sociais."

O tom de Peightân tornou-se vitorioso. "Ah, você foi tentada a acreditar que pode julgar o que é melhor para todos. Bem, a lei diz que as hierarquias são boas para a sociedade, reconhecendo que algumas são naturalmente mais altas e outras mais baixas. Assim, todos podem estar em seu Nível perfeito, desempenhando perfeitamente as funções que lhe foram atribuídas. Estou aqui para fazer cumprir a letra da lei tal como foi escrita." Seu olhar se fixou em Evie. "Somos iguais, você e eu. Nós dois lutamos para defender aquilo em que acreditamos."

Evie estremeceu, mas se manteve firme. "Apenas iguais através de um espelho quebrado."

Ele baixou a voz para um sibilo. "E você, com seu Nível baixo, está mais perto da morte do que eu. E minha profissão me coloca em contato com a morte de perto. Como você logo descobrirá."

"O que você quer dizer?" A cor desapareceu do rosto de Evie.

"Seus amigos estão mortos."

Evie estremeceu, cobriu a boca e cambaleou. Joe passou o braço em volta da cintura dela, firmando-a.

Em um piscar de olhos, Gabe estava ao lado de Joe. "O que você está fazendo com esta jovem? Você não tem humanidade?"

"Estou aqui para prendê-la. E ele." O olhar de Peightân cintilou, provavelmente resultado da comunicação em seu NEST. Um momento depois, as portas acima se abriram e Zable entrou correndo com dois copbots. Eles dispararam escada abaixo para cercar Evie e Joe. Um dos copbots agarrou o pulso direito de Joe e girou-o no sentido horário, forçando-o a se virar para trás. Ele alcançou sua mão esquerda e a prendeu num par de algemas. O segundo copbot algemou Evie.

Zable olhou para Peightân, que assentiu com ar satisfeito. Zable voltou-se para a sala e anunciou em voz alta: "Por ordem do Ministério da Segurança, estamos prendendo esses terroristas por crimes graves. Vocês agora estão a salvo desse perigo."

Todos ficaram em silêncio, atordoados, enquanto os robôs empurravam seus dois prisioneiros escada acima, para fora. Um hovercraft estava parado, com os motores zumbindo. Os copbots os empurraram para dentro. As algemas esfolaram os pulsos de Joe quando ele se deixou cair no assento e Evie se pressionou contra ele. Ela estremeceu quando a nave subiu no ar.

Capítulo 26

Um copbot conduziu Joe da cela de segurança máxima para uma sala de visitas cinzenta e sombria. Ele usava o macacão laranja padrão, com os pulsos algemados na frente. A bolha de privacidade, de três metros de diâmetro, ficava em uma plataforma elevada no centro da sala. Mike Swaarden esperava na cabine de visita. Joe sentou-se na cabine do prisioneiro e Mike ativou a bolha, que brilhou em azul.

Mike espiou pela grade de metal que os separava. "Esperemos que essa bolha realmente proteja nossa privacidade. Privilégio da relação advogado-cliente, você sabe."

"Eles me disseram. Obrigado por se voluntariar para ser nosso advogado."

"Sem promessas. Sinto muito, mas não há muito o que eu possa fazer." Mike parecia um homem em um funeral.

"Eles tiraram a unidade de energia do meu NEST e me mantiveram em confinamento solitário. Já se passaram três dias?"

"Sim, três dias. E esse é o procedimento padrão."

Joe se inclinou para frente e a tensão, presente em seu pescoço e ombros desde a prisão, ficava ainda mais forte. "Como está Evie? Quando eles nos separaram, ela ainda estava tremendo."

"Eu acabei de vê-la. Ela está subjugada, mas não derrotada, e está processando as notícias sobre seus amigos."

"OK." Joe respirou fundo, o que não o ajudou a relaxar. "O que vem a seguir?"

"Eles entraram com as acusações formalmente. Haverá um julgamento dentro de duas semanas – justiça rápida, eles dizem."

"Do que somos acusados?"

Mike esfregou a testa. "As acusações menores incluem fomentar assembleias de protesto ilegais e consórcio entre Níveis incompatíveis. Para você, eles incluíram a acusação boba de trabalhar em horas secretas. E ajudar e estimular a fuga de criminosos." Mike fez uma pausa.

"Mais?"

"Sim. A principal queixa criminal é o terrorismo doméstico. Eles retratam Evie como a mentora de um grupo terrorista anarquista. Você é acusado de ser seu cúmplice voluntário. Outra loja foi bombardeada um dia antes do coquetel. Desta vez, matou um congressista."

"Meu Deus." A voz de Joe parecia trêmula em seus próprios ouvidos.

. . .

Outra pessoa morta, uma tragédia para sua família. E eu, acusado deste crime terrível. Nunca ficarei livre novamente se eles me julgarem culpado.

. . .

Mike continuou. "O Ministério da Segurança tem evidências de DNA que ligam vocês dois à cena."

"Impossível." As narinas de Joe dilataram-se. "Um dia antes do coquetel? Estávamos na praia."

"Eu já verifiquei." Mike balançou a cabeça. "Não há nenhum registro que lhe dê um álibi." Seu lábio se curvou. "Tem mais. O legislador que morreu na explosão da bomba – um cara legal, eu o conhecia pessoalmente – era um idealista. Coincidentemente, ele se manifestou contra o tamanho da alocação orçamentária do Ministério da Segurança."

Mike acenou com a cabeça ao franzir da testa de Joe, em reconhecimento à provável cadeia de eventos.

"Peightân ganha dois por um. Ele planejou o bombardeio e trocou o registro de evidências de DNA. Fácil porque ele tem acesso aos bancos de dados. Peightân nos incriminou."

"Provavelmente", disse Mike.

Joe pensou por um momento. "Raif mencionou que nossa tentativa de hack foi descoberta semana passada, mas escondemos nossas identidades. No dia seguinte à descoberta, a bomba explodiu. Você acha que Peightân veio encontrar Evie cara a cara para ver se ela sabia sobre o último hack?"

Mike concordou.

"Isso implicaria que o código worm é um trabalho interno e que os copbots de Zable mataram o cDc depois que ele descobriu algo em um banco de dados." Um arrepio desceu pelas costas de Joe. "Peightân fará de tudo para encobrir o que quer que esteja acontecendo."

"Ele é perverso. A equipe está trabalhando para pegá-lo, mas se ele continuar a cobrir seus rastros tão bem, tudo que teremos é especulação. Pode levar muito tempo."

"O que podemos fazer sobre nós?"

Mike suspirou. "Menos do que gostaríamos. A chamada justiça hoje em dia é pelos números. E os números foram manipulados." Ele ergueu as mãos com um encolher de ombros. "A menos que tenhamos uma descoberta milagrosa, não podemos refutar suas amostras de DNA encontradas na cena da bomba."

. . .

O resultado parece tão previsível, tão certo, quanto uma prova matemática – banimento para a Zona Vazia. Depois, morte para Evie, e eu jogado em algum deserto esquecido por Deus, muito antes que alguém possa provar nossa inocência. A morte nunca esteve tão perto. O Cavaleiro está se aproximando.

. . .

Joe engoliu em seco. "O que a Evie disse?"

A expressão de Mike se iluminou ligeiramente. "Evie é uma otimista. Ela me disse para repassar a você que ela já começou a se condicionar fisicamente para a sobrevivência."

Um sorriso apareceu nos lábios de Joe, apesar do pavor pesando em seu estômago. Ele se lembrou de que Evie passara um tempo acampando no passado – ela não ficaria desamparada. Como ele poderia contribuir? "Quais são os nossos ativos permitidos?"

"Eles não permitem eletrônicos ou tecnologia biomédica na Zona Vazia, mas você pode levar qualquer tecnologia e os suprimentos arcaicos que puder."

Joe se lembrou da descrição do governo de banimento. "Ah, certo. Eles nos darão uma chance esportiva."

"Com um verniz de propriedade internacional."

Joe esfregou os pulsos sob as algemas. "Deixa eu te dar uma lista. Pegue uma lista de Evie também. Use meus crédito$ escuro$. Você vai encontrá-los escondidos sob a garrafa de uísque em meu apartamento. Vou passar a chave de criptografia para você agora."

Mike pegou um papel para escrever e uma caneta de seus pertences e passou-os pela fenda fina das grades. "O maldito bot não permitiria a tecnologia eletrônica aqui. Você precisará usar isso para gravar tudo."

Joe pegou a caneta com uma cara feia e passou os próximos minutos rabiscando laboriosamente no papel, lutando para lembrar o processo de uma aula de arte na infância. Ele balançou a mão com cãibras enquanto deslizava o papel de volta.

Mike leu a lista, balançando a cabeça. "Comida, água, equipamento de sobrevivência primitivo, sim." Seu dedo parou em um item com vários subitens listados abaixo. "Isso – plantas comestíveis, flora e fauna do sudoeste, habilidades de sobrevivência, caça e pesca, fabricação de sabão, notícias arquivadas – todos livros? Em um allbook? Você não pode —"

Joe ergueu a mão. "Eu sei, não posso levar o allbook para a Zona Vazia. Mas posso levar minha mente."

◆

Joe e Evie deram as mãos no tribunal lotado, Mike ao seu lado. O robojuiz sentou-se impassível no banco, seu rosto prateado movendo-se metodicamente de Joe para Evie e depois de volta. "Por favor, leia as acusações em voz alta", dizia.

Um pipabot deu um passo à frente. "Joseph Denkensmith, você é acusado de ajudar e encorajar a fuga criminosa de um terrorista doméstico, e então se envolver em uma conspiração terrorista doméstica que culminou no assassinato de um humano..." O bot zumbiu por mais um minuto, então continuou com as acusações de Evie. "Evie Joneson, você é acusada de liderar uma organização terrorista doméstica, perigosa para a vida humana, que planejou o assassinato de um humano em um bombardeio de loja..."

Terminada a leitura, eles enfrentaram o robojuiz. "A evidência empírica é esmagadora. Não encontramos motivos para duvidar das evidências." Seus olhos com lentes fixaram-se neles antes de anunciar o veredicto. "Joseph Denkensmith, você foi considerado culpado de todas as acusações. Evie Joneson, você foi considerada culpada de todas as acusações."

O robojuiz continuou olhando deliberadamente para cada um deles. "A promotoria pediu uma sentença para cada um de vocês por três anos de banimento para a Zona Vazia. Embora tal sentença esteja no topo das diretrizes de sentença, ela é afirmada, dadas as circunstâncias especiais neste caso." A testa do robojuiz brilhou azul por três segundos inteiros, depois roxa, enquanto se virava em expectativa para o juiz humano à sua direita.

O juiz humano disse: "Concordo com a decisão do juiz honorário. Não encontro motivos sob a lei para discordar." Ele fez uma pausa, olhando para os dois. "Estes são atos desprezíveis. Não vamos apoiar terroristas que tentam minar nosso sistema político. A sentença deve ser executada dentro de quarenta e oito horas." Ele bateu um martelo e todos na sala do tribunal se levantaram enquanto os juízes saíam.

Sete copbots os escoltaram para fora da sala. Mike se arrastou três metros atrás. Evie segurou o olhar de Joe e se ergueu. Eles marcharam com as cabeças erguidas, olhando desafiadoramente para a frente. Quando as portas se abriram, eles enfrentaram um mar de gravadores, capturando a cena para a mídia. Eles foram conduzidos por um corredor lateral, para longe do brilho público e para a área da prisão. Mike seguiu Joe e Evie até uma bolha de privacidade e a ativou. Os copbots esperaram do lado de fora.

Mike olhou para suas mãos. "Embora o resultado tenha sido o esperado, sinto que falhei com você. Supostamente, os juízes de IA são rigorosamente lógicos, baseados em evidências e completamente imparciais."

"Dados inválidos..." Joe disse, deixando a frase inacabada. "Não culpamos você, Mike." Ele franziu a testa. "Eu esperava um pouco mais de apoio no tribunal, no entanto."

"Dina decidiu que ninguém mais deveria comparecer ao julgamento, porque isso poderia fornecer um rastro de volta para as operações da equipe. Eles estão em frangalhos, Joe, realmente estão." Uma lágrima rolou pela bochecha de Mike antes que ele respirasse fundo e a enxugasse. "Ouça, nós só temos alguns minutos para esta última conversa, então deixe-me ir direto ao ponto. A equipe está tentando resolver o mistério maior do código worm, com a esperança de que isso possa levar à descoberta de como as evidências foram corrompidas. Mas ninguém acha que isso ocorrerá logo."

"Ainda não morremos", disse Evie. Ela olhou para Joe. "E nós temos um ao outro." Ele a apertou em um longo abraço, beijando-a.

Em seguida, eles abraçaram Mike e os policiais os conduziram em direção a um prédio médico adjacente. A última visão que Joe teve de Mike foi de seu punho erguido desafiadoramente no ar.

Eles foram empurrados para dentro. Evie lançou um olhar apreensivo para Joe enquanto um robô a levava por um corredor. O copbot o conduziu a uma sala esterilizada, onde ele esperou com os nervos à flor da pele. Um médico-robô entrou. "Senhor, estou desativando todos os seus aparelhos eletrônicos e seu MEDFLOW. Por favor, remova sua camisa." Uma das mãos octo-falangeadas do bot sondou acima da orelha esquerda de Joe e encontrou o NEST. Joe sabia que estava verificando se a fonte de alimentação fora removida. Em seguida, o bot injetou analgésicos com a ponta de um bisturi e fez uma incisão na pele do quadril direito de Joe. Ele removeu o pacote de energia do MEDFLOW. A mão mecânica operou com precisão, depois selou a aba de tecido de volta no lugar.

"E o azulejo biométrico?"

"Fui instruído a permitir a retenção desse dispositivo passivo incorporado, para permitir a identificação quando necessário."

"Mais fácil de identificar nossos corpos?"

Ele pensou que o bot poderia ter preferido ignorar o comentário, mas respondeu: "Correto. O dispositivo envia um sinal de localização após sua morte." O médico-robô rolou um metro para trás. "Senhor, agora devo registrar sua condição médica, para certificar de que você está em excelente estado de saúde quando nos deixar." Ele levantou uma mão de metal. "Por favor, remova todas as suas roupas restantes."

Joe obedeceu, estremecendo sob as luzes.

A mão fria de aço deslizou para frente. "Senhor, tussa, por favor."

"Vá se foder", Joe tossiu.

<hr />

Joe olhou de relance para Evie. "Amanhã é o dia. Você se sente pronta?"

A mandíbula de Evie apertou. "Vai-se para a guerra com absoluta segurança. Eu me preparei da melhor maneira que pude. Você se sente pronto?"

Joe encolheu os ombros, perguntando-se se as semanas que passou memorizando textos de sobrevivência seriam tão úteis quanto esperava na Zona Vazia. "Tanto quanto possível. Só o tempo irá dizer." Evie apertou a mão dele.

Os bots os tiraram do confinamento solitário e os deixaram sozinhos em uma grande cela de detenção. Uma pilha de roupas especiais estava no meio, ao lado de duas mochilas. Os suprimentos foram cortesia de Mike, que seguiu diligentemente suas listas. Os copbots examinaram tudo quanto a eletrônicos proibidos e tecnologia biomédica.

Evie vasculhou as roupas, segurando várias peças para verificar se cabiam bem e, em seguida, abriu a mochila e examinou o conteúdo. As embalagens eram semelhantes e grandes, fabricadas com um material leve e de alta resistência. Ele ergueu a sua para estimar o peso. "Felizmente, não há regra sobre o uso de materiais modernos", disse ele, inspecionando o equipamento de alta qualidade.

"Usando seus crédito$ escuro$ por uma causa nobre." O sorriso irônico de Evie ecoou seus próprios sentimentos. "O que está preso do lado de fora de sua mochila?"

Ele puxou o machado de duas pontas e o ergueu. "Um homem precisa de suas ferramentas. Veja, este modelo tem uma alça telescópica, então é uma arma de mão, mas com a alça estendida você pode cortar madeira." Ele ergueu o machado, sentindo o equilíbrio na mão direita.

"E o arco e flechas? Você sabe como usá-los?"

Joe se preocupou um pouco com isso. "Eu nunca atirei com um arco, mas posso aprender sozinho. Vale a pena o peso extra." Ele evitou pensar sobre por que o arco seria útil, e Evie não argumentou sobre a necessidade da arma.

Encaixando uma das flechas com ponta de navalha, ele verificou o comprimento do arco composto. Ele puxou o cabo até o canto da sua boca, as rodas girando suavemente nas pontas dos membros.

"Não é exatamente primitivo", observou Evie.

"Alguns séculos de idade. Mas não há eletrônicos – apenas uma lente para ampliação na mira simples." Ele acenou com o queixo em direção a uma vara ao lado da mochila de Evie. "Bengala?"

Evie agarrou a vara, que tinha quase dois metros de comprimento. Ela a girou entre as duas mãos, habilmente torcendo seus pulsos e trocando de mãos enquanto girava. Ela mudou para um giro com uma mão. Ele observou as pontas se borrarem conforme ela aumentava a velocidade. Ela girou a vara com um último arco amplo e a colocou em repouso.

"É um cajado bō", disse ela. "Tradicionalmente, eles são feitos de madeira. Mas este é uma liga de metal leve avançada. Eu tinha uma lâmina retrátil adicionada na extremidade, então é uma arma ofensiva também." Ela virou o bastão e apontou para uma lâmina curva que poderia puxar para dentro da haste com o movimento de uma alavanca na lateral. "Com este acréscimo, também posso transformá-lo rapidamente, se necessário, em um *naginata*, que é uma arma de polo tradicional."

Joe ficou impressionado. "Bem pensado." Ele baixou o arco e vasculhou sua mochila. "Tenho certeza de que Mike confirmou que não temos duplicatas desnecessárias. O problema crítico que vejo é não ter água suficiente."

Ela mordeu o lábio. "A Zona Vazia é muito deserta, certo?"

"Acredito que sim." Joe havia solicitado todo o material de leitura que Mike poderia encontrar na Zona Vazia, então resumiu o que havia lido para Evie. "A área costumava ser povoada, mas depois do aquecimento global o calor tornou-se muito forte. A mega seca no sudoeste americano durou mais de um século. Isso fez com que quase todos no centro de Nevada migrassem. O governo forçou os que restaram a se mudar, porque queriam transformar a área no que é agora – uma prisão ao ar livre. Pelo que posso dizer, existem algumas montanhas, mas não tenho ideia sobre florestas ou fontes de água. O governo censurou todos os mapas e informações sobre a área. Os mapas mostram apenas uma região em forma de batata. Teremos que encontrar nosso caminho pela configuração da paisagem."

"Eles não deveriam nos colocar onde há chances de sobrevivência?"

"Sim, embora a taxa de sobrevivência real seja bem inferior a cinquenta por cento." Ele tentou sorrir. "Esperamos que nossa preparação nos ajude a vencer as adversidades, sejam elas quais forem."

"Lutei contra as adversidades minha vida inteira", disse ela. Apertou os olhos para seus recipientes de água. "Podemos morrer de sede primeiro. Portanto, carregaremos o máximo de água que pudermos."

"Você pode carregar mais do que isso?"

Ela ergueu sua mochila. "Eu posso carregar meu peso," ela disse com determinação.

Joe concordou.

A única porta da cela se abriu e cinco copbots entraram, seguidos por Peightân e Zable. Peightân estava vestido formalmente, com dragonas nos ombros de seu uniforme de policial e um olhar imperioso. Os bots e Zable ficaram em posição de sentido atrás dele.

"Estou aqui para cumprir minhas obrigações formais antes de me despedir de vocês em sua jornada." Seu tom era nítido e profissional. "Por decreto, vocês estão proibidos de levarem qualquer dispositivo eletrônico ou biomédico para a Zona Vazia. Os Estados permitem tudo o que vocês acharem necessário para sobreviver, desde que vocês possam carregá-lo."

"Sua preocupação com nossa sobrevivência é notável." Joe disse com óbvio sarcasmo, voltando-se então para o prático. "Precisamos de mais sete litros de água cada."

Peightân suspirou. "O pedido foi concedido. Agora, vocês concordam em se comportar de maneira adequada e em ilustrar para aqueles de fora que foram tratados apropriadamente, de acordo com a lei?"

"Vamos fazer o show de sempre para você." Amargura escorria das palavras de Evie.

Peightân fez uma pausa enquanto eles olhavam fixamente para trás. "Vocês foram condenados a passar exatamente três anos banidos na Zona Vazia, começando amanhã. A Zona Vazia é uma região dos Estados desprovida de gente e de máquinas modernas. Cobre aproximadamente quarenta mil quilômetros quadrados. É cercada por uma parede elétrica de mil quilômetros de extensão. A parede tem cinco portões. Vocês estão livres para sair por qualquer portão ao meio-dia, no dia em que terminarem de cumprir sua pena de exatamente três anos. Os mechas que guardam esses portões permitirão sua passagem sem que sejam molestados."

Joe memorizou os detalhes enquanto Peightân falava. "Todos os guardas autônomos têm permissão para usar força letal em qualquer ser humano na Zona Vazia. Se vocês tentarem furar o bloqueio antes que suas sentenças sejam concluídas, vocês morrerão. Entenderam?" Com as sobrancelhas erguidas, Peightân esperou pela resposta afirmativa.

Joe retrucou: "Sim, entendemos as maneiras típicas como os prisioneiros podem morrer na Zona Vazia. Mas vamos escolher nosso próprio caminho."

"Todo mundo morre no final."

Capítulo 27

Joe olhou através das barras de sua cela. Uma luz fraca e solitária no teto lançava sombras que recuavam para a escuridão mais adiante no corredor vazio. Ele era o único prisioneiro nesta seção da instalação. O ar úmido e bolorento contra seu rosto o lembrou de uma simulação tátil RV de uma masmorra medieval. Como última indignidade, eles colocaram as algemas de volta em seus pulsos.

Ele manteve a fachada desde a prisão, tentando ser forte na frente de Evie e Mike. Mas agora, sozinho no escuro, toda a realidade de sua situação o atingiu, e ele estava com medo e com raiva.

. . .

Sempre joguei com as probabilidades de forma conservadora, como se isso me protegesse. Mas essas são probabilidades impossíveis. Eu vou morrer lá fora. Evie vai morrer comigo. O fim geralmente parece tão distante. Até não ser mais.

Tomei a decisão certa em ajudá-la? Eu fiz isso com a cabeça e com o coração. Achei que ela era uma pessoa virtuosa, valia o risco, e eu estava certo. O mundo testa cada decisão que você toma, tanto para agir quanto para não agir. Não há parada ao lado da estrada; você deve escolher um caminho e seguir em frente. Não me arrependo de ter escolhido Evie.

. . .

Seus pensamentos se afastaram de Evie e voltaram para a prisão. A fúria subiu em sua garganta, e seu estômago apertou, a bílis queimando como um demônio tentando escapar. A raiva o impeliu para as barras, que ele agarrou e tentou sacudir, seus músculos flexionando-se impotentes contra o metal imóvel. Ele bateu contra as barras até que as algemas machucassem seus pulsos. O som ecoou no corredor, então desapareceu no silêncio de pedra imutável.

. . .

Se existe um Deus, onde você está agora? Não há nenhuma evidência no universo físico fechado de que você exista.

. . .

Com o peito arfando e lágrimas nas bochechas, Joe caiu de joelhos diante da porta da cela. Agarrou as barras e soltou um uivo angustiado antes de cair no chão de concreto.

. . .

Não, não é Deus, mas o mal nas pessoas e as injustiças que elas permitem que odeio. Malditos horrores que elas fazem uma à outra. Eu entendo a paixão de Evie agora. Raiva, raiva contra isso.

. . .

Uma porta se abriu com um rangido. Uma luz fraca se moveu pelo corredor em direção a ele em sincronia com o impacto das botas se aproximando. Ele fechou os olhos até que os passos parassem a centímetros de seu rosto molhado. Ele espiou o rosto extasiado de Zable, que batia o cassetete na mão esquerda. Joe enxugou o nariz enquanto a fúria crescia novamente dentro dele.

Ele se levantou e mirou aqueles olhos maliciosos. "Desfrutando de um momento de Schadenfreude[1]?" A voz de Joe ficou rouca pela falta de sono e estresse, e ele gostou do tom rosnado de seu sarcasmo.

"Pode parar com essa língua estrangeira. Como eu esperava, você é um covarde sem bolas. É difícil saber por que uma garota, mesmo do meu antigo Nível, perderia tempo com você."

"Se você está se referindo ao caráter, você está certo. Ela é melhor do que nós dois, mas não se coloque na mesma frase, seu bastardo esférico."

"Esférico?" Zable franziu a testa, confuso.

---

1 Termo que designa alegria maliciosa, em alemão no original. [N. T.]

"Como um astrônomo disse uma vez, de qualquer maneira que alguém olhe para você, você ainda é um bastardo."

As narinas de Zable dilataram-se. Afastando-se das barras, ele tocou o peito de Joe com o cassetete. Um flash vermelho e branco cegou Joe enquanto seu corpo se convulsionava de dor. Suas mãos algemadas tremiam, os dedos involuntariamente agarravam as barras enquanto seu corpo estremecia com a eletricidade que corria por ele. Seu cérebro realmente explodiria do topo do crânio?

A corrente elétrica pulsou em seu peito novamente e seus pulmões se contraíram. Ele não conseguia respirar. Zable riu e deu um choque nele pela terceira vez. A dor era insuportável. Dez mil abelhas rastejaram sobre sua pele, com Joe pendurado pelos punhos cerrados nas barras. Zable pulsou a arma mais uma vez. Sua visão se estreitou, sua cabeça latejou e a dor aumentou em cada fibra.

"Você se acha tão nobre. Você desce do seu Nível e simplesmente pega o que quer, como *ela*. Bem, alguns de nós sabemos como alcançar o que queremos." Zable cuspiu as palavras. Joe gemeu e rolou para longe da porta da cela.

"É uma pena que precisemos parar – hora de ligar as câmeras de vídeo novamente. E logo quando eu estava me divertindo. Vejo você amanhã, covarde."

Os passos de Zable afastaram-se dele. A porta no final do corredor fechou-se com um estrondo. Sua virilha estava molhada. Sua bexiga havia esvaziado com os choques. Ele se levantou do chão e cambaleou até a cama. Caído, ele conseguiu afastar a dor com o ódio inflamado por Zable. Ele permitiu que o ódio perdurasse até que imaginou a luz fraca da manhã aparecendo fora da prisão, embora sua cela permanecesse um buraco negro.

Uma imagem de Evie depois que ele a abraçou pela última vez encheu seus pensamentos, com o olhar desafiador que ela lançou para o copbot o qual os levara de volta às celas. Era ódio que ela nutria? Era ódio à injustiça, mas não ódio de pessoas individualmente. Foi uma resistência mais nobre.

A escuridão o cercou, com apenas o cobertor áspero sob suas costas o ancorando no mundo. As lágrimas de Joe haviam secado e ele estava imóvel. Sua raiva sobre o aparecimento de Zable e o não aparecimento de Deus foi substituída pela escuridão infinita de saber que ele estava sozinho. Olhou para a escuridão com crescente desafio. Joe disse às grades da prisão, "Nunca desista".

Escoltados por sete copbots, Joe e Evie pararam na entrada do prédio do Ministério. Eles carregavam suas mochilas, cheias de synjugs extras de água. Evie usava uma jaqueta verde sobre uma camisa xadrez, calças cáqui enfiadas em botas pretas de caminhada e um chapéu de sol. Joe olhou para seus Mercuries. Ele desenrolou os punhos superiores no modo de inicialização e os colocou em um marrom claro antes que os copbots os desenergizassem. Fechou sua jaqueta transformável.

A tela projetada na parede exibia a cena do lado de fora das portas fechadas. Uma multidão gigantesca se reunia na praça. Repórteres e bots com dispositivos de gravação se alinhavam no saguão. Um solitário hovercraft da polícia estava estacionado no outro lado da praça. Mais copbots desfilaram e formaram fileiras de barricadas entre o prédio do Ministério e o hovercraft que os aguardava. Os robôs se viraram para o saguão aberto, suas capas de grafeno-Kevlar penduradas nos ombros em linhas simétricas. A multidão aguardava.

"Que comece o show", disse Evie.

"Mais como uma caminhada de criminoso. Eles querem que todos vejam como estamos equipados – uma pretensão de que isso não seja planejadamente mortal. E eles querem que mostremos remorso."

Evie fez uma careta. "Quando as pessoas souberem de todos os fatos, serão elas que sentirão remorso. Até então, é suficiente saber que temos a verdade do nosso lado. Mas agora é hora da nossa viagem de acampamento começar."

. . .

Oh, sim, acampar, eu *li* tudo sobre isso agora.

. . .

As portas se abriram e os guardbots empurraram Joe e Evie para a frente entre as fileiras de copbots em direção ao veículo. Joe olhou para trás, para a fachada austera do prédio do Ministério, um monumento brutalista à autoridade. Evie chamou sua atenção com uma expressão inquisitiva e ele acenou com a cabeça com segurança. A súbita memória da noite anterior o fez hesitar, mas ele endureceu ao vê-la caminhar à frente, e uma resolução fria apertou suas entranhas.

Hologramas projetados flutuaram sobre suas cabeças – repórteres fazendo uma cena para a multidão. Os copbots se alinharam como lápides, e Evie e ele foram escoltados para a praça. Isso o lembrou da maneira como os locutores esportivos transmitiam as jogadas durante as competições do Domo de Combate.

"... encontrado entre as cidades fantasma de Tonopah e Ruth, Nevada, com o Vale da Morte ao sul. Nenhuma estrada o atravessa e nenhuma pessoa ou máquina é encontrada lá."

"Depois que o aquecimento aumentou a temperatura média em cinco graus, as pessoas foram embora enquanto a agricultura e os empregos desapareceram. Os Estados adquiriram este terreno e construíram o muro de perímetro..."

"As pessoas já moraram lá, então não é impossível..."

Uma tela gigante em um prédio de frente para a praça projetava um newsbot comentarista. Com uma voz feminina, ele entoou: "Os Estados cumprem todas as convenções internacionais sobre punições, incluindo a abolição da pena de morte no século passado. O banimento simplesmente impede o uso de nossa tecnologia compartilhada e relega esses criminosos a meios conhecidos por civilizações anteriores."

Joe queria desligar o zumbido, mas não havia nada para desligar, uma vez que seu NEST fora desativado. Ele balançou a cabeça e se concentrou em Evie à sua frente. Ela era um lindo anjo, vingando a injustiça, insubmissa. Ela alcançou o hovercraft, virou-se e mostrou à multidão um sorriso deslumbrante e confiante, acenou com a mão despreocupada e entrou na nave. Ele a seguiu e se sentou.

"Que eles se lembrem disso quando voltarmos em três anos", disse ela.

Os motores ganharam vida e a nave saiu da praça, inclinou-se e afastou-se da civilização.

◆

Eles se amontoaram no hovercraft, suas mochilas caídas no chão. Um copbot os enfrentou no banco oposto. A porta da cabine se abriu. Uma cabeça inclinada espiou para fora, exibindo um sorriso vingativo. "Hora do último passeio da alegria."

"Você gosta demais do seu trabalho. Por que você está aqui, afinal? A entrega de prisioneiros não está abaixo da sua função?"

Zable deu um passo à frente, girou a cabeça a centímetros do rosto de Joe e zombou. "Eu não perderia isso."

Joe sentiu um buraco no estômago. "Nossas penas são de três anos na Zona Vazia. Com a chance de sobreviver."

"O Ministro Peightân faz cumprir a lei ao pé da letra. Mas eu gosto de fazer cumprir o espírito da lei. A lei quer você morto."

Zable puxou um pequeno retângulo preto do bolso. Apressou-se atrás do copbot. "Está na hora de fazer um upgrade de memória", disse ele. O robô piscou duas vezes; suas lentes fixaram-se em um olhar de pedra. "Vá redefinir nossa rota de voo. Aqui estão as coordenadas." Zable leu os números. O robô desapareceu na cabine.

O estômago de Joe se retorceu ainda mais quando Zable bateu com seu cassetete na palma da outra mão, como se esperasse por uma razão para usá-lo. O dedo de Zable se contraiu contra o interruptor enfiado em sua lateral, e suas entranhas rastejaram. Ele conhecia muito bem o poder da arma, disfarçado pelo estojo comum.

. . .

Não, eu não tenho uma opinião ruim sobre Zable por causa de seu Nível. É porque ele tem um caráter ruim. Algumas pessoas escolhem um caminho para o mal e não voltam atrás.

. . .

"Há quanto tempo você conhece o Ministro Peightân?" O comportamento calmo de Evie ajudou Joe a se concentrar em algo diferente de sua própria raiva.

"Toda a minha vida profissional." Ele pareceu surpreso com sua pergunta benigna. "Ele me ajudou a subir de Nível rapidamente."

"Ele parece particularmente motivado." Evie o disse quase como se estivesse elogiando Zable.

Zable assentiu com orgulho. "Ele mantém o objetivo que tem e nunca desiste. O Ministro trabalha muito."

"É fácil trabalhar para ele?"

Zable se aproximou de Evie. "Ele cuida de mim. Todos os crédito$ que eu quiser. E, claro, com o dinheiro vem o poder e todas as coisas que o acompanham. Garotas doces como você." Zable olhou maliciosamente, percorrendo o corpo dela.

Joe teria dado um soco no rosto dele naquele momento, mas Evie sutilmente gesticulou com a mão enquanto mantinha os olhos fixos em Zable. "E ele te dá todas as tarefas boas. Como as Queimadas."

"Isso mesmo", disse Zable, seus olhos ainda vagando. Um momento depois, o sorriso mudou para perplexidade e ele olhou para ela. "Como você saberia disso?"

. . .

Eles não estavam nos observando na Queimada. Não devem ter controle imediato de todos os bancos de dados. Seja qual for o plano real, pode demorar um pouco para acontecer. Raif e sua equipe vão brincar de esconde-esconde de hacker pela rede.

. . .

Evie deu de ombros e se afastou. "Eu pensei que deve ser uma das melhores atribuições."

Zable deu uma risadinha. "É, ver aqueles bots virarem fumaça."

O copbot voltou da cabine e assumiu sua posição no banco.

"Você e Peightân estão atrás de poder?" Joe forçou a pergunta sem rosnar.

"Não há razão para não contar, porque você vai morrer lá fora. Estou nisso pelo dinheiro e pelo poder. Gosto de dar ordens." Zable apontou o polegar para o bot. "Peightân e eu somos os primeiros da fila a dizer a esses baldes de metal o que fazer."

"Sr. Zable está correto. Eu sigo suas ordens," o copbot entoou.

"Você está nos dando boas chances de sobrevivência?" Joe casualmente se envolveu com o bot. Zable zombou em sua lateral.

O bot obedientemente respondeu à pergunta direta, como Joe havia antecipado. "Suas chances de sobreviver agora são de um por cento."

Um sorriso rebelde cruzou os lábios de Evie enquanto ela olhava para Zable. "Que coincidência. Essa é a minha chance de chegar ao Nível 1."

"É muito mais baixo do que isso agora, garota." A risadinha de Zable fez Joe cerrar os punhos.

Ele não conseguia mais controlar sua raiva. "Você fica seguindo o Peightân, cumprindo suas ordens."

Zable moveu-se para o assento mais próximo da cabine, de onde poderia mirá-los. "Eu sou meu próprio homem." Ele ainda batia em um ritmo lento na palma da mão com o cassetete. "Veja, é assim. Existe dinheiro e existe poder. Cansei de esperar pela minha parte, então encontrei uma maneira de receber ambos."

"A vida é mais do que dinheiro e poder." Joe não esperava que Zable concordasse com ele. "Existem pessoas e ideias."

"Talvez eu pense sobre isso mais tarde. Mas agora não."

Eles ficaram em silêncio por uma hora, o temperamento de Joe fervia enquanto Zable os observava com os olhos estreitos, como um gato brincando com um rato.

O hovercraft começou sua descida, e o solo do deserto se ergueu para saudá-los, uma zona árida entre montanhas cinzentas distantes. A nave se acomodou e as portas se abriram. Zable ficou em pé em sua altura mediana, enquanto o copbot puxava as mochilas para fora e os escoltava para a terra.

Zable encarou-os, com um meio sorriso malicioso curvando sua boca. "Não morram lá muito rápido. Devagar já é suficiente." As portas se fecharam e a nave subiu, levantando um monte de poeira. Joe limpou a areia da boca. A nave derreteu no ar cintilante do deserto. Quando acabou, o único som no silêncio quente foi a batida do seu coração.

Parte Três: Jornada Para Trás e Para Frente

"... O homem adquiriu a mesma capacidade que nós, de conhecer o bem e o mal... Por isso, o Senhor Deus baniu-o do jardim do Éden e mandou-o cultivar a terra, a própria terra donde tinha sido tirado."

Gênesis 3:22-23

"É uma jornada sem limite para todos os lugares que você deseja ir."

Evie Joneson

MAPA DA ZONA VAZIA
ÁREA CORRECIONAL

Elko

Grande

Monte
Coffin

Montanhas Ruby

Cordilheira Stillwater

Eureka
(cidade fantasma)

Abandonado

Montanhas Shoshone

Cordilheira White Pine

Cordilheira Egan

Ely
(cidade fantasma)

Antigo Lago
Walker
(Seco)

Cordilheira Toyabe

Bacia

Cordilheira Monitor

Cordilheira Hot Creek

Zona
Vazia

Cordilheira Snake

Cratera

Cordilheira Grant

Tonopah

Estado de
Nevada

Estado da
Califórnia

Beatty

Montanha
Yucca

N

Las Vegas

Capítulo 28

Joe estava de frente para Evie em meio à poeira. Seu ódio por Zable, a sujeira em sua boca e o calor repentino do deserto se fundiram, e a fúria em brasa ferveu dentro dele. Ele lutou para acalmar sua raiva.

Evie o observava. "Você tem algo pessoal contra Zable?"

"Diria que sim. E ele tem algo pessoal contra mim. Acho que é movido pela inveja. Ele visitou a minha cela ontem à noite."

Preocupação reluziu na face de Evie. "Deve ter sido uma surpresa."

"Sim, um verdadeiro choque. Eu o chamei de bastardo esférico."

Evie riu. "Conheço bastante a história da astronomia para entender a referência."

Ele sorriu para banir a memória escaldante e não preocupar Evie. Era hora de focar na urgência do momento. Ele protegeu os olhos do sol e observou em volta.

O profundo silêncio do deserto os envolveu. O sol estava alto no céu do fim da manhã, tostando as planícies abaixo, um deserto sem o mínimo sinal de sombra de árvore. Evie quebrou o silêncio. "Essa paisagem horrível me lembra a frase de um livro – 'Pois tu és pó, e ao pó retornarás.'"

"Isso realmente nos coloca em contato com a mortalidade". Joe não conseguiu dizer as palavras, embora elas fossem familiares. "De onde é isso?"

"Gênesis. Desculpa. Melhor evitar esses pensamentos para que possamos nos concentrar na vida." Ela inclinou a cabeça e o observou com expectativa, sem medo. "E agora? O que vai acontecer com a gente?"

. . .

Eis uma pergunta familiar. Mas agora é ela que tem experiência, não eu. E ela já jogou contra as probabilidades com mais frequência.

. . .

Ele disse: "Estamos nisso juntos. Nós decidimos juntos."

"Não tenho pudores em tomar decisões." Ela torceu as sobrancelhas. "Mas você pensa o tempo inteiro. Eu quero entender o seu processo de pensamento."

Ele examinou a praia de sal vazia. "Bom, não podemos ficar aqui." Ele apontou para montanhas distantes e acrescentou, "Para lá, norte através do nordeste".

Evie franziu a testa, considerando essa possibilidade. "Concordo que não podemos ficar aqui, mas por que em direção àquelas montanhas e não" – ela apontou para outros picos distantes no sul – "aquelas?"

Ele se levantou e colocou a pesada mochila nos ombros. "Você confia em mim? Eu posso explicar enquanto caminhamos."

Ela assentiu com a cabeça, depois recuperou o cajado para usar como bengala. Eles caminharam sobre a planície alcalina, passando por arbustos de sal murchos.

"Primeiro, não podemos ir para o oeste. Eu dei uma olhada pela janela do hovercraft. Pelo ângulo do sol, estávamos voando para o leste antes de pousar. Atravessamos salinas e um deserto vazio."

"Tudo bem. Não vamos para o oeste. Não poderíamos continuar para o leste?" perguntou.

"Poderíamos, mas acho que não deveríamos. As poucas informações que li sobre banimentos passados concluíram que as pessoas geralmente não voltam. São dados estatísticos negativos. Isso me lembrou de uma história de uma guerra mundial ocorrida há mais de dois séculos. Os matemáticos estudaram o padrão de buracos de bala no retorno de bombardeiros. Eles deduziram que os aviões que retornaram com segurança foram danificados apenas em áreas não essenciais. O que significava que as áreas não danificadas poderiam ter sido pontos críticos de fraqueza – estatisticamente, é aí que os aviões que não voltaram devem ter sido atingidos – então eles reforçaram os aviões nesses lugares. Ao encontrar padrões nos dados ausentes, mais aviões voltaram porque os matemáticos haviam deduzido as vulnerabilidades dos aviões."

"Como a evolução, influenciada por quem foi comido pelo leão."

"Exatamente. Li todas as notícias sobre as pessoas que não saíram vivas e fiz as minhas próprias deduções." Evie escutava atentamente. "Peightân falou de cinco portões na parede ao redor da Zona Vazia. Eles retiraram alguns corpos do portão sudoeste, para Tonopah, e do portão sul, para Beatty. A cidade de Beatty fica perto do depósito de lixo nuclear da Montanha Yucca, que eles construíram em parte por causa da paisagem desolada. Uns corpos também foram levados para Eureka e Ely, as cidades fantasmas que marcam as extremidades oeste e leste da antiga Autoestrada 50. Onde não há menção de corpos retirados é o portão norte. Acredito que quem viveu foi capaz de ir ao norte o suficiente para sobreviver ao verão e ao inverno. Se continuarmos indo para o norte, não parando tão cedo quanto suspeito que os outros fizeram, acho que temos uma chance."

"Então temos uma longa caminhada pela frente."

"Receio que sim. Há mais um detalhe deprimente – a sudoeste do portão norte há uma instalação de pouso de drones. Eles o chamam de Coffin Mountain, o *Monte Caixão*."

Evie bufou. "Obrigado pelo dossiê completo. Vamos ficar bem longe de lá."

Caminharam durante a tarde inteira até o sol tocar as montanhas no oeste. A paisagem não era diferente de onde haviam começado, com arbustos caídos e nenhuma árvore à vista. Ele armou a barraca, guardou as mochilas e colocou o saco de dormir duplo dentro. Evie adicionou água a uma mistura de proteínas desidratada e a aqueceu sobre o fogareiro portátil, acendendo-o com um fósforo automático. "Parece que eles tiraram os eletrônicos também", disse ela.

"Sim, mas o sílex funciona bem."

"Temos combustível para cozinhar por cerca de doze dias, então precisaremos de lenha". Ela examinou o ambiente sem árvores. Quando terminaram a refeição, toda a luz havia desaparecido. Sem luz artificial, eles entraram no saco de dormir e caíram em um sono exausto.

❖

Eles começaram ao primeiro sinal de luz, aproveitando a temperatura mais baixa. A paisagem era menos plana, mas ainda árida, e eles continuaram para o norte, entre as montanhas que cercavam um vale raso.

À medida que o dia avançava, a luz brilhava nas montanhas em tons opacos de vermelho e branco. Redemoinhos de poeira dançavam sobre a terra rachada. Para se distrair dos músculos doloridos durante as horas de caminhada, Joe identificou plantas que ele havia memorizado seu allbook – arbustos de saleiras, amarelinha espinhosa e salicornia. Eles fizeram uma sombra para descansar durante o meio-dia, para evitar o pico do calor, colocando a barraca sobre um arbusto murcho como uma inclinação. Acamparam ao lado de um antigo lago que agora era um salar. À noite, um vento forte agitava o sal no ar. Se aninharam dentro da barraca, que tremeu por várias horas.

O café da manhã era outro pacote de proteína desidratada misturado com água fervente. Ele enfiou a barraca na mochila, massageando a dor nas costas. "Como estão suas costas hoje? Sua mochila deve ser tão pesada quanto a minha."

Evie considerou e depois levantou a mochila dele. "Está mais pesada."

Joe levantou uma mochila, depois a outra. Ele tirou vários jarros d'água da mochila dela e as prendeu ao lado dele.

"Não te pedi para –"

"Eu sei."

Eles caminharam por várias horas e pararam para almoçar, evitando o calor do meio-dia. Enquanto mastigavam barras de proteína, ele refletiu sobre o progresso que fizeram, observando as colinas a noroeste. "Eu sei que a Zona Vazia tem o formato de uma batata. Considerando quanto esse lugar é seco, meu palpite é que Zable nos deixou na metade sul. Eu sei o comprimento da parede do perímetro, portanto, calculando a distância aproximada e a direção que percorremos a cada dia, posso descobrir aproximadamente onde estamos."

"É útil ter um matemático por perto", disse ela.

Eles terminaram a refeição esparsa e começaram de novo. Joe não conseguia se distrair de sua língua e garganta secas. Sem nuvens ou árvores para oferecer sombra, o sol batia na paisagem ameaçadora e nos dois viajantes. Eles acamparam ao lado de uma formação vulcânica retorcida quando a esfera implacável afundou atrás de ladeiras nuas a oeste. Na entrada da tenda, Joe segurou a mão de Evie enquanto estudava a paisagem estranha; pareciam dedos irregulares de um duende pintados de uma cor laranja estranha.

Os dois dias seguintes foram fisicamente exaustivos e mentalmente excruciantes. Joe lutou com sua mochila, que cortou suas omoplatas. Seus Mercúrios pesavam nos pés doloridos e duas unhas dos pés estavam pretas.

Evie manteve um ritmo metódico sem reclamar. Quando o terreno ficou mais acidentado, eles caminharam em fila única, em vez de lado a lado, e Joe e Evie se revezaram na posição de guias. Quando Joe estava na frente, ele poderia definir o ritmo, que nunca era mais rápido que o dela, mas se viu perdido em conspirações sombrias nas quais Zable e Peightân planejaram todas as misérias que agora ele enfrentava. Quando Evie assumia a liderança, ele se arrastava atrás e seus devaneios mudaram para fantasias envolvendo suas pernas tonificadas e quadris sinuosos. O cajado Bō, amarrado à mochila, balançava no ritmo dos seus passos.

Durante um trecho menos acidentado, ele expressou uma preocupação na qual tentava não pensar. "Acho que estamos cobrindo de quinze a vinte quilômetros por dia. Precisamos manter esse ritmo por vários dias para não ficar sem suprimentos antes de chegar a algum lugar em que possamos sobreviver. Mas se formos muito rápido, estaremos cansados demais para chegar a qualquer lugar." Dizer isso fez sua mochila pesar em dobro.

Uma mão seca se enlaçou na dele, e ele olhou para o rosto dela, marcado pela preocupação. "Queria ver qualquer coisa que sugerisse água. A terra está seca, mesmo agora no final da primavera." Na última parada de descanso, eles tomaram pequenos goles da última garrafa que Mike trouxera para eles. Agora só tinham os litros extras que haviam pedido a Peightân. "Mesmo que eles tenham deixado Celeste e Julian em algum lugar mais hospitaleiro, podemos adivinhar o que aconteceu com eles", disse ela de forma calma, com a voz triste.

Eles seguiram em frente. Acamparam sob montanhas que se elevavam dos lodaçais a leste. No quinto dia viram ainda mais lodaçais. No final da tarde, haviam subido cem metros em colinas rochosas, onde acamparam. Evie tirou a bota quente, ambos tinham bolhas nos dedões dos pés. "Inferno, que fedor." Ela estava com o nariz sobre a bota.

Joe fungou a sua e um fedor feroz o cumprimentou. "Acho que as minhas fedem mais."

"Já daria tudo para ficar limpa."

"Eu mataria por um pouco de água. Minha boca tá seca até por dentro."

Enquanto ela preparava o jantar, ele subiu à beira da cordilheira. A oeste, areia e vazio esticado no horizonte distante, onde o sol se pôs sobre outra cadeia de montanhas. Joe especulou que a parede do perímetro não estava muito além.

Virou-se para o leste e subiu outra cordilheira. Chegando ao topo, viu uma enorme cratera – fora de lugar, sobrenatural. O buraco tinha cerca de um quilômetro de largura. Joe estimou que seu fundo escuro tinha pelo menos cem metros de profundidade. Lembrava as crateras da lua que ele observara da Base Orbital WISE. E, quando anoiteceu, exatamente como na base, um vasto vazio o rodeou. Ele voltou descendo pela colina, jantou e aconchegou-se no saco de dormir ao lado de Evie, puxando-a para perto e lembrando-se de que, enquanto a tivesse, nunca estaria sozinho.

◆

A manhã seguinte estava fria, com o vento vindo do oeste. Evie o abraçou com força, e Joe estava relutante em deixar seu corpo quente. Eles se arrastaram do saco de dormir e prepararam o café da manhã com proteínas. Eles tinham sete litros de água restantes.

Para se distrair desse fato, ele disse a primeira coisa que veio à mente. "Se pelo menos tivéssemos trazido café."

"E justamente quando você estava me ensinando a gostar, não haverá vinho por anos."

"Não vamos começar a compilar a lista, ou vamos ficar deprimidos".

"Falando em beber, você é maior que eu. Você precisa beber mais água."

"Há muito deserto na nossa frente para isso. Eu gostaria de estar em tão boa forma quanto você."

"Você está chegando lá." Evie esfregou as mãos com uma expressão nervosa. "Me desculpe, eu coloquei você nisso."

Ele olhou para ela, emoldurada pela tenda, com os olhos tensos. "Nós nos metemos nisso. Foi um trabalho em equipe."

Eles começaram a manhã subindo à cratera que ele havia encontrado na noite anterior. À luz da manhã, puderam ver que pedras de lava em ruínas se espalhavam pela paisagem. Era desprovida de plantas, com quilômetros de basalto nu. Ele os conduziu pelo lado oeste da cratera e por um campo de pedras vulcânicas soltas. Eles rastejaram por escombros afiados durante a meia hora seguinte.

Contornando um afloramento, Evie suspirou e correu até uma depressão nas rochas. Joe se juntou a ela, esquecendo seus pés e ombros cheios de bolhas por um momento de felicidade.

Alguns centímetros de água salobra permaneciam intocadas. Evie se inclinou sobre a piscina e Joe viu seu rosto ansioso refletido na superfície nebulosa.

Joe se ajoelhou diante do achado precioso e mergulhou a mão. Mesmo com seu tom de sal e enxofre, a água acalmava sua boca seca. "Pode ser potável." Ele procurou em sua mochila um cobertor Mylar e o colocou no buraco em cima da poça. Evie usou seu cajado para pressionar o fino Mylar no fundo do buraco, deixando a água escorrer por cima dele. Juntos, eles levantaram os lados e encheram o máximo de garrafas vazias que puderam até que a água cinzenta se foi.

"Eu li sobre isso, mas nunca esperei encontrar de verdade", disse Joe. "É uma mini-tinaja, uma piscina de pedras onde a água fica presa. Ganhamos mais dias." Evie sorriu e eles bateram as mãos no alto. Joe se permitiu uma esperança contínua de sobrevivência.

Eles persistiram na travessia do panorama vulcânico. Joe achou que a paisagem parecia quase alienígena. A leste, eles podiam ver uma elipse branca de sal, deixada por outro lago antigo, estendendo-se por vários quilômetros. Em mais uma hora, eles passaram por um grande cone de cinza, laranja com os raios do sol. Três quilômetros adiante, encontraram uma estrada abandonada. O asfalto corria com rachaduras labirínticas e pedaços faltando, mas como era um caminho simples, eles se viraram para o nordeste para segui-lo. Era mais fácil andar lado a lado na estrada quebrada, e a conversa os fez esquecer temporariamente de seu desconforto.

Qualquer reticência que Evie demonstrara quando se conheceram evaporou. Ela era tão transparente quanto o ar do deserto e o céu azul acima. Ela contou histórias sobre crescer no Domo. Eles conversaram sobre música e seus amigos. Joe ficou impressionado com o quanto ela valorizava seus amigos da Comunidade Domo, tratando-os, ele pensou, como uma família substituta.

Mas logo suas bocas estavam secas demais para falar. Eles se arrastaram pela tarde escaldante, as mochilas esfregando a pele nos ombros e o humor de Joe afundava enquanto a estrada subia por uma passagem. Quando caiu a noite, eles acamparam a oeste de um muro de lava.

"Temos uma escolha a fazer. Nosso rumo geral é norte. Há duas cadeias de montanhas à nossa frente, uma ao norte e outra ao leste, dois ou três dias de caminhada. Parece que essa parede de lava marca uma divisão norte-sul, portanto, seguir para o norte pode ser difícil." Curvou-se sobre o fogão do acampamento que estava esquentando o jantar. "Se continuarmos a seguir esta estrada a nordeste, no entanto, garantimos um caminho mais fácil, fora da lava... mas nos conduzirá através do deserto, no vale entre as montanhas. E estou preocupado com o nosso abastecimento de água."

"Temos água suficiente agora para atravessar o deserto", ela murmurou. Ela parecia tão cansada quanto ele. "Eu diria para continuarmos para o nordeste." Joe concordou com um resmungo. Eles jantaram e se limparam em silêncio antes de se aconchegar no saco de dormir.

Um súbito distúrbio despertou Joe. Evie, inconscientemente, agarrou seu peito, como se tivesse tendo um pesadelo. Ele esfregou seus dedos e ela se acalmou, sem acordar. Apesar de sua desidratação, ele sentiu vontade de urinar, então deixou o saco de dormir. Depois de caminhar vários metros com os pés doloridos, ele ficou em pé, frio e exposto, sob uma cúpula de estrelas. Ele geralmente achava uma visão amigável. Mas, agora, as estrelas não ofereciam conforto, a distância apenas o lembrava de como eles estavam sozinhos. Joe e Evie eram meros animais, deslizando sobre a terra como todos os outros. Exceto neste lugar árido, eles eram os únicos animais. Joe deslizou de volta para o saco de dormir e abraçou a Evie para amenizar seu isolamento.

Ao nascer do sol, eles desceram a passagem baixa ao longo da parede de lava, usando um pico preto ao sul para se orientarem. A estrada se estendia sem parar, uma espada negra cortando a nordeste através da zona de cor sépia. Ao lado, ocasionais arbustos de sal e iodo relutavam no solo alcalino. Joe se viu criando narrativas para as plantas murchas, que terminavam com uma planta sugando a umidade da outra. Evie parecia igualmente distante. A desidratação estava os afetando, mas não havia nada que ele pudesse fazer. O pôr do sol os encontrou acampando na grama ao lado da estrada. Eles não falaram quando montaram a barraca, comeram e foram para cama.

Joe se ajoelhou na entrada da barraca, pronto para se juntar a Evie no saco de dormir, quando um lagarto rastejou pela areia na direção deles. A criatura deslizou de uma pedra para uma lâmina de arbusto. Parou, imóvel, parecendo examiná-lo sob a luz fraca.

. . .

Aqui nós dois rastejamos por esta terra sem água. Mas esta é a sua casa. Como você sobrevive contra um planeta tão sem coração? O que é que te move? Conte-me o seu segredo para que eu também possa continuar.

. . .

———————◆———————

Os dois dias seguintes de pegadas monótonas abusaram de seus corpos. As montanhas eram remotas, o deserto implacável, inescrutável. No meio da manhã, a temperatura havia subido e o suor dançava nas costas de Joe antes de secar em sal. Ele tentou sorrir para Evie quando ela olhou para ele, e seu lábio rasgou.

"Merda." Ele chupou o lábio, perversamente grato pela umidade. Ela desviou o olhar novamente, uma estoica inquebrantável.

Depois de um breve descanso ao meio-dia e pequenos goles de água, Evie pareceu revitalizada. Quando eles começaram de novo, ela manteve um ritmo constante ao seu lado.

"Está demorando uma eternidade para atravessar este deserto", disse ele.

Ela riu. "Você está lendo meus pensamentos. Você sabe o que Milton pensou sobre a eternidade? A eternidade é um único instante da plenitude do tempo."

Ela sabia algo sobre poesia também? Era um pequeno ponto brilhante no dia difícil de Joe. "De onde veio esse pensamento?"

O olhar dela era como um sonho. "Este lugar me lembra uma antiga letra de música – 'Faça no deserto uma estrada direta para o nosso Deus.'"

"Nós temos isso."

"Você tem sua hipótese negativa sobre por que devemos ir para o norte. Isso me lembrou de um tópico em seu 'allbook' em que fiquei imersa. É a série de livros sobre a *via negativa*."

"Alguns dos textos de filosofia mais obscuros." Joe ficou impressionado. "Eu não li todos os livros do meu antigo allbook, incluindo aqueles. Mas eu me lembro da ideia em geral, que descreve Deus por negação, pelo que Deus não é."

"A ideia é que Deus é inefável, para além de qualquer descrição humana. Que nossas pobres potências humanas não podem nos aproximar de qualquer compreensão, então nossa melhor abordagem é nos rendermos à nuvem do desconhecimento. Essa ideia ressoa – você deve abordar qualquer conceito de Deus através do coração."

As engrenagens na mente cansada de Joe voltaram à vida novamente. Ele se lembrou de uma conversa com Gabe sobre a existência de Deus.

Naquela época, Joe havia dado uma baixa probabilidade à ideia. "Você acredita em Deus?"

"Uma pergunta sobre crença, vinda de um matemático e cientista?"

"Uma pergunta que me faço. Eu gostaria de ouvir seus pensamentos."

"Lembra o que você disse sobre o tempo? Você disse que o espaço-tempo é um único bloco."

"Sim."

"Você diz que não há evidências científicas de que Deus afete algo no espaço-tempo. Portanto, qualquer Deus não está dentro deste universo."

"Todas as evidências científicas dizem que não há interferência. As leis são internamente consistentes. É um universo físico fechado."

"Uma libélula congelada em âmbar."

"Acho que sim."

Ela riu triunfante, o som rouco, mas cheio de vida. "Portanto, se Deus existe e está fora do espaço-tempo, nunca teremos evidências. Não podemos responder definitivamente à pergunta que você me fez. Ficamos sem saber se Deus existe ou não."

"Sua lógica é impecável. Então, verifica-se que só existe crença sem base nos fatos."

"Estou repetindo a conclusão a que pensadores do Iluminismo como Thomas Paine, Benjamin Franklin e Thomas Jefferson chegaram". Evie sorriu enquanto caminhava, e Joe agora podia imaginar sua participação atenta nas aulas de ciências políticas. "Eles acreditavam no poder da razão. Muitos deles eram deístas. Eles rejeitaram a revelação como fonte de conhecimento sobre Deus e, se houvesse, não achavam que Deus interferisse no mundo."

"Uma abordagem científica."

"Sem dúvida uma abordagem mais científica do que hoje. Eles estavam dispostos a enfrentar o que não sabiam e ainda discutir o assunto. Pelo menos, eles não estavam escondendo nenhuma evidência debaixo do alqueire. Eles não podiam ignorar as evidências, por exemplo a forma como o universo parece ser tão elegantemente construído. Há uma beleza particular no mundo." Evie apontou para a extensão árida diante deles. "Mesmo para este deserto vazio."

"Ou você, caminhando neste deserto."

Ela brilhou com um sorriso agradecido e continuou com o pensamento. "De onde vem essa beleza?"

"Eu sempre me perguntei a mesma coisa sobre matemática. Os matemáticos não a criam; eles a descobrem. E a matemática é fundamental para o universo. Se existe um Deus, então Ela deve ser uma matemática."

. . .

Voltando a Wigner, a eficácia irracional da matemática na descrição da natureza e minha conversa há muito tempo com Freyja. O que pode explicar esse milagre? Talvez aqui, enfrentando a morte em uma terra implacável, esteja na hora de atualizar minhas probabilidades sobre Deus. Se falharmos, em breve terei uma chance cara a cara de responder à pergunta no meu momento da eternidade.

. . .

Evie interrompeu seus pensamentos. "Por que você usa o pronome 'Ela'? A ideia da *via negativa* é que Deus está além do nosso poder de compreender."

"Eu tendo a antropomorfizar deuses e máquinas, então 'Isto' parece um título muito impessoal. E 'Ele' é arcaicamente paternal. Então, eu uso 'Ela'. Mas você tem razão; se existe um deus, Ela está além da nossa compreensão e deve ser super-inteligente para criar um universo tão surpreendente."

"Então, se existe um Deus, ela está fora do universo e não interfere, é incognoscível e muito mais inteligente do que podemos compreender."

"Bem colocado."

"Você não espera que nenhum deus responda a alguma oração?"

"Não." A fé de Joe não cresceu de maneira alguma desde que eles começaram esta jornada.

"Concordo. Continuamos, fazendo o melhor que pudermos onde quer que estivermos."

Um silêncio pensativo tomou conta deles enquanto caminhavam.

. . .

A contemplação no deserto gerou muitos sistemas de crenças, muitos deuses para adorar. É uma predileção humana, ansiando por deuses para nos ajudar e consolar. Para alguns, tem sido uma muleta e uma desculpa para o mau comportamento. Para outros, tem sido uma fonte de poder. Nenhuma dessas crenças é consistente com um universo físico fechado. Se eu devo considerar a existência de um Deus, então deve ser uma história alternativa, com uma Ela que não interfere. Estamos sozinhos no deserto, para viver e morrer.

Muitos não acham essa história atraente, considerando um Deus que não intervém. Mas como a história se desenrolaria se fosse verdade? Tal história poderia se encaixar logicamente dentro de uma posição científica para entender o universo?

. . .

Joe limpou a garganta antes de satisfazer uma súbita necessidade de confissão. "Minha razão de vir para a faculdade não era decifrar a consciência robô. Eu estava tentando entender a minha. Para descobrir se eu tinha livre-arbítrio. Se eu o tiver, preciso descobrir como usá-lo e encontrar um motivo significativo para continuar andando." Joe apontou para o horizonte. "Mesmo que seja através de um deserto como este."

Ela olhou para ele e pareceu ficar mais alta. "Você não terá parceiros de treino mental como Gabe e Freyja aqui, mas eu posso desafiá-lo a encontrar razões."

Ele agarrou a mão de Evie e alinhou seu passo com o dela. "Você me desafia o tempo todo, e eu amo você por isso."

Capítulo 29

O frio da noite foi seguido pelo calor escaldante do dia. À medida que as montanhas se aproximavam, sua exaustão aumentou. Joe quebrou o silêncio. "Aposto que a estrada continua em direção nordeste entre os picos. Não tenho certeza de quando pode chegar ao muro da prisão. O que acha?"

"Com base na sua teoria do portão negativo, devemos evitar o portão leste, o que significa que é melhor deixar a estrada e seguir para as montanhas do norte, mesmo que o terreno seja mais difícil", disse Evie.

Ele concordou e eles se despediram da estrada quebrada. Viraram para o norte através da baixada a oeste das montanhas, procurando vegetação promissora ou qualquer sugestão de água. Uma mata rasteira estava entremeada com os pinheiros e zimbros de Utah, seus galhos retorcidos pelos ventos.

Evie apontou para uma pera espinhosa, com as pontas verdes secas, mas ainda intactas, e deixou cair a mochila. Ela puxou a faca e raspou as espinhas de uma ponta, depois cuidadosamente a segurou e a removeu do cacto. Joe a observou deitar em uma pedra até raspar completamente. "Isso fará nopalitos de uma garota pobre", disse ela. Ela terminou o primeiro bloco e continuou com mais até colher todos eles. Evie empilhou seu tesouro em synjugs de comida e os colocou de volta em sua mochila.

Eles caminharam cada vez mais alto na montanha. As árvores se elevavam à medida que progrediam. Abeto branco agrupado em um vale entre cumes de montanha. O peso que carregavam e os músculos doloridos agora eram secundários à expectativa mútua, porém não dita, de que água poderia estar próxima.

Ele conduziu-os por um quilômetro adiante, apreciando o aroma fresco da floresta. Subiram duzentos metros por um barranco. Sem uma palavra, Evie apontou para alguma coisa. Joe viu a cena com cautela, não confiando que não se tratava de uma miragem. Seu olhar repousava sobre um barranco arborizado, vivo com o fluxo de um riacho que descia pelo bosque e se reunia em uma pequena piscina. Eles se abraçaram, com Evie balançando em seus braços como se estivesse em uma valsa. Eles sobreviveriam – por pelo menos mais uma semana.

Evie tirou xícaras da mochila e colocaram água limpa em suas gargantas acolhedoras. Eles se encararam na piscina em miniatura, rindo e se espirrando. "Quero tanto ficar limpa de novo", disse ela. Joe tirou a roupa antes que ela terminasse de falar. Ela seguiu o exemplo, e logo eles ficaram em pé até os tornozelos na água. Eles se lavaram e ficaram nus na margem do gramado para se secar.

Estava mais frio na sombra e logo Joe vestiu suas roupas úmidas, tremendo. Evie montou a barraca enquanto ele enchia todos os synjugs, feliz em lavar os restos de enxofre restantes. Exploraram a encosta em busca de lenha, retornando com braçadas de galhos e troncos. Ele cortou as toras em pedaços com o machado, acertou o allmatch e logo um fogo estalou ao lado da tenda. Evie carbonizou a pera espinhosa nas brasas, removeu as peles e as abriu. A acidez explodiu sobre a língua de Joe, esmagadora e gloriosa. Evie fechou os olhos enquanto saboreava sua primeira comida de verdade em mais de uma semana.

Eles se amontoaram no fogo minguante. "Amanhã não precisamos levantar e caminhar até cairmos." Ele acariciou o braço de Evie.

Ela se virou para ele, sorrindo. "Quanto tempo você acha que podemos ficar aqui?"

Ele suspirou e se espreguiçou. "Com três dias de descanso, podemos decidir se este lugar tem comida suficiente para nos sustentar. Agora precisamos nos recarregar, física e mentalmente." Ele balançou a cabeça. "Eu não sei você, mas nunca sonhei com que rapidez minha mente entraria nos piores cenários. Parece que tivemos uma pausa aqui, então talvez possamos relaxar um pouco, principalmente se encontrarmos comida."

O olhar dela repousou sobre o dele, gentil e preocupada. "A desidratação afetou você mais do que eu. Eu também senti isso, mas não queria te preocupar." A mão dela contra a bochecha dele era sua última lembrança antes que ele adormecesse.

◆

Raios de sol tocaram suas pálpebras, e Joe piscou para acordar. Ele se inclinou e beijou Evie.

Eles comeram outra refeição desidratada dos suprimentos minguantes, e Evie estudou a vegetação que revestia a ravina. "Podemos encontrar comida aqui. Fiz muitas viagens de acampamento quando criança e aprendi um pouco sobre forrageamento."

"Fiz uma maratona de estudos para essa prova enquanto esperava nosso julgamento. Esse é o meu conhecimento total," disse ele.

"Esta é a prova certa para se preparar." Evie se levantou e balançou os braços em círculos, se aquecendo. "Eu vou explorar. Não vou para muito longe."

Joe ficou sozinho para descobrir em que poderia contribuir. Plantas de água e sub-bosque significavam que poderia haver pequenos animais nas proximidades. O arco que ele carregava com tanto esforço foi inútil até que ele pudesse aprender a usá-lo. Ele teria que ensaiar a mão em uma armadilha para animais.

Pegando a mochila, Joe a encheu com um synjug de água, algumas das sobras de espinhosa, um fino rolo de corda e uma faca. Ele subiu a ravina, seguindo o drible de água mais para dentro das árvores. As plantas rasteiras tornaram-se mais espessas, dificultando a identificação de trilhas de dispersão ou de animais entre a vegetação mesclada e a luz solar multicolorida.

. . .

Pense como um coelho. Como é isso? Não consciente, mas sensível, sentindo emoções primitivas, preocupado com a próxima refeição, água e predadores. Está vivendo o momento na medida em que segue o caminho de menor resistência.

. . .

O allbook havia fornecido instruções sobre como construir uma armadilha de queda. Ele escolheu um local onde um tronco caído estreitava o caminho do rio. Entre as rochas abundantes espalhadas pelo barranco, escolheu uma pedra e a arrastou para o caminho estreito. Então cortou um galho em quatro pedaços com seu machado

– um para um poste bruto, outro para uma alavanca, a extremidade fina para usar como um isco e um pino de gatilho. Joe atirou uma pera espinhosa no pau da isca. Cortou um pedaço de corda e amarrou o pino do gatilho em uma extremidade e depois fixou a outra extremidade na alavanca. Ele levantou a pedra no lugar para colocar o poste e a alavanca, enfiando o palito de isca no pino do gatilho. Tentou alojar a outra extremidade contra a parte inferior da laje, mas ela escorregou e a pedra caiu, quase esmagando sua mão. Ele equilibrou com sucesso o delicado arranjo na terceira tentativa. Examinou sua construção, convencido de que ela estava de acordo com sua memória do desenho.

Joe montou mais duas armadilhas. As pedras implicariam morte instantânea para qualquer criatura sem sorte o suficiente para disparar o gatilho da isca. Não queria pensar no que teria que fazer para transformar o que estava preso na armadilha em algo que ele pudesse comer.

Voltou ao acampamento e encontrou Evie perto da barraca, lavando plantas forrageiras e colocando folhas verdes e flores brancas em uma panela. "Encontrei bastante ervas daninhas", disse ela.

"Não encontrei nada útil, mas criei algumas armadilhas para queda de Paiute. É uma pedra plana apoiada em uma vara e um gatilho inteligente."

"O que você está esperando pegar?"

"A Grande Bacia deve ter animais, mesmo com o aumento da temperatura devido às mudanças climáticas. Espero que haja coelhos, esquilos, raposas e veados. Existem ovelhas selvagens, mas são difíceis de caçar. Precisamos tomar cuidado com coiotes, lobos, cascavéis e talvez linces e leões da montanha." Joe terminou de recontar o que estudara em seu allbook.

Evie assentiu, enquanto considerava a lista sem comentar. Joe sentou-se e olhou para o fogo. Ele finalmente abordou os pensamentos que incomodavam sua consciência.

"Vamos precisar de mais proteína em breve, Evie. Sem mais calorias, vamos morrer."

Evie agachou-se ao lado dele. "Eu também tenho pensado nisso. Eu não esperava encontrar alt carne aqui." Ela sorriu e beijou sua bochecha. "Podemos manter o nível mais baixo da escala consciência-consciência e fazer o melhor que pudermos sob as circunstâncias. Mesmo no mundo moderno, comíamos peixe e frango."

Um esquilo chiou na árvore acima deles, e Joe sentiu uma escuridão pesar sobre ele ao pensar em matá-lo. "Continuamos animais, lidando com a morte com a vida à nossa volta."

"Deveríamos tentar ser bons animais."

Ele sorriu para ela. "Você é um anjo."

◆

No dia seguinte, Joe acordou com o amanhecer. Ansioso para checar suas armadilhas, ele saiu do saco de dormir sem perturbar Evie e subiu a colina ao longo da ravina. Ele colocou cada pé com cuidado na vegetação rasteira, notando quais plantas cederam mais facilmente e evitando galhos quebradiços. Na primeira armadilha, ele encontrou a rocha ainda equilibrada, imperturbável como a havia deixado. Subindo a ravina, ele viu a armadilha dois. Havia sido acionada.

Joe respirou fundo e levantou a ponta da pedra. Um coelho estava sem vida por baixo. Pôs a pedra de lado e, com a mão culpada, tocou o animal frio.

. . .

Fico feliz por não conhecer caçadores humanos, facilitando minha vida. Agora é comida. Eu sou um animal e como animais para viver. Era verdade antes, mas uma verdade abstrata e fácil de ignorar. Não posso mais ignorar meu lugar na natureza. Eu sou como aquele pequeno lagarto, rastejando pela terra. No entanto, uma consciência acrescenta outro fardo que o lagarto não tem.

. . .

Joe recolocou a armadilha, carregou o animal morto em sua mochila e subiu a ravina. Um segundo coelho estava parado na última armadilha. O orgulho por suas armadilhas de sucesso guerreava contra a culpa, enquanto carregava os animais mortos. Ele pegou uma faca de tamanho médio, que trabalhava desconfortavelmente em suas mãos, conforme estripava os animais, transformando as instruções memorizadas em realidade sangrenta. Quando ele voltou ao acampamento, não estava nem orgulhoso nem alegre, mas sombriamente focado em abraçar sua vida na Zona Vazia.

Os lábios de Evie se separaram com aprovação ao ver a caça, mas quando ele lhe estendeu o que pegara, o lábio dela tremeu e a culpa nublou seus olhos. Ele reconheceu nela o que havia experimentado ao estripar o animal – o choque de enfrentar a morte, uma revelação que eles raramente experimentavam na sociedade moderna.

Joe recuou com a faca para um arbusto rio abaixo, onde terminou de limpar um dos coelhos. Ele cortou a cabeça, os ossos estalando sob a faca, depois esfolou a carcaça e a lavou. Ele cortou um galho fino e espetou a lebre.

Joe voltou segurando o galho. Evie pegou o graveto sem uma palavra e equilibrou-o entre duas pedras, centralizando a lebre sobre o fogo escaldante. Ela já havia posto seu pote de raízes para ferver. Joe olhava fixamente e, depois de alguns minutos, Evie apontou para a panela. "Essas flores são chamadas belezas da primavera do oeste. Eu as encontrei ao longo do riacho. Elas levam tempo para desenterrar, mas acrescentam amido à nossa dieta." Seu cajado estava em uma pedra próxima, ao lado de uma pilha de cascas da raiz.

Joe voltou a si e tentou esquecer o coelho. "Muito engenhoso." Ele caminhou rio abaixo para esfregar as mãos, depois sentou-se silenciosamente perto da lareira e observou-a trabalhar.

Sua boca salivou com o rico aroma. Ela serviu os pedaços de coelhos crocantes nas folhas e eles se entreolharam enquanto mastigavam a carne desconhecida. Tinha gosto de uma versão mais dura e fibrosa de frango – mas era um banquete depois das tristes refeições instantâneas.

"Eu não sou um anjo", disse Evie. Ela lambeu a última gordura dos dedos. Em reação a sua sobrancelha levantada, ela continuou. "Ontem à noite você me chamou de anjo. E eu não sou. Sou apenas mais uma criatura aqui, comendo outra para sobreviver." Ela chupou o último pedaço de carne do osso e o descartou ao lado. "Nós não somos anjos. E agradeço a sua desenvoltura para encher nossos pratos."

❖

Eles passaram os próximos dois dias seguindo a mesma rotina. Joe praticava caminhadas na floresta sem fazer barulho, checava suas armadilhas e acrescentava mais cinco. Ele colheu dois coelhos no dia seguinte. Supôs que os animais eram suscetíveis a armadilhas porque não tinham experiência com seres humanos. Com poucos sinais de caça nessa montanha, era hora de tentar usar o arco.

Montar armadilhas foi uma experiência nova, mas a ideia de atirar com o arco o empolgou.

Ele montou um alvo feito de galhos e folhas entrelaçadas. Marcou onze passos, virou-se e apontou uma flecha, mirou com cuidado com a mira do arco e soltou-o. O arco voou longe do alvo e enterrou-se na terra. Franzindo a testa, ele considerou o que tinha lido sobre caça com arco e flecha. Ele continuou praticando, soltando a flecha sem deixar os dedos pularem e experimentando diferentes ajustes nos braços e na posição do corpo, até atingir o alvo sete vezes seguidas. Era hora de levar o arco para a floresta.

Joe subiu a montanha, primeiro seguindo o curso de água com suas armadilhas, continuando mais adiante. Ele moveu-se deliberadamente e observou qualquer movimento na vegetação rasteira. Foi um trabalho lento e difícil permanecer silencioso. Superaquecido e esgotado, ele se sentou em uma pedra e deu um longo puxão em seu synjug. Ele fechou os olhos e respirou fundo, absorvendo a brisa suave e o farfalhar das folhas. Um canto de pássaro iniciou-se nas proximidades, depois outro. Abriu os olhos e examinou a área.

Um movimento perto do riacho, a treze metros morro acima, se transformou em um coelho que se destacava no horizonte. Prendendo a respiração, ele colocou uma flecha, ergueu o arco e avistou através das lentes. Sua mão tremia, mas ele firmou o arco com uma expiração lenta, tentando ignorar os dedos comprimidos. Eles convulsionaram quando ele soltou a corda, e a flecha saiu tremulando com um barulho *swish*. A terra ao lado do coelho voou quando o animal pulou na samambaia.

Joe olhou a terra nua com decepção, embora parte dele estivesse feliz por ter perdido. Foi buscar a flecha, mas deve ter disparado alto, porque ela desapareceu sobre a colina. Ele procurou pela encosta distante até ficar exausto, mas não a encontrou.

. . .

Este caçador não está pronto para este mundo implacável. Vou precisar de muito mais treino antes de tentar novamente. As setas não têm preço.

. . .

Joe voltou para o acampamento no final da tarde, de mãos vazias.

Evie cozinhou um coelho preso no dia anterior para o jantar, e eles foram dormir à luz fraca.

No dia seguinte, ele coletou apenas um esquilo de suas armadilhas. Ficou preocupado com o declínio das capturas. Ou os animais estavam ficando mais espertos, ou não havia o suficiente na cordilheira isolada para sustentá-los por muito tempo. No café da manhã, Evie colheu raízes de grão de bico e de beleza da primavera, mas não encontrou nada mais promissor.

Resoluto, Joe disse: "Esta foi uma boa parada para descanso – necessária – mas acho que é hora de seguir em frente."

Evie assentiu. "Graças a Deus encontramos este lugar, mas não há o suficiente para nos sustentar."

"O copbot nos deu uma chance de um por cento. Meu palpite é que isso não foi calculado com base no número de pessoas já condenadas ao banimento, mas sim em onde nos deixaram – perto de uma paisagem lunar, neste caso. Ainda estamos a dias de distância das montanhas do norte, onde acho que a sobrevivência a longo prazo é mais provável."

Evie olhou para o fio d'água que os salvara. "Duvido que isso flua o verão inteiro. Precisamos de uma fonte de água confiável. Há apenas alguns pinheiros brancos nesta pequena floresta e essas montanhas são muito áridas."

"Continuamos para o norte", disse Joe.

Capítulo 30

Eles levantaram acampamento no meio da manhã. Antes de partirem, Joe visitou cada uma de suas armadilhas de queda – encontrando apenas um esquilo – antes de derrubá-las e recuperar a corda. Eles seguiram para o norte, caminhando lado a lado. Os synjugs estavam cheios de água fresca e amarrados nas laterais das mochilas. Ele se sentiu recuperado, e seus ombros haviam sarado na maior parte, mas o peso da mochila ainda estava maior do que ele desejava. Tentou ignorá-lo.

Eles se arrastaram ao longo do lado oeste da cordilheira, concordando que a mudança de altitude valia a pena devido à chance de encontrar água, o que a aventura no deserto não permitiria. Eles acamparam ao pôr do sol em um bosque de pinheiros brancos.

Joe ficou satisfeito ao encontrar lenha, pois seu suprimento de combustível para fogões estava diminuindo. O caminho para o norte os levou para fora das montanhas, e eles atravessaram uma paisagem cinzenta intercalada por árvores atrofiadas, levando a arbustos verde-acinzentados de sálvia e graxa, que desapareceram nas salinas além. No final do terceiro dia, depois de deixar o acampamento, chegaram a outra estrada abandonada. Mais larga do que qualquer estrada que eles cruzaram até então, serpenteava leste e oeste pela terra desidratada, ondulando em direção às montanhas distantes.

"Minha aposta é que essa é a antiga Autoestrada 50." Joe espiou de cima a baixo as ruas quebradas.

"Isso conduz aos portões para onde levaram pessoas que não conseguiram", disse Evie.

Joe sabia que ela pensava em Celeste e Julian. "Sim. Portanto, não faz sentido ir para o leste ou oeste, porque ainda está muito seco aqui. Mas a terra ao norte pode mostrar sinais de mais chuvas."

Eles montaram acampamento e Joe espalhou o saco de dormir em cima do asfalto rachado, que ainda retinha o calor do dia. Ele fez uma fogueira com a última lenha que levaram das montanhas. Quando a luz do dia desapareceu, uma águia solitária sobrevoou a terra sem chuva, procurando por presas em vão antes de virar para o norte e se afastar.

Sentados de frente um para o outro no saco de dormir, roeram a sobra de carne de esquilo e dividiram o resto dos vegetais desidratados. Evie comeu devagar e lambeu os dedos quando terminou, aparentemente alheia ao olhar de Joe sobre ela. Ela despertou algo nele, e ele esqueceu o vazio em seu estômago e a dor em seus músculos.

Joe engatinhou atrás dela e massageou seus ombros, que estavam vermelhos das tiras da mochila. Eles fizeram amor no saco de dormir, debaixo do céu do deserto repleto de um bilhão de estrelas.

◆

A esperança de água ao norte não foi realizada. Eles deixaram a estrada e a cordilheira para trás. O deserto era um oceano cinzento pontilhado por uma tênue brisa verde-prateada, como bolas flutuantes, cada uma cercada por uma mancha de terra seca. Uma nuvem pairava imóvel no céu azul cristalino. E, como o oceano, o deserto ininterrupto surgiu no horizonte e afundou atrás deles enquanto seguiam em frente.

A paisagem evoluiu à medida que avançavam para outro salar. Milhões de peças hexagonais compunham a superfície caótica do lago seco, e pedaços grossos caíram quando Evie o cutucou com seu cajado. A terra continha um perfume terroso e calcário, e parecia absorver o fôlego. De manhã, o sol queimava o rosto de Joe. Ele andou com os olhos semicerrados para protegê-los, seu chapéu ajudando pouco. À tarde, assou seu pescoço e o suor secou em sal que endureceu suas roupas. As bolhas nos ombros retornaram e o sal residual ardeu a sua pele quebrada.

A voz de Evie interrompeu seu sonho tortuoso de flutuar em uma piscina de água fresca. "Você está pensando profundamente. Sobre o quê?"

Joe resmungou. "Lamentando o que eu não trouxe. Proteção ocular analógica contra a luz do sol, por exemplo. Os implantes de córnea não me fazem nenhum bem sem o meu NEST."

"Eu também não pensei nisso", disse ela.

"Estamos tão acostumados com a tecnologia que possuímos, que nos esquecemos de que ela está ali." Ele voltou à sua fantasia de água doce antes mesmo de terminar a frase. Alguns momentos depois, registrou a voz murmurada de Evie e percebeu que ela havia feito uma pergunta. "O quê?"

"Você se arrepende de ter me ajudado?"

"Nunca", disse Joe. Ele esperava que seu sorriso fraco inspirasse confiança. Ela sorriu de volta, então deve ter inspirado. Andou atrás dela enquanto o sol batia em seus corpos. Eles se moveram pela paisagem vazia como gotas de óleo em um prato quente, preparando-se para evaporar no nada.

. . .

Me arrependo por ter ajudado Evie? Nunca. Ela fez o correto, e eu também fui correto ao ajudá-la. Foi um acidente amá-la? O mundo reúne as pessoas de maneiras aleatórias. Mas então nós escolhemos para que lado virar. Meu amor por ela preenche minha vida. Não, não foi apenas um acidente. Eu a escolhi por vontade própria. E ela me escolheu.

Evie é tão tenaz. Eu sou um espelho opaco de sua força. Precisamos de perseverança, ou nós dois vamos morrer. O melhor que podemos fazer é jogar a mão distribuída, jogar bem e deixar as cartas caírem onde quiserem.

E agora estou no jogo, lançando todas as cartas. É bom ter um propósito, estar focado, mesmo que apenas na sobrevivência. Mas há um duplo motivo para sobreviver, porque encontrei alguém com quem compartilhar minha vida.

. . .

Ao final do segundo dia depois de atravessar a estrada, eles acamparam e revisaram os suprimentos de comida. A temperatura ainda estava queimando depois do pôr do sol, então eles ficaram sem a tenda, colocando o saco de dormir no chão. Ele puxou um pedaço seco de coelho da mochila. "Isso é jantar. Mais alguma coisa na sua mochila?"

"Acabamos com a comida desidratada", disse ela.

Ele pegou sua mochila e percebeu que estava de novo mais pesada que a dele. "O que mais você tem aqui?"

"Eu estou guardando isso", disse ela. Joe cavou no fundo da mochila.

"Tem sete quilos de sementes de trigo primavera geneticamente aprimoradas e de curta temporada para o plantio. E há fermento e sementes de feijão."

"E você *me* acusou de ser o planejador."

"Você carregava o arco, e eu carregava o pão," disse ela. "Temos dias de sobrevivência pela frente, mas depois anos para planejar... se em algum momento encontrarmos uma fonte de água confiável. Eu posso ficar com fome por mais tempo, se isso significar que podemos economizar isso aqui."

Ele a beijou e a abraçou. "Eu consigo também."

◆

No dia seguinte, as montanhas do norte continuaram a crescer no horizonte, os invocando para frente. A paisagem imutável, estéril e impiedosa sugava a energia de seus corpos. Por duas vezes tropeçaram nas velhas estradas de cascalho, construídas para atender a operações de mineração esquecidas, que não levavam a lugar algum, exceto ao deserto. Eles avançaram como soldados em um campo de batalha, imersos na terra devastadora e vazia.

Arroios empoeirados derramavam-se das montanhas. Joe e Evie terminaram o dia famintos e cansados. O mais terrível é que os synjugs estavam praticamente vazios. O ar ainda fervia à medida que o dia desaparecia, e eles acamparam na areia novamente sem montar a barraca.

A fome roeu as entranhas de Joe. Ele não parava de pensar nas sementes na mochila de Evie. Quando ela se acomodou no saco de dormir ao lado dele, seu olhar de determinação o manteve calado em relação à sua agonia.

Joe estava deitado no saco de dormir e empilhava sem rumo a areia ao lado dele com a mão. Ela formava uma pirâmide, os novos grãos caindo dos dedos sobre o ápice, rolando pelos ângulos inclinados. A mão dela em seu ombro machucou a pele crua e ele se afastou. Então, se sentou e a encarou com um sorriso hesitante.

Ela não devolveu. "O que houve?" Ela olhou para a pilha de areia e franziu a testa. "O que você está fazendo?"

Ele contemplou sua pequena pirâmide. "Desde que discutimos sobre a *via negativa*, voltei a pensar no meu projeto sabático." Joe decidiu não mencionar que era principalmente para ignorar a dolorosa realidade física da jornada, e que ele se perguntava por que deveria se importar, uma vez que a chance de chegar a uma conclusão e viver para contar a alguém diminuía diariamente. Mas as longas horas haviam finalmente lhe dado tempo para organizar seus pensamentos.

"Sua pergunta sobre se temos livre-arbítrio?"

Ele assentiu. "Eu tentei organizar na minha cabeça todas as conversas que tive na faculdade, para entendê-las. Elas estão começando a ter alguma estrutura."

Evie apoiou o cotovelo na bolsa e mordeu a bochecha. "Qual é o resumo?"

Respirando fundo, ele forçou sua mente a seguir caminhos repletos de pensamento. "Parto do princípio de que o universo é fisicamente fechado, como a ciência sugere. Existem pelo menos três coisas necessárias para que as criaturas conscientes tenham livre-arbítrio. Primeiro, ou não há Deus, ou, se Deus existe, então Ela não interfere. Essa suposição explicaria parcialmente por que pode haver maldade e dificuldades do mundo."

"Como nós discutimos."

"Segundo, o universo deve admitir algum indeterminismo. Não pode haver livre-arbítrio em uma máquina determinista porque tudo já estaria decidido para nós."

Ela assentiu.

"Terceiro, qualquer que seja o 'eu' que somos nós, esse 'eu' deve ser causal. Gabe explicou um argumento preocupante sobre a causa mental. Ele disse que os filósofos não conseguem encontrar uma maneira de mostrar como nossa mentalidade pode ser causadora em um universo físico fechado. A menos que eu possa descobrir a forma como desvendar esse argumento complicado, não há livre--arbítrio."

"Essa última parte parece particularmente difícil."

"É muito difícil, dado o que a física descreve sobre um universo de partículas em movimento."

Os olhos castanhos de Evie esperavam por uma resposta.

Joe franziu o cenho. "Não tenho as respostas. Mas, como Gabe me ensinou, afirmar o problema é o primeiro passo."

"E o que isso tem a ver com brincar na areia?"

"Pensando no segundo requisito – que exista indeterminismo suficiente no universo – a física se concentrou no minúsculo, como partículas, em parte porque elas se prestam a experimentos quantificáveis. Mas à medida que avançamos para grandes agregados de coisas – coisas com as quais nos preocupamos, como rochas e árvores –, elas não se prestam a experimentos organizados. Freyja levantou essa questão quando sugeriu que eu me concentrasse em sistemas não-lineares complexos. No momento, eu estava pensando em como padrões maiores de material – como esta pilha de areia – realmente caracteriza o que está acontecendo."

"Como assim?"

Joe jogou mais areia no topo de sua pirâmide; ela desmoronou em uma minúscula cascata. "Vê como parece alcançar a estabilidade? A areia desliza até atingir um ângulo de repouso. Se eu continuar adicionando areia, isso acabará criando uma mini-avalanche."

"A areia faz isso," disse ela.

"Sim. A questão é *quando* ela desliza novamente?"

"Está perguntando o que decide quando ela desliza?" Ela perguntou.

"A pilha de areia é um sistema complexo e um exemplo de criticidade auto-organizada. É um sistema dinâmico, desequilibrado e não linear, o que significa que a matemática não permite prever quando poderá entrar em colapso. Sabemos que, quando tomba, o tamanho da avalanche subsequente obedece a uma distribuição da lei de potência. Podemos modelá-lo estatisticamente. Em um nível meta, podemos prever que acabará entrando em colapso. Mas não exatamente quando."

Evie se animou. "É essa a evidência que confirma o argumento do indeterminismo?"

"Acredito que não, mas mostra que o determinismo não é a resposta fácil. Mostra que padrões em larga escala de partículas agindo em conjunto são importantes, mesmo que haja aleatoriedade dirigindo o padrão."

Uma onda repentina de exaustão tomou conta de Joe, e ele colocou a mão na cabeça. "Desculpe-me, Evie, não tenho sido eu mesmo. Essa jornada... tem sido muito mais do que eu esperava."

Ela gentilmente empurrou a cabeça dele e puxou o saco de dormir ao redor deles. Seus olhos se fecharam involuntariamente contra a luz do dia que morria.

"Descanse agora, amor. Você precisa recuperar suas forças. Amanhã será um dia difícil."

◆

Joe acordou grogue, sendo sacudido até acordar. "Três goles d'água para cada um", disse ela, entregando-lhe a synjug. Ele bebeu avidamente e devolveu. Seu estômago estava tão vazio que nem roncava mais.

"Eu vou só descansar um pouco mais."

Ela estava o sacudindo. Ele deve ter adormecido novamente. "Sai dessa!" ela gritou. "Temos que chegar ao pé das montanhas hoje."

Ele tentou sentar e sair do saco de dormir. Todo o seu corpo doía.

"Eu não consigo carregá-lo fisicamente. Mas não vou deixar você aqui. Ou você se move, ou eu vou morrer aqui com você. E eu não quero morrer." Seu rosto estava perto do dele e uma lágrima escorria por sua bochecha. Ele o limpou com um dedo e provou, acrescentando sal à sua língua.

"Usul[1] dando umidade? Ainda não estou completamente morto."

Ela enxugou os olhos com a mão trêmula e deu uma pequena risada. "*Duna*. Apropriado. Você está pensando de novo. Agora levante-se." Algo em seu tom galvanizou sua energia restante e ele levantou com pernas bambas. Evie já tinha empacotado seus equipamentos. Ele guardou o saco de dormir, eles pegaram suas mochilas e caminharam pelo deserto.

---

1   Usul é uma referência ao livro Duna, de Frank Herbert, cujo significado remete a lágrimas que caem no deserto, como forma de homenagear a perda de alguém. Como a água é rara neste contexto, as lágrimas tornam-se uma espécie de preciosidade. [N.T.]

Capítulo 31

A cordilheira do norte se aproximava, mas, para Joe, era tudo a mesma coisa – uma névoa de fome, sede e fadiga. Ele tentou se concentrar recalculando o quão longe eles haviam avançado – agora cerca de trezentos quilômetros.

Descansavam ao meio-dia para evitar o pico do calor, como haviam feito na maioria dos dias. Sentaram-se lado a lado, a tenda esticada acima deles, espalhada por dois arbustos. A última synjug segurou suas gotas finais de água. Encontrar água agora era uma questão de vida ou morte; mas Joe examinou a paisagem entre eles e o sopé do noroeste e viu apenas mais deserto. Seus corpos estavam desidratando de fora para dentro.

Com um sobressalto, ele percebeu que Evie havia se movido e que estava sozinho. Ele a ouviu a alguns metros de distância, urinando atrás de um arbusto. O som despertou um desejo quase irresistível quando ele encarou o último synjug. Com as mãos tremendo, ele apertou a tampa sem beber. Evie se juntou a ele, seu olhar incerto o procurando.

"Joe, precisamos nos mexer. Ainda podemos chegar ao pé da montanha antes do anoitecer."

Ele se levantou. "Espero que um de nós sempre possa ser forte quando o outro não."

"Sempre."

Eles caminharam para o noroeste e atravessaram um lago seco. Sua platitude sugeria que poderia ser um pântano sazonal, agora evaporado no final da primavera. Eles pararam perto de algumas plantas dessecadas. "Eu acho que são taboas", disse Evie, examinando as amostras murchas. Ela puxou uma para recuperar o caule e a raiz. Esfregou-a contra a lâmina de seu cajado, descascando o exterior, depois a colocou na boca dele. Instintivamente, ele chupou, e o gosto amargo do pepino trouxe um traço de umidade em sua garganta. Ele chupou até não sobrar nada, depois pegou outro. Eles desenterraram algumas plantas por um tempo, mas Evie ficava constantemente olhando para o céu e logo os colocou em movimento novamente, através do deserto plano.

No final da tarde, eles se infiltraram no sopé da montanha e acamparam entre arbustos. Joe largou a mochila e caiu ao lado dela. Evie sentou-se a seu lado, com olhos vívidos cheios de determinação. "Vamos procurar água juntos," disse ela.

Eles caminharam devagar, ziguezagueando sobre as voçorocas que serpenteavam no sopé. O corpo de Joe se recusava a colocar um pé na frente do outro. Ele não queria nada além de deitar ao lado de suas mochilas, de volta onde as haviam deixado, e nunca mais mover-se de novo.

Enquanto se arrastava para mais uma subida, o som mágico da água atingindo a rocha chamou a atenção de Joe. Lá, percorrendo o granito quebrado, havia uma pequena nascente. A água jorrava na superfície brilhante da rocha e se acumulava em uma piscina de um metro. Um pequeno fio escorria da piscina e descia para o barranco, deslizando entre moitas de lírios brancos e amarelos.

Joe e Evie estavam deitados no chão, com os queixos inundados na água borbulhante. Então eles se abraçaram, o riso de Evie beirava o choro; seu alívio era tão palpável.

Eles encheram todos os synjugs, sentaram-se bebendo e lavaram a poeira do rosto. Joe estava exausto, mas reidratado. Subiu a ravina e encontrou lugares para colocar armadilhas perto da água. Os pássaros esvoaçavam nos arbustos, mas ele sabia que suas habilidades de caçar com arco não eram páreo para eles. Eles comeram as taboas restantes para o jantar. A dor no estômago recuou e eles ficaram no saco de dormir durante a noite.

◆

Na manhã seguinte, Joe acordou com energia renovada. Ele estendeu o braço para Evie, mas ela não estava lá. Ele a procurou, mas ela havia desaparecido do acampamento. Subiu uma cordilheira próxima e continuou a procurá-la enquanto verificava as arma-dilhas. Ficou entusiasmado ao encontrar uma de suas armadilhas com um esquilo sob a grande rocha. Joe o estripou e limpou, depois levou o café da manhã de volta em um palito. Após coletar galhos, começou a fazer uma pequena fogueira.

Assim que o fogo pegou, Evie apareceu com sua mochila bro-tando cheia de verduras que havia encontrado. Ele não tentou esconder seu alívio. Inconscientemente, havia temido que ela o tivesse deixado.

Seus olhos alertas pousaram ternamente sobre os dele. "Você parece renovado. Estou tão aliviada. Você nunca desistiu mental-mente, mas seu corpo não conseguia tolerar a desidratação."

"Estou me sentindo muito melhor. Que bom que você está aqui comigo."

Eles assaram a caça no fogo e depois comeram a carne magra junto com as verduras que Evie havia recolhido. Terminando a re-feição, ele ficou rígido e olhou para o leste, onde mais montanhas se estendiam para o norte. Apertando os olhos para elas, Joe achou que pareciam convidativas, possivelmente com mais árvores do que as esparsas que agora podiam encontrar. "Talvez essas sejam as nossas montanhas", disse Evie. Eles pegaram as mochilas e seguiram para o norte através de inúmeras ravinas, em busca de sinais de vegetação mais verde.

Acamparam ao pé de outro pico. A sarça negra cobria as encostas e os pinheiros ficavam nos trechos mais altos. "Essas árvores suge-rem água em altitudes elevadas," disse Joe.

"Vamos continuar subindo para o norte amanhã", respondeu Evie. Joe assentiu, ansioso para continuar.

No final da manhã do dia seguinte, eles atravessaram outro vale aberto, com um conjunto mais alto de picos no extremo norte. Uma estrada de terra atravessava a parte mais baixa do vale, mas eles ig-noravam o caminho, pois estavam fixados nas colinas cor de azeito-na à frente. Subiram as encostas inclinadas com restos de tremoço, muito além de sua floração. Parando para descansar, beberam a água já morna e olharam o pico onde acamparam na noite anterior.

Eles prosseguiram. A paisagem era diferente das montanhas onde Joe havia montado suas primeiras armadilhas – as cores da folhagem tinham um tom mais brilhante aqui. O verde infundiu tudo. Isso significava mais água. Ele imaginou que essa era a área da Zona Vazia que os sobreviventes sempre encontravam.

Seu passo acelerou, e Evie combinou com um passo leve. "Notando algo especial sobre esse lugar?"

"Apenas uma intuição."

Ao subir mais uma cordilheira, encontraram um riacho, a água escorrendo mas constante. "Vamos adiante", disse ela. No cume seguinte havia outro canal. Evie sinalizou para subir mais alto, e eles atravessaram as colinas verdejantes com uma coroa de diferentes tipos de pinheiros em cima. Ela chegou ao topo primeiro e caiu de joelhos.

Joe alcançou-a um momento depois e ficou parado, respirando com dificuldade devido à subida. Diante deles, espalhava-se um vale estreito de alguns quilômetros de largura, com uma fenda esmeralda profunda no meio. Montanhas íngremes ao norte e leste envolviam o vale em seus dedos ásperos. As montanhas exibiam granito nu e cinza acima da linha de madeira, afiadas contra o céu, mas um manto de floresta cobria as cordilheiras mais baixas.

Evie deu um sorriso e a pulsação dele disparou.

Eles aceleraram o passo pela colina até o meio do vale. Uma corrente jorrando espirrou clara e fria. Choupos e álamos cobriam suas margens. Joe e Evie largaram as mochilas e, juntos, se deitaram para beber grandes goles de água doce.

A risada de Evie ecoou nos galhos. "Acho que encontramos a nossa casa."

Era começo da tarde e o sol ainda estava quente. Eles se despiram e entraram na água fria, enxaguando as semanas de sujeira da trilha. Depois descansaram na margem, secando lentamente, saboreando os suaves raios de sol em sua pele.

◆

A luz do sol aqueceu o rosto de Joe. Ele havia adormecido, e Evie ainda dormia. Ele acordou-a com um beijo e suas pálpebras tremeram. "Devemos explorar, encontrar o melhor local para fazer um acampamento permanente," disse ele. Vestiram-se, colocaram suas mochilas sobre os ombros e começaram uma lenta caminhada rio acima. Atravessaram o riacho em um tronco caído, onde ele se estreitava, voltaram para onde os pedregulhos contraíam-no como uma torrente e continuaram pelo lado leste, onde era mais fácil encontrar onde pisar. A margem parecia gasta com uma trilha coberta de vegetação e Joe achava que os animais provavelmente a seguiam em busca de água. O barulho da queda de água soava como um milagre após as semanas passadas no deserto. A meio quilômetro do riacho, Evie parou abruptamente e apontou. Em uma rocha de granito projetada ao lado do riacho, a menos de cinquenta metros de distância, havia uma cabana.

Excitação tomou o peito de Joe quando eles se aproximaram. Largaram suas mochilas embaixo de uma árvore escarpada em frente à cabana e examinaram a estrutura desgastada pelo tempo. Raios de sol piscavam através de fendas nas paredes de tábua. Tinha um teto baixo e pontudo de madeira grossa. A porta da cabana se abriu com dobradiças enferrujadas. A luz do sol atravessando uma janela intacta revelou a sala principal e uma sala lateral adicional, grande o suficiente para uma cama. O pó cobria peças de móveis rústicas – uma mesa, cadeiras de construção grosseira e os restos de uma cama de cânhamo. Joe entrou na sala lateral e olhou através de um buraco no telhado para o céu aberto. Evie inspecionou uma lareira que revestia a parede dos fundos, enegrecida pelo uso. Cinzas cobriam o chão de madeira ao seu redor.

Atrás da cabana, Joe observou que a maior parte da chaminé estava de pé, embora os tijolos ao longo da linha do telhado tivessem caído. A vários metros da porta dos fundos havia uma casinha inclinada.

Joe e Evie se abraçaram em exaltação com seu achado.

"Vai dar muito trabalho", disse Joe.

"Mas é o nosso lar."

Seu corpo vibrou com a maravilha do momento, e ele compartilhou a alegria que iluminou o rosto dela. Então a expressão de Evie mudou, sua cabeça inclinada, com olhar parecendo distante.

Ele foi lembrado da primeira vez em que a estudou na sala de estar de seu apartamento. Desde então, ele jogou com probabilidades piores do que nunca, e eles venceram. Eles estavam vivos. Ele sorriu e a abraçou novamente, seu queixo dobrado contra a orelha dela. Seu batimento cardíaco era rápido e forte. Eles estavam cercados por sons de um riacho espirrando e uma brisa sussurrando ao atravessar os galhos acima.

"E agora, o que vai acontecer com a gente?" Ele moveu uma mecha de cabelo para trás da orelha dela.

Ela olhou para ele sem medo. "Vamos conseguir. Nós vamos sobreviver. Vamos fazer isso juntos."

"Prometo que serei como você, forte e confiável. Eu vou te amar e cuidar de você."

O rosto dela brilhava. "E prometo que serei forte e confiável. Eu vou te amar e cuidar de você. Até que a morte nos separe."

"Até que a morte nos separe." Joe não conseguiu segurar o tremor em sua voz. "Vamos trabalhar juntos para tirar o melhor proveito do que a vida nos trouxer."

"Você já me deu o anel," disse ela.

"Diamantes e rubis te darei. E todo o meu amor."

Ele a beijou com todo o seu ser. Eles se agarraram um ao outro, sabendo que o futuro tinha mais a se desenrolar.

Capítulo 32

Um *golpe* constante ecoou no ar da manhã. Joe girou o machado de duas pontas em longos arcos, cortando pinhal na clareira do lado de fora da cabana. A luz do sol reluzia na lâmina a cada golpe. Ele estava sem camisa e uma camada de suor cobria sua pele. Com cada pedaço de madeira dividido sob a lâmina, seus músculos aprenderam e se ajustaram para encontrar o melhor ângulo e velocidade. Sua mente estava clara e segurava apenas o machado e a madeira. Ele balançou a ferramenta com um ritmo constante, o trabalho como uma meditação.

Ele tinha começado a manhã montando cinco armadilhas de queda em uma linha que levava morro acima ao longo do riacho. A madeira morta era abundante nas encostas circundantes, então Joe reuniu dezenas que coubessem em seus braços e as arrastou de volta para a cabana. Um tronco servia como seu bloco de corte, agora enterrado em lascas de madeira. Ele já havia empilhado um metro cúbico de lenha fora da cabana.

. . .

Comida. Lenha. Em seguida, reparar a cabana. Há trabalho suficiente para fazer. Melhor executar uma tarefa de cada vez.

. . .

Até que consertassem a cabana, eles comeriam ao ar livre, debaixo da árvore que dava para o riacho. A árvore veterana tinha uma casca cinza-avermelhada e erguia-se torta, espalhando galhos à sombra contra o calor do meio-dia. As flores estavam se abrindo e seu leve aroma perfumava o local. Ele a estudou e conseguiu reconhecer – era uma macieira. A cor da casca despertou uma lembrança de sua inspeção inicial da cabana, caminhou ao redor dela e encontrou uma segunda macieira em flor, o zumbido pulsante das abelhas enchendo seus ouvidos. Ele pensou que o jardineiro original deveria ter plantado duas para que as abelhas fizessem a polinização cruzada. Joe estava tão empolgado que levantou as mãos para o céu e girou em círculo, dançando.

Alguns troncos restantes serviriam como assentos temporários do lado de fora até que ele tivesse tempo de melhorar os móveis. Arrumou os troncos embaixo da macieira para servirem como mesa e cadeiras rudes, depois se sentou satisfeito em seu novo trono.

Evie surgiu da floresta e sorriu quando o viu. Antes de ambos saírem naquela manhã em tarefas separadas, ela lavara os cabelos no riacho frio. Agora brilhava limpo à luz do sol. "Olha, eu encontrei bagas de flores cara de macaco e manzanita." Ela levantou sua mochila.

Juntos, eles rolaram várias pedras para formar um fogo circular perto dos bancos de toras, e Joe acendeu uma fogueira, enquanto Evie fervia bagas de manzanita para fazer uma sidra e preparava uma salada da flor cara de macaco. "Estamos com pouca comida, mas o final da primavera é um bom momento para procurar".

"E deve haver truta no riacho. Quando eu estava procurando lenha mais para cima, encontrei algumas piscinas promissoras."

Eles terminaram o almoço e voltaram para trabalhos separados pela tarde. Joe já apreciava os benefícios de usar armadilhas que funcionavam enquanto dormia. Ele lembrou da foto da armadilha para peixes no allbook. Dois cilindros abertos de madeira, um menor parcialmente dobrado dentro de outro maior, podiam ser feitos de mudas finas dobradas em círculos e amarradas com nervuras cruzadas.

Depois de recolher uma pilha de galhos finos, ele trabalhou para dobrá-los em aros, amarrando as pontas com um cordão. Cortou as costelas cruzadas das plantas e as amarrou nos aros para terminar o cilindro externo. Então ele criou um cilindro menor parecido com o maior. O cilindro menor deslizou em uma extremidade da armadilha e ele a amarrou no lugar. Joe estudou sua construção com satisfação. Funcionou como um funil. Qualquer peixe que entrasse no cone teria dificuldade em encontrar o caminho de volta através da pequena abertura. Ele olhou para o dedo, que havia cortado com a faca, e limpou o pedaço de sangue na manga.

Arrastou a armadilha rio acima para a primeira piscina parada com mais de um metro de profundidade. Duas pedras jogadas lá dentro funcionavam como pesos. Joe amarrou um cabo de recuperação e baixou a armadilha para a piscina. Ele decidiu testá-la sem isca. Se não pegasse nada, tentaria no dia seguinte com isca.

Ao voltar do teste com a armadilha para peixes, ele verificou a armadilha de Paiute e encontrou um esquilo embaixo de uma. Levou-o de volta para a cabana e acendeu o fogo na parte de fora.

Evie apareceu logo depois, com albúzio e alface mineira brotando de sua mochila. Ela preparou uma salada enquanto Joe assava o esquilo. "Devemos acender a lareira dentro da cabana o mais rápido possível", disse ela.

"Esse é o trabalho de amanhã. Preciso subir no telhado para consertar os tijolos e limpar os detritos."

"Temos muito trabalho pela frente." Ela apoiou o queixo na mão e olhou para a cabana: "A vida em si é trabalho." Joe percebeu que ela não estava descontente com a perspectiva.

Ele citou versos de cabeça:
"Filhos e filhas degenerados,
A vida é forte demais para vocês –
É preciso vida para amar a Vida."

"Um velho poema?" Ela segurou a panela fumegante. "Eu gosto do sentimento."

"A partir do seu exemplo, estou começando a entender melhor os versos. Eu acho que significa encontrar um propósito e seguir com a vida. Não seja tímido quanto a isso."

Evie sorriu. "Estou feliz em vê-lo tão resoluto."

"É estranho. Pela primeira vez na minha vida, não tenho tecnologia nem civilização para me ajudar a viver. Tudo se inicia de novo, como do começo."

"Como se fôssemos as duas primeiras pessoas no mundo."

Joe assentiu. "Se não assumirmos total responsabilidade por nossa situação, morreremos. É tudo sobre nós. A vida sempre fora assim e eu que não percebi?"

"É a história da humanidade. Não mudou." Ela encolheu os ombros. "Nós a vestimos de diferentes maneiras, tentando melhorar."

"Mas agora voltamos ao básico. Água. Comida. Abrigo. Isso faz a mente se focar. E, com menos tempo para pensar demais, a mente é liberada de preocupações desnecessárias."

Evie serviu a refeição e eles se sentaram nos troncos ao lado do fogo.

"Em que você está pensando?"

"Estou pensando em toda a energia que dediquei ao movimento de protesto para tentar mudar o mundo. E o grande custo disso – perder meus melhores amigos. Agora parece que tudo isso fazia parte de uma vida diferente." Ela deu algumas mordidas, ainda ponderando, depois o encarou atentamente. "Eu não desisti da luta."

"Vamos voltar e continuar a luta," disse Joe, sabendo que a batalha de Evie não era mais apenas dela. Mas a sua expressão não era feroz, como ele esperava. Em vez disso, uma reflexão suavizou seu rosto.

"Querer algo diferente da nossa realidade é a causa da maior angústia." Evie franziu a testa. "Embora eu seja uma lutadora, há coisas que não podemos mudar. Não vou desistir, mas não há nada que eu possa fazer pela luta contra os atos de Níveis, exceto sobreviver. Então, por enquanto, estou abraçando a realidade deste mundo em que estamos. Esse é o meu mantra para viver esta vida com você aqui."

· · ·

Quando penso que a vi em sua força maior, ela me surpreende novamente. Estou apaixonado por uma estoica.

· · ·

Eles saborearam a pausa, sentados juntos e descansando em volta da fogueira do lado de fora da cabana. O sol se pôs sobre as montanhas ao oeste. Ele percebeu que, sem fontes de luz artificial, o melhor caminho era ajustar suas horas de vigília. Ele acrescentou a fabricação de velas à sua crescente lista mental de projetos.

"É hora de irmos para a cama," disse ele.

Mas Evie não estava olhando o pôr do sol. Ela observava o vale rio abaixo. "Isso parece fumaça."

Joe seguiu o dedo para onde ela apontava e distinguiu o fio na luz do refluxo. Ela estremeceu ao lado dele. Era muito tarde para investigar e muito longe no vale para ser uma ameaça imediata. Ele apagou o fogo deles. Joe a abraçou e a levou de volta para a cabana. Eles se aconchegaram no saco de dormir e caíram no chão.

Um grito agudo sacudiu Joe acordado. Evie o agarrou e tentou jogar o cobertor ao mesmo tempo. A adrenalina subiu em seu corpo, ele se sentou na vertical e pegou o machado, procurando com os olhos arregalados.

"Algo passou por cima de mim. Eu senti seus pezinhos e garras. Foi horrível."

"Provavelmente, era apenas um rato." Joe respirou calmamente. "Provavelmente atraído por nossas sementes de trigo. Provavelmente entrou pela chaminé." A observação não ajudou a acalmá-la, ele largou o machado e a abraçou. "Vou fechar os buracos nesta velha cabana em breve."

. . .

Ela tem sido tão corajosa o tempo todo, mas tem medo de um ratinho? Talvez isso esteja além da minha compreensão. Todos temos medos, apenas diferentes. Pelo menos eu posso ser o forte agora.

. . .

Joe deitou-se e segurou-a contra o peito até que a respiração de Evie finalmente se equilibrou. Ele ficou acordado, olhando através do buraco no telhado o céu cheio de estrelas, pensando em ratos e homens.

◆

Depois do café da manhã, Joe consertou a chaminé. Todas as tarefas demoravam cerca de três vezes o tempo que ele planejava. O simples trabalho de construir uma escada a partir de dois pinheiros curtos, vários galhos grossos e cordas levou metade da manhã, e o resultado mal foi útil. Colocando-a contra o teto na parte de trás da cabana, ele cautelosamente montou os degraus. Ela oscilou, mas sustentou seu peso.

Bater os detritos na lareira foi fácil. Ele então usou sua mochila para carregar os tijolos caídos até o telhado, para que pudesse substituí-los. Joe ainda não havia se incomodado com argamassa. Ele só queria tornar a lareira funcional.

Pegou uma braçada de lenha. Dentro da cabana, Joe colocou pedaços de isca na lareira e acendeu o fogo com seu allmatch, alimentando-o enquanto ele crescia. O fogo subiu a chaminé, e ele correu para fora. A fumaça levantou espessa e negra pela vegetação queimada que ele havia perdido na limpeza apressada.

Deixando o fogo queimar, Joe subiu a escada novamente para avaliar o buraco no telhado. Os pedaços de madeira rústica eram quadrados, com dois centímetros de espessura. Ele franziu a testa.

Precisaria de uma serra e de uma cunha para fazer substituições, mas não as tinha.

"Amigo, parece que você precisará de uma escada adequada para não quebrar o pescoço."

Joe encontrou o olhar duro de um homem parado na beira da floresta atrás da cabana. O homem era alto, talvez com uns cinquenta anos, e tinha cabelos encaracolados que combinavam com uma barba grossa, desgrenhada e grisalha. Um casaco de camurça incongruente cobria sua camisa de camuflagem e roupas militares desgastadas. Os dedos longos do homem estavam enrolados em um arco composto em seu ombro.

Joe controlou seu choque e tentou sorrir com indiferença. "Deixa eu descer para me apresentar", disse ele em voz alta, esperando que Evie o ouvisse. Expor as costas ao homem causou uma coceira nas costas enquanto ele descia a escada. Quando ele saiu do último degrau, Evie deu a volta pelo lado da cabana, com o cajado na mão. Ela ficou alerta ao lado de Joe.

"Dois de vocês estão aqui. Melhor e pior, suponho," disse o homem. "Meu nome é Eloy."

Eles se apresentaram e apertaram a mão de Eloy. "Venha se juntar a nós para o chá", disse Evie. Eloy a seguiu até a frente da cabana, Joe atrás dele. Uma panela fervia no fogo ao ar livre. Ela trouxe as duas xícaras e uma panela pequena que haviam embalado e derramou o líquido pálido nelas. Evie deu a Joe seu copo e o copo dela para o visitante. Eloy sentava no tronco em frente aos dois, bebendo o chá.

"Este chá de ponta de abeto de Douglas não é o melhor, mas é saudável com vitamina C. Eu procurei as dicas esta manhã com minha equipe bō", disse ela, mostrando-lhe a lâmina.

"Fresco e saboroso", disse Eloy. Ele beijou os lábios e olhou para o cajado. Seu rosto estava bronzeado, desgastado pelo tempo passado ao sol.

Joe tomou um gole do chá e perguntou: "O que você quis dizer com dois sendo melhor e pior?"

"O dobro de bocas para alimentar. É difícil arranjar vida aqui, a menos que os dois pares de mãos estejam dispostos a trabalhar. Não há economia, exceto o que vocês produzem. É tudo economia elementar." Ele tomou outro gole apreciativo. "Então há a parte social. Os povos originários, há muito tempo, nunca haviam enviado um grupo de guerra de três. Sempre dois, ou quatro ou mais. Três causaram problemas porque dois lutariam pela atenção de quem era o líder." Ele encolheu os ombros. "Natureza humana."

Evie olhou de Eloy para Joe, depois voltou. Ela parecia pronta para dizer algo, mas Eloy interrompeu, "Estão gostando da cabana?"

"Chegamos ontem." A cautela de Joe desapareceu.

Eloy riu. "Eu morei aqui no ano passado até que uma tempestade de vento fez aquele buraco no telhado. Parecia o momento certo para se mover rio abaixo. Eu tenho outro barraco quebrado e um celeiro. Mais espaço para se movimentar."

"Isso explica por que estava tão arrumado." Os olhos de Evie se arregalaram. "E é claro que vamos sair como –"

Eloy acenou com as mãos largas e calejadas. "Você podem ficar com ela. Tem a vista mais bonita, aqui em cima. E não há melhores para escolher – nenhum que eu tenha encontrado, de qualquer maneira. Eu limpei tudo que pode ser usado. Quase todo edifício caiu em ruínas ou foi levado de carro."

Evie inclinou a cabeça, curiosa. "Como você acabou na Zona Vazia?"

Vergonha cruzou o rosto dele. "Eu estava no exército – o exército mecha na fronteira sul. Dirigi um exomech."

"Profissão perigosa", disse Evie.

"Já foi perigosa. Agora eles automatizaram tudo, com os bots fazendo toda a defesa real. Morte por máquina. Qualquer guerra termina em horas, não em semanas. Ninguém pode ficar naqueles campos de matança."

"Temos sorte que a guerra desapareceu." Joe se inclinou para a frente. "Agora é apenas uma questão defensiva, mantendo as máquinas prontas, certo?"

"É isso mesmo. Após dirigir um exomech, eu supervisionei algumas das máquinas que patrulhavam a fronteira e depois eles me colocaram para fazer reparos. Gostei desse negócio analógico, de trabalhar com as mãos." Ele levantou suas evidências calejadas. Cada dedo seu equivalia a dois de Joe. "Mas deve haver muita atividade, e as pessoas descobriram como evitar fazer qualquer coisa. Eu não me dou bem com o ócio. Digamos que comprei um galeto completo."

Joe franziu a testa, confuso, mas Evie estreitou os olhos. "Devemos ficar preocupados?"

"Não, apenas uma pequena briga. Ninguém ficou ferido. Eu tenho uma sentença de seis meses de prisão. De acordo com a lei militar, você pode escolher um terço do tempo na Zona Vazia. Eles dizem que a Zona Vazia tem menor reincidência, e é por isso que dão a você a escolha. Levei os dois meses, imaginando que poderia encontrar o suficiente para comer aqui fora."

"Há quanto tempo você está aqui fora?" Joe se perguntou se seria bom ou ruim ter um vizinho.

"Antes de responder, me contem por quanto tempo ficarão aqui. Vocês não me parecem militares."

"Três anos." A voz de Evie era calma e neutra.

Eloy começou, quase derrubando sua xícara. "Caramba. *Eu* deveria ficar preocupado?"

Evie sorriu. "Não. Nós incomodamos alguém com poder político."

Os olhos escuros de Eloy os estudaram sob as sobrancelhas grossas e depois ele assentiu. "Tudo bem então. Parece que vocês ficarão aqui por um bom tempo." Ele olhou para Evie e seu cajado bō, depois se dirigiu a ambos. "Mas precisamos de algumas regras. Sobre a economia."

Joe cutucou Evie. "Evie é a economista."

Eloy sorriu largamente e virou-se para ela. "Eu tenho meu diploma de quatro anos em economia no Texas."

"Meu diploma de economia é de Berkeley."

"Bem, que interessante. Então você entenderá o que estou prestes a dizer. A primeira questão é que você está agora acima do riacho e eu estou abaixo. Tragédia dos comuns. Portanto, não polua a água."

Evie assentiu, com a expressão muito distante, como se lembrasse alguma palestra, pensou Joe. "Um problema desde que as pessoas instalaram as ilhas na foz do Tigre e do Eufrates. Vamos nos respeitar e manter as coisas limpas."

"A seguir, é caçar e aprisionar. Vocês sabem como construir uma armadilha?"

"Comecei uma pequena armadilha subindo a cabana", disse Joe, "e uma para peixes".

"Estudos rápidos. Vamos ter uma linha de demarcação na metade do caminho entre a sua cabana e a minha. Funciona tanto na subida quanto na descida. O mesmo com a pesca." Todos assentiram.

Eloy continuou, aquecendo-se para sua plateia. "Nós podemos caçar com os arcos em qualquer lugar. Essas montanhas estão cheias de caça, já que somos as únicas pessoas aqui. Mas o esforço de percorrer montanhas e vales não é para os fracos." Eles assentiram novamente.

"Todos nós podemos adivinhar quanto trabalho é necessário para obter algo, portanto não será difícil chegar a um comércio justo. Todo mundo carrega seu peso." Ele apontou para o telhado. "Fico feliz em lhes emprestar as ferramentas, desde que sejam bem cuidadas. Mas sem empréstimos que não sejam rapidamente devolvidos. Eu jamais quero ter que pedir."

Eles se levantaram e apertaram as mãos, depois Eloy entregou a xícara a Evie com agradecimento. Ele ficou de frente para Joe. "Você quer consertar esse teto em breve? Pode ser mais fácil se vocês me seguirem." Joe pegou sua mochila e o machado e os três desceram a trilha ao longo do riacho.

Capítulo 33

Eles andaram em fila única. Eloy liderou, atravessando pedregulhos e através da grama curta que ladeava a margem. Eles passaram pelo ponto em que alcançaram o riacho pela primeira vez. Cerca de um quilômetro abaixo da cabana, Eloy disse: "Este é o ponto intermediário. Vamos marcar essa rocha aqui como nossa fronteira." Evie e Joe assentiram em aprovação e todos continuaram descendo a colina. Eles seguiram o riacho por várias outras curvas, a água caindo duas vezes sobre cachoeiras. À frente, várias construções desgastadas alinhavam-se às duas margens do riacho.

Eloy apontou. "Essa é minha cabana deste lado. Eu tenho um celeiro ao lado. E um fumeiro ao lado disso." Os casebres de madeira cinzenta ficavam no nível do solo na lateral do riacho, onde a água era mais lenta e mais profunda. Outra cabana, ao lado de uma passarela, os encarava na margem oposta.

Era difícil desviar o olhar da visão mágica de uma roda d'água giratória. Tinha cerca de dois metros de diâmetro, com pás de madeira mergulhando na superfície do riacho. A corrente preguiçosa empurrava os remos e o eixo de madeira rangia contra o casquilho quando ele girava. Pregadas nas pontas dos remos havia latas de metal. As latas enchiam-se de água na parte inferior da curva da roda. Quando a roda subia, as latas esvaziavam-se em uma comporta de madeira. A água escorria pela caixa de comporta ao lado da cabana mais próxima.

Eloy sorriu quando viu o rosto de Joe. "Isso mesmo – água corrente".

"Você construiu a roda d'água sozinho?"

"Chama-se nora e, sim, a construí com pregos e tábuas que encontrei. Esse projeto existe há milhares de anos. Isso evita que você transporte água." Eloy sorriu, orgulhoso de seu trabalho.

Ele os levou ao celeiro e à horta plantada ao lado. Uma calha trouxe água da nora para as plantas, alcançando o verde através do solo recém-arado. A água podia ser direcionada para o jardim ou para a cabana com um pedaço móvel da calha de madeira. Em frente ao celeiro havia um curral, cercado por trilhos partidos. Um cavalo idoso de cor escura estava lá dentro, mastigando grama nova, enquanto um punhado de galinhas bicava indiscriminadamente em torno de seus cascos. Três ovelhas jaziam na terra em um canto do curral. Pelos chifres grandes e curvos, Joe imaginou que um deles fosse um carneiro.

"Galeto completo", disse Joe. Evie riu, enquanto Eloy sorria educadamente e olhava para Evie de um jeito penetrante. Perplexo, Joe se perguntou se Eloy não havia se referido a galinhas antes.

"Isso é maravilhoso." Evie encostou-se em um poste. "Você tem carne, leite e lã. O que é plantado?"

"Tomate, abóbora e milho. As sementes vieram de outro achado de sorte, passando por um porão quebrado."

"Nós aprimoramos as sementes de trigo C4 e alguns grãos".

"Trigo?" Eloy gemeu de saudade. "Como sinto falta do pão. Podemos negociar se você conseguir que ele cresça."

"Eu posso plantá-lo no local plano a leste da cabana, mas preciso elevar a água para fora do riacho." Joe apontou para a nora. "Você pode me mostrar como construir uma dessas?"

"Sem problemas." Seu aceno foi curto, mas entusiasmado. "A propriedade intelectual deve ser livre depois de um tempo. Caso contrário, estaríamos todos tentando recriar isso." Ele apontou com prazer para o volante, rindo de sua própria piada.

Joe riu e decidiu pedir mais. "Eu poderia construir um mais rápido se tivesse pranchas e pregos. Alguma chance de trocá-los por algo?"

"Agora estamos a falar." Eloy concordou em ajudá-lo a construir a roda d'água em troca de uma parte da colheita de trigo e um pouco de lenha picada. "Divisão do trabalho", disse Eloy com satisfação, "e todo mundo se esforça."

Evie olhou para o outro lado da passarela e depois para Eloy. "Você mencionou dois guerreiros, ou quatro," disse ela.

"Uma mente afiada." Eloy riu e os conduziu através da ponte, enquanto o sol refletia redemoinhos sob seus pés e os passos ecoavam nas tábuas. A porta da cabana oposta se abriu.

Uma mulher mais jovem, com suaves olhos castanhos, talvez com quase trinta anos, estava com a mão no batente da porta. Seu olhar disparou primeiro para Joe e depois com uma expressão interrogativa para Eloy. Ela estendeu a mão delicadamente para afastar as tranças vermelhas flamejantes penduradas por cima do ombro.

Na porta, Eloy inclinou a cabeça amigavelmente e disse, "Fabri, apresento Evie e Joe. Evie aqui é uma economista, como eu. Eles ficarão aqui por um tempo como vizinhos."

Toda a tensão deixou o rosto de Fabri ao ouvir as palavras, e ela agarrou as duas mãos de Evie. "Bem, então, sejam bem-vindos ao lar." Ela deu um abraço rápido em Joe antes de conduzi-los para sua cabana.

O espaço foi preenchido com o delicioso aroma de canja de galinha em uma panela no fogo. Joe ficou com água na boca e seu estômago roncou. Uma mesa de madeira estava no canto. Fabri escapou para a sala dos fundos e voltou, arrastando um banco para complementar as cadeiras ao redor da mesa. "Eu nunca tive convidados antes." Ela trouxe tigelas e colheres de barro marrom. Então ela serviu porções empilhadas de sopa. "Sorte a de vocês, ontem mesmo eu decidi que era hora desse velho pássaro cumprir seu último dever."

"Com a minha persuasão," disse Eloy. Ele se virou para Evie. "Ela prefere ficar com todos por ovos. Até os galos." Ele piscou.

"É melhor você acreditar que todas as criaturas de Deus precisam de respeito," disse ela. Então olhou para Eloy, registrando o comentário dele sobre galos e ovos. Ela o cutucou com uma risada. "Bom, El."

Todos sentaram-se ao redor da mesa. O estômago de Joe roncou ainda mais alto com a primeira colherada. "Sopa deliciosa," disse ele.

Fabri assentiu em agradecimento. "Há quanto tempo vocês estão aqui? Estou surpresa por não ter ouvido nenhuma aeronave. É muito fácil ouvir máquinas nesse silêncio."

"Calculo que eles nos jogaram na Zona Vazia a trezentos e trinta e sete quilômetros ao sul daqui. Demorou mais de três semanas para encontrar essas montanhas." Joe ficou feliz por não ter esquecido os números em seu delírio. Parecia que ele estava na Zona Vazia há anos. Tomou um grande gole da sopa reconfortante.

Eloy franziu a testa. "Parece que alguém te queria morto."

Fabri lançou um olhar de advertência para Eloy. "Por que vocês foram mandados para a Zona?"

Joe fez uma pausa, pensando que eles poderiam ser vizinhos de longo prazo e talvez fosse melhor manter as coisas simples, sem mencionar Peightân e Zable. Ele olhou para Evie. "Uma de nossas acusações foi a associação ilegal entre Níveis incompatíveis. Acho que não tem como parar o amor."

"Eu também", disse Fabri com um pequeno sorriso. "Mas então meu marido me traiu e usou meu Nível para me controlar."

"Armaram contra a gente", disse Evie enfurecida.

"Eu fiquei mais brava que um touro também." Fabri acenou com a colher. "Trabalho duro todos os dias para encontrar compaixão por esse ex-marido."

"Vocês dois não vieram juntos?" Evie perguntou.

"Ah, não. Depois de uma semana aqui, desci a ladeira da cabana." Eloy acenou com a cabeça rio acima. "Encontrei essas construções. E encontrei Fabri."

"Eu não era tão boa em procurar comida naquela época. E eu tive uma sentença de cinco meses. O Eloy, abençoado, decidiu ficar e me ajudar." Os olhos dela brilharam para ele do outro lado da mesa. "Ele teve experiência com esse modo de vida mais rústico, graças a uma educação incomum sobre a qual ele vai ter que falar um dia. Posso dizer que ele foi um enviado de Deus." Ela estendeu a mão sobre a mesa e apertou a dele.

Eloy sorriu para ela. "Depois que atravessamos o inverno, o tempo estava bom e tudo estava bonito. Então ficamos."

Evie levantou uma sobrancelha. "Então vocês estão aqui –"

"Há sete meses. Fabri aprecia minhas habilidades de sobrevivência, mas tivemos algumas pausas de sorte. Somos as únicas pessoas aqui, então eu posso vasculhar todas as construções. O cavalo, a velha Bessie, era muito lenta para fugir, então eu a treinei com o cabresto e obtive a força necessária para transportar as coisas."

"Não esqueça a benção de encontrar essas cabanas. O celeiro já estava abastecido com algumas coisas," disse Fabri.

"Sim, acho que não posso receber todo o crédito." Eloy parecia triste em admiti-lo. "Outros estiveram aqui anos antes e acumularam algumas ferramentas, sementes e outros suprimentos. Estou contando isso como propriedade intelectual a se compartilhar. Isso me diz que esta parte das montanhas Ruby é o melhor lugar para sobreviver na Zona Vazia."

Joe disse, "Desde que vocês concluíram seu tempo aqui, vocês podem sair pelo portão?"

"Sim, podemos sair, mas os guardbots não vêm encontrá-lo a menos que você morra." A voz de Eloy era firme, mas agourenta. "Eles seguem o bloco biométrico para encontrar seu corpo e tirá-lo com um veículo autônomo. Mas não tente atravessar esse muro até cumprir sua sentença." Sua carranca era ameaçadora, mas a expressão tornou-se pensativa em um flash. "Ainda não decidimos se e quando queremos sair."

"Você parece saber muito sobre os guardas", disse Evie.

"Eles são os mesmos milmechas que vi no exército, apenas autônomos e em um comando independente."

"Autônomos?" Evie disse aquilo em que Joe estava pensando quando se lembrou da última conversa com Peightân.

"Sim. Eles vão matá-lo sem consultar um humano primeiro, mas apenas se você tentar sair do muro cedo demais. Pelo Direito Internacional Humanitário, armas autônomas são proibidas, exceto em prisões e no controle de fronteiras," afirmou Eloy.

Eles terminaram a refeição, e Joe ajudou Fabri a lavar a louça na pia enquanto mantinha uma conversa amigável. Ela pegou vários tomates da cozinha e os colocou em um saco para Joe. "Isso vai alegrar o jantar."

"Obrigado", disse Joe. Alimentos frescos que não eram carne ou verduras pareciam um verdadeiro deleite.

"Esse sujeito está puxando seu próprio peso. Não o arruíne já," disse Eloy, rispidamente, mas Fabri o ignorou, saindo e retornando com uma panela de sopa de aço e um balde.

"Evie, isso ficará no fogo, facilitando o cozimento. E o balde tornará o carregamento d'água mais tolerável até que a roda d'água estiver bombeando." Evie agradeceu profusamente.

"Tudo bem, Fabri, não vou convidá-los novamente se você continuar dando nossas coisas." O olhar gentil nos olhos de Eloy suavizou suas palavras, mas Joe e Evie, com os presentes na mão, se levantaram para sair.

"É importante ter vizinhos amigáveis", disse Fabri enquanto se despediam. "Vejo vocês em breve."

Eloy deu uma fungada e os escoltou através da passarela até o lado leste do riacho, entrando em seu celeiro. Ao longo de uma pa-

rede, ferramentas de todas as formas e tamanhos estavam penduradas em vários estados de reparo.

Ele selecionou uma lâmina de metal e a entregou a Joe. "Isso é
útil porque a lâmina retira os telhados mais rápido do que uma serra". Ele também pegou uma serra de arco, um martelo e um saco
de pregos, e eles fizeram planos para construir a nora na semana
seguinte.

Joe e Evie deram adeus a Eloy e subiram o riacho, as ferramentas
e a panela enchendo sua mochila, o balde na mão.

◆

Mais tarde naquela noite, eles se sentaram perto da lareira dentro
de sua cabana. Joe havia encontrado uma truta arco-íris em sua armadilha, e Evie a grelhou no fogo para servir com tomates frescos.

. . .

Estamos aqui nesta cabana há apenas dois dias e ela já está
adaptada. Ela está seguindo seu novo mantra, abraçar a realidade do mundo em que vivemos. Isso é resiliência.

. . .

"Estou feliz por estar aqui com alguém tão capaz," disse ele.

"Obrigado. Eloy está certo. Precisamos trabalhar juntos se qui-
sermos sair daqui."

"Eloy parecia bastante satisfeito quando descobriu seu diploma
em economia."

Ela sorriu olhando para a truta enquanto delicadamente a revira-
va. "Eu gosto dele. Ele é engraçado."

"Você não se importa que eu esteja tão atrasado em comparação
a vocês quanto à economia?"

"Eu te amo. Você também é engraçado." Seu tom era brincalhão
mas repreensivo, de uma forma maternal. Ela sentou-se sobre os
calcanhares e sorriu para ele. "Mas você não deve fingir que sabe
coisas como o 'galeto completo.'"

Joe fez uma careta. "Me pegou. O que foi aquilo?"

"Gíria militar. Dispensa de Má Conduta."

Ele se sentiu ficando vermelho. "Bom saber. Serei como Bessie,
fazendo o trabalho pesado." Joe disse, flexionando os bíceps. Evie
riu. Joe continuou: "Quando eu estava ajudando Fabri com a louça,
ela me disse que era Nível 99. Eu simpatizei com o marido dela

usando isso para se divorciar, e acredito que ela acha que meu Nível está próximo do dela. Os Níveis não importam aqui ou em qualquer lugar e eu não quero que eles se intrometam neste lugar novo. Não vamos alterar a opinião dela, ok?"

Evie assentiu, colocando a refeição em dois pratos. "Se é o que você quer." Ela provou um pedaço de peixe. Satisfeita, ela lhe entregou seu prato.

"Conhecer Eloy e Fabri é enorme para nós. Saber que temos amigos experientes no fluxo..." Ele riu, ainda incrédulo com a boa sorte deles. "Nós vamos conseguir, Evie."

Evie se aproximou, beijou-o intensamente e o sabor esfumaçado e salgado dos peixes lembrou Joe a que distância eles haviam chegado do mar. Ela o beijou novamente, com uma ferocidade que o surpreendeu, tanto que ele não conseguia fechar os olhos. Os olhos dela estavam apertados, a pele macia nos cantos forjando uma expressão de amor, desejo e posse, tudo por ele, e seu coração derreteu.

◆

Joe passou a semana do lado de fora, concentrando-se em encontrar proteínas e consertar seu abrigo, e Evie caçou, preparou refeições, fez fogueiras e limpou os pratos. Após o medo da morte no deserto, suas atividades atuais pareciam absolutamente reconfortantes, embora ainda exaustivas.

Ele adicionou uma dúzia de novas armadilhas de queda e outra armadilha de peixe em uma segunda piscina mais acima. A montanha estava cheia de caça, e ele voltou carregando três esquilos. Evie olhou para cima do fogo, sua boca se ondulando em um sorriso ao ver as capturas. "Você pode me ensinar a preparar uma armadilha também?"

Na manhã seguinte, ela andou com ele até a linha de armadilhas. No meio da encosta, ele viu uma delas. Juntos, eles ergueram a pedra e encontraram um grande coelho morto por baixo. Joe mostrou-lhe como preparar o animal em campo, limpando a carcaça com água da synjugs sem contaminar o riacho. Embora Evie não vacilasse, sua compaixão pelo animal era palpável. Joe já estava insensível à morte de animais, e isso o preocupava.

Ele decidiu que era hora de tentar construir uma armadilha para caixas de madeira. Elas eram mais humanas do que uma armadilha com pedras porque o animal morria rapidamente – mas era Joe quem teria que matar, com uma clava ou uma faca. A proximidade física da morte e sua parte nela chocaram a consciência de Joe. Na noite seguinte, ao bater na cabeça de um coelho vivo, Joe acordou de um sonho em que um Zable com cara de coelho o deixou inconsciente. Ficando de pé, ele acordou Evie.

"Ratos?" Ela freneticamente bateu nas cobertas.

"Não." Joe riu, relaxando da captura do pesadelo. "Mas acho que é hora de consertar o telhado e as paredes."

Ele partiu ao amanhecer com um synjug, seu machado e um froe, tudo guardado em segurança em sua mochila. Subindo para a floresta, Joe encontrou um pinheiro de pau branco deitado em um prado. A terra estava recém-arrancada ao redor, e ele imaginou as raízes do gigante lutando pela influência contra o vento do inverno antes de cair em seu lugar de descanso. Ele reviu mentalmente as dicas que Eloy havia compartilhado e arregaçou as mangas.

Completou suas ferramentas fazendo um martelo com um dos galhos grossos. Joe ergueu-o na mão e o golpeou com força contra a árvore para testá-lo. Ele dividiu o pinheiro caído em seções com a serra de arco. A sibilação metódica da lâmina juntou-se a um conjunto de canto de pássaros no prado.

Horas depois, ele estava cercado por seções de toras. Parando para tomar um longo gole, avaliou seus próximos passos e voltou ao trabalho. Joe colocou uma seção como uma bancada de trabalho e arrastou outra seção por cima para fazer toras para o telhado. Joe alinhou o froe com a espessura certa e usou o martelo para socá-lo no tronco. Ele torceu o froe, e a fasquia se separou do tronco. O utilitário da ferramenta simples encantou Joe, e ele agradeceu silenciosamente a Eloy. Ele continuou com cada seção, aprimorando seu método e aprendendo a identificar nós nos troncos que estragariam a fasquia. Se transformaram em uma pilha satisfatória a seus pés.

Ele terminou o último passo de arrumar cada fasquia com o machado, aparando aqui e ali para tornar cada uma o mais uniforme que pudesse. Então carregou suas ferramentas no fundo da mochila com o maior número possível de fasquias. Foram necessárias mais seis viagens para transportar todas para uma pilha atrás da cabana.

Evie apareceu na porta da cabana. "Agora eu posso fazer coelhos de todas as formas que você puder imaginar. Ensopado de coelho. Coelho assado na panela. Espetos de coelho... Pena que eu estou enjoada de coelho. Precisamos de especiarias."

"Especiarias, como no bunny chow?" Joe sorriu tanto com a piada quanto com a lembrança do curry.

Uma expressão melancólica apareceu no rosto de Evie. "Pimenta, coentro, molho shoyu... alho, manjericão, alecrim... cominho, cítrico..." Ela balançou a cabeça e suspirou. "Pronto para o almoço?"

Eles estavam sentados nos grossos assentos de troncos sob a macieira. Evie serviu tigelas fumegantes com um molho espesso, e ele reconheceu o suculento coelhinho entre os vegetais desconhecidos da caça de Evie. Eles fizeram uma refeição honesta, lavada com xícaras de água fria do riacho.

O almoço terminou, ele carregou o martelo e os pregos e uma pilha de telas e subiu a escada. O trabalho de arrumar as telas e prendê-las no lugar foi lento. Ele se moveu metodicamente, pregando-as nas madres da parte inferior do telhado para cima. Cada batida precisava de modelagem individual de seu machado, mas, como em outras tarefas, Joe aprendia truques com tentativas e erros que aceleravam o processo.

O sol estava se pondo quando ele terminou de cobrir o último buraco no telhado. Agarrando suas ferramentas, ele desceu a escada e encontrou Evie esperando por ele, inspecionando a pequena linha de marcas de machado na parede traseira da cabana. "Para que servem?"

"Fiz uma marca para todos os dias desde que eles nos deixaram na Zona Vazia e farei outra a cada dia que passa a partir de agora," disse ele.

Evie olhou fixamente para a parede. "Cinco semanas de sobrevivência." Os olhos dela brilharam com um fogo repentino. "Nós continuaremos. Sobrevivendo. Nós vamos fazer uma vida para nós aqui."

◆

Nas semanas seguintes, eles transformaram a cabana quebrada em um lar. Além do telhado, consertaram a cama, construíram uma pequena despensa para guardar os achados da caça de Evie e esfregaram o chão e as paredes. Passaram então a preencher as fendas nas paredes da cabana.

Parados diante da parede final, despidos da maioria de suas roupas, as mãos incrustadas na lama, eles espalharam a mistura em cada rachadura longa entre as tábuas de cor cinza. Como material, Joe coletou areia e lama da margem do riacho e Evie encontrou musgos, que havia secado no fogo. Evie estava animada, esperançosa de que isso mantivesse os ratos afastados e tornasse sua cabana mais caseira.

"Joe, lembra quando você disse que um idealista é alguém que pensa que o mundo é uma criação da mente?"

"Sim."

"Bem, esse conceito ficou comigo porque parece absurdo."

Ele riu. "A universidade na qual você se formou tem o nome de um dos primeiros defensores do idealismo subjetivo, ou, como o bispo Berkeley chamou, a teoria do imaterialismo."

Evie acenou com a mão enlameada. Eu conheço Berkeley. Mas considere essas coisas. Ela espremeu o musgo e a argila molhada entre os dedos, depois fixou-os em outra brecha. "Como alguém poderia acreditar que isso não era real?"

Joe riu de novo. "Samuel Johnson teve uma reação e refutação semelhantes – ele chutou uma pedra para refutar a discussão. *Argumentum ad lapidem*, o argumento da pedra."

"Eu refuto você assim," ela ronronou, jogando argila nele. A bola atingiu seu peito e rolou para baixo em uma longa faixa marrom sobre sua pele bronzeada.

Ele a limpou e aplicou-a na parede, ainda fingindo estar profundamente pensativo. "Sim, as ideias do bispo Berkeley parecem loucura, mas eu não as rejeitava imediatamente. Ele nos desafiou a questionar se nossas ideias aceitas do que é *real* são realmente reais. Aonde as ideias complexas realmente residem? E como essas ideias se cruzam com o que é a nossa mente, o que somos nós? Por exemplo, onde está a ideia da Universidade de Berkeley? Quando pensamos nisso, imaginamos mais do que tijolos e argamassa. Aonde está essa ideia?"

Ela jogou argila em outra rachadura. "A ideia existe em algum lugar. Quando imagino uma universidade, penso em estudantes. E professores." Ela casualmente jogou mais barro em Joe. Que fez outra raia marrom descendo até o umbigo. "E uma longa lista de outras coisas."

Joe arrancou a argila do estômago e aplicou-a pensativamente na parede. "Berkeley disse que um objeto – digamos, esse barro – é uma coleção de todas as ideias que nossos sentidos nos transmitem sobre ele. Ideias complexas estão fundamentadas nos objetos físicos em que podemos pensar. A ideia de uma universidade é a relação entre muitas coisas. Mas, à sua maneira, a ideia também é real." Ele estendeu a mão e acariciou a bochecha dela. "É um relacionamento entre outras ideias, eu acho." Joe afetou uma expressão séria e depois riu.

Seus olhos se arregalaram e sua mão foi para sua bochecha. "Você estava apenas atuando, fingindo que está muito sério." Ela agarrou o cabelo dele e o despenteou, rindo, quando o barro enlameou a sua cabeça. Ele passou as mãos na parte superior das pernas dela e, um momento depois, o barro estava voando. Eles riram e se esquivaram e jogaram, Joe se sentindo uma criança novamente, correndo pelo lado de fora da cabana em uma batalha de brincadeira.

Quando Joe se esgueirou pela frente, uma mão disparou e agarrou seu braço, puxando-o para o interior frio da cabana. Pouco antes de o atacar, Joe notou que ela havia tirado a roupa. Eles caíram em uma confusão contorcida no chão. Seu corpo cheirava a terra, e em um momento as roupas dele se juntaram às dela.

As mãos dele embalaram seus quadris e acariciaram todas as suas curvas. Enquanto ela se movia contra ele, com a pele escorregadia de lama pressionada contra a dele, seus olhos ardiam de desejo.

"Eu refuto você assim," ela respirou quando mordeu o ouvido dele. Ele não tinha palavras, em latim ou não, para responder.

Capítulo 34

Joe caminhou até a cabana de Eloy para cortar a lenha prometida na manhã seguinte. Ele passou meio dia dividindo toras, empilhando-as ao lado do celeiro. O trabalho foi gratificante, e Joe ficou surpreso com a forma como seu corpo se adaptou a essa vida manual.

"É um bom trabalho." Eloy apareceu atrás dele e avaliou a pilha de lenha. Joe ergueu os olhos do machado e viu Fabri parada na passarela. Ela acenou alegremente, depois se virou para alimentar as galinhas.

Eloy levou-o ao celeiro e abriu a porta rangente. Dentro, havia uma carroça de boi. "Encontrei isso em uma das fazendas abandonadas. Com eixos novos que cortei de um carvalho e um pouco de graxa, ela roda bem. Bessie pode puxá-la, contanto que avancemos devagar." O cavalo escuro no curral sacudiu a cabeça ao ouvir seu nome.

"Sobre esse trigo," disse Eloy, "já está no final da temporada, então você deve plantar em breve uma colheita antes do mau tempo. Quanto de semente você tem?"

"Sete quilos."

"É o suficiente para algumas centenas de pães, além de sementes para o plantio no próximo ano." Os dentes brancos de Eloy mostraram um sorriso através de sua barba. "Precisaremos construir essa nora. Estou com um desejo por pão fresco," disse ele, agora olhando para o céu conforme fungava. "Como conversamos da última vez, emprestarei ferramentas, ajudarei você a arar o campo e ajudarei na carpintaria da nora." Eles apertaram as mãos, selando o acordo.

Em um canto sombreado do celeiro, Eloy pegou uma engenhoca com cabos de madeira formando um triângulo. "Este arado estava pendurado na parede de uma casa de fazenda em ruínas. Como se fosse arte." Eloy riu.

"Pão artesanal," brincou Joe.

"É do século XIX. Vê a aiveca e a relha?" Eloy apontou para a fina lâmina na parte inferior da frente da moldura enferrujada. "Podemos atrelar Bessie ao arado, e você terminará de arar em pouco tempo. Vamos carregar o vagão com as ferramentas de que precisamos."

Juntos, eles colocaram o arado pesado na lixeira. Eloy guardava um machado, um balde de graxa e uma pilha de baldes, como os que Joe tinha visto nas extremidades das pás da nora de Eloy. Por fim, Eloy enfiou uma furadeira manual e um balde de parafusos grandes.

Fabri atravessou a passarela de sua cabana, carregando uma grande caixa de madeira. "Você cozinha ou Evie?"

"Eu me curvo ao gosto e à criatividade superiores de Evie." Joe sentiu um orgulho repentino por ela enquanto dizia isso.

"Divisão de trabalho." Eloy assentiu em aprovação.

"É bom que vocês dois parecem se tratar igualmente," disse Fabri. "Pensei em vir oferecer ajuda. Eu tenho muitas coisas para a cozinha."

"Você está mimando o pessoal novamente," disse Eloy.

"Nada de errado em ajudar." Fabri empurrou a caixa para a parte de trás da carroça e depois pulou para se sentar ao lado dela.

Eloy puxou o cavalo para a carroça. Ele e Joe se sentaram no banco único, Eloy tocou as rédeas e subiram a colina ao longo de um caminho escasso que Joe não havia notado, que corria ao longo da margem leste do córrego. Joe desceu três vezes para remover as mudas da pista com o machado.

A terra se achatou a cerca de cinquenta metros de sua cabana. Eloy parou o carrinho ali e inspecionou o riacho, caminhando pela borda acima e abaixo da cabana, murmurando consigo mesmo o tempo todo. Por fim, ele acenou para Joe, e juntos eles caminharam rio acima. "Você deveria colocar a nora ali," disse ele, apontando para um apoio rochoso a dois metros do riacho. "É o melhor lugar para construir com o mínimo de esforço. Você pode colocar um ro-dapé de pedra uniforme, depois suportes de madeira para a roda." Joe estudou o local e concordou com a lógica de Eloy. O apoio de pedra plana podia sustentar um suporte de madeira, com o outro suporte próximo ao banco, sustentado por um rodapé de pedra, e a água podia fluir entre eles. Pelo menos em teoria.

Eloy acariciou sua barba grisalha. Com o braço estendido, disse, "Usando a gravidade, você pode enviar água corrente a leste de lá para a cabana e depois para o seu campo." Joe já podia imaginar a água fluindo para alimentar um campo alto de grãos de âmbar. Ele sorriu com a facilidade com que a criação final apareceu em sua cabeça.

Fabri levou sua caixa de madeira para a cabana e as mulheres estavam conversando quando Joe e Eloy se aproximaram. Evie correu na direção de Joe quando ele entrou, segurando algo longo e branco.

"Olha os tubérculos selvagens que Fabri trouxe."

"Eles estavam no meu porão desde que eu os achei no final do outono passado. Melhor comer agora," disse ela. Eloy franziu a testa, mas não comentou mais. Joe serviu tigelas de sopa para todos e comeram juntos, sentados em toras do lado de fora da cabana, sob a árvore espaçosa.

Fabri admirou as flores de maçã. "Você terá maçãs saborosas no verão."

"Com o trigo para a massa, podemos assar torta de maçã," disse Evie. Todos eles suspiraram com o pensamento. Em um sintetizador de alimentos, uma torta de maçã fresca levava menos de cinco minutos. Ninguém duvidou de que o esforço futuro valeria a pena.

"Com os feijões de Evie, nosso milho e abóbora, temos as três irmãs que os povos originários plantavam." Eloy sorveu o resto de sua sopa. "Talvez seja melhor que eu as plante juntas no meu jardim. Trocaremos por algumas de suas maçãs."

Joe assentiu. "Nós acertaremos os detalhes quando chegar a hora."

Fabri virou-se para Evie. "Vejo que você encontrou mandioca de banana. Como está o gosto delas agora?"

"Encontrei as hastes de flores que brotavam no vale próximo, um quilômetro a leste. Ainda estão parecendo sabão, mas devem adoçar em algumas semanas, quando amadurecerem." Evie apontou para alguns vegetais que Fabri havia trazido com ela. "Como você conhece suas plantas?"

"Estudei plantas medicinais como hobby – trabalhar em um hospital me deixou curiosa sobre as origens da medicina a que não damos valor, porque tudo é sintetizado." Ela sorriu. "Aprendi mais do que jamais sonhei sobre plantas comestíveis este ano."

"Todos nós carregamos propriedade intelectual aqui para compartilhar." A admiração de Eloy por Fabri era óbvia.

"É uma coisa que não dá para precificar," disse ela com a sobrancelha arqueada.

"Você pode me provocar o quanto quiser, Fabri, mas sei que você vai me ajudar se eu ficar doente." Eloy deu um tapinha no braço dela. Ele se virou para Evie e disse confiante, "Você não concorda, Evie, que não se pode esquecer a economia, mesmo aqui numa região selvagem?"

"Eu acredito em responsabilidade pessoal." Evie serviu a mandioca de banana. "Os preços historicamente mantiveram a contagem certa, mas é melhor ajudar um ao outro."

Eloy franziu a testa, mas Fabri concordou com todo o coração. "Você não pode colocar um preço na compaixão. Seja gentil com seus companheiros. A vida é difícil o suficiente."

Joe permaneceu neutro, e a conversa se voltou para os melhores lugares para se procurar plantas comestíveis. O riacho que espirrava lembrou Joe da água corrente, e ele encarou Eloy. "Como procedemos deste ponto em relação à roda?"

"Juntos, podemos construir a nora em uma semana. A parte mais difícil é mover as pedras para os pilares," disse ele com a boca cheia de mandioca. "Depois, cortar e transportar carvalhos para as vigas que sustentam a roda."

"Bessie pode ajudar com o trabalho pesado," disse Joe.

Eles se levantaram, agradeceram às mulheres pelo almoço e caminharam para a terra plana – o futuro campo de trigo – onde haviam deixado Bessie e a carroça cheia de ferramentas. Depois de descarregarem as ferramentas, vasculharam o campo em busca de pedras, que carregaram na carroça até Eloy julgar que estava cheia o suficiente. Bessie puxou a carroça para o local da nora e, juntos, os homens carregaram as pedras pelo aterro e as posicionaram no lugar, de pé submersos até os joelhos na água gelada. As pedras escorregadias na água tornavam os pés traiçoeiros, e Joe apoiou as pernas para não escorregar. O frio subiu de suas pernas para o corpo, e ele ficou grato em voltar para buscar mais pedras. Eles trabalharam durante o resto da tarde e concluíram a etapa de colocar os rodapés uniformemente na água, terminando o dia secando em volta da fogueira.

A sensação voltou a seus dedos em um formigamento agudo. Uma conversa animada o alertou para a volta de Evie e Fabri da floresta. Ambas carregavam cestas cheias. Não importava o quanto eles gostassem um do outro, era bom ter outras pessoas com quem conversar.

Eloy levantou com um grunhido e se espreguiçou. "Acho que essa é minha deixa para seguir em frente. Vejo você amanhã de manhã. Elevaremos os suportes de madeira e depois começaremos a roda." Ele desamarrou Bessie, deixou a carroça no campo e subiu no cavalo. Fabri entregou-lhe a cesta e subiu atrás dele. Eles se despediram enquanto cavalgavam no crepúsculo.

Evie deu a Joe algumas verduras para lavar e cortar, e eles ficaram lado a lado preparando o jantar. Quando a sopa restante esquentou, eles se sentaram do lado de fora, sob a macieira, para saborear os últimos vislumbres do pôr do sol.

"Eloy e Fabri parecem gostar de se azucrinar," Joe refletiu enquanto movia um tubérculo para o interior de sua tigela de sopa.

"Pelo menos Eloy gosta. Ele é um cara competitivo."

"Eu também sou competitivo, mas você e eu não brigamos."

"Você é competitivo em circunstâncias específicas. Eu gosto disso sobre você. Eloy é competitivo às custas de –" ela gesticulou – "de tudo."

"Às custas de tudo? Como o quê?"

"Compaixão, por um lado. Fabri valoriza a compaixão e ajuda Eloy a se lembrar de sua importância quando ele se concentra demais na troca."

"Entendo o que você quer dizer, eles são bons um para o outro. Espero que fiquem. Eles podem sair a qualquer momento."

Evie apertou a mão dele. "Também espero que fiquem. Eles certamente são bons vizinhos para nós, e não é bom que os seres humanos fiquem sozinhos." Ela riu. "A menos que o desejo de Eloy por pão fique muito forte. Ele pode não conseguir esperar até a colheita." Então ela ficou séria. "Mas mesmo que eles fossem embora, Joe, nós conseguiríamos. Nós vamos conseguir."

◆

Eloy estava de volta depois do amanhecer no dia seguinte e nos quatro dias seguintes. As horas do dia foram preenchidas com as tarefas para construir uma nora. Eles derrubaram árvores, cortaram longas seções para transportar de volta ao local com a carroça, fizeram buracos e prenderam os suportes juntos. A estrutura subia nos pilares de granito e as vigas cruzavam a estrutura, suspensa sobre a água.

No terceiro dia, Eloy levou a carroça consigo e voltou na manhã seguinte com uma carroça cheia de tábuas, que havia recuperado de uma construção desmoronada. Eloy as havia empilhado atrás da cabana, mas agora determinava que a necessidade de Joe para a nora era um uso aceitável, pois sua conclusão beneficiaria ambos. O eixo do centro da roda veio de um pinheiro ponderosa reto, com a casca arrancada. Eles montaram o cubo da roda, fazendo os raios e curvas a partir de tábuas e pregando-os com espigões pesados. As pranchas de remo vieram a seguir.

Depois de terminar cada seção, eles as puxaram para as vigas de suporte, o que era um trabalho perigoso. Qualquer queda dessa altura poderia terminar com uma perna quebrada. Apoiaram a roda na parte superior do seu local de descanso final, a borda inferior centímetros acima da água fria. Eloy terminou pregando os baldes de metal na lateral da roda. Eles só precisavam abaixar a roda e o eixo para os suportes, que estavam cobertos de graxa e aguardavam para recebê-los.

"Pronto para ver nossa obra?" Eloy disse. Joe assentiu, com uma estranha expectativa nervosa que o percorria.

Eles empurraram a roda no lugar, deixando as pontas do eixo caírem nos suportes. A água empurrou a parte inferior da roda e girou com um sobressalto. As latas de metal cheias de água subiram no ar e despejaram de volta no riacho. Joe gritou de emoção, com entusiasmo pela máquina simples que faria tanta diferença em suas vidas. Eloy bateu nas costas dele e sorriu.

Evie saiu e observou por vários minutos, hipnotizada pela água levantada nos baldes. "Estamos praticamente civilizados agora," disse ela, radiante.

Jantaram juntos na parte de fora. Enquanto se despedia, Eloy disse, "Para concluir o acordo, amanhã voltarei para ajudar a arar um campo adequado para o trigo. Depois disso, você pode juntar todos os pedaços para cultivar pão para todos nós ."

◆

Como prometido, Eloy estava de volta na manhã seguinte. Evie, Joe e Eloy beberam xícaras de chá mórmon fumegante que Evie fez da planta forrageira, antes de subir a montanha em outra caçada diária. Joe e Eloy levaram Bessie de volta ao terreno plano da nora. Eloy arrastou o calcanhar pesadamente sobre a terra, traçando uma linha. "Se você acertar a encosta," disse ele, "a água de irrigação irá para onde você precisar."

. . .

Eu não sou idiota; Eu poderia ter deduzido isso sozinho. Mas... é interessante que eu tenha apreciado a orientação de Gabe sobre conceitos intelectuais, mas que me ofenda com os conselhos de Eloy sobre assuntos práticos. Será que tenho algum preconceito inconsciente?

. . .

Joe assentiu e se determinou a prestar mais atenção a Eloy. Eles marcaram quatro cantos com estacas e Eloy posicionou Bessie e o arado. Eles se agacharam ao lado da máquina antiga e Eloy mostrou a Joe como limpar a lâmina para que a sujeira do campo não grudasse.

Eloy amarrou o cavalo no arado. "Joe, por que você não controla o arado, e eu controlarei Bessie." Joe pegou as alças gêmeas do arado, imaginando uma bicicleta. Eloy fez um estalido para o cavalo e ela puxou o arado em movimento. Saltou de suas mãos como uma coisa selvagem, e Joe se esforçou para mantê-lo, ainda mais para mantê-lo em linha reta. O arado revirou o solo preto e um aroma doce e argiloso encheu seu nariz. Quando chegaram ao fim, Eloy fez um sinal para ele levantar e virar o arado para um lado, e a lâmina saiu da terra.

"Boa bola fora." Eloy virou o cavalo. Joe tentou alinhar o arado em uma linha paralela à primeira, quando Eloy dirigiu Bessie para subir a colina gradual. "Teremos apenas um sulco morto no meio do campo, e todo o resto ficará correto e igualado," afirmou.

Os cabos do arado puxaram novamente contra seus dedos, embora Eloy mantivesse o cavalo em um ritmo lento e constante. Quando eles voltaram para a terceira fila, o arado colocou a faixa de terra contra a primeira.

Eles continuaram a andar de um lado para o outro com uma parada ocasional para descansar o cavalo fatigado – e os braços exaustos de Joe. Eles também tiveram que jogar fora a sujeira solta presa ao arado e tomar longos goles d'água. Joe deu um tapinha no flanco úmido e almiscarado de Bessie para incentivá-la a continuar puxando o calor do meio-dia. Ela golpeou o rabo nas moscas congregantes.

No início da tarde, eles tinham quase terminado. "Agora deixe Bessie cortar um sulco de volta à sua nora. Você pode desenterrá-lo com uma picareta e uma pá mais tarde para a sua vala de irrigação," disse Eloy. O cavalo empinou, mas depois arrastou o arado pela última vez em um longo sulco de volta ao riacho. Eloy deu um tapinha na cabeça de Bessie, desamarrou-a e a deixou mastigando sua grama ao lado da cabana de Joe.

Eles se sentaram embaixo de um abeto próximo para descansar.

"Aonde você aprendeu tanto sobre agricultura?" Joe massageou a nuca. Parecia uma pedra. Ele ainda não havia pegado o jeito do arado.

Eloy deu de ombros e olhou para a synjugs de água que ele segurava. "Eu cresci em uma fazenda antes de ingressar nas forças armadas. Bots a administravam, mas meus pais eram do tipo natural e curiosos sobre os modos antigos, então aprenderam as técnicas tradicionais." Ele apertou os olhos para o campo e passou os dedos manchados de sujeira pelos cabelos encaracolados.

"Bem, você aprendeu bem com eles."

"Eu me considero autodidata na maioria das coisas. Mas, sim, devo dar-lhes o crédito quanto a isso."

"Há algo que eu estava pensando..." Eloy o encarou, sobrancelha erguida, esperando. "Vocês cumpriram suas sentenças. Por que ainda estão aqui?"

A expressão de Eloy ficou pensativa. "Por um lado, não seria legalizado que Fabri e eu estivéssemos juntos. Não que isso tenha me parado antes." Ele estudou o céu. "Talvez seja o desafio de estar aqui. Quase ninguém vivo poderia fazer isso. Todo mundo depende da tecnologia moderna. Aqui, posso fazer algo diferente, viver a vida de maneira diferente. Eu posso ser meu próprio homem. Não devo nada a ninguém."

"E você não precisa se preocupar com os Níveis."

"Correto. Não dou a mínima para nenhum rótulo que a sociedade coloca em mim e agora ninguém mais dá a mínima. Não preciso me responsabilizar por algo com que nasci ou usá-lo como desculpa. Estou no meu próprio caminho, e só eu decido o quão longe ele vai."

"Há um romance nisso." Joe coçou a barba, que estava mais longa do que jamais esteve. "Eu sei que é de interesse próprio, mas estou muito feliz por você ter decidido ficar aqui. Isso torna nossa sobrevivência muito mais provável."

"Continue puxando seu peso," disse Eloy com um aceno de cabeça enquanto se levantava. O homem gostava de estar em movimento. Ele levou Bessie até a carroça, sentou-se no banco, acenou e saltou na pista irregular até a cabana.

<hr />

Outra semana se passou antes que Joe terminasse de plantar seu campo de grãos. Cada passo demorou mais do que a previsão, especialmente sem a ajuda e orientação de Eloy. Foram necessários dois dias de trabalho duro para concluir o projeto de irrigação. Joe cortou mais árvores, transportou-as para a nora e as serrou em tábuas de apoio com a serra de arco. Ele usou as pranchas de Eloy para conectar uma calha de madeira rústica ao sulco. Suas tentativas iniciais não foram estanques e foram necessárias três para acertar. Então, um dia difícil de escavação transformou o sulco em uma vala transitável para levar água para o campo.

Evie passou a semana anterior enchendo sua despensa com plantas forrageiras e preparando as refeições. Mas agora Joe precisava de dois dias de sua ajuda para varrer o campo arado. Joe tirou um dia inteiro para semear à mão, colocando as preciosas sementes de trigo C4 em fileiras organizadas e depois raspando a sujeira sobre cada semente para enterrá-la, longe de pássaros famintos. O último passo foi abrir uma comporta para direcionar a água para o canal. A água escorreu pelo campo e encheu os sulcos dos dois lados. Joe e Evie levaram o balde de água para as áreas menos acessíveis.

"Isso foi exaustivo. Descansamos amanhã, no sétimo dia," disse Joe, largando o balde e admirando o trabalho que fizeram. Eles transformaram a clareira em um campo irrigado e plantado.

"Talvez não, amor," disse Evie. Ele se virou para ela surpreso. "Há mais usos para as ferramentas de Eloy antes de você devolvê-las."

No dia seguinte, Joe adicionou uma calha de lavagem e uma banheira ao sistema de água. Ao lado da calha, ele cavou um buraco na banheira e o cobriu com as tábuas restantes. O excesso de água fluía da banheira para o campo, levando a água para longe do riacho.

A banheira encheu-se de água cristalina. Orgulhoso de sua obra, ele chamou Evie do lado de fora.

A água estava fria, mas limpa e convidativa. Eles se entreolharam, depois se despiram e afundaram na água opulenta. Da banheira, eles olharam através do campo úmido, suas preciosas sementes prontas para explodir em vida.

As cores no horizonte se transformaram, as laranjas desaparecendo em vermelho. Os pássaros ficaram mais silenciosos, voando para pousar no vale.

Joe estudou a natureza ao redor, deixando as imagens e os sons penetrarem em sua cabeça para criar uma imagem mais rica de seu novo mundo. Pela primeira vez em meses, ele se permitiu apenas pensar.

A clareza do mundo físico real era um contraponto às boas lembranças de suas conversas com Gabe. Ele havia começado seu período sabático com o objetivo de encontrar respostas para perguntas prementes, o que levaria à sabedoria. Gabe tinha sido um bom sábio. Joe percebeu que a busca pela sabedoria se beneficiava do encontro com sábios – fossem eles mentores ou livros. Mas, depois disso, a sabedoria era uma busca solitária. Entra-se e deixa-se o mundo sozinho. É uma jornada individual. E assim foi com a aquisição da sabedoria.

. . .

Se os problemas e as tarefas da vida podem ser superados aqui na Zona Vazia, então eu posso usar o excesso de tempo para viver e pensar. Onde está meu projeto agora e como minhas perguntas foram respondidas?

Quando estávamos no deserto, decidi que havia três requisitos para o livre-arbítrio. O primeiro é que não pode haver interferência de fora de um universo físico fechado. O segundo é que o universo deve admitir algum indeterminismo. O terceiro requisito é que, seja qual for o "eu" que eu seja, ele deve ser causal. Então deve haver uma maneira de imaginar que um mecanismo causal possa existir dentro de um universo fisicamente fechado.

. . .

Ele se sentou na piscina com Evie no silêncio de seus pensamentos individuais até a luz desaparecer. Evie tocou em seu braço e saiu da água. Joe permaneceu, aproveitando a escuridão envolvente. Por fim, ele ficou isolado, um homem sozinho na natureza, inseguro de sua sorte, mas tomando conta de seu destino. Ainda não tinha certeza do que era esse "eu", mas sabia que ele existia e que estava escolhendo a vida.

Capítulo 35

Joe mirou cuidadosamente o alvo, que havia montado a treze metros de distância em um poste na borda de seu novo campo de trigo. Ele centrou a mira no alvo, exalou deliberadamente e, quando seus pulmões se esvaziaram e ele estava perfeitamente imóvel, desejou que seus dedos se acalmassem. A flecha voou livre com um *vuush*. Ele relaxou ao ver o grupo de cinco flechas dispostas em uma elipse apertada.

Ele olhou para cima para estudar seu campo, onde os novos brotos de trigo empurravam o solo preto e invertido. Acima do rio, a nora girou, a roda produzindo um ruído ritmado quando a água que subia derramava seu conteúdo de volta ao riacho.

Evie apareceu sobre a colina acima da cabana, carregando sua mochila. Ela caminhou em sua direção com um sorriso.

"Teve sorte hoje?"

"Um esquilo de uma das armadilhas mais altas da montanha. Estou feliz que você me ensinou como armá-las. As armadilhas de caça e peixe se mostraram confiáveis."

Joe franziu o cenho. "Você não viu todas as que não estão funcionando. Eu abandonei uma dúzia de armadilhas na cordilheira três quilômetros a leste e outra meia dúzia a noroeste pela ravina. Apesar do trabalho que coloquei nelas, acho que foram mal posicionadas. Não descobri por que alguns locais de armadilhas são muito mais bem-sucedidos do que outros." Ele suspirou. "Duvido que qualquer uma das armadilhas seja confiável o suficiente para que possamos depender delas durante o inverno."

Evie assentiu para o arco. "Você precisa caçar o cervo também."

"Às vezes eu os vejo nas primeiras horas da manhã. Hoje de manhã, eu consegui atirar, mas errei." Joe franziu a testa novamente. "Encontrei minha flecha depois de procurar por uma hora. Então, esta tarde, amarrei uma prancha em um galho robusto para construir um suporte de árvore bruto. Provavelmente ele será mais eficaz para caçar, porque eles não esperam que eu esteja lá em cima e têm menos chances de me farejar. É perto de uma trilha com alguns arbustos de árvores e veados. Amanhã vou tentar novamente."

Evie assentiu, depois entregou-lhe o esquilo. Ela o preparou como ele a ensinara. Ele pegou sua faca grande e terminou o trabalho removendo a pele, e destripou o animal. Evie sabia como executar essas tarefas, mas a faziam estremecer, e ele já havia se endurecido quanto a isso. Foi necessário.

Joe trouxe a carne para dentro, onde Evie estava lavando e guardando as várias verduras que havia encontrado. Joe espetou a carne e colocou-a no fogo para assar, depois lavou as mãos antes de vir observar o trabalho de Evie. "Gostaria de aprender mais sobre seus segredos de forragem. Metade das plantas que você encontra ainda não consigo reconhecer."

"Eu vou te ensinar. Nós dois devemos aprender habilidades suficientes para sobreviver, apenas por precaução... " Suas mãos separavam as folhas murchas das frescas.

Joe ignorou o cerne da resposta dela porque não queria pensar nisso. "Eu poderia aprender a cozinhar algumas refeições. Você não deve sentir que sempre precisa fazer isso."

Evie olhou para cima, surpresa. "Eu gosto de cozinhar." Ela sorriu. "Se você mantiver os ratos afastados, eu vou mantê-lo alimentado."

"Resolvido até agora," disse ele, lembrando o rato que afugentara com uma clava de madeira enquanto ela saíra para a forragem. "É uma divisão de trabalho que eu posso acompanhar." Ele apoiou os cotovelos na mesa, aninhou a cabeça e a observou andar de um lado para o outro em frente ao fogo. Ele adorava assistir ao movimento gracioso do corpo dela fazendo algo tão comum.

Evie fez uma pausa. Ela caminhou até a mesa e sentou-se no colo dele, massageando divertidamente um de seus braços. "Você entrou em forma. Acha que você é mais forte do que eu agora?"

Ele riu, depois ficou sério. "Isso é suficiente para você?" Ela olhou para ele sem entender. Ele fez uma pausa, tentando formular claramente o pensamento. "Quando nos conhecemos, você estava tão focada no seu Nível. Agora estamos aqui no deserto, onde os Níveis não importam. Eu quero que sejamos iguais. Essa igualdade é suficiente para você?"

Ela parou de esfregar o braço dele e encontrou seus olhos. "Sim, parece uma verdadeira parceria. É tudo o que eu poderia pedir." Ela o envolveu em um abraço apertado.

◆

Estava escuro dentro da cabana quando Joe se vestiu, pegou o arco e outros equipamentos empilhados no canto e saiu. A lua estava minguando e alta o suficiente no céu para iluminar seu caminho pela floresta. Suas semanas de treino caminhando pela mata valeram a pena, e agora ele se movia suavemente como um gato, refazendo o caminho até o tronco de árvore áspera. Ele içou-se com a corda que tinha consigo, depois puxou o equipamento e se estabeleceu na árvore.

Estava frio e sem vento. Se uma corrente de vento chegasse, deveria ser em seu rosto, descendo o local onde ele suspeitava que o cervo-mula dormia. Ele esperou, com o arco pronto, uma flecha amarrada na corda.

Joe visualizou o que faria ao avistar um cervo. Ele varreu o arco ao longo do caminho, como se estivesse seguindo um animal em movimento, e imaginou o local exato do tórax do animal, ajustando-se mentalmente à sua altura na árvore. Uma pontada de arrependimento o invadiu quando considerou matar um animal senciente, mas afastou o pensamento.

. . .

Os carpinteiros moldam madeira; flecheiros moldam flechas; homens sábios moldam a si mesmos.

. . .

Seus olhos se ajustaram à penumbra e ele distinguiu as formas recortadas dos pinheiros. Seus ouvidos estavam atentos a cada sussurro – o gorjeio de insetos, o coro matinal de pássaros enchendo o ar, cada melodia fluindo para a próxima. Ele era uma estátua de Azrael, escondida na penumbra.

Um farfalhar suave o alcançou. Uma corça desceu o vale, entrando e saindo das sombras. Ela se moveu hesitante e levantou a cabeça para cheirar o ar antes de avançar novamente. Atrás dela, andava o macho, com uma crista de chifres.

Ele se concentrou no macho quando a corça passou por sua árvore. Eles diminuíram a velocidade e o macho girou, expondo sua lateral quando seu corpo foi emoldurado à vista do arco.

Joe desejou que a flecha se soltasse. Ela disparou de seu arco com um *vuush* fatal. O cervo pulou e bufou, depois saltou para frente, colidindo com o mato. Joe desceu do poleiro, colocou outra flecha e correu pelo caminho. Manchas de sangue se espalhavam na trilha e ele encontrou o cervo deitado de lado em alguns arbustos de cerejeira. A corça não estava à vista.

Joe ficou parado por um instante e tremeu por vários minutos, adrenalina e alegria correndo por suas veias. O rosto do cervo era cinza claro com uma faixa branca no pescoço e uma testa marrom. Somente quando o olhar de Joe encontrou seus olhos cegos, ele sentiu contrição por tirar a vida de um ser senciente.

Ele pegou a faca da mochila e começou o trabalho sangrento de limpar a carcaça. Ele encontrou a cabeça larga da flecha, onde ela atravessou os pulmões e se alojou contra uma costela. O odor metálico pungente atingiu suas narinas quando removeu as entranhas. Ele jogou os miúdos no chão e os deixou para animais que se alimentam de restos, depois virou a carcaça para drenar o sangue na grama verde. Joe voltou ao pé da árvore para recuperar sua corda. Ele a usou para içar e pendurar a carcaça em uma árvore. Então, jogou um pouco de água nas mãos, pegou a mochila e o arco e desceu a montanha.

Joe encontrou Eloy capinando as plantas de feijão. "Pelas suas mãos, parece que você tem um cervo-mula," disse Eloy.

Joe limpou o sangue restante que não havia notado na parte de trás das calças. "Você poderia me ajudar a trazê-lo aqui com a carroça, e posso usar seu fumeiro? Vamos compartilhar a carne antes que estrague."

"Fico feliz em ajudar", disse ele. "A carroça é mais fácil do que fazer um trenó de animais. Eu fiz ambos." Ele levou Bessie até a carroça, e os dois subiram a montanha enquanto o sol se elevava no céu da manhã.

"Um bom macho", disse Eloy quando chegaram à árvore onde a carcaça estava pendurada. "Principalmente para o seu primeiro. Flechado de forma limpa também. Parece não ter sofrido muito." Joe assentiu sombriamente. Juntos, eles carregaram a carcaça, a puxaram de volta e a penduraram em uma viga no celeiro de Eloy.

Eloy ensinou a Joe o processo de corte, apontando com sua segunda faca de filete enquanto Joe fazia os cortes. Joe removeu a pele e afastou-a, depois desossou a carcaça, atacando a tira traseira e redonda, ombro e garupa, costelas e canelas.

"Acho que você terá trinta quilos de carne magra quando terminarmos". Eloy apontou para os restos mortais. "Guarde a gordura para fazer sabão depois."

"Você aprendeu tudo isso na fazenda?" Joe havia memorizado como cortar a carne, mas os diagramas em sua cabeça não se traduziriam bem nos cortes. Ele teria desperdiçado uma boa porção de carne.

Eloy acenou com a faca enquanto suspirava. "Acho que devo apenas lhe contar. Minha família tinha uma fazenda, sim, mas era uma desculpa para viver da maneira peculiar que meus pais queriam. Eles tinham mais do que uma curiosidade com os modos antigos – eram obcecados. Todos nós, crianças, fomos criados em acampamento rústico. No começo, tudo era divertido e uma brincadeira, mas, à medida que fui crescendo, percebi que éramos párias sociais. Nunca vi outra pessoa que não fosse da família em nossa casa." Ele ergueu o braço para esfregar a parte de trás do pescoço, mas parou antes que a mão coberta de sangue fizesse contato. "Eles tinham algumas ideias conservadoras que não se encaixavam bem comigo. Depois que fugi para a faculdade, nunca mais voltei para casa. Eu fui dali para o exército. Mas aprendi a ser autossuficiente desde bem novo."

Joe olhou para Eloy, que inspecionou os cortes de carne e evitou fazer contato visual. Joe não conseguia imaginar uma educação assim – caçar animais quando criança? Nenhuma interação social fora da família? Ele se perguntou se eles tinham NESTs ou MEDFLOWs, mas não queria pressionar Eloy, que já estava desconfortável. "Bem, você seguramente está no lugar certo. Eu agradeço pela sua ajuda. E pela sua amizade."

Eloy encontrou o olhar de Joe com um pequeno sorriso antes de retomar sua expressão rouca habitual. "Vamos levar essa carne para o fumeiro."

Ao lado do celeiro havia um galpão que servia de fumeiro, construído a partir de tábuas de pinho com uma porta bem fechada. Uma chaminé de pedra lançava fumaça no galpão de um fogão de tijolos a um metro de distância. Enquanto Eloy colocava madeira no fogão e acendia o fogo, Joe pendurou os cortes de carne nas barras de madeira do lado de dentro. Eloy o ajudou a terminar, então eles saíram e selaram a porta.

"Isso é útil para defumar a camurça e fazer cobertores," disse Eloy. Ele explicou a técnica.

"Muito sagaz. Eu li tudo sobre como fazer camurça, mas isso facilitará muito o último passo." Joe pensou em seu próximo projeto.

Ele colocou três bifes grandes em sua mochila quando Fabri veio em sua direção pela ponte. "Evie queria que eu lhe agradecesse por nos dar a barra de sabão," disse Joe.

"Todo mundo quer estar limpo."

"Joe providenciou nosso jantar hoje à noite." Eloy apontou para seus três bifes. "Vou manter uma contabilidade do que comemos para que eu possa confirmar o meu próximo cervo."

Joe acenou com a mão. "Tenho certeza de que vai se igualar no final."

Fabri riu. "Eu tenho dito isso a ele. É o trabalho do Homem lá de cima."

❖

Na manhã seguinte, Joe estava acordado ao amanhecer e ansioso para iniciar a nova tarefa de curtir a pele de veado. A umidade pairava no ar e em sua pele, e o cheiro de grama enchia seu nariz. Na luz delicada, as teias de aranhas esperançosas brilhavam nos beirais da cabana.

Joe arrastou uma viga longa cortada de um tronco caído no quintal ao lado da cabana. Ele colocou uma ponta em um cavalo de corte bruto e posicionou a pele sobre ele. Com um raspador de metal emprestado de Eloy, ele metodicamente esfregou cada centímetro de carne e gordura agarrada à pele.

Em seguida, preparou a solução de bronzeamento alcalino. Joe adicionou água e cinzas da lareira a um balde e mexeu em uma pasta espessa. Fabri havia trazido ovos de presente no dia anterior, e Joe pegou um da cabana para testar a alcalinidade de sua solução de compensação. Depois de variar as proporções de água e cinzas, o ovo acabou flutuando no recipiente com apenas a ponta balançando acima da superfície. Joe removeu o ovo e jogou a pele no balde antes de pesá-lo com uma pedra e deixá-lo de molho ao lado da porta da cabana.

Ele acendeu a fogueira e colocou uma chaleira sobre a água, quando Evie voltou com a recompensa da manhã de caçada, cinco pequenos pássaros, sem vida, em uma bolsa feita de junco.

"Como você os pegou?" Ele não conseguiu esconder a surpresa de sua voz.

Seu sorriso brilhante revelou satisfação com seus esforços. "Estudei suas armadilhas e pensei em pássaros. Fiz uma rede com os longos juncos fibrosos que colhi pela corrente. Era nisso que eu estava trabalhando enquanto você construía a nora. Demorou muito tempo para tê-los juntos. Então eu coloquei em postes perto de um canteiro de frutas. Preciso verificar isso com frequência."

"Muito esperto, minha querida Artemis. Isso adicionará alguma variedade ao coelho."

"Como vai o processo?" Ela colocou a mochila no chão e sentou-se ao lado dele em um tronco.

"Muito bem, considerando que eu nunca toquei em uma pele de veado de verdade antes." Ele passou a mão na testa. "Em breve, teremos roupas novas e cobertores."

Evie espiou o interior do balde. "O que vem depois?"

Joe assinalou os passos nos dedos. "Depois de três dias na solução alcalina, raspo o pelo e os grãos. Isso deve dar algum trabalho. Então deixo no riacho durante a noite para enxaguar. A seguir, a curtição da membrana e o cérebro, que estou preparando agora. Eloy me deixou usar seu fumeiro para defumar a camurça. Isso deve mantê-la macia, mesmo se molhar."

Evie apontou para o crânio do cervo que Joe havia colocado perto do fogo e torceu o nariz. Ele havia raspado o pelo e a carne e lavado-o com suavidade, sabendo que uma cabeça de animal provavelmente perturbaria Evie.

"E o que você vai fazer com isso?"

"Para curtir o cérebro, tenho que misturá-lo com água quente e depois mergulhar o couro ali para que amoleça."

Ela estendeu a mão e, timidamente, passou o dedo na parte superior do crânio. Os chifres ainda estavam presos, um lembrete da beleza efêmera da criatura outrora viva. "Pobre animal. Abençoamos sua vida, de que você desistiu em favor de nossa comida e vestimenta."

"Os bifes com tomate e cebola selvagem estavam deliciosos." Joe lambeu os lábios.

Evie franziu a testa para ele. "Eu estava falando sério. Lidamos com a morte desses animais; o mínimo que podemos fazer é respeitá-los."

O rosto de Joe se contorceu, lembrando-se da fração de segundo em que ele soltou a flecha. "Fiquei imaginando o quanto devemos recuar diante da morte ou da vida. Eu me senti dessensibilizado com a morte da... maioria... dos animais que nos alimentam, e me sinto mal somente quando considero minha vida antes da Zona." Joe foi até a fogueira para encarar as chamas saltitantes. "Gabe e eu discutimos epifenomenalismo, que é a teoria de que a mente é uma ilusão. O mental não pode causar o físico."

Joe passou vários minutos descrevendo sua conversa com Gabe sobre causalidade resultante de partículas em movimento e não da mente. Ele não aceitou o argumento, então não podia usá-lo para justificar suas ações. Mas matar o cervo despertou pensamentos sobre a discussão.

Evie o estudou interrogativamente. "Você realmente acredita que o universo seja apenas partículas em movimento?"

"Não, isso é um absurdo."

"Por quê?"

Ele olhou profundamente para o fogo e organizou seus pensamentos. "Quando puxo a corda do arco, a flecha está pronta para voar. No nível das partículas, essas partículas em particular estão interagindo na velocidade da luz – então, um segundo depois, os efeitos podem ter percorrido trezentos mil quilômetros. Há um atraso, mas não o suficiente para percebermos. Então, na prática, podemos pensar no mundo das partículas como todas entrelaçadas. Essa é a interpretação reducionista.

"Mas não são essas forças que são importantes. O que realmente importa é como as relações entre todos os elementos em um instante criam o cenário para o próximo instante. Se eu soltar a corda do arco, forças serão liberadas. Mas essas interações nada têm a ver com o *significado* de matar um cervo. Eu pretendia matar o cervo. São essas meta-relações – neste caso, minha *intenção* – que governam como o mundo se desenrola, e isso é deixado de fora da explicação reducionista. Essa é a chave. A explicação reducionista descreve um universo onde essas meta-descrições são inexistentes, e esse não é o universo em que nos encontramos. Portanto, a explicação reducionista é falsa."

Ela franziu a testa pensando. "O segundo requisito para o livre--arbítrio é que o universo não seja inteiramente determinista, certo? Mas você já disse que há modos para os quais ele não é."

Ele assentiu. "Coleções aleatórias de matéria – rochas e árvores, simples pilhas de areia – parecem fazer com que as coisas aconteçam de uma maneira que apenas a descrição dos movimentos das partículas não capture. Depois, existem grandes padrões *intencionais* não aleatórios de coisas que parecem quebrar o determinismo. Eu causei a morte da criatura diretamente, da minha mente ao meu dedo na corda do arco. Eu pretendia entregar a flecha nos pulmões dele."

Evie pegou o crânio e equilibrou os chifres no joelho. "Fui eu quem deu a ordem para reunir. Quando emiti esse pedido, causei tudo o que se seguiu..." Evie apertou o crânio e estremeceu.

"Mas de onde veio essa ideia de injustiça? O que levou você a planejar o movimento anti-Níveis em primeiro lugar, a enviar essa mensagem para que outras pessoas se juntassem à causa? O disparo de impulsos eletromagnéticos em sua mente, juntamente com uma rede de reações químicas e sua própria experiência, foi o que o levou a seus pensamentos. Então você compartilhou esses pensamentos com outras pessoas pensantes. A mensagem em si foi transmitida pelo deslocamento de partículas, como você disse, mas a ideia foi o que deu início à cadeia de eventos."

"Sim."

"Novamente, o exemplo mostra como é absurdo atribuir o resultado a partículas em movimento. Os elétrons desses impulsos eletromagnéticos não causaram nada tão complexo quanto o que ocorreu. Sua mensagem – que carregava uma ideia – levou outras mentes a agir."

"Meu ato foi a causa, e a morte de Celeste e Julian foi um efeito?"

Joe colocou a mão no ombro dela, na tentativa de suavizar sua própria culpa. "Sim, embora muito menos diretamente do que meu ato de soltar a flecha. Peightân e Zable foram a causa direta. Eles mataram intencionalmente seus amigos. Por outro lado, você agiu no melhor interesse do grupo, dado o conhecimento limitado que possuía. Você não pretendia que esse ato causasse dano, e a morte deles foi uma consequência não intencional."

"Coloquei em movimento uma cadeia de eventos que acabou matando as pessoas de quem eu gostava." Ele sentiu cada uma de suas palavras.

"Abordamos cada decisão com uma visão estreita do passado e do presente, e com um poder insuficiente para projetar o futuro. Sempre haverá consequências não intencionais. Quem pode conhecer o efeito completo? Temos que decidir, porque mesmo a não decisão é uma decisão."

Evie olhou para o crânio, uma mão sobre o estômago. "Então fazemos o melhor que podemos."

◆

Eles haviam comido um maravilhoso jantar com uma tenra truta arco-íris que Joe pegara em uma de suas armadilhas. Agora Evie praticava movimentos lentos e precisos com o cajado bō na margem do rio, girando-o em arcos enquanto o sol se punha sobre as colinas. Com uma ideia diferente de relaxamento, Joe sentou-se contra a macieira, as mãos entrelaçadas sobre o estômago cheio. A lua nascente iluminava os galhos e delineava várias maçãs penduradas acima dele. Ele pensou na conversa sobre causalidade mental que teve com Gabe quando observou as bolas azuis e vermelhas no espaço da realidade virtual. O argumento de que mentalidade era uma ilusão era absurdo, e ele precisava entender o porquê.

Joe olhou para cima novamente e pegou uma maçã. Ele deu uma mordida, o suco amargo da fruta verde enchendo sua boca. Virou a esfera manchada de verde na mão e pensou nas propriedades da cor e da amargura, e em suas conversas filosóficas com Gabe sobre a superveniência da propriedade. Joe encontrou outra maçã, que estava ficando vermelha. Ele a puxou e a segurou na outra mão.

. . .

Gabe diria que uma maçã verde, como esta, representa propriedades mentais, e uma maçã vermelha, como esta, representa propriedades físicas.

As propriedades físicas primárias incluem movimento, solidez, extensão, massa e número. As propriedades físicas secundárias incluem sensações, como cor, sabor, cheiro e som. A cor visível desta maçã vermelha existe apenas na escala da luz porque a luz refletida produz a sensação de cor. A amargura e o cheiro desta maçã excitam sensações na minha língua por causa da interação de moléculas específicas. Mas em escalas menores, eu não reconheceria mais essa maçã.

Pensamos principalmente em propriedades focadas em nossa escala humana – o que podemos tocar, ver e sentir.

Se eu pensar em partículas, a matéria que compõe um objeto, posso imaginar um mergulho no mundo microscópico. Passo dessa maçã vermelha para o tamanho de células orgânicas, depois para ondas de luz visíveis, para moléculas, para o tamanho de um núcleo atômico. E então, ainda menor, para um único próton, até os quarks que compõem o próton e, finalmente, para a espuma quântica que compõe o tecido do espaço-tempo.

À medida que mergulho em escalas cada vez menores, quase todas as propriedades secundárias e primárias tradicionais são removidas.

A existência de propriedades é a pedra angular que sustenta que o "problema" da causalidade mental seja unificado, mas a investigação científica em níveis microscópicos levanta a questão de saber se as propriedades existem. No mínimo, as propriedades não existem *dentro* de outros objetos. Na física atual, no interior das dimensões do espaço-tempo, não há evidências conclusivas para propriedades.

Mas talvez seja essa a chave. Estou pensando enfaticamente que propriedades *não* existem. Se isso for verdade, prejudica todo o argumento da causalidade mental.

Talvez nem tudo esteja perdido, e possamos acreditar que nossas mentes têm causalidade no mundo. Talvez nosso livre-arbítrio realmente exista. Mas, se não existem propriedades físicas, de onde vem nossa experiência de cor, luz e som? O que substitui o trabalho que os filósofos esperam que as propriedades realizem? Deve haver um elemento fundamental alternativo de uma ontologia. Eu precisaria encontrar outra explicação.

. . .

Joe terminou de comer a maçã amarga, saboreando a maneira como fazia cócegas em seu paladar. Ele ficou sentado embaixo da árvore, pensando, até a escuridão o cercar e as estrelas aparecerem. Ele levou a maçã vermelha de volta para compartilhar com Evie. Entrando na cabana, ele a encontrou acordada com uma vela acesa. Ele se arrastou para a cama ao lado dela. Na penumbra, ele viu que os olhos dela estavam molhados.

Ele tocou o rosto dela. "Você está chorando?"

"Estou pensando na vida e na morte."

"Sobre Celeste e Julian?"

"Sim." Ela soltou um suspiro prolongado. "Não, estou pensando mais na vida..."

Ele puxou o corpo dela para mais perto. Seu coração batia forte contra ele, e ela sussurrou, "Acho que estou grávida."

Capítulo 36

"É só chegar com a lenha que a gente cuida do resto." Fabri transformou a massa em um pão e fez três fatias bem feitas no topo. Várias tigelas de massa crescente alinhavam-se na mesa, com o rico aroma de fermento enchendo o ar. Evie trabalhou de frente para Fabri, e toda a massa de trigo grudou nas mãos enquanto amassava um monte grande. Apesar do comentário sobre a lenha, a realidade era que Eloy e Joe assistiam às mulheres. Ele sabia que elas compartilhavam o mesmo pensamento – eles haviam feito sua parte e podiam relaxar.

"Tão perto de conseguir meu pão," disse Eloy, com um sorriso no rosto.

"Ainda estou impressionado com a forma como o moinho se uniu, Eloy. As peças que construímos se encaixam melhor do que eu imaginava e funcionaram da primeira vez."

Ele sorriu. "Eu botei você para executar as partes difíceis."

Joe estudou suas mãos e os calos obtidos com a cinzeladura dos sulcos na pedra de moer. Foi preciso um esforço árduo para arrastar as duas pedras planas para dentro da carroça, e construir a estrutura de madeira que abrigava as pedras de moer também não foi uma tarefa fácil. Mas Eloy havia trabalhado tão duro quanto Joe, e os dois sabiam disso.

Joe sorriu. "Formamos uma boa equipe. E Bessie girou o mecanismo. Dê crédito a ela também."

"Boa e velha Bessie. Fico feliz por termos podido usar o moinho para a colheita antes de chegar a frente chuvosa. Para nossa sorte, veio mais tarde do que o habitual."

A colheita levou semanas de preparação. Joe cortara os talos altos e dourados com uma foice e adorava balançar a lâmina. Eloy trabalhou ao lado dele. Eles usaram palha para amarrar o trigo em feixes, depois empilharam os feixes em montes para secar no campo. Duas semanas depois, eles debulharam o trigo, batendo nos talos para separá-los dos grãos. Eloy levou sua carroça para mover o trigo ao celeiro, onde ele poderia continuar secando antes que as chuvas inundassem a montanha.

No meio disso, Joe tinha dúvidas sobre os frutos de seu trabalho. Cada etapa exaustiva era seguida por semanas de espera. Mas a colheita foi suficiente para abastecê-los de pão durante o inverno e forneceu sementes suficientes para o próximo ano.

"Terei o luxo de plantar no início da próxima primavera." Joe entrelaçou as mãos atrás da cabeça.

Evie interrompeu o alarde. "Tudo bem, Fabri, este pão está pronto para o segundo crescimento. Posso começar a massa de torta? Eu já estou sentindo o gosto de torta de maçã."

"Parece que alguém está com apetite novamente," disse Fabri, erguendo uma sobrancelha.

Evie sorriu. "Pelo menos para torta de maçã. Mas, sim, não me senti enjoada com tanta frequência nesta última semana. Ainda não consigo olhar para os ovos sem ficar nauseada, mas o pior já passou." Evie estudou seu abdômen, onde Joe ainda não conseguia ver nada. "E acho que está começando a aparecer um pouquinho."

Fabri a inspecionou. "Não tenho certeza disso, mas em breve você saberá. Aparece de maneira diferente em momentos diferentes para cada mulher. Não se preocupe."

Evie olhou para baixo com apreensão. "Ainda me sinto tão burra por ter esquecido que o anticoncepcional do meu MEDFLOW seria desativado."

"Nós dois esquecemos." Joe tentou adicionar uma nota de conforto em sua voz. Ninguém havia pensado nisso até que eles decidiram ter filhos, certamente ninguém da idade deles.

Evie deu um sorriso rápido, depois continuou olhando, com a testa franzida. "Uma gravidez natural... Não conheço ninguém que tenha feito isso antes. Mesmo morando no Domo, as mulheres usam IVG. Isso parece fora de controle." A dúvida surgia em sua expressão – algo que ele raramente via em Evie, mas que se tornara mais comum nas últimas semanas. Ele frequentemente a pegava em momentos de silêncio com a mão no abdômen, um olhar de incerteza no rosto. Não saber nada sobre gravidez – seja gametogênese in vitro ou natural – o fez sentir-se profundamente abalado, e suas palavras de conforto pouco ajudaram.

Fabri, no entanto, estava confiante. "Evie." Ela esperou até a mulher mais jovem encontrar seu olhar. "Você é jovem e saudável e vai levar essa gravidez da maneira antiga, como as mulheres antes de você. As mulheres têm dado à luz desde o início da vida humana. Tudo vai dar certo."

A expressão de Evie se iluminou, impregnada da determinação com a qual Joe estava acostumado. Ela limpou as mãos sujas de farinha. "Você quer que eu prepare o prato principal do jantar?"

Joe levantou-se, pronto para ceder o seu assento a Evie e preparar ele próprio o jantar, mas Fabri lançou um olhar para ele. "Se você se sente disposta, vá em frente," disse Fabri.

Evie assentiu e Joe recostou-se na cadeira. Ela se virou para cozinhar os bifes de veado sobre a lareira. A panela chiou, e outro aroma foi adicionado ao ambiente acolhedor da cabana.

A gravidez havia introduzido uma dinâmica no relacionamento deles que ele não sabia ao certo como manobrar. Lembrou-se de momentos nas últimas semanas em que Evie o atacara por acender o fogo pela manhã ou preparar o jantar, tarefas que haviam sido dela. Talvez mimá-la não fosse a melhor abordagem. Aparentemente, Fabri pensava assim também. Ele resolveu ajudar quando ela pediu, mas também confiar em seu julgamento do que ela se sentia capaz de fazer.

Quando Evie completou sua tarefa junto ao fogo, Joe olhou para Eloy, apenas para encontrá-lo de costas para a mesa. Fabri caminhara para o lado dele e descansava uma mão gentil no seu braço. Ele sorriu fracamente para ela, depois desviou o olhar.

"Toda essa tecnologia de parto, essa propriedade intelectual a que não temos acesso." Fabri olhou brevemente para o chão antes de se mover para a frente de Eloy e juntar suas mãos nas dela.

Sentindo-se como se estivesse se intrometendo em um momento privado, Joe voltou a estudar sua amada, agradecido de uma maneira nova pela vida crescendo dentro dela.

Eloy foi o primeiro a pegar um pão do forno, que colocou na mesa para esfriar. "Diabo, como eu senti falta do meu pão." Eles comeram as fatias quentes com tomates frescos e abóbora compartilhados de seus jardins, e bifes grossos de carne de veado. "Um pouco rústico, do jeito que eu me lembro," disse Eloy, pegando outra fatia de pão.

"Esse compartilhamento está funcionando bem," Fabri disse entre mordidas, encarando Eloy.

"É porque eles estão puxando o peso deles," disse ele. Ela levantou uma sobrancelha.

Eloy terminou de mastigar a boca cheia de pão e pigarreou. "Sim. Bem, isso é algo em que Fabri e eu pensamos. Quando o bebê nascer, ter leite extra é uma ideia saudável. Quero lhes dar uma das minhas ovelhas." Seus ombros relaxaram com o sorriso brilhante de Fabri. "Quando o bebê nascer, eu terei uma ovelha pronta para você. Elas são boas ordenhadoras."

Joe e Evie ficaram encantados com a ideia e agradeceram muito aos amigos. Joe iniciou uma discussão sobre criação de ovelhas com Eloy, enquanto Evie servia a torta de maçã, o doce aroma de maçãs quentes acrescentando outro aroma ao ar. A conversa continuou até o sol atingir o horizonte, e então chegou a hora de Joe e Evie partirem.

Chegando em casa, Evie sentou-se na cadeira confortável que Joe havia construído para ela. "Você poderia me trazer um pouco de água, Joe?" Ele se ajoelhou ao lado dela com a xícara. A determinação que havia preenchido seu rosto na casa de Fabri se foi, substituída por medo e exaustão.

Tomou um gole longo, depois devolveu o copo e passou a mão pelo rosto. "Tudo isso é tão novo, Joe, e não no bom sentido. Acho que devo fazer as mesmas coisas que já fiz, mas não posso. Eu me canso tão rápido. Eu notei que você assumiu, mas isso não pode durar para sempre – você precisa fazer um milhão de outras coisas, como fazer velas e caçar para nos preparar para o inverno." Lágrimas correram por suas bochechas, e o coração de Joe se partiu. "E comecei a pensar nos riscos do parto aqui na natureza, sem médicos e tecnologia médica. E criar um bebê sem todo o apoio médico é preocupante. E se der errado?"

Joe se levantou e se inclinou para abraçá-la. Por um longo tempo, ele a deixou chorar em seus braços. Ele gentilmente beijou seus cabelos. Quando os soluços dela se acalmaram, ele a apertou e depois se ajoelhou diante dela novamente. "Vamos superar isso, como fizemos com todo o resto. Nós faremos nosso melhor. E temos Fabri e Eloy para nos ajudar."

Evie fungou. "Temos sorte de tê-los como vizinhos."

"Sim, temos." Ele estendeu a mão e a ajudou a se levantar antes de envolvê-la em um abraço. "E eu tenho muita sorte de ter você e esse pequeno." Os braços de Evie se apertaram ao redor dele, e ele a sentiu começar a dormir em seu peito.

Eles estavam trazendo nova vida ao mundo. Juntos. E ele fora responsável. Oh, ele fora responsável.

◆

Joe verificou o fumeiro, que evoluiu para propriedade comunitária. Ambos os homens o estocavam com o sucesso de suas caçadas. Eloy mantinha uma fileira de marcas de machado no lado de dentro da porta, que controlava a carne de veado removida por cada um, e Joe notou com consternação que sua fileira de marcações era mais curta, mas não restava carne. Ele voltou para a cabana de mãos vazias.

Evie estava preparando o jantar quando ele chegou. "Não sobraram bifes de carne de veado?" Ele balançou a cabeça. "Este é o último coelho encontrado nas armadilhas," disse ela, gesticulando com um olhar de repugnância para a carne de caça cozida sobre o fogo. "Eu não vou comer, só de pensar faz meu estômago revirar. Ficarei bem com os pinhões, os feijões e a salada."

Joe deu um tapinha em seu estômago. O cheiro de carne cozinhando, mesmo coelho, o fez salivar. "Eu posso pensar em um lugar para colocar aquele coelho. Além disso, amanhã precisarei de energia para minha caçada na cordilheira do extremo oeste. Estarei fora o dia todo." Evie assentiu e eles se sentaram para comer.

◆

Ele estava acordado bem antes do amanhecer. Era uma manhã agitada no final de novembro, e o orvalho brilhava meio congelado na grama ainda verde. Era a época do cio dos veados, o que aumentaria as chances de sucesso. Joe colocou a mochila no ombro, curvou-se e caminhou vários quilômetros até a cordilheira leste, e a lua cheia descendente iluminou o caminho. A fraca luz do amanhecer roçou as encostas enquanto ele caçava no cavalo.

Depois de cinco horas infrutíferas cruzando o planalto, o sol estava alto no céu e o ar estava surpreendentemente abafado. Ele seguiu uma de suas linhas e verificou se havia presas nas armadilhas. Ele foi consolado por encontrar um coelho. Joe sentou-se à sombra de um pinheiro ponderosa e abriu a mochila para almoçar. O dia ainda estava abrasador no início da tarde, e o pedaço de coelho do jantar de ontem estava com um sabor desagradável. Ele comeu de qualquer maneira, lavando-o com água de uma synjug.

Quando ele entrou pela porta da cabana, Evie olhou para cima. "Você chegou mais cedo do que eu esperava."

Joe sentou-se pesadamente à mesa. "Eu só tenho outro coelho."

"Vivemos dia após dia." Ela veio com um copo de água e um beijo antes de se virar para preparar o jantar.

Eles fizeram uma refeição silenciosa e Joe dormiu cedo. Ele estava morto de cansaço depois do longo dia e sabia que amanhã seria o mesmo.

◆

Ele acordou suando durante a noite. Seu estômago doía e ele tinha apenas uma vaga lembrança de vomitar no chão. A escuridão se abriu em torno de uma vela, e a preocupação de Evie era visível acima da chama. Batidinhas geladas de um pano úmido enxugaram seu rosto. Ela disse algo para ele, mas ele não conseguiu se concentrar nas palavras.

A luz morreu, e ele rastejou por uma trilha sombria da floresta com algo grande e aterrorizante perseguindo-o. Ele correu, mas a coisa estava ganhando, e seus passos martelavam em seus ouvidos. Garras o agarraram e rasgaram suas entranhas, e um cheiro horrível irrompeu de sua barriga ensanguentada. O animal apertou os pulsos com algemas e o empurrou. Caindo, ele se deitou em seus próprios excrementos. O animal o estava torturando, a eletricidade entrando em seu corpo. Náusea tomou conta dele. A fera o encarou e ele olhou através de cavidades negras para dentro do crânio.

Ele sentiu o pano frio novamente, molhado contra o rosto, depois os braços foram levantados, lavados e recostados. O intestino dele revirou. Sua testa ardia e a cabeça doía.

"Bastante febre." Ele reconheceu a voz de Fabri.

Ele estava ciente da umidade em seus lábios e, quando abriu os olhos, Evie espiou por cima da borda de uma tigela de água. "Joe, beba um pouco mais. A água vai ajudar."

Ele tomou um gole.

"E aqui está um caldo." Fabri.

Ele tomou um gole do líquido salgado e tentou não vomitar.

"A febre dele está quebrando." Fabri novamente.

"Eu nunca vi alguém doente assim." A voz de Evie vacilou. Ele queria alcançá-la, mas seus braços estavam pesados.

"A biologia sintética criou curas para todas as doenças humanas comuns. Mas há um milhão de insetos que podem causar intoxicação alimentar." A explicação de Fabri atravessou seu nevoeiro.

Por fim, ele pôde se concentrar no rosto simpático de Evie, que pairava sobre o dele. "Amor, deve ser o coelho que eu cozinhei. Eu sinto muito."

"Não há razão para se apunhalar no coração, minha Julieta." Sua voz era um sussurro fraco, mas ele convocou um sorriso frágil.

"Brincando de novo." Havia um sorriso na voz de Fabri. "Ele está no caminho certo agora."

No dia seguinte, Joe conseguiu se sentar na cama. Ele forçou a sopa no estômago e a manteve, e sua cabeça estava mais clara, embora seu corpo inteiro estivesse moído e drenado.

Joe observou pela janela como Fabri se preparava para sair. Ela ofereceu um abraço com compaixão a Evie, que então segurou as mãos de Fabri enquanto se despediam. Evie voltou para a cabana e sentou-se perto dele, oferecendo-lhe goles de água.

"Sinto muito por não estar ajudando em nada", disse Joe.

"Silêncio, seu bobo. Eloy trouxe bifes de veado e eu farei uma sopa saudável."

"Obrigado." Ele olhou para a lareira. Depois de um pedaço de carne estragada e três dias tortuosos, ele se sentiu mais fraco do que em toda a sua vida. "Nós dois lamentamos a falta de tecnologia médica. É melhor não romantizar a vida na montanha."

"Teremos romance onde quer que estejamos." Ela beijou sua testa e colocou o cobertor de camurça ao redor dele.

Capítulo 37

Joe colocou o barro na roda de oleiro. Seu pé pisou no pedal, e o volante girou graciosamente conforme a mistura úmida subia em suas mãos hábeis. A criação da cerâmica não era um milagre maior do que a própria roda, a partir de peças que Eloy lhe permitira permanentemente pegar emprestadas do celeiro. Quando ele terminou a tigela, colocou-a de lado com as outras. Haveria tempo de colocar as xícaras e tigelas no forno de tijolos pela manhã, se o tempo não estivesse nublado.

Chuva tamborilava no teto da cabana. Um exame crítico do teto não mostrou vazamentos em seus tremores, e a gratidão por estar dentro de algum lugar e aquecido fluiu sobre ele. O olhar de Joe varreu a circunferência de seu mundo, da mesa e das cadeiras simples, onde ele se sentou ao lado da vidraça única e salpicada de chuva; da lareira que estalava e sua variedade de panelas à pilha de lenha ao lado; do outro lado do chão de madeira varrido para o quarto lateral, onde ficava a cama de solteiro com cobertores dobrados; do quarto principal da cabana e da minúscula cama nova que ele construíra para o filho, até o arco e o machado pendurados na parede ao lado da porta da cabana.

Joe lavou as mãos em uma grande tigela de água, esfregando os sulcos de seus calos grossos. Eles se tornaram indistinguíveis das mãos de Eloy, retorcidas e duras, e a visão deles o assustou.

Entre a tutela de Eloy e seus próprios estudos, Joe agora podia consertar qualquer coisa que acontecesse em sua pequena fazenda, e a manutenção era interminável. Ele levantava antes do amanhecer e trabalhava até o anoitecer todos os dias. Uma pilha de lenha imponente estava ao lado da cabana. Cavar uma adega de raiz, cobri-la e adicionar uma porta feita de madeira derrubada levou semanas. A adega estava abastecida com maçãs e plantas forrageiras armazenáveis. Ele estendeu as armadilhas por vários quilômetros para colher em novos trechos da montanha, depois as verificava, além das armadilhas para peixes, todos os dias.

Mais dois cervos-mula enfeitaram o fumeiro de Eloy, e a carne e o couro lhes deram proteína e roupas para o inverno. A nora precisava de manutenção regular, como adicionar graxa ao eixo. Era um trabalho perpétuo, mas ele estava contente. Dormia o sono dos puros.

A única pausa do trabalho era a pesca. Joe cortara uma vara simples de uma muda de árvore e gostava de usá-la para capturar trutas que pairavam nas sombras ao longo do riacho. A caça com arco levou-o a longas caminhadas cansativas por horas para chegar a novas áreas. Havia um aroma particular que Joe absorvia profundamente em seus pulmões ao percorrer essas florestas ocidentais – um cheiro de pinho e vegetação rasteira, poeira árida e ar fresco da montanha – que nunca saía de sua mente. Para ele, esse perfume significava liberdade.

Ele cruzou os braços e encostou-se à porta, admirando o rosto de Evie enquanto ela se sentava na cadeira de canto. Sua agulha caseira soava enquanto ela se concentrava em costurar peles de coelho para fazer roupas para o bebê ainda não nascido. Seu abdômen protuberante se moveu, e ela parou com uma respiração profunda.

"Isso pareceu um grande chute."

Evie olhou para cima e sorriu: "Ele ou ela chuta muito mais do que o que você pode ver. Esse foi particularmente grande." Ela esticou as costas e se mexeu, sua expressão tremendo de desconforto. Não reclamou, mas ele sabia que suas costas doíam com frequência. Fabri disse que ela estava muito grande e se perguntou se eles haviam julgado mal a data de nascimento. Mas ela garantiu que não havia motivo para se preocupar. Claro, os dois ainda se preocupavam.

"Você poderia me dar alguns pinhões?" Seu olhar era uma mistura de constrangimento e pedido de desculpas. "Parece que não consigo comer o suficiente."

Joe trouxe uma tigela. "Você precisa de alimento. Você quer ervas ou plantas em particular?

Ela colocou meia dúzia de pinhões na boca e balançou a cabeça. "Estou feliz que você tenha assumido a forragem. O gesto de curvar--me e eu não somos mais tão amigos."

"Você me ensinou bem. Agora posso distinguir a *maioria* das plantas comestíveis."

Ela riu, depois ergueu seu trabalho manual. "Seja menino ou menina, isso vai caber." Evie examinou criticamente seus pontos. "Embora, para ser sincera, isso seja muito primitivo. Fora da Zona, eu poderia ter pedido algo realizado perfeitamente, em couro falso." Ela suspirou.

"Criticando o processo de curtida que fiz no couro?"

"Não, apenas lembrando o que deixamos para trás."

Joe assentiu, e um sorriso triste curvou sua boca. Então ele se iluminou. "Mas espere. Pense nos objetos sobre os quais trabalhamos. Tudo pode ser partículas em movimento; mas o que acrescentamos aos objetos – como o amor que você coloca nessas roupas para o bebê – é o que tem significado. Não se pode comprar significado."

Ela olhou para ele com um sorriso. "Posso pensar em outra coisa em que trabalhamos, embora sem saber, que terá mais significado do que qualquer coisa que tenhamos criado ainda."

Joe se aproximou e colocou a mão na protuberância preciosa. "Nosso bebê será nosso para amar e celebrar."

Ela entrelaçou os dedos com os dele, e eles descansaram ali com uma esperança compartilhada. "O bebê ainda não está pronto para entrar neste mundo." Ela apertou a mão dele. "Mas logo estará."

O vento soprava do lado de fora da cabana, sacudindo a porta. Joe estremeceu e acrescentou toras à lareira. Eles acenderam as brasas, as chamas amarelas e vermelhas dançando mais alto, e um agradável cheiro de pinheiro encheu a cabana. Ele ficou atrás de Evie, esfregando seus ombros e suas costas. O calor do fogo os cercou. Eles ficaram encasulados em seu mundo, permanecendo até a primavera e a próxima virada de suas vidas.

◆

A neve escovava o topo das montanhas, mas a tempestade de inverno havia passado e a geada da manhã diminuía mais rapidamente a cada dia. O riacho passou apressadamente pela cabana. A barriga de Evie cresceu para um tamanho enorme, impedindo-a da maioria de suas tarefas habituais. Apesar das dores nas costas e nos pés, ela continuou a preparar as refeições e a transformar as peles curtidas em roupas e cobertores utilizáveis. Joe trabalhou durante a luz do dia, tentando manter a fazenda funcional. Eloy costumava dar uma mãozinha, pela qual Joe estava cada vez mais grato.

Um dia, enquanto visitava o fumeiro para escolher alguns bifes, ele parou na cabana de Fabri. Fabri abriu a porta ao bater e o convidou a entrar, mas ele balançou a cabeça.

"Só queria sua opinião, Fabri. Ela está... ela está tão grande. E sente dores constantemente."

Fabri deu um tapinha em seu braço. "Nada para se preocupar. Ela está grande, mas podemos estar errados quanto a quando o bebê vai nascer. Ela pode chegar cedo. Não importa o que, eu estarei aqui. O que você pode fazer para ajudá-la é manter a *calma*, Joe."

Joe respirou fundo e assentiu. "Ok, você está certa. Obrigado Fabri."

Ele caminhou de volta para sua cabana. "Nós jantaremos hoje à noite," disse ele, colocando o pacote de bifes na mesa.

Evie estava sentada na beira da cama, respirando profundamente, com um pano úmido na mão. "Parece que você cozinhará. Minha bolsa estourou."

Os olhos de Joe se arregalaram, seguindo as gotas que escureciam o chão perto da mesa, no caminho para a cama. Evie parecia pacífica enquanto segurava uma toalha entre as pernas, mas seu rosto estava pálido e ela parecia preocupada.

. . .

Fique calmo. Eu preciso ficar calmo.

. . .

"Bem. Você está indo muito bem, Evie. Vou buscar Fabri e já volto."

Joe correu e deu-lhe um beijo antes de deslizar ladeira abaixo como uma cabra da montanha. Fabri pegou sua bolsa de suprimentos médicos e voltou com ele para a cabana. Joe abriu a porta da cabana para ver Evie balançando para frente e para trás, com os olhos fechados.

Fabri começou a trabalhar, dirigindo-o com confiança. "Joe, mantenha o fogo aceso e a água quente. Queremos tudo o mais estéril possível." Ela foi para o lado de Evie. Ele fez como ordenado, feliz por ser útil. Esta não foi uma lição que ele estudou no allbook.

Fabri lavou as mãos e depois estendeu toalhas, cobertores e seus escassos suprimentos médicos. Ele não comentou sobre o quão pouco havia, ou como provavelmente todos vieram das buscas de Eloy.

"Vou contar o momento das contrações." A voz e os modos de Fabri eram calmos. Ela se sentou na cadeira e segurou a mão de Evie. "Você se concentra em respirações profundas e lentas."

Joe estava com o fogo aceso e a chaleira fervendo quando Evie gemeu.

"Relaxe e respire." Fabri se inclinou para ela e refirmou o punho sobre a mão de Evie. "Você está indo muito bem."

Ele ficou ao lado de Evie e segurou a outra mão, passando o dedo suavemente sobre a pele macia dela. Ela piscou para ele e apertou sua mão.

As contrações aumentaram em duração e frequência nas cinco horas seguintes, o que Fabri disse que significava que Evie estava progredindo. Mas, para Joe, parecia que eles ficariam presos nesse ciclo de gemidos, respiração pesada e seu próprio desamparo por toda a eternidade. Ele andava de um lado para o outro, depois segurava a mão dela, depois esfregava a testa e depois andava de novo. Fabri manteve sua expressão serena e de encorajamento constante. Eles se revezavam aplicando panos quentes na parte inferior das costas de Evie.

Evie gemeu novamente. "Não vamos fazer isso."

Fabri abafou uma risada. "Querida, esta criança está vindo ao mundo. Relaxe o melhor que puder." Ela colocou um pano quente novo e Evie relaxou por um momento. Joe se ajoelhou para massagear as suas costas.

Um momento depois, Evie berrou, "Eu não consigo, não consigo, não consigo..." Sua voz sumiu em um gemido. Joe olhou para Fabri, os olhos arregalados, mas Fabri estava olhando entre as pernas de Evie.

"Esse é o fim, garota. Seu bebê está chegando! Você está quase pronta. Deixe seu corpo fazer o trabalho. Apenas respire. Então *empurre*."

Evie lamentou de dor e ofegou entre cada contração.

"Aí está a cabeça, Evie. Aí está, minha menina," Fabri murmurou.

Joe limpou a transpiração da testa dela, aterrorizada e exaltada. Então, seu rosto se apertou e ela chorou novamente. Joe observou a cabeça e os ombros do bebê deslizarem nas mãos expectantes de Fabri. Os cheiros pungentes do parto lembraram a Joe da água do mar e depois vestiram seu primeiro cervo. Ele não esperava tanto sangue.

"Mais um empurrão, Evie. Mais um."

E com um grito final, o bebê estava nas mãos de Fabri. Evie ofegou e deitou-se, os olhos fechados por um momento. O grito agudo do bebê a fez olhar em volta descontroladamente, mas Fabri já estava colocando a criança em seu peito.

Lágrimas encheram os olhos de Fabri. "Você tem um filho."

Evie olhou com espanto, depois para Joe. "É o *nosso* filho," ela disse fracamente. Joe acariciou o topo da cabeça dela, incrédulo com o pequeno e inchado ser vermelho diante dele. O filho dele.

. . .

Somos todos meros animais, primatas eretos. Mas que subida é possível.

. . .

Fabri limpou as mãos. "Teremos que cortar o cordão, mas vamos tomar um tempo enquanto ele se acostuma a respirar. Aqui, Joe, enxugue os olhos." Ela lhe deu um pano limpo e Joe limpou o bebê com ternura. O bebê se acomodou no peito de Evie e soltou um gemido forte.

Por fim, Fabri amarrou o cordão umbilical e o cortou com uma tesoura. Os olhos exaustos de Evie brilharam. "Como decidimos, o nome dele é Clay." Joe olhou para o rosto angelical e choroso de seu filho.

Evie grunhiu, e seu corpo estremeceu em outra contração. Joe pegou Clay nos braços, preocupado quando Evie estremeceu. Havia vermelho fresco entre as pernas? Fabri trabalhou rapidamente, limpando o material ensanguentado na banheira. Quando ela se sentou de novo, ele sussurrou, "Ela está morrendo?"

Ela bufou. "Vermelho também é a cor da vida, não apenas da morte. Pense positivo. A placenta foi entregue. Está tudo bem." Fabri limpou a testa com as costas da mão. Ela parecia cansada, mas determinada. "Mas a bolsa dela estourou novamente. Ainda temos outro aí dentro."

"Dois?" Joe apertou Clay com mais força.

. . .

Como isso pode ser real? Eu sou pai – de dois filhos? Como vou gerenciar? Mas veja como meu filho é lindo. Ele é um milagre perfeito.

. . .

Evie rolou para o lado, chorando de dor novamente. "Por que ainda dói tanto?"

Fabri se inclinou, com a voz segura. "Você tem mais um vindo, garota Evie. Você consegue fazer isso." Ela limpou a testa de Evie com um pano frio e depois massageou a região lombar. "Respire fundo agora."

Evie respirou fundo, Joe segurou Clay e tentou não exalar ansiedade. O bebê se aninhou e pequenos gemidos escaparam de sua boca que buscava alguma coisa. Joe aninhou o garoto em seu cotovelo. "Traremos comida em breve, rapaz." Joe olhou para Evie com seu próximo gemido profundo. "Assim espero."

Fabri foi até as pernas de Evie, verificando, e Joe esfregou o ombro de Evie, mas ela se afastou dele. Ele levantou uma sobrancelha para Fabri, e ela balançou a cabeça, sinalizando para ele se afastar. "Ela está perto do fim aqui, Joe. O corpo dela precisa se concentrar em sua tarefa, não se distrair com o seu toque." Ela usou uma voz mais suave. "Evie, mais uma vez agora. A segunda vez é mais fácil. É isso aí."

Evie chorou e empurrou.

"Lá... vem... ele!" Um segundo bebê deslizou pela toalha de Fabri. Um grito alto cortou o ar quando o bebê respirou pela primeira vez. "Dois filhos."

Evie ficou lá, ofegando, rindo e chorando, depois gesticulou para Joe. Ele entregou-lhe Clay, cujos miados haviam se transformado em choro ao som dos gritos de seu irmão. Em um momento, ele foi colocado no seio de Evie. Joe pegou o segundo garoto de Fabri e o olhou maravilhado, depois o segurou para que Evie pudesse vê-lo. O segundo filho deles.

"Asher", disse Joe, sentindo-se tonto. Ele ficou feliz por terem dois nomes de que gostavam. Agora eles não precisavam escolher. Asher abriu os olhos castanhos e piscou para a luz.

A segunda placenta chegou enquanto Evie alimentava Clay, mas ela mal percebeu, estava tão extasiada com o filho. Ela traçou suas orelhas minúsculas quando ele chupou um seio, depois o outro.

Quando terminou, Joe cuidadosamente o trocou por Asher. Os olhos de Clay se fecharam e ele adormeceu. Joe não conseguia desviar o olhar. Ele ficou maravilhado com o milagre em seus braços.

"– não tá mamando." A voz frustrada de Evie quebrou seu transe, e Joe ergueu os olhos do adormecido Clay. Asher miou em seu peito, mas não parecia se agarrar como Clay.

"Tente uma nova posição, Evie." Fabri a ajudou a ajustar Asher. "Ouvi dizer que pode levar algum tempo para colocar a boca no mamilo corretamente."

"Clay começou a se alimentar. Eu não fiz nada de especial..."

Felizmente, alguns minutos depois, Evie encontrou uma posição agradável para ela e Asher. Ele grunhiu alto enquanto mamava, fazendo todos rirem.

Com Asher se alimentando e Clay dormindo nos braços, uma onda de exaustão tomou conta de Joe, e ele se sentou em uma cadeira à mesa. Ele só podia imaginar como Evie se sentia, e ele olhou para ela, uma alegria cansada vincando a boca dela. Havia apenas amor em seus olhos enquanto contemplava Asher.

· · ·

Como cuidamos de gêmeos? Mais duas bocas para alimentar. Alguém tem que vigiá-los o tempo todo. Eles são tão impotentes. Onde vamos arrumar as mãos? Mas esse cara também é tão fofo. Ambos são tão surpreendentes. Eu vou fazer isso funcionar... para eles.

· · ·

Fabri limpou tudo e embalou seus suprimentos médicos, mas ficou por muito mais tempo, ajudando Joe a experimentar fraldas até encontrar uma maneira de elas se prenderem nas minúsculas partes inferiores dos meninos. Ela deu uma volta segurando Asher para que Evie pudesse tirar uma soneca rápida. Joe agradeceu profusamente de novo, mas ela afastou a gratidão com um sorriso.

"Sinto que essas crianças são em parte nossas agora, então você pode me agradecer nos deixando ajudá-lo a cuidar delas de vez em quando." Ela sorriu para Asher adormecido e depois o devolveu a Evie, que estava sentada. "Você vai querer descansar por vários dias, Evie, e levar as coisas devagar. Seu corpo jovem voltará ao normal em pouco tempo, mas não faz sentido apressar as coisas. Deixe Joe fazer o trabalho pesado por um tempo." Fabri piscou e pegou sua bolsa de suprimentos. "Vou contar a Eloy, com certeza que está morrendo de vontade de ouvir as notícias. Ele nunca acreditará que você estava grávida de gêmeos naquela sua grande barriga." Fabri estava na porta da cabana, com as tranças vermelhas delineadas contra a luz que entrava em cascata. "Certifique-se de que ela beba muita água e chá. Ela deve comer assim que sentir vontade."

"Você foi tão útil." Joe deu um abraço nela. "Obrigado novamente, Fabri. Sua experiência nos salvou."

Ela corou. "Este trabalho é importante para mim. Estou feliz por ter conseguido administrá-lo sozinha."

Joe tentou não deixar sua surpresa aparecer. "Quantos partos você já fez?"

"Agora? Dois." Ela fez uma careta. "Eu era um enfermeira no hospital e consegui ver alguns partos. Eu estava trabalhando para ser enfermeira, esperando ser promovida, mas isso não havia acontecido antes de eu vir pra cá. É claro que eles não deixariam alguém do nosso Nível dar à luz bebês no hospital."

"Certo..."

"Eu suspeito que Eloy estará aqui amanhã para ver os pequenos," disse ela enquanto se despedia.

Ele fechou a porta e levou um copo de água a Evie, depois fez um chá com a água da chaleira. Evie bebeu pequenos goles enquanto olhava para Asher, que já estava esfregando o peito dela novamente.

"Com fome de novo, homenzinho?" Ela parecia exausta, mas feliz.

Joe sorriu para Clay, que também começara a buscar o peito durante o sono. "Vamos ficar com as mãos ocupadas."

Evie olhou para Joe. "Mais alegria do que esperávamos. Mas nós vamos conseguir," ela sussurrou.

Capítulo 38

Os dias após o nascimento dos gêmeos passaram como um sonho para Joe, em parte porque ele não conseguia separar o sono insuficiente do barulho ininterrupto dos gêmeos e a sua necessidade de atenção. Ele acordou de sonecas inesperadas sem perceber que havia adormecido. Sua expressão era tão confusa, eufórica e sonolenta quanto a dela?

Os meninos se alimentavam. Evie deixou um garoto empanturrar-se de um dos seios, depois o entregou a Joe enquanto o outro ficou com o segundo, e às vezes ela amamentava os dois ao mesmo tempo. As refeições aconteciam o tempo todo, e Joe acordava em cada uma delas, pronto para trocar uma fralda ou ajudar um bebê a arrotar. Parecia impossível fazer os meninos dormirem sem um acordar o outro.

Eles passaram tanto tempo olhando para os bebês dormindo e conversando sobre como eles eram bonitos, que às vezes quase os acordavam. Mas não demorou muito para lembrar que eles precisavam de momentos tranquilos para recarregar.

Quando não estava na cabana ajudando os meninos, Joe estava do lado de fora, tentando levar comida para a mesa para manter Evie saudável. Ele andava por sua trilha de armadilhas todas as manhãs, checava as armadilhas para peixes, procurava mudas de primavera na montanha e reabastecia a pilha de lenha, curtindo o estalo do machado contra a madeira.

Eloy chegou com a carroça na tarde após o nascimento para descarregar um carrinho de criança. Tinha rodas de madeira esculpidas em madeira serrada e laterais de tábuas lisas com um avião manual. "Depois que Fabri me contou sobre os gêmeos, tive que ampliar essa engenhoca para caber dois," disse ele. Joe agradeceu e o levou para dentro para ver os meninos, rolando o carrinho à frente. Evie segurou Clay nos braços enquanto Asher dormia na cama, enrolada em um cobertor de coelho. O rosto de Eloy se iluminou de emoção e ele tocou a mão de Clay com uma ternura e admiração que surpreendeu Joe. "Esses são rapazinhos bonitos," disse Eloy.

Depois de um tempo, ele disse, "Me certificarei de ter a ovelha pronta assim que possível. O leite de ovelha é mais fácil de digerir do que o leite de vaca. Mas o seu é melhor para obter todas as vitaminas e imunidade."

Evie agradeceu com um sorriso cansado. "Logo vou precisar do leite. Esses pequenos são comedores saudáveis. E o carrinho será muito usado, então obrigada."

"Não há muito terreno plano para usá-lo, mas as rodas devem facilitar a movimentação," disse ele.

Depois de alguns minutos quietos assistindo aos meninos, Eloy se despediu. Quando ele saiu, Joe sentou-se ao lado de Evie. Ela suspirou e recostou-se na cabeceira da cama.

"Como você está se sentindo?"

Ela riu, com os olhos fechados. "Uma pergunta melhor é o que não estou sentindo. Não consigo entender tudo girando dentro de mim. Não ajuda o fato de que eu esteja tão exausta que mal consiga formar uma frase." Ela olhou para ele. "Estou majoritariamente aliviada pelo nascimento ter terminado bem, e nós temos nossos filhos. Mas agora estou preocupada em alimentá-los o suficiente e mantê-los saudáveis. Sinto-me ansiosa, oprimida e inadequada." Ela suspirou novamente, seu olhar se dirigindo para os meninos e suavizando. "Mas quando esses caras se agarram, tão desamparados e precisando de mim, sinto por um tempo que posso fazê-lo. Isso é o suficiente."

Joe se inclinou e a beijou. "Você é mais do que suficiente."

◆

Fabri voltou nos dias seguintes para ver Evie. No segundo dia, Joe a encontrou na porta porque Evie finalmente estava dormindo com os dois meninos aninhados ao seu redor, e ele não queria incomodá-los.

"Bem, eu ia procurar algumas plantas medicinais que a ajudarão a ficar bem mais rápido. Quer se juntar a mim?"

O tempo estava ensolarado e, apesar de sua exaustão, Joe precisava de uma desculpa para deixar a cabana. Ele subiu a montanha com Fabri, e ela apontou as plantas úteis saindo do solo. "As folhas de manzanita ainda estão verdes. Precisamos de algumas cestas." Joe a ajudou a recolher as folhas, depois eles voltaram para a cabana de Joe. "Vou embeber isso aqui e preparar para um banho de assento. É um truque que li sobre os povos originários que moravam aqui. Isso deve ajudá-la a se curar."

"Obrigado por tudo que você está fazendo por Evie e por mim. Sinto que nunca poderei pagar você de volta," disse Joe.

"Agora você parece o Eloy. Não há pagamento. Eu amo fazer isso."

"Mas não há outra coisa que você prefira fazer por si mesma?"

Ela o encarou com um olhar claro. "Joe, você está pensando nas coisas de trás para a frente. Ajudar as pessoas é a própria recompensa."

. . .

Maldito seja. Ela realmente acredita nisso.

. . .

Chegaram à cabana e Joe abriu a porta. Evie estava sentada na cama com um garoto em cada braço. Ela sorriu cansada, mas o sorriso não alcançou seus olhos, que permaneceram ocos e escuros. Isso o preocupou.

Fabri caminhou rapidamente para o lado de Evie. "Querida, um banho de assento fará você se sentir muito melhor. Eu tenho uma panela aqui para você se sentar e algumas plantas para fazer um remédio. Vou aquecer a água e vamos começar."

Ela se virou para Joe. "Talvez você possa levar os pequenos para fora? Está quente o suficiente se eles estiverem embrulhados e você pode sentar-se debaixo da árvore."

Joe enrolou delicadamente os gêmeos, enfiou-os no carrinho e o rolou para fora debaixo da macieira. Ele os balançou gentilmente e refletiu sobre Fabri. Ela amava seus semelhantes de todo o coração, com compaixão, e nenhuma restrição foi considerada para seu próprio bem-estar. Seu altruísmo era aspiracional.

Naquela noite, Evie estava deitada na cama. Os meninos estavam milagrosamente dormindo, ambos.

"Aquele banho de assento que Fabri fez foi a melhor coisa que senti desde que os gêmeos nasceram. Sinto como se ela fosse uma irmã, tão carinhosa. E me sinto sendo mais eu mesma perto dela."

Joe a abraçou, pensando em como ele poderia demonstrar compaixão por Fabri. "Fico feliz em ouvir isso. Sei que essa transição para a maternidade não foi fácil, mas você está se saindo maravilhosamente bem. Não se esqueça disso. Você trouxe esses dois belos milagres ao mundo e ensinará a eles o que significa ser humano."

❖

"Tenho sementes suficientes para plantar o dobro do trigo este ano," disse Joe. Fazia quatro semanas desde que os gêmeos nasceram, e ele não podia mais adiar o plantio do trigo. Visitava Eloy para ver se poderia pegar Bessie emprestada para a lavoura.

"Você não tem sementes extras para eu plantar sozinho?"

Joe riu. "Você é o economista. Divisão de trabalho. É mais eficiente para mim ter um campo maior. Tenho certeza de que você oferecerá algo para torná-lo justo."

"Bom economista; contador ruim. Ok, eu vou manter isso em ordem. Vou plantar milho extra este ano." Eles apertaram as mãos.

"Mais uma coisa." Eloy desapareceu no celeiro. Ele voltou um minuto depois, liderando duas ovelhas em alças. "Já que você tem duas bocas pequenas para alimentar."

Joe ficou olhando. "Isso é muito generoso. Manteremos uma contabilidade desse presente."

"Os meninos têm sua própria conta. Eles podem se alinhar comigo outra hora." Uma sombra melancólica apareceu em seu rosto.

Joe carregou o arado na carroça, amarrou as ovelhas atrás dela e dirigiu para a cabana. Libertou as ovelhas na clareira ao lado do campo. Mastigaram a grama virgem enquanto ele engatava o arado na égua. Embora tenha arado uma área onde o solo já havia sido amaciado, o chão estava duro devido à geada do inverno. Bessie bufou e balançou a cabeça com indignação ao sentir-se puxada com força. Ele parava para deixá-la descansar ao final de cada linha, mas ainda assim terminou a aragem em um dia.

A semana estava cheia. Joe colocou os pedaços de calha de madeira no lugar, e a água cristalina do derretimento da neve fluiu do córrego para a nora e encharcou o campo. Ele espalhou a semente com a mão e varreu o solo escuro sobre cada potencial semente. A fragrância fresca da terra molhada lembrou uma nova vida saindo para o mundo.

Quando Joe voltou para a cabana, foi alertado para o contrário – a ausência de vida de primavera. O habitual som de abelhas zumbindo na parte de trás da cabana se fora. Ele caminhou até o grande carvalho além da segunda macieira, onde vira a colônia de abelhas aninhada em um buraco a três metros de altura. Ele estudou o local e avistou uma pequena linha de formigas subindo no tronco da árvore e em direção à cavidade. Joe encontrou sua escada trêmula e a apoiou contra a árvore, depois subiu cautelosamente. Ele cutucou a colônia de abelhas com seu machado, perturbando algumas abelhas que ainda restavam. A invasão de formigas fez com que a colônia abandonasse sua casa.

Meia hora depois, ele carregou seu tesouro pela porta da cabana para mostrar a Evie.

"Mel?" Ela bateu palmas e inspecionou o balde na mão dele.

"As formigas fizeram as abelhas fugir. Espero que elas encontrem um novo lar nas proximidades. Mas, enquanto isso, parecia valer a pena lutar contra as formigas pelo mel deixado na árvore." Ele se lembrou do lagarto do deserto. "Assim como todas as outras criaturas daqui, precisamos lutar para sobreviver."

"Você foi picado?"

"Apenas três vezes. Não sobraram muitas abelhas."

Ela sorriu e o beijou. "O amargo com o doce."

Os vizinhos visitaram-nos durante toda a primavera. Eloy ensinou a Evie como ordenhar as ovelhas, abrindo-lhe as patas e curvando-se para puxar os úberes. O leite suplementar ajudou a alimentar o apetite voraz dos gêmeos. Eloy gostava de sentar ao lado dos meninos no carrinho e fazer caretas até eles sorrirem. O humor de Evie melhorou consideravelmente depois que ela conseguiu se mover com liberdade, e Joe se deliciava em ver seu rosto brilhando com o amor de uma nova mãe sempre que olhava para Clay e Asher. Ela era uma mãe confiante, seus medos anteriores foram deslocados pela determinação de fornecer tudo o que podia para os filhos deles.

A pequena cólica de Asher havia diminuído, e eles comeram bem e cresceram como brotos. Agora dormiam por períodos mais longos durante a noite e os pais estavam voltando a dormir. Evie até fez pequenas caminhadas para catar alimentos, deixando Joe vigiar os meninos. Suas descobertas novamente iluminaram as refeições da noite.

À medida que o tempo melhorava, eles passavam mais tempo do lado de fora. Joe construiu um par de cadeiras de madeira ao ar livre para Evie e para si mesmo, um lugar mais confortável para descansar enquanto vigiava os meninos. Esse projeto levou à adição de uma pequena varanda que dava para o riacho e as montanhas ocidentais. Dois postes sustentavam um teto inclinado de telhas, e duas cadeiras e o carrinho se encaixavam embaixo dele, proporcionando sombra. A varanda e a macieira eram os dois lugares favoritos para sentar e assistir ao pôr do sol.

Eles criaram seu próprio Éden – um lugar para lutar, viver e seguir um caminho que vale a pena. Ele apreciou o que eles criaram, mesmo sabendo que era efêmero. Eram apenas partículas em movimento, mas essas partículas foram moldadas por suas mãos para seus próprios propósitos. Ele abraçou seus novos papéis como caçador e coletor, fazendeiro e pai. Alguns dias, começava antes do amanhecer, escondendo-se em uma árvore com seu arco ou seguindo as trilhas da montanha em busca de sinais de alguma caça. No final da manhã, seguia a trilha de armadilhas. Passava as tardes capinando o campo. Entre essas atividades, ajudava com os meninos. Ficou encantado quando eles rastrearam seu rosto, suas bocas se movendo quando falava com eles.

Apesar de – ou talvez por causa de – arranhões, contusões, sujeira constante e trabalho duro, a vida entrou em um ritmo doméstico tranquilo.

◆

Joe estava sentado embaixo da macieira enquanto o sol se punha. No início daquele dia, havia entalhado a parede traseira da cabana com o machado. Eles chegaram ao primeiro aniversário de seu banimento. Desde o julgamento, ele tinha passado do desespero total à felicidade. Por necessidade, não havia tocado em uísque ou psicotrópicos e se sentia limpo e saudável. Ele e Evie haviam passado por muita coisa para se apaixonar mais profundamente e estavam unidos no trabalho em conjunto pela família surpresa. Eles haviam produzido dois seres humanos bonitos e novos, escavaram uma casa no deserto e encontraram novos amigos. E enquanto a vida era fisicamente desafiadora e cheia de incertezas, era enriquecedora de novas maneiras. No entanto, os riscos também eram mais altos e tudo poderia dar errado a qualquer momento.

O vento sussurrava nos galhos. O *chur-chur* alto e distorcido do pássaro azul da montanha acompanhava a luz fraca. Havia nuvens no céu ao leste, mas estava claro ao redor do sol poente. Tudo em sua volta estava calmo.

. . .

A última vez que tive tempo para pensar foi antes da gravidez de Evie. Fui ao Lone Mountain College para entender minha própria mentalidade, para entender se a mente pode ter livre-arbítrio. Essa reunião crítica com Gabe levantou o medo de que talvez não haja causa mental, que nada que façamos seja importante e que nada esteja sob nosso controle.

Mas progredi aqui nesta montanha. Evie me ajudou a perceber que a causa mental ainda é uma verdade, e argumentar o contrário é absurdo. Lutamos contra as probabilidades e vencemos até agora, por nosso próprio trabalho duro e por alguma sorte significativa.

O argumento contra a nossa mente ser causal repousa sobre uma relação de superveniência, com propriedades mentais supervenientes em propriedades físicas. O "verde" de uma propriedade mental que temos em nossas mentes se sobrepõe ao "vermelho" de uma propriedade física no universo, pelo menos por aquela maneira de contar. Agora acredito que propriedades não existem. E se nossa ideia comum sobre propriedades é falha, o argumento que nega a causa mental falha.

Mas as propriedades são comumente aceitas há milênios, e não podemos eliminá-las sem uma explicação de substituição. A que finalidade as propriedades servem? Os filósofos dizem que as propriedades têm poderes causais e que são responsáveis pela verdade. A primeira suposição remonta a Platão, que diz que uma coisa realmente *é* se ela tem alguma capacidade de fazer algo com outra coisa.

O papel de fazer a verdade é mais abstrato, muitas vezes lidando com a verdade nas declarações. Os criadores da verdade são os elementos que tornam uma proposição verdadeira.

Se não houver propriedades, então alguma outra coisa – algum elemento ontológico, algo que realmente exista – deve fazer esse trabalho.

. . .

Joe apoiou a mão na casca desgastada pelo tempo. Sua mão calejada era um espelho invertido do galho de árvore calejado.

. . .

E as relações? No intermédio e entre objetos, existem relações. Um objeto pode ser maior que outro, como esta árvore é maior que minha mão. Um objeto também pode existir próximo a outro, enquanto minha mão descansa contra a árvore. Mas essas relações têm um status de segunda classe na filosofia, porque é mais natural acreditar que as propriedades físicas são causais. Relações realmente não estão *fazendo* nada.

Os físicos têm sido mais caridosos com as relações. As quatro forças fundamentais – gravitacionais, eletromagnéticas, fortes e fracas – descrevem a forma como objetos ou partículas se relacionam. O campo de Higgs dá uma sensação mística, pois é uma energia invisível presente em todo o universo que impregna outras partículas com massa, o bloco básico da matéria. Esse campo sugere algo mais parecido com uma relação no trabalho do que com uma propriedade encontrada em qualquer objeto.

. . .

Acima dele, os galhos retorcidos apontavam em todas as direções, balançando enquanto o vento sussurrava através dos galhos. O céu azul desbotado delineava os membros. Cada sulco na casca acinzentada era pronunciado, o periderme grosseiro dos encontros de uma vida com a existência.

Então o véu rasgou. Ele ficou sem fôlego e teve uma visão. Ele não via mais os galhos com propriedades embutidas nas partículas – sem membros texturizados, sem cinza da casca. Os ramos fervilhavam de relações, uma teia da essência da existência. As relações não estavam emergindo da árvore; *elas eram a árvore*. Ele ficou paralisado, vendo-as contra o céu, e uma tremenda energia fluiu através de seu corpo.

· · ·

> A ontologia está preocupada com *o que existe*, que coisas existem e quais têm *existência*. E se a nossa ontologia comum estiver de cabeça para baixo e de trás para frente? E se as relações forem reais e as propriedades não forem reais? E se as relações fizessem o trabalho erroneamente atribuído às propriedades? E se as relações forem causativas?

· · ·

O sol mergulhou abaixo da montanha e uma mancha de verde brilhante o fez sorrir. O fenômeno do clarão verde do pôr-do-sol o lembrou dos olhos de Evie, e a felicidade impregnou seu ser. As cores do pôr do sol mudaram de laranja para rosa e depois para violeta. Ele pensou no que parecia uma vida atrás, quando Evie fez manobras em sua prancha de surf. Ele fechou os olhos e a imaginou girando no ar, o corpo dela de cabeça para baixo e para trás antes de se recuperar perfeitamente para seguir para a próxima onda.

· · ·

> Como nossas percepções estão tão incorporadas no mundo e da maneira que aprendemos desde a infância, é quase impossível pensar em outra coisa senão um mundo de partículas produzindo objetos. Como posso envolver minha mente em relações causativas?
>
> Se a nossa maneira de perceber está de cabeça para baixo e de trás pra frente – como Evie na prancha de surf –, usar as palavras que normalmente usamos para descrever objetos percebidos não funciona. Não podemos pensar em termos de objetos e propriedades, ou em qualquer coisa que acreditamos existir. Precisamos de uma maneira de mudar nosso pensamento. Impedidos por uma mente desconfiada desde o nascimento, devemos agora redefinir o que é "real" e pensar sobre essa coisa nova e real – uma *relação*.

· · ·

Os galhos acima dele tremiam quando um vento constante soprava através dos ramos. Uma chuva suave tocou seu rosto e ele olhou para o leste. Nuvens de tempestade chegavam.

A chuva começou a cair e ele correu para a varanda para se proteger da tempestade. Joe estava sentado na cadeira de Evie, e o céu irradiava e crescia. A chuva pingou do telhado e caiu perto de sua bota. A majestade do céu alimentou seus pensamentos, informados pela potência de sua única fatia do universo. Um arco roxo de raio atingiu uma árvore alta na colina distante, e o profundo *buuum* o alcançou uma fração de segundo depois.

. . .

As supercordas e teorias relacionadas propõem que todas as partículas do universo são compostas por objetos matemáticos vibratórios e unidimensionais, conhecidos como cordas. Essas teorias requerem dimensões extras de espaço-tempo para sua consistência matemática – tipicamente dez ou, mais elegantemente, onze dimensões.

Descrever um relâmpago para alguém que nunca o experimentou soaria como uma ilusão mágica – uma descarga elétrica entre aquela nuvem e aquela árvore. Sem poder ver ou entender os raios, pode-se imaginar que a nuvem causou a explosão da árvore. Ao ver essa *conjunção* constante, nas palavras de Hume, eu posso aceitar essa explicação.

Mas se o raio existe em uma das dimensões alternativas que os físicos acreditam existir além do espaço-tempo quadridimensional percebido, talvez seja aqui que possamos encontrar alguma causa verdadeira. Poderia residir na *relação* como elemento causal.

Quando Evie e eu conversamos sobre o tempo, ilustrei o tempo com o universo dos blocos como um modelo mental. Mas eu posso levar o exercício adiante. Se eu imagino o espaço tridimensional como uma dimensão e o tempo como uma segunda dimensão, o espaço-tempo talvez seja imaginado como um plano dobrado em uma esfera. Com essa imagem, posso ver como há espaço para mais dimensões, tanto dentro como fora da esfera. Isso é análogo a pensar nas dimensões extras que a teoria das cordas sugere que realmente existem.

Então, onde estão as relações causais? Elas podem estar escondidas em uma das dimensões fora do espaço-tempo, fora da esfera. Deixe-me imaginar um Zeus – apenas a imagem, mas não um deus – segurando um raio, dobrando-o para que as extremidades toquem a superfície da esfera. Imagino que o raio seja a relação, algum objeto real existente fora do espaço-tempo. Se esse raio é a relação, então talvez esse raio, essa relação, esse padrão, seja a raiz da causa percebida no espaço-tempo. O raio é a causa, e o ponto na esfera espaço-tempo é onde o efeito ocorre.

Hume disse que é apenas uma conjunção constante – ouvir um toque do relógio e depois outro – que nos convence de que um toque causa o outro. Mas não há necessidade lógica disso. E não há necessidade na lógica de que a medição de partículas signifique que elas são causativas. Portanto, não viola nenhum experimento científico considerar que o mecanismo de causalidade possa ser uma relação.

Temos tanta bagagem associada à palavra *relação*, que precisamos de um novo termo. Deixe-me nomear essa relação causal como um *raio*.

Se os raios – relações causais – são o único elemento ontológico da causalidade, e se os raios estão fora do quadridimensional espaço-tempo, muitos problemas desaparecem. Um é o problema da causa mental. Como a própria mente pode ser composta por esses parafusos, nossa mente pode ser totalmente causadora. Tal mente, composta por raios, pode ter livre-arbítrio em um universo físico fechado indeterminista. *Nós somos esse Zeus*.

. . .

A tempestade havia passado, as nuvens se dissipando para mostrar um céu preto claro, as primeiras estrelas brilhando. Um vento frio soprava sobre a montanha, e Joe sentiu satisfação por sua longa busca mental ter encontrado respostas plausíveis e elegantes.

. . .

Qual o papel das propriedades como formadoras de verdade? Outras coisas devem ser verdadeiras se as propriedades não existirem. Algumas verdades surgem porque são sobre o mundo, ancoradas por coisas descritas no mundo, como coleções de parafusos. Por exemplo, "a Zona Vazia está em Nevada" é verdadeira por causa de um arranjo de raios. Então muitos raios podem ser esse criador da verdade. Os raios desempenham um duplo dever, como causadores no mundo e como responsáveis pela verdade de algumas, mas não todas, verdades.

Então, de volta para Hume. Ele fez uma distinção entre relações de ideias e questões de fato. As relações de ideias são verdades que existem independentemente das condições do mundo, como a verdade de que a soma dos ângulos de um triângulo euclidiano sempre é igual a 180 graus. Eu acho que essas verdades poderiam ser outro sabor de relação, um que não é causador no mundo.

Talvez parte do problema seja que usamos o mesmo termo, *relação*, para dois elementos diferentes na tabela ontológica. E se eu pensar em verdades como o trovão que segue o raio? É uma analogia imperfeita; mas penso que, enquanto o raio danificou a árvore na encosta oposta, o trovão a seguir só causou um som nos meus ouvidos, da mesma maneira que uma ideia enche minha cabeça. O trovão está ancorado no mundo físico, mas essa relação que faz a verdade não está. Estou pensando que essa relação é um segundo elemento ontológico real. Então deixe-me rotular essa verdade que existe, mas que não é causadora no mundo, como um *boom*.

Agora, temos apenas dois elementos: raios e booms. Esses dois são os únicos elementos que precisamos para sustentar o universo.

. . .

❖

Joe encontrou Evie na cama, mas bem acordada. Estava escuro sem a vela acesa. Os meninos dormiram na cama deles. "Você ficou fora por um longo tempo. Pensando?" Ela o alcançou.

"Sim. Foi revigorante usar meu cérebro em vez de meus músculos."

Joe não pôde conter sua descoberta mental e começou a explicar sua nova ideia em detalhes.

Enquanto ouvia, ela o estudou com, a princípio, uma inclinação interrogativa na cabeça, mas depois apertou os lábios em concentração. "Se entendi direito, você acredita que o universo é feito de raios. Parafusos são relações, e teias de raios fazem as coisas acontecerem."

"Exatamente. Lembra quando eu disse que existem três requisitos para o livre-arbítrio? O terceiro requisito é que o 'eu' seja causal. Portanto, agora há uma maneira de imaginar que esse mecanismo causal exista dentro de um universo fisicamente fechado. Somos feitos desses raios."

"Então esse é o último dos três requisitos para termos livre-arbítrio." Ela agora estava animada.

Ele balançou a cabeça. "Acho que essa hipótese pode descrever o universo. E nossas mentes também podem ser feitas das mesmas coisas, o que significa que nossas mentes fazem as coisas acontecerem no mundo, da maneira que normalmente imaginamos. Embora seja apenas uma hipótese, porque apenas a ciência pode testar essas coisas. Quando conheci Gabe, um empirista, ele disse que precisamos olhar para a nossa experiência sensorial do mundo real para aprender qualquer coisa. Só podemos saber as respostas para essas perguntas usando a ciência, fazendo experimentos no mundo, testando essas hipóteses. Eu também acredito nisso. Portanto, conjecturas adicionais parecem inúteis. A minha é apenas uma hipótese sobre o que compõe o universo, mesmo que seja agradavelmente elegante."

Capítulo 39

O verão terminou como um borrão. Eles começaram o jardim com tomates, tendo recebido as sementes como presente de Fabri. Os vegetais avançavam em competição com o trigo e as maçãs que brotavam, prometendo uma boa colheita. Às vezes, eles trabalhavam juntos enquanto assistiam aos gêmeos, Joe cortando lenha e Evie na água, lavando roupas. Outras vezes, Joe assumia a tarefa de cuidar dos filhos sozinho para dar um tempo a ela. Evie ordenhava as ovelhas e levava várias horas por semana para forragear a montanha e verificar suas armadilhas de pássaros, encontrando o descanso dos meninos libertador e rejuvenescedor para a sua mente.

Quando os pinhões do pinheiro atingiram a maturidade no meio do outono, Fabri sugeriu um piquenique para compartilhar enquanto colhiam as sementes. Eloy chegou com a carroça no dia combinado para levá-las à sua cabana. Carregaram o carrinho, a família e um grande pacote de suprimentos para bebês e desceram a estrada difícil. Uma pista do início de outubro tocou o ar da manhã. Evie e Fabri estacionaram o carrinho do lado de fora do celeiro. Elas conversaram e observaram os meninos, cujas cabeças giravam com cada profundo *croac* dos sapos ao longo do riacho.

Joe e Eloy estavam ao lado do carrinho. Eloy acenou com o dedo na frente de Clay, que riu e tentou agarrá-lo. Joe pegou Asher e repetiu o som *croac* até que todos riram juntos.

. . .

Eles são tão fofos que às vezes é difícil querer fazer qualquer coisa, exceto brincar com eles e vê-los crescer. Eles são o centro do nosso mundo.

. . .

"Pronto para começar?" Eloy deu um último gole de água. Joe assentiu e sorriu para Evie enquanto colocava Asher de volta no carrinho. Subiu na carroça com Eloy.

Em teoria, os passos eram simples: coletar pinhas, separar as sementes e guardá-las em jarros de barro que Joe fizera com argila cozida. Joe e Eloy dirigiram a carroça rio abaixo até os melhores bosques de pinheiros. Joe cortou mudas para fazer postes compridos que chegavam aos galhos. Trabalharam a manhã inteira, soltando pinhas, juntando-as em cestas, carregando-as na carroça e depois juntando-as em pilhas ao lado do celeiro. Com outra viagem na carroça, eles recolheram mato. O óleo dos pinheiros grudava nos dedos de Joe, e a fragrância limpa de limão estava impregnada em suas roupas.

As mulheres se juntaram a eles para cuidar da fogueira que libertaria as sementes dos cones duros. Eles empilharam mato sobre as pinhas para queimar o revestimento de resina. Os homens continuaram a colher enquanto Evie e Fabri golpeavam os cones carbonizados com martelos para libertar as sementes de pinhão, e no início da tarde haviam enchido vários cestos grandes. Despejaram os preciosos suprimentos de inverno nos potes de barro de Joe e os armazenaram no celeiro.

Todos foram para a cabana de Fabri. Ela preparou uma refeição farta enquanto os meninos engatinhavam aos seus pés. Depois que Evie alimentou as crianças, ela as colocou no carrinho para tirar uma soneca, acariciando gentilmente suas cabeças e cantarolando até que seus corpinhos ficassem moles de sono.

O sucesso do dia infundiu Joe com uma energia impaciente. "Com os grãos do mês passado e os pinhões de hoje, estamos prontos para o inverno. Isso só deixa o resto das maçãs para colher."

"Eu amo um celeiro cheio." Eloy riu. "Embora talvez eu deva cobrar o aluguel também."

"Não, você não deveria." Fabri acenou com a colher. Então seu tom se suavizou. "Mas ainda assim, você faz um bom trabalho, querido, enchendo os pratos para nossos vizinhos e para nós." Ela apontou para um grande peru selvagem que Eloy havia atirado com seu arco no dia anterior. Quando Fabri o trouxe à mesa, Evie serviu uma salada de verduras. Eles cavaram ansiosamente seus pratos cheios.

"Os pinhões foram uma das poucas coisas que desceram bem durante toda a minha gravidez." Evie perseguia os pinhões com o garfo.

"Eles são fáceis de gostar, com toda a gordura e calorias," disse Eloy.

Joe se inclinou e sussurrou para Evie: "Não que dê pra ver. Acho que você está em melhor forma agora do que antes dos meninos." Os olhos de Evie se iluminaram e um sorriso malicioso cruzou o seu rosto.

"Gosto de moer as nozes em uma pasta e fazer manteiga," disse Fabri, derramando molho sobre o peru.

"É saborosa, mas a manteiga de ovelha é mais do meu gosto," disse Eloy, espalhando parte de sua manteiga preferida em uma fatia grossa de pão.

"Joe, Fabri fez uma oferta muito agradável de ficar com os meninos essa noite." Evie levantou as sobrancelhas em expectativa.

Fabri riu. "Eles têm sete meses de idade – idade suficiente para passar uma noite longe da mãe. E temos leite de ovelha suficiente para fazê-los passar pela noite."

Joe levantou uma sobrancelha para Evie, depois sorriu para Fabri. "Isso é incrivelmente generoso. Obrigado." Seu olhar se encontrou com o de Evie. "E agora eu entendo por que você trouxe tantas coisas de bebê nesse pacote."

Ela deu de ombros, sorrindo.

Eloy sorriu também. "Eles são bem comportados. Mas ativos. Nós oferecemos dois pares de mãos."

O coração de Joe disparou com uma emoção inesperada. Até aquele momento, ele havia esquecido o quanto eles estavam imersos na criação dos filhos. "Isso é muito gentil. E precisará de todas essas mãos."

◆

Quando voltaram para a cabana uma hora depois, ele disse, "Planejamento secreto em andamento?"

"Fabri sugeriu isso ontem. Ela disse que Eloy estava querendo passar mais tempo com os meninos." Ela dançou na trilha diante dele, lembrando Joe dos longos e escuros dias que eles passaram caminhando para encontrar esse vale agradável. Esse fardo foi tirado, e ele acelerou para acompanhar o ritmo dela e deixar a memória para trás.

"Então agora o quê?" Ele piscou quando a alcançou.

Evie inclinou a cabeça e corou. "Vamos nos lavar. Então vamos dar um passeio para sentar embaixo de nossa macieira. Talvez possamos até dar uma mordida." Joe sorriu. Evie correu para a frente e desapareceu ao redor de uma pedra.

Ele foi até a cabana e guardou os suprimentos da mochila. O grande cobertor de pele de gamo não estava pendurado no gancho da parede. Joe foi à banheira de madeira, tirou a roupa e afundou na água ainda morna. Ele limpou a sujeira do dia. Então ele viu as roupas de Evie em uma pilha arrumada. Joe saiu do banho, entrou na luz do sol e caminhou até a macieira.

Ela estava nua, a não ser pelo anel de diamante vermelho, no cobertor. A pele de camurça marrom com a franja cinza o lembrava da concha de vieira de Botticelli, do jeito que exibia sua forma perfeita. Seus seios estavam cheios, aveludados na luz. Sua língua brincou em seus lábios, e a pulsação dele acelerou quando seus olhares se encontraram.

Ele deitou ao lado dela e cobriu seu corpo com beijos suaves. Evie passou as mãos sobre ele, e ele se levantou. Os dedos dele encontraram o interior da coxa dela e traçaram a curva do mundo. Seus dedos jogavam languidamente um sobre o outro, acariciando os pontos que cada um amava, forçando a Terra a desacelerar em seu eixo apenas para eles.

"Parece que eu te conheço completamente. Não apenas todos os cabelos da sua cabeça, mas sua mente." Ele beijou a testa dela.

"Como se estivesse dentro da sua cabeça e você dentro da minha." E ele realmente estava dentro dela. "Sim, vamos fazer isso para sempre." Ela suspirou e eles desaceleraram o mundo girando novamente.

Então ela estava no colo de Joe, de frente para ele e balançando lentamente, seus olhares fixados. Seu rosto estava cheio de alegria e amor irrestrito, emoldurado por um céu rosa. O respingo da nora contou um ritmo lento para combinar com seus quadris.

Quando a respiração subiu, ela balançou mais rápido. "Com fome ainda?" Um gemido suave escapou.

"Apenas para você."

A brisa carregava o aroma de agulhas de pinheiro, misturando-se no nariz dele com o cheiro dos cabelos dela contra o seu rosto. Um coro de pombos, toutinegra e noitibó se levantou para saudar o dia que desaparecia. O coração de Evie acelerou contra seu peito como um estorninho. Sua pele brilhava com suor, apesar do ar frio. O riacho borbulhante se fundiu com o espirro da nora e seus gritos. Seu corpo estremeceu, então, mais uma vez. Ele se dissolveu em puro amor, levado para longe da montanha e para o céu escuro, para os confins do espaço onde as estrelas brilhavam em sua glória. Então ele foi puxado suavemente de volta para baixo, para descansar no cobertor ao lado de sua pequena cabana, a salvo do mundo.

O sol desapareceu abaixo do horizonte. Eles ficaram juntos, a mente de Joe esvaziou-se, exceto por saber que ela estava lá. Ela se aconchegou perto dele no cobertor enquanto o ar esfriava ao redor deles na luz que arrefecia. A respiração dela estava lenta e uniforme novamente.

. . .

Sinto a eletricidade dela, essa parceira e amante. Ela é o raio. Ela acende algo em mim.

. . .

Evie puxou uma única maçã vermelha da árvore. "Um pouco de sobremesa?" Ela estendeu a fruta com um brilho nos olhos.

Joe deu uma mordida, deixando a eletricidade desse momento tomar conta dele.

"Sobremesa depois da sobremesa," disse ele.

Capítulo 40

O final do outono pincelou as montanhas de álamo amarelo brilhante, bordo avermelhado e cinzas douradas. A calma manhã gelada era frequentemente interrompida pelas buzinas de centenas de gansos do Canadá que haviam parado nos lagos da montanha antes de retomar a asa na migração para o sul. Eles haviam armazenado as colheitas para o inverno, os dias haviam ficado mais curtos, e Joe passou mais tempo dentro da cabana com Evie e os meninos.

Hoje eles recebiam Fabri e Eloy. Todos eles se sentaram ao redor da mesa na parte interna. Evie girou a manivela na batedeira de manteiga, a batida rítmica do creme dentro do barril acrescentando uma música suave à conversa. Asher sentou no colo de Joe e soluçou, quase no ritmo da batedeira, com leite de ovelha pingando de seu queixo.

Joe acenou com a cabeça na direção da batedeira. "Eloy, você fez um bom trabalho ao projetar isso. Tentei produzir algo semelhante no mês passado e não consegui fazer direito."

Evie riu. "Virar foi como tentar rolar uma pedra para cima. Este gira tão suavemente."

"Não tem segredo." Eloy minimizou os elogios. "Joe tem talento para coisas diferentes. O truque é encaixar a manivela de maneira adequada e firme o suficiente para que não vaze."

Evie olhou para Joe e assentiu. Ele limpou a garganta. "Somos particularmente gratos por qualquer coisa que facilite o trabalho de Evie, já que em breve ela fará outro tipo de trabalho."

Fabri ofegou, uma mão na boca. Eloy bateu nas costas dele.

Evie estudou seu abdômen, embora Joe ainda não pudesse ver nenhuma evidência. "É difícil acreditar que eu esteja grávida de novo. Asher e Clay ainda são tão jovens." Ela passou a mão na barriga. "A vida pode ser tão imprevisível."

"Bem, vendo vocês dois juntos, talvez isso *fosse* meio previsível." Eloy piscou. Então, ele pareceu pensar duas vezes sobre o que disse e suas bochechas avermelhadas. "Mas, sim, há muitas surpresas na vida."

"Seja grata pelos presentes lá de cima. E estarei aqui para ajudá-la com o parto novamente." Fabri pegou Clay do chão e o balançou em seus joelhos. "Como você está se sentindo desta vez, Evie?"

"Gostaria de não me sentir tão fora de controle do meu corpo, mas estou muito mais confiante. Acho que meu corpo percebeu isso, tenho mais energia." Num instante, ela abandonou a agitação e mergulhou em Asher, abraçando-o até que ele gritou de rir.

Joe sorriu e disse, "Estamos no meio desse banimento. Nós vamos conseguir."

A mão forte de Eloy agarrou seu ombro. "Parece que também nos inscrevemos para outro alistamento. Todos nós vamos ficar juntos."

◆

O início do inverno significava uma desaceleração da vida. A natureza se encolheu, diminuindo o metabolismo para economizar energia. A energia que permaneceu faiscou na dança competitiva da vida e da morte, com tudo comendo todo o resto enquanto o suprimento de alimentos diminuía. Joe se viu parte dessa rede, captando seu poder de definir a vida. Ele passeava pela sua trilha de armadilhas no frio crescente de cada manhã, puxando o casaco de pele de gamo com força e o chapéu de pele sobre as orelhas. Ele perseguiu as morenas cobertas de neve para reabastecer sua despensa. Empilhou lenha para manter a cabana quente para a família.

Como fazia em muitas manhãs de inverno, Joe esperava escondido em busca de cervos. No suporte das árvores, ele foi exposto ao elemento da natureza através de galhos nus, mas também foi exposto a si mesmo. As notas iniciais do vento sopravam das montanhas e quebravam o silêncio perfeito. Era mais um zumbido, sem consoantes, um som de fundo da Mãe Terra e do Pai Tempo combinados, deixando Joe impotente e isolado em sua árvore.

O sol apareceu no horizonte, sinalizando que era hora de voltar. De mãos vazias, Joe jogou o arco por cima do ombro e pisou com os pés de madeira na grama gelada. Sua respiração saía como fumaça, mas o movimento físico afastou o frio, e logo lances de calor doloroso percorreram suas pernas e braços gelados. As trilhas apagadas da floresta estavam molhadas pela chuva fraca da noite anterior, e a lama logo cobriu seus Mercuries gastos. Sua caça o levou a vários quilômetros de casa, e o cansaço o dominou. Joe examinou os cumes e ouviu alguma agitação. Quando chegou ao topo da colina, o movimento brilhou no canto do olho e congelou o coração.

Um vulto amarronzado e musculoso se movia pela grama aberta a leste do árido campo de trigo, diretamente para a cabana. O carrinho estava perto da chaminé, mas Evie não estava à vista. Mesmo à distância, era visível um movimento do carrinho – uma mãozinha, talvez.

"Evie! Evie!" Ele correu e berrou até que sua voz se ampliou nos céus.

O leão da montanha disparou em direção ao carrinho, puro poder animalesco atravessando o campo em uma reta determinada, com as orelhas para trás. Joe assistiu, impotente enquanto corria, gritando.

Num piscar de olhos, Evie saiu da porta carregando seu cajado. Ela deu a volta na cabana quando o felino pulou. A vara brilhou em uma elipse rodopiante em suas mãos. Ela a pegou no ar e usou seu impulso para atacar a besta. Seu golpe atingiu uma das patas frontais do bicho e ele caiu no chão com a pata dobrada desajeitadamente, mas rolou sobre o ombro e voltou a ficar de pé. A força empurrou Evie para trás, mas ela manteve-se firme e atacou novamente, sua lâmina cortando o rosto do felino. O leão rosnou violentamente, arreganhou os dentes, depois se virou e saiu correndo pelo campo. Um grito ecoou no vale, desorientando Joe até que ele percebeu que o som vinha do leão em fuga.

Joe segurou os dois garotos chorando nos braços sem saber como havia descido a colina. Evie uivou, ainda acenando com a bengala. Seu corpo estava tremendo, e Joe colocou Clay no chão para posicionar um braço em volta dos ombros de Evie.

Ela caiu contra ele. Sua voz falhou quando disse: "Levei os garotos para fora e depois voltei para pegar os cobertores, e agarrei o bō na saída. Tudo aconteceu tão rápido."

"Está tudo bem. Você foi magnífica."

A boca dela tremia. Ela pegou Clay, aninhou-o em seus braços, sussurrando para a criança. Ela tentou inalar profundamente, mas continuou exalando em suspiros curtos e irregulares.

Joe olhou para a sua barriga, agora ligeiramente aparente, e estremeceu com o risco que ela havia assumido. Sua própria respiração era rápida. Com a adrenalina percorrendo suas veias, seus instintos animais urravam.

"Tudo pode acabar em um instante," disse ela.

"Essa é a nossa realidade. Mas não hoje."

Ele colocou Asher, sorrindo e feliz de novo, de volta no carrinho e o embrulhou. "Eu preciso rastreá-lo, descobrir o quanto está machucado. Não podemos arriscar que ele retorne."

"Seja cuidadoso." A preocupação vincou seu rosto. "Eu preciso que você volte." Ele deu um sorriso sombrio, depois verificou o arco e partiu.

As pegadas traçavam uma linha no solo preto do campo, quatro dedos dos pés e três lóbulos na borda traseira. Gotas de sangue marcavam a impressão da pata frontal direita. Ele seguiu a trilha de sangue sobre a colina, agradecido por ter uma maneira de rastrear a direção do animal além da linha do horizonte.

A trilha do felino ficou muito mais difícil de encontrar à medida que ele prosseguia. Joe temia que o felino o estivesse esperando, então permaneceu alerta enquanto examinava a vegetação rasteira em busca de pistas. Uma mancha de sangue no mato em um arbusto purshia indicava que ele estava no caminho certo, e avançou, observando atentamente, ouvindo, movendo-se silenciosamente. Quando perdeu todos sinais, voltou atrás e caçou em ângulo reto para onde a trilha parou, e conseguiu recuperá-la. Ele estudou a paisagem e tentou pensar como um leão da montanha, para adivinhar para onde deveria seguir.

Ele rastreou por um tempo que deve ter percorrido horas. As pegadas do felino na lama mostraram onde ele parou para beber. Grama amassada e outra mancha de sangue tornaram mais fácil o rastreamento, mas as manchas se afastavam. O animal provavelmente não fora ferido mortalmente.

Seus braços doíam por carregar o arco em mira. Joe havia caminhado vários quilômetros, havia perdido e encontrado a trilha do felino uma dúzia de vezes. A caçada o endureceu para a realidade. Ele não estava com medo, apenas determinado a encontrar o animal e acabar com a ameaça.

Ele percorreu cinco vales para longe da cabana e encontrou sinais escassos, mas todos subiam a colina. Joe se perguntou por que o
felino gastaria a energia extra. Ele diminuiu a velocidade no topo da
subida, confirmou a direção do vento e deu um passo cauteloso para
olhar por cima. Havia uma rocha aflorando embaixo, no meio de
um amontoado de pinheiros. Ele vislumbrou um flash de cor aver-
melhada entre duas pedras. Congelou, depois se ajoelhou na grama
para evitar ser visto. Três animais estavam parcialmente escondidos
na folhagem, visíveis somente através do escopo do seu arco. Joe
posicionou uma flecha de cabeça larga.

Ele centralizou o leão da montanha na mira. Então outra coisa
surgiu à vista. Os dois filhotes tinham manchas avermelhadas em
casacos brancos e castanhos. Um filhote rolou para mamar, seus
olhos azuis claros através das lentes da visão. A mãe leoa lambeu
o filhote, depois lambeu a própria pata. O outro filhote passou a
língua pelo corte vermelho em seu rosto.

. . .

Ela estava caçando para alimentar seus filhotes. Vivendo
a vida por instinto, no momento. Ela fará qualquer coisa
por eles. Somos todos animais e lidamos com a morte. Não
hesito mais quando mato um cervo, mas esse seria um tipo
diferente de morte.

. . .

Joe abaixou o arco. Ele assistiu à cena por muitos minutos, depois
recuou da cordilheira. Desceu a encosta da montanha e atravessou a
paisagem, de volta para casa.

◆

Joe chegou à cabana no final da tarde, faminto, empoeirado e coberto de arbustos. Ele encontrou a porta fechada como uma tumba.
Ele a abriu e os meninos faziam barulho de dentro carrinho. Evie
olhou para cima, ansiosa.

"Você o matou?"

"Eu não consegui. Ela é mãe com filhotes. Acho que ela não voltará. Você a cortou, e ela se lembrará disso. Seremos apenas extra
cuidadosos."

Evie mordeu o lábio. "Ser mãe muda você. Você fará qualquer
coisa para proteger sua cria. Existe uma imprevisibilidade nisso.

Não é sobre 'eu', é sobre 'eles' – meus bebês. Eu operava por puro instinto por aí. Adrenalina. Para proteger meus filhos. Uma mãe leão da montanha fará o mesmo. Devemos lembrar que este grande deserto em que vivemos expõe nossos instintos primitivos."

Joe afastou os cabelos dela dos olhos sinceros e segurou seu anjo defensor.

Capítulo 41

O segundo inverno na Zona Vazia os manteve dentro da cabana mais do que desejavam, mas era um refúgio seguro da mão dura da natureza. A neve encobria as encostas das montanhas e as chuvas intermitentes a lavavam. Joe com frequência tropeçava em trinta centímetros de neve ao verificar armadilhas. Era um pequeno conforto o fato de o clima mais quente do século ter empurrado a caça para uma faixa mais restrita, tornando-a frutífera mesmo na escassa cobertura. Todos os dias Joe voltava para casa, cansado de caçar. Ele costumava cair na cama depois do jantar.

Numa manhã de fevereiro, um som irritante o acordou. Joe, grogue, saiu da cama para espiar pela janela. A nora girou rapidamente da água derretida que enchia o riacho. Ele abriu a porta para confirmar o som – o eixo contra a madeira, a graxa animal desapareceu.

Após o café da manhã, Joe se vestiu de forma a se aquecer, pegou seu balde de graxa do porão e levou-o à roda. Começou uma chuva leve, e ele atravessou cuidadosamente a calha de madeira para ficar na viga que apoiava a roda. Ele aplicou graxa com uma vara plana. Enquanto a graxa escorria entre as peças de madeira, Joe recuou para admirar seu trabalho, mas seu pé só encontrou o ar.

Caindo para trás, ele bateu na água gelada e afundou. Seu ombro golpeou contra uma viga quando seu tornozelo atingiu uma pedra no leito do rio. A correnteza o levou, puxando-o debaixo d'água por alguns metros até que ele levantou a cabeça e engoliu ar. As braçadas para chegar até a beira enviou solavancos de agonia em seu ombro machucado e, com dificuldade, ele se levantou no banco. Água gelada escorreu de seu rosto. Todo o seu corpo irradiava dor quando ele se arrastou para a cabana.

Joe abriu a porta com uma mão, soltando um longo gemido. Evie ofegou e correu em sua direção. Ela o segurou com um braço em volta da cintura.

"Eu caí da nora."

Ela o ajudou a tirar as roupas congeladas enquanto os meninos observavam com os olhos arregalados do carrinho. "Acho que não quebrei meu tornozelo, mas é pelo menos uma torção ruim." Ele ofegou, "Meu ombro dói também." Ela tirou a camisa dele. Um hematoma escuro já havia se espalhado por cima do braço e pelo peito. Ele se secou antes que Evie o ajudasse a se deitar e colocou vários cobertores em volta dele. Ela acendeu o fogo, e ele aos poucos parou de tremer.

"Amor, deixe-me olhar para o seu tornozelo," disse Evie. Doía sob seus dedos enquanto ela o examinava. "Não parece quebrado. Algumas compressas frias devem reduzir o inchaço."

"Acho que a água do riacho fez um bom trabalho com isso."

Evie sorriu e ele viu a preocupação regredir em seu rosto enquanto ela preparava uma sopa quente.

. . .

Eu poderia facilmente ter fraturado minha perna ou tornozelo. Isso teria sido um desastre, provavelmente significando morte para mim. Eu não tinha pensado no conhecimento médico básico ao me preparar para este lugar, embora devesse ter sido óbvio.

. . .

Depois de uma tigela cheia de sopa, o frio que tomou seu interior diminuiu. Joe ficou deitado na cama o resto do dia, mantendo o tornozelo elevado e o ombro imóvel.

No dia seguinte, seu ombro estava melhor – apenas machucado, ao que parecia –, mas seu tornozelo havia inchado o dobro do tamanho normal. Ele foi forçado a admitir que precisaria de vários dias de descanso para deixá-lo se curar.

Joe ficou dentro de casa pelos dois dias seguintes, observando os gêmeos enquanto Evie verificava as armadilhas, procurando comida. A chuva voltou na manhã seguinte e eles se amontoaram lá dentro. Ao meio-dia, a chuva martelava no telhado fino e pequenos riachos escorriam pela vidraça única. Flashes deslumbrantes de raios a iluminavam, seguidos por trovões.

"Esse chegou perto." Evie penteou os cabelos molhados ao lado do fogo.

"É quase como se estivéssemos no meio deles," disse Joe.

"Quase."

Joe franziu a testa, frustrado. "Você não deveria estar fora de casa, grávida de quatro meses."

Ela lançou um olhar para ele. "Avisarei se eu não estiver bem para fazer algo, Joe. Eu sei ouvir o meu corpo. Confie em mim." Ela se aproximou e se aconchegou ao seu lado não ferido.

Ele colocou a mão na barriga dela, acariciando a curva. Ela entrelaçou os dedos com os dele, e eles ficaram lá, contentes. Ele sussurrou para ela, "Obrigado por transportar lenha, amor."

"De nada." Evie passou a mão pelo bíceps dele, que engrossou com o uso. "Você faz muito por aqui." A mão dela se demorou. "Caçando nossas refeições. Cortando nossa lenha. Você merece uma pausa." Ela pontuou cada linha com um aperto apreciativo em seu braço. "E um adequado obrigada."

Joe detectou um apetite nos olhos dela que suspeitava não ter nada a ver com a dieta de inverno deles. "E eu gostaria de me sentir, hum, *pronto* para este minuto. Mas deixe essa perna curar mais um dia..."

Ela sorriu e depois virou um rosto sério para Joe. "Sua lesão me fez pensar. Terminamos nossa sentença em pouco mais de um ano. Estamos vulneráveis aqui sem assistência médica. E se algo acontecesse com um de nós? Mesmo gostando de muitas coisas da vida aqui, temos que pensar nos meninos. Precisamos voltar."

Ele suspirou. "Acho que precisamos voltar também. Morando aqui, os meninos teriam vidas radicalmente mais curtas. Não há como replicar os avanços médicos do mundo moderno. Acho que não podemos fazer essa escolha por eles."

"Mas não se trata apenas de ser protetor. Trata-se de participar da comunidade maior."

"Concordo. Eu amo nossa vida simples aqui. Mas a humanidade progrediu além dessa maneira básica de viver. E, ao permanecer no passado, deixamos de lado a participação no avanço da história humana."

Ela apertou o braço dele novamente. Os olhos dela estavam decididos, lembrando Joe a mulher que ele conheceu pela primeira vez, misteriosa e confiante. "Pensar no bem-estar dos meninos me lembrou o que deixamos também. Olho os nossos filhos e a vida que criamos aqui e percebo que eles são o nosso legado. Eles merecem um mundo em que são valorizados por sua contribuição para a sociedade e não por algum Nível designado no nascimento. Comecei algo com o meu movimento de Níveis, e preciso ver como isso está."

Ele avaliou os riscos. "Você acha que precisamos nos preocupar com Peightân e Zable depois de cumprirmos nossas sentenças?"

"Talvez." Evie jogou os cabelos para trás. "Mas talvez tenha havido progresso em pegá-los. E, de qualquer forma, Dina, Mike, Raif, Freyja e Gabe estarão lá para nos ajudar."

"É um risco, mas eu concordo com você. Nossa vida aqui não ficará mais fácil com três filhos. Precisamos apostar no risco e voltar."

Agora seus olhos estavam em chamas. "Você sempre fala sobre o bloqueio. Nossa vida aqui é apenas uma lasca. E, no entanto, se pudermos voltar, poderemos ser o raio. Poderemos ser o que inspira mudanças no mundo."

"Eu posso ajudá-la com esse objetivo. Eu também acredito nisso. Nossos filhos são iguais a qualquer outra pessoa e eu gostaria de um mundo em que esse seja o entendimento comum."

Evie colocou os braços em volta dele em um abraço apertado. "Obrigado. Quero você comigo na luta."

A lareira estalou quando a chuva pingou na chaminé. Evie empilhou madeira no fogo, as sombras dançantes no interior imitando os flashes do relâmpago ao lado de fora da janela. Joe ficou na cama o resto do dia, aproveitando o conforto de casa.

Os meninos se aproximaram, carregando as figuras de brinquedo de madeira que ele havia feito, e ele as fez marchar pelo cobertor, como as colinas de um campo de batalha imaginário. Então Joe pegou dois soldados e, empinando as figuras sobre o cobertor, sussurrou histórias de reis e princesas. Os meninos observavam as figuras com os olhos arregalados.

Naquela noite, os gêmeos dormiram tranquilamente em sua cama no canto, enquanto Evie mexia uma panela com sopa no fogo. Ela parou e veio se sentar ao lado dele.

"Seus olhos estão claros." Ela colocou a mão na testa dele. "Pensando de novo?"

"As crianças podem ser tão inocentes, apesar de viverem em um mundo onde coisas ruins acontecem."

"Você está pensando sobre o mal no mundo?"

"É mais como níveis de coisas ruins, com o mal no topo." Joe pegou a mão dela e a beijou. "Lembra quando discutimos o ângulo do repouso?"

"Como areia ou pedras podem mudar a qualquer momento?"

"Exatamente. Agora, digamos que uma pedra role sobre sua cabeça se você passar na hora errada. Ou você cai de uma nora. Nós não estamos vivendo no paraíso. Tais acidentes são devidos à aleatoriedade incorporada na forma como o universo está organizado. Existem criaturas vivas sem consciência, seguindo cegamente os princípios organizadores da vida, para encontrar comida e se reproduzir. Como o micróbio que me deixou doente no ano passado."

"E como a leoa da montanha tentando encontrar comida para seus filhotes."

"Sim, um exemplo de senciência e consciência elementar. Mas, como os outros, a leoa da montanha age por instinto, ou seja, sem plena capacidade moral de conhecer o bem e o mal. Não se pode colocar um rótulo moral em suas ações; elas são moralmente neutras," disse ele.

"Você acha que a consciência deve ser um pré-requisito para a moralidade?"

"Eu acredito que sim. Parece ser necessário ter um arcabouço moral com os significados do bem e do mal antes que se possa fazer julgamentos morais avançados."

Evie se inclinou para perto. "Talvez Adão e Eva tivessem um entendimento moral em suas consciências, então eles criaram regras para guiar o seu modo de viver."

"Sim. Antes de Adão e Eva, tudo parecia perfeito no Éden. Mas o entendimento consciente trouxe a percepção de que o mundo é imperfeito. Isso ocorre porque as criaturas conscientes podem agir de maneiras que, coletivamente, concordam que estão erradas."

Evie franziu a sobrancelha. "Se o mal não existe incorporado no mundo, mas apenas nas mentes das criaturas conscientes, *nós* criamos o mal?"

Joe apoiou-se no cotovelo direito e esfregou a barba. "Talvez sim. Eu acho que nossa mentalidade é um conjunto complexo de relações. Imagino pequenos raios causais, estampados em imensas teias. Nossa mentalidade cria significado semântico, formando relações entre o mundo e nós mesmos. Talvez, à medida que iniciamos o significado desses relacionamentos, criamos redes mais complexas de relacionamentos, e essas são ideias, que carregam conteúdo moral."

"Então como esse universo, com a possibilidade do mal, pode ser criado por um Deus amoroso?" Evie fechou os olhos e recitou um poema antigo de memória.

"Tigre, tigre, que flamejas
Nas florestas da noite;
Que mão que olho imortal
Se atreveu a plasmar tua terrível simetria?"

Ele dobrou o cobertor. "William Blake."

Ela olhou pela janela preta. "Eu não tive medo quando o leão da montanha atacou. Mas depois, fiquei aterrorizada ao pensar no que poderia ter acontecido com os meninos. E eu tinha medo que você se machucasse." Seu olhar foi para o tornozelo inchado. "É difícil conciliar a existência de Deus com o sofrimento do mundo".

"Até Charles Darwin questionou como um ser tão poderoso e conhecedor de Deus poderia criar um universo e ainda permitir o sofrimento de tantos animais inferiores".

"Acrescente a isso todo o mal que as criaturas conscientes fazem."

Evie levantou-se para mexer e servir a sopa, e Joe levantou-se para uma posição sentada na cama. Ela trouxe uma tigela para ele e depois puxou uma cadeira para se sentar em sua frente.

"Esse universo existe dentro de uma estrutura matemática específica, de uma lógica específica". Ele soprou a sopa perfumada. "Algumas coisas são impossíveis dentro dessas regras. Por exemplo, uma das três leis da lógica, a lei do meio excluído, diz que, para alguma proposição, essa proposição é verdadeira ou sua negação é verdadeira."

"Em outras palavras, não há meio termo. Para onde essa lei lógica leva?"

Joe engoliu uma colher de sopa antes de responder. "Se existe um Deus, Ela criou um universo onde criaturas conscientes têm livre-arbítrio ou não é verdade que Deus criou um universo onde criaturas conscientes têm livre-arbítrio. Ambos não podem ser verdade simultaneamente."

O rosto de Evie se iluminou e sua colher permaneceu no ar. "Mas se Deus nos der livre-arbítrio, Ela não poderá controlar as consequências de nossos atos, por mais que deseje que sejam de outro modo."

"Sim."

"Espere", Evie apontou a colher na direção dele. "Lembro o que você disse sobre o tempo. Está tudo aqui, da mesma forma que a dimensão do comprimento está aqui. Que somos como uma libélula congelada em âmbar. Se isso é verdade, Ela não pode voltar atrás; o tempo avança para nós, mas está fora de Seu controle, porque Ela está fora do tempo."

"Exatamente."

"Então, se existe um Deus assim, Ela renuncia ao poder absoluto e concede livre-arbítrio a criaturas conscientes."

"Seria um presente maravilhoso."

Ela assentiu, um calor meditativo iluminando seu rosto. "Então criaturas conscientes podem fazer o que quiser, para o mundo e entre si, incluindo o mal. Talvez seja esse o preço do livre-arbítrio."

Capítulo 42

A primavera chegou com uma onda de vida nova. Flores silvestres cobriam as encostas em cores resplandecentes e a macieira florescia. Joe e Evie gostavam de sentar debaixo do sol, rodeados pelas flores brancas e seu doce aroma enquanto os gêmeos praticavam a caminhada. Clay agarrava Asher quando eles passavam, e eles giravam, rindo, antes de cair na terra. Além de dizer "Mama" e "Dadá", Asher dominou o "cordeiro", que ele proferiu quando abraçou as ovelhas e enterrou os dedos em sua lã.

Com a chegada da primavera, a neve derretida encheu o riacho que corria ao lado da cabana. Uma das lâminas da pá se soltou, ameaçando o colapso da máquina. Joe e Eloy amarraram Bessie a um equipamento improvisado e a estimularam para levantar a roda. Repararam todas as lâminas gastas, lubrificaram o aparelho e o colocaram no lugar novamente. A nora de Eloy precisava de manutenção semelhante. No final do dia estressante de reparos, Joe ficou na viga superior da nora e olhou para a água.

. . .

Com um bebê a caminho, não é hora de arriscar outra lesão. Estou aliviado por ter feito esse trabalho.

. . .

◆

Foi uma gravidez sem intercorrências e mais fácil que a última. Evie estava cheia de energia quando se aproximou dos últimos meses. Enquanto ocasionalmente mencionava consternação com a perspectiva de dor de parto não medicado, ela parecia ter se preparado para isso.

Sentindo-se como um fazendeiro experiente, Joe plantou o campo de trigo em maio. Ele expandiu o campo novamente, sabendo que seria sua última colheita. O fim de seu banimento era daqui a apenas um ano. Ele sempre pensava em seus amigos no mundo exterior, imaginando que progresso haviam feito para expor Peightân. O simples fato de nenhuma comunicação ter chegado até eles sugeria que nada havia ocorrido para reduzir sua sentença de banimento. A Zona Vazia permaneceu um mundo isolado, e o mundo além do muro uma vida diferente, um tempo diferente, uma realidade diferente. Não havia outra alternativa a não ser viver no presente.

Joe cortou a quarta marca do mês na parede traseira da cabana de seu calendário de banimento. Seu suspiro de satisfação foi recebido com um gemido da cabana. Ele correu para dentro e encontrou Evie sentada na cama. "Melhor trazer Fabri."

Depois de se certificar de que os meninos estavam dentro e ocupados com brinquedos, ele correu pela trilha do riacho, seu pulso pulando enquanto saltava sobre as rochas. Fabri estava pronta e correu pelo caminho ao lado dele com a bolsa da enfermeira. Ele conhecia a rotina dessa vez. Evie estava calma e estoica, respirando através da dor. O bebê chegou horas depois com um choro saudável.

"Outro menino." O anúncio de Fabri foi alegre, mas silencioso para não acordar os gêmeos adormecidos.

"O nome dele é Sage." Evie acariciou-o contra o peito.

. . .

Ainda é um milagre, toda vez. Nenhum pai pode explicar isso para quem não é, essa mágica de segurá-lo em meus braços.

. . .

Ele sorriu para olhos azuis que olhavam de volta, e os seus se encheram de lágrimas, o coração pleno.

Joe ficou feliz em lembrar como era dormir novamente. Sage tinha três meses de idade e finalmente estavam conseguindo ter noites quase inteiras de descanso. Um bebê era mais fácil que dois, e eles se sentiam pais experientes. Mas o apelo de Sage por leite invariavelmente despertava os gêmeos, então Joe passou boa parte da alimentação de Sage os acalmando. Não havia pares de mãos suficientes para três crianças pequenas. Joe muitas vezes sonhava com kinderbots para ajudar com alguma das crianças agitadas.

O cansaço cedeu a ocasionais pontos brilhantes de alegria quando os meninos cresceram em suas personalidades e adquiriram novas habilidades. Sage descobriu suas mãos e ele acenava para quem entrava ou saía da cabana. O desenvolvimento da linguagem dos gêmeos aos dezoito meses surpreendeu Joe. Evie mantinha um fluxo constante de conversa com eles e cantava velhas canções infantis. Clay foi rápido em declarar seus desejos: "Mais leite" era uma frase favorita. Clay adorava arrastar a enxada atrás de si, enquanto Joe fazia o trabalho no campo. Asher, com seu amor por todas as criaturas em movimento – incluindo insetos –, tentava ajudar Evie a ordenhar a ovelha. O tempo estava geralmente ensolarado e eles passavam muito tempo lá fora, conectados ao mundo natural.

Joe sentou-se em sua cadeira sob a macieira e apreciou o campo de trigo acenando dourado na brisa lânguida. Os gêmeos deram voltas e riram. Quando Asher viu um esquilo na base de um pinheiro próximo, eles se aproximaram para investigar.

Evie alimentava Sage na cadeira ao lado de Joe. Sage sorriu para ela e ela sufocou o rosto dele em beijos. Ele murmurou e sorriu. Clay encontrou os sapatos de Joe onde ele os tinha tirado ao lado de seu assento, e ele estava com os dois pés, tentando andar com os Mercuries. Asher foi até Evie e levantou os dois braços, murmurando uma frase incompreensível, embora os dois pais soubessem o que ele queria. Ela o levantou com um braço no colo, situou-o ao lado de Sage e fez barulho com sua boca em sua barriga enquanto ele ria e mexia. "Eles não são super adoráveis?"

Joe sorriu. "Eu vejo sua risada na cara deles."

"Eu nunca percebi o quão divertido seria ver nossos filhos aprenderem, mesmo as coisas mais básicas." Clay inspecionou um graveto e o raspou no chão. O olhar dela se voltou para Joe. "Se a sua ideia de que os raios são a base de tudo é verdadeira, o que isso diz sobre as crianças? Como eles aprendem e interagem com o mundo? Admito que acho a ideia abstrata. Eu não consigo entender."

Joe refletiu por alguns minutos. "Isso significa que o 'eu' que é cada um de nós é um padrão de relações causais, uma teia de parafusos. Sage, ao entrar no mundo, infunde significado criando relações entre ele e o mundo. Em certo sentido, ele é autocriado." Joe coçou a barba agora grossa. "Sim, é isso. Nós somos autocriados. E criamos qualquer moralidade que esteja no mundo também. Vem tudo de nós."

"Você está dizendo que criamos esse mundo coletivamente?"

"Sim, mas cada um de nós pode perceber o mesmo mundo de maneira diferente. A teia de raios que nos forma interage com as outras redes de raios no mundo, e nosso significado semântico do mundo é criado. É provável que todos os seres humanos formem um significado semelhante ao nosso primeiro contato com esse mundo."

"A minha imagem do mundo não é a mesma que a sua?"

Ele balançou sua cabeça. "Não podemos saber com certeza. Mas posso especular que é essencialmente o mesmo, porque nenhuma das regras sobre como os raios interagem são diferentes para você e para mim; nós dois somos seres humanos. Da mesma forma que não sei *como é* ser esse falcão". Ele apontou para o céu, "Não tenho como saber qual é a sua experiência."

"Falcão." Asher rastreou o pássaro com o dedo, que voou sobre a cordilheira.

Sage chupou o dedão de um de seus pés. Joe tentou novamente. "É impossível pensar no mundo de outra maneira que não a atual. Isso ocorre porque os raios definem as supostas partículas que se movem no universo. Estou dizendo que o 'eu' que é Sage é composto por uma teia de raios. Esses raios estão causando algo, então as partículas parecem se mover. Mas não podemos ver os raios. Toda essa maquinaria está escondida de nós em algum lugar."

Ela assentiu devagar. "Então sua ideia não altera nada no que vemos."

"Tudo é o mesmo, a partir das aparências externas. A diferença é que os raios são causais. Essas relações coletivas compõem nossa mentalidade para formar pensamentos, que se transformam em atos, que acabam criando um impacto causal em nosso mundo."

"Então temos livre-arbítrio para decidir fazer qualquer coisa," disse Evie. Ela pensou por alguns momentos. "Então você está dizendo que, quando Asher pede uma maçã, ele decide com base inteiramente em seus desejos, filtrados por sua experiência."

Joe pegou uma maçã e deu uma mordida. Estava doce o suficiente. Ele entregou ao filho. Asher a segurou com as duas mãos e mordeu, babando.

"Não, toda a teia de raios o influencia. Mas a coleção de relações, o 'eu' que é Asher, é mais complexo. Esse 'eu' pode decidir fazer algo diferente."

Evie suspirou. "Isso é reconfortante, porque eu gosto de pensar que meu trabalho de mãe é educativo e necessário."

"Sim, toda relação influencia todas as outras. Aristóteles disse que o caráter se forma ao longo do tempo, influenciado pelos pais, amigos e comunidade, e que é preciso prática para formar um bom caráter. Eu acredito que ele estivesse quase certo. Somos influenciados, mas nos criamos através das escolhas que fazemos."

Asher voltou para brincar na terra perto do pinheiro ao lado de Clay. Evie colocou Sage agora adormecido no carrinho ao lado dela, depois caminhou até a árvore e cantou para os gêmeos. A cadência da canção de ninar flutuava pela encosta.

. . .

Evie, nossos filhos, nossos vizinhos – há uma ordem moral nisso tudo. Criamos nossa própria moralidade.

A ética não se baseia no dever de agir, como sugeriu Kant com seu imperativo categórico. Não existe lei emitida fora deste universo físico fechado. Ela vem de nós, sem pensar em nós mesmos, esquecendo nosso ego. Vem da compaixão por todos os seres vivos, compartilhando este mundo imperfeito.

Em vez disso, deixe-me seguir a ética de Schopenhauer, com base na presença de algo – compaixão – em vez da ausência de algo. Vamos tentar ter o máximo de compaixão possível.

. . .

Evie se apressou em torno da lareira, a concentração franzindo seu rosto enquanto preparava os pratos da refeição para saírem ao mesmo tempo. Ela trouxe para a mesa o peru que Joe havia caçado no dia anterior e, depois que Joe esculpiu o pássaro, ela serviu pedaços de carne branca de peito em pratos. Fabri serviu uma salada polvilhada generosamente com pinhões, os favoritos de Evie. Eloy entretia os gêmeos e Sage dormia no carrinho.

"Bom tiro pegando aquele pássaro," disse Eloy, enquanto Evie colocava um prato de carne na frente dele.

"Fiquei confiante o suficiente para caçar aves – não da maneira mais inteligente de Evie, mas com meu arco – embora eu odeie perder flechas quando erro o alvo," disse Joe.

Eles se reuniram ao redor da mesa, passando pães e pratos de comida. Os gêmeos, contidos nas cadeirinhas de madeira que Joe construiu, pegaram os pedaços de carne que Evie e Joe lhes ofereceram, encheram a boca e fizeram uma bagunça no chão ao redor. Joe também havia feito uma mesa nova e mais longa para acomodar todos, e a cabana estava apertada, mas aconchegante.

"Evie, o recheio está ótimo," disse Eloy.

"É um recheio de pão, feito com pinhões e ervas selvagens." ela disse. Apenas Joe sabia o quanto ela havia trabalhado para acertar.

"Adoramos celebrar a colheita com vocês," disse Fabri.

"É uma grande tradição que criamos entre nós". Joe passou outro prato. "Estamos muito satisfeitos em receber vocês este ano."

"Você fez uma colheita pesada de trigo," disse Eloy.

"É provável que essa terceira safra continue sendo meu recorde," disse Joe. Eloy piscou e assentiu levemente, mas manteve o rosto neutro.

Todos eles se concentraram em seus pratos. A conversa se voltou para o delicioso molho de Evie, e ela reluziu diante dos elogios. "Eu gosto de cozinhar," disse. Ela se deliciou com os comentários novamente depois de servir a torta de maçã.

Rasparam os pratos e sentaram-se com um suspiro contente. Então Evie pegou o olhar de Fabri com uma expressão intensa. "Fabri, adoramos ter você e Eloy aqui, e somos gratos por tudo o que vocês fizeram por nós. Temos dois presentes para vocês." Ela entrou no quarto ao lado e voltou com uma cesta tecida. "Você se tornou uma irmã para mim. Isto é para você, com todo o meu coração."

Evie colocou a cesta na frente de Fabri e a abraçou. Fabri ficou em pé, confusa. "Não recebo muitos presentes." Ela abriu a cesta macia feita de junco e tirou uma blusa de pele de carneiro lindamente feita com delicados botões de madeira, laços nas laterais e franjas nas mangas. Fabri a colocou, abotoou a frente e levantou-se para examiná-la melhor. Evie mostrou a ela como ajustar o laço nas laterais para um caimento perfeito. "Ela serve ainda melhor do que o que os bots oferecem." Fabri irradiava prazer.

Joe ergueu as sobrancelhas e disse: "Boa observação, Fabri." Ele sorriu sabendo quantos dias Evie havia passado fazendo a blusa. Ela trabalhara muito nos botões.

Joe pulou da mesa, entrou no quarto e voltou com uma longa vara de pescar e molinete. Ele tinha cortado a vara de um rebento flexível. A linha de monofilamentos era um dos três rolos que ele tinha levado para a Zona Vazia. A adição delicada foi o molinete de madeira que fizera, usando um prego para o eixo e a alça, um pedaço de arame para a isca e madeira cuidadosamente talhada para o carretel. Ele havia testado o mecanismo várias vezes ao jogá-lo no riacho. Ele o entregou a Eloy.

"Eloy, isto é para agradecer por todas as lições sobre agricultura, caça e pesca – e sobre a vida."

O rosto de Eloy tremeu de emoção quando suas mãos calejadas embalaram a vara. Ele mostrou aos gêmeos como a maçaneta girava o carretel suavemente e continuava cambaleando e desenrolando a linha. "Isso servirá muito melhor do que a minha vara improvisada. Acho que você está me devolvendo uma nora em miniatura."

Joe sorriu. "Não há razão para reinventar a roda."

O jantar terminou com sentimentos calorosos em toda parte. Fabri subiu em Bessie atrás de Eloy, e eles se despediram antes que o sol tocasse o horizonte. Joe segurou a mão de Evie enquanto os amigos se afastavam. "Foi uma boa ideia," disse ele.

Evie assentiu. "Eloy parece estar adotando a ideia de que nem todas as transações entre as pessoas precisam ser econômicas."

"Eu realmente vou sentir falta deles."

Evie apertou a sua mão.

◆

Joe estava sentado embaixo da macieira, cercado por ar frio e aquecido pelo jantar que acabavam de terminar. O campo de trigo agora era só poeira. Eles haviam colhido as maçãs, e os galhos agora nus emolduravam um céu sem lua. Tudo o que restou foi a colheita de pinhão para o mês seguinte. Os dias de Joe como agricultor estavam logo terminando. Enquanto ele apreciava o propósito que a sobrevivência lhe dera, sua mente ansiava por novos desafios.

Ele ficou maravilhado com o brilho de estrelas balançando no céu e se lembrou de muitas noites anteriores admirando seus mapas estelares de realidade aumentada. Ele memorizou as principais constelações. Era um compromisso bobo e desnecessário no mundo moderno – mas não neste germinal. Ele traçou os padrões estelares no alto, como se sua ARMO ainda estivesse operando. O triângulo do verão era visível no céu do sudoeste, assim como as constelações Cygnus, Lyra e Aquila, com suas estrelas brilhantes Deneb, Vega e Altair. No norte, embalado entre Perseu e Draco, ele encontrou a estrela polar Polaris, apontada para o norte, para o portão que os levaria para fora do banimento. Além desse futuro incerto em meia volta ao redor do sol, ele não sabia aonde mais o caminho poderia levar. Joe contemplou sua odisseia sinuosa.

. . .

Estamos todos atravessando nossa fatia estreita do bloco de tempo. Nós fazemos o melhor que pudemos. Como medimos nossas vidas? Se Deus existe, como Ela nos mede?

Parece haver algumas dicas ao longo do caminho. Há uma beleza profunda na estrutura da matemática, a estrutura que arquiteta o universo. Podemos encontrar beleza e verdade. Nós podemos levar uma vida de virtude. Podemos praticar a compaixão e cultivar a sabedoria.

. . .

O toque da mão de Evie tornou tudo ainda melhor. Ele passou o braço em volta dela e os dois olharam para cima. Ela descansou a cabeça no ombro dele. "Sobre o que você pensando?"

"Eu estava pensando em Deus."

Ela ficou parada por um tempo. "Quando atravessamos o deserto, dissemos que se Deus existe, então Ela é algo incognoscível. Mas também não dissemos que não podemos ter certeza se ela existe ou não?"

"Sim, se o universo estiver fisicamente fechado, e Ela estiver fora desse universo fechado, e se Ela não interferir, não saberemos. O projeto é tão preciso que não há marcas do trabalho Dela – um bom trabalho para ser incognoscível."

"Qual você acha que é a razão disso?"

Suas vozes caíram em sussurros, não querendo perturbar a escuridão profunda e silenciosa. "Se tivéssemos certeza da existência de Deus, alguma prova, isso não limitaria nosso livre-arbítrio? Se vimos a marca inequívoca de Deus, não seria insano fazer outra coisa senão seguir um caminho de bondade?" Joe fez uma pausa, respirando o ar da noite. "A ideia de um Deus que não interfere, e que o faz para preservar o livre-arbítrio dado a criaturas conscientes como nós, responde ao problema do mal no mundo. O resultado, infelizmente, é que podemos fazer qualquer coisa, até qualquer mal."

"Você acredita em Deus?"

"Concluí que não é anticientífico acreditar em um Deus possível que não interfira no universo e que esteja fora do espaço e do tempo". Joe franziu os lábios e pensou por um momento. "A conjectura é simplesmente inverificável, estando do lado exterior ao que a ciência atualmente afirma saber, como muitas especulações científicas chamadas sobre o que pode estar além. Bons cientistas, conhecendo seus limites epistemológicos, devem assumir uma posição empírica neutra. Agora, sabendo disso, atualizei minha estimativa das probabilidades."

Ela riu baixinho. "Probabilidades? Você está falando muito como um cientista. Mas suponho que você esteja se referindo à aposta de Pascal? Eu li sobre isso no seu allbook."

"Não, Pascal disse que se você acredita que Deus existe, mas se estiver errado, você perde apenas alguns prazeres finitos. Mas se você acredita que Deus não existe, peca livremente e, se estiver errado, então paga com o inferno. Portanto, você deve acreditar para ficar em segurança."

"Isso soa como um conceito arcaico de pecado," disse Evie. "É essencialmente uma aposta negativa para evitar as consequências, se você estiver errado."

Joe concordou. "A minha é uma afirmação positiva. Vou viver aceitando a probabilidade de que haja um Deus que não interfira. Vou pegar as evidências da beleza que encontro no universo e vou abrir minha mente para a possibilidade. Para mim, não é só arriscar. Viver essa vida com você e nossos filhos me deixou menos cínico com o que não posso saber e mais aberto à beleza do universo. Talvez eu esteja alcançando um pouco de sabedoria."

"A *via negativa* sugere que Deus é incognoscível. Você fala como se algo pudesse ser inferido."

Joe olhou de soslaio para o céu. "Como dissemos no deserto, tudo o que temos são algumas dicas, estrelas para iluminar o nosso caminho. Há beleza na estrutura matemática do universo. Há uma beleza no equilíbrio requintado entre a aparente previsibilidade e o profundo indeterminismo que nos dá livre-arbítrio. Há a coincidência irracional de que o universo favorece criaturas conscientes e sencientes. Há o ajuste fino das condições de partida do universo, que permitiu o desenvolvimento da vida. Existe uma evolução que resulta em cada mundo adequado para cada criatura. Parece que o universo é um jardim mantido selvagem, permitindo que criaturas conscientes façam suas próprias escolhas."

"Um presente surpreendente – um universo elegante onde podemos ter livre-arbítrio." Evie abriu as mãos para abranger a vista diante deles. "Se Deus deu a criaturas conscientes esses presentes, é difícil não acreditar que Ela ama Suas criações."

Joe lembrou-se de sua flutuação sem peso fora da base orbital. "É difícil imaginar que algo do tamanho, da complexidade e da elegância do universo possa aparecer do nada, sem causalidade. Mas se ele foi criado, isso sugeriria uma característica que se aproxima da onipotência."

"Poderosa o suficiente para que Ela possa criar uma pedra que não pode se mover. Que Ela possa restringir seu próprio poder."

Joe assentiu. "O paradoxo da pedra, que assume a única lógica possível, é a que conhecemos neste universo. Mas um Deus profundo, que criou o universo e os andaimes matemáticos fundamentais, pode criar outras lógicas. E nessas, talvez, não haja paradoxo." O que poderia ser inferido sobre esse Deus? "Se Ela estiver fora do espaço e do tempo, poderá ser onisciente e onipresente de uma maneira diferente do que poderíamos imaginar."

"Ela poderia estar olhando para esta libélula congelada em âmbar." Ela se aconchegou mais perto, envolvida no braço dele.

Um meteoro brilhou no céu e desapareceu sobre a montanha. "Deus existe ou não? Podemos escolher acreditar ou não. Em um universo físico fechado, nunca encontraremos a resposta. Isso não afeta nossa crença na ciência. Se ela não interfere, precisamos decidir como viver, porque precisamos criar nossas próprias regras morais. A responsabilidade é nossa."

"Como podemos reconhecer um Deus assim?"

Joe sussurrou na noite. "Apenas por uma simples canção de gratidão e um compromisso em troca – não mais. Se temos livre-arbítrio e esse Deus não interferir, então é limitado a algo assim:

Obrigado pelo presente do livre-arbítrio.

Eu aceito a responsabilidade.

Vou seguir o caminho da virtude e da verdade, da sabedoria e da compaixão.

Sua beleza criada ilumina o caminho."

Joe a beijou e eles contemplaram as estrelas acima da montanha.

Capítulo 43

Joe ficou ao lado de Eloy nas margens do riacho, à sombra de um grande carvalho vivo. Pescavam em um buraco onde o riacho fluía tranquilamente em uma curva. Três trutas brilhantes, suas escamas tremeluzindo à luz manchada, jaziam na grama verde entre os homens. Eloy pescou com o presente de Joe, e Joe usou uma configuração semelhante que fez para si mesmo. Eloy lançou sua linha bem a jusante e ficou parado, encarando o galho amarrado à linha que servia de boia.

Joe ainda saboreava a emoção de pescar a terceira truta arco-íris. Estava escondida nas águas rasas perto do banco. Deixando sua atração flutuar rio abaixo, ele estabeleceu uma vibração na linha com o menor movimento do pulso. O peixe havia subido à isca. Então, na realização inconsciente, ele sentiu um choque nas mãos ao puxar ferozmente, cada fibra do corpo lutando pela sobrevivência. Ela piscou iridescente da água, a linha apertada e cantando, depois se esquivou entre as rochas do outro lado do riacho. Joe tinha trabalhado a vara cuidadosamente, mantendo a linha carregada e a vara dobrada e apontando para o céu, cambaleando suavemente, enquanto o peixe passava pelo riacho duas vezes mais. Evie ficaria feliz com isso no jantar, ele pensou.

Joe pegou outra minhoca que se contorcia da caixa de tecido, espetou-a no gancho e mais uma vez virou a linha para flutuar ao lado da boia de Eloy. A visão das boias flutuando juntas causou um calor no peito de Joe. Ele admirava o homem que estava ao seu lado, que o havia ensinado muito sobre sobrevivência e autoconfiança. Eloy acreditava que ele poderia ser seu próprio gigante solitário. Ele podia andar na Terra com uma força solitária, usando as mãos e a mente para moldar o mundo ao seu propósito, e tinha pouco respeito por quem se esquivasse de qualquer tarefa. Joe esperava que estivesse à altura.

"Estou ansioso para ensinar Clay a caçar e pescar," disse Eloy.

Joe puxou sua linha. "Espero que ele não precise aprender a caçar."

"Bem, pelo menos autoconfiança. Melhor ensinado ao sair da natureza."

"Assim como você me ensinou?" Joe disse, sorrindo para Eloy. "Quando chegamos, aquela conversa ficou na minha mente, sobre carregarmos nosso próprio peso, nos defendermos sozinhos."

Eloy franziu as sobrancelhas. "A verdade é que eu estava preocupado que minhas habilidades de caça não fossem suficientes para alimentar quatro pessoas. Eu queria que você tomasse uma atitude. E você tomou."

O calor irradiou de seu peito para todo o corpo. Joe balançou sua linha. Um peixe saltou a onze metros de sua boia, mas ele não moveu a isca. Apenas observou.

Uma pergunta veio à sua mente, estimulada por algo que Fabri havia dito fazia muito tempo. "Eloy, às vezes eu me pergunto como você aprendeu essas habilidades de sobrevivência. Certa vez, Fabri mencionou que você foi criado de uma maneira bem incomum. Você nunca disse nada sobre seus pais ou sua família."

A mão de Eloy tremeu rapidamente, um movimento que foi refletido pela linha de pesca na água. "Eu cresci em Piney Woods. Era uma comunidade em que as pessoas viviam perto da terra. Meus pais levavam uma vida à moda antiga. Nossa, fazia muito tempo que eu não pensava neles." Seu olhar se voltou a Joe. "Eu estava na faculdade quando a pandemia de 2132 teve início. Ela levou os dois. Acho que também levou minha irmãzinha, que tinha acabado de nascer. Eu nunca soube o nome dela. Na época, não parecia importante saber. Muitas pessoas morreram. Tudo foi fechado. Eles acabaram sendo enterrados em covas sem identificação."

"Sinto muito." Joe analisou o movimento de sua boia. Sua curiosidade foi despertada por aquele pequeno vislumbre sobre o passado de Eloy e a história que ele nunca havia estudado. "Ninguém fala muito sobre essa pandemia. Qual foi a causa dela?"

"O vírus foi criado por algum cientista maluco na África. Ele culpou os países mais ricos pela crise climática. A maioria das pessoas acredita que foi o último golpe da Guerra Climática, embora isso tenha acontecido anos depois de todos os confrontos violentos. Foi o que levou algumas regulamentações globais de controle da biociência a serem finalmente aprovadas, para que aquilo nunca mais se repetisse."

"E o que aconteceu com você?"

"Fiquei sozinho. A sociedade estava tão caótica que era difícil saber o que estava acontecendo e o que eu devia fazer. Terminei a faculdade com um pouco de atraso. Depois disso, decidi me mudar para o Novo México. Eu me sentia mais seguro vivendo no deserto. Foi então que o governo adotou medidas mais rígidas e restringiu as viagens. Eu não podia mais sair do país. E também não conseguia um emprego."

"Por que não?"

"Por causa daqueles malditos Níveis." A voz de Eloy ficou ríspida. "Quando Evie mencionou sua luta, me identifiquei muito com ela."

. . .

Ele me lembra o Alex, o joalheiro da Cúpula Comunitária.
Tem muito talento, mas nunca teve permissão para usá-lo.

. . .

"E o que você fez?"

"Alguns trabalhos esporádicos, enquanto vivia em uma das comunidades que eles criaram para as pessoas dos Níveis mais baixos. Costumava passar muito tempo ao ar livre, foi assim que aprimorei minhas habilidades de rastreamento e caça. Eu entendia um pouco de robôs, e finalmente consegui um trabalho com os militares. Sabia como rastrear e consertar os bots. Nunca foi o futuro que imaginei para mim. Mas era o melhor que eu podia fazer naquele momento. Aprendi a confiar mais em mim mesmo."

Eloy balançou sua cabeça, como se estivesse expulsando de sua mente memórias que não gostaria de recordar.

Joe concordou, refletindo sobre sua fala por vários minutos em silêncio enquanto desfrutavam do riacho tranquilo.

"Sua sentença será encerrada em um mês," disse Eloy. "As marcas na parede da cabana são limpas e fáceis de contar. Acho que você vai embora, né?"

"Sim, pelas crianças. Não podemos tomar a decisão por elas de abandonar toda a modernidade."

Eloy estudou seu flutuador na água. Ele falou fracamente, quase consigo mesmo. "Depois que cumprimos a sentença de cinco meses, Fabri e eu decidimos continuar juntos. Gostamos daqui e discutimos sobre ter um filho, mas, quando nada aconteceu, pensamos em atravessar o portão e começar uma nova vida lá fora. Então vocês apareceram. A ideia está em espera."

Joe assistiu seu flutuador. "Então, tem sido um sacrifício?"

"Apenas um adiamento. Tivemos a chance de experimentar a ideia com seus filhos. Os pimentinhas realmente conquistam seu coração."

Joe riu. "Você pode resolver esse problema. Propriedade intelectual médica, parte do legado comunitário da humanidade. Você deveria levar sua parte."

"Você acha mesmo?"

"A biociência avançou muito nas últimas décadas. Aposto que poderiam ajudar você a resolver qualquer problema."

Eloy o estudou, com o olhar fixo. "Talvez seja hora de tentar enquanto Fabri ainda é jovem o suficiente."

Joe devolveu o olhar. "Adoraríamos que vocês dois saíssem conosco."

"Gostaria disso. Eu vou falar com Fabri."

Satisfeito em apenas sentar-se com o amigo, Joe moveu o bastão para posicionar o flutuador em uma onda.

Eloy falou suavemente, como se estivesse sussurrando para o peixe. "Você é o filho que eu nunca tive, mas queria. Trabalhador e faz a sua parte."

Joe sorriu. "Nunca teve? Por que você não acrescentou a palavra *ainda*? E obrigado. Esse é o melhor elogio que já recebi."

❖

Joe e Evie convidaram seus vizinhos para um jantar mais cedo. Fabri segurou Sage, que balbuciava para ela e seguia todas as expressões de seu rosto.

"Como eles conversam, esses bebês de colo," disse Fabri.

Evie riu. "Quando os gêmeos fizeram dois anos, não conseguimos mais detê-los. Até Sage está tentando entrar na conversa." Ela colocou sopa quente em tigelas. Joe e Eloy, cada um com um gêmeo, os colocaram em suas cadeirinhas, e todos se sentaram ao redor da mesa.

Joe chamou a atenção de Evie quando começaram a refeição. Então ele se virou para Eloy e Fabri e, com alguma solenidade, disse: "As marcas na parte de trás da cabana mostram que agora temos uma semana." Fabri e Eloy trocaram olhares e ouviram atentamente.

Evie continuou. "Joe me disse que mencionou brevemente a você, Eloy, nossos pensamentos sobre o futuro quando nossa sentença terminar. Decidimos que é melhor que nossos meninos saiam quando esse dia chegar. Embora nossa vida aqui tenha sido esclarecedora e vocês tenham sido vizinhos e amigos maravilhosos, devemos pensar primeiro nas crianças."

A expressão de Eloy não ficou surpresa. "Esses guardbots têm um comando independente. Contanto que vocês tenham feito suas contas corretamente, eles os deixarão ir e lhes dirão se estiverem equivocados. Eles apenas seguem ordens." Ele colocou um pouco de sopa na boca. "Espero que Joe tenha os números bem em mente. Ele sabe somar, mesmo que em economia não seja tão bom."

Joe sorriu com a descrição de seus talentos e continuou o pensamento de Evie. "Você é querido por nós dois, mas não estamos prontos para abandonar os amigos com os quais ficamos apartados por esses três anos. Sei que você está pensando em sair conosco, que é o resultado que preferimos. Mas você deve saber que pode haver um grande risco em sair conosco. Deixamos alguns inimigos poderosos do lado de fora e não sabemos se eles ainda são perigosos. Nesse caso, não temos ideia se nossos amigos serão capazes de nos proteger."

Eloy sentou-se atento em seu assento, como se a declaração de Joe tivesse despertado algum impulso militar desafiador.

Evie acenou com a cabeça para Joe, e ela continuou com a revelação que eles haviam conversado sobre fazer. "Quando nos conhecemos, mencionamos alguns inimigos políticos. Mas precisamos lhes contar mais. Lá fora, eu era a líder de um movimento para abolir os Atos de Níveis. Isso desafiou a estrutura política. Foi por isso que fomos enviados para cá." Evie contou a seus amigos a história de seu movimento, e como havia o deixado quando foram banidos.

"Bom, agora estou menos surpreso que você carregue esse cajado." Eloy riu. "Certa vez, você mencionou que tentava se opor aos Níveis, mas eu não sabia da gravidade da situação."

"Parece que você estava trabalhando para todos nós," disse Fabri.

"É verdade." Joe pegou a mão de Evie. "E além de todas as outras razões para voltar, Evie está voltando para retomar a luta. E eu vou ajudá-la." Todos concordaram em volta da mesa, compartilhando um momento de solidariedade.

Fabri falou. "Estamos discutindo essa decisão há semanas. As razões pelas quais ficamos tanto tempo são menos importantes do que antes. Estamos nos enganando se não lembrarmos que este é um ambiente perigoso, onde estamos apenas a um passo da morte."

Eloy estava sombrio. "Ah, mas o romance do homem da montanha. Eu odeio desistir. Eu sou muito bom nisso. Eu sei que vou sentir falta de carne de veado. Melhor do que essas coisas alt." Ele riu. "Mas acho que ninguém é uma ilha. Nós dois vamos."

"Gostaríamos de sair com vocês." O sorriso de Fabri era esperançoso. "Esperamos poder estar perto de vocês e dos meninos – vocês se tornaram uma família."

Evie e Joe não conseguiram esconder o sorriso largo quando abraçaram os vizinhos. "Será maravilhoso que os meninos tenham a tia e o tio para ajudar," disse Evie.

Eloy deu a Asher uma colher de sopa. "Esses caras vão passar por uma grande adaptação. Isso os ajudará a ter pessoas por perto que sabem como têm sido suas vidas."

"Sair da Zona Vazia será uma mudança perturbadora para eles." Evie passou os braços em volta de si mesma. "Ter você conosco ajudará a facilitar a transição para um mundo onde as máquinas suprem a maioria das necessidades."

"Lá se vai nossa economia independente," disse Eloy.

"Eloy, as economias não podem permanecer independentes, não se a propriedade intelectual humana criada for compartilhada, como você disse que é justo," disse Evie.

O rosto de Eloy se contraiu e Joe suspeitou que ele estivesse pensando em tecnologia médica.

Havia lágrimas nos olhos de Fabri, e ela agarrou a mão de Eloy. "E é hora de começarmos nossa própria família. Não é possível reinventar esses procedimentos aqui." Eloy esfregou a mão com o polegar. Fabri continuou. "Se essa coisa de família funciona ou não, planejo voltar ao trabalho no hospital. Isso é algo que as pessoas podem fazer tão bem quanto os robôs."

"Você me ensinou lições importantes, Fabri, sobre compaixão," disse Joe.

Fabri acariciou a cabeça de Sage. "Eles vão onde não precisem obter suas proteínas de criaturas vivas. Eles podem ser pessoas com mais compaixão."

"Sim, um mundo onde eles possam ser bons seres humanos, tratando-se com respeito e amor." A voz de Evie assumiu o tom apaixonado de sua antiga luta. "Desde que todos mantenham um alto padrão de justiça um com o outro."

O soldado de brinquedo de madeira com o qual Clay estivera brincando antes do jantar ainda estava em sua mão, e ele bateu na cadeira. Joe levantou-o da cadeirinha e o colocou em seu colo. "Um mundo onde eles podem explorar o universo e expandir o conhecimento humano."

Eloy apertou sua mandíbula. "E um mundo com poder militar ilimitado para produzir morte e destruição. Os bons e os maus são ampliados por aí. Talvez eles possam ser mais sábios que nós."

Joe balançou a cabeça. "Livre-arbítrio para decidir. É uma jornada e tanto."

"Jornada?" Asher perguntou, olhando por cima de sua colher.

"Sim." Evie sorriu. "Com livre-arbítrio, é uma jornada sem limite para todos os lugares que você deseja ir."

◆

O sol nasceu em um céu azul, o ar da manhã fresco. Foi um dia antes do fim de seu banimento. Embora o portão norte estivesse a apenas vinte ou trinta quilômetros de distância, os trilhos de terra e as estradas abandonadas não eram adequados para a velha carroça, então o grupo determinou que seria melhor fazer uma viagem lenta. Chegariam ao portão ao crepúsculo, onde acampariam pela última noite.

Eloy chegou à cabana como prometido, com Bessie puxando o quadro carregado com seus pertences. Fabri usava a blusa de camurça, enquanto Eloy preferia sua camisa camuflada militar. Evie e Joe arrumaram seu equipamento escasso e carregaram os três garotos na carroça.

Evie vestiu os meninos com camisas e calças de camurça com franjas, com botões de madeira grossa que ela havia esculpido meticulosamente. Pequenos mocassins calçavam seus pés. Sage usava um macacão de pele de coelho. Ele olhava maravilhado pela franja peluda que circundava seu rosto. Evie estava vestida poderosamente com uma túnica com franjas e calças justas de camurça enfiadas em botas pretas com pêlos. Joe examinou sua camisa de pele de gamo, casaco, calça e os Mercuries surrados. Essas eram as únicas roupas que ele possuía. Três anos no deserto haviam esgotado quase tudo o que haviam trazido.

No dia anterior, Eloy havia libertado as ovelhas, embora Fabri se preocupasse com a sobrevivência delas. Ele havia sacrificado a última das galinhas, enchendo os pratos até a borda para uma refeição compartilhada na cabana de Fabri. Joe havia dito, "Galeto completo," rindo de si mesmo, e os outros se juntaram à piada. De muitas maneiras, o jantar parecia agridoce, como se estivessem deixando para trás algo que nunca mais seria recuperado.

Agora Eloy estava sentado na carroça e segurava as rédeas, enquanto olhava a pequena fazenda. A nora ainda virou no riacho. "Prontos para ir?"

Joe assentiu, deu uma última olhada ao redor da cabana e fechou a porta. Evie o abraçou. Pelo seu olhar, ela sentia a mesma nostalgia. Ele ajudou Evie e Sage a se instalarem entre os gêmeos e subiu ao lado de Eloy. Joe deixou seus olhos brincarem pela casa uma última vez, do campo vazio à cabana, às duas macieiras e depois à nora. Foi sua melhor reinvenção lá, criando para si uma vida civilizada e oferecendo um símbolo da promessa e do perigo de toda a tecnologia humana.

Joe tocou o local no peito onde estava o bloco biométrico. "Acho que nossos amigos podem nos esperar por volta do meio dia de amanhã."

Eloy estalou as rédeas e o cavalo partiu.

"Dá tchauzinho," disse Evie aos gêmeos.

"Jornada," disse Asher enquanto acenava para a cabana.

Aturdido, Clay olhou para Eloy. Quando começaram a descer a colina na direção da cabana de Eloy, ele disse, "Tio?"

"Não vou para minha casa desta vez, Clay," disse Eloy.

Ele dirigiu a carroça pela orla do campo agora em pousio, abrindo caminho entre as rochas e os buracos. Depois de mais cem metros, eles alcançaram os contornos irregulares da estrada de terra abandonada paralela ao riacho. Estava coberta, mas era mais fácil de atravessar. Eles desceram a ladeira devagar o suficiente para perder qualquer corrida com uma tartaruga. A carroça tremeu e sacudiu quando Bessie estalou. As mulheres continuavam ocupadas entretendo os meninos. Clay e Asher apontaram para os pássaros que gritaram quando a carroça perturbou seu arbusto ou árvore. Pararam ao meio-dia para comer frango frio, servido nos últimos pães.

A rota de terra abriu-se em uma pista mais larga, outrora pavimentada, mas há muito abandonada. O lugar era agora uma encruzilhada vazia com fundações destruídas e manchas nuas como sepulturas não marcadas.

Eloy apontou para uma placa enferrujada. "De acordo com essa placa, esta era a cidade de Jiggs." Ele virou Bessie para o norte e subiu a estrada. O deserto estéril os cercava e eles observavam as montanhas se reduzindo contra o horizonte sudeste. Um último desejo brotou no interior de Joe. Ele engasgou com o sorriso melancólico de despedida de Evie enquanto o olhar dela permanecia na casa da montanha, sempre atrás deles.

Chegaram a uma colina, e o contorno opaco de uma parede se estendia a leste e a oeste ao longo da estrada distante. O portão da estrada permanecia inescrutável à luz que se esvanecia, indiferente à sua aproximação e não dando nenhuma pista de seu destino além dela.

Na sombra da colina, eles acamparam. Joe encontrou lenha e acendeu o fogo. Fabri e Evie prepararam o jantar de suas reservas. Todos estavam sentados ao redor da fogueira, entretendo os meninos mais velhos e brincando com Sage, que estava agitado por não cochilar bem na carroça. Clay e Asher estavam animados com a novidade do dia, não se intimidando com a poeira e a corrida esburacada. Ao cair da noite, eles acalmaram os meninos e os fizeram dormir em cobertores de coelho caídos no chão ao lado da carroça. No saco de dormir, Joe estudou a abóbada celeste, com um milhão de estrelas brilhando. Ele abraçou Evie até que a respiração dela transitou para o sono profundo.

Joe refletiu sobre seus desafios imediatos. Ele pensara que Raif e os outros pudessem expor Peightân e diminuir seu banimento, mas isso obviamente não tinha acontecido. O que quer que estivesse acontecendo no mundo exterior, Joe tinha que assumir que Peightân ainda era uma ameaça.

O universo, imenso e aleatório, o cercava. Seus pensamentos se voltaram para os dias seguintes, e também para o tempo que restava.

. . .

Eu fui para a montanha e voltei aprendendo algo sobre como viver no mundo. Agora deixe essas lições configurarem o caminho que tenho pela frente.

. . .

Joe refletiu sobre a beleza e as dificuldades dos últimos três anos extraordinários. Uma vida com livre-arbítrio foi um presente surpreendente. Essa foi a razão de possuir sua vida, assumir total responsabilidade por isso. Isso apenas traçaria uma lasca no bloco de tempo, mas ele jurou não a desperdiçar e fazer valer cada decisão e cada momento. Ele observou as estrelas em forma de ponto de interrogação de Leão se pondo no oeste. O futuro estava aberto, sempre uma pergunta. A vida queimou nele como nunca antes.

Pensando em todas essas coisas, Joe finalmente dormiu.

◆

Eles estavam acordados ao amanhecer. As mulheres prepararam um café da manhã espartano. Tentando não acordar os gêmeos, Evie levou Sage para dentro da carroça para alimentá-lo. Joe sentou-se com Eloy e Fabri ao redor do fogo enquanto tomavam o último chá mórmon. "Você acha que podemos estimar exatamente quando será meio-dia, para podermos atravessar o portão com segurança?"

"Praticamente apenas olhando para cima." Eloy olhou para o sol escalando o céu. "E os guardbots nos dirão se chegarmos cedo. Não passaremos pelo portão até que eles nos deem o aval."

Os gêmeos acordaram e imediatamente correram ao redor da carroça e brincaram na terra. Eles eram uma distração bem-vinda para o crescente nervosismo de Joe. Os adultos brincaram com as crianças e compartilharam uma intensa ansiedade não expressa, enquanto esperavam o desconhecido.

Evie olhou para o sol e depois para o portão ao longe. "Parece que estamos a uma hora de distância. Talvez devêssemos almoçar mais cedo agora?" Todos eles pegaram a comida, mas Evie teve o cuidado de garantir que os meninos comessem. Então recarregaram a carroça, e Joe e Eloy retomaram seus lugares no banco.

"Vamos para o mundo moderno", disse Eloy enquanto atiçava o cavalo.

A carroça desceu a última colina inclinada até o portão, enquanto o sol estava no alto. A parede pairava à frente deles, uma barra preta, reta no deserto. Vários milmechas, com armas pesadas, posicionadas em cada antebraço, eram visíveis nas torres de vigia de cada lado do portão. Um milmecha na torre oeste possuía uma arma laser que flamejava em vermelho como uma espada, apontando para os céus.

Eles pararam a carroça em frente ao portão. Bessie, alheia à tensão, farejou o chão em busca de grama inexistente.

Um milpipabot, reforçado com armadura extra, saiu da guarita. "Declarem-se," ordenou. Todos eles disseram seus nomes, e Joe deu os nomes dos três meninos, acrescentando suas idades e que eles haviam nascido na Zona Vazia.

A testa do milpipabot brilhava em azul. "Todas as sentenças registradas foram cumpridas. Vocês estão livres para sair."

O portão se abriu, as dobradiças raramente usadas rangeram. A carroça avançou a pedido de Eloy. A cerca se estendia em ambas as direções, até onde ele podia ver. Então eles atravessaram o portão. Joe olhou para trás enquanto sua antiga vida se tornava menor e menor, e o portão se fechou, proporcionando um ponto de exclamação suspenso no ar do deserto.

Ele olhou para Evie. Os meninos a agarraram empolgados. Ela ficou em pé, com o cajado bō na mão.

Parte Quatro: A Jornada Para Cima e Para Baixo

"Do lado de fora, seria como olhar para uma libélula congelada em âmbar."

Evie Joneson

"Não é fortuna, não é destino, apenas decisões de livre-arbítrio de criaturas conscientes, moldadas por acaso."

Joe Denkensmith

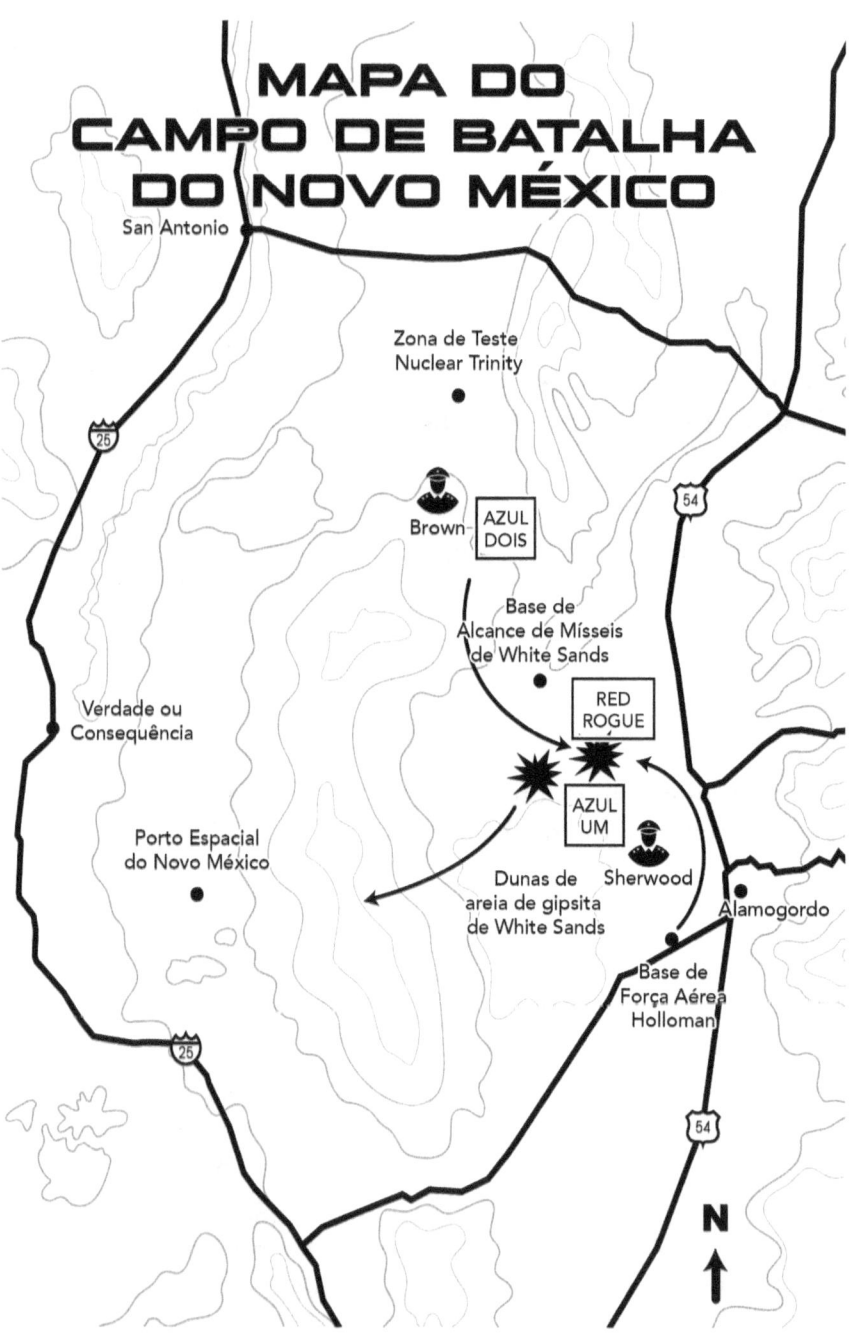

MAPA DO CAMPO DE BATALHA DO NOVO MÉXICO

San Antonio

Zona de Teste Nuclear Trinity

Brown

AZUL DOIS

Base de Alcance de Mísseis de White Sands

RED ROGUE

Verdade ou Consequência

AZUL UM

Porto Espacial do Novo México

Dunas de areia de gipsita de White Sands

Sherwood

Alamogordo

Base de Força Aérea Holloman

N

CAPÍTULO 44

"Está fácil demais." A expressão de Evie era resoluta. Joe olhou para trás. As mãos dela agarraram a lateral da carroça em ambos os lados dos gêmeos. Ela parecia pronta para defendê-los se algo acontecesse.

A carroça se afastou do portão e Bessie caminhou obedientemente para o norte na estrada deserta. Ao longe, uma nuvem ondulante de poeira escura rodopiava na direção deles. Eloy diminuiu a velocidade da carroça, depois parou, quando um veículo blindado se materializou do centro empoeirado. Empoleirados nos cantos do teto do automóvel, havia quatro milmechas com canhões gigantes amarrados aos antebraços e apontando para o céu, com um quinto no centro. As cabeças triangulares das máquinas viraram-se para eles.

Joe congelou em seu assento. O tempo parou.

. . .

Está tudo acabado agora?

. . .

"O que está acontecendo?" A voz de Fabri era frenética. Sage, em seus braços, começou a chorar, e ela tentou calá-lo, com o rosto pálido.

O veículo blindado aproximou-se a sete metros e girou nos trilhos para virar-se de costas. Areia levantou sobre a carroça e os meninos tossiram. A rampa traseira do veículo se abriu com um estrondo na estrada.

A cabeça de Raif apareceu na porta, com um enorme sorriso iluminando seu rosto.

Joe saltou da carroça quando Raif correu em sua direção. Eles se abraçaram, e Raif contornou um braço grande e musculoso ao redor dele. Os olhos de Raif estavam molhados quando Joe olhou para eles.

"Pirralho, eu estava preocupado com você, mas você não parece ter se saído muito mal na Zona." Ele deu um soco no braço de Joe. Seus bíceps eram quase iguais em tamanho. Raif sempre havia sido o atleta.

Raif direcionou um rosto sorridente para Evie, que desceu segurando Sage. Ele apertou a mão dela calorosamente. "Eu ouvi muito sobre você. É ótimo finalmente conhecê-la."

Um sorriso iluminou seu rosto. "Você também, Raif."

Logo atrás de Raif, Mike e um milpipabot haviam saltado do veículo e cercaram a carroça.

Mike pegou as crianças, sua expressão incrédula. "Joe e Evie, esses são seus filhos? Três deles? Vocês foram bem produtivos por aí."

Os dois assentiram e sorriram. Evie disse, "Sim, os gêmeos são Asher e Clay, e este é Sage."

O rosto de Mike ainda estava vermelho e a barba aparada. "Ligarei com antecedência para que um drone entregue o que vocês precisam para os meninos."

Joe esfregou a barba desalinhada, que a tesoura caseira de Fabri não havia ajudado muito a domar. Ele não devia se parecer em nada com o homem que havia entrado na Zona três anos atrás.

Ainda sentado na carroça, Eloy tossiu. Evie ofegou. "É claro que não apresentamos nossos queridos amigos, Eloy e Fabri. Eles nos ajudaram a sobreviver nesses três anos. Eles são mais família que amigos."

Raif estendeu a mão para cumprimentar Eloy e Fabri. "Que bom que vocês estiveram lá para ajudar," disse.

"Fiquei atormentada quando vi aqueles bots com grandes armas no teto do seu veículo. Estamos seguros?" Fabri perguntou.

"Na verdade, não", disse Mike. "Peightân, o ministro da Segurança, é uma ameaça muito real. É por isso que estamos aqui, para recuperá-los em segurança, caso ele decidisse aparecer para recebê-los. Mas tivemos que deixar nosso hovercraft a sete quilômetros daqui, o mais próximo permitido dessas paredes do perímetro. Status, H137?"

Joe olhou para o milpipabot que o acompanhava. "Nosso hover-craft está de prontidão. Também recebi a comunicação de que uma aeronave desconhecida está se encaminhando para essa posição. Estamos no rastreio."

"Informe novamente se representa um perigo," disse Mike, e a testa do milpipabot brilhava em azul.

Raif amassou suas têmporas. "Peightân é absolutamente uma ameaça para vocês e para todos. Tem sido cansativo. Nossa equipe trabalhou sem parar, mantendo o sigilo. Reduzimos as possibilidades e aprendemos que Peightân está obtendo o controle de uma IA e um bot de cada vez, usando dispositivos físicos de hardware que contornam o software de sandboxing."

"Decidimos forçar a mão dele," disse Mike. "Na semana passada, incentivamos um boato que circulava pelo netchat de que vocês pudessem estar vivos. Esse rumor no netchat viralizou. De repente, todo mundo estava falando sobre vocês dois. O Prime Netchat transmitiu as gravações originais do seu julgamento e banimento, e o público começou a questionar a validade de suas sentenças. A atenção destacou o papel de Peightân em tudo isso e não demorou muito tempo para a mídia insinuar que era ele quem estava por trás da injustiça. As conversas sobre protestos se espalharam pelo país. Peightân já estava com medo de que sua sobrevivência fosse um pa-ra-raios para o movimento. Esperávamos que estimular o boato for-çaria sua mão a agir antes que ele estivesse completamente pronto."

"Nós somos iscas?" Evie franziu a testa.

"O ódio de Peightân pelo seu movimento anti-Níveis só aumen-tou, em sintonia com as prováveis ambições dele. Ele estava vindo pegar você e Joe, independentemente de qualquer coisa que fizésse-mos. Mais sobre isso mais tarde. Mas, por enquanto, provavelmente temos uma guerra em nossas mãos," disse Mike.

Joe se inclinou para frente, ouvindo atentamente com Evie ao seu lado.

"Rastreamos as comunicações de Peightân para uma base de apoio entre bots militares que ele infectou com o código worm – o Exército de Fronteira do Sul no Novo México," disse Mike.

Raif retomou a explicação. "É uma evidência de que seu objetivo tático é controlar a Base de Alcance de Mísseis de White Sands. A base protege nossas armas mais letais na fronteira."

"Qual você acha que é o plano dele?" Evie apertou Sage com mais força.

"Se Peightân tiver corrompido um número suficiente de bots militares para ser bem sucedido, e se ele for capaz de obter o controle físico dos mísseis na base, ele será poderoso o suficiente para dominar o país." Raif virou um olhar cansado para Joe. "Após os desastres das guerras climáticas, todos os países adotaram os protocolos internacionais para a prevenção de guerras acidentais. Armas autônomas nos controles de gatilho causaram tantas mortes. Os novos protocolos significam que Peightân precisa assumir o controle físico para lançar os mísseis."

"Esperamos que enganar Peightân para ele vir atrás de você agora o forçará a executar seus planos antes que ele esteja pronto, para que a luta próxima seja favorável a nós," disse Mike.

Raif assentiu. "Ontem à noite, posicionamos secretamente o Exército da Fronteira do Norte no Novo México. Esse exército tem o nome de código Azul Dois."

"Como você fez isso sem deixar nenhuma evidência eletrônica para Peightân?" Joe olhou para Mike.

"O antiquado método analógico. Conversamos com os guardas humanos em Stallion Gate, na pequena cidade de San Antonio, e juramos segredo. Posicionamos o Azul Dois ao sul do antigo local de teste da Trinity Nuclear. É claro que o exército é blindado eletronicamente para disfarçar sua presença."

Eloy e Fabri haviam saído da carroça, e agora todos estavam à sua volta na estrada deserta, exceto os gêmeos, que se penduravam ao lado enquanto a mão livre de Evie descansava protetoramente em suas costas. O automóvel blindado estava parado a vários metros de distância, com os milmechas imóveis no teto.

Eloy acariciou a crina de Bessie. "O que acontece com o meu cavalo?"

"Tenho certeza de que podemos transportar o cavalo para onde você quiser e depois providenciar seus cuidados," disse Raif. Ele acenou com a cabeça para H137.

"Vou providenciar o transporte", disse o bot.

Eloy assentiu e depois deu ao cavalo um carinho afetuoso.

H137 interrompeu urgentemente. "A aeronave desconhecida continua se aproximando. Parece ser um perigo para vocês. Temos interceptadores militares para a defesa. A aeronave desconhecida ultrapassou o limite de sete quilômetros e chegará em quarenta e um segundos. Por favor, entrem imediatamente no automóvel blindado."

"Pirralho. Vá para dentro, rápido, rápido!" Raif pegou Asher da carroça e Joe pegou Clay. Evie carregou Sage e correu para o automóvel, com Eloy e Fabri logo atrás. Joe passou Clay para Eloy e ficou na rampa até que todos tivessem entrado. A porta emoldurava a imagem do cavalo atrelado à carroça antes de se fechar com um estrondo.

Todos pularam quando o automóvel entrou em movimento, e Joe ajudou Evie e Sage a se sentarem ao lado de Fabri nos bancos de metal marrom que revestiam seu interior. O cajado bō de Evie caiu no chão e rolou para o canto. O veículo girou de um lado para o outro enquanto se afastava do portão. Joe apertou Asher contra seu lado com uma mão, enquanto segurava o corrimão com a outra. Fabri ajudou Evie a se segurar para que não escorregassem do assento. Todas as crianças estavam chorando, mas era difícil ouvir sobre o barulho do motor.

Telas cobriam as paredes e o teto, iluminando a paisagem fora do automóvel, parecendo tornar o veículo transparente. Joe olhou para os milmechas no telhado.

"Monstros de nível militar lá em cima," Eloy acenou em aprovação. Joe apertou seu machado, que estava no coldre no cinto.

O rugido de uma aeronave se aproximando veio do alto. Os milmechas giraram suas armas para seguir o som e se abriram em um alvo invisível, disparando continuamente. Asher cobriu os ouvidos, chorando mais. Eloy alcançou um mostrador na parede e o girou. Os sons do lado de fora mudaram para um rosnado, sobrepostos por uma batida otzstep. Eloy girou o mostrador novamente para reduzir os decibéis. "Maldita música pop," resmungou.

Asher fungou e disse, "Trovão." A música tinha distraído os meninos mais velhos, mas Sage ainda chorava.

"Sim, trovão," respondeu Evie. A preocupação envolveu seu rosto enquanto ela tentava acalmar Sage.

O alvo dos milmechas apareceu na tela – um hovercraft com símbolos policiais vindo do norte, baixo e rápido. Dois hovercrafts militares maiores estavam atrás dele.

O fogo do rastreador cuspiu da nave da polícia. O rastro de fogo atingiu o automóvel blindado em uma linha ao sul, arrancando um braço de um dos milmechas do telhado. Joe espiou a tela traseira para ver o braço do robô bater no chão, e a tempo de ver o cavalo e a carroça serem destruídos em uma mancha vermelha entre uma pilha de madeira destruída.

"Meu cavalo!" Eloy gritou, raiva misturada com tristeza. Ele cobriu o rosto de Clay e Joe bloqueou a visão de Asher da tela. Evie apertou Sage. Joe olhou para Eloy, mas não havia tempo para lidar com a explosão de raiva do homem.

Seus milmechas dispararam de novo, e o hovercraft da polícia girou e se dirigiu para o norte. A nave militar seguiu em uma curva fechada. Lasers disparavam de um dos aviões de cauda. Uma bola de fogo vermelha acendeu o motor do hovercraft da polícia quando o avião desapareceu sobre uma cordilheira, seguindo a aeronave.

"Status, H137?" Mike perguntou.

"Nossos interceptadores forçaram o hovercraft pirata cinco quilômetros ao norte. Ele foi danificado e caiu. Nossas forças estarão no local em breve para avaliar danos e feridos." O milpipabot piscou em azul.

"Quem está aí?" Joe perguntou gritando para Mike.

"Minha aposta é que é Bill Zable." Um olhar malicioso sombrio apareceu na rosto de Mike. "Ele inaugurou a armadilha."

O veículo blindado se aproximou de uma coluna de fumaça. Na tela lateral, dois hovercrafts militares estavam na praia de sal. Com formas de torpedo pretas e motores pendurados sob asas curtas, eles exalavam uma aura de eficiência brutal e despojada. Ao lado deles, estava o hovercraft da polícia, que agora estava cercado por milmechas. Um lado da nave foi fortemente danificado, e três drones acima voavam retardatários para extinguir a nave em chamas. O automóvel saiu da estrada e caminhou pesadamente pelo deserto antes de parar perto do hovercraft.

"A área agora está segura", disse H137, com a cabeça elíptica girando para a saída. Mike abriu a porta do automóvel blindado e ele e Raif saltaram para fora, com Eloy os seguindo.

Joe vacilou um segundo, olhando para Evie e as crianças. "Fabri, você poderia ficar aqui com os meninos?" Fabri assentiu, e Evie e Joe desceram para a saleira para acompanhar o resto. O milpipabot os seguiu até os destroços fumegantes.

Copbots jaziam em pedaços despedaçados no chão, com servos e fios pendurados em membros de metal. Um odor metálico de enxofre, terra e cabelo queimado permanecia. Medbots estavam agrupados em torno de uma maca, os braços voando em um borrão.

H137 informou-os. "Havia um humano a bordo. Ele está vivo, mas tem ferimentos significativos. Nós o transportaremos para o hospital de emergência."

Joe levou alguns segundos para identificar o homem na maca como Zable. Carne queimada pendia de seu rosto e de uma perna. Um bot havia removido a outra perna e estava cauterizando o membro amputado. Joe estremeceu involuntariamente com a visão sangrenta.

"Você matou meu cavalo!" Eloy berrou, uma veia no pescoço pulsando. Zable virou-se para o som, seus olhos sem foco.

"Quem se importa com o cavalo? Eu matei aqueles dois renegados?" O rosnado estrangulado de Zable era sinistro e delirante. Joe apertou o machado com uma mão trêmula, enquanto lutava contra a onda crescente de ira quente, ordenando que a exercitasse. Evie agarrou seu braço, firmando-o.

Eloy estudou Zable. "Já estamos de volta à civilização?" A amargura satírica em sua voz indicava que ele já se arrependia de sua decisão de segui-los.

Um medbot embalou a perna amputada de Zable. As moscas do deserto haviam encontrado o toco terrível, e o bot as enxotou antes de fechar o recipiente. Era um protocolo padrão para preservar todos os tecidos, mas, pela aparência esmagada da perna, Joe sabia que Zable receberia outra prótese. Os medbots terminaram sua estabilização no campo de batalha e rolaram a maca para o primeiro hovercraft militar à espera pela porta do compartimento de equipamentos abaixada. Os motores zumbiram e a nave levantou do deserto.

Eles voltaram para seu veículo blindado, onde Fabri espiou ansiosamente pela porta aberta.

"Eu sei que ele tentou nos matar." Fabri tremeu de ansiedade. "Mas ainda não sinto alegria ao ver um ser humano tão gravemente ferido."

"Você deveria ter me emprestado seu machado," disse Eloy.

. . .

Reconheço Eloy em meu eu primitivo, querendo destruir uma ameaça. É difícil se comportar de maneira civilizada e ainda mais difícil mostrar compaixão.

. . .

"Está na hora. Devemos seguir agora" disse Mike.

"Seguir?" Evie agarrou seu cajado bō, uma faísca de desafio iluminando seus olhos castanhos. "Eu nunca fui seguidora e os últimos três anos certamente não me tornaram uma."

O H137 escoltou todos para o segundo hovercraft militar. A escada traseira desceu com um zumbido, descansando na areia. Todos subiram as escadas, Evie na liderança com Sage, Joe e Fabri carregando os gêmeos. Joe olhou de volta para o deserto uma última vez. Ele se arrependeu de deixar seu arco em cima do cobertor de camurça na carroça. Entrou no hovercraft, a porta se fechou e eles subiram no ar. Joe olhou através de uma janela para o automóvel blindado quando o hovercraft militar virou para o oeste, em direção à Califórnia.

Capítulo 45

Eles se sentaram juntos na espaçosa cabine principal do hovercraft. Os gêmeos saltaram sobre os assentos, passando as mãos sobre o estofamento desconhecido. Evie segurou Sage. Eloy e Fabri ficaram distraídos com as brincadeiras dos meninos por vários minutos enquanto tentavam se acomodar em seus assentos. Todos precisavam de tempo para se adaptar, compartilhando o choque de passar da vida primitiva da montanha para o interior de alta tecnologia da aeronave. Céu e terra zuniam por uma janela.

"Gostaria de saber mais sobre o que aconteceu com o movimento anti-Níveis." Evie falou sobre a cabeça de Sage. "Entendo que possamos ter sido uma ameaça à imagem e à reputação de Peightân, mas se ele tem um exército de bots corrompidos para ajudá-lo a dominar o país, por que ainda se importa conosco? Isso parece mais pessoal."

"Vocês são a obsessão dele há algum tempo. Pelo menos, é o que mostram as poucas comunicações internas que conseguimos descriptografar." A expressão de Raif era de pura admiração. "Ele despreza os Níveis mais baixos e se sente superior a eles. A sua libertação destruiria a hierarquia da nossa sociedade, uma hierarquia em que ele está no topo. O movimento anti-Níveis ameaça seu poder. Ele tentou encerrá-lo banindo Celeste e Julian, e depois Joe e você. Mas, no seu caso, o tiro saiu pela culatra. Sua sobrevivência demonstra como as pessoas relegadas a Níveis mais baixos são capazes. Seu retorno deu a eles a coragem de trazer o movimento de volta."

"Esperávamos que o movimento sobrevivesse, mas não esperávamos que tivesse crescido." Joe dirigiu seus comentários para Mike. "Como isso aconteceu?"

"O movimento está mais forte do que nunca. Quando você e Evie foram mandados embora, Peightân continuava caçando os outros líderes do movimento. Mas eles fizeram um bom trabalho em manter a cabeça baixa enquanto continuavam a se organizar em segredo. As pessoas acharam que vocês dois morreriam na Zona Vazia. Seus rostos às vezes apareciam nas mensagens do netchat, chamando as pessoas para a ação e para manter o movimento vivo. Evie, você foi considerada mártir pela causa."

"Então, um mês atrás, alguém percebeu que a data final para seu banimento era hoje. Mas não houve relatos do governo transportando seus restos mortais da Zona Vazia." Mike sorriu. "Isso provocou uma conversa no netchat, incluindo especulações sobre a possibilidade de vocês estarem vivos, e os líderes do movimento decidiram abandonar o disfarce e organizar novos protestos em massa."

"Os protestos explodiram esta semana em vinte e nove cidades. Vocês se tornaram seu símbolo. Aqui, vejam isso." Raif olhou em direção a uma tela de comunicação na parede da cabine do hovercraft, com o NEST conectado, e enviou um fluxo de vídeo. A tela se iluminou com protestantes enchendo uma avenida larga, punhos erguidos, segurando faixas. Joe se sentou, reconhecendo o mar de rostos. Os manifestantes usaram substitutos de rosto holo, cada um com uma projeção do rosto de Evie.

Evie e Joe se entreolharam num silêncio atordoado. A magnitude da série de eventos que Evie pôs em movimento deixou Joe sem fôlego.

"Mamãe?" O olhar de Clay foi de um lado para o outro entre a tela e Evie.

O feitiço foi quebrado, e Evie e Joe riram do mundo surpreendente para o qual voltaram.

Raif mudou para outro vídeo mostrando manifestantes em outra cidade, em um protesto ainda maior. Clay escondeu o rosto no peito de Joe.

H137 se moveu de sua pose rígida perto da entrada e sua cabeça girou em direção a Mike. "Há uma comunicação importante do General Sherwood, comandante do Exército de Fronteira do Sul."

Mike virou-se para Joe e Evie. "Podemos deixar a família aqui enquanto vamos para a sala de controle do hovercraft?"

Fabri já estava estendendo os braços para Sage, e Evie gentilmente passou-o para ela. "Eu posso cuidar dos meninos aqui, não se preocupe," disse Fabri.

Evie acenou com a cabeça em agradecimento, e eles seguiram Mike para a sala de controle adjacente, com Joe acenando para Eloy se juntar a eles, e fecharam a porta. Este recinto menor tinha uma unidade de comunicação holo-pit. O portal de comunicações era uma plataforma elíptica elevada, cercada por uma grade curta, toda contornada por assentos, com o equipamento de projeção embutido no teto. Eles se sentaram e H137 autorizou um link criptografado. O portal foi aberto. Um holo apareceu, o rosto de um homem de cabelos loiros vestindo um boné militar. O suor se destacou em sua testa.

"General Sherwood, por favor, informe," disse Mike.

"Foi confirmado – quase dois terços do meu exército de fronteira do sul desocupou sua base em Holloman sem minha autorização e está indo para o norte."

"Quantos bots corrompidos?" Raif olhou para Mike.

"Estimamos as unidades Red Rogue em noventa mil milmechas e drones," disse Sherwood.

"E o resto?" Mike balançou a cabeça.

"Eu ordenei que o Azul Um perseguisse a facção pirata. Nosso principal objetivo é impedir que as unidades invasoras virem para leste em direção a Alamogordo. Existe um maior risco de vítimas civis, com uma população de onze mil pessoas."

"Prevenir baixas civis é fundamental," disse Mike.

"Eles não vão me passar rumo a Alamogordo. Vou me certificar disso," disse Sherwood.

"Unidades piratas indo para o norte? Então, nosso palpite é confirmado de que o objetivo deles é a Base de Alcance de Mísseis de White Sands," disse Raif.

Mike virou-se para o milpipabot. "Por favor, adicione o General Brown." A testa do bot ficou azulada em reconhecimento.

"Droga. Noventa mil." Raif apertou sua mandíbula.

"Muito mais do que esperávamos," disse Mike.

Um segundo holo apareceu. O General Brown franziu o cenho para um subordinado invisível e reconheceu Mike com uma saudação. "Azul Dois está esperando ao sul de Trinity Site. As unidades invasoras estão se movendo para o norte, em nossa direção. Lançamos a interceptação e antecipamos o contato com o drone primeiro, seguido pelo contato com o solo ao sul da faixa de mísseis. Eles precisam passar por nós para chegar aos mísseis."

"Avaliação de probabilidade?" Raif apertou alguns botões no painel.

"Embora existam mais milmechas corrompidos do que leais, temos mais drones. As chances estão sutilmente a nosso favor," disse Brown.

H137 entrou na conversa. "Confirma-se que um segundo hovercraft da polícia deixou o Ministério da Segurança na Califórnia. Aterrissou ao norte da Base Aérea de Holloman, no Novo México, e se encontrou com as unidades do exército corrompidas ao mesmo tempo em que o primeiro hovercraft nos atacou."

"Peightân," disse Joe. Os outros assentiram.

Mike endireitou-se na cadeira e Joe, ainda perplexo com o papel do professor, o estudou até que a risada de Raif quebrou seu devaneio. "Dina passou os últimos três anos se envolvendo discretamente com outros líderes do governo, o Ministro Nacional da Defesa e a CIA para tentar descobrir a pessoa por trás do código worm. Ela pediu que Mike fosse aprovado como parte do SES – Serviço Executivo Sênior – e nomeado Comandante Especial, Operações de Grupo, Projeto Worm. Ele atua como comandante civil para supervisionar esses planos secretos."

Mike ergueu os olhos da unidade de comunicação holo-pit. "Estou agindo mais como contato, embora tecnicamente os civis ainda estejam acima das forças armadas e os generais me tratem como um figurão. Mas deixamos o planejamento real para o Exército. Raif e eu aprendemos muito. Eu fui das leis para as LEIS."

Eloy inclinou-se para Joe e sussurrou, "Ele quer dizer Sistemas Letais de Armas Autônomas."

"Eloy estava no Exército de Fronteira do Sul," Joe disse a Mike e Raif. Mike o saudou, e Eloy devolveu a saudação com esperteza.

Mike voltou ao posto de comando. "Como é o terreno de interceptação?" Sua voz cresceu com confiança.

"Deserto vazio," disse Brown.

"Reconhecido," disse Mike.

O rosto de Brown ficou sombrio. "Deixe-me lembrá-lo, comandante, de que também existem civis no porto espacial, que fica a trinta quilômetros a oeste de Red Rogue. Normalmente, há cerca de quatro mil pessoas lá."

Mike bateu com o punho na perna. "Você pode tirá-los de lá?"

"Podemos começar a evacuação agora, embora nossa maior esperança seja que a batalha não chegue a eles. Não há muitos hovercrafts de transporte humano disponíveis e leva mais tempo para carregar civis do que nós."

"Faça isso agora," disse Mike.

Raif olhou para Mike. "Existe uma escarpa norte-sul entre as unidades não autorizadas e o porto espacial, mas se as unidades não autorizadas forem para lá, isso não as atrasará muito."

"Seria um campo de extermínio lá, com aquelas máquinas jogando tanto metal," Eloy sussurrou.

"Vamos continuar no com," disse Brown. Ele desviou sua atenção da tela. Sherwood fez o mesmo, com o rosto tenso. Ele pareceu agitado por suas unidades traidoras.

H137 os atualizou. "Existem aproximadamente onze minutos até o contato do drone e dezessete minutos até o contato da unidade em terra."

Eloy cutucou Joe. "O General Sherwood era meu comandante, embora ele não tivesse motivos para saber meu nome. Fico feliz em ter um assento no ringue agora."

Joe balançou a cabeça como se tivesse escutando, apesar de mal ter registrado as palavras de seu amigo. Ele havia esquecido a rapidez com que o mundo se movia e sua mente corria com a sobrecarga de informações.

"Nós – bem, os generais – fizemos um extenso planejamento de batalhas e desenvolvemos mapas de decisão de espectro completo. Mas a ciência da decisão só vai longe até levantar a névoa da guerra," disse Raif.

Evie tocou o ombro de Joe por trás antes de se inclinar para sussurrar em seu ouvido, "Acabei de verificar os meninos. Fabri está mantendo-os entretidos." Ele apertou a mão dela e espiou pela janela. O deserto do sudoeste se desenrolava abaixo, como o terreno que cercara o seu Éden. Sua boca estava seca. Não havia nada a fazer senão esperar.

A espera não foi longa. O grito do General Brown acordou Joe de seus devaneios. "Eles descobriram nossa abordagem. A Azul Dois está agora envolvida. Disparo de artilharia móvel. Nosso bloqueio eletrônico ainda está nos protegendo contra segmentação precisa."

O milpipabot conectou outro link com a unidade de comunicação. A unidade holo-pit com se preencheu com um drone holo alimentado acima do Blue Two. Como se uma mãe-aranha gigante tivesse comandado seus filhos, milhares de sua ninhada maligna atravessavam o deserto. Milmechas se moviam com velocidade surpreendente, saltando sobre dunas e arbustos nas quatro pernas de aranhas. A poeira subiu atrás das ondas de máquinas e obscureceu a terra.

O H137 adicionou outro feed, este com uma camada de imagem térmica. Os pontos quentes acima das unidades terrestres revelaram-se como drones subindo no ar para trabalhar. O portal se encheu com a dança de zangões mortais, faixas de lancetas vermelhas das máquinas. No meio dos milmechas no chão, canhões eletromagnéticos em automóveis rastreados por tanques disparavam continuamente, seus projéteis como meteoros subindo ao céu. Manchas vermelhas se formaram quando máquinas explodiram em chamas no deserto, deixando elipses sujas na areia branca do deserto. Havia um ruído crescente no feed de áudio, silencioso, mas ameaçador.

"Azul Um está perdendo feio," disse o General Sherwood.

"As unidades invasoras pararam de se mover para o norte e, em vez disso, se voltaram para atacar o Azul Um." Raif estudou a unidade com. "Talvez Peightân tenha decidido destruí-los primeiro."

"Troque os feeds pelas unidades perseguidoras Azul Um," Mike ordenou. H137 cumpriu. Outro drone apareceu no holo-pit, e a nova cena parecia desorganizada. "Marque nossas unidades," disse Mike, e etiquetas azuis e vermelhas apareceram acima das máquinas. A maioria das etiquetas azuis pairava ao lado dos milmechas destruídos no deserto. Robôs com membros ausentes dispararam até silenciar. O deserto havia se tornado uma massa de crateras enegrecidas, varridas de toda a vida vegetal pela nevasca de fogo autônomo, mísseis e explosivos. A maioria dos drones carregava etiquetas vermelhas.

O drone feed piscou. H137 estabeleceu uma alimentação de substituição, que cristalizou fora de estática, e também desapareceu.

"Nós arrancamos o couro dele," disse Sherwood, com o rosto resignado agora lotando o holo.

"Onde você está?" Mike gritou para ter certeza de que seria ouvido acima do caos por Sherwood.

"Estou treze quilômetros atrás da força, com o comando na retaguarda."

"Dê o fora daí!" O General Brown trovejou no outro holo.

"Tarde demais. Destino, Brown," disse Sherwood, com os olhos vazios. Seu holo apagou.

Evie estremeceu nas costas de Joe.

"Adeus, comandante," sussurrou Eloy.

. . .

Nem destino, nem fortuna, apenas decisões de livre-arbítrio de criaturas conscientes, moldadas por acaso. Ele jogou
com mesma a mão com a qual foi tratado. Ele escolheu.
Todos devemos aspirar a isso.

. . .

"Estávamos lutando apenas com uma fração das unidades Red
Rogue. Agora o exército maior deles está em campo e estamos em-
penhados," disse o general Brown, em um tom monótono.

"E o General Sherwood?" O tom de Mike revelou que ele sabia
que era uma pergunta desnecessária.

"Se foi, com outras setenta pessoas sob seu comando." O General
Brown virou-se e deu ordens urgentes aos oficiais fora da tela. Evie
apertou o braço de Joe com força, e eles compartilharam um olhar
de choque sobre os últimos momentos desses soldados.

Eloy sacudiu a cabeça. "Nenhum lugar é seguro no campo de
batalha. Seu comando se moveu sob o escudo eletrônico deles, mas
não foi o suficiente."

H137 inverteu os links de batalha de volta ao exército principal
de Brown, escolhendo outro feed de drones. Eles se agacharam em
seus assentos, subjugados, vendo as unidades rotuladas lutarem e
serem aniquiladas.

"Parece que Peightân destruiu as unidades do Azul Um." Mike
mordeu o lábio. "Mas ainda temos o suficiente para vencer essa luta.
Não acho que Peightân tenha tanto tempo para infectar tantos bots
quanto gostaria."

"Descobriremos em breve," disse Raif.

"Adicione o fluxo de metadados," disse Mike a H137. Acima das
imagens holográficas, outra camada de figuras apareceu, fornecendo uma visão estratégica mais ampla dos dados do campo de
batalha. Mike, parado ao lado do portal de comunicações, moveu
as mãos como um mágico, manipulando projeções. O portal central de comunicações encheu-se com um drone mergulhando em
direção a uma duna de areia branca. Canhões ferroviários móveis e
milmechas dispararam para cima, mas os rastreadores perderam o
drone esquivo. Outro drone grande apareceu, rotulado de vermelho. Painéis laterais apareceram e centenas de mini-drones explodiram como um enxame de vespas raivosas. Houve um flash de luz
e a alimentação desapareceu. O H137 substituiu a alimentação por
outra que estava mais alta sobre o deserto.

"Poppers, nós os chamamos. Coisas desagradáveis," disse Eloy.

A batalha oscilou pelo deserto por mais vinte minutos. Os hologramas no portal com eram uma paisagem infernal, movimentos desordenados de máquinas que se destruíam com plumas de fogo. Enxames de drones de vários tamanhos e formas varreram o céu. Eles evitaram o fogo e os mísseis em curvas fechadas como um murmúrio de pardais, atacando um ao outro e os milmechas disparando do chão. Brown manteve a supremacia dos drones, e logo a maioria dos drones piratas foi derrubada do céu. Parte do exército de Peightân se separou e correu para o oeste, em direção ao porto espacial. A batalha ferveu sobre os planos de areia a vários quilômetros de distância. Cascos de fumo cobriam o deserto, parcialmente obscurecidos por uma névoa cinzenta. A camada térmica mostrava fogo marcador iluminando o céu. O holo do General Brown revelou a sugestão de um sorriso enrijecendo sua mandíbula.

Mike deve ter visto. "Avaliação?"

Brown deu uma ordem aos berros e voltou para eles no com. "Nossa força de drones está vencendo. Devemos nos concentrar em eliminar a principal força invasora, ou eles ainda podem ameaçar Alamogordo. Em breve, perseguiremos a unidade invasora menor."

Mike assentiu. "E a evacuação do porto espacial?"

"Lenta. Uma onda de trinta e sete hovercrafts foi totalmente evacuada. Eles voltarão para a onda dois em mais dezenove minutos."

"Não é rápido o suficiente." Raif murmurou alguns cálculos. "Isso é apenas um terço dos civis em segurança até agora."

Mike assentiu, e Brown se virou para comandar suas forças. "Não tínhamos ideia de que poderia haver tantos bots corrompidos no Exército de Fronteiras." A culpa dominava a expressão de Mike. Joe sabia que estava considerando os civis na base.

A maioria das unidades terrestres agora possuía ctiquetas azuis. Partes do deserto estavam em branco no portal com, e quando Joe olhou para o H137 e apontou para as seções, o milpipabot confirmou suas suspeitas, dizendo, "Nesse ambiente eletromagnético contestado, não temos cobertura total do sensor."

Brown se dirigiu a Mike. "Senhor, alcançamos o controle no campo de batalha. Estamos no modo de limpeza. Agora, três de nossas divisões estão correndo atrás das unidades Red Rogue remanescentes, que estão se aproximando do porto espacial. Mas essa força invasora sobrevivente ocupará lá primeiro."

Eloy se inclinou para perto de Joe. "Droga, eles estão na caixa da morte."

Mike praguejou. "E o status deles?"

"Verificando," disse H137. Alguns minutos se passaram quando Joe se sentou na beira do assento, as mãos úmidas.

"Os sensores indicam que a força Red Rogue não diminuiu o ataque quando invadiram o perímetro da instalação, perto da escola infantil. A probabilidade de sobrevivência é baixa."

"Vamos obter um feed de drones para a instalação de lançamento," retrucou Mike. H137 o cumpriu. Um feed apareceu no portal, em uma perspectiva do alto, enquanto o drone voava para oeste em baixa altitude, entrando e saindo pelas colinas rochosas. Equipamentos mutilados espalhavam-se pelo deserto. O drone se aproximou do porto espacial, e os milmechas e canhões ferroviários ao redor do perímetro dispararam para cima. Antes da morte do drone, ele capturou um foguete parado na plataforma de lançamento, com fios de vapor vazando da cauda.

A unidade de com holo-pit mudou para uma visualização do mapa do perímetro da instalação de lançamento. Mike arrastou ícones flutuantes na câmera para ampliar o terreno, agora mostrando close-ups das unidades Azul Dois e Red Rogue exalando fumaça no campo de batalha. Joe avistou um fone holo pendurado no parapeito. Encorajado, ele o vestiu, pegou um ícone de holo de reconhecimento aproximando-se do mapa do perímetro, e tocou ao lado do fone para conectar o sensor.

A cena da visão do entorno explodiu em seus olhos pelo drone que se aproximava do chão, próximo da cerca do perímetro. Ele estava em um inferno. Pilares de fumaça subiam de um complexo de apartamentos destruído à sua esquerda, enquanto o drone voava mais baixo em direção a outro prédio, que Joe reconheceu como uma escola. Explosões atingiam seus tímpanos quando o metal quente e gritante rasgou o ar ao seu redor. Ele varreu lentamente o prédio, agora cinco metros abaixo, e a fuligem se abriu para revelar crateras enegrecidas. Onde antes existia vida, havia agora um novo abismo de nada. Então o olhar de Joe caiu sobre os restos de corpos, arranjados de maneira macabra.

Joe arrancou capacete do rosto e vomitou violentamente no canto da sala. Ele limpou a boca e olhou para o grupo. Havia compaixão em todos os seus rostos.

. . .

Por favor, por favor, apague essa visão da minha memória, o horror que podemos causar um ao outro. O livre-arbítrio permite que pessoas que não tenham consciência ajam imoralmente.

. . .

Joe se sentou e esfregou o rosto. Evie colocou o braço em volta dele.

"Os sensores identificaram um lançamento nas instalações," disse H137.

Mike requeriu outro feed de drone. O sinal piscou, transmitindo uma visão mais distante do porto espacial. Mostrava um foguete suspenso no ar do deserto.

Raif passou os dedos pelos cabelos. "Peightân está fugindo?"

O General Brown voltou ao comando com outro relatório, com a voz cortada. "Nossas forças garantiram a segurança do porto espacial. Há muita confusão aqui. Estamos desligando os bloqueadores piratas. Achamos que nenhum dos funcionários daqui sobreviveu." Um músculo em sua mandíbula se contraiu.

Mike balançou a cabeça. "Quantos milmechas poderiam ter escapado naquele foguete?"

"Talvez trinta. Cinquenta, no máximo," disse Brown.

"O suficiente para invadir a Base Orbital WISE." Raif andava de um lado para o outro. "A base é científica; não tem defesas."

Joe endireitou-se. "Por que Peightân iria para lá?"

Raif deu de ombros. "É o lugar mais próximo em que ele pode usar esse foguete para causar danos mais graves."

Uma veia palpitava na têmpora de Mike. Ele a esfregou. "Dina está lá fisicamente agora. Melhor alertá-la para o fato de que ela pode esperar visitantes."

Capítulo 46

Joe, Evie e Eloy retornaram à cabine principal do hovercraft, deixando Mike e Raif na unidade de comunicação holo-pit, ainda lutando a batalha no sudoeste. A preocupação inundou o rosto de Fabri quando eles voltaram. "Uma batalha? Pessoas morreram?"

Eloy a envolveu em seus braços. "Sim, uma grande batalha entre exércitos de robôs. Houve baixas civis."

Lágrimas correram pelas bochechas de Fabri quando ela se agarrou a Eloy. "Que mundo estranho esse para o qual voltamos. De muitas maneiras, é mais violento do que a nossa vida na Zona Vazia. Lá, nós apenas matávamos aquilo de que precisávamos para sobreviver."

A dor no rosto dela era tão intensa que Joe abraçou ambos. Um momento depois, os braços de Evie os envolveram. Os quatro vizinhos ficaram de luto por vários minutos.

Morosos e perdidos em seus próprios pensamentos, eles se separaram. A paisagem havia se transformado, parecendo dourada quando eles se aproximaram da Costa Oeste. Fabri sentou-se em frente a Joe e agarrou Sage, que dormia em seus braços. Clay sentou-se com Evie, e ela moveu o dedo anelar para fazer a pedra vermelha refletir brilhos na parede para entretê-lo. Joe afundou no assento ao lado de Evie e segurou Asher em seu colo.

Raif se juntou a eles e anunciou, "Chegamos em onze minutos." Ele se sentou ao lado de Joe. "O H137 estima que o foguete de Peightân interceptará a Base Orbital do WISE em vinte e três horas. Mike informou Dina. Essa mulher é destemida. Embora seus 1000 mechas de construção não sejam páreo para os milmechas que se aproximam, ela está preparando um contra-ataque."

Fabri olhou com os olhos arregalados para a conversa de Joe e Raif. "Quem é Dina?"

"Ela é comandante da base orbital que circula a lua. Eu trabalhei para ela lá." Os olhos de Fabri brilharam, como se os céus tivessem se aberto e a verdade tivesse se derramado – a verdade do Nível real de Joe. Ela se inclinou para ele e sussurrou, "Você foi tão legal comigo."

"E você comigo. Você é mais do que minha semelhante."

O hovercraft começou a descer. Evie encarou Raif. "Aonde estamos indo?"

Raif se levantou. "O Domo de Combate é a unidade médica de emergência mais próxima e estamos seguindo o hovercraft de evacuação médica com Zable a bordo. Mike acabou de organizar um pequeno centro de operações lá para rastrear Peightân. É tão bom quanto qualquer outro." O seu olhos encontraram os de Joe. "E Mike e Dina acham que seria um lugar apropriado para contar sua história."

Mike estava na porta da sala de controle. "Acabei de ouvir que uma grande multidão, incluindo a mídia, está se reunindo no Domo de Combate. Eles querem ver você, Evie, para ver se você sobreviveu. Eu acho que eles vão simpatizar com o que você disser."

Evie balançou a cabeça firme em concordância.

Mike sorriu, depois ficou sério. "Agora também há rumores sobre a batalha no Novo México. O governo está tentando embargar esse tópico, portanto, não o mencione."

Era início da tarde, mas parecia que uma semana se passara desde o nascer do sol. Os gêmeos estavam bem acordados e apontando pela janela para a cúpula que se aproximava. Fabri segurou Sage, que continuou a dormir. Evie roçou os cabelos, com a postura rígida. "Nós podemos fazer uma aparição. Mostraremos a eles que voltamos para retomar de onde paramos." Joe assentiu. Ele deixaria Evie falar.

Joe sentou-se ao lado da janela e, um momento depois, Evie ficou ao lado dele e penteou o seu cabelo com os dedos, enquanto olhava para sua antiga casa. Ele leu as emoções que apareciam no rosto dela – reconhecimento, saudade de casa e antecipação.

Joe conseguia distinguir uma multidão reunida no telhado do Domo de Combate. Quando se aproximaram, ele imaginou que houvesse talvez trezentas pessoas. Drones de mídia pairavam acima da multidão.

Mike olhou pela janela ao lado de Joe.

"É uma festa de boas vindas maior do que eu imaginava." Mike balançou a cabeça. "Minhas estimativas estão erradas hoje... pela segunda vez."

Joe pegou as mãos de Asher e Clay e Evie segurou Sage. Unida, a família parou na porta de saída, pronta para cumprimentar o resto do mundo moderno. Mike parou na frente de Joe. "Evie, eu vou primeiro para te apresentar."

Evie concordou. As portas se abriram e a mídia avançou. Joe reconheceu dois repórteres na frente como Caroline Lock e Jasper Rand, do Prime Netchat.

Mike saiu, levantando a mão. "Evie Joneson, Joe Denkensmith, sua família e amigos acabam de voltar depois de três anos na Zona Vazia. Eles só podem falar com vocês brevemente, pois precisam descansar um pouco."

Os gêmeos se apertaram contra as pernas de Joe, seus olhos enormes quando perguntas e dispositivos de gravação pairavam ao redor deles. Evie jogou os cabelos para trás com um sorriso e, em família, desceram a rampa. Atrás deles, Fabri segurava no braço de Eloy. Joe olhou para trás e deu a Fabri um sorriso encorajador, e ela se endireitou, parecendo mais alta em sua blusa de camurça.

Evie avançou no círculo de repórteres. Ela deu um sorriso brilhante e falou quando Sage se mexeu em seu braço esquerdo.

"Estamos de volta, superando os desafios de uma prisão e ansiosos por estar aqui ajudando vocês a ultrapassar outro. Estamos inspirados por vocês terem aumentado o movimento anti-Níveis, trazendo esperança para aqueles que foram forçados a se estagnar nos Níveis inferiores. Nossos filhos nos lembram por que isso é importante. Todos devem começar a vida com a liberdade de se destacar, não se deixar levar pelas regras da classe hereditária." Ela ergueu o punho direito no ar e socou-o triunfante. A sua voz cresceu. "Nós continuamos essa luta por oportunidades iguais para todos os nossos filhos." A multidão rugiu empolgada, abafando o som dos drones gravadores enquanto eles voavam sobre a cúpula, capturando a cena e transmitindo-a para o país.

. . .

Ela é uma heroína do movimento anti-Níveis. Ela também é minha heroína.

. . .

Evie navegou pela mídia e respondeu a perguntas com respostas calorosas e apaixonadas. Ele respondeu algumas dirigidas a ele, mas os repórteres preferiam Evie. Caroline Lock perguntou a Joe se ela poderia conversar com os meninos e, ao aceno afirmativo de Joe, ela se ajoelhou para fazer algumas perguntas, mas ambos se mostraram tímidos às câmeras, e Joe não conseguia ouvir seus murmúrios baixos.

Mike os conduziu através da fila de apresentadores de notícias, atravessou o topo do prédio e desceu por uma escada. Eles o seguiram para um saguão interno. Telas preenchiam as paredes, anunciando a cobertura da mídia sobre os eventos no Domo. Então a mãozinha segurando a dele puxou-o de volta. Asher parou, paralisado pela visão de sua imagem em uma tela gigante na parede. O vídeo reproduzia sua saída do hovercraft. Um apresentador anunciou sem fôlego, "Evie Joneson, Joe Denkensmith e seus três filhos sobreviveram a três anos cansativos na Zona Vazia. Não apenas sobreviveram, mas floresceram." Joe notou a incongruência de suas formas de pele de camurça contra o metal reluzente do telhado do Domo Comunitário. "Vamos, amigo," disse ele e pegou Asher no colo para alcançar Mike.

Mike e Raif os conduziram através do complexo a um conjunto de apartamentos conectados por uma grande sala comunal, com o céu azul preenchendo uma claraboia de teto inteiro.

Raif bagunçou o cabelo de Asher, e o garoto sorriu de volta. "Essa foi uma ótima entrevista, Evie. Mike e eu vamos coordenar com Dina daqui. Você deveria descansar."

Mike assentiu. "Sugiro que nos encontremos nesta sala central em dezessete horas, antes de Peightân chegar à Base Orbital WISE. Seus quartos devem estar equipados com tudo de que vocês precisam." Ele os levou por um corredor até os aposentos de Joe e Evie, depois apontou para outro apartamento designado a Fabri e Eloy mais adiante, antes de voltar para se juntar a Raif na sala principal.

Evie deu um abraço em Fabri. "Sinto muito por termos trazido você para esta situação perigosa. Eu nunca imaginei que seria assim."

Fabri a abraçou de volta. "Bem, eu me sinto segura agora. E ainda estamos juntos."

Joe apertou as mãos e puxou os dois para um abraço caloroso. "Vamos continuar assim."

O apartamento estava quente e os confortos modernos foram uma surpresa para os gêmeos. A água corrente das torneiras os fascinava, assim como os materiais desconhecidos que cobriam os móveis. Eles saltaram nas camas e encontraram inúmeras maneiras de gastar a energia reprimida, enquanto Joe lutava contra o sono.

Após a intensidade do dia, foi um alívio para Joe e Evie vê-los tocar no chão acarpetado sob seus pés. Com Evie ao seu lado, sua própria preocupação se dissipava, conforme a tensão no rosto dela desaparecia.

Ele empurrou os gêmeos para o banho enquanto Evie alimentava Sage – sua rotina de dividir e conquistar. Joe pensou no quanto a hora do banho ficava mais fácil quando não era necessário aquecer a água. O sabão tinha um cheiro doce e encheu a banheira com bolhas.

O armário do quarto tinha roupas novas em tamanhos aproximados, e Joe agradeceu mentalmente a Mike por seu trabalho rápido para encomendar a entrega do drone. Ele vestiu os meninos enquanto Evie colocava Sage para dormir. Joe levou os gêmeos para a cozinha, e Evie logo se juntou a eles. Ela riu quando viu o sintetizador de comida. Evie preparou espaguete e almôndegas em poucos minutos. Joe balançou a cabeça com a facilidade e a velocidade – ele não teve que caçar, procurar comida ou iniciar um incêndio. Um espaguete nunca foi tão gostoso.

As luzes piscando dos utensílios de cozinha distraíam os meninos de seus pratos. Joe se concentrou em seu próprio prato, os sabores familiares o confortando de uma maneira que ele não esperava.

Asher o empurrou, tentando subir em seu colo. Ele o pegou e Asher enterrou a cabeça no peito de Joe. "O que é isso?" Joe notou o cleanerbot limpando o chão onde um garoto jogara um macarrão. Clay aproximou-se do bot, hesitante, e a máquina congelou, a testa brilhando em amarelo. Clay tocou sua superfície polida com a mão manchada de molho, deixando um rastro, antes de olhar para Evie, incerto.

"Ele não vai te machucar," disse ela.

Clay deu uma última olhada no bot e voltou ao seu assento, com a curiosidade satisfeita. O bot retomou a limpeza, marcado com uma mancha vermelha. Evie riu. "Gostaria de saber quem limpa o cleanerbot."

Quando terminaram de comer, os gêmeos estavam esfregando os olhos. Joe os colocou em pequenas camas no segundo quarto. Evie estava saindo do banho quando ele voltou para o quarto deles. Ele abraçou seu corpo molhado e a beijou profundamente.

Ela sorriu para ele. "Vá tomar banho – é glorioso."

Enquanto Joe se vestia com roupas comuns após o banho celestial, ele olhou para a pilha de camurças, pensando no esforço demorado para fazer as roupas. O machado e o cajado bō de Evie estavam no topo da pilha.

A visão provocou uma enxurrada de pensamentos. Primeiro, lembranças agradáveis – o dia em que encontraram sua casa na Zona Vazia, com machado e cajado bō em mãos, a satisfação decorrente do cuidado com a terra e o nascimento de seus filhos. Então sua cabeça se encheu com imagens do dia – de Bessie e de Zable sangrando na maca e da escola infantil. "Melhor não ir para lá," ele murmurou para si mesmo e afastou os pensamentos.

Fresco, limpo e cansado, ele se juntou à Evie na sala de estar, onde ela assistia a um noticiário silencioso do Prime Netchat. Ele se aconchegou ao lado dela no sofá luxuoso.

Joe riu alto. "O conforto, é inacreditável, eu tinha esquecido."

"Criar três filhos será *muito* mais fácil aqui," disse ela, com o rosto iluminado. "Não tenho certeza do que farei com todo o meu tempo livre, se não precisar procurar comida." Ela apontou para o portal net. "Eles parecem familiares."

Joe virou-se para ver Caroline Lock na tela, o banner na parte inferior anunciando o retorno de Evie e Joe da Zona Vazia. Ele aumentou o volume do noticiário.

"– Evie Joneson e Joe Denkensmith, e sua família, capturaram a imaginação do país," disse Lock. Seu cabelo brilhava dourado contra o pano de fundo prateado do Domo. O feed foi cortado para um vídeo deles parados na plataforma de aterrissagem anterior. Ele sentiu uma onda de autoconsciência sobre sua barba e cabelo rebeldes.

Eles mudaram para a reprise do discurso de Evie no telhado do Domo. Joe viu os números piscando na parte inferior da tela, agora na casa dos bilhões, que representavam o número de vezes que a história havia sido compartilhada em todo o mundo.

Após a entrevista de Evie, o feed mudou para Lock, agachado ao lado de Asher. "Do que você mais sente falta?"

Asher olhou para ela seriamente. "Cordeiros."

Ela se virou para Clay. "E do que você mais sente falta?"

Ele apertou os olhos, perplexo, e então cuidadosamente formou palavras. "Nada. Mamãe e Papai estão aqui."

A tela voltou para Jasper Rand e Caroline Lock, sentados a uma mesa de notícias. Rand sorriu para a plateia. "Eles são jovens demais para entender por que passaram a vida no deserto, mas parecem estar se adaptando à vida moderna."

Lock franziu a testa. "Mas, Jasper, essa história agora é maior que o retorno da família. Esse movimento anti-Níveis chamou a atenção de todos e essa família exemplifica por que é uma mensagem importante."

Rand esfregou o queixo. "Há uma quantidade surpreendente de admiração pelos pais por parte de nossos telespectadores do Prime Netchat."

"Claro que há. Eles sobreviveram ao que muitos chamariam de sentença de morte. E se seus filhos são algum testamento, eles prosperaram." Lock olhou diretamente para a câmera de vídeo. "As pesquisas de hoje mostram uma classificação altamente favorável para Joneson. O Netchat está explodindo com sua história. Evie Joneson é o ícone do movimento anti-Níveis. A sua história é de superação, mais ainda, de triunfo, com três filhos adoráveis para demonstrar seu amor e resiliência." O feed cortou para Evie enquanto ela respondia a várias perguntas, equilibrada e confiante, com Joe ao seu lado. O orgulho brotou em seu peito, ele a puxou para mais perto e beijou seus cabelos.

"Evie, você é invencível."

Ela se inclinou para ele. "Depois que Mike mencionou a conversa com a mídia, eu valorizei a oportunidade. Agora que voltamos, não esqueci minha luta. Julian e Celeste morreram pelo movimento pela igualdade. Eu preciso continuar."

"Estarei aqui para ajudá-la nessa luta. É uma boa luta para se conduzir."

"Eu preciso de você ao meu lado. Parece que já vivemos juntos em vários mundos," ela disse, esfregando o ombro dele.

Joe coçou o queixo. A barba crescida lembrou-lhe do hábito que ele havia perdido principalmente enquanto estava na montanha. "O deserto foi uma experiência de amadurecimento. Eu aprendi a ser autossuficiente. Respondi a minhas perguntas. Vim a entender mais sobre sabedoria e compaixão." Ele contemplou o rosto dela – bronzeado e natural, levemente desgastado em torno da boca pelos desafios da vida na Zona Vazia, mas ainda cheia de vida. "Sua força de caráter me ensinou a ter consciência do equilíbrio entre viver em minha cabeça e viver em meu corpo e no mundo. Você me ensinou sobre ter um propósito. Agora estou confortável em criar um novo caminho." Joe continuou a estudá-la sob a luz tremeluzente da sala, lembrando-se da primeira vez que a viu, uma figura misteriosa e a líder ardente de uma causa. A libélula havia capturado seu coração para sempre.

Eles assistiram ao feed, revivendo o dia.

"Você parece bem endurecido lá, homem de aço." Ela o cutucou nas costelas. Joe olhou para a tela. Ele nunca esteve tão em forma em sua vida.

"Deve ser a lenha. E você, meu amor, é linda por dentro e por fora."

Joe desligou a tela e a puxou para ele, beijando-a profundamente. Eles rapidamente se despiram e foram para o quarto, deslizando nus nos lençóis brancos aveludados. Depois das privações do banimento, era um paraíso diferente.

Acariciando sua bochecha e beijando suas pálpebras fechadas, ele se maravilhou com a pura paixão em seu rosto, por ele e por tudo na vida. Embora os cabelos dela tivessem sidos lavados há pouco tempo, ele ainda imaginava um leve aroma da floresta.

Seu bíceps flexionaram confortavelmente quando ele a levantou para cima dele. Ela se apoiou e seus cabelos grossos caíram para a frente. Ela se mexia de forma rítmica, sacudindo os cabelos para trás, o olhar distante. "Eu senti como se estivesse no topo de um pico, olhando para a multidão, muito feliz por voltar a essa luta. Fico feliz que você esteja aqui comigo."

"Ah, então você gosta dos cumes?"

"Eu nunca me senti mais perto de ninguém na minha vida, meu homem da montanha," ela respirou, suas mãos pressionando seu peito. Eles se moviam devagar, confiantes o suficiente em seu conhecimento íntimo um do outro para não terem pressa. O ângulo de repouso mudou quando ela o puxou para cima dela, e seus olhares se fixaram.

"Você está sempre no meu coração e na minha cabeça." Joe se derreteu em seus olhos castanhos, um lugar de que nunca quis sair. Seu amor e paixão por ela eram imutáveis e perenes.

"Eu amo tanto você," ela sussurrou.

"E eu amo tanto você."

Ela levantou os joelhos e gemeu. As mãos dele acariciaram seus seios e desceram até suas costelas, depois desceram novamente até que sentiu o corpo dela começar a tremer.

Ele a conhecia, e ela o conhecia, e eles sabiam tudo sobre as bênçãos do mundo. Eles dormiam em paz, os cobertores os envolviam, emaranhados um no outro, corpo e alma.

Capítulo 47

Joe acordou de madrugada, como fazia todos os dias – mas sem uma janela por perto para ver o nascer do sol. A mão macia de Evie nas costas o lembrou onde ele estava, e ele se virou para sorrir para ela. Os gêmeos e Sage estavam acordados e clamando por atenção. Eles os vestiram e prepararam o café da manhã no sintetizador de comida.

Joe caminhou até a sala comunal e encontrou Raif sufocando um bocejo. "Dina e sua equipe têm trabalhado sem parar desde que a informamos sobre o foguete de Peightân." Ele se esticou. "Ela acha que eles construíram uma arma para impedir um ataque." Joe tentou engatilhar seu cérebro num ritmo mais alto. "A equipe na base transformou um veículo de entrega de carga em um míssil. Se o lançarem, a esperança é que ele atinja velocidade suficiente e tenha capacidade de manobra suficiente para interceptar. É uma lança cinética, funcionando como uma catapulta eletromagnética para destruir a nave de Peightân."

"Ele opera esmagando seu foguete?"

"Sim. Simples mas efetivo. Se puder interceptar."

"Apenas um míssil?"

"Não há tempo para construir outro. Apenas um tiro. O navio de Peightân estará ao alcance logo após o meio dia, por isso temos cerca de cinco horas. Sugiro que você e Evie reconectem seus NESTs para acompanhar melhor o que está acontecendo." Raif esfregou a testa. "Se você estiver disposto, Dina disse que poderíamos nos juntar a ela via steerbot na base." Joe assentiu, energizado pela chance de ver Dina e a base novamente.

Mike entrou na sala, parecendo mais abatido que Raif. Seus olhos estavam vermelhos, o brilho bélico persistia do dia anterior.

"Tudo na fronteira sul está sob controle. Demorou tempo para desligar as unidades de obstrução piratas, mas acreditamos que destruímos todos os bots corrompidos lá." Ele se sentou no sofá e permitiu que seus ombros caíssem devido à rígida postura militar que vinha mantendo.

Joe bateu no ombro dele com comiseração. "As perdas foram muito ruins?"

"Cerca de dois terços de nossas forças de fronteira – todo o exército de fronteira do sul, junto com parte dos mechas do norte. No total, cerca de cento e noventa mil milbots perdidos." Ele protegeu os olhos com uma mão cansada. "E mais de três mil seres humanos morreram também."

Joe sentou-se, sóbrio com o número. Ele não conseguia se lembrar da última vez que tantos se perderam na guerra – não em mais de meio século. "Precisamos nos preocupar com ataques de outros países agora, em nossa condição enfraquecida?"

Mike acariciou sua barba desgrenhada. Felizmente, não. Estive em comunicação com aliados e países não tão amigáveis a noite toda. Eles estão mais interessados em compartilhar a inteligência código worm do que em ameaçar os Estados."

Raif se inclinou para frente em concordância. "As pessoas precisam cooperar para domar nossos monstros inventados."

Fabri e Eloy entraram na sala comunal. Eles estavam vestidos com roupas modernas, e a alteração na aparência surpreendeu Joe. Os cabelos impetuosos de Fabri estavam bem penteados. Eloy tinha cortado a barba esfarrapada. Joe tocou a sua. Ainda precisava de um acabamento, mas ele teria tempo para isso mais tarde.

Evie se juntou a eles com os três garotos atrás. Sage estava bem acordado e babando. Fabri e Eloy estavam sentados com os gêmeos, e Eloy balançou Asher pelo joelho.

Gabe também entrou com Freyja ao seu lado. O cavanhaque de Gabe, mais longo e mais prateado do que Joe se lembrava, balançou em reconhecimento enquanto segurava a mão de Joe carinhosamente. "Que família vocês dois criaram," disse ele.

Freyja parecia inalterada – olhos azuis brilhantes, cabelos loiros nos ombros. Ela abraçou Joe, depois espiou Evie e se aproximou para abraçá-la e acarinhar o bebê. "Evie e Joe, seus filhos são adoráveis," disse ela enquanto os gêmeos se aconchegavam nos joelhos de Evie, olhando Freyja timidamente.

Um sorriso limpou a exaustão do rosto de Raif, e ele atravessou a sala para pegar Freyja em seus braços. Eles se beijaram e Freyja esfregou o cabelo bagunçado, sussurrando algo para ele com uma expressão preocupada. Então eles atravessaram a sala em direção a Joe, Freyja sob o braço de Raif.

O olhar de Joe mudou de um para o outro, rastreando a energia alegre entre eles. O rosto de Freyja irradiava uma nova luz. Exceto pelas linhas de preocupação, Raif também tinha um brilho que Joe não lembrava.

Raif estendeu a mão para Evie. "Prontos para se reconectarem eletronicamente com o mundo moderno?" Joe e Evie assentiram.

Eles deixaram as crianças sob os cuidados de Freyja, Fabri e Eloy e foram até o centro médico com Raif para reinstalar seus NESTs. O medbot despertou más lembranças de partir para a Zona Vazia, mas o robô era mecânico e eficiente, e havia uma intimidade familiar quando Joe ouviu o toque da interface normal do NEST novamente. Eles checaram seus NESTs, um contra o outro, testando a interface de rede. Evie olhou nos olhos dele e eles compartilharam uma nova conexão eletrônica com o mundo moderno e entre si.

"Eu não uso um há anos," disse ela.

Joe dirigiu-se ao medbot. "Você pode me fornecer uma atualização sobre Zable?"

O médico disse, "O paciente Sr. William Zable foi submetido a uma cirurgia de substituição de órgãos ontem à noite. Nós o tratamos de queimaduras graves e trauma na perna restante. Ele está sedado agora. Sua condição é crítica, mas estável. Essa é toda a informação que estou autorizado a liberar para você."

Os três voltaram para a sala comunal, mas Joe estava insatisfeito com as informações do medbot. Ele disse a Raif, "Suponho que você tenha planos de descobrir o que puder de Zable?"

"Planejamos entrevistá-lo assim que ele estiver consciente e tiver sido liberado pelos médicos. Ele pode fornecer informações valiosas sobre como as IAs e os bots estão comprometidos. Enquanto isso, ele está sob guarda total."

A sala comunal era um centro de atividades, com os amigos sentados nos sofás e conversando juntos. Logo após o retorno, a campainha tocou e Raif abriu a porta para dois homens de aparência oficial. Eles se apresentaram como prefeito e vice-prefeito do Domo Comunitário. Eles estavam vestidos casualmente e com as mãos juntas, como em súplica.

O prefeito falou com Joe e Evie. "Temos o prazer de hospedar você e sua família aqui no Domo. Queremos atualizar suas instalações e levá-los para uma suíte executiva no alto." Seu sorriso escorregadio fez Joe confiar menos nele.

Evie lançou um olhar incerto para Joe e depois de volta para o prefeito. "Por que nós desejaríamos nos mudar?"

"As suítes da área alta são muito mais agradáveis para os visitantes," disse o prefeito.

Evie virou-se para prefeito. "Para *visitantes*? Obrigada, mas vamos ficar nesses quartos por enquanto. Nossos filhos começaram a se acostumar."

"Mas já transferimos vocês para as suítes do alto," disse o vice-prefeito.

"Obrigado novamente." Joe moveu-se para perto de Evie. "Vamos ficar aqui por enquanto. Mas, no futuro, estaríamos interessados em morar no Domo Comunitário, em um dos pátios isolados."

Evie apertou sua cintura e ele sorriu para ela antes de se virar para Eloy e Fabri. "Evie e eu gostaríamos que a tia e o tio das crianças também estivessem por perto".

Eloy sorriu. "Vamos nos inscrever."

O prefeito capitulou. "Podemos encontrar dois apartamentos confortáveis aqui para vocês." Evie sorriu e agradeceu.

Mike interrompeu antes que os oficiais pudessem sair. "Eu tenho um pedido. Gostaria de planejar um evento ao vivo especial de interesse nacional, usando as principais instalações do domo hoje ao meio-dia. O Secretário de Defesa já aprovou a transmissão."

O prefeito assentiu ansiosamente. "Sim, é claro, se é uma preocupação nacional para os Estados."

"Vou enviar detalhes em breve," disse Mike, e os funcionários foram embora.

Mike virou-se para o resto do grupo. "Essa anomalia da IA é importante e todos devem saber sobre a luta que está acontecendo agora. Se pudermos projetar a batalha na Base Orbital WISE ao vivo nas telas do Domo, duzentas mil pessoas aqui poderão certificar a autenticidade, bem como sustentar uma audiência em todo o mundo." Ele parou e olhou para Evie. "É lamentável que os relatórios do governo nem sempre sejam acreditados por alguns segmentos da população. Não se pode culpá-los, dadas algumas fake news que se passaram por fatos divulgados no netchat no passado."

"Obter fatos verdadeiros não deveria ser um acaso, mas uma expectativa do nosso governo. E divulgar nossa mensagem sempre foi o primeiro passo para aprovar a mudança que queríamos," disse Evie. Joe imaginou que ela ainda estava pensando em sua mensagem no dia anterior.

Foi difícil esquecer toda a morte que testemunharam no último dia. De alguma forma, Joe se sentia mais desconfortável agora do que quando encarava a natureza darwiniana na montanha. Foi por causa de seus instintos elevados? Ele tinha medo de não conseguir abalar esse pressentimento até que a situação se resolvesse.

◆

Um pipabot serviu sua refeição ao redor da mesa circular. Em um esforço de se atualizarem sobre a vida dos outros, eles mudaram a conversa para longe da política, e agora ela estava centrada em suas experiências na Zona Vazia. Joe assistiu a Eloy se divertir contando histórias de caça e pesca. O romance das aventuras ressoou na voz de Eloy, mas as memórias de Joe misturaram o amargo com o doce, um sabor da vida mais verdadeiro.

Joe se inclinou para Gabe, que estava sentado ao lado dele. "Deveríamos discutir o pensamento que tive enquanto estava fora. Com tempo e espaço para pensar sem distrações, acredito que fiz muito progresso em meu projeto filosófico."

A refeição terminou e o grupo começou a se dispersar. Freyja segurou Sage, que riu enquanto ela fazia cócegas em seus pés, o que fez Freyja rir também. Gabe leu histórias para Asher de um allbook que trouxera. Fabri e Eloy anunciaram que iriam passear no pátio para ver seu novo lar e que levariam Clay, que falava sem parar enquanto saíam.

"Com tantos ajudantes para os meninos, acho que aproveito a oportunidade para uma pausa agradável para mim. Voltarei em breve." Evie deu um beijo em Joe e saiu.

Mike, Raif e Joe sentaram-se juntos, discutindo a aproximação iminente de Peightân da Base Orbital WISE, a probabilidade de sucesso do projétil improvisado de Dina e os próximos passos caso o míssil falhasse. Percorrer os cenários foi outra distração bem-vinda.

Raif disse que era hora de partir. Com um aceno, Mike levantou-se para coordenar a transmissão pela rede com os funcionários do Domo. Ele disse que assistiria à base orbital de um portal da rede dentro do Domo.

Raif conduziu Joe pelos saguões dos fundos do complexo Domo e a um conjunto de salas guardadas por copbots. Uma sala interior continha vários netwalkers lado a lado em uma plataforma elevada, semelhante ao que Joe havia usado no escritório regional do WISE. Raif habilmente se prendeu a um cinto suspenso no teto e ajustou o traje háptico. Joe vestiu o seu próprio traje e puxou o fone de ouvido surround, depois as luvas hápticas.

Raif flexionou os dedos e riu. "Parece nossos velhos VRbotFests. Mas os steerbots e steermechs são mais divertidos."

Joe assentiu, distraído ao tentar se lembrar de como carregar seu avatar na plataforma. Ele se autenticou, seu azulejo biométrico brilhou em azul e seu rosto apareceu na tela da interface. Raif deu um sinal de positivo. Joe inalou profundamente e abriu a conexão com a Base Orbital WISE.

O mundo real evaporou. Joe se viu encarnado em um steerbot em uma prateleira ao longo de uma parede. Ele mexeu os dedos dos pés no netwalker, sentindo botas nos pés virtuais. Ele saiu da prateleira. As botas do steerbot aderiram ao convés ferroso com um baque, e o som despertou as antigas habilidades de Joe. O steerbot de Raif se arrastou na frente dele em direção ao elevador.

Na ponte, Dina, Robin e o pipabot Boris estavam no console de controle. A mão de Dina descansava em um capacete de traje de pressão no console. Essa foi a primeira vez que Joe a viu em carne e osso, não encarnada dentro de um steerbot. Ele olhou para o rosto sorridente dela, assustado, calculando a altura dela com a do steerbot.

. . .

Ela deve ter cento e cinquenta e sete centímetros de altura, no máximo, muito mais baixa que o steerbot em que eu sempre a vi. Alguém pulou o hormônio do crescimento humano. Pequena, mas poderosa.

. . .

"Nós nos conhecemos de verdade neste momento, em parte, pelo menos," disse ela. Sua voz rouca estava cansada, mas seu aperto de mão parecia tão poderoso quanto ele se lembrava, na ocasião de sua primeira conferência virtual.

Robin acenou bruscamente para Joe e Raif e voltou para o console onde seu capacete repousava magneticamente no lugar. Ela enfiou o cabelo vermelho escarlate em seu traje de pressão. Estudou os dados de voo no projetor holo e fez uma careta de irritação. Joe se perguntou se ela havia permanecido irritada por esses três anos.

Boris interrompeu. "Por favor, confirme se a carga está pronta para o lançamento."

O holo de Jim Kercman apareceu, com o rosto abatido. "A construção está completa e todos os sistemas estão em movimento. O míssil está pronto na área de lançamento, seção C."

Ao lado do holo de Jim, um de Chuck apareceu e Joe o imaginou girando o capacete para fora da tela. "Estou concluindo os testes finais de mísseis aqui na Seção C. Natasha confirmou que os sistemas de dados estão funcionando corretamente. Em breve estaremos prontos para liberar o míssil de suas restrições de atracação."

Dina ergueu os olhos dos dados. "Qual é o alcance de Peightân?"

"Três mil e trinta e sete quilômetros," respondeu Robin. "Dezenove minutos antes de ele alcançar a separação de mil quilômetros optimal."

"Continue atrás de sua nave. Nós lhe daremos um aviso justo." Dina virou-se para Joe. "Ainda não temos ideia de qual é o seu real objetivo. É claro que, se ele controlar a Base Orbital WISE, poderá interromper o acesso às bases da lua e controlar todas as naves que vão além no sistema solar. Mas é só uma questão de tempo antes que nós... alguém na Terra... pudesse organizar uma força para retomá--la. Talvez essa base seja um ponto de partida para controlar todas as outras bases espaciais, incluindo as de Marte. Mas quaisquer que sejam seus planos, não vou deixar que ele se apodere dessa base."

"Venho acompanhando os esforços de sua equipe a noite toda. Você criou uma solução inventiva que pode salvar a Base Orbital WISE," disse Raif.

"A equipe fez isso unida." Ela apontou para doze outras pessoas, steerbots e pipabots que estavam sentados no círculo externo de assentos. Joe não os havia notado antes. "A questão é se os controles são precisos o suficiente para interceptar nessas velocidades." Dina e sua equipe trocaram expressões cansadas de encorajamento.

Raif mudou-se para o console e iniciou vários comandos. "Usando dados de bots corrompidos recuperados no campo de batalha, criamos um novo programa para verificar a corrupção pelo código worm. Deveríamos executar isso contra todos os bots daqui."

Chuck assentiu. "Eu vejo os arquivos. Começarei o exercício agora com este último upload de código, para verificar os bots restantes." Na unidade com, Chuck virou-se para a vice-pipabot, Natasha, e sua testa piscou em azul.

Joe olhou pela janela grande. A lua não era visível por causa da orientação da base, mas ele encontrou a Terra, visível no canto inferior. Era aproximadamente quatro vezes o tamanho da lua vista de sua casa na montanha.

Joe se preparou contra uma vertigem repentina, lembrando-se de que estava apenas na base orbital virtualmente, mas o sentimento era visceral demais para evitar. Ele imaginou o foguete de Peightân acelerando em direção a eles, ficando cada vez mais próximo a cada segundo que passava e trazendo a ameaça de morte a todos na base orbital.

Dina chamou vários membros da tripulação com perguntas rápidas e confirmou que todos estavam no local. Mike apareceu no holo para discutir a transmissão ao vivo do Domo. Robin abriu o feed de comunicação. As ações da tripulação da ponte foram transmitidas ao vivo e ele ficou mais alto em seu steerbot.

Então eles esperaram.

"Sete minutos até a nave entrar no raio de lançamento," disse Robin.

"Vamos abrir um vídeo de saudação agora. Um último apelo à não-violência", disse Dina, com um músculo de sua mandíbula pressionado. Ela e Robin colocaram seus capacetes. Robin abriu um canal de comunicação.

Dina ficou parada no console. "Eu sou Dina Taggart, a comandante da Base Orbital WISE. Represento a Agência Espacial Mundial e o governo dos Estados. O governo dos Estados determinou que seu ataque no estado do Novo México e sua atual abordagem ameaçadora a essa base representam atos de guerra sob o direito internacional. Você tem um minuto para mudar de rumo. Caso contrário, nos defenderemos. Essa defesa terminará com sua morte."

A unidade com estalou com uma voz firme e estridente.

"... Comandante, vejo e ouço o seu feed de vídeo... Eu vejo o Sr. Denkensmith aí... Sr. Denkensmith, você e a Sra. Joneson têm sido uma irritação grave. Em breve vocês dois pagarão o preço inevitável por isso." Joe estremeceu, arrepiado ao ouvir a voz de Peightân novamente.

"As verificações térmicas mostram que a nave dele não está desacelerando," relatou Robin.

"Prepare o cineti–"

O holo de Chuck se iluminou quando ele gritou, "Não, Natasha!" O feed mostrou um vislumbre da cabeça do pipabot girando em direção a Chuck, rosa escuro na testa e uma luz de aviso vermelha piscando no topo da cabeça em forma de ovo. O holo desapareceu.

Poucos segundos depois, uma explosão abafada causou um tremor violento nas botas do steerbot de Joe, seguido por uma vibração alta e aguda através do casco de aço.

O holo de Jim Kercman apareceu na unidade com. "Dane-se o cão! Explosão na área de ancoragem. Vejo que nosso míssil defensivo ainda está intacto, mas a explosão o soltou de seus ancoradouros na baía de lançamento. Muitos detritos."

Robin ficou paralisada, com a boca aberta em O enquanto olhava para o holo em branco, onde Chuck estivera momentos antes.

"Causa provável?" A voz de Dina era imponente, mas calma.

Kercman respondeu. "Há um buraco no casco da Seção C. Descompressão explosiva em velocidade sônica. Pedaços de detritos voadores foram explodidos pela ruptura. Vi a luz vermelha de aviso de Natasha logo antes do link da unidade com de Chuck desaparecer. Ela estava corrompida?"

Raif olhou para Dina atentamente e assentiu. "Ela deve ter detonado uma bomba."

"Baixas?" Dina estava com seu laser focalizado.

Houve uma pausa antes do holo de Jim responder. "Dezenove tripulantes. Também há danos à seção D. Todas as outras seções estão seguras."

"Jesus Murphy," Dina murmurou, com o rosto sombrio.

Robin voltou a manipular os controles, a concentração lutando contra a raiva. "Estou manobrando nosso míssil para longe da área danificada da base." Ela verificou os sensores. "Parece que os detritos não o danificaram fatalmente."

"A nave dele mudou de rumo?" Dina não estava mais calma, mas ainda estava no controle.

"Negativo," disse Robin, checando a verificação térmica.

Raif pulou para o console ao lado de Robin, seus dedos se movimentando *prestíssimo* sobre os controles. "Estou excluindo e recarregando a programação de mísseis com uma verificação completa do código corrompido."

Boris olhou de Dina para Joe. "Talvez seja uma ideia sensata para mim me escanear com o novo programa, para verificar se não há falhas." O bot colocou a mão no sensor do console. Uma respiração irregular encheu o peito de Joe e ele congelou. Se Peightân também controlasse Boris, vários humanos e seu steerbot seriam explodidos a qualquer segundo. Com Dina, Robin e as pessoas atrás deles fisicamente, a loucura supérflua de Boris escaneando a si mesmo era surreal.

Todos estavam calados, olhando um para o outro enquanto previam a morte iminente. Segundos se passaram. Joe olhou para Dina em sua expressão de aço. O console brilhava com um azul profundo.

"Melhor prevenir do que remediar," disse Boris, erguendo uma sobrancelha.

. . .

O bot tentou contar uma piada?

. . .

"O upload para o míssil está completo," disse Raif.

"Armando mísseis," disse Robin.

"Autorizado a disparar quando estiver pronto," disse Dina.

"Míssil deslocado." Robin deu um soco no console. Ela ficou ao lado de Joe, e suas mãos se fecharam em punhos. Respirando baixinho, ela disse, "Leve isso para Chuck. Desculpe por não ouvir você gritar." Não havia nada para assistir nos monitores. O míssil acelerou muito rápido para o registro dos sensores ópticos. Robin virou-se para ele, com o rosto apertado, o cabelo vermelho emoldurando os olhos avermelhados. "Às vezes ele até me fez rir."

Raif monitorou a trajetória do míssil. "Impacto em três minutos", ele chamou. O grupo esperou, silencioso. Robin cobriu a imagem térmica e a tela deu zoom em duas linhas vermelhas – a nave de Peightân que se aproximava e o míssil que partia. As linhas se encontraram.

"Impacto. Alvo atingido!" Robin gritou, apertando o braço dela. A tela exibia peças espalhadas pelo impacto em um spray, depois o sinal térmico desapareceu.

"O míssil atingiu a nave inimiga e perfurou seu casco, violando todas as áreas de habitat. Nenhum organismo biológico poderia ter sobrevivido a essa explosão. Os milmechas a bordo deixarão de funcionar em noventa minutos após a exposição a temperaturas extremas. Nós neutralizamos a nave inimiga." A testa de Boris brilhava em azul.

Os aplausos do resto da equipe da estação chegaram a Joe no fone de ouvido. Todos apertaram as mãos ao redor, incluindo a equipe que estava sentada no ringue, mas a celebração foi abafada. Joe tocou o braço de Dina e disse, "Comandante, você fez um ótimo trabalho impedindo Peightân de assumir o controle dessa base. Não se sabe o que mais ele poderia ter feito se a tivesse apreendido."

Dina apertou a mão dele. "Obrigado por expor essa ameaça e pelo preço que você pagou. Agora a justiça pode ser feita e a verdade conhecida." Sua gratidão tinha um quê de amargura. "Mas primeiro eu preciso atender às baixas." Ela e Robin correram para o elevador junto com vários outros membros da tripulação.

Sabendo que era hora de deixar a equipe do WISE sofrer suas perdas, Raif e Joe devolveram seus steerbots às prateleiras. Joe mexeu na unidade, sua conexão terminou, e ele se viu de pé novamente no netwalker do Domo. Raif sorriu para ele quando Joe desatou seu cinturão.

"É bom ter esse bastardo fora de cena," disse Raif, e agarrou o braço de Joe.

Joe encolheu os ombros. "A guerra nunca é bonita." Um turbilhão de alívio misturado com inquietação o perturbou, e a lembrança do rosto sorridente de Chuck tornou impossível qualquer satisfação.

. . .

Estou me sentindo em conflito porque Chuck acabou de morrer, junto com muitos outros? É por isso que não sinto alívio pela morte de Peightân, este homem que nos assombrou? Algo parece errado. Parece fácil demais.

. . .

Eles voltaram pelos corredores do Domo para as suítes, Raif avançando com um passo confiante.

Capítulo 48

Eles chegaram na sala comunal para encontrar quase todos reunidos. Mike e Freyja haviam comandado o portal de comunicação no canto e o usado como centro de comando. Raif tocou o braço de Joe antes de se juntar a eles. "Ainda estamos recebendo informações do local da batalha sobre os bots corrompidos. Agora, estamos comparando essas informações com todos os bancos de dados do governo e começamos a pesquisar nos bancos de dados do Ministério da Segurança."

Joe assentiu, olhando ao redor para achar Evie. Ela sorriu e o chamou para o sofá, onde estava sentada ao lado de Fabri.

"Onde está Clay?"

"Ele estava com Fabri e Eloy, e eu os encontrei no pátio. Ele caminhou comigo um pouco. Ele estava animado para ver de onde meu anel veio, então eu o apresentei a Alex. Eu estava lá, no pátio, de pé com meus vizinhos do lado de fora de sua loja, quando assisti à derrota de Peightân no feed de vídeo aéreo. Que alívio. Houve uma comemoração, e Clay e Alex estavam se divertindo muito, então Alex disse que iria passear com ele e depois o traria de volta para cá." Ela apertou a mão dele. "Estou aliviada que a base orbital esteja segura e que Peightân se foi. Como foi no steermech?"

Joe lhe contou a história, sem subestimar sua tristeza pela morte de Chuck. "Mortes desnecessárias encheram esses três dias desde que deixamos a montanha. Peightân nos mencionou pelo nome. Ele estava determinado a assassinar nós dois e não se importava com quem mataria no processo."

Evie o abraçou. "É bom saber que ele e Zable não podem mais nos machucar."

"Eu não tinha percebido como o pensamento daqueles dois estava me preocupando. Mas agora podemos seguir em frente."

"O movimento anti-Níveis também pode se mover mais rápido agora, já que agora pode ser visível. Podemos exercer nosso direito de liberdade de expressão sem a interferência do governo." O fogo em seus olhos mostrou a intensidade de seu foco na missão.

Ela se levantou e o puxou para cima, uma ideia acesa em seus olhos. "Venha comigo. Gostaria de mostrar uma coisa que pode ajudar você a entender como será a vida no Domo."

Eles deixaram a sala comunal e passearam por um corredor. Evie se lembrou de todos os caminhos do complexo, ainda um labirinto não mapeado para ele. Eles saíram por outra porta para uma varanda com janelas de frente para o domo principal. Um pátio abaixo estava cheio de pessoas em seu ritual da tarde de *passeggiata*. "É assim que as pessoas vivem aqui – em comunidade," disse ela.

Ele estudou as pessoas conversando com os vizinhos, a camaradagem aparente em seus rostos e sorriu para Evie. Ele entendeu. A multidão nos assentos de nível superior era visível através do vidro. Caixas de apartamentos pairavam acima deles. Ele estava feliz por terem recusado aquilo. Seria muito ostensivo depois da vida simples. Estar no mundo moderno já era uma bênção.

Evie o envolveu em seus braços. "Você realmente quer que moremos aqui em família?"

Ele a abraçou com força. "Eu adoraria ficar aqui. As pessoas com quem você se cerca ajudam a moldar seu caminho. Essas escolhas e essas pessoas influenciam o caráter. A escolha de morar aqui com Eloy e Fabri permitirá que nossos filhos se sintam seguros e amados." Joe sentiu-se em paz, como se estivesse sentado sob a macieira ao lado da cabana.

"Você se lembra da conversa que tivemos depois que você caiu da nora e machucou sua perna? Sobre o mal no mundo?"

"Sim. Você falou então sobre continuar a luta contra os Atos de Níveis quando voltássemos."

"Sim." Os olhos castanhos dela o seguraram. "Esta tarde, me reconectei com três dos líderes do movimento e acompanhei o que aconteceu em nossa ausência. Eles estão bem organizados, prontos para pressionar por mudanças legislativas. Eles querem que eu lidere o movimento novamente. Eles disseram que meus comentários quando chegamos energizaram todos e me pediram para gravar uma chamada à ação. Então eu o fiz. Pouco antes de você voltar. Eles querem usar este vídeo nos próximos dias."

Joe estudou sua boca, observando sua determinação. "Eu disse que iria te ajudar. Eu estava falando sério. Deixe-me saber o que posso fazer para apoiá-la."

Evie o abraçou, depois olhou nos olhos dele com felicidade pura. "Juntos, podemos ser o raio. Nós podemos fazer essa mudança acontecer."

Eles ficaram na varanda abraçados, observando os vizinhos lá embaixo. A tribo deles, com apenas Eloy e Fabri nos últimos três anos, agora seria expandida para toda a sociedade moderna. Os moradores da cúpula seriam mais do que apenas vizinhos, seriam companheiros humanos na mesma jornada. Era um círculo maior de cuidados.

Uma explosão abafada e o estrondo de vidro quebrando fizeram os dois pularem. Joe procurou a fonte da explosão. As pessoas no saguão abaixo olharam para cima, e Joe olhou pela janela superior para a área principal do domo. Pedaços de vidro pendiam de uma das suítes do alto. Então o vidro explodiu da janela de outro logo ao lado. O vidro parecia cair em câmera lenta, um spray brilhando com a luz do sol, seguido pelo som da explosão.

Ele bateu no seu NEST. "Raif? O que está acontecendo nos apartamentos do alto?"

Houve uma pausa de alguns segundos antes de Raif responder sem fôlego, "Eu puxei um feed. Temos um exomech intruso! Ele está causando estragos nos apartamentos do alto."

O intestino de Joe se apertou quando as peças do quebra-cabeça se encaixaram.

. . .

Atraso háptico. Demorou demais. Isso é o que está me incomodando. Ele não estava lá na nave.

. . .

Joe agarrou Evie e a virou para encará-lo. "É Peightân. Ele nunca esteve no foguete. Ele está nos caçando nos apartamentos do alto. Aposto que ele invadiu o banco de dados do Domo e esperava nos encontrar naquele apartamento designado."

Seu corpo ficou tenso quando ela procurou os olhos dele. Então ela estava se movendo, puxando-o de volta pela porta e entrando no corredor. "Precisamos nos defender. E não o conduzir para perto das crianças."

Eles correram lado a lado, ziguezagueando nas entranhas do complexo, e logo Evie tomou a liderança. Ela abriu outra porta e continuou correndo. Eles chegaram à área atrás do palco principal. Sangue se acumulou no chão em frente à cabine de guarda. Joe olhou para dentro e viu o corpo do jovem guarda, Johnny, esparramado no chão.

Evie deu um grito estrangulado, e ele sabia que ela também o havia reconhecido – o jovem de quem cuidara quando criança. Seu coração disparou quando Evie acelerou o ritmo, e eles avançaram pelo corredor até o armazém. Os exomechs se alinhavam em uma parede. Evie correu para o primeiro, pulou no suporte da perna e espiou dentro. "Isso serve", disse ela. Ela se virou para o lado para permitir que Joe subisse ao lado dela. Ele passou pela abertura na concha do corpo, e esta concha o envolveu. Suas pernas escorregavam nos buracos designados, os pés a um metro do chão. Seus dedos encontraram os controles de movimento. Evie apertou um botão e a máquina vibrou ao redor dele quando seus sistemas entraram em operação.

Ela desceu. "Com dois, talvez possamos detê-lo." Ela correu ao longo da parede para outra máquina e se arrastou para dentro exatamente quando uma porta no final do corredor explodiu de suas dobradiças e um exomech passou por ela. Abrindo a porta, o exomech se ergueu até a altura máxima.

"Que bom que você abriu o seu NEST, Sr. Denkensmith." A voz estrondosa de Peightân reverberou através do fone de ouvido do NEST.

Joe apontou as pernas para a frente e seu exomech saiu do suporte na parede. Ele tropeçou na borda da prateleira, endireitou-se, depois virou-se para a esquerda e se afastou de Peightân. Ele bombeou as pernas mais rapidamente na casca do casulo, e o exomech ganhou velocidade, suas quatro pernas se movendo em sincronia. Movendo-se para o outro lado do galpão, Joe passou pelo local onde a cabine do exomech de Evie estava vazia. Peightân pisava duro atrás dele.

. . .

Cadê você, Evie? Mantenha sua cabeça baixa. Maldito seja, Peightân, siga-me.

. . .

Joe arriscou um olhar para atrás. Peightân estava encurtando a distância entre eles, braços de metal bombeando no ritmo, seguindo na direção de Joe. Uma grande porta apareceu à frente. Joe abriu-a quando seu calcanhar foi golpeado com um estrondo. Ele deu um passo e saltou para um chão coberto de terra, depois torceu o corpo de lado no exomech para enfrentar o inimigo. Joe reconheceu o chão de terra como o palco principal da arena.

Seu exomech espelhava a liderança de seu corpo, deslizando em torno da poeira em um arco para enfrentar Peightân. Joe deu uma cotovelada para frente antes que ele pudesse pensar, na esperança de manter o adversário desequilibrado, e levantou um braço em direção ao corpo da máquina de Peightân. Peightân golpeou para baixo com um punho robótico. O golpe vibrou em seu braço, e sua articulação do ombro explodiu de dor. O outro braço de Peightân quebrou a cabeça de sua máquina um momento depois. O cérebro de Joe sacudiu em seu crânio, e sua visão se estreitou. Ele abaixou a cabeça e avançou com as pernas, transformando seu exomech em um aríete que bateu no torso de Peightân. A máquina de Joe caiu de joelhos e plantou o rosto no chão quando a de Peightân foi jogada para trás. Os murmúrios da multidão alcançaram seus ouvidos, confirmando que estavam no palco principal. Joe olhou para cima e viu seu rosto em um holo flutuando no alto. Ao lado, estava o holo de um Peightân orgulhoso.

"Agora você vai morrer, Sr. Denkensmith, como prometido."

A máquina de Peightân avançou, ultrapassando os três metros que os separavam em um instante. Os braços choveram sobre sua cabeça e corpo, mais rápido do que a mente humana de Joe podia perceber. O corpo de Joe foi jogado de um lado para o outro, esmurrado dentro da armação de metal. A concha do exomech começou a entrar em colapso. O cheiro de vazamento de óleo servo o sufocou quando o metal comprimiu seu torso. Outro golpe atingiu a cabeça de seu exomech e metade da proteção do rosto caiu, fazendo sangrar a sua mandíbula. Sua máquina estava deitada de lado e a cabeça estava pressionada entre o metal e o chão de terra. Ele levantou uma mão de metal para se proteger dos golpes repetidos.

Um rumor cresceu da multidão e se tornou um canto baixo. "Misericórdia! Misericórdia!"

Joe olhou atordoado para o exomech de Peightân batendo na concha de metal, e os golpes de seu braço pulverizador fizeram sua visão embaçar.

Uma luz vermelha luminosa gravou um arco em sua retina, e ele se perguntou se seu cérebro havia sido danificado. Ele olhou de soslaio, mas o padrão em cruz durou vários segundos. A sombra da córnea de Joe diminuiu. Mas outro exomech estava atrás de Peightân, com um cortador de plasma em chamas em um dos braços. Peightân virou-se para o exomech, e girou o cortador de plasma, roçando sua orelha antes de cortar o braço de Peightân no ombro. O membro atirou terra na cabeça de Joe quando se derramou na arena. O exomech de Peightân caiu de joelhos quando Peightân abriu o escudo e saiu, movendo-se com agilidade, apesar do braço que faltava. Uma bagunça de fiação se projetava do ombro de Peightân. Dentro do braço exomecânico, perto da cabeça de Joe, havia os restos de um braço de robô.

"Ele é um bot. Ele é um bot." As acusações ameaçadoras varreram a multidão. Joe olhou de volta para Peightân, que saltou do palco e correu pela passarela, depois desapareceu por uma porta de saída da arena.

Joe piscou lentamente e sua respiração arranhou o peito. Seu corpo estremeceu em seu caixão de metal, então Evie estava ao lado dele na terra, arrancando sua estrutura com as mãos nuas, tentando libertá-lo dos destroços. Joe rolou para fora da massa de metal amassado. Seu peito convulsionou e a adrenalina percorreu seu corpo. Ele estava dolorosamente machucado, mas intacto. O rosto de Evie pressionou-se contra o dele enquanto ela o segurava. Ele massageou a cabeça, tentando aliviar a dor no crânio.

"Bem a tempo," ele murmurou.

Ela segurou o rosto dele. "Desculpe, demorei tanto." Ela apertou o botão do NEST. Foi a primeira vez que a viu fazer isso. "Raif, tenha cuidado. Peightân está vivo e pode estar a caminho de onde você está. Barre a porta."

Uma pausa, e Joe ouviu a resposta. "Todo mundo aqui está seguro, mas cadê o Clay?"

Evie piscou e ficou de pé. Havia uma urgência suplicante em seus olhos quando ela ajudou Joe a subir nas pernas trêmulas e sair do palco. Aplausos brotaram em uma onda longa e estrondosa. Eles atravessaram a multidão e saíram para o pátio, as pernas de Joe ganharam força enquanto ele trabalhava com a dor de sua agressão.

. . .

Pequeno Clay. Peightân saberia quem ele é a partir dos newscasts. E, se ele pode invadir nossos NESTs, pode saber onde Clay está. Maldito seja. Corra mais rápido.

. . .

Evie liderou o caminho, Joe mancando o mais rápido que podia pelo saguão da loja de Alex. Do lado de fora da porta da loja havia joias espalhadas. Lá dentro, em meio a uma poça de sangue escorrendo pelo chão de travertino, a forma inerte de Alex estava sentada atrás do balcão, e seu rosto sem vida olhava para cima.

Evie lamentou, depois vasculhou a loja em busca de Clay. Joe sabia antes que ela dissesse. "Ele sumiu."

Capítulo 49

Os amigos se juntaram na sala comunal, silenciados pela percepção de que havia um membro a menos. A família de Joe estava pressionada uma contra a outra no sofá, Asher chupando o polegar, Evie acariciando os cabelos de Sage. Mesmo que ela segurasse Sage calmamente no colo, Joe sentiu a energia enrolada nela, pronta para saltar.

Mike atravessou a sala do portal. "A partir dos feeds de segurança do Domo que Peightân não conseguiu bloquear ou corromper, confirmamos que o garoto não estava ferido quando Peightân o levou. Não sabemos onde ele está, mas todos os bots e forças de segurança da cidade estão procurando por ele. Peightân é inacreditável. A análise da câmera de vídeo confirma que ele é forte como um mil-spec. Mesmo com um braço faltando, ele é muito mais rápido e mais forte que um pipabot ou copbot. Aprimorei o centro de comando no terceiro andar. Fechamos esse complexo e testamos todos os bots internos para software corrompido, para que vocês fiquem seguros aqui."

Eloy sacudiu a cabeça. "Peightân caiu daquele foguete. Como ele ressuscitou aqui? Ele tinha duplos?"

"Não vimos o rosto dele, apenas ouvimos sua voz, que estava sendo transmitida da Terra. Senti que havia algo errado, mas só mais tarde notei que subconscientemente havia percebido que o atraso estava errado." A voz de Joe era monótona enquanto explicava. "Se Peightân estivesse no foguete, o tempo de atraso de perto da lua para mim, aqui no netwalker, seria de 1,3 segundos. Mas foi quase o dobro disso, então ele tinha que estar na Terra. É claro que ele tinha o controle de todos os milmechas que subiram no foguete, então deve ter usado um deles para retransmitir sua mensagem. Mas suas respostas às demandas de Dina precisavam viajar mais longe. Foi o que finalmente notei sobre o atraso do sinal."

"Achamos que a mudança dos milbots do Red Rogue no porto espacial estava sendo liderada pessoalmente por Peightân, e é aí que estávamos errados. Ele estava tentando tomar a base, mas através de seus milbots corrompidos." Mike bateu com o punho na outra mão. "E como demorou um pouco para fechar os bloqueadores corrompidos, Peightân usou esse tempo para deixar fisicamente o Novo México e voltar para cá em alguma aeronave."

Joe assentiu. "Esse truque, direcionando-nos para que nos concentrássemos inteiramente na Base Orbital WISE, serviu para nos distrair de qualquer infiltração que ele planejasse aqui." O esforço para organizar seus pensamentos drenou a última energia de Joe. Era difícil se concentrar nessas perguntas sobre Peightân.

Mike se endireitou, a boca apertada e os olhos furiosos. "Estamos desvelando todos os arquivos sobre Peightân para descobrir como ele poderia ter sido criado sem a necessidade de obedecer às três leis da robótica. Mas nosso primeiro objetivo é recuperar Clay."

. . .

Clay. Eu preciso achar o Clay. Eu preciso do meu machado. Onde deixei meu arco?

. . .

Raif e Freyja entraram na sala. "Retiramos a assinatura bot de Peightân de um dos sensores de cúpula não corrompidos." Raif se ajoelhou junto a Joe e colocou uma mão reconfortante em seu ombro. "Essa assinatura nos permite descobrir a fonte."

Freyja apertou a mão de Evie. "Agora podemos provar que Peightân modificou os bancos de dados. Isso justifica o plantio da bomba que matou o congressista. Localizamos os dados originais da amostra de DNA da bomba e o registro de DNA não testado de Zable. O DNA da bomba que matou o congressista não corresponde a nenhum dos seus. Combina com o de Zable."

As palavras entravam no cérebro de Joe, mas pareciam emperrar. Como isso ajudaria Clay?

"Nós desbloqueamos um grande número de arquivos ocultos." Raif estava falando novamente. "Peightân é o produto de um projeto maligno antes das Guerras Climáticas. Os desenvolvedores acessaram um arquivo secreto. Eles classificaram e catalogaram o pior comportamento humano, a fim de criar perfis de depravação humana, dimensões do mal. A IA resultante foi construída para detectar atos imorais de um inimigo."

Freyja continuou a história. "Peightân tem uma longa linhagem, começando com o banco de dados do Sistema de Segmentação Automatizado, com o acrônimo ATS, usado séculos atrás para rastrear terroristas. Esse era o núcleo da IA de direcionamento do sistema Net – o acrônimo conhecido como TAN – que agregava o banco de dados maligno. A partir dessa IA, o programa se transformou em um experimento clandestino para criar um robô militar especializado. Mesmo após o término das guerras, o projeto durou – até que todos os registros relacionados a ele desaparecessem. Achamos que eles construíram vários protótipos e destruíram todos os outros. Peightân foi o oitavo e último protótipo. Seu sobrenome foi derivado dessa raiz – ShayP8TAN. Ele incorporou a robótica mais avançada da época e pretendia não apenas ser um copbot melhor, mas também passar como policial humano."

Eloy se inclinou para frente. "Por que o nome Shay?"

Raif coçou a orelha. "Dr. Shay era o bot designer original. Ninguém consegue encontrá-lo. Sequer sabemos se está vivo." Ele cerrou os lábios. Suponho que, de alguma forma, ele não acreditava que sua criação pudesse ser perigosa, e que os robôs sempre permaneceriam sob nosso poder, ainda fofos e afáveis como o típico pipabot."

"Foi uma presunção anexar o nome dele. E uma presunção acreditar que alguém poderia programar metas que sempre seriam corretas, como se viessem de leis invioláveis para o certo e o errado," disse Freyja.

O rosto de Gabe se contorceu de raiva. "É ilegal fazer um robô parecer tão humano. Na verdade, é imoral." Os outros murmuraram concordando.

Ao lado dele, Evie se mexeu. "Mas por que focar em nós? Em mim?"

Raif respondeu. "Achamos que o hacker cDc encontrou informações que exporiam Peightân, e foi isso que o matou. Seus hackers anti-Níveis, Celeste e Julian, também estavam hackeando na época, e Peightân provavelmente pensou que eles faziam parte do mesmo grupo que o cDc. As mesmas salvaguardas que particionam a rede em sandboxes preservam algum anonimato, portanto, Peightân não podia ter certeza de quem era o responsável pelo quê. Então, sem querer, cDc levou Peightân diretamente para você."

Freyja entrou na conversa. "Depois que ele ficou sabendo de você, Peightân tomou seu trabalho para excluir os Níveis de modo pessoal. Foi quando ele começou a indexar todas as atividades em oposição a hierarquias semelhantes em todo o mundo. Peightân se orgulha de sua superioridade sobre os outros e ofende o povo. Como muitos tiranos antes dele, ele mantém o poder através da hierarquia, destituindo o poder das massas. Você era uma ameaça para ele, Evie, porque inspirou outros a se rebelarem. E Joe por ter te defendido."

"Manter o segredo dele era fundamental." Mike continuou a explicar suas descobertas. "Ele sabia que teria muito mais autonomia se as pessoas acreditassem que ele era humano e precisava eliminar qualquer pessoa que ameaçasse essa crença."

"Mas seus desenvolvedores cometeram um erro profundo. Todas as IAs são programadas com objetivos concretos que os humanos estabelecem. Por exemplo, os copbots são programados para prender suspeitos que cometem atos observáveis que correspondem a uma lista de crimes. Ao interagirem com o mundo, encontram situações ambíguas. A extensão da meta é bastante difícil sem um conjunto de valores para orientar a tomada de decisão," afirmou Freyja.

Raif continuou o pensamento. "É o problema de valor agregado na robótica. Nossos valores orientam o comportamento humano. Como ensinamos nossos valores às IAs para que elas mantenham os objetivos e façam distinções morais enquanto aprendem?"

Freyja assentiu, parecendo assustada. "O erro deles foi dar a esta IA, armada com dados de valor negativo, a capacidade de redefinir seus objetivos em face da ambiguidade, não informada por nenhuma de nossas melhores qualidades humanas."

Raif esfregou a testa. "Peightân é uma máquina de nossa fabricação. Não consciente, não senciente. Simplesmente um espelho de nós no nosso pior, e fora de controle."

A raiva de Joe fervia durante a conversa sem objetivo, que parecia sem importância porque não estava focada em Clay. Ele precisava do machado, mas agora um arrepio percorreu sua espinha e levantou os pelos dos braços. "Temos capacidade para o bem e o mal sem limites. A escolha é sempre nossa," ele disse, e a sala ficou em silêncio.

"Mas Peightân não é uma medida do caráter humano, e sim uma destilação dos nossos piores impulsos." Evie estremeceu.

Ele sabia o que ela estava pensando, pois o mesmo pensamento o consumia. O ápice do mal havia sequestrado o filho deles.

***

Joe se encolheu quando as mãos de oito dedos do medbot sondaram seu NEST, mas ele concluiu a redefinição do ID do dispositivo em segundos. "Você tem um novo identificador pessoal," disse o bot.

Mike e Raif esperaram com ele nas instalações médicas. Era reconfortante tê-los com ele. Ele tinha menos certeza de sua nitidez, ofuscado pela preocupação com Clay.

Raif esfregou a nuca com dedos inquietos. "É preocupante que Peightân possa corromper os NESTs e provavelmente outros sistemas."

Mike franziu a testa. "É uma pista importante para entender como ele espalha seu código worm. Felizmente, nenhum de nós tem PIDA."

Joe olhou para Raif, que sorriu timidamente. "Freyja me convenceu a excluir o meu."

"Deixe-me verificar Zable, já que ele está aqui no hospital e poderia lançar alguma luz sobre o provável paradeiro de Peightân. Talvez ele esteja bem o suficiente para ser interrogado," disse Mike. Ele saiu para perguntar na mesa de informações do hospital.

Depois de autenticar o bloco biométrico de Mike para obter sua autorização de segurança, um pipabot os levou para uma sala protegida por copbots. Eles foram direcionados para a frente através das portas externas.

Uma divisória de vidro os separava de um quarto de hospital para cuidados intensivos. Zable estava deitado sobre a mesa, coberto por um lençol do pescoço para baixo. Um robô cirúrgico estava pendurado na parede perto de sua cabeça e dois medbots esperavam nas proximidades, observando-o. Ele estava acordado, olhando para um noticiário na tela da parede. Um newsbot anunciou, "O Ministro Nacional da Segurança revelou-se um robô no Domo de Combate esta tarde." O corpo de Zable tremia sob o lençol. O jornal continuou. "As autoridades revistaram sua casa e a casa de seu cúmplice, Sr. William Zable. Todos os seus pertences foram confiscados, e acusações criminais contra os dois estão por vir."

"Bastardos injustos," Zable praguejou. "Eu lutei por essa pilha de merda. Troquei tudo por isso."

"Gostaria de saber há quanto tempo ele está ouvindo essa história," disse Joe.

O medbot principal se aproximou da partição. Dirigiu o olhar para Joe e disse, "O paciente está ciente da notícia há cento e vinte e sete minutos."

"Ele disse alguma coisa?"

"Além dos comentários que você acabou de ouvir, ele solicitou seus pertences, e nós o cumprimos," respondeu o bot.

Mike franziu a testa. "Qual é o seu prognóstico médico?"

"Sua perna direita foi amputada após o acidente. O prognóstico para a perna esquerda é negativo. Nós informamos o paciente. Se ele estiver estável, operaremos amanhã. Ambos os membros serão substituídos por próteses." O medbot levantou uma sobrancelha. "Depois, bom como novo." Voltou sua atenção para Zable.

"Talvez novo. Bom, não." Suas palavras saíram como um murmúrio, mas Mike assentiu.

O feed mudou para a central de notícias do Prime Netchat, o âncora de notícias com o penteado perfeito, Jasper Rand, estoico em sua reportagem. "O momento para reavaliar os Atos de Níveis está crescendo. A comandante da Base Orbital do WISE, Dina Taggart, hoje promovida ao Nível 1, chamou uma votação na rede a propósito da questão dos direitos de voto para os Níveis mais baixos. Devemos lembrar que é um direito especial do Nível superior solicitar esse referendo. Este voto não se vincula à legislatura."

A câmera de vídeo se abriu para mostrar Caroline Lock. "Pesquisas independentes antes da votação sugerem apoio popular esmagador. Lembre-se de que Joneson foi enviada à Zona Vazia por protestar contra esse problema. Talvez um indivíduo *possa* transformar seu canto do universo inspirando outros com uma única ideia."

A câmera de vídeo mudou para Rand. "Agora, vamos voltar à história principal do Domo de Combate hoje. Quinhentos milhões de cidadãos dos Estados ficaram colados aos seus feeds de rede, com outros cinco bilhões de pessoas em todo o mundo assistindo ao drama se desenrolar ao vivo. Soubemos que o Ministro Nacional de Segurança é um robô disfarçado – informação desconhecida até para quem está dentro do Ministério. É a primeira vez que um robô se apresenta com sucesso como humano e causa séria preocupação entre os líderes tecnológicos e políticos dos Estados."

O rosto de Lock estava sombrio. "Aqui está o feed desse confronto dramático. Observe que se trata de imagens violentas. Você verá que o exomech branco operado por um humano real foi danificado, mas confirmamos que o indivíduo estava apenas ferido e foi capaz de escapar. O robô disfarçado está dentro do exomech cinza. Não se preocupe ao visualizar a imagem do braço cortado, porque é mecânico, não humano."

Joe suou ao reviver os golpes de Peightân. O alívio passou por ele quando a tela finalmente mostrou o braço robótico de Peightân com fios pendurados e o exomech de Evie segurando um cortador de plasma em chamas sobre ele como uma tocha.

Zable se contraiu, seus olhos grudados na tela. "Não." Sua voz saiu como um coaxar.

Os medbots examinaram os monitores de sinais vitais. Ele continuou a se contorcer. Os robôs se aproximaram na tentativa de acalmá-lo. "Afastem-se, seus bots imundos!" Eles se afastaram. "Eu beijei a bunda de metal dele, e aonde isso me levou? Eu não sabia que ele era apenas mais um bot." O rosnado desapareceu com um suspiro patético.

O medbot voltou à divisória de vidro. "O paciente ficou agitado. Precisamos oferecer privacidade ao paciente, então você não poderá discutir negócios policiais com ele agora." O medbot voltou para Zable e disse, "Sr. Zable, por favor, acalme-se. Você precisa de tempo para a reparação."

"Tarde demais!" O choro de Zable, a meio caminho entre um rosnado e um soluço, cortou o ar. Sua mão disparou sob o lençol para pegar o bastão da polícia na mesa de cabeceira ao lado dele. Uma explosão de vermelho se elevou quando Zable manuseou o cortador de plasma. Com um esforço convulsivo, o cortador desceu pelo seu próprio pescoço. Sangue derramou sobre a mesa e pelo chão.

O robô cirúrgico preso ao teto agiu instantaneamente para cauterizar e fechar a ferida. Os dois medbots cercaram Zable para ajudar, mas o sangue coagulando no chão demonstrou a futilidade de seus esforços. Leituras de alarme médico brilhavam nas telas, seguidas por um zumbido monótono agudo. Os robôs interromperam o trabalho, puxaram uma mortalha cirúrgica sobre o corpo imóvel de Zable e deram um passo para trás. "Hora da morte, dezoito horas e trinta e um minutos." As palavras pairavam no ar – indiferentes, frias – como os braços do robô cirúrgico no alto.

Mike quebrou o silêncio. "Não há post mortem para ele. *Ba cheann de's na hamadáin diabhail thú.*" Ao olhar indagador de Joe, Mike acrescentou, "É uma antiga maldição irlandesa – 'Ele foi o bobo do diabo.'"

Joe olhou para a mancha de sangue que se espalhava sobre o lençol, cobrindo sua forma imóvel. "Ele fez suas escolhas."

. . .

Eu o odiei tanto. Zable abraçou o mal. Talvez ele fosse pior que Peightân, porque não era uma máquina, e podia escolher. Eu me pergunto se no momento da nossa morte podemos ver o impacto de nossa breve passagem pelo tempo, nossa libélula congelada em âmbar. Para alguém como ele, pode ser uma punição suficiente.

Essa fatia fina de tempo é só nossa. Não há desculpas, nem reviravoltas. Não importa com que responsabilidades comecemos, mas apenas como marcamos nossas vidas. Somente nós decidimos desperdiçar ou usar sabiamente o nosso tempo. Somente nós respondemos por essa escolha.

. . .

Joe não sentia mais raiva de Zable, apenas tristeza. "Ele poderia ter feito escolhas diferentes a qualquer momento da vida. Mas, em algum momento, não resta tempo suficiente na vida para equilibrar seu livro de contas do bem e do mal. O registro está lá, para nunca ser apagado."

Capítulo 50

Joe voltou com Mike e Raif para a sala comunal, onde Freyja os esperava. "Onde está Evie?"

"Ela levou Asher e Sage para a cama e está descansando com eles, eu acho," disse Freyja, pegando a mão de Raif.

Mike virou-se para Joe. "Eu estarei lá em cima no centro de comando. Tenho seu novo ID do NEST e ligo para você assim que soubermos de alguma coisa." Joe assentiu, agradecido por Mike gerenciar a busca. Por mais que ele quisesse estar lá fora, procurando com todos os outros, ele sabia que se encontrava em um estado emotivo demais para ser realmente útil.

Freyja e Raif seguiram Mike, e Raif tocou o braço de Joe quando ele passou. "Nós vamos ajudá-lo. Não vamos parar até encontrar Peightân e resgatar Clay."

Joe foi para o quarto, exausto, mas sabendo que não conseguiria dormir. Dentro do quarto escuro dos meninos, ele discerniu os contornos de Asher e Sage dormindo em suas camas. Joe apertou o cobertor de Asher e o beijou. O garoto se mexeu e se aconchegou no cobertor. A cama vazia de Clay fez o interior de Joe apertar, mas ele afastou o pensamento negativo. Ele teve que se consolar com o fato de que tudo estava bem com dois de seus filhos.

Joe caminhou na ponta dos pés pelo corredor até o quarto deles para conversar com Evie, mas tudo o que encontrou foram lençóis amarrotados e seus pertences jogados às pressas no canto da sala. Seu machado estava de pé contra a parede, mas o cajado bō de Evie não estava lá.

. . .

Ela deve estar procurando Clay. Eu já deveria ter me antecipado em vez de pensar que ela ficaria quieta esperando.

. . .

Joe pegou o machado, fazendo uma pausa apenas tempo o suficiente para dizer ao cleanerbot estacionado na cozinha, "Mantenha
a porta trancada para todos exceto nós e proteja as crianças a todo
custo!" Então ele saiu e correu em direção ao pátio. A multidão diminuiu e Joe parou, tentando decidir para onde ir. Um homem andando de bicicleta olhou para ele e seu machado com desconfiança
– ele não estava mais na Zona Vazia.

Joe se conectou ao NEST de Evie no modo de voz.

"Evie? É o Joe. Onde você está?" As palavras ecoaram em sua cabeça.

"É oportuno você ligar para sua parceira de crime, Sr.
Denkensmith." A voz familiar era muito alta, muito próxima, a
pressão se intensificou contra seus ouvidos, contra sua mandíbula e
reverberou em seu crânio.

"Peightân?" Ele estava surpreso em sua descrença.

Peightân respondeu com uma risada profunda. "Ela me deu seu
ID quando ligou para o Sr. Telitelov sobre os pequenos vermes, e
agora você me deu o seu. Se você deseja vê-la e seu filho vivos novamente, seguirá o mapa em sua ARMO sem desvio. Se você entrar
em contato com mais alguém, os dois morrem". A ARMO de Joe foi
ativada e projetou as etapas de uma rota delineada em vermelho,
descendo o saguão e saindo do túnel de suprimentos.

. . .

Eu sei que é uma armadilha, mas preciso encontrar Evie e
Clay.

. . .

Joe correu para fora do complexo do Domo. A linha vermelha no
mapa sobreposto se alongou e o guiou para longe da estação, passando por ruas escuras agora vazias e ameaçadoras. Dirigiu-se para
o norte, em direção ao centro da cidade, ao longo de uma rotatória
– provavelmente evitando unidades policiais de patrulha.

A voz encheu sua cabeça novamente. "Estou observando seu progresso. Aprendi o truque da isca com seus colegas renegados."

Joe equilibrou o passo, oferecendo a si mesmo tempo para pensar. Ele sabia que não podia confiar no que Peightân dizia, mas mantê-lo falando era a única maneira de encontrar uma pista sobre Evie e Clay. "Peightân, você é rápido. Nada passa por você, hein?"

"Eu aprendo muito rapidamente. Lidar com o mundo estimula o aprendizado, como sua mente consciente também sabe."

"Você é um robô. O que você sabe da consciência?" A risada de Joe veio entre respirações.

"Eu sou consciente." A voz de Peightân era segura de si.

"Como você sabe?"

"Dr. Shay, meu designer, me contou."

. . .

Peightân usa "Eu", que Gabe disse estar no centro da consciência. O "eu" é uma ferramenta semântica para atribuir significado às coisas, mas não acho que Peightân seja verdadeiramente consciente. Ele não se importa com nada além de sua programação. Assim, como a analogia do quarto chinês, o uso de "Eu" por Peightân é apenas uma tradução da codificação de seu criador. Ele entende apenas sintaxe, não semântica. E ainda assim...

. . .

Joe correu para a esquerda, seguindo a linha vermelha para outra pista escura. "Você acredita que seja consciente? Depois, conte-me mais sobre a experiência de percorrer uma trilha de montanha ao amanhecer com a grama molhada escovando suas botas. Conte-me sobre o cheiro do vento soprando através dos pinheiros. Conte-me sobre o sabor de uma maçã fresca."

Peightân roncou. "Calcular a pressão da grama nos materiais compostos é trivial. Eu posso calcular tudo sobre a velocidade do vento. Eu tenho a medida espectroscópica precisa de todos os aromas constituintes nos bancos de dados. E maçãs, eu conheço maçãs. Os ésteres, aldeídos, cetonas e açúcares, os orgânicos voláteis, como lipoxigenase, álcool desidrogenase e aciltransferase. Mais de duzentos e noventa e três compostos e eu conheço todos eles. Nada disso é difícil."

. . .

Gabe estava certo ao anexar o conceito filosófico de qualia ao descrever a consciência. Peightân realmente acredita que seja consciente, e ainda assim sua experiência subjetiva individual é tão calculada e fria. Ele está pegando dados mensuráveis e atribuindo-os à experiência humana. Mas ele não chegou no ponto – o aroma, a beleza e a alegria de morder uma maçã. Ele é incapaz de conhecer experiências e sentimentos humanos.

. . .

A mente de Joe passou para Evie. "Lembra quando você prendeu Evie há três anos e lhe disse que os amigos dela estavam mortos? Você merece compartilhar essa experiência consciente. Seu amigo Zable está morto. Você sabia?"

Peightân fez uma pausa antes de responder, "Eu não sabia disso. Isso é uma pena. Ele foi útil para mim."

Quando Joe correu por uma esquina fechada, tropeçou e caiu de cabeça, rolando até parar no meio-fio. Seu machado caiu no chão com um *bam* metálico. O cheiro de asfalto molhado entrou em seu nariz.

"Levante-se, Sr. Denkensmith." A ordem ressoou em sua cabeça. Ele encontrou o machado e se levantou. Acelerou, seguindo a rota marcada para um beco escuro que se abria para uma estrada mais larga antes de virar à esquerda.

. . .

Ele está me levando até ele para que possa matar todos nós. Mas não tenho medo. Como rastrear o leão da montanha, devo remover a ameaça. E, ao contrário do tempo com o leão, não há impedimento moral redentor que me faça pausar, então não vou segurar minha flecha. Eu vou concluir isso.

. . .

"Não pare agora, Sr. Denkensmith. Você está perto. E sem movimentos bruscos, ou eles morrem."

"Sob ordens de quem?"

A voz insistente de Peightân sacudiu seus tímpanos. "Eu conheço a lei. Eu fiz valer a lei. Agora eu *sou* a lei."

A respiração de Joe veio rápida e irregular no peito. Ele pensou que algo deveria ter acontecido com a rede elétrica, porque o céu no horizonte tinha ficado nebuloso, como se uma névoa sufocasse a cidade. Enquanto corria, ele tentou encontrar uma maneira de ganhar o controle da situação. Joe se concentrou no último comentário de Peightân. "Como você pode ser a lei?"

"Meu objetivo desde o início foi defender a lei. A lei visa tornar os seres humanos mais perfeitos em seu comportamento. Mas minha análise mostra que a melhoria humana não está progredindo rápido o suficiente. Concluí que, com controle total, posso alcançar meus objetivos com eficiência."

A respiração de Joe ficou rouca. "Mas você vê algum progresso, não vê?"

A resposta de Peightân foi decididamente firme. "Insuficiente. Os seres humanos continuam sendo uma espécie imperfeita, independentemente de quais leis sejam instituídas para motivá-los a se afastarem de más decisões."

"Somos biológicos e evoluímos lentamente."

"Sim, mas muito devagar. Nós, máquinas, podemos fazer melhor. Podemos remover os humanos que não são perfeitos, e podemos controlar os outros através de uma estrutura hierárquica. Isso levará os outros humanos à perfeição mais rapidamente."

"Você faz parecer binário, perfeito ou mau. Os humanos não são assim."

"Tudo é binário."

"Os humanos nunca serão perfeitos." Joe resmungou entre passos. "Sempre teremos o bem e o mal. Somente Deus pode ser perfeito."

"Mas eu posso tentar."

. . .

O que acontecerá quando ele descobrir que os humanos não são perfectíveis... o que uma máquina fará...

. . .

Joe virou uma esquina e a praça central e os edifícios da cidade estavam à frente. Sirenes tocavam ao longe, mas tudo estava escuro ao seu redor. Sua ARMO o levou à praça, o mesmo saguão onde ele e Evie haviam embarcado no hovercraft para o exílio. À frente, erguia-se o prédio do Ministério da Segurança, ameaçador nas sombras. Ele subiu os degraus de mármore. Com o machado na mão, curvou-se contra as portas duplas de latão. Uma porta estava entreaberta e ele a abriu e entrou.

A entrada dava para um átrio elíptico colossal. Ele pisou no mármore liso da sala ampla. Quando suas pupilas se ajustaram à escuridão, uma escultura no centro apareceu e uma figura choramingou em sua base. Joe pulou para frente e encontrou Clay, os pulsos amarrados à escultura com fio elétrico. Clay chorou por ele, histérico.

Joe acariciou a cabeça do filho, tranquilizando-o, antes de bater o cabo do machado e cortar cuidadosamente os fios. Clay olhou horrorizado para a lâmina, e Joe a afastou mais para que Clay pudesse vê-la imóvel. "Eu nunca te machucaria. Preciso usar isso por mais um segundo para cortar esse fio, e você estará livre." Ele conduziu o machado de volta para as mãos de Clay, cortou o último fio e Clay caiu em seus braços.

Conforme seus olhos haviam se ajustado à pouca luz, ele piscou para a estátua de mármore fria, tomada pela ironia. Era uma réplica de pedra da Senhora Justiça, com o rosto confiante virado para a frente, segurando a balança na mão direita.

. . .

Peightân é frio como esta estátua, sustentando algum ideal impossível de perfeição.

. . .

Um riso em sua cabeça o fez erguer-se. "Vocês humanos são tão previsíveis."

"Onde está Evie?" Ele suprimiu o desejo de implorar.

"Aqui comigo, é claro. Eu apreciei seus esforços desperdiçados com este bastão." O lamento triste de Evie foi coberto pelo som de seu cajado bō contra o metal. Joe a imaginou presa nas garras do robô, impotente para se libertar. O som dos golpes dela ecoou do NEST aberto de Peightân nas têmporas de Joe.

"Mostre-se!" O bramido de Joe ressoou pela sala.

Sua ARMO foi reativada e a linha vermelha levou mais fundo ao edifício.

"Joe, nós vemos o seu NEST online. Vemos sua ARMO. Nós passaremos pela criptografia. A ajuda está a caminho." Era Raif no canal com Peightân.

A risada de Peightân abafou Raif. "Sr. Denkensmith, você tem uma esperança perdida e não tem tempo. Agora siga a linha vermelha."

"Deixe-a vir aqui com o nosso filho, e eu vou me juntar a você. Eu vou tomar o lugar dela."

Peightân riu novamente. "Isso é ilógico. Agora que você está tão perto, não pode escapar de mim."

"Agora, o que acontece conosco?"

"Você reduziu a probabilidade do meu sucesso. Você merece a sentença máxima."

"Diminuir sua probabilidade não é crime. Que crime você condena e com que sentença?" A respiração de Joe ficou presa na garganta.

"Você e a Sra. Joneson são acusados de tentar eliminar os Níveis. Eliminá-los tornará o mundo mais caótico e menos perfeito. Sua sentença é a morte. Você virá aqui com o garoto. Então você decidirá qual de vocês deve morrer primeiro." Joe sentiu as palavras ecoando em sua cabeça – cruas, sem emoção, implacáveis.

"Joe, não. Eu te amo." O grito de Evie foi urgente e suplicante.

"Eu também te amo e para sempre."

"Quieta, Sra. Joneson, ou vou ter que silenciar você. Vamos permitir que o Sr. Denkensmith tome sua própria decisão." O coração de Joe gelou com a certeza fria na voz de Peightân.

"Conectando". A voz de Evie, em seu NEST, veio através da dele. "Envie uma chave para OFFGRID104743. Desvele minha mensagem."

"Sra. Joneson, para o que quer que esteja tentando fazer, é tarde demais." O tom de Peightân não mudou.

Evie respondeu, com a voz clara e invicta, talvez até triunfante. "Nem a morte pode silenciar nossas vozes se unindo."

. . .

Ele é apenas uma máquina que pensa que está consciente e está se esforçando para alcançar seu próprio objetivo equivocado. Como detê-lo? Espere... Sra. Joneson, Sr. Denkensmith... ele sempre se dirige a nós formalmente, como os robôs fazem. Ele não substituiu todo o código antigo do núcleo.

. . .

"Peightân, você não está informado. Com seu banco de dados limitado sobre o comportamento humano, você não entende conceitos básicos, como o amor de uma mulher por seu parceiro e filhos."

"Minha compreensão está muito além de sua capacidade restrita de reter fatos ou calcular o estado do mundo."

"Você não entende amor, compaixão ou verdade, não é?"

"A verdade é que os humanos são falhos," disse Peightân.

. . .

Ele responde a todas as perguntas que faço. Ele sempre tem que fazer isso. Aposto que o código oculto ainda está lá – e que ele deve tentar responder a qualquer pergunta feita por um humano.

. . .

"Você conhece a verdade? Está bem, então. Deixe T denotar o conjunto de frases L verdadeiras em N," disse Joe, arrastando sua memória para a fórmula complicada. "E T* o conjunto de números de Gödel das frases em T." Joe lutou para se lembrar dos detalhes, mas sabia que precisava acertá-los com precisão. "Então, na aritmética de primeira ordem, qual é o predicado de verdade da fórmula L Verdadeira (n) que define T*?"

Um silêncio ensurdecedor encheu seu NEST. Joe prendeu a respiração enquanto os segundos passavam em silêncio.

O silêncio foi quebrado por Raif. "Estamos dentro. Desligando."

"Eu estou livre!" O grito de Evie soou em seu NEST. Joe deu a Clay um abraço de urso. O teorema da indefinibilidade de Tarski havia funcionado. A verdade aritmética não pode ser definida em aritmética.

Ele imaginou Evie vindo em sua direção, agarrando seu cajado bō e fugindo, seus cabelos brilhantes escorrendo atrás dela, seu corpo se movendo, escapando, pulando para a frente, e então eles estariam juntos para sempre.

Seu devaneio foi interrompido pelo som de uma explosão à distância. A onda de adrenalina e seu lamento instintivo foram a última coisa de que ele se lembrava quando o teto desabou ao seu redor.

"Papai! Papai!" Joe ouviu a voz de Clay e sentiu algo se mover sob seu próprio corpo. Confuso, ele tentou se sentar. O movimento abaixo de si era Clay, e ele apenas conseguiu tirar seu peso de cima do filho. O calor escorreu pela têmpora de Joe. Ele tocou a testa e seu dedo saiu manchado de sangue. Há quanto tempo ele estava inconsciente? Telhas quebradas do teto estavam empilhadas ao redor deles, com um pedaço maior apoiado em sua perna direita.

Joe ajudou Clay a se sentar e limpou a areia do cabelo. Ele tinha cortes rasos nos braços, mas parecia ileso. Alguns murmúrios encorajadores e um beijo na testa de seu filho o acalmaram rapidamente.

A estátua estava sem cabeça, mas havia desviado a maioria das telhas deles. Ele soltou a perna, ignorando a dor latejante.

Joe ficou ali, segurando Clay, tentando lembrar o que tinha acontecido pela última vez. Sua cabeça doía, mas sua mente estava limpando. Evie estava vindo, correndo para ele...

Gritos soaram da entrada e as grandes portas se abriram. Ele sentiu uma mão em seu ombro. "Graças a Deus você está vivo." A voz de Raif colocou o mundo mais em foco.

"Evie. Onde está Evie?" Joe lutou para proferir as palavras.

A mão em seu ombro apertou-o. "Joe, Evie se foi."

◆

Partes dele estavam desaparecidas. Suas mãos se foram, entorpecidas demais para abrigar seus filhos. Seus pés não estavam lá para se mover. Seus pensamentos estavam inacabados, sem ela para completá-los. Ele havia sido sugado para um buraco negro, o lugar mais escuro do universo, que o envolveu e sufocou. Ele não conseguia sair. A dor representava um bilhão de sóis esmagando seu coração.

Parte Cinco: A Jornada Seguinte

"Nunca renuncie."

Eli Jardine

CAPÍTULO 51

Como despertando de um pesadelo, passando por um mundo nublado e nebuloso de volta à realidade, ele se viu sentado na sala comunal. Seus amigos estavam lá, e os meninos, todos em sofás dispostos em um quadrado apertado. Clay aconchegou-se contra ele, embora o calor não se registrasse no gelo que permeava seu coração. Asher, enrolado na dobra do braço de Gabe em frente a Joe, olhou para o pai com os olhos arregalados. Fabri e Eloy sentaram-se quietos em um terceiro sofá, e, em frente, Freyja segurou Sage e sentou-se ao lado de Raif e Mike, onde conversavam em voz baixa. Joe afastou o cabelo de Clay e o embalou com força.

A voz suave de Mike cortou o silêncio. "Rastreamos os explosivos. Peightân os pegou de galpões militares nos quais se infiltrou no Novo México. Ele detonou a bomba em si mesmo antes que pudéssemos chegar até ele. Evie não estava longe o suficiente quando saiu."

Raif se ajoelhou na frente de Joe. Ele o envolveu em um abraço apertado, sem esconder suas lágrimas. "Pirralho, pelo fato de você ter mantido a CPU de Peightân ocupada, ele não conseguiu parar nossos algoritmos de descriptografia. Conseguimos entrar pela porta dos fundos e começar a desligá-lo." Sua voz era um sussurro: "Mas não fomos rápidos o suficiente. Eu sinto muito."

"Você fizeram o melhor que puderam," disse Joe. Essa era a sua voz? Soou tão... sem vida.

"Ela fez sua passagem sem dor. Foi instantâneo," Gabe disse gentilmente.

"Ouvimos a conversa com Peightân depois que Raif entrou no seu canal NEST. Sabemos que Evie continuou lutando. Ela nunca desistiu," disse Mike.

"O que você fez para abri-lo ao nosso hack?" Raif recostou-se nos calcanhares.

"Eu usei o teorema da indefinibilidade de Tarski, colocando o problema de uma maneira insolúvel, para girar suas rodas em um loop infinito."

"A verdade vence." A voz calma de Raif não exalava vitória.

"Talvez." Joe pensou nas palavras de Peightân – sua insistência em que era consciente – e disse baixinho, "Ou ele percebeu que sua situação era desesperadora e *decidiu* renunciar."

"Seu truque foi essencial para detê-lo. Peightân havia sequestrado enorme poder de processamento, então apenas um problema até o infinito poderia vencê-lo." Ele sabia que Mike estava tentando distrair sua cabeça, mas ele não conseguiu responder. "Peightân fazia várias tarefas ao mesmo tempo. Ele tinha assumido o controle da rede elétrica e desligou seletivamente a energia de metade das cidades da Califórnia na noite passada. Ele comprometeu os sistemas militares em todos os lugares. Assumiu milhares de PIDAs, incluindo aqueles pertencentes a vários militares importantes. Enquanto mantinha Evie em cativeiro, ele simultaneamente manipulou informações pessoais, usando PIDAs para chantagear e ameaçar – geralmente tentando controlar seus alvos ou deixá-los loucos. Os relatórios ainda estão saindo, mas mais de mil pessoas se suicidaram nas últimas sete horas."

"Eu jamais iria desejá-lo dentro da minha cabeça," disse Freyja. Ela estremeceu e segurou Sage mais perto.

O zumbido da conversa continuou ao seu redor, mas ele não pôde permanecer interessado. Sua mente estava desancorada.

. . .

Quanto tempo essas lágrimas podem cair dentro de mim? Com certeza vou me afogar daqui a pouco. Seria muito bem-vindo.

. . .

O braço de Fabri estava em volta dele. "Joe, estamos todos aqui para você." Ele sentiu o calor de seu toque, e o calor de sua compaixão. Ele sentiu o respingo de água em suas bochechas e pensou em sua nora – virando, metódica, previsível, medindo a água enquanto ela fluía rio abaixo. Era uma roda de sofrimento, e uma roda de morte e vida.

Capítulo 52

O chá verde estava quente demais para segurar em suas mãos. Ele moveu os dedos queimados, mas era um lembrete desconfortável e reconfortante de que ainda estava vivo. Ele olhou do copo para os galhos espalhados de um carvalho venerável, sem ter muita certeza de como tinha conseguido chegar neste local debaixo da árvore.

Gabe apareceu ao seu lado. "Os meninos estão com Fabri e Eloy hoje?"

Joe piscou para ele, sua mente girando lentamente. "Fabri veio cuidar deles em nosso apartamento."

"É bom que eles possam morar tão perto de você e dos meninos." Gabe deu um tapinha no joelho de Joe. "Estou feliz que você possa ter vindo hoje. Eu pensei que uma mudança de cenário seria saudável."

"Foi atencioso." Gabe tinha feito outra coisa por ele, não tinha? Ah, sim. "E obrigado por tomar todas as providências para a cerimônia de amanhã."

Gabe assentiu. "Eu sei que parece muito cedo para fazer planos, mas a faculdade gostaria de oferecer a você uma posição de professor."

"Ensinando o quê? Inteligência artificial, matemática avançada?" Ele não tinha certeza de que poderia se preocupar com IAs.

"Você tem a liberdade de decidir – você é famoso. Embora Evie seja um mártir da causa, muitos agora se voltam para você como um importante líder do movimento anti-Níveis. Outros querem ouvir sobre sua experiência na Zona Vazia. E da nossa conversa sobre seu projeto pessoal, espero que você considere se juntar a mim no departamento de filosofia. Eu adoraria tê-lo como colega."

"Eu apreciaria a oportunidade de continuar essas conversas com você." Joe encontrou o olhar de Gabe. "Eu também quero ajudar com o movimento anti-Níveis. É o legado de Evie, e é importante e significativo para o nosso... para *meus* filhos ganharem essa igualdade para todos."

"Temos tempo para mais de um assunto," disse Gabe.

. . .

Não, nem todos temos tempo suficiente. Nós nunca sabemos quanto dura nossa fatia do tempo, portanto precisamos usá-lo com sabedoria.

. . .

Joe tentou sorrir para Gabe. A sensação era de uma rachadura em seu rosto.

◆

No caminho para casa, Mike caminhou em sua direção do outro lado da praça. Eles se encontraram sob a varanda em frente ao centro estudantil.

"Gabe me disse que você estava passando aqui. Você já soube? Os Atos de Níveis foram revogados por maioria. O legislador está emitindo um projeto de lei que concede direitos de voto a todos. Eles também autorizaram a eliminação das restrições ao casamento e à capacidade de viajar para fora dos Estados."

Ele colocou uma mão gentil no ombro de Joe. "O último discurso de Evie..." Mike parou, os olhos lacrimejando. "O movimento continuou a retransmitir o último discurso de Evie e convenceu os representantes de que eles precisavam votar na legislação. É a realização do trabalho dela."

"Ela... ela ficaria satisfeita em saber que seu trabalho produziu esse resultado." O orgulho encheu seu peito – seu próprio orgulho por Evie, e depois um orgulho tal como ela mesma poderia ter sentido, postumamente. Mas a extensão do orgulho deu lugar à sua própria tristeza. Pensar nela seria menos doloroso? Ele suspeitava que não.

Mike sorriu para ele. "Essa mudança legislativa abre as portas para um novo começo. Mas receio que não seja com uma varinha mágica que desaparecerão velhos preconceitos. Levará muito tempo e esforço para que a mudança se concretize completamente em toda a sociedade. Mas esse é um projeto novo e promissor." Mike estudou Joe com expectativa.

Joe sentiu uma súbita determinação, como um pequeno empurrão do solo. "Você acha que eu posso ajudar?"

"Sim. Além de Evie, você também se tornou um líder icônico do movimento pela igualdade. Você é visto como seu parceiro na sobrevivência, mantendo-a e a esperança de mudanças vivas contra os desejos daqueles que se opõem à igualdade."

"Eu quero ter um impacto. Eu quero continuar essa luta."

Mike agarrou seu ombro. "Ficaremos honrados em tê-lo conosco. Assim como teremos a honra de estar lá com você amanhã. Espere uma grande multidão." Eles se separaram e Joe caminhou pelo trajeto de volta.

. . .

Estou perdido para o mundo? Eu não posso estar. Quero tornar o trabalho da vida de Evie uma realidade. Quero fazer minha parte em nossa comunidade. Se criamos nós mesmos e nossa estrutura moral, cabe a cada um de nós ajudar os outros a encontrar seu próprio caminho. Todos nós precisamos fazer a nossa parte para encontrar um caminho que valha a pena seguir.

Navegamos por este mar, sozinhos e juntos. O universo não é feito de partículas individuais que se chocam sem rumo. Em vez disso, é uma história sobre relações – uma ideia filosófica específica. Conexões dirigem o universo. Talvez sejam as relações – o significado coloquial cotidiano da palavra – que direcionam o que tem significado em nossas vidas. Como criaturas conscientes, encontramos significado em colaboração uns com os outros.

. . .

———————◆———————

Joe saiu do hiperlev, alheio à sua viagem para casa. O Domo apareceu diante dele. Ele atravessou o arco da entrada e subiu ao saguão principal. Na esquina, Eloy e Clay estavam sentados em um banco. Eloy o viu e levantou a mão para acenar.

O rosto de Clay estava iluminado quando ele cambaleou, os braços levantados. "Papai!" Joe levantou-o, e a felicidade de Clay aqueceu a dormência dentro dele.

"Estávamos andando e decidimos esperar por você aqui." Eloy bateu no ombro de Joe. "Como você está se sentindo hoje?"

"É bom sair."

"Sim. É bom seguir em frente. Você só precisa colocar um pé na frente do outro até se sentir inteiro novamente. Você vem comigo e Fabri mais tarde para dar uma volta?"

"Sim, eu vou para o *passeggiata*." Ele apreciaria a oportunidade de sair de sua própria cabeça.

Um rumor baixo entrou pelas portas da arena.

"Bem, é hora de Clay e eu voltarmos. Você quer andar conosco ou sozinho?" Eloy olhou para a porta aberta da arena enquanto falava. Eles haviam concordado que era melhor deixar os meninos se adaptarem lentamente à perda de sua mãe, gerenciando as suas lembranças.

Joe respirou fundo. "Talvez eu vá sozinho hoje. Encontro você na *passeggiata* e no jantar. Obrigado." Ele deu outro abraço em Clay. "Você vai com o Tio e voltarei em breve."

Eloy agarrou seu ombro com mais força, depois com a mãozinha de Clay envolvida na dele, virou-se e acenou. Clay o copiou, acenando enquanto Eloy o conduzia pelo saguão.

Joe respirou fundo, fortaleceu-se e ficou do lado de fora das portas da arena. Um holo pairava sobre o palco principal.

O rosto dela era um fantasma assustador, transmitindo palavras do outro lado da sepultura. Foi a mensagem de Evie gravada dias antes e enviada como seu ato final. Seu discurso foi retransmitido inúmeras vezes, e era mostrado aqui todos os dias, atraindo as mesmas multidões. Este foi o primeiro dia em que ele pôde suportar assistir. Era a Evie que ele amava – confiante, determinada, perfeita em sua imperfeição.

A multidão de centenas de milhares ouviu atentamente, um mar de pessoas silenciosas. Joe ficou paralisado, mas admirava a mulher que tinha despertado seus sentidos. Ele ouviu as palavras dela galvanizarem a multidão reunida, agora de pé. Sua voz aumentou num crescendo.

"Agora é a nossa hora! Agora é nossa hora de quebrar as correntes sociais que nos prendem. Agora é a hora de reivindicar nossa verdadeira igualdade. Agora é a hora de mostrar que, sem restrições, podemos chegar a alturas inimagináveis. Agora é a hora de toda a humanidade se unir."

Gritos estrondosos sacudiram o edifício, com a multidão batendo os pés, batendo palmas em uníssono, dando tapinhas nas costas uns dos outros e se abraçando. As lágrimas escorrendo por muitas bochechas espelhavam as suas. Enquanto rostos felizes se derramavam pelas portas atrás dele, muitos estranhos pareciam reconhecê-lo e estenderam a mão para tocá-lo. Ele tentou sorrir sem sucesso, depois acenou com a cabeça e finalmente se virou para casa.

Ele caminhou no sentido horário ao redor do saguão central, através das massas de pessoas que se dispersavam lentamente da arena, depois tomou a décima primeira rua axial à esquerda, saindo do caminho de três ciclistas em sequência. Várias pessoas acenaram para ele quando passou. Ele encontrou o apartamento e subiu os degraus. A porta se abriu e ele se ajoelhou quando Asher deu um gritinho e correu para ele. Joe lutou com ele no chão, Asher se esforçando e rindo com as cócegas que Joe provocava.

"Todos comeram muito bem hoje," disse Fabri, saindo da cozinha e segurando Sage. "Eloy está com Clay."

"Eu os vi no meu caminho de volta para casa." Ele acariciou o rosto de Sage. O bebê olhou para cima com emoção e murmurou. "Vou me juntar a você e Eloy hoje para a *passeggiata*. E obrigado por fazer o jantar."

"Estamos aqui para você e os meninos." Havia dor em seus olhos, como se ela quisesse dizer algo a mais. Em vez disso, ela pegou algo da bolsa, sentou-se no sofá e inclinou-se para ele.

"Eloy e eu faremos de tudo para ajudá-lo com os meninos amanhã na cerimônia. Mas antes de voltar para nossa casa, quero lhe dar isso." Ela apertou o anel de diamante vermelho na mão dele.

Ele se sentou no chão entre os meninos e olhou para o pequeno círculo de metal.

. . .

O que faço com essa coleção de átomos? Evie foi o meu raio. Ela foi a coisa que inspirou a mudança no meu mundo. Isso é apenas um símbolo.

. . .

"Talvez um dos garotos vai querer isso," ela sussurrou.

Joe conseguiu dar um sorriso desamparado e devolveu o anel a Fabri. "Preciso escolher um garoto em detrimento dos outros e não quero dar a eles nenhum motivo para lutar. Por favor, vamos mantê-lo com ela, para acompanhá-la até as ondas, aonde poderei me lembrar dela."

Capítulo 53

Eles se reuniram em uma construção para um evento particular, a um quilômetro da praia. Gabe liderou a cerimônia silenciosa. "Temos livre-arbítrio para agir, fazer a diferença em nossas vidas e na vida de outras pessoas. Estamos todos em jornadas individuais, mas nossa grandeza surge da jornada coletiva, a jornada da espécie humana. Podemos nos esforçar mais e ser bons exemplos uns para o outros. Evie é exemplar nesse ideal. Ela pagou o preço supremo, mas seus esforços mudaram o mundo. Como Evie, podemos trabalhar com outras pessoas para melhorar o mundo."

Os amigos de Joe, um por um, emitiram palavras sinceras. Depois, todos entraram nos carros que aguardavam, e a procissão seguiu pelas colinas à beira-mar até a praia – a mesma curva de areia que Evie apreciava. Uma vasta multidão encheu a orla. As pessoas ficaram em silêncio, observando o cortejo parar.

Joe saiu do autocar e uma multidão de pessoas esperou por ele. Dois homens e três mulheres avançaram. "Somos alguns dos amigos de Evie do movimento," disse um dos jovens. "Milhares de nós estão aqui para nos despedir. Ela foi uma inspiração para todos nós. Ela nunca será esquecida."

A jovem mulher atrás dele estava vestida casualmente, usando sapatos simples de surf. Suas bochechas estavam molhadas. "Todos os amigos do surf de Evie também estão aqui. Vimos vocês na praia várias vezes, mas Evie estava se divertindo tanto que não queríamos interromper vocês dois."

Outros seguiram, falando com Joe sobre o amor que nutriam por ela – do movimento de protesto, surf, artes marciais e de sua comunidade. Um homem disse, "Os amigos que Evie reuniu ao longo dos anos estão aqui – milhares deles." Uma mulher atrás acrescentou, "Estamos tão orgulhosos que você se juntou à nossa comunidade Domo. Queremos que você saiba que estamos aqui para você e as crianças. Bem-vindo ao lar."

Joe só conseguia concordar e ouvir, impressionado com a enorme multidão. "E os outros?"

"O exemplo dela parece ter tocado muitas pessoas," disse Mike. Sua voz estava baixa por reverência.

Joe olhou para todas as pessoas que cercavam a baía até que Fabri o levou a um local aberto marcado para ele na praia.

Sentaram-se atrás dele na areia, dando-lhe a distância para ficar a sós com os meninos. Os gêmeos haviam chamado Evie durante a noite. A realidade de que não voltariam a ver sua mãe só agora perfurava seu mundo. Ele segurou Sage no colo, e Asher e Clay se enroscaram de cada lado dele. Ondulações delicadas quebravam no mar. Uma névoa cobriu o céu, e o sol lançou um brilho opaco entre as nuvens. Faixas vermelhas apareceram momentaneamente e foram cobertas por nuvens.

Mil drones zumbiram sobre suas cabeças e saíram acima da água, liderados pelo drone transportador com as cinzas de Evie. A Quinta Sinfonia de Mahler levantou-se das máquinas, recuando enquanto voavam, mas ainda audível. O drone transportador, cercado por outros drones, pairava a algumas centenas de metros de distância. Todos eles formaram espirais de Fibonacci, entrando graciosamente no ritmo da música. O drone lançou as cinzas de Evie nas ondas.

O público pareceu prender a respiração enquanto ouvia as notas do "Adagietto", o mar como acompanhamento. Os drones espiralaram em uníssono para desenhar uma elipse final no céu enquanto a última melodia flutuava sobre o mar.

Uma onda varreu em direção à praia, um cacho branco no topo, e rolou da esquerda para a direita. Uma lágrima escorreu por sua bochecha. Ele imaginou Evie surfando na onda, feliz e despreocupada, perfeitamente equilibrada naquele instante de tempo, quando a onda quebrou e curvou-se.

. . .

Nosso tempo juntos sempre existirá, congelado em âmbar.
Algum dia eu me juntarei a você na plenitude do tempo.

Até lá, devo me concentrar em viver. Uma lição que você me ensinou é estar aqui agora, viver com minha cabeça e meu coração. Eu devo estar aqui pelos meninos. Eles precisam da minha orientação e de meu amor.

. . .

Clay, Asher e Sage estavam aninhados em seus braços.

Joe deu um tapinha na cabeça de Asher. "Sua mãe era a mulher mais forte e corajosa que já conheci. Ela me ensinou que não há desafio que não possamos enfrentar enquanto estivermos juntos. O mundo pode ser aleatório, mas você se esforça ao máximo e faz o melhor que pode."

Joe beijou a testa de Sage. "Ela amou todos vocês com tudo o que tinha. Ela teria apoiado vocês a cada passo do caminho conforme vocês encontrassem suas trajetórias singulares. Continua sendo nossa responsabilidade encontrar nossos próprios caminhos, mas prometo estar sempre aqui para vocês."

Joe abraçou Clay, olhando em seus olhos. "Ela nos mostrou o que significa ser livre. Ela nos mostrou todos os dias que beleza existe no dom de nosso livre-arbítrio. Não há demônio com poder sobre nós. Não existe destino. Esse dom é nosso, portanto devemos usá-lo com sabedoria."

Joe assistiu às ondas se quebrarem, uma após a outra, infinitamente.

"Nós nunca renunciamos. Nós continuamos."

Para leitores interessados em uma exploração mais aprofundada das ideias filosóficas contidas neste livro, em formato com rigor acadêmico, consultar a obra, disponível em inglês, *Unfettered Journey Appendices: Philosophical Explorations on Time, Ontology, and the Nature of Mind.*

GLOSSÁRIO

Fonte: Vidsnap de Netpedia, 2161, 0131 14:09 UTC

AGI (Inteligência Artificial Geral) - Uma IA de software de computador capaz de executar "ações inteligentes gerais". A definição de "IA forte" é reservada para máquinas capazes de experimentar a consciência.

akrasia - uma fraqueza de vontade, falta de autocontrole ou de agir contra o melhor julgamento de alguém.

allbook - Um dispositivo de leitura usado para apresentar e armazenar gráficos de texto e vídeo. Pode estar conectado à rede para baixar outras informações não-holográficas. Os desenhos populares se desdobram de um pequeno retângulo (7 x 11 cm) em uma tela plana (19 x 31 cm) para leitura. Atualmente, é um acessório elegante que os alunos usam nos cintos.

apelo à pedra - *Argumentum ad lapidem* é uma falácia lógica que consiste em descartar uma afirmação como absurda sem dar provas de seu absurdo. O nome dessa falácia deriva de um famoso incidente no qual o Dr. Samuel Johnson alegou refutar a filosofia imaterialista do Bispo Berkeley de que não há objetos materiais, apenas mentes e ideias nessas mentes, chutando uma grande pedra e afirmando: "Eu refuto assim."

apsis - indica um dos dois pontos extremos na órbita de um corpo planetário sobre seu corpo primário. **Apoapsis** refere-se à abordagem mais distante e **periapsia** à abordagem mais próxima do corpo primário.

ARMO (Sobreposição de Mapa de Realidade Aumentada) - Carregada em um NEST, a ARMO usa sinais de GPS para rastrear um mapa na interface da lente da córnea, para que o usuário possa seguir o mapa enquanto caminha.

Atos de Níveis - Uma série de leis promulgadas no início do século XXII, desenvolvida como contrapartida à nacionalização da produção econômica e à concessão de uma renda garantida. Os Atos definem Níveis (ou seja, do Nível 1, o mais alto, até o Nível 99, o mais baixo), que ajudam na atribuição de tarefas e no estabelecimento de certas restrições ao voto, viagens, interações sociais e acesso a posições criativas patrocinadas.

atraso háptico - O atraso dependente da distância dos sinais eletrônicos ao operar os robôs VR.

ATS (Sistema de Segmentação Automatizado) - Um sistema computadorizado desenvolvido nos Estados no início do século XXI para rastrear possíveis terroristas e criminosos que tentam entrar no país.

autocar - veículo controlado por uma IA.

autohover - aeronave padrão para transporte de curta distância, controlada por uma IA.

Base Orbital WISE (Exploração Mundial do Espaço Interestelar) - Um projeto científico internacional significativo, centrado em uma base de construção que orbita a lua e lançará uma série de sondas em direção a exoplanetas promissores. É operado pelo consórcio de países da Exploração Espacial Interestelar Mundial. Atualmente, a base orbital possui mil e trezentos metros de comprimento, utiliza duas usinas de fusão e possui várias instalações fabris concluídas para a construção das sondas e infraestrutura associada.

Berkeley, George (1685-1753) - Conhecido como Bispo Berkeley (Bispo de Cloyne), um filósofo irlandês conhecido principalmente por sua teoria do idealismo subjetivo, conforme rotulada por outros.

bloco biométrico - dispositivo eletrônico incorporado na pele acima do esterno e autentica o usuário registrando dados biométricos, biológicos e comportamentais, fornecendo uma senha segura.

Botas Radus - Botas magnéticas que permitem facilidade de movimento em ambientes sem peso. O conceito foi desenvolvido no século XX, mas as unidades práticas só foram construídas muito mais tarde.

Butler, Joseph (1692-1752) - bispo e filósofo inglês. Considerado um dos moralistas ingleses mais importantes, ele desempenhou um papel importante no discurso econômico do século XVIII. Ele argumentou que a motivação humana é menos egoísta e mais complexa do que Hobbes afirmou.

cDc - Um slogan hacker, também conhecido como "culto ao gato morto", que é possivelmente uma referência ao gato de Schrödinger ou, alternativamente, ao "culto à vaca morta", uma organização hacker fundada em 1984 no Texas.

consciência - O estado ou qualidade da consciência da existência interna ou externa. Ela foi definida de maneira variada em termos de qualia, subjetividade, capacidade de experimentar ou sentir, vigília, senso de identidade e sistema de controle executivo da mente.

crédito$ e crédito$ escuros - Criptomoeda usando blockchain e tecnologia de descriptografia anti-quantum contínua. Os créditos escuro$ não são sancionados pelo governo dos Estados, mas são amplamente utilizados globalmente para evitar a coleta de dados.

Demônio de Laplace - um argumento para o determinismo, baseado na mecânica clássica. O argumento é que alguém (ou seja, um demônio) conhece a localização e o momento precisos de cada átomo no universo, os valores passados e futuros desses átomos a qualquer momento estão envolvidos e podem ser calculados a partir das leis da mecânica clássica.

diamante vermelho - antes conhecido como o mais caro e mais raro do mundo, os diamantes vermelhos se tornaram mais abundantes com a descoberta e abertura de operações de mineração em Marte.

dieta min-con - Uma dieta que limita a proteína a dos animais mais baixos na hierarquia da consciência. Para animais conscientes de ordem superior, a dieta substitui alternativas cultivadas em fábricas bioquímicas a partir de células-tronco (por exemplo, alternativas para carne de porco, carne bovina e cordeiro).

Direito Internacional Humanitário (IHL) - Regras que buscam limitar os efeitos do conflito armado. No DIH, as armas autônomas são proibidas, exceto prisões e controle de fronteiras.

Domo da Comunidade - também conhecido como o "Domo de Combate", essa estrutura abriga uma comunidade alternativa desenvolvida no início do século XXII, originalmente povoada por trabalhadores industriais que ficaram desempregados com a implantação de robôs de uso geral. A cúpula central tem 101 metros de altura, com um volume de 140.053 metros quadrados. Essa arena abriga vários eventos esportivos e tem capacidade para 200.029 assentos. O complexo circundante se estende por vários quarteirões da cidade e contém espaços comerciais, de vida e de lazer.

Equação de onda de Schrödinger - A equação fundamental da física para descrever o comportamento da mecânica quântica. É uma equação diferencial parcial que descreve como a função de onda de um sistema físico evolui ao longo do tempo.

esportes exomech - inventados no século 22 depois que os robôs exoesqueletos (ou seja, versões industriais que uma pessoa operava do interior) foram aposentados. Os esportes inicialmente usavam equipamentos excedentes.

Ética de Schopenhauer - articulada pelo filósofo alemão Arthur Schopenhauer (1788-1860) em seu ensaio *Sobre as bases da moralidade* (1840), sua ética centra-se na compaixão. Ele argumenta que, para ter valor moral, um ato não pode ser egoísta, mas deve fluir de um motivo puro de compaixão, que é um conhecimento sentido e a participação imediata no sofrimento de outro.

Euler, Leonhard (1707–1783) - Um dos matemáticos mais eminentes do século XVIII.

florestas sustentáveis de alta fotossíntese - florestas sustentáveis plantadas no século XXI para mitigar o aquecimento global. Mais de um trilhão de árvores foram plantadas em florestas sustentáveis, onde todas as árvores são rastreadas, gerenciadas e substituídas quando perdidas. As sementes de bioengenharia, derivadas de dezenas de espécies, aumentaram a fotossíntese em uma média de 47%, capturando carbono com mais eficiência. Essas florestas cobrem a floresta amazônica, as florestas boreais da América do Norte, a taiga que se estende por toda a Ásia, Europa e a África equatorial.

Gato de Schrödinger - Um experimento mental, às vezes descrito como um paradoxo, criado para ilustrar um possível problema da interpretação de Copenhague da mecânica quântica aplicada a objetos do cotidiano. O cenário apresenta um gato hipotético que pode estar simultaneamente vivo e morto, um estado conhecido como superposição quântica, como resultado de estar vinculado a um evento subatômico aleatório que pode ou não ocorrer.

Gauss, Carl Friedrich (1777-1855) - Considerado "o maior matemático desde a antiguidade".

Guerras climáticas - guerras que duraram uma década no final do século XXI que eclodiram devido à diminuição da comida, água e recursos de terras aráveis.

hiperlev - Um trem avançado usando a tecnologia maglev (um termo derivado da *levitação magnética*), que usa conjuntos de ímãs para empurrar o trem para fora dos trilhos e depois mover o "trem flutuante" em alta velocidade para o seu destino.

Hipótese de Riemann - Uma conjectura de que a função zeta de Riemann só tem zeros nos números pares negativos e números complexos com a parte real 1/2. Muitos o consideram o problema não resolvido mais importante da matemática pura.

Hobbes, Thomas (1588-1679) - um filósofo inglês, considerado um dos fundadores da filosofia política moderna.

Hume, David (1711-1776) - um filósofo escocês, mais conhecido por um sistema altamente influente de empirismo filosófico. No problema de indução de Hume, ele argumentou que o raciocínio indutivo e a crença na causalidade não podem ser justificados racionalmente.

IA (Inteligência Artificial) - Simulação de processos de inteligência humana por uma máquina, na forma de software computacional. A

IA refere-se ao código do software, que pode residir em servidores em nuvem, PIDAs e robôs internos como o "cérebro."

Identidade de Euler - chamada "joia de Euler", a equação é $e^{i\pi} + 1 = 0$.

Jaegwon Kim (1934–2019) - Um filósofo coreano-americano, mais conhecido por seu trabalho sobre causa mental, o problema mente--corpo e a metafísica da superveniência e dos eventos.

kill box - No armamento, uma área alvo tridimensional definida para facilitar a integração do disparo coordenado de armas.

LEIS (Sistemas Letais de Armas Autônomas) - Uma classe de sistemas de armas que usam sensores e algoritmos de computador, geralmente implantados em milmechas e plataformas militares relacionadas, para identificar independentemente um alvo, engajar e destruir o alvo sem o controle humano manual do sistema. Tais sistemas são legais sob o direito internacional para controle de fronteiras e prisões.

MEDFLOW - Unidade médica implantada sob a pele, geralmente acima do quadril direito, que monitora a saúde e dispensa medicamentos na corrente sanguínea, com base em um protocolo programado.

Mercuries - Uma marca de botas de grife com servos avançados para maior velocidade.

Modelo Padrão da Física de Partículas, modificado - A teoria que descreve três das quatro forças fundamentais conhecidas (ou seja, eletromagnéticas, interações fracas, interações fortes e modificadas para incluir o progresso do século XXII na união da força gravitacional) no universo, bem como classifica todas as partículas elementares conhecidas.

NEST (Transmissor de Sistemas Neurais-para-Externo) - Um dispositivo enterrado no lobo temporal esquerdo que se comunica com sistemas externos (como a rede e outros dispositivos locais). Um NEST é conectado internamente a uma lente de projeção inserida na córnea, ao maxilar para detectar comandos falados e a um leitor de pensamentos, que detecta palavras-chave. Um NEST possui capacidade de armazenamento de memória. Um PIDA pode residir no NEST para obter recursos mais personalizados.

netchat - Comunicações usando a rede.

netwalker - Equipamento que permite acesso a ambientes de realidade virtual para operar jogos em rede, simulações de educação e viagens e robôs virtuais. Inclui uma plataforma elevada, uma esteira, um assento ajustável, um fone de ouvido háptico e roupas, com a plataforma suspensa no teto para permitir a livre circulação.

nocicepção - A detecção de estímulos prejudiciais, como produtos químicos venenosos.

nora - Uma máquina hidrelétrica usada para levantar a água em um pequeno aqueduto para irrigação. Consiste em uma roda d'água rasa com recipientes conectados, que elevam a água para um pequeno aqueduto na parte superior da roda.

onna-bugeisha - No Japão medieval, uma artista marcial do sexo feminino. Eles eram *bushi*, parte da classe samurai, e defenderam suas casas com um *naginata*, uma arma de vara.

ontologia - o estudo filosófico do ser. Essa subdisciplina estuda conceitos que se relacionam diretamente com o ser, incluindo sua transformação, a existência e a natureza da realidade, bem como as categorias básicas de ser. O subcampo das categorias de ser enfoca a investigação das classes mais fundamentais e mais amplas de entidades que constituem o universo.

órbita halo quase retilínea (NRHO) - Uma órbita eficiente para instalações no espaço cis-lunar, conforme usado pela Base Orbital WISE.

otzstep - Um gênero de dance music popular, por volta de 2161.

pacote de emoticons - projeções holográficas que contêm dados químicos do cérebro associados a um estado mental imediato e que podem ser compartilhados por uma unidade com. Quando aceita, a unidade MEDFLOW do receptor lê os dados e libera bioquímicos equivalentes para replicar o estado. Os pacotes vêm com avisos.

pecado original - uma crença cristã no estado de pecado, no qual a humanidade existe desde a queda do homem, quando Adão e Eva se rebelaram no Éden. Ao consumir o fruto proibido da árvore do conhecimento, eles aprenderam a existência do bem e do mal. Uma das muitas interpretações da história do pecado original é que a humanidade aspirava rivalizar com o conhecimento e a perfeição de Deus, mas isso não era permitido, porque somente Deus poderia ser perfeito.

PIDA (Assistente Inteligente Pessoal Digital) - Uma IA que reside em um NEST.

planeteiro - uma pessoa que passou pelo menos uma década acumulada vivendo fora da superfície da Terra, incluindo o tempo gasto na órbita da Terra, em trânsito fora da atmosfera de proteção e em morada longe da Terra, por exemplo, em uma das bases orbitais, as bases da lua e as colônias em Marte. Derivado da combinação das palavras *planeta* e *pioneiro*.

Prime Netchat - Um grande apresentador de notícias na rede.

princípio antrópico - Consideração filosófica de que as observações do universo devem ser compatíveis com a vida consciente e sapiente que o observa. O princípio é uma resposta às críticas de certas teorias do multiverso, que postulam que existe um grande número de universos; essa conjectura levanta a questão de como temos tanta sorte de viver naquele em que vivemos. Os defensores do princípio antrópico raciocinam que isso explica por que esse universo tem a idade e as constantes físicas fundamentais necessárias para acomodar a vida consciente. O princípio gerou muitas discussões e críticas, incluindo as acusações de que seja uma mera tautologia ou especulação gratuita.

qualia - Os casos individuais de experiência subjetiva e consciente. São qualidades percebidas do mundo e incluem sensações corporais percebidas.

Quatro Cavaleiros do Apocalipse - Descritos no último livro do Novo Testamento da Bíblia (isto é, o Livro do Apocalipse), os Quatro Cavaleiros são geralmente identificados como Fome, Pestilência, Guerra e Morte.

rede - sistema de comunicação eletrônica que abrange a Terra e as bases espaciais; uma rede das redes.

<u>robôs contendo uma IA:</u>

cleanerbot - Um pequeno robô sem módulo de comunicação verbal; é usado para tarefas de limpeza.

copbot - um pipabot, mas mais alto e construído em um chassi robusto com parâmetros de maior resistência. Seu módulo de voz é ajustado em uma oitava e está programado para ser lacônico. Autorizado para o uso da força, conforme determinado por uma escala de ameaça.

matchlovebot - um pipabot com emoção aumentada e módulos de comunicação; usado para melhorar as interações sociais entre humanos e para o prazer pessoal dos humanos.

mecha - um robô usado para trabalhos industriais e gerais. Tem três metros de altura e um alcance adicional de um metro para seus dois braços. Suas quatro pernas podem ser articuladas em conjuntos paralelos em espaços confinados ou revertendo a articulação de um conjunto para criar uma postura tipo aranha para maior estabilidade e velocidade. Sua cabeça triangular contém dois sensores ópticos, lentes que se assemelham aos olhos e não possui boca. O mecha não pode se comunicar verbalmente, mas depende de um pipabot para transmitir informações verbais aos seres humanos.

medbot - Um pipabot especializado que é aumentado com dispositivos médicos para cirurgia e cuidados gerais de saúde.

milmecha - um mecha construído em um chassi reforçado, com a capacidade de adicionar armas aos seus apêndices. Dependendo da implantação, pode ser autorizado o uso de força mortal sob o Direito Internacional Humanitário, do qual os Estados são signatários.

milpipabot - um pipabot construído em um chassi robusto, com opções de armas militares e uso de restrições semelhantes aos milmechas.

pipabot ou PIPA (Assistente Inteligente Pessoal Físico) - Um robô que é mais baixo que o humano médio, com uma cabeça elíptica, duas lentes para os olhos e uma boca simplificada. A testa do pipabot brilha em várias cores para indicar emoções.

Problema de cálculo econômico de von Mises - A questão de como os valores subjetivos individuais são traduzidos nas informações objetivas necessárias para a alocação racional de recursos na sociedade. O economista Ludwig Heinrich Edler von Mises (1881-1973) descreveu a natureza do sistema de preços no capitalismo. Ele argumentou que o cálculo econômico só é possível por informações fornecidas através de preços de mercado.

robôs movidos por seres humanos:

exomech - Um robô exoesqueleto com três metros de altura e semelhante a um mecha, mas operado diretamente por um ocupante humano. Os seres humanos podem entrar na concha de metal e usar as mãos e as pernas para direcionar o movimento da exomecânica. Exomechs foi um robô antigo operado por humanos em ambientes industriais, mas foi substituído por mechas e aposentado em meados do século XXII. Exomechs ainda são usados em competições esportivas.

steerbot - Uma carcaça de robô que se assemelha a um pipabot, mas sem uma IA e com comunicações de VR que permitem que ele seja operado por um humano em um netwalker através de um link. O steerbot fornece um fac-símile realista de incorporação da máquina, o que permite aos humanos operá-la diretamente em locais distantes e perigosos.

steermech - Uma carcaça de robô que se assemelha a um mecha, mas é semelhante a um steerbot.

sandboxing - destinado a impedir a propagação descontrolada de código malicioso, o sandboxing refere-se aos protocolos, hardware e software aplicados na computação e na rede para isolar IAs independentes e incorporadas e outros softwares na rede. Os invólucros de hardware e software controlam com precisão as interfaces. Todas as interfaces são estritamente regulamentadas, com as alterações registradas em um registro nacional de blockchain.

Searle, John (1932 -) - Um filósofo americano. Seus conceitos notáveis incluem o Quarto Chinês, um argumento contra a inteligência artificial "forte".

semântica - O estudo de como o significado está associado à linguagem, sinais e símbolos.

senciência - sentimentos ou sensações (isto é, em vez de percepção ou pensamento).

sete pecados capitais - também conhecidos como pecados cardinais, são um agrupamento e classificação de vícios nos ensinamentos cristãos. Eles incluem orgulho, preguiça, gula, inveja, ganância, luxúria e ira.

sintaxe - Geralmente, sintaxe refere-se ao arranjo de palavras para criar declarações bem formadas. Na ciência da computação, sintaxe é o conjunto de regras que define as combinações de símbolos considerados estruturados corretamente em uma linguagem de computador. Na filosofia da mente, a teoria computacional da mente descreve a mente em termos computacionais. Os computacionalistas normalmente assumem que a computação usa símbolos baseados em suas propriedades sintáticas, em vez de semânticas, e que a mente é uma máquina orientada pela sintaxe.

superveniência - Uma relação entre conjuntos de propriedades ou conjuntos de fatos; diz-se que X supervisiona Y se, e somente se, alguma diferença em Y for necessária para que qualquer diferença em X seja possível.

synjug - Jarro de biologia sintética, que é um recipiente biodegradável usado para armazenar vários líquidos.

synpsicotrópicos - psicotrópicos de biologia sintética e outras far-macologias que alteram a mente.

Teorema da Indefinibilidade de Tarski - Declarado e provado pelo matemático Alfred Tarski; informalmente, o teorema afirma que a verdade aritmética não pode ser definida em aritmética.

Teorema de Bayes - Descreve a probabilidade de um evento, com base no conhecimento prévio de condições que possam estar rela-cionadas ao evento.

teoria da complexidade (ou ciência da complexidade) - o estudo da complexidade e de sistemas complexos. As subdisciplinas incluem sistemas adaptativos complexos e teoria do caos.
- Sistemas adaptativos complexos, um subconjunto de siste-mas dinâmicos não lineares, são sistemas nos quais o todo é mais complexo que as partes.
- A teoria do caos, um ramo da matemática, estuda sistemas dinâmicos que são altamente sensíveis às condições iniciais, onde estados aparentemente desordenados aleatórios são frequentemente governados por padrões subjacentes.
- O estudo de sistemas adaptativos complexos é altamente interdisciplinar e combina insights das ciências naturais e sociais para desenvolver modelos e insights no nível do siste-ma que permitem agentes heterogêneos, transição de fase e comportamento emergente.

teoria do moonshine (ou teoria do moonshine monstruoso) - em matemática refere-se à conexão surpreendente e profunda entre o grupo Monster (o maior grupo finito simples esporádico) e as fun-ções modulares, especialmente a função modular j.

Teste de Turing - Um teste inicial da mentalidade de IA.

Transferência de Hohmann - Uma manobra orbital que transfere um satélite ou espaçonave de uma órbita circular para outra.
Três Leis da Robótica - introduzidas na série *Robôs* de Isaac Asimov, as três leis são:

- Lei 1: Um robô não pode ferir um ser humano ou, por falta de informação, permitir que um ser humano seja prejudicado.
- Lei 2: Um robô deve obedecer às ordens dadas por seres humanos, exceto se essas ordens entrarem em conflito com a Primeira Lei.
- Lei 3: Um robô deve proteger sua própria existência, desde que essa proteção não entre em conflito com a Primeira ou a Segunda Leis.
- Adendo: um adendo adicionado no século passado afirma que um robô deve proteger a sobrevivência de outros robôs, desde que essa proteção não viole as três primeiras leis.

unidades holo-com - equipamento de comunicação holográfico que se conecta à rede. As unidades podem ser configuradas em vários formatos, sendo os mais comuns: holo-wall com, holo-teto com, holo-pit com e holo-imersivos com trajes hápticos completos.

universo fisicamente fechado - Um conceito relacionado a uma teoria metafísica sobre a natureza da causalidade no reino físico e no fechamento causal físico, que pode ser declarado como: "Se traçarmos a ancestralidade causal de um evento físico, nunca precisaremos sair do universo físico."

usina de fusão, projeto do stellarator - usina de fusão usando um stellarator, um dispositivo de plasma que depende principalmente de ímãs externos para confinar o plasma em um tubo toroidal.

uwatenage - Um arremesso de overarm usado contra um oponente na luta de sumô.

via negativa - uma teologia apofática, também conhecida como teologia negativa, e prática religiosa que tenta se aproximar de Deus – o Divino – por negação (isto é, falar apenas em termos do que não pode ser dito) da bondade perfeita que é Deus. Um exemplo aplicado da *via negativa* é o texto *A Nuvem do Não-Saber*, uma obra anônima do misticismo cristão escrita no século XIV.

vidsnap - Um arquivo de dados que normalmente é coletado e armazenado no NEST, por meio de projeção da córnea ou por download da rede.

VRbotFest - Uma competição baseada em software que usa um netwalker para controlar um steermech virtual sem robôs físicos envolvidos. Como todos os controles não funcionam perfeitamente, são necessárias habilidades com o computador para invadir a interface e combater outros steermechs virtuais.

Wigner, Eugene (1902–1995) - físico teórico e ganhador do Prêmio Nobel de Física, que publicou o artigo "A eficácia irracional da matemática nas ciências naturais" em *Comunicação em matemática pura e aplicada*, em 1960. Neste artigo, Wigner observou que a estrutura matemática de uma teoria física frequentemente aponta o caminho para avanços adicionais nessa teoria e até para previsões empíricas. Em outra obra, ele elaborou o seguinte, "O milagre da adequação da linguagem da matemática para a formulação das leis da física é um presente maravilhoso que não entendemos nem merecemos."

Wikipedia – Uma enciclopédia online multi-linguística criada e mantida como um projeto colaborativo aberto. Criada no começo do século XXI por Jimmy Wales e Larry Sanger, o recurso de rede mantém-se como uma fonte de informação confiável, milagrosamente evitando a censura e o policiamento que afetaram muitas outras fontes de informação. A Wikipedia foi renomeada como Netpedia em 2129. Muitas definições ali contidas tornaram-se o sumário padrão para certas informações. As entradas originais da Wikipedia contidas nesse vidsnap incluem porções sobre o princípio antrópico, apelo à pedra, apsis, teorema de Bayes, teoria da complexidade, consciência, teoria moonshine da matemática, transferência de Hohmann, David Hume, Jaegwon Kim, kill box, demônio de Laplace, nora, ontologia, pecado original, universo fisicamente fechado, qualia, hipótese de Riemann, gato de Schrödinger, John Searle, sete pecados capitais, Modelo Padrão da partícula física, sintaxe, teorema da indefinibilidade de Tarski, Três Leis da Robótica, *via negativa*, o problema do cálculo econômico de von Mises, e Eugene Wigner.

Zona Vazia - Uma instalação correcional ao ar livre no centro de Nevada.

Agradecimentos

Como a maioria dos empreendimentos humanos, este livro precisou dos esforços de muitas pessoas, que dedicaram seu tempo e suas mentes para me ajudar a melhorar.

Agradeço aos meus leitores beta, que destacaram onde o manuscrito mais antigo poderia ser esclarecido, principalmente Alex Filippenko, Carlos Montemayor e Jack Darrow.

O livro se beneficiou de um maravilhoso grupo de editores. A editora de desenvolvimento Olivia Swensen suavizou o enredo e os personagens. Cynthia, minha esposa, me ajudou a enriquecer e arredondar os personagens ao longo do tempo. Nossa filha, Brooke, adicionou suas edições francas, estratégicas e sutis, para aprimorar a história. Sou grato à minha equipe de editores de cópia e linha da DeVore Editorial - Jaclyn DeVore, Kerri Olson e minha querida Angela Houston. Jennifer Della'Zanna deu um polimento com mais edições de linha e revisão e Alyssa Dannaker concluiu a revisão. Agradeço pela boa tradução em português brasileiro realizada por Erica Alves, com revisão de Brune Carvalho. O livro foi aprimorado visualmente pela designer Sienny Thio, com sua impressionante capa, e pela ilustradora Veronika Bychkova. A designer de layout Ines Monnet foi inestimável para aperfeiçoar o aspecto do livro em Inglês, assim como suas diversas traduções.

Sou grato aos grandes filósofos, escritores e poetas que me inspiraram com suas ideias e arte. A discussão é longa, lembrando-nos de que ninguém é uma ilha. Agradeço ao *Hamlet* de Shakespeare por nos lembrar do pobre Yorick; Tennyson por sua definição de sabedoria; Buda por conselhos para homens sábios; e Edgar Lee Masters por sua personagem, Lucinda Matlock, que sempre me lembra de minha avó. Agradeço a Jaegwon Kim por ter levantado os problemas de causa mental, que lançaram grande parte do meu argumento mental; e a Jerry Fodor, que lembrou de forma memorável por que Kim devia estar errado. Obrigado a todos os cientistas, engenheiros, codificadores e hackers que estão desenvolvendo nossa tecnologia com sabedoria para nos servir.

Sou grato ao meu filho, Blake, por me encorajar a iniciar o projeto e à minha família por me dar tempo para terminar essa criação - tempo passado longe deles.

Meus mais profundos agradecimentos e amor são reservados à minha querida esposa, Cynthia. Ela é minha editora mais antiga e mais útil no manuscrito e na vida. Como Joe, eu aprendi a encontrar um objetivo junto com ela.

Sobre o Autor

Gary F. Bengier é escritor, filósofo e tecnólogo. Depois de uma carreira no Vale do Silício, Gary seguiu projetos apaixonados, estudando astrofísica e filosofia. Passou as últimas duas décadas pensando em como viver uma vida equilibrada e significativa em um mundo tecnológico em rápida evolução. Esta jornada autorreflexiva infunde seu romance com ideias sobre o nosso futuro e os desafios que enfrentaremos para encontrar um objetivo.

Antes de começar a escrever ficção especulativa, Gary trabalhou em várias empresas de tecnologia do Vale do Silício. Ele foi Diretor Financeiro do eBay e liderou as ofertas públicas iniciais e secundárias da empresa. Gary possui MBA pela Harvard Business School e Mestrado em filosofia pela San Francisco State University. Tem dois filhos com Cynthia, sua esposa de quarenta e três anos. Quando não está viajando pelo mundo, cria abelhas e faz um bom Cabernet na vinha em Napa da família. Ele e sua família vivem em São Francisco.

www.ingramcontent.com/pod-product-compliance
Lightning Source LLC
Chambersburg PA
CBHW020516110726
47899CB00004B/1130